胡国栋 著

绝牲

内蒙古出版集团
远 方 出 版 社

图书在版编目 (CIP) 数据

绝牲 / 胡国栋著 . -- 呼和浩特 : 远方出版社 , 2016.6
ISBN 978-7-5555-0709-3

Ⅰ . ①绝… Ⅱ . ①胡… Ⅲ . ①长篇小说 – 中国 – 当代
Ⅳ . ① I247.5

中国版本图书馆 CIP 数据核字 (2016) 第 150289 号

绝　牲

作　　者	胡国栋
责任编辑	杨　敏　董美鲜
责任校对	心　妍
封面插图	陈永圣
封面题字	郭瑞金
摄　　影	任志明
装帧设计	韩　芳
出版发行	内蒙古出版集团　远方出版社
社　　址	呼和浩特市乌兰察布东路 666 号　邮编 010010
电　　话	（0471）2236471 总编室　2236460 发行部
经　　销	新华书店
印　　刷	呼和浩特市圣堂彩印有限责任公司
开　　本	710mm × 1000mm　1/16
字　　数	320 千
印　　张	21.5
版　　次	2016 年 6 月第 1 版
印　　次	2016 年 7 月第 1 次印刷
标准书号	ISBN 978-7-5555-0709-3
定　　价	42.00 元

序一

灵魂之挞

■田彬

我不愿给别人作序，因为序言是著作者发出的请求，向他的前辈、导师、敬仰的同道、专家学者或权威人士……讨教作品价值的定论文章。而这些桂冠和名头我都没有，我只是一个普通作家，很难对别人的作品做出准确的评价。

但这次我破例接受了《绝牲》作者胡国栋的请求，乐意为他尽推荐之力。武川出了一位实力不俗的新生代作家，这是乡梓的骄傲。为家乡唱一曲赞歌，当然是我应担的职责。

通常为他人作序，开卷必是一通赞美之辞。仿佛名角一登场，满场就是一嗓子大声喝彩。我也不例外，我也大声喝一嗓子：《绝牲》真是一部好作品！

我之所以这么推荐这位青壮派作家，是因为他带着对家乡满腔的爱和忧、血和泪写就的文字深深地感染着我。作者那颗没有“革命文学”和功利主义的标榜、不安于麻木和迟滞的心感动了我。我没有想到这个风风火火的年轻人，会写出这样题材新颖、文学品质纯真、生活视野开阔、内容扎实丰富、文法独具特色、具有极强的思想和心灵穿透力，而且能让读者产生痛感的长篇小说。我觉得应该推荐给更多的读者使其感同身受这部不同凡响的作品。

我和作者是有着二十多年友谊的忘年之交，知道他博闻强识，对大青山的历史研究颇有成果。去年冬天他拿来这部小说的初稿征求我的意见，我看后十分震惊。这部小说文采飞扬、人物奇特、立意深远，必将是一部好作品。不过，我认为人物故事略显单薄，建议他再加以文墨去丰富一下。他非常谦恭，接受了我的建议，一个多月后便写成今天的文稿，增加了十万字，人物愈加丰满，内容也更为厚重。虽然在他的作品中仍有一些小的瑕疵，但对于一个第一次驾驭这样大篇幅作品的作者也属正常，相信作者在以后的创作中会加以修正、不断完善。

小说一开始就将读者带入了一种神秘恐怖的气场中，有一种被重力击中的震撼。一个执着的杀生者伴着他不同寻常的身世，一个被官兵击毙的赵半吊子，一个十恶不赦的土匪头子的逆种亮相，这个逆种就是小说的主人公严拴绊。他以近乎诡谲怪诞的面世惊骇了世俗，为人之初即被贴上了半人半鬼的标签。

他出生前地动山摇、电闪雷鸣、动物躁乱，一种不祥之兆笼罩着僻野山村。他乳臭未干，但他的号天哭地已扰得四邻不安，从奶毛里就不断迸发出对环境的反抗和疯狂的破坏力，这也预示着他的未来必将是走在浸染着鲜血的道路上。果然，他的人格和人性始终被赵半吊子的血脉驱使和绑架，一种野蛮、嗜血、贪婪的丑恶人性处处从意识深处滋生出来，成为他的人格基础。

一个有着超凡智慧的喇嘛预言严拴绊命理杀生，必然要大开杀戒，并为此取名“拴绊”，借以羁勒他的不轨行为。而小说从头至尾绵绵不断地持续着一种无形的力量一直在羁束并规范着他的思想行为，这正是传统道德规范对我们民族前进道路的引导作用。

当然小说的主人公性格的多元性也表现得顺理成章，暴戾恣睢、冷酷无情的同时也透露出了人性的敦厚、善良、勇敢、多情、疾恶如仇等优秀品格。这些品格在与他的嗜杀、贪欲、自私的对抗中渐次易宾为主、大获全胜，使战胜兽性的人性大放异彩。从某种意义上看，这样去刻画人物，或许正是人类社会中最难能可贵的固己守恒精神，是某种政治环境和文化氛围的多维呈现。残酷的生存需求，固化了杀戮本性，反映了特定历史时期时代文明和社会良知的缺失。也可以说，这正是鲁迅先生赞美的那些无知山民撑起的“民族脊梁”！我个人认为，这部小说的成功，正是对这些卑微而又最为原始的生存主义者的最高礼赞。

小说中的严拴绊看似一个小人物，但作者用大视角去审视他。不仅把他放在了深远的人性长河中，更把他处在了深山老林、江湖和商道三元对冲之中，使天赋异禀的主人公身不由己地陷入猎事、战事、匪事、情事的纷扰与纠缠中，精神在茫然中游离于幻想与现实之间，矛盾着，尴尬着，难以脚踏实地。所以，对主人公的态度，作者也矛盾着，有“哀其不幸，怒其不争”，也有对他正在经历的心灵痛苦深感同情，还有对这个潜藏着巨大创造力的人物的期许。对历史进程中这个慢一拍的人，更是一个顽固不化的人，作者有着深刻的透视和痛彻的理解，同时也赋予了他巨大的遗憾和悲悯，所以作者才像对父兄一样给予这个人物以关怀和拥抱、关注和同情。这也是这个人物能成为文学通廊中一个成功且又典型的基础和土壤。

在小说中，作者把严拴绊这个人物写得残忍、嗜杀，甚至丧失了某种人性，但同时对他在襁褓中就被设置了的“拴绊”人生充满了无奈。小说中严拴绊的所作所为是在努力挣脱“拴绊”人生而做出的种种反抗之举，也是对抗压迫而人生观扭曲的必然结果。从他砸枪绝猎、拒食荤腥那一刻起，读者终于看到了他原本善良、正直的本来面目。

小说里严拴绊两度杀老虎，甚至不惜以母亲为诱饵射杀老虎，读来令人切齿，但同时他那种敦厚坚韧、处惊不乱的性格让人爱恨交织。他因此而对簿公堂，这无疑是对人性丑恶的灵魂的拷问，也是对人类良知的触动。作者试图借此在平庸和高尚间努力寻找一个分水岭。这反映了作者坚定的人道主义立场和严肃思考人类与万物共生共荣这一重大生态课题的精神境界。主人公严拴绊和众多的乡间猎人一样，为一口吃杀生害命，但日本人的残暴无道、欺凌弱寡恰似一面镜子照映出人类自己的丑恶，这正也说明恶人的行为甚于兽行。作品自始至终都在鞭笞人类在动物面前那种丑陋残暴令动物不解的恶行，正如马克·吐温所写：“你们卑鄙的人类总是这样——老是扯谎，老是自以为具有那些实在不具备的美德，却否认那些较高等动物具有它们（其实只有它们才具备）。野兽从来没有干过一桩残酷的事情——这是有道德的动物的专利。一只野兽叫旁的东西受痛苦是出于无意的，这就没什么不对，因为对它来说，根本就没有‘不对’的事情。它叫旁的东西受苦痛，并不是出于高兴——只有人才这么干。这就是受了人那种乱七八糟的道德心的鼓舞。”如出一辙，这部小说也以同样鄙视的目光审视那些加害者那孤傲无耻的嘴脸，告诫天下众生追求净心净土的生态未来，而人更要珍惜本该属于人类的美好人性——包容、宽厚、和平。

《绝牲》虽是作者创作的第一部长篇小说，但不失为一部底蕴深厚的作品，是一部语言纯粹、叙事圆润的小说，给人的印象几乎如刀雕凿刻一样生动鲜活。在情节的推动中，人性的活力和心灵的风景是用一个个浸润着生命质感的独特的生活细节、生动形象的人物话语、处处让人惊叹的心灵透视和心理分析展开的。

没有独到的发现和深切的人生体验，没有与故事中的人物同呼吸共命运的自我感动以及身临其境的语言底蕴，是构不成一部有魅力、有密度且感人至深的小说的。现在，有不少作品千篇一律，流水账式的交代，这是作者贫乏而无能的表现。而《绝牲》的每一段、每一句、每个细节都令读者情不自禁一步一停地去咀嚼和体会，可以说一步一景美不胜收。虽然读者承受着消化和理解的心灵压力以及思想之累，但好小说似乎都应该这样。只有这样，读者才可以随着作者的导引，去体察社会生活中人物的欢乐和痛苦，才可以反省人物身上所具有的自我缺陷和价值。

读到作品最后，我想到了路遥说过的一句话：“在中国，现实主义文学的真正高潮和收获期还尚未到来。”而本作品和陈忠实的《白鹿原》、路遥的《平凡的世界》一样，正是社会主义现实文学破土而出的可喜征兆。

（作者为原内蒙古作家协会副主席、国家一级作家）

序二

一座山的呻吟

■黄薇

“请把我的这段文字当作一个杀生者向野生动物们跪地求饶的忏悔录。”这句《绝牲》篇首语的最后一句话，可以看作是这部小说的主旨。这是一部呼吁保护动物的小说。小说中的环境始终缠绕在阴山中段的大青山，我的故乡正在这座山脚下。作品中这座山永远浸染于血色之中，无时无刻不在倾听着从这一座山中所透出的承受隐痛时的呻吟。

小说的叙事方式很奇特，有很多传说和民间故事的色彩：虚与实、真与假、玄幻与现实、传说与历史、因与果、人与兽、虚拟人物与真实人物等杂陈并呈，同时还有许多虚幻、灵异、鬼魅以及征兆、谶语、神（佛）谕一类的描写。小说近三十万字，人物很多，每个人物都有自己的故事，所以故事也多，但它不是复调小说。小说的用心仍在于主人公拴绊，其他人和故事都是为了说明和陪衬他的，他的形象之强悍、强势，压倒所有其他形象。因此，解读拴绊，也就是解读整个文本。

拴绊是土匪赵半吊子的遗腹子，他的母亲则是一个良家少女，所以拴绊的基因一半是魔鬼一半是天使。在我的阅读中，这点很重要，因为这不仅说明拴绊性格何以如此，也可看作是作者的立意所在，这点将会在后面讲到。拴绊出生时，曾出现了可怕的征兆，“动物们的嘶啸更加凌厉杂乱，此起彼伏，排山倒海”（引文均来自小说）。中国人相信征兆，朱元璋出生时“红光满室”，被认为是帝王之兆，这一类的传说很多。即使现在，不仅民间甚至读过书的人也依然会有意无意地相信征兆，至少会把一些偶然出现的事当作一个预言去说去看。因此，出生时的异兆，就已经决定拴绊今后会是一个什么样的人，甚至在他母亲怀他的时候，一切就已注定。正如小说借金狐之口所说：“看清世道恶善报应，六道轮回。”这种因果的关系和观点，其实就是小说的立意，它贯穿着小说的始终。

面对这样一个孩子，父亲三耗子惊恐万分，于是求助活佛四喇嘛。四喇嘛说：“此子生时地动山移，鸟哭兽啸，已兆出尔子非平常之人。推断其生辰八字乃大煞之象，与杀人恶魔张献忠命理相合，只怕将来成为世间大害，祸国殃族，贻害无穷！”这是神（佛）谕，它预示着人之命运的不可违逆。这类例子，最为我们所熟知的是俄狄浦斯王弑父娶母的神谕，俄狄浦斯王东逃西躲，到了儿还是没有躲开。因此，四喇嘛给新生的孩子起名“拴绊”，“寓之拴牛绊马之法限制行为之意”。这个名字在整部小说中，都成为一种隐喻，即（人）必须克制和约束自己的欲望和（相当部分的）本能冲动，才能成为一个好人。拴绊的残忍和对血腥、暴力的热衷甚至迷恋，有时并不是来自对财富的追逐，而是与生俱来的人性中存在的阴暗的东西。而在现实中，法西斯的种族灭绝、奥斯威辛集中营、日本军国主义的“三光”政策、南京大屠杀等，都说明人性并不圆满，不是光明一片。正是借拴绊的天性，小说直指并说明对动物大开杀戒，并非都是出于买卖，很多时候，杀戮只是因为人性中隐藏的残忍和暴戾，就犹如拴绊把动物当作“玩具”一样。强调人性或潜意识中深藏着黑暗的倾向，这就涉及深层的人性。所以这部小说是有一定深度的。

拴绊渐渐长大，也渐渐显露出佛所预言的特征：嗜杀、残忍和暴戾之气。小说写道：“他的童趣一直是从虐杀动物中攫取的，他把自己固化在一个和动物战斗的儿戏当中。他的每次胜利使他的潜在的纯净的童欲得到血腥满足。他认定他身边的动物只是他的玩具。”小说有好几处拴绊虐杀动物的场面描述，比如杀耗子，这种“重口味”的描写正表现了拴绊的残暴。

但是，人与动物的关系，正如不同国家、不同地区的人类关系一样，都各有自己的疆域和领土，各自守护着自己的领地和边界，互不侵犯，互不骚扰，各自过着自己的日子，彼此互利，友好相处，只有这样，天下才能太平。在“自然”和“生态”这个圈内，没有高低尊卑之分，这是小说所要表达的意思。而如果被侵犯，殊死搏斗将在所难免。小说写了一段惊心动魄的人狼大战，看后不免让人唏嘘，以至于看到这儿，我都有点分不清应该是动物被拟人化了，还是人被拟动物化了。

拴绊杀虎是小说的一个重点。在此之前，拴绊和曲米换曾有过一场关于动物和老虎的交谈。曲米换说：“咱做人的有的品性还不及生灵。好比牛的坚韧、马的勇猛、狗的忠诚、羊的绵善、猪的憨实……牲口就少咱的尔奸我诈、少情没义，想想人还不如牲口！”严拴绊则认为：“牲口就是牲口，人就是人，老天爷安排野物就是供人使唤食吃的。”看到拴绊的不自觉，曲米换提到了天谴：“天下万物都是老天爷安排的，违了天意必遭天谴。……打牲也要看看甚能打甚不能打，比如老虎就杀不得！”但是，拴绊已经没有回头路了，“老虎成为横在严拴绊面前的一座大山，如果扳掉这座山，他严拴绊面前就是一马平川。有多少人传扬打虎英雄的故事，白道口驿店里说书人口中众多的英雄好汉用各种手段打虎扬名”。生父赵半吊子的阴魂在他的身体里复活了，天生对血腥、嗜杀的渴望以及对“英名”的向往，使他迫切需要杀死那只老虎。他跨过了最后一条道德的底线：以母亲作诱饵，引来老虎杀了它。母亲“从老虎肚皮下挣脱出来，她看到少年赵半吊子挥枪高呼，一种癫狂无羁的、志得意满的、邪气横溢的嘴脸，活脱脱像她当初在魔掌下无助啼哭时看到的那张脸。这张脸让她顿感凉意。她从严拴绊身上隐隐看到那个毁灭了她一生的噩梦制造者”。这正暗示或寓意着人类从远古祖先那里继承和遗传了为生存和领地而战争、拼杀的暴力倾向。

然而，奇怪的是，老虎死了，拴绊却并没有感到多么高兴，“无数支撑他的东西纷纷散架。他的心里竟有一种莫名的落寞感袭来”。此时他也许还没有意识到，“大青山永远不会再有那道流动着的色彩斑斓的风景线，从此也没了他‘一铜杀’创造神话的舞台”了。

故事发展到这儿，拴绊也走到他人生的路口了。

大青山已经无猎可打，拴绊也就过得没滋没味了。正在这时，他听说了“金狐”的故事，那么一种渴望着杀戮和流血的焦躁充盈着拴绊的全部身心，“若猎得金狐真是个扬名天下、一时暴富的事情，当年射杀的那只老虎在心里立刻缩小成了一只跳蚤大小”。此时此刻，猎到那只世界上独一无二的金狐才是他的人生终极目标，“一次伟大的猎杀”开始了。小说非常铺陈地描写了随着铁铜条冲脱出枪口，一个活生生的金狐转眼化作了一团烟云，“烟云腾空而起，真切切的金狐轻漫地从烟雾里现身，周围却是一派云霓羽裳、金车银轮、锦帷赤幡、灿云相簇、金光环绕的神仙气象”。而拴绊的倔傲戾杀之气随之烟消云散，就连手里的猎枪也失了煞气，平淡得竟像是一枝树棍。这时天空中有女声悠悠而至，“严拴绊，你恶毒残忍，利欲熏心，人性泯灭，嗜血成性。十余年滥杀无辜生命，危害生命，罪孽深重。本欲指望你能幡然悔悟，弃恶从善，却不见一丝悔意，依然我行我素。绞尽脑汁图财害命，天下生灵任你屠戮，烹食其肉脂、寝衣其皮毛。你杀害的动物血流成河，哀声恸天。你之杀生为恶已致天地共愤，而今杀性不减。殊不知地狱入口处被你屠杀的无数灵魂正等你讨还血债，不知你进入地狱之门时何以相对？”“人们啊！停下你们灭绝生灵的毒手吧！”这段陈述虽不免过于直露，但感情极其浓烈，它回应了小说开篇所说的“杀生者向动物们跪地求饶的忏悔”那句话，这正是小说的主旨。

杀生的拴绊死了，母亲眼中的少年赵半吊子的拴绊死了，重生的是一个新人，充满戾气的屠夫拴绊放下屠刀，立地成佛，成了甚至不动荤腥的善人。可能有人觉得这挺难理解的，也许在现实中这事是不可能的，但是，在叙事小说中则是可能的。在叙事小说中，自然时间和真实环境消失了，不存在了，人开始处于叙事小说的时间和环境中。叙事小说有自己的逻辑。因此，“放下屠刀，立地成佛”的情节，在这部小说的逻辑中是可能的或者说是必然的，它符合小说表达和宣示的因果思想，即你不善待动物，动物也一定要报复你，正如梭伦所说：“一切征服都是有代价的。”

对财富的追逐，对动物皮毛的畸性迷恋——没有买卖，就没有杀戮，贪婪让人举起屠刀。近年来，很多小说涉及动物保护这个题材，严厉谴责了对动物的屠杀。但《绝牲》与这类小说似有不同，除对这点（如对金狐皮高额利润的渴求）

提出指责外，借拴绊身世暗喻了人性中残暴倾向的存在：把动物看作人类的“玩具”，可笑甚至荒谬地骄傲着，自认为是宇宙中最伟大的生灵，天生拥有绝对主宰和支配的权利——没有买卖，也完全可能有杀戮！特别是小说关于拴绊四岁就开始虐杀动物的叙述，就更强调了人性并非完美，我们要学会克制自己的欲望，懂得尊重别的生命。这种对人性的追问，自然就使得《绝牲》较一般动物保护题材的小说有了深度。

还要提到的是，小说借神（佛）谕、显灵（金狐和耗子的话）、民间谚语（如“看清世道恶善报应，六道轮回，让你做回野牲”，“打牲绝后，杀生折寿”）等，宣示了人类与动物之间的因果关系，并将此推及到人与人之间的关系。但我觉得不能把这种看法当作是宿命论。小说中的人或事基本都是二元对立的，好人、坏人各执一端，黑白分明，这种原始艺术思维特征恰和小说的因果观念相互印证，相互说明，表现了小说的一种决绝之气，即对坏人坏事绝无任何理由的宽恕或理解，对好人好事也不希望染有丁点儿的尘垢。我特别想说的是，现在很多小说标榜态度中立，不介入，不发声，持一种隔岸观火的零度写作，强调谁都有毛病，谁都有美德的相对主义，甚至以展示、展现人的卑微、自私、丑恶以至邪恶，并以人性复杂、微妙、多元和多面为理由，以此自诩、自炫对人性或人的心理揭示的深刻。相较这种没有一点情怀、没有一点原则的对人及人性的戏谑、嘲弄和挖苦，《绝牲》的爱憎分明难道不是对人及人性的爱和尊重吗？难道不是对人及人性中负面的消极部分更深更彻底的揭露和抨击吗？

小说的前半部分强调的是拴绊与动物之间的关系，这种关系是以人对动物屠戮、虐杀为主要关系，围绕这种关系的环境是自然环境；小说的后半部分则为强调拴绊与人包括山野村夫、喇嘛玄士、善良村妇、日本军人、国民要人及地方乡绅等的关系，围绕这种关系的环境是侵略与反侵略、灭绝与反灭绝的社会环境。在这样的环境中，已发誓不再动枪的拴绊在血泊中又向两条腿的野兽——日本鬼子举起了猎枪。他凭本事打劫了一支日寇的运输驼队，在年三十晚上给弹尽粮绝的自卫军（国民党的地方武装）送去丰厚的物资。把主人公拉入那个时代的抗日洪流是一个人的行为回归正途的常理，亦在努力彰显主人公虽然缺少理解判断民族大义这样大是大非的能力，但他体内的人性正在复活，他对云霄汉这个国民党官员的个人情义以及对日军灭绝生灵的暴行绝地反击正是人性的本能使然。一个亦正亦邪的人终归改邪归正。这大约也是“立地成佛”的另一种解释，也是对小说标题的一种微妙呼应。

不能否认的是，这部分也表现出了作者的某些稚嫩。比如，拴绊与那些人之间的关系脉络，还缺少一些必要的铺垫；拴绊后来性格的形成还缺少一些必然如此的发展逻辑，即小说还没有提供拴绊后来会成为一个什么样的人的逻辑关系。小说篇首语已经说明了小说的主题，即“请把我的这段文字当作一个杀生者向动物们跪地求饶的忏悔录”，显然这个主题并没有提及拴绊以及后来的抗日等内容，所以，我觉得后面关于帮助抗日之类，已经不是原来的故事即“拴绊杀生”的故事了，但拴绊后面的故事未必不会是作者为另一篇小说积基树本。事实上我已隐约看到一丝草灰蛇线。

最后再说说小说的叙事。小说中有许多种不同的文类，地方志、传说、掌故、史料、奇闻怪谈等。各种文类都有自己的规范、风格和特征，不仅西方，我国也如此。魏文帝的《典论论文》说：“奏议宜雅，书论宜理，铭诔尚实，诗赋欲丽”，说的正是文类规范，而通常我们所谓的写得不像小说（或诗），就是指文体规范不明晰。但如果文类混杂是有意而为之，则可能表明作者的某种文学观点，如像弗雷德里克·詹姆森在《处于跨国资本主义时代中的第三世界文学》一文中分析《夏拉》时提出的“文类断续”。“文类断续”即小说会先“以一种文类规范开始”（《夏拉》是先喜剧开始），然后“一个突然的文类反向和扩充”（宗教仪式）。我不能确定《绝牲》的作者是有意为之，不过小说中各种文类混合出现的确有些像“文类断续”。比如，拴绊出生时的叙事类似童话或传说，可接下来，又改变为现实主义叙事，如此等等。这种文类的转换和变化在小说中非常多。这种文类的变化，不仅扩大了作品包含的信息量，更重要的是让小说具有了某种寓言的性质：“苍天有好生之德，只要你能弃绝杀生害命的恶念，放下屠杀生灵的恶器，洗尽身体和灵魂的血腥，从此放生护生，一点一滴偿还过往血债。”

其实整部《绝牲》也可看作是“文类断续”。弗雷德里克·詹姆斯在仔细分析了鲁迅先生的《阿Q正传》：“……形式的扩大决定了语调或文类叙述话语的变化——那种因死亡和绝望而受难的静止和空虚：‘屋子不但太静，而且也太大了，东西也太空了’——转变成更为恰宜的卓别林式的喜剧材料。……‘我总算被儿子打了……”因此，弗雷德里克·詹姆斯说：“阿Q是寓言式的中国本身。”《绝牲》在某种意义上也与此相类似：“杀狐”前的部分是传奇，与动物（自然）之间虐杀与反虐杀的较量之后，全身心充盈着野性、野心、野蛮之气的拴绊在精神上死了；后半部分则随之转变为明确的现实主义叙事，客观、冷静、理性，侧重人与人之间关系的叙述和描写：一个沉默、宽容的拴绊放下屠刀，举起枪向日本侵略者射出正义的子弹，表现的是中国人民抗击日寇侵略的战争。正如前述，这种“语调或文类叙述话语的变化”，使《绝牲》这部小说具有了某种寓言性，正如弗雷德里克·詹姆斯所说：“寓言精神具有极度的断续性，充满了分裂和异质，带有与梦幻一样的多种解释，而不是对符号的单一的表述。它的形式超过了老牌现代主义的象征主义，甚至超过了现实主义本身。我们对寓言的传统概念认为寓言铺张渲染人物和人格化，拿一对一的相应物作比较。但是，这种相应物本身就处于文本的每一个永恒的存在中而不停地演变和蜕变，使得那种对能指过程的一维看法变得复杂起来。”因此，小说不仅寓意了“一切征服都是有代价的”的道理，“拴绊”更可看作是“寓言式的”人类本身，正如小说后记所说：“人类并非陷于兽性中无力自拔，而是一直在反思自己的杀戮原罪。人性终将战胜兽性，这是人类应该回归的始点。”

另一方面，作品被打上深刻的章回小说烙印，同时传闻怪谈、民间故事、方志掌故等元素在这部小说中也有显露。这也形成了他风骨迥异、自出机杼的创作风格。

小说中运用了一些粗俗的语言，显然是作者有意为之。意在通过这些脏话糙话力求真实地再现那个时代那些生活在社会最底层的乡野百姓的原貌。小说也刻意营造了一些杀戮动物时那血淋淋的场面，这种“重口味”的描写，当然也意在引起人们对自己残暴行为的惊惧与反省。这个故事虽然是以一个猎人的故事展开，但作者的叙事解衣磅礴，文风气势雄浑，立意高远深邃，人物故事耐人寻味。在当前“柔弱”甚至“娘气”成为一种审美态度、一种时尚时，《绝牲》是以一种全新的手法创作的，绝对是一部豪情万丈的纯爷们小说。

（作者为内蒙古师范大学教授、著名文学评论家）

目录

绝牲

我们饰着、穿着、踩着、挎着、戴着动物的毛皮，饕餮入腹的各类禽畜尸体正在消化，它们的油脂附着在人们的血管内壁，凝结为胆固醇阻塞血液的流动。一只脚已迫不及待地踏进一个叫网络时代的时代。回头看我们人类进化里程中的每一个脚印无不折射出其他物种的生命信息。我们所谓的人类文明史哪一笔不是蘸着动物的血写就的。据说，由于人类对地球无休止的索取导致每两分钟就有一个物种从我们身边永远消亡。

大青山，我和动物们的共同家园。几千年来在人类的杀伐劫掠中这方土地上万物日渐凋零，地表千疮百孔。曾经的野生动物的天堂已成为一段模糊的往昔，阴山虎、阴山盘羊、阴山青羊、阴山豹曾是父辈们眼中的风景。今天，这种风景如同一幅沙画，已被我们无情的先人恶狠狠地抹去了。

纵使穷尽真情地千呼万唤，还能唤回那些消亡的动物吗？如果你听到过它们的惊绝之声，那不正是为人类唱响的挽歌吗？

请把我的这段文字当作一个杀生者向野生动物们跪地求饶的忏悔录。

——作者

1 引子

刚过农历八月十五，一场霜冻在头天夜里悄然光顾了大青山。裹在山梁上那色彩斑斓的衣裳便被褪去，整个大地一下子裸露出它的紫红本色，宛若被屠杀后生灵们血流凝结的血渍的颜色。夕照用一抹重彩将颓废的古老的白道关描绘得更加苍凉悲壮。

大青山上年轻的猎王“一铜杀”就踩在白道关西侧秦汉长城的一个半颓的垛墩上没精打采地撒尿，居高临下的尿流画出一道清凌凌的弧线。他发现自己的身影被夕照拉扯得长长的投向这充满血色的山野。竖立于猎王肩头上方的枪管上挂着的野兔的尸体也被拉扯得长长的并生硬地摇曳着，仿佛一条残破的毫无生气的旗帜。

白道口召庙里的玄士四喇嘛和商会会长黄金口经常聚起一帮忻州人说东道西，内容极其新鲜有趣，引得一帮同样口音的乡人围拢猎奇。说到走西口，黄金口便用忻州民谣来形容他们乡党的走西口之众：“一出咾杀虎口，白道口到包头，鸡叫狗咬声，听音是忻州。”而说到大青山的历史，四喇嘛展示出他学富五车的学识，他有根有叶、有名有姓地叙述着事情，听得一群人频频点头，如同洋烟花蕾被秋风吹过。目瞪口呆之余，脑子里才转过，他们千里迢迢追逐的这片土地自古便是胡人的狩猎之地。人们似乎感受到这块土地上的血腥和戾气依然凝聚不散。四喇嘛还引用了古人的诗来形容：“胡天朔漠杀气高，烟云万里埋弓刀。”目不识丁的人从中却也听出些杀绝气息。人们渐渐获知：有史以来，大青山从来就没少了弓弦的响声。箭雨无情地抹杀了无数种动物，它们悄然消失在岁月的长河里，而动物的家园也满目疮痍。归化、绥远两座城的拔地而起都是用大青山的林木作为支撑的。大片的松林、云杉林、桦树林像一团团云雾被大风吹了去。归绥人轻松毁灭了野生动物的家园，掠夺了心满意足的建材为自己造就了令动物心生敬畏而又退避三舍的喧嚣之城。后来大批走西口的移民搬迁到大青山脚下。两百年旅蒙商驼道的兴起，大青山成为二十万峰骆驼的休养地。漫天的骆驼一路吃，加上数不清的牧场如雨后春笋般闪现，原先固有的草地一下子添了这么多吃口，就算再丰腴的土地也承受不了这样的重负。

大青山本来如天堂一般，天苍苍，野茫茫，风吹草低见牛羊。她的肥美丰饶被无限放大后风行于三晋大地，驼道如同一条通向天堂的路，在驼铃的召唤下无数的男人、女人、娃娃循声而至。

从此，大青山再无宁日。只因过度放牧，几倍几十倍的牲畜拥向这片水草丰美的土地，加上随意私垦，把绿毯子一般的土地像群狼撕扯过的羊皮一样。今儿一块，明儿又一块，铁犁铧像无情的刀子一样切割得这片千年万年的处女地千疮百孔。大青山风大，犁铧翻起的新土被一阵大风刮去，形成漫漫黄尘遮天蔽日，当地人称作大黄风。年年耕耘，被风一层层剥了肥细的土，剩下沙砾，本来生机勃勃的土地几十年下来就荒得寸草不生了。外来人很心疼，这么好一块地没了，又愁起一家人的口粮，直怨这地咋就脆弱得如娃娃的细皮嫩肉一般。

填饱肚皮成了大青山人的全部。一时悠悠众口都对准除了人之外的所有生命，坡坡梁梁、沟沟凹凹戾气弥漫。人心贪婪得如搂草的耙齿恨不得能把所有生灵抠到自己的嘴里头。渐渐，大青山不再慷慨，树木一年年枯萎，牧草一年年稀疏，河流一年年干涸下去。绿地渐渐褪色，地上冲刷出许多深浅不一的沟渠，像老者脸上的褶皱。大青山一下子苍老了，让人不认得了。怀揣攫取之心的走西口人此刻魂断在被他们损毁的土地上，丰衣足食的日子渐行渐远。却不知，等待他们的未来却是连年的旱灾、匪灾、蝗灾、狼灾、瘟灾。天上如黑云般盘旋的鸟群不再出现，地上也不再出现成群的野兽奔腾嬉戏。每至开春，风沙如期而至，平地扯起的沙幕遮天蔽日……

现在，日本人又来了。无疑，大青山的生命又将遭受一次更为深重的灾祸。

卢沟桥事变之后，日本人快刀切豆腐一般把中国的土地一块接一块地收入囊中，七月三十一日攻克北平，八月二十七日拿下张家口，九月十三日攻陷大同，十月十五日距北京城西北千里之遥的历史文化名城——归化城便全面易帜。被绥远人称作德王的德穆楚克栋鲁普几年来极尽屈膝摇尾地献媚，竭尽所能只为帮助日本人叩开中国北方的门户，现在终于如愿以偿。他走狗一般跟着主子进驻了这座美丽的边城，开始了他的粉墨春秋。他像娃娃们过家家一般东凑西扯鼓捣出个什么蒙古军政府，一帮蒙汉群丑沐猴而冠粉墨登场，争风吃醋洋相尽出。

德王高高地坐到伪蒙古军政府主席的位置上。他一直坚信只有依附日本人丰厚的羽翼他们这堆臭蛋才可能孵化出他们企冀的溥仪式的傀儡政权。但这座城市的城名隐含着挖苦嘲讽他投怀送抱积极投靠日本的奴才行为。于是他为这座历史文化名城改了个不蒙不汉、词不达意的新名——厚和，归绥都统行署总管云霄汉带着调侃的口吻称这座城市的新主人与它的新名称相辅相成——厚颜无耻，媾和求生。

城里城外的人都没听见平日里兵们舞弄的枪炮三声两响，一面面膏药旗就在新旧两城的制高处牛皮哄哄地招展着。大街上到处是春风得意的日本人和伪蒙古军政府的职员们昂首阔步而行，他们的牛皮靴子着地时都是那样有力，直跺得人心慌。这座誉满北国的青色之城一夜之间不经意间也被涂抹得灰泛泛死沉沉像等待入殓的死人。

前一天，大批的中国军人翻过白道梁由大青山北部草原向西撤往后套地区。傅作义的晋绥军、马占山的义勇军以及云霄汉的绥远抗日民众自卫军所辖的骑兵、步兵、炮兵、辎重兵像灰色的洪流一浪推着一浪地越过有着“汉疆锁钥”之誉的白道口。大量的省府机关人员、学生、职员、警察、商人也加入这股洪流，马车一辆接着一辆，鞭响一声接着一声。黑河，河水并不像它的名字那样，总是清冽亮底，现在马蹄和车轱辘搅起污泥，使得河流变得乌黑浑浊，真的成了黑河，但河流依然从容不迫地淌过白道谷，如闷雷般向前而去。各类军械发出碰撞的声音叮叮当当此起彼伏。人和牲口承受着一种无形的压抑竟然没了平时人喝马啸的喧嚣。空气中隐隐弥漫起硝烟的味道，似乎表明这个地方的战事远未开始。

猎王严拴绊丝毫不觉得大祸临头，荷枪实弹与一只虚无的金狐旷日持久地战斗着，虽然战斗未分胜负，他也明知这场猎事毫无胜算，但他无意中止这场猎事。他已深陷这场荒诞而虚无的金狐之猎不能自拔。

他不相信天下会有自己杀不死的动物，大青山动物的血书写了他这个超级大煞的杀戮史。现在他的精力都集中到一个或许根本不存在的金狐的猎物上，几次铩羽反倒激发起他无限的斗志乃至不衰不疲，以至于对脚下这块土地此刻所发生的巨大变化浑然不觉。他只关乎决定他一生名利的金狐之猎。

此刻他正站在大青山的制高处，但满腹懊丧蒙蔽住了猎王严拴绊能捕捉得见百步外飞掠过一只蝇蚊的一双毒眼。对十几里外白道谷驼道上不绝的军尘更是视而不见，汽车的轰鸣，马车的鞭响，此起彼伏战马的嘶鸣都没将他吸引，而四十里外归化城平时若隐若现的民居腾起的滚滚浓烟他看都没看一眼。他甚至罔顾一架日本单引擎侦察飞机从他头顶上空几回掠过，他把那支精美的猎枪杵在地上呆若木鸡，远远望去，如同一个倚杖休憩的老者。

这场与金狐的战争的战况令他羞于回忆和述说，他是绥远人公认的猎王，大青山大大小小无数种猎物因他一个人、一杆枪纷纷凋谢，要么灭种绝迹，要么播迁他乡，曾经的动物王国风声鹤唳。七百里大青山鸟影兽踪七零八落。他的猎欲本来已退潮淡漠，却因一只稀世珍奇的金狐而变得亢奋狂躁，但又经历猎物三番五次的无情戏弄，这一切听起来像是说书人《今古奇观》中才有的故事。

看得出他依旧懊恼那只从他枪口下逃走的珍奇猎物。他本该肩负一具金灿灿的热烈烈的骚哄哄的沉甸甸的金狐尸体——这是生存于大青山上也是世上绝无仅有的动物，它的皮毛价值连城，凤毛麟角，一旦拥有，他将成为归化城豪车大马、酒海肉山、美女相拥、一声喝到底的掌柜。他在梦里不止一次猎获过此物，他几回从省城大掌柜角色里跌回到他阴湿霉气的寒窑的土炕上，梦境中鬼魅奇绝的金狐的媚眼依然撕扯他的心，一种攫取的欲望欲罢不能，竟演化成一股莫名的怒火，这怒火此刻在他心中烘烧正炽已至无法熄灭。

他几回暗自埋怨自己轻易放弃加装上那节具有神力的小小生铁车锏，似乎枪膛内少了此物那支来自遥远的德意志的非凡猎枪就失去了灵魂。他不想让人以为他的“一锏杀”的名声如同没装子弹的猎枪而徒有声响，仅仅是一件唬人的摆设。

2　少年猎王

那年，他才十四岁手里便玩弄着一支火枪。虽然这枪又锈又笨，枪托像犁把手一样裂裂疤疤，枪口如一只强睁的鬼眼，一旦击发，一团火冒出，就会有生灵殒命，张弓搭箭自是不可比，在七百里大青山这枪绝对称得上是件稀奇物件。它引得好些山汉牧夫无休止地眼红妒忌。谁有了这样的器物，他的家族的饭碗里就会荤油花儿闪闪，脸上的菜色从此悄然褪去。

这支枪是三耗子家经受了一场生死狼祸之后的收获。这是两百只羊的丧命促使掌柜姜仁义做出的亡羊补牢式的投入。当这个要命的凶物光临严家后，严拴绊他爹三耗子像见了烧红的铁棍，碰也不敢碰。少年拴绊正好把它当成玩具，拆解又重装，装药加弹，直到一团火、一声响，一只破水缸炸裂。他爹三耗子吓得脸色灰白，知道给他儿配了不该有的物件。藏埋了几回都不管用，他都像只灵异的狗能准确无误地找到。有一天，他亲眼看到儿子射杀了一只叼走羊羔的狐狸，人都说家里有杆枪能防野牲口的侵害，想起那场恶狼掏门破窗的噩梦便不再反对。后来没了奈何只好信了马由了缰，任他一天背个杀器放羊。人常说放羊的打牲——捎带，后来羊倌严拴绊把事情倒了个过儿，打牲的放羊——捎带。

严拴绊拜了邻人曲米换为师跟他习武。曲米换打得一套好拳，要得一路好棍。祖上轻文尚武，族中无分男女，打小强制练武。辈辈相传的小红拳，拳出生风，脚踏地动。一通棍舞起扑水不湿。严拴绊不惜辛苦，风雨不辍，甚有长进。他爹三耗子不知何故极力反对儿子习武，却奈何不了两只脚长在儿子的腿上，他自个儿又成天放羊在山野里，女人话少自不会管束，只会叫他吃饱喝饱，实则也限制不了他做甚不做甚。

和曲米换相处，日久天长严拴绊不知不觉中又学了些火枪打牲的常识——用火枪打牲时野兔、山鸡要用铁砂，如果是一群效果最好，若遇上个大型野牲口如虎、狼、狍、鹿就要用“铅梁[1]”。这是用铅制的小手指头大小的独头弹，铅比铜和铁的分量重，溶度却低，一般做饭的灶火也化得了，人们便用炼下的铅疙瘩按照枪的口径大小制作枪弹。只有这种独弹才能成倍增加出膛速度，其产生的推力才有对体形硕大的野兽产生一击夺命的能量。如果用铁砂，虽然打出一个扇面，处于这个位置的猎物难逃由铁砂编织的弹网的覆盖。铁砂虽然奋力地击穿兽皮，却难以伤及性命，反倒是把猛兽的凶残怒气激了出来。它们会顺着枪弹的轨迹反扑，不惜和猎手以命搏命，一路穷追猛打定要决出个胜负来，半吊子枪手不知深浅，弄巧成拙将死神引到自己身上。

严拴绊人小心却贪，野兔、山鸡早已满足不了他的胃口，只想对大型野牲出手，因为打一只狍子比打二十只野兔产的肉还要多。有几回铁砂击中麃鹿、野狍，那猎物稍微趔趄了一下便遁形于林子里，地上只留下些血迹，从此他才知道没有重弹铅梁只能小打小闹。曲米换虽说有支更老旧、更粗糙的火枪，据说是山西老家铁匠仿老式火铳打造的玩意儿，开火还需点燃捻线。分量沉，枪筒粗，准头差，火力浅，只能填装些铁砂，出膛时横扫出一大片，也没听说过加铅梁。这家伙枪管粗大，要放胡萝卜大小的铅梁还不炸了膛？曲米换摆弄过老枪，空有些理论却没使用过铅梁弹头。严拴绊一时犯起愁来，四处打探也没人知道哪里买得到铅梁，因为大青山人谁也没见识过。到后来，严拴绊就是连生铅也弄不到一疙瘩。

或许是天意使然，这天傍晚严拴绊鬼使神差地走在驼道上，夕阳在数不清的蹄践车碾的千年老道上投下慷慨的光芒，大地为万物镀上一层温暖的余晖。严拴绊本来眼尖，老远就瞅见了它，这是一枚长不过五六分，粗不过小拇指般大小的废弃的生铁车锏条。它在这条千年古道上平常得如同一粒顽石或一颗马粪蛋，可它却以不同寻常的力量吸引了严拴绊的眼球。

这小小的方棱生铁本是嵌在车毂间以减少木轴转动时磨损的铁件，不知何人发明。在中原胡地，凡是花轱辘车都离不了它。驼道开通两百年了，南来北往的车毂上都嵌着这生铁锏条，车辕下悬一个油壶时常还要“喂”它些清亮纯正的素油。显然这截断锏是以裂身断骨完成了自己的使命后被弃于道旁的，轮碾马踩贱如泥石。但它透过周身污满的油腻射出一丝非凡的光辉。这光辉立刻吸引了枪王严拴绊狼一样毒辣的眼神。当他用衣袖将它揩擦干净时立即发现它的与众不同，闪闪烁烁地流溢着生命之光。想必这物件跟那车轮走南闯北浪迹天下被注入了灵性，并附在这铁疙瘩里头经久不愿散去。

严拴绊把这块生铁在一块磨刀石上不停地磨，一心想打磨掉它的棱子。“嘶啦！嘶啦！”他磨了一阵便在枪口上比画一回。这个夜晚三耗子听到儿子的欢呼声，看到他把它从枪口塞入，听到它在枪管内一滑到底的畅快声响。谁也不会想到，这枚生铁的横空出世竟然带给了严拴绊一段令人心惊肉跳的未来。

这截丑陋残缺的车锏条竟在严拴绊的改造下洗心革面，焕发神采。它第一次被燃烧的火药那强大的力量推出枪膛就势不可当地戳入了一只苍狼的胸膛。严拴绊从狼的心脏取出它时分明听到嘶嘶吸纳热血之声。严拴绊每遇体大的猎物，这块铁便寻找筋肉肥厚处冲撞，然后把自己冷血的身体停留在热血烫肉之中。这样的事情重复了几十回后，这铁锏条经过枪膛的磨砺变得圆溜溜明晃晃活泼泼的，严拴绊已记不清它沾染了多少活蹦乱跳的野物的热血。

每一次从那些滚热的动物的肉体内取出这枚铁物时它都活灵活现得仿佛一头顽皮的小兽，每一回他都会从中感受到来自这块生铁的无情无畏的寒意。十多年来，这块神气十足的杀器一往无前地吞噬着大青山壮硕的野物们那能量充沛的生命，而紫红色的土壤却坚定地拒绝接纳这条废铁回归大地。严拴绊那十来年名播大青山的“一锏杀”江湖名号皆赖此物。

3 三耗子的桃花运

严拴绊个儿大腿长，两条长臂总是大幅地摆动着，像水磨上那不知疲倦的叶轮，头顶上生着一堆骆驼毛一样的稀疏成绺的褐色头发，年轻的脸庞早被大青山终年无情的朔风雕凿得冷峻而苍老。加上不受羁束的胡须肆意丛生，成就了他的沧桑老气，唯有脸上嵌着的一双森森鹞眼依然蓝光闪闪烁烁，鼻子尖向前延伸着突然勾向下方，就像一只随时扑向猎物的老鹰。他有一口雪白的牙口但从不轻示，只有吃东西时才展露出来,任何动物的筋头脆骨在他的利齿下都会变得摧枯拉朽。肩头总是负着一条杀气腾腾的火枪，直叫人心生冷意。看似一副漫不经心的样儿，心里却无时无刻不在谋算着那些飞禽走兽们的皮毛肉骨。每逢侦得猎物的讯息便腾挪起来，极似一只灵动的猞猁。而他的杀性也像白道口开春的黄风指不定几时就会卷土重来。

他十岁时就高出他爹半头，十四岁就冒到八尺高，一道沟的大个子男人都比他矮了一截，站在一起贴身比较就连曲米换也叫他压了一指。而他的父亲尖首刀面，獐头鼠目，身小力薄，甚至有点猥琐。这对父子除了都是站立着尿尿外真的滤不出一丝共同之处，就像黄耗子和犍牛无论如何不会是一个种类。人跟种子，地跟垄子，瞎子也看得出严拴绊绝非是他爹的子种。

三耗子总像一条忠憨的老狗守护着群羊，是二十四道沟公认的好羊倌。他总是不嫌坡长路远，把羊驱赶到草势好的偏远地界。今天又寻到一片好草坡，草地无穷地展开它的绿色，各种颜色的花朵点缀其中，浓郁的草香像破了坛的老酒散发着醉人的气息。羊一头扎进嫩草丛里尽情地享用起美食，满山坡只有唰唰的吃草的声响。

天空没一片云彩，三耗子有些酷热难耐，正好看见不远处有一棵孤树撑下一片阴凉，赶忙躲进去避暑。舒坦了便想打盹儿，却又不敢睡死，时不时起身观察一下羊群。不一会儿，有几群羊由远处拢来，树荫成了牛羊倌们的聚所，几个熟悉的牛羊倌有了话伴，自然天南地北地开谝，胡吹瞎扯竟也热火朝天。三耗子不敢插嘴，只是逢迎相笑，频频点头呼应。

“拴绊子没一处像他爹，那定是赵半吊子的种！”乘着三耗子去拢走远的羊，一个大胡子瞅他的背影说。

“看那眼窝，老鹰一样毒辣，一眼瞭出三十里地。赵半吊子没个三下两下也能做得了土匪头儿？还不是凭这样的眼力？！”一个瘦小的比三耗子略高些的叫灰猴儿的羊倌说。

“你见过赵半吊子啥样儿？”年轻牛倌笑问他。

“俺一个放羊的见一个土匪做甚？”

“听你说得这么清利，莫不是跟上赵半吊子当过几年胡子，说不准还是生死之交哩！？”

“你狗日的硬要把爷逼成了土匪，想叫吉鸿昌喂爷颗子弹？”灰猴儿急了，冲那后生说。见那后生乐得直笑，他叹道：“真要当上几天土匪，大碗喝酒，大块吃肉，骑上大马刮野鬼[2]也不亏男人一场。”

“是哩！狗日的赵半吊子倒是不亏！临死也要弄个黄花闺女下种留根儿。”大胡子羡慕嫉妒恨一齐涌上心头，“只怕留下个灰种要害人，还不如一棒打死！”

“你们怎么知道是赵半吊子的种？一个不会说话的娃娃就这样咒人家？！也不怕嘴烂？三耗子人厚道，换个别人还不剥了你的皮？”有个老些的便骂他，大胡子理亏，当下没了言语。

“反正有人叫爹，管他是谁的种。”灰猴儿这么说，岔开了话题，似乎平息了这场争端。

“你们几个谁能有一颗好子儿？人家赵半吊子好歹也英雄好汉活了一回。谁像你们一辈子只会跟在牛羊屁股后混日头，活得连头公猪也不如！”这是人群里唯一的女人说的，她语调里有明显的大同腔，嘴头子虽粗野，一双只有美人才有的忽闪忽闪的水灵灵的大眼睛透出一副心驰神往的样子。

“这个女人没让赵半吊子下种，怕要后悔得跌出心肝来！”那个后生立刻说。

“土匪派出探子，回去说那个大同女人盐碱太大，又味道不正，不宜下种，赵半吊子怕瞎了种，才没看上你！”灰猴儿又加了些调料。人们一阵哄笑。

“看奶奶扯烂你 × 嘴！”大同女人激起身子就追打灰猴儿，灰猴儿一下怂了，一边躲避一边高声叫饶。

凡是二十四道沟的男人、女人、娃娃们聚在一起，严家父子总成为最容易激活的话题，似乎人人都能切中要害，把中脉家，扯对方向。人跟种子，地跟垄子，这个道理山野村夫没一个不懂的，原因是严拴绊没传承三耗子一处灵与肉。

一切都源于那个不阴不晴、不冷不热的晌午。这一天对三耗子而言意义非凡，他就像白道口驿馆里说书唱戏的巧口中穷人中了状元、招了驸马般奇迹故事的主人公。《牛郎会织女》《王华买爹》这些令穷小子们红运当头、平步青云的故事着实令人神往。但三耗子自个儿即便被狼活吃了也不敢做这样的美梦——他即将卧拥一个二八娇娘，八个月后一个白胖胖的、长着鸡鸡的、未来会叫他爹的娃娃会降生在他那盘灰暗霉臭的土炕上。

这天晌午，放羊的三耗子随着羊群正散漫在白道梁上吃草。虽然已是立秋时节，三耗子还是在一颗叫雷神劈了几回但树荫仍然很大的残榆树下躲避炙烫的阳光。他依然身着那件灰黑破烂的短袄，这原本是件棉袄，三耗子嫌热掏空了絮在里头的羊毛，身材就变得越发短小了。

三耗子把矮小的身体仰卧在一个斜坡处，眼里看到的是一片云一般浮游的树叶，树上不知名的鸟儿们专心地讨论着它们的话题，叫声叽叽喳喳地吵吵着，毫不理会树下有个人在阴阳怪气地歌唱：

腊月里的狐子冰滩上卧，
为不下朋友心难过。

种进山药长出蒜，
凄惶不过个光棍汉。

羊羔羔吃草草攀石架，
没个人听哥哥这心里的话。

大黑牛耕地犁儿翻土，
口含泪蛋蛋说不完的苦。
……

三耗子就这样没完没了地号，大青山里的男男女女极喜欢唱的爬山调声调凄厉悠长，音符杂乱无章，但其中的苦痛酸楚却脱口而出。此刻三耗子的情绪如疯如癫，声线掏心挖髓，直叫人肝肠寸断。但唯有能听到他的呼号的鸟儿们却不愿承受来自人类噪声的摧残，仿佛有无休止的箭头从树下射来。于是，鸟儿们无法忍受时会选择逃开，聚会也就戛然而止了。鸟儿们像一缕烟飘然而去，湮灭于黛色的远山。

不久，三耗子的个人演唱也戛然而止了。远处的枪响打断了他的唱兴，他翻身坐起侧耳细听。他很快有了自己的判断——驼道上不知哪家商号的驼队不走时运，又遭了忽拉盖[3]。这些年隔三岔五就有人横遭匪祸，口里口外都知道绥远是土匪的乐园。官兵像只在门户里虚张声势的看门狗，土匪却像肆意横行的群狼，他们凶残无情地对待像羊群一般的村庄和城镇，往来的驼队行商屡遭洗劫，百姓们更是沙土一般任其践踏。白道口的棺材铺在每次匪祸之后其产品总是供不应求，即便未经画匠画裱的一副白茬子货也要装上几具血糊糊的尸首，任血水顺着板缝往下滴。

三耗子听到那枪声没完没了像炒豆子一般火热而噪烈，持久不衰，猜想一定是土匪和官军交了火。

前年官匪在白道口遭遇，两伙人便动起枪炮，从太阳出打至太阳落，从这个山梁打到那条沟凹，土匪火力不支败走，官兵们收敛死人。死了的官兵的尸首一个不落地被认真寻找点验后掩埋，竖立些木板板写了墨字的墓碑。而土匪的尸首明处的都入了土，跌落在暗处不易被看见的谁还当回事找寻？正好做了狼的干粮，后来人看见也只剩下些零零落落的尸骨和片片缕缕的残衣。人死得过于多，缺少棺材，兵们四五个一伙入了棺材或百姓们的大柜，装不下就用脚踩，这也算为国捐躯而享有的礼遇。而匪们死后连张炕席也没混上，像腐烂的死狗一样，一群一伙也不管头朝上下，一起填入人挖抑或天然的土坑，上面覆上一两尺厚的沙土，成了野兽们食物的储窖，狼吃狗啃悉听尊便。那一年每至深夜，野物们争食打架的嘶叫声和类似人类的痛切之声把白道口的夜幕撕扯得条条缕缕。

只用了一顿饭的工夫三耗子的猜测便得到了验证，沟里黄尘带雾，两匹马一前一后慌慌张张飞驰而来，两个骑手穿着花哨，大红大绿像两簇飘荡的花团，两马一白一黑十分扎眼。三耗子真真儿地看见前头骑白马的在歪脖子榆树下凌空翻了几个筋斗悠悠地跌落在地上没再爬起，就知道天灵盖撞了树干。同时，两三个包裹也在天上翻飞着悠悠落下。后面的骑马者被那枝横着的大腿粗的枝干刮去毡帽，被解放出来的是两条大辫子，少了羁束，辫子如同两条黑蛇在飞舞。同伴的落马引得大辫子稍微侧目便拍马不回头地去了。

三耗子动了发洋财的心思。前年白道口人帮忙掩埋战死的兵匪，从土匪尸首的衣裳缝隙处或倒衩里摸索出不少钱财，金条、玉件、银器应有尽有，有人靠这笔意外之财盖了一处院子。三耗子便疾速运动着两条粗短的腿上了一个砌着脑包[4]的山顶。四望一切尽收眼底，方圆十里也没个人影，两匹马驶过的沟也是空荡荡的。他也就把浮着的心放下，两条短腿飞也似的下到沟底，四下找那几个包裹。解开包裹，只见里头除了衣裳还有个金鎏子和一副银手镯。他心想这花花绿绿的衣裳一个光棍没甚用处，揣了细软之物就想走开，可他不由得看了眼地上趴着的落马者，红袄绿裤分明是个年轻女人，屁股蛋儿圆溜溜的极其生动，风扯得衣裳起起伏伏露出后腰一处，那片肉细腻光洁，使得三耗子心痒，一种邪念在三耗子心中渐渐生成并强烈地冲撞着。他壮了壮胆，像个贼人一般抖抖索索伸手摸了一摸——三十多岁的三耗子从未近距离接触过他娘以外的女人，谁知那一片片肉竟热乎乎、光溜溜、绵塌塌的，三耗子的手再一次扫荡过来，感觉到这具女尸震颤开来，并伴有女人细碎的呻唤，接着翻身仰面，一脸血污像覆了块红巾。三耗子吓得脸如他家的土炕，不知如何是好。

见女人还活着，只是叫血糊了脸面，刚刚的邪念一股风吹了去，三耗子心里就只剩下救人了。他连忙逮住那匹正悠然吃草的白马，忘了是如何把女人软绵绵的身体抱上马背的，怕跌落，又用绳子加固了，眼疾手快地收了女人的包裹，拉着马缰，吆喝羊群，急急忙忙赶回了家，安顿女人住进了他的破窑。

三耗子的窑洞阴暗、霉臭、邋遢。他急忙把一块舍不得用的雪白的新毛毡铺在炕头，上头又加了山羊皮褥子，把女人卧在上面。女人时而抽泣时而放开嗓子大哭，直叫得三耗子心乱如麻。想给她弄些吃的，除了面瓮里有几碗黑莜面，家里像清水洗过，转了几个来回，只好生了火熬了莜面糊糊，也算给女人对付了一顿晚饭。

女人也不客气，不顾血渍涂头，张开口呼噜呼噜地喝起莜面糊糊来，一大碗转眼喝尽，扔下了碗筷倒头又睡了，看来她真是受了不少煎熬。

女人很快入睡，睡得死沉。三耗子拴了门，骑了头叫驴一口气颠到白道口。他先是急急慌慌地进了一家药铺子，买了两包治刀伤药。又在一家货铺买了一斤他生来没吃过几回的黑糖，听人说黑糖能补血。顺便又买了白面、小米及调料。虽花了些铜板，却没叫他像以前那样抽筋般难受，反倒花得有些痛快。出街口时他听得几个遛马[5]的半大小子正在说闲话，有些内容三耗子觉得和女人有关，便和驴都停下脚步，竖起耳朵想听得清楚些。

“今儿前晌赵半吊子和手下几十人在白道梁中了官兵的埋伏，狗日的土匪们平日挺狂，遇上官兵怂得像耗子见了猫，叫人家一顿机关枪扫了个精光，尸首卧下一坡，多得像蚂蚁。”一个穿红袄子的少年抡着双臂生动地比画着。

“俺亲眼见骑白马的营官手提赵半吊子的人头，那颗头血淋淋滴着血水，还龇着一排大牙哩。路过时死鬼那像猫一样的绿眼珠子瞄了俺一眼，吓死个人了！”一个黑袄少年炫耀道。

“你真能日粗，死人瞄你？赵半吊子没和你拉几句家常话？若是说给生人听，还当你是个汉子，其实兵匪交火时你躲在狗窝里浑身乱抖哩！”红袄少年立即反驳道。

“人们说他的大小老婆跑脱了，一白一黑两匹马像旋风转眼没了影踪。”一个蓝衫少年显然不关心他们的争吵，又把话题拉回。

“说是赵半吊子死了几十个人才保护出去，赵半吊子为两个女人下了血本。”红袄少年又说，“人都说赵半吊子武艺高，枪头子准，一个人能对付百十来人，比得上张飞、吕布。平日对老百姓张狂得像头饿狼，到头来连个护娃的老母猪也不如，把老婆也丢了，自个儿也丢了吃饭的家具。”

“赵半吊子拉下两个女人，也不知要便宜了哪个光棍？”黑袄少年说道。

“土匪用过的女人谁敢要，也不怕跟上吃了枪子？给你娃你敢要？一个娃娃家乱操什么邪心？”红袄少年又戗他。

“俺才不要烂货，等两年娶个正经人家的闺女。”黑袄少年连忙表态。

“是了！娶土匪的女人，还不是狼嘴里夺食？”

一旁的三耗子却听得头皮发紧，赶紧拍了几把驴屁股，急急忙忙地往家赶。

三耗子一夜没睡，且到天快明时才睡着，睁眼时天已大亮。听到拉动风箱的声音，有人正在烧水，仔细一看正是他救回的女人。三耗子大吃一惊，女人除了脑门上那块鲜明的疤，脸盘儿白白净净、周周正正，看上去十七八岁的样儿，举手投足间透着严干正经，沉稳庄重。看他一眼便不再理会，专注地做着家务，俨然家里的主妇。

三耗子急忙起来忙碌他的营生，把羊群赶在一处高台上，那叫“晾羊”台，让羊通风晾晒，意在吊羊的胃口，又在石板上撒了些灰色的土碱，羊立即涌来舔食。日上三竿才赶羊出坡。古人形容饲养六畜讲究水草丰美，饿到了的羊才会放开口胃，由于摄入盐碱又会拼命喝水，这样才能保证羊水草共进，才会上膘。三耗子是个公认的好羊倌，那正是因为他的辛苦。

忙完营生，三耗子刚进窑门，一股香气扑鼻而至。女人熬好了小米粥，又烙了面饼。三耗子像是被别人请来做客，站也不是坐也不是，女子恭敬地端来盛满粥的碗，又递来筷子，他仿佛受了嗟来之食，感动得急忙吃完，还不时偷偷瞄一眼女子，竟然忘了食物本身的味道。

三耗子每晚牧归，都会诚惶诚恐地享受来自女人的热乎乎的晚饭。女子做起家务营生来总是那么有模有样，像所有走西口的后人，可以把一些粗涩的食材做成家常便饭，大青山出产的莜面她舍不得精做细吃，总会搭配些山野菜。虽是些粗茶淡饭，三耗子吃得有滋有味，女子给他吃一碗盛一碗。三耗子吃完后女子才动起碗筷。三耗子心里一阵感激，怎么看都是个出脱的好女子，身上寻不出一点沾过土匪的气息。

有一天回到家，三耗子发现自家灰白破烂的窗户白亮如雪，窗眼间贴满了红艳艳的窗花，鸳鸯成对，花开并蒂。中央两处大窗格里竟贴了耗子娶媳妇的场景，那耗子新郎在花轿前雄赳赳、喜洋洋，三耗子觉得那耗子新郎正是他自己，立刻被幸福和感动浇灌得热泪盈眶、无法自持。

第二天收工，他发现窗台上用他家熬药的破砂锅栽种的野芍药花怒放着。三耗子平生第一次从山梁上那司空见惯的草木里体会到一种扑鼻入肺的香气。只觉得做人除了吃喝，有热炕、有老婆就算是梦境里的光景，再加上这样的鸟语花香，简直进入了仙境。

女子的巧手为三耗子描绘出一种全新的人生，但他很快就被女子与生俱来的一系列尊贵气质置换为一种莫名的悲伤。他把自己的肉体和灵魂湮灭在这悲伤里不能自拔。这个三十岁的光棍知趣地认定他这烂毡片放不到千里马背上，草笼子养不住金丝雀儿。他只想把这女子养在窑洞里像供神一般，丝毫不敢冒犯，甚至不敢放眼去细看一眼。

三耗子身量不大却很费饭，平常也不敢放开肚子吃，想想家里存粮不多，又添了张嘴，便时常愁云挂在脸上。自个儿在野外放羊寻些野菜山果填充肚皮，打算省些米面给女子。每回女子端上饭来，三耗子也不多吃便说他吃饱了。她偷偷拾翻他的毡背包，里头尽是些山梨儿、沙枣，她抓了一把就吃，可以入口但很酸涩。女子流了两行泪出来，便拉他进了放杂物的土窑，揭开一口大瓮的盖子，里头的面却没下多少，他心知她也成天饿肚子，从没背过他吃过一两半钱。女子真算是个有良心的，打省着自己的肚皮和三耗子一齐搅着稠稀过日子。

日久天长，眼看女子脸上渐渐呈出菜色，三耗子仿佛做了甚亏欠事，一天偷哭好几回。

4　妒火

三耗子的艳遇立刻震惊了附近几道沟的牛羊倌们，他们不敢相信现实版的天仙配牛郎可以如此简单地实现。而众人小看欺侮的三耗子便成了主角。一伙想女人想得灵魂出窍的家伙一齐早早收了牲口，吃了饭，便按白天山坡上的约定，从四面八方赶至三耗子住的倒返沟去看土匪女人长甚样儿。

土匪女人绽放出巨大的艳丽光环，她神采奕奕、韵气如仙，来自几道沟的野汉鄙夫无不目瞪口呆，如拴牲口的石桩一样杵了一片。一进三耗子的窑洞，早没了灰暗无光的老模样，那种汗臭酸腥的光棍味道也无了踪影。这里就像被说书人带入一个只有神仙才可以营造出的意境。黄鼠油灯燃烧出一丝丝香味，这味道足以让人产生老财主掌柜们享乐富贵的梦幻。牧人们的嗅觉更加灵敏，女人身上特有的一种淡淡的清甜气息不断骚扰着他们的鼻息。这是一种令人迷醉的胜过窖酒千百倍力量的源泉，正涓涓流入并滋扰着光棍汉们干涸的心田……

女人始终不说话，也不露一丝浅笑。她一直刻板着脸守着灶台，不停地烧水冲泡着用黄芹叶制作的山茶。十个人拥挤在土炕上端起大碗喝茶水，喝完了再倒上。“啪嗒！啪嗒！”女人有节奏地拉动风箱，时而全神贯注地向灶口续添柴火。灶火把女人的脸照耀得红艳艳的，宛若一朵美艳的山花。十双痴迷的眼齐刷刷地投向灶前，久久不肯移开。

一直喝到大半夜，灰皮们才不舍地挪动着身子走出三耗子的破窑。他们出门没走几步便在院当中一齐放尿，几大锅滚水变成的尿流哗啦啦地流出，本来干净利落的小院被尿液冲刷得七支八道。

“土匪使唤过的女人哪个不是大马金刀的主儿，就你三耗子能耐？你是身高丈八的薛仁贵，还是有九牛二虎之力的白袍将？能縻拢[6]得住这王宝钏一般的人物在你那寒窑？”四仓子很快恢复到他灰人的本色，无论是从言语上还是行为上。他一边尿尿一边对出门相送的三耗子拿戏里的人物说事。

“俺……”刚才还兴高采烈的三耗子被一瓢冷水当头浇醒。

“你？不要看眼下你是老母猪断[7]兔儿——扑得呼呼的，到头来还不是骆驼的尿——往后跌。只怕哪一天来个土匪和你要人，想哭也寻不下个棺材！”

四仓子的几句话把三耗子压在心里的自卑全给挤压出来，一时不知如何答对。

“三耗子，你也多喝些水，尿上一道仔细照照自个儿。你也不是不知道，山上有了伤的野物逮回家养，好吃好喝也养不住，到头来还不是一展翅膀飞走？”又一个家厮[8]也跟着说，似乎很有些道理。这更叫三耗子的心一凉到底。

说话的四仓子，长得尖嘴猴腮，两眼转得飞快，一张口满嘴牙齿像沤得发黑的麻秆一样恶心，说话声音却极为响亮。平日里一堆闲人懒汉喜得蚁聚虱攒，胡扯瞎谝，领头的正是四仓子。这货从头到脚寻不出一点正形，灰主意却装了一肚子。因他掏雀抓獾有些手段，杀生害命又不手软，常捉些野物解馋。野地里少锅缺灶，点个野火，把那些半死不活的飞禽走兽扔到火堆，也不管它们吱吱哇哇地叫唤。等不得烧熟便剥着吃。外焦里生，茹毛饮血地入肚。一两个新手看了恶心得要吐，遭到四仓子一顿臭骂，久了，争不过缺少油水的饿肚皮也下了口。一伙人得空便树上掀巢、土里掘穴地拾翻吃的。

夜里无事憋得难受，三五成群找些年轻情盛的夫妻翻墙越房去听房，积攒下些内容，编些四六句子当作闲淡光景里的调料。

四仓子平日里总寻个好欺负的贬损一番，三耗子是个最好的受气包，成天叫他们欺负。这一回他以理服人，认真地打劝起三耗子来，他的好意除了三耗子本人没一个人相信。

四仓子这几天在山上放羊碰见三耗子，见他浑身的衣裳比起平常竟干净利落了，补丁工工整整，针角密致，就是平日肮脏的脸竟褪洗得白净了许多，只觉得里头存在些故事，便软套硬诈弄出其中原委。这个货听过后立马嫉妒得心肝发痛，便动用嘴头子诈唬一顿，心里巴不得那女人移到他的黑窑洞里。三耗子却是个胆小没主张的,正中了人家的圈套,听得一脸红潮,好像那个女人是他当土匪叼抢来的。

晚上，三耗子心神不宁，想和人说话，见那女子不言不语，只顾缝缝补补，便作罢了。他的心里头叫四仓子的话搅扰得难过，便出门径直去了沟里驼馆曲米换家。曲米换是个正人君子，专爱打抱不平，扶助弱小。此人见多识广，文武双全，没事便和他闲坐，听他说些故事，也好打发时光。

“老三，你一天和几个灰货搅和在一搭儿，不过是叫别人当个耍活儿，一伙人都拿你图开心。说你是个老实人，老实人也不是头众人骑的老驴！你也不看瞎猪挨着搬仓子[9]睡，一样样的灰脊背，他们嘴里还能有个好话？咱不是铁匠铺的砧子，谁要敲打就来敲打！能不能离得他们远些？省得尽给灰人出气。”曲米换很恼火。一说这些人他就来气,虽住在一道大沟,平日他却连句话也不想和他们说。

“都是一道沟的人,低头不见抬头见,几十年没沾染过女人,心里积攒些邪气,自然下三烂些。他们嘴头子臭，又不是杀人放火、图财害命的强盗，只是嘴上占些便宜，想占就叫他们占些，还能把我怎样？！再说四仓子的话也有些道理。”三耗子反倒是无所谓的样儿。

“他们眼红你炕上那个女人来得容易，才说些泄气的话要你松手，四仓子也好下手归了他去。谁都知道这女子现在走投无路，落难在你家，你这头一松手正好叫他扯了去，你要害人害己哩。”

“人家嫩芽芽的，你看看俺这成色，又丑又穷，没一处配得上人家这俊俏女子的。”

“你想想，再好的女子一旦沾染了土匪等于跌进茅坑——沾得一身洗不去的恶臭，哪一个正经人家还敢要她？女人到了这般境地没脸回娘家，还不是寻个实在人嫁了？求个不嫌弃她的过往，图个后半辈子安然。你三耗子不秃不瞎、不嫖不赌，半辈子没做过亏心的事。一个老实头子恐怕正是她要寻的人。再说偏偏你救她一命，这还不是天配的姻缘？”

三耗子听了这话像通天瞎子见了光明，一口气喝尽碗里的茶水，转身回了家。他一路想，在这世上他三耗子唯一能称为朋友的人就是这个曲米换。

就在这天夜里，四仓子一伙偷了女子的白马，第二天一早便卖给白道口过路的马贩子。土匪的马本是百里挑一的好马，口齿整齐，皮毛油亮，个头过人，马贩子一见不由得眼热，知是经历千里万里风尘的西草地货，若转手到口里必大赚一笔。晋商们就喜见个高头大马，他们出行时骑着口外买入的宝驹，雕鞍银镫，胡鞭南铃，行于闹市，抖不尽的威风，显不绝的贵气。这白马稳健高大，形态气派，还愁没了买家？见几个卖马人贼眉鼠眼一副贱像，情知马来路不正，便坚持不要，但经不起几个货像乞讨一般，价格低到白送，只花了三五个大洋买了去，连夜倒腾到口里了。

到手的银钱禁不住几个人吃喝嫖赌，三五天造了个干净。三耗子明知是谁做的，又不敢报官，说与那女子，她的表情像那马与她无关。但想想丢了这马正好去了个叫土匪寻人的幌子，再说那马毕竟来自土匪，三耗子也就没敢声张，只当是哑巴吃了黄连。四仓子认为自己神机妙算，趁火打劫干得十分巧妙，脸上看不出一点愧疚，反倒洋洋自得起来。

5 耗子、仓子

四仓子的爹梁满收和三耗子的爹严狗狗在一道沟里放羊，两人也相熟。有一天梁满收看到严狗狗的一只羊离群了，正呼爹唤娘找寻它的队伍，便对这只左耳长满黑毛的羊起了歪意，一顿抛石把黑耳朵羊赶进自家羊群。回到自家羊圈，谁知那羊举目无亲，不禁放声大叫，叫声高亢直叫得梁满收心惊，出去用鞭去抽，越抽叫得越凶。满收家的是个守本分的女人，劝男人把羊放开叫它自回主家。

“出了门叫狼叼去，图个甚？明儿出坡还他便是了。”

但那羊一声接一声地叫，梁满收心神不宁。他也没法子堵挡住它乱叫，做贼心虚，心一狠竟把刀扎进羊脖子，血哗哗地悄然流出。血不流了，羊的叫声也在夜色中悄然停止了。

严狗狗晚上清点羊群后知道少了黑耳朵羯羊，就怀疑是梁满收干的，转身摸黑十来里路追到邻沟梁满收家。一进院子他就看见圈墙上一块羊皮，手摸去尚且温热。屋里大锅里的羊肉刚刚散发出肉香。严狗狗压住火气，心想人赃俱获看你这条舌头怎把这事情说转？一进门指着锅便问：“梁满收你倒是说说你做了甚好事？每日一搭儿些受苦人，你也下得了黑手？”

“俺失手打断了自家羊腿，杀俺的羊关你甚事！”谁知梁满收铁嘴钢牙，说话竟然咬得嘎嘣脆。贼无赃，硬如钢，梁满收叫人家人赃俱捉，却比钢还硬。

“羊肉下了锅，那黑耳朵的羊头还在哩！”

“你的羊能长黑耳朵俺的羊也能长黑耳朵！凭甚说是你的？分明你偷看见俺的黑耳朵残了要杀，乘机讹人，你好自己偷杀一只解馋！”梁满收一脸不屑地说，“讹人也不看是谁？爷尿你？！”

“没见过你这样厚脸皮的，明明你偷了俺的羊，反倒有理？！”严狗狗人老实，嘴却短。

“你要不服，去衙门告俺，只要断下俺有罪，杀头坐牢俺都应着！”

梁满收突生出一副无赖嘴脸，让严狗狗无所适从。梁满收反倒是得理不让人，当着他的面又从容地从锅里弄块肉就吃，故意把声音弄得又香又响。

“放你妈的狗屁，一只羊也值得惊动官府？你这牲口……”严狗狗一时气得语无伦次。

“你若好说给你吃碗肉，要是讹人骂娘，恐怕连汤也没给你狗日的备下！”说完梁满收吞下一块滚烫的羊肉，像饿狗吞食。

“吃你妈的 ×！”严狗狗再也压不住火气，从院里搬了一块牛头大的石头，那块石头以愤怒的动力从耗子爹头顶两尺高的位置砸向煮肉锅。热气腾腾的木头锅盖正欢快地浸润着肉香，石头轻松而无情地把它冲撞得四分五裂。铁锅轻柔地响了一声，灶坑里的火和羊肉及汤水产生了热烈的反应，气流声响冲击着窑洞，热浪升腾，扑向炕上等肉吃的大仓子，大仓子吓得哇哇直哭。两个男人当下扭打起来，从窑里打到窑外，两人都摸要命的家具玩命。

满收家的眼看要出人命，加上心虚理亏，便在两个男人中间跪倒乞求。两个男人迟了一下，各自住了手脚。但两个家族的战斗才开始了，由此结下的深仇到死也没化解，以致延续到下一代人。

一个月后，梁满收平日依仗的两条好狗没听到一声吠叫便失踪了。这狗曾由梁满收带上山放羊，也识得严狗狗，叫它一声摇头摆尾甚是亲热。梁满收便怀疑狗是严狗狗诱走害了的。没了狗护院，狼乘机钻空子咬死十来只羊，梁满收差点心疼死，大病了一场。

这年冬天刚入腊月，严狗狗一家人割了一个月积存下的羊草起了火。下雪后羊没了吃的，不等九尽[10]羊群就减了几十只。那些死羊瘦得像羊皮里塞了干草一样轻省，提在手里疼在心里，害得他三年没拿过工钱。不用猜就认定放火人是谁。

起初，起“仓子”这么个名儿不过是一个受穷挨饿家族在新生娃儿身上寄托了些翻身脱穷的梦想，企求实现多少辈子追求的牲口满圈、粮食满仓的哄慰先祖后辈的大梦。与严狗狗的战斗叫梁满收脑瓜里灌进了稀牛屎，竟然生出了炫耀他有了后继有人的资本，以此傲人的战绩想刺激一下尚未生育的敌手，以在两人的对峙中增加些精神分量。谁知严狗狗老婆的肚皮出奇地争气，跟着生出个小子。严狗狗言语少却是个心里头谋事的，就给这娃起了个“耗子”这个名儿。这名字就连梁满收也没留意，还觉得他家只配拥有猫猫狗狗的名字，现在成了耗子，真是一代不如一代。起了这样鼠目寸光、缺少创意、粗俗气十足的名儿，本来山里人起名用猫猫狗狗听着贱，好养活，何况耗子更贱，人打猫捉狗也欺，山里人心直人憨，谁去研磨起这么个名儿的玄机。

几年下来，仓子娘一口气没歇生了他的兄弟四个，梁满收却没再敢炫耀，因为狗狗家的在肥地里竟出产了弟兄两双。大仓子、二仓子、三仓子、四仓子一路降生，大秏子、二秏子、三秏子、四秏子如影随形。两家女人用胸前的肥奶滋养着各自的娃娃，只因隔两座山住着，十几年下来倒也相安无事。

这年，老天爷由春到秋硬是没施一点雨给大青山，七百里山川绝了绿色，多少肥美土地断了收成。口里一旦没了吃的，饿死一个人像深秋的老树坠下的一片树叶。死神在大山里游荡，曾经的驿镇白道口在人间和地狱间挣扎。

人没吃的，牲口也一样，走到哪里都赤裸裸寸草不生，尤其是开春风沙万里，绿意全无。牛羊成群饿死，人们便剥皮吃，好歹也是肉，去了皮又去了腑脏的牲口的尸体红通通的能照见里外，像红灯笼一样。人们依然要从骨头上啃下些许肉来，可吃到肚里不过一两个时辰便折腾得上吐下泻，两三日后眼看着也成了红灯笼，只差叫人吊起。

几个月下来，人陆陆续续地死着，生命如一介衰草，任由风雨飘摇，化为腐土，却没博得几声鼓匠的凄凄切切的喇叭声。后来，鼓匠反倒多被饿死了，因为鼓匠大多为瞎子，有眼的寻觅不下吃的，他们自是吃土也摸不见细微处。

人死得越来越多，先前死的还赚个薄皮棺材，落个入土为安，后来死的人便懒得去掩埋，一是行将饿毙之人谁还有多余的气力去管死人的事情，再说，自个儿还不知能否混个土埋尸首，早没了一丝闲心。于是横躺竖卧的尸体麦秸一样到处可见，任由狼吃狗啃，那些畜生倒是用人肉养肥了膘，皮毛油亮，见了人眼放青光，龇牙流涎，仿佛吃腻了死人想要品尝活人的鲜美。同类间成天撕咬打斗以释放累积过剩的体能。人饿急了也吃死人，从干当当的尸体中选肉大的部位割一块，尸首的屁股蛋子或大腿成了首选。牛粪火里肉块吱吱作响，味道催开了恶狠狠的饿口，半生不熟的人肉便被人狼吞虎咽了，吃饱后又觉得恶心，女人们马上就吐天呕地……

没办法，大青山的百姓卖儿卖女卖老婆想苟且过了这鬼门关。归绥城的饥荒把那些经拖家带口走西口的山西移民们嘲弄了一回。精明而又善于趁火打劫的山西光棍汉们想整个二房三房回家生儿养女，他们像野狗一样赶来，用毛驴骡马驮几斗米粮来，回去时牲口背上多了个满目忧伤、面黄肌瘦的俏爽女人。失妻缺娘的这家人流着泪将山西人留下的救命小米咽下，吃罢便阖家大哭，直叫人撕心裂肺。

梁家残破的粮仓里哪还寻得着一粒小米影子，一家人漫山遍野饿狗一般寻找能止饿的东西去填那濒死挣扎的胃口。榆树皮被剥得一丝不挂，能吃的野菜像是隐藏了起来，寻找能吃的东西比捉个鬼还难。地上没有就从地下搜翻，捉出耗子、瞎貉、刺猬、蛤蟆吞入肚子，不久能动弹的活物便也集体遁迹失踪，就连原先一片一片的蚂蚱也没了动静。好在大青山深处还长些植物可食，人们就跋山涉水去采摘甜苣、灰菜、嫩沙蓬、地梨儿、面果果、辣麻麻、醋柳柳、沙奶奶、榆钱钱，就是一身毒刺的荨麻草也不能幸免。除了羊毛牛角角咬不动吞不进，几乎源自生命的物质都毫无顾忌地填入空荡荡的饿嗉子[11]。饿鬼们就是连牛羊吃的苜蓿草也没放过。那东西看上去嫩绿得像归化城掌柜们女人脯子上戴着的翡翠一般可人，吃到口里却是粗涩难咽，比老牛咀嚼的干草强不了多少，无奈肚子不依不饶，只好强流着生泪咽下，拉出的屎恶绿恶绿，臭气漫到几里外。没法子，不吃又如何能度日活命？入冬前没明没夜地存储干野菜、粘蓬籽、沙蓬籽、榆树皮、干灰菜，见甚能吃便搂揽甚，像老母猪垫窝。仓子们越饿吃口越凶，就是有座面山、有道菜坝也能吃出它个巷廊来。

八月十五日夜，一家人吃了一筐水煮灰菜干，这是前些时日仓子在灰菜尚嫩时让他娘晾晒的。往些年，家里有驴骡的，骑乘完毕，割一抱绿艳艳的嫩灰菜放在槽子里喂疲累的牲口吃，如今这东西硬是充当了一顿他家的中秋大餐。

月亮依然是中秋的月亮，月光强劲地透过窗户。一家人没有一个能入睡，一门心思想着好年景置备的中秋美食。用红糖、胡麻油和在白面里烙出红里透黄的月饼，饼润软而酥脆，吃到嘴里发出嘶嘞嘶嘞的欢快的响声，响声冲击着整个口腔，细碎的饼屑急切地进入食道，仿佛可以听到肠道贪婪地下咽的声响。鲜羊肉馅饺子在气腾水滚的大锅里翻舞，饺子在羊脂一般的外表下掩饰着香艳肥美的天下美味。带着热烈甘美的饕餮之梦，仓子爹和仓子们满嘴流涎昏昏入睡。仓子们的娘肠胃毛病很重，一天吐血，进食艰难，因而饿得彻夜难眠，空空如鼓的肚皮里百爪挠心，不时发出蛤蟆欢唱情歌时的声响。

月亮透过千疮百孔的窗纸光顾了这间死气沉沉的破烂窑洞。朦胧间仓子们的娘发现娃儿们的脑袋圆泡泡、绿莹莹的，如同好年景菜园子里的圆白菜。那绿光时而弥散时而又聚拢成一条巨大的菜虫，圆滚滚、肉颤颤地在娃儿们身上蠕动，当时吓得她一阵尖叫。可怜的女人再也经不起饥饿残酷的扫荡和对未来无限的愁苦，没等看到第二天太阳出来一蹬腿就死了。死后，她的眼睛瞪得像茶瓯，身体却轻柔得如同一支枳芨草扎制而成的扫帚，只剩下一颗脑袋和一团乱蓬蓬的虚张声势的头发。

这个家庭中唯一的女人结束了人世间苦难的煎熬，她走时带走了这个家仅存的一点生气。破屋里立即被灰漫漫的气息笼罩着。父子五个穷光棍打得炕板叮当乱响，饿得十只眼珠子蓝豆豆儿的要往外掉，他们胡乱抓握些能够下咽或难以下咽的东西填入肚子苟延残喘。

大仓子算是兄弟里最机灵的，饿则思变，他不想坐以待毙，早早起来去了白道口。他想从车马店喂马槽里拣获些牲口嘴叉遗漏的剩头，结果槽子比他家的面瓮还干净，怕是叫人扫了几回了。

没了食，走出车马店的大仓子没了方向，抬头看看天，唉！白道口的天不再是蓝的，灰塌塌的像从灶坑里掏出的燃烧过的粪灰。二十岁的大仓子从灰色的天际里瞅出他死去的娘的一双眼窝。一时嗓子眼憋了一只蛤蟆或什么，饿就消失了。但腿却由不得自己，像使唤得假了的牲口[12]，身子一下也不想挪动，只得靠在车马店的墙圪塄歇息。他觉得自己要沉沉睡去，不一会儿依稀觉得一群脚板围拢了过来，只觉得女人的脚像横长的萝卜，男人的脚用毡包装着如一棵能蹦的倭瓜。但他听到了男人和女人们的议论：

“严家真能想起把个‘耗子’当名字。有仇有怨也不能起这么损的名字克人，再满的粮仓也经不住一群耗子嗑窃，梁家不饿得满地啃土才日怪了？”有个男人说。

“唉！可怜的梁家齐茬茬要绝根呀！”一个女人很痛惜的样子，牙关咬紧地说。

“这年头耗子也要饿死，名字顶个甚用？福如东的牛倌福贵、广丰盛的驼倌财神也都饿死了！你叫个‘吃撑死’到头也还是个饿死鬼！”又有一个男人说。大仓子听出了他的声音苍老悲凉。

“都是快饿死的人还有气力嚼毛！省点气力过奈何桥腿不要发软，省得叫牛头马面抽你狗日的！”有人斥道。这是白道口的郭屠家，原本肉成一堆，走路小腿的肉像套裤一抖一颤，现在也瘦成了杀猪刀仅剩一条子。

“就算牛头马面不打，没了打狗饼过桥连狗也吃不倒！”声音有气无力。

人群缓慢地散了，像风吹散一团烟尘。车马店前大仓子复归伶仃。

大仓子被几盏灯刺醒了，一群野狗汹汹而至，一个个目露凶光，好似死人出殡前夜的一排排路灯，正指引着一条通向阎王殿的道路。对死亡的不甘和愤怒激发出了大仓子年轻的生命力量，他奇迹般地站立起来，同时手中多了一条扁担。刚才几只凶嚣的野狗驻足而望，显然它们之前对猎物的评估大错特错，瞥下一眼就不甘落后地四散离开了。

镇里人的闲言给大仓子空虚的体内注入了能量并迅速燃烧起来，他很快将这枚火种带回家，一并在仓子们的心里点起熊熊大火。他们把多少年的委曲、耻辱、怨气集中捏在一起，感觉他家少吃无喝的穷光景都源自该死的“耗子”上。怒火点燃后产生的能量使仓子们斗志昂扬起来。他们像训练过的军士，依次顺手操了些极具杀伤力的武器——铁锹、柴钗、镢头和马鞭一干冲手家什去耗子家寻仇，完全不像是一伙垂死挣扎之人。他们俨然枕戈待旦的勇士，全然没了饥饿之态。一路上兄弟几个赌咒发誓——不管谁娶了妻生了子，那娃一定叫猫儿，不管白猫黑猫花狸猫，定叫他严耗子家族断子绝孙。

严家那矮黑的窑洞像一座坟茔，大仓子用发软的脚踹开如墓道一般的窑门，黑暗、霉臭、阴森的耗子窝被揭开了。严家一堆耗子赤裸着干枯的身体相偎相依，像出世不久的耗崽子拱食一般。一种不可名状的死亡气息扑面而来。

很快，问罪之师雄赳赳、气昂昂的气势瞬间分崩离析。大仓子亲眼看到那个把石头扔进羊肉锅里的凶相男人，如今像春季来临后无缘吃到即将长出的青草的被剥去羊皮的死羊，黑紫而干瘦，像是纸货铺半吊子学徒用麻秆儿做龙骨外以纸扎的纸牲，四条蹄子迎天奓开，仿佛去拥抱从天而降的食物。一窝饿耗子正围着老耗子难看的尸体号丧。

耗子们见到仓子们便哭声雷动，被饥饿折消已久的情感被催生出来，被得以最大限度的挥发宣泄。他们七嘴八舌地诉说他爹的死因：饿疯了的老耗子用尽他最后的体能和智慧把百十只肥大的蚂蚱拍死在地上。虽然费的力气几乎令他瘫软，但这是他好久没见过活物的缘故。他等不及和他的小耗子们共享这顿大餐，决意就地拢起火烧烤蚂蚱吃。那东西在火的烘烤下膨大又迅速缩小，一阵声响和香气同时迸出，老耗子迫不及待地吃到嘴里，烫热油滋，香沁心脾。一股热流入了肚里，他享受了一顿人世间最美好的野餐。他手里捧了一大把准备给老婆娃娃吃，尚未走入院门便倒地打滚，显然他那薄肠瘦肚没福消受这种全新的食品。

耗子爹的肚皮全然像猪尿泡灌入了气体，一个劲胀大，人像发起了的面，骤然间大了几倍。就这样，庞然大物般的严狗狗把自己轻薄的肚皮胀成一面大鼓，碰一下大概定会喧响。他像只垂死的老狗喊叫了一夜，最终被自己制造的气体活活憋死了。

仓子们的上门使耗子一家备感欣慰，他们毫不怀疑仓子们是尽邻里之谊来帮忙办丧事，感动得流出一些耗子泪来。仓子们自是一时没了脾气，心里甚至还挤出些兔死狐悲的情绪。在一个马鞍状的山腰的紫色土层里，仓子们和耗子们合力挖掘老耗子的安居工程。仓子们腰软肚硬有气无力地舞弄着自带的工具艰难地完成了土方，老耗子空空如也的尸首卷着一块炕席便消失在纷纷落下的血色泥土里，两家的一切恩怨这一刻似乎也被彻底埋葬了。

耗子娘偷藏在柴草垛里的干野菜被仓子们的义举激了出来，他们在耗子们和他娘略带愧疚的目光下心安理得地混了一顿清汤寡味的烩干野菜。但他们大举饿口的疯狂吃相在耗子妈来不及错愕时早已风卷残云般吞入了肚皮。当晚他们睡得死沉，饿魔这一夜暂别了他们的土窑。

大青山注定是个苦难深重之地，人们的生命顽强地抵御着饥饿的逼迫，但另一场灾难接踵而至。

一个月后瘟疫不慌不忙、不紧不慢地袭来，死神像一个认真的老人挥起遮天巨帚清扫着大青山的沟沟坎坎、村村户户，白道口的驿站门可罗雀，大店里空荡死静，只有耗子打架时尖厉的叫声偶尔传来。棺材铺里本来叮叮当当地响着，有个正做营生的老木匠浑身冒汗，脸色发青，自己挣扎着躺进一口完成的棺材里随后咽气身亡了。随后几天他的两个徒弟学师傅的样儿自寻了归宿。白道口很难再买到一口棺材了。

沟里头居住的人家本以为能躲过瘟神，谁知瘟神一家一户地上门搜刮生命。耗子和仓子两家人本活得不耐烦了，倒也不怎么惧怕死，可在同一天早起每家炕上倒卧下尸首一片。老天爷看似公平，可巧给两家各留了一苗根儿——三耗子和四仓子。

死了死了，人死了一切便都该了却了。按说老辈子的恩怨制造者已掩入一堆黄土之中，但那仇那恨偏偏在四仓子鼠肚鸡肠里蓄了根、串了秧，只觉得他的仓子时刻受到耗子的威胁，这矮子是他的丧门星。心里死抠着不放，哪怕是三耗子一顿饭比他油水大些，一件衣裳补丁比他少些，他的内心深处就烧起些无名火来。如今一个水灵灵的美人坐在三耗子的炕上，直叫他觉得猫儿挠心一般难活。

这些天，三耗子总是亢奋得难以入睡，他把曲米换的话反反复复地咀嚼，总算得出了一个理，四仓子对他向来都是狼给羊说媒——没安甚好心。于是，他的心里头便暗自发誓从此再不拿他说的话当个事儿，只当闻了个屁，怕臭躲远些。

6　苦命夫妻

事实验证了曲米换所言的正确，事态的走向和四仓子那货说得相反，土匪的女人真就成了他三耗子的女人。那个秋雨绵绵的晚上，三耗子一如往常地睡在炕角，后炕有些凉，睡到半夜就被冻醒了，借着窗户透过的微光他看到女子坐起，上身赤裸着，向他招手，三耗子只当是在梦里，痴痴没动。往日里这种梦他做过不知多少回，叫他一个白天没完没了地回味。

“耗子哥，你要是不嫌俺身子沾过土匪，你就要了俺！俺好好跟你过！”女人头一回跟他说这么多的话，而且内容又如此重大。三耗子温驯得如同一只家猫，蠕着身子钻入那床被窝，贴着女子温柔的裸体睡下，一动也没敢动。倒是女子将光滑温润的身体依在他的怀里，像只受伤的小兽不停地抽泣。三耗子鼓足勇气两臂紧抱着她不敢松手，就怕松开女子便不再属于他。直到天亮时两人才同时睡去。

这个三寸钉就是创造了他自己不敢想的奇事，女人安稳地和自己过光景，也没有哪一个土匪踢门和他要女人。日子一天一天过着，女人的肚皮一天一天鼓起，三耗子一天一天快乐着。

四仓子一伙光棍们仍不相信三耗子能养得住土匪沾染过的年轻美艳的女人。每一次见面，四仓子仍然编制同一种恶毒的谶言问候他，接着再释放出一些新的更让他毛骨悚然的谶言。

“你们等等看，土匪的鬼头刀架在脖子上，有他哭的时候！”头一回他说。

“话在前，事在后。有红火让你们看！让人剖了肚皮，掏了肠肚还神气不神气！”一个月后他说。

“若是不报，时候未到，有你们看的。看看美人不是拾撮的，土匪不是面捏的！赵半吊子处置仇人最毒辣，把人包裹在湿牛皮里，风干上三天，把人活活拘死，然后慢慢喂狗吃！”两个月后他又说。“快不要谝那没影儿的事啦！三耗子当爹了！你的话多会儿才要应验？”又过了几个月，一个同伙幸灾乐祸地写在脸上，他挑战了四仓子曾经的话。

“爷也闹不清楚了，如今真是甚稀奇事也能生出，只怕狗头上也能开出海那花来。”四仓子不再嘴硬。

直到女人生了娃，两口子忙碌着光景，四仓子的嘴头子彻底终结了他的关于女人展翅飞走和土匪寻仇施暴的种种诅咒。

“狼的嘴亲不得，四仓子的话听不得！”一伙灰皮们便起哄，笑着一齐损四仓子。四仓子的脸上泛起苦笑，他心里也觉奇怪，怪就怪在这女人根本就没一点挪窝的意思，安心和三耗子这货做起了夫妻，一心一意过起穷光景。这也更让他的心里像下了蛀虫一样难耐，只觉得自己走了眼，丢了人。

他隔三岔五不辞辛苦地拢一帮灰皮在三耗子家窗外听房。透过窗纸破洞，灯光下女人赤着身子从从容容地捉虱子。她仔仔细细地捋着衣缝，在补丁缘缝来来回回地搜寻，不时用两只大拇指指甲相挤，装满人类血液的寄生虫身体爆裂的响声嘎巴嘎巴像炒豆一般传至窗外，一伙灰皮便浑身痒痒，直把痒处往墙角去蹭。不等吹灯那女人蹲在尿盆上嘶嘶啦啦地尿尿，之后没羞没臊地钻进三耗子的烂盖窝[13]里，淡定坦然得如一对老夫老妻。看着女人圆溜溜的屁股蛋子泛着诱惑的光泽，手指抠破的窗纸窟窿直叫几双觊觎的眼睛热暴了。胸前两疙瘩肉颤抖着像一把锋锐的屠刀切碎了光棍们的心，窗下一片急促的呼吸像秋虫嘀鸣，一帮色中饿鬼心里奇痒难耐直恨没个蹭处……

三耗子硬是叫从天而降的桃花运砸得满脸开花，他始终不明白，这仙女一样的媳妇咋就像秋天从地里拣山药蛋一样轻松到了他手。他不能不兴奋，这种兴奋无休无止地折磨着他的身心，一整夜一整夜睡不着。他担心在他睡去的间隙，女人被一匹高头大马驮去，消失在茫茫的大青山里。他总是在黑暗中睁大眼看身边的女人，女人出气的鼻息匀称而轻微，像来自仙境的笛音，这声音像只妙手轻抚过他的每一寸肌肤直至心肺。三耗子煎熬着并甜滋滋地寻找答案——莫非是严家祖坟占了什么风水绝地？老天爷让他这只茶猫逮了个大耗子（这比喻实在欠妥）。最后他坚信是他的父亲和兄长们地下有知，是他们的灵魂引领一个走投无路的女子一头撞倒在他跟前，让他收获了这场姻缘。

第二天一早，他跑到马鞍湾子埋有他父兄尸骨的坟地，烧了好几刀草纸，磕了几十个响头，说了一个时辰的好话："大大、妈妈！哥哥们！知道你们在地下照应着俺了，让俺有了女人，俺一定要给咱严家栽根立后，把咱严家香火续上……"

女人并不快活，甚至显得死板呆痴，让人觉得像是个愣子，只有三耗子知道她的聪颖贤惠。几年下来，周围的人只见到她黑衣黑裤的身影，却不见她该有的少妇的活泛，也不会有欢快的步子，从未听过她一嗓子山里女人咏情诉怀的山曲，或是一件鲜亮衣裳的倩影一闪而过，个中缘由自是没人能猜得出。或是天生的冷淡，或是精神上受了刺激，或是不满意如拴马桩子一样呆傻的三耗子，或是厌倦多见石头少见人的倒返沟。反正她的苦大仇深的样子令人难解。久了人们便忘了她的长相。

对于他的女人，三耗子心里装了无数困惑。女人惜话如金，平时也不爱和他搭个余话，问甚才答甚，言词也是简到一两个字，像是油坊里榨油一点一滴极其艰难珍贵。更不用说扯个趣事，交个心事，说个过往，言语寡得和哑巴无异，只是比哑巴还欠缺些喜怒哀乐，脸面像河冰雕琢成的一样冷峻无情。无论他如何打劝，她终是不肯走出深沟，去白道口逛一回庙会，看一场大戏，扯几尺花布，买一盒胭脂。女人的整个身心都沉没在这口孤寂的寒窑里。几年来她从没走出倒返沟半步，永远穿一身粗布缝制的乌衫黑裤，远远看去与老妪无异。她把年轻女子的青春活力深深地湮灭在死气沉沉的倒返沟里。她的老气横秋倒是把她与三耗子十余年的年龄差距缩得很近，一对苦命夫妻要在沉闷中度日。

7 一帮灰皮

和四仓子勾扯厮混的羊牛驼倌都是远近几道沟的赖人，因为他们都身小力薄，缺乏当长工种地的气力，一些地主们可用的人力多的是，所以没谁想用这种能吃不能受（苦）的货做长工。他们只能选这种有罪没苦的营生，只图混个填饱肚皮。他们却也可怜，早断了成家立业的非分念想，像一只孤鸟一般在凄风苦雨中煎熬，苛且一天算一天。这些人却也有个好处，牲口放得甚是敬业，相互间交流如羊接羔、铰毛、配种、骟蛋、舔盐、澡药等方面的经验，却也不保密，互为推广利用，把牲口饲养得油光肥壮。城里的掌柜们对此颇为满意，除了处置变卖一些牲畜，或者送些饲养牲口物品外，一年到头很少来查巡，这伙人便相对有了些自由空间。平时几个人像虱子一样攒成蛋子相互取些暖，四仓子胆子壮、点子多、嘴头巧，便当仁不让地成了头领，竟也能一呼百应。

这些放牲口的货们在山野里跟在牛羊的屁股后讨生活，撒野惯了，平日里站没站样，坐没坐相，东倒西歪的，自个儿也不把自个儿当个人看。邋里邋遢，不洗不涮，一身的沤羊皮的臭味。莫说女人，就连母牲口也不正眼看他们。虽是平时见人低三下四的，却一致看不起矮短、嘴笨、相丑的三耗子，一场突如其来的艳福落在三耗子的头上，他们错愕之后便有妒火隐隐蹿升。经过四仓子一煽惑，他们都认为这样的好事无论如何也不该轮到那个土行孙的头上，心中便诅咒老天爷瞎了眼，安错了美事的主角。尤其四仓子气得抓墙皮，以致一冲动起了横刀夺爱的念头，以为那女人是个谁也能占的便宜。借由三耗子家山茶地道有味，常常去他家喝茶。女人初时还把他当作客人，给他烧水沏茶，四仓子饮牛一样喝光，女人又续满，乘着女人端着茶壶近身，四仓子用他的黑爪子去触摸女人的手，女人迅速地缩回。又有几回用语言挑逗女人，大荤的话引得女人怒目而视，手里抄起烧火的火铲，仿佛面对一条上口咬人的恶狗，随时准备一棒当头。再后来他来了女人尿也不尿，连冷水也不曾给他喝一瓢，到他走也没抬头看过他一眼，无视他像墙脚一只蠕蠕的爬虫，四仓子才瞎了心。

人常说，叫唤的猫没肉吃，四仓子正是这样一只没肉吃的猫。年过三十岁还是光棍一条，正经女人谁会叫他沾边？发了工钱有个余头便去白道口寻个老丑便宜的窑姐泄火。牙黄口臭，身上酸臭味道直冲人的鼻子，谁人喜见他？窑子里的卖肉的货们见了银钱却努力强装出些眉欢眼笑，搭讪勾引他上手，待到收了钱做那营生时换了一副极不耐烦的头脸，本想亲哥热妹一番，哪知连个口也不曾让亲，手推着脸催你下头快动，只三下两下放了他们那股灰汤。刚才还热气腾腾的情欲一下子索然无味，想诉几句情话找补一下，谁知窑姐半个屁股没收起就摔门而去，想着白花花的银钱花得心疼，气得只骂婊子无情。只想发些火气，见店里几个如狼似虎的后生头黑黢黢的像是门神尉迟恭，一字排开怒目相向。他们飞快地收了所有不该有的念头，随即折叠起松懈的裤腰匆匆系了裤带急急走人。四仓子一路上骂天骂地骂婊子，又骂三耗子的女人能让无恶不作的土匪日，能让三耗子这么一个没长成人样的日，偏偏不让他沾边儿，真是个不知好歹的灰女人。

四仓子本是个欺软怕硬的，他像吃烧山药蛋一样专拣软的下手。三耗子就是他最好的欺侮对象，过来一把过去一把地狠捏狠抓，一来图个开心，再者也泄却胸中的积恨。只因三耗子从没个反抗，更助长了四仓子的恶行。他把对那个冷脸女人的怨恨统统转嫁到三耗子头上，两片儿嘴唇割脚刀子一般刻薄，一见面就刻划他，三耗子假装没听进，也跟着别人笑。现在，他又拿三耗子的女人怀胎一事当成话把儿，想拿三耗子开心。

“三耗子！甚是个‘四大便宜’？”

三耗子心里知道这货又预备下赖话等他，就摇摇头。四仓子立马摇头晃脑地给出答案：“出鼻骡子起虫的米，埋宝的破宅带肚的妻。”接着他一本正经地训斥三耗子：“你占了这么大便宜，还装他娘不知道？”

众人又是一通大笑，有人乘机起哄问四仓子：“既有‘四大便宜’就有‘四大不便宜’，再说说甚是个‘四大不便宜’？”四仓子笑得满嘴黄牙像含了一口玉茭粒子，开口说道：“金狐的皮金銮殿的画儿，乾隆爷的玉玺贵妃娘的镜儿。”

一伙人兴致一来，便如开春后开刮的西北风几天几夜呼啸不绝，直弄得昏天黑地。四仓子就像潮起[14]的公驼，疯狂万状，怪话、灰话层出不穷，引得围观的一帮灰货扯嘴大笑，竟忘记了收工回场。四仓子提高了话音，众人就知道他又要出台惊人之语，静声等待。

“三耗子自打拾个烂货回来，一头扎了上去，全忘了众兄弟以往的情分。他不仁，咱不能不义，他媳妇大肚怀胎，终将要生娃，肚里娃总需要个好名字。俺为娃起名耗费了几天几夜心思，总算是给娃想下个绝妙的名字。三耗子你狗日的该给俺喝几壶烧酒才是。”

四仓子一脸得意，三耗子正愁给娃起名这事，只当是赖人也能做些好事，一脸感激地凑将过来，却把曲米换的话当了耳旁风。

“男娃叫伙种，女娃叫串花。”四仓子大声说。

几个灰货怔了一会便一通哄笑，过了许久三耗子才辨出不是正经话，心里后悔刚才不该接茬。这看似喝彩的笑声更激起四仓子的后劲，立马掀了苫面纸露出鬼相来：“人说三耗子人憨，这货其实尽做有利占便宜的营生，别人下了种，狗日的只打回砬砘就把个收成全归了他。”

“当初俺日你娘，是你爹把棒[15]，费气把力种出你个灰圪泡[16]，叫你爹贪了大便宜把你做了他儿！”三耗子一气被逼出恶言，这也是头一回对四仓子的欺负做出反击，说完他既吃惊又害怕，心颤抖着却又痛快淋漓。

因这话出自老实货三耗子之口，再加上他一脸的义愤正经，立刻产生一鸣惊人的效应。一群赖人听了笑得地上直打滚儿，直说砂锅滚了、茶货恼了就是厉害。四仓子也笑了，他很少在斗嘴中处于下风，如今三耗子突然冒出这种出奇的灰话叫他防无可防，像一个叫笨汉用蛮力狠狠摔倒的拳把式。

8 高调出世

严拴绊以与众不同的方式出生了。

女人将要生产的那几天，三耗子便就近放羊，刁个空儿回家看看。他在院子里就听见女人哭爹喊娘，知道要生产，三耗子骑头叫驴飞快地冲到白道口。接生婆大白菜和她的徒弟兼儿媳小白菜看见三耗子，知道业务来了，二话没说跟了三耗子急匆匆地赶往倒返沟。大白菜骑在灰叫驴的身上，三耗子牵着驴缰绳，驴踩着碎蹄子走在碎石凌乱的山涧。山谷里大白菜的声音很闷："三耗子，你去年八月才有了老婆，今年四月生娃。你狗日的种个小日期？"大白菜和三耗子惯熟，他们共同来自口里忻州，虽说没见过老家一草一树，凭口音算作老乡。知他拣了土匪的漏，就想找些话逗他开心。

"养娃娃的家具长在俺女人身上，她甚时想生甚时生。你只管接生挣钱，还要管日期长短？"三耗子说得自然认真，却把小白菜逗得咯咯笑出声来。大白菜也笑了，一口烟熏的黑牙。

"俺们从女人两大腿中间抠些收成，自然知道成色够也不够。"大白菜又问他，"要是生下娃不像你咋办？"

"像谁也比像俺这样儿强些，要是走个样儿总比原封不动如俺好些。"

"想要男娃还是女娃？"小白菜又问。

"肯定是男娃，眼看严家绝了根。老祖宗在地下盼得快激出来呀！"

"绝户的命，强扎挣，只怕要生个贱女子！"大白菜嘟囔了一句，气他。

"接生就接，管你接生，生男生女又不是靠你两个生！真是瞎操心！"

这时小白菜便惊叫起来："瞭！快瞭！"她的手指指向东南方向的天空。三耗子和大白菜齐齐顺着望去，三个银色的光环耀出迷人的银光，三个银环，环环相套，对称规矩，令人赏心悦目。

"真是好看！"年轻的小白菜说。

"好看个刀子，没听说天上三环套，地上人头掉！？怕是又要死人无数。"大白菜一脸愁云，仿佛已经有谁死了。

她们都没曾想到，这样的凶兆之后，婆媳二人即将经历一场难以置信的职场恐怖。

三耗子的女人赤裸着身体仰卧在灰黑的土炕上。土炕上的席子、毡子都被卷起，泥土抹得光溜的炕体上铺满了草木或羊粪烧成的灰。年轻孕妇的身体沾满了灰粉，灰粉被汗水浸过便如墨一样黑污。孕妇痛楚地呼叫着挥汗如雨，灰不时附吸在她的身体上，涨起的大肚子像一面灰色的鼓挺置于土坑中央。

大白菜和小白菜泰然地吃着由三耗子做熟的疙瘩面。小白菜喝面汤的声音很响，似乎要压过孕妇的哀号。大白菜两碗入肚，放了两个响屁，又操起大烟袋去抽烟了。她的眼神都在烟锅里，好似身旁那个备受折腾的女人跟她毫无关联。三耗子没心思吃饭，尽管接生婆们吃得很热烈，但他的眼睛一刻也没离开过自个儿的女人。

太阳才落山，怪异的现象开始出现，先是那条叫愣子的懒散迟钝的黑狗就朝天没完没了地哀号，声音又拖又惨，一股哭丧的腔调经久不散。三耗子越听越觉得不吉，用棍子抽了几回，愣子仍旧没停没歇地嚎，气得三耗子动了扁担把它打进狗窝深处，但还是没将狗嚎声打绝。

吃饱喝足，小白菜有些尿紧，乘着夜幕的遮掩在院里寻个旮旯便放出尿来。尿尿声像吹响的哨子十分悦耳，小白菜的畅快很快就被惨叫替代。平日待人绵羊般温驯的愣子悄然窜出，猛虎扑食一般恶狠狠地一口叉向她白花花、嫩灵灵的屁股蛋子上。尖利的狗牙在肉厚处狠狠地咬合并捎带了些许血肉，仿佛借由排解内心累积难负的恐惧。小白菜的惨叫母狼般凄厉，割裂开倒返沟浓稠的夜幕。但这叫声旋即被汹涌而至的飞禽的悲鸣啁啾和野兽的泣嗥呜啸所湮灭。这是一种末日临头的悲观噪动之声，持久而热烈，一直和着孕妇的嘶号，形成一股似乎看得见的戾气，如同烟波在山沟至窑洞间弥散扫荡。让人心烦意乱又胆战心惊的声音扰得小白菜早已无法顾及还在滋血的屁股，从狗嘴里揪出自己的屁股，一头跌回窑洞。

目睹了这一切，大白菜弃了烟袋惶惶地缩上撒满草木灰的土坑，灰头土脸，牙牙相碰，臀战股抖，反复呻吟：“天神爷呀！天神爷呀！这要生个甚娃娃呀！”她隐隐觉得奇异的天象和即将出生的娃娃有关。

动物们的嘶啸更加凌厉杂乱，此起彼伏，排山倒海。大白菜的哀号迅速湮没于山谷里动物的集体噪声之中，就连孕妇的吼叫也显得那样乏力。

“努！努！努！”

“努！努！努！”

大白菜呼喊着，像在鞭策一匹陷入泥潭的驭车的老马。小白菜不顾疼痛扭动着腰肢助威助力。她大汗淋漓，面色苍白，表情痛苦，仿佛这即将出世的娃娃不是由别人来生而是由她自己。

“努！努！努！”

在大小白菜的鼓励下，女人鼓起劲儿向生产发起一轮又一轮冲刺。几番扭动、挣扎、呼号、呻唤、折腾，胎儿的两只脚像破土的芽苗从女人大腿深处款款升出，旋即被两个白菜恶狠狠地拽离母体。婴儿丑陋猩红，浑身腥臭，大白菜扇动肥厚的手掌聚合一股怒气拍向他只长到半个巴掌大的屁股，之后等待娃娃第一声啼哭。然而这个婴儿尽显不同，他张开的小口喷射出一股浑黄似乎又透明的胎液直入大白菜的口中，黏稠血腥的液体立即呛满接生婆的喉道。她在被呛得晕厥前把婴儿抛出。婴儿呈一条弧线像一只小枕头扑通跌于坑灰中，立即被草灰染成深灰色，同时不例外地吼出降临人世间的第一嗓子。这嘶哭一直不停，几乎要刺破窑里所有人的耳膜。怪声悠长尖锐绕梁不去，坑上未沾血水的残灰被拂起犹如一幕灰色的尘雾。大白菜不顾涌动的呕意双手捂耳面目痛苦地看着这个怪婴任他尖啸。

几乎同时，四月天的大青山下几滴春雨也罕见，竟然电闪雷鸣，闪电的强光照得窑洞里的人物寡白银亮。磷磺的气流掀去窗纸舐过每个人的鼻息，接着感觉整个大山像被倾倒了。之后便是山上的巨石砸下越过低矮的土窑的呼啸声，不时有桦树清脆的折断声，土崖塌裂分崩的闷响声，被吓破胆的牛羊的哀叫声……白菜们瑟瑟地抖着身上的衣裳像是被大风吹动的菜叶，裤裆里骚尿横溢……

“妈妈呀！这哪是养娃呀！这分明是妖魔鬼怪出世嘛！”大白菜将腹中尚未消化的面食一咕噜吐在炕上的草木灰里，和入孕妇排出的液体里，但惊恐却难以排除。

白菜们惶恐不安地蜷着身子，在动物噪乱声、山洪咆哮声、婴儿的嘶啸声中煎熬着，总算挨到天明，婆媳俩冲到院子中央，看到东方的一轮太阳悬在东山顶上，才觉得地狱渐渐远去。她俩不顾道路泥泞险恶，像挣脱网的鱼抽身而逃。两个接生婆直到站在白道口灰尘荡漾的街口才寻回了胆。她们向第一个遇到的白道口人迫不及待地述说着她们的奇遇。

“倒返沟三耗子的女人生了个妖怪！”大白菜的表情坦诚而狼狈，像溃败的士兵表述军情。

“谁见过生娃娃要飞沙走石、电闪雷鸣的？鬼神都惊动了。怕咱白道口从此要不得安生哟！”小白菜脸上还残存着些恐惧。

“老娘一辈子从肉缝里拉拽出生命无数，从没见过这般惊天动地的。人都说‘磨锅、伐锯[17]、叫驴吼、七十岁的老寡妇哭丈夫’是这世上的‘四大难听’，要是比起土匪女人生养下的娃娃那一嗓子哭？！比得上山西梆子、二人台顺耳！”

“土匪头儿揍下的娃娃就是和一般人不一样！”她的徒弟兼儿媳总结道。

随后这则爆炸性新闻迅速从白道口传播出去，归化城、黄河渡口、雁门关、太原城以及濒临俄罗斯的买卖城都由驼队裹挟着这样的离奇事件恣意宣扬，也成为漫漫驼路中寡淡无味日子中的一些调料。

“白道口有个女人生了个妖怪！”

“一个红毛绿眼的妖怪！一落地便会说话。”

“听说那娃不吃人奶，就要喝牛羊的血哩！”

“恐怕长大了要喝白道口人的血哩！”

“一个拿妖的老道去拿妖，谁知让那小妖精追出十里，差点丢了老命，他说这娃娃道行已深，他也无力拿他，只怕要为祸天下了。”

谣言愈发离奇，甚至白道口也疯传甚地方揭去了镇鬼的符跑了恶鬼在白道口转生。大车店里说书的乘机把《水浒传》“洪太尉误走妖魔”的故事与现实版联系了一番。就说伏魔之殿又放走了恶煞，再加上恶死在白道口的匪首赵半吊子阴魂不散托生转世大报仇……

“天下要大乱了。等着看吧！这世道不知还要出多少怪事，也不知还要死多少人哩！”有个老汉听完这段新鲜事后有感而发。

“当初就该把土匪的女人一把火烧了，或弄死她在大肚子上插一根铁炉锥，也好绝了后患。”大胖子邢屠家咬牙切齿地说，仿佛妖孽让他饱尝了灾祸。

故事就这样被反复加工，情节变得更加生动曲折，有的听众心生好奇，结几个胆子大的伴儿，骑了牲口专程去故事的发生地要亲眼看看小妖怪的尊容。

正值黄昏，一群一伙的牲口正不紧不慢地返场。探秘者们急忙向牧人打探妖情。“哪有妖怪？”倒把沟里的人问得大愣怔，“你们从哪里听了这不着边儿的屁话。那娃娃睡在炕上连身也翻不过，祸害了谁？你们远天远地是来寻找鞭梢抽的？”一个大个子汉子说时脸上有些愤怒。这帮远路闲客碰了一鼻子灰，扭头逃出山沟。回到白道口的驿店对着正在说书的老汉劈头盖脸一顿臭骂：“听你这老牲口没底据[18]的瞎煽惑，叫爷爷差一点挨了一顿大鞭！这么大岁数尽说些狼吃鬼的事情……”

“信起说书唱戏都是真的，还不是个愣货！”说书人挨了骂自不敢还嘴，瞅个没人处回骂了一句。

三耗子和他身边的羊倌们对关于自己的传言却是闻所未闻。他们早晚两头掐着日头黑出黑归。山野里也是放牲口的遇到放牲口的，无非是杨柳沟的一头母牛下了一头五条腿的犊子；黑石沟的八个牛羊倌加上九只狗围攻一只花豹子，用石块和棒子把它活活打死；炭窑沟的牛倌李老娃叫狼叼了牛犊，东家死活要个物证，头皮耳角都行。没奈何，寻了三天三夜在一个石盘下寻见狼窝，好在牛头蹄还在，就急急报了东家，一见自家牛的零碎心里火烧火燎，一抱柴火把一窝狼儿子烧死。这下惹毛老狼，把沟里的大小牲口今儿一只，明儿一头，零嘣碎嚼折损了大几十只……一切新鲜资讯都与他们无缘，包括外面世界盛传之后又消失的谣传。

有关妖怪出生的故事穿帮后被人骂作瞎谝，这种烂故事人们羞于再传，慢慢便淡出人们的记忆。

9　驼倌的侠骨

三耗子要给儿子过满月的消息不知如何叫四仓子那伙人听了去。四仓子高兴得摇头晃脑，说：“三耗子也不请咱去喝满月酒，咱就非要吃喝他一顿！”

“去了多少也要出些礼钱，兄弟们穷得身上只能掏出几个虱子。”

“掏钱？要是能掏出钱咱寻个馆子不行？有钱哪里买不了些吃喝？白道口儿

家馆子牛头马板肠，烧肉清蒸羊，毛酒紧得上，保你吃个惬！”回头见众人咽口水，就笑了起来：“一伙死了连个口含钱也没赚下，也就不要思谋馆子里的吃喝。只要听俺的，不掏一文叫你们混个肚儿圆。”

“听四哥安排就是了！”众人听说能吃一顿好的，没有不愿意的，一齐表示，“俺们跟紧四哥，还有甚说的！”

那天晌午，众人早早在倒返沟附近山坡上碰了头，有两个因划拳输了只好听命留下照应牲口，其余的跟紧了四仓子。

就这样，一伙人大摇大摆地去了三耗子家。他们几天来掰着指头数日子，等的就是今日。每人肚皮空空，两肩膀担个脑袋来贺喜，却把三耗子两口子吓了一跳，本没准备下这么多人的吃食，大喜日子供不上客人吃饭，山里人叫“砸锅”，是极易招人笑话的，三耗子夫妻俩一时不知如何是好。三耗子一路小跑跑到二里半，才从别人家借了几斤白面，想炸些油饼应对。想想四仓子一伙讨吃货，大喜日子又不能打他们的脸，何况他们是来贺喜的。

“三耗子哥，三十岁喜得贵子，实在是地皮菜逢上蒙蒙雨——咱爬长货总算立了起来。还不该来贺贺？”四仓子眼睛看着他的弟兄高声喊道。他回头又对三耗子说：“我们在山坡上放牲口时才听说娃娃要过满月，也来不及备点礼物，又怕误了道喜。明日山坡上碰面叫你怨俺们众兄弟没有人情，只好就急急来了。”接着连连作揖，“三哥！喜了！”四仓子话音刚落，众人才如学舌的雀儿紧跟着道了喜，两个字成了礼金：

“喜了！”

“喜了！”

“喜了！”

……

四仓子就这样完成了他空手套白狼式的贺喜过程，随后甩鞋直接上了炕。众人也甩下臭气熏人的烂鞋，依次围定一张小炕桌，个个心安理得地稳排大坐，也不用别人伺候，自己动手大吃二喝起来，一顿卧牛筷子下来已是盆干瓮净。三耗子本来估划得少，借回的面一时变不成食，一下张开八九张饿嘴，狼多肉少自然砸了锅。一伙人等不来后续吃的，肚里的需求愈发急迫，伸长馋狗才有的舌头收搅残渣剩汤，就连盛放油炸糕盘子上的油也舔了个干净。

四仓子霸道，总共一斤酒他喝了一半还多，只觉没喝到尽兴，喊着还要倒，壶便空空如也。他借着酒劲变了脸，逼着三耗子去白道口去买。“俺们一伙好心好意给你贺喜，又不是白吃你的，就算是今日没备了礼钱的，哪天自会补给你。你却不该这般小看我等！”四仓子反客为主，装作气呼呼的样儿。

“白道口来回几十里，买了酒回来怕是天快黑了！你们每个人有一群牲口需要照应。”三耗子情知老婆心疼银钱，见不得毛酒被当作水一样喝进尿出，再看这些人是豆腐渣擦屁股——没个完，就找些实际存在的理由推托。

“弟兄们！三耗子就这么招待客人，实在是小看咱们！你们说这酒喝还是不喝？”见众人不作声，便扭头寻三耗子。谁知三耗子早就开溜了，连喊几声也没回应，就知道他故意躲了。四仓子蹦在院里连连呼唤，三耗子硬装作聋子不应。见没人尿他，四仓子冒出些火来，干脆用筷子击打碗盆，扯起车马店里的《烂席片》调子，损掐臊搭东家：

没下种，没磨肚，倒栽个小子来立后。
脚没到，手没到，娃娃张口把爹叫。

三耗子听着刺耳，也没敢和他们接和，生怕惹得四仓子更加发疯，只想让他撒些气早早散席，只悄悄骂了句：“嚼毛的货！”

四仓子还是发了飙，他的疯狂发挥到了极致，一脚踢翻了一只木桶，铁箍脱落，在地上拧了几个圈儿才不情愿地倒下，木块散了一地，大半桶水横流在地下，窑洞立刻变得窄小泥泞。

“一群牲口不如的货，喂了就吃，掉过屁股就踢！四仓子！你也就是头只配吃草的牲口！真不该把好酒好饭喂了你这头叫驴！”

四仓子的暴行惹恼了正在一个临时厨房里做饭的曲米换。他本为三耗子得子高兴，应三耗子一家热邀，一是撺忙做饭，二来实该上门道个喜，和三耗子喝几盅。哪知道撞上这一伙吃白食的，他早憋下一肚子火气，但一想三耗子喜得贵子，来几个人庆贺一下也比冷清无人强些，就在一间空窑洞里帮锅做饭。谁知四仓子白喝白吃吃出了鬼，不由得他火气上蹿。

“这是三耗子家，你算个甚东西，有你甚相干？！”四仓子知道碰上了碴儿，虽然心里不免有些慌乱，但口气必须硬，人常说砂锅煮羊头——眼睛发蓝，嘴头子发硬。这正是四仓子的江湖心得。说完了硬话，心口却是塞满了羊毛，虚空而杂乱，担心曲米换长臂大脚随时袭来。

“踢寡妇门、挖绝户坟的货。吃白食还理直气壮，爷今天打掉你们一伙狗日的几颗馋牙，倒要看你们的馋嘴有多硬？！”

几个货一听吓出一身冷汗，从里到外不免发颤。他们都知道曲米换年轻时当长工打倒六个土匪、七只狼的事情，大青山里的人都知道他吃软不吃硬，心里都怨大哥四仓子不识火色，不知死活，招惹这样的愣头青干甚。

二十岁那年他正在一家地主家当长工，赶上年关的腊月二十八。七八个长工都是无家可归的光棍汉，正蜷在一盘火炕上冷得瑟瑟抖着。忽听得掌柜老两口呼叫，有人开门要看个究竟，却被一个用毡筒帽套了头的人用枪逼了回来，听那人说：“不要多管闲事！”这才明白掌柜家遭了土匪，六个蒙面汉子控制了东家。

一个当长工的本也没看家护院的职责，加上平日掌柜也薄情寡义，直嫌受苦人营生做得少，恨不得当头大牲口使唤。众人见此情景没一个着急相救的，都起身拨弄起火炉，每个人脸上都涌起些幸灾乐祸的神情。就这样一伙长工短汉蜷缩在走风露气的屋里装作事不关己的样子，任凭匪贼们逼拷东家老两口要钱。听得两个男女叫疼，却又喊没钱，曲米换便冷笑，心里骂起这一对舍命不舍财的男女掌柜。

活该这伙强人倒霉，东家脂肥肉厚，割一两刀，放些血走起。顶多是牛身上短了几寸尾巴，难免犯疼。贼们打闹几个过年开销，长工短汉猫在房里装怂，掌柜破些财。贼们拿些钱闪人，也就算了事。掌柜的心难过了一阵，也就雨过天晴了，涉事的人该干甚干甚。偏偏黄米面捏扁扁——配对了颜色，掌柜的不舍财，贼人又贪欲大，才使得事态走到了两败俱伤的地步。

曲米换从小玩弄枪，见贼人们舞弄的几支枪尺寸不差甚，却裹缠了些烂皮破布，蹾在地上却是木头的声响，便知是个假货。他心想这几个贼人也是逼上梁山，没办法才做这犯王法的灰事，也就没打算管这闲事。

听得这伙人水蘸麻绳抽打掌柜，想拷问出银钱埋藏处。那老家伙却是打死就一个字——没。贼人们狗吃刺猬反倒没了主意，想翻找些值钱的浮财卷包走人。千不该，万不该，一个贼偏偏在伙房里搜翻东西时看见掌柜家的二闺女，劫财却变作劫色。这贼人按倒这女子就要强奸，那二闺女泣泣哇哇地叫救命。

这闺女和她爹娘不一样，素来是个有善心的，对受苦人也是和颜悦色、通情达理的，尤其对曲米换格外关心，时常把些稀罕顺口吃食偷偷给他。曲米换知道自己是只癞蛤蟆，但看见天鹅也是格外动容，平日还朝思暮想，只是不敢叫人知道。

二闺女的叫喊割痛了曲米换的神经，他几步冲入伙房，把那个淫贼当腰一脚踢翻，听得他哇哇的一通乱叫，知道伤了要害。可他也看见了二闺女被土匪剥去衣裳裸露出少女宝贵的身体，白皮嫩肉，酥胸细腰……二闺女一把抱住他高大而又满是寒气的身体，曲米换挣开了急忙把自己的棉袄脱了给她蔽体，又反身去对付门外头一伙闻风前来援助的土匪。

被淫贼的痛苦叫喊引来的另外五个同伙知道假枪派不上用场，就顺手舞起院里的叉、耙、锹、镐一拥而上，他们毫不知情对手是个练过武功的拳棒手。伙房里也没有什么得劲的家什，一把切菜刀却锋利，门口逼仄，长家具吃不上劲，只几个回合，贼人们上翻出洁白棉花，很快便洇成了鲜红的血花。贼人们知道遇上碴儿了，便一齐扔了手中家具齐齐下跪，口中求起了饶。猫在里头的长工们这时一声喝冲将出来，将一帮强人制伏，用麻绳一个个四马攒蹄绑了。老掌柜也顾不上疼痛，急忙派人去报官。第二天一早官家来人把一干强人押解了去，那个淫贼却是叫毛驴横着驮走的，据说叫曲米换踢烂蛋了，死在了衙门里。

东家的二闺女因让土匪剥了衣裳，显了姑娘家比性命也宝贵的肉身，就怕不久要传遍五里十村臭了名声。这二闺女哭死哭活不吃不喝，又是挽绳子上吊，又是寻刀子抹脖，众人苦苦相劝。最后，她说身子叫长工曲米换一览无余，人又是他搭救的，于情于理只能嫁他。掌柜子一听好像闺女即将要入枯井，不禁大怒："俺说这狗日的曲米换凭甚舍了性命搭救，原来是癞蛤蟆要吃天鹅肉。叫他尿上一道照照，配也不配？"

本来那掌柜也没了办法，又见曲米换确也有些本事，穷是穷些，却是个难得的汉子。虽说不甘心把一个娇生惯养的闺女嫁给一个穷汉，但事情箍人，女儿又情愿嫁给他，也只能答应了。谁知道一念之差却把一桩喜事搅弄成丧事。只因曲米换平日傲慢倔强，掌柜就想拿出准岳父的架子压压他的傲气，以为他面对这天降的大喜事，自会说些感恩戴德的话，甚至于俯身跪地，谢主隆恩，他也好撑起老岳丈的面子。

“俺救人还救下差错？你不把闺女嫁俺是嫌俺穷，你也不能糟践人，不行寻些人评个理！天下哪有你这样狼心狗肺的东西！”

曲米换不识火色，一股火烧愣头脑，虽然心里爱着那二闺女，也没把她爹的话思量一下，只觉得老汉说话污辱人。一股火冒出自然没好话出口，撒了恶气心里畅快，反把自己的路堵死，也让老汉收不了场，只能骑驴过梁头——由着走。

“就你这毛驴脾气俺还敢做你外父？还不叫你一蹄子踢死？！莫说是做女婿，就是当长工也不敢用你！土匪是你惹下的，土匪要报仇，只怕一家人跟上你受害，你换个地方吧！”曲米换气冲脑门，也没听得出老汉的话语里满是颤抖而哀伤。

二闺女眼见事态严重，连忙给她爹下跪，想求得转机出现，又将那一双满含幽怨的眼睛盯向曲米换，指望他软下态度。谁知曲米换高大身板岿然没动，一脸的正义凛然。掌柜暗中叹了口气，知道倔牛鞭打不回头，自己也不能舍老脸下软蛋，只能叫人给他结了工钱。

曲米换把自个儿赶到腊月二十八的冰天雪地里。有个长工追上了他，说是二闺女一根麻绳上了吊，曲米换当下成了个瓷人。知道自己害了有情有义的二闺女一条性命，反倒觉得自个儿该返回去陪她一齐去死。那工友意识到惹出麻烦，冷天里劝了一个时辰才劝他离开。曲米换这时才悟出些什么，两只大手左右开弓掴自己的脸皮，把一通野兽般的号叫抛在旷野中。

曲米换怀着一颗受伤的心出来，一时又没个去处，人没办法时首先想到的地方就是家。尽管那里有他挥之不去的痛苦记忆，但他还是把全部行里家当一膀子背了，毅然向与世无争的大青山走去。他想在白道口寻个车马店住下等过了年再寻个营生。这个旱码头雇人走胡地，赶牲口，拉骆驼，受罪却也挣得多些，二股叉子打老婆——一下顶两下。谁知逢上这年关，大小驿店空空如也，整个白道口十几家店只有他一个住店的客人，伙计都放假回家过年了。他要了一壶酒、一盘羊头肉，饭菜却迟迟上不来，催促了一回，那店主也不好意思，说："今日正近年关，做饭、跑堂、喂马一干伙计都各回各家，俺们虽说是开店的，也算是个人家，做些年食，新糊窗纸，拆洗被褥，也要打扫一下，图个新年的气象，慢待您老也需担待些。"

"俺个出门人甚是个慢待不慢待，只是饿得戗不住了。知道你们忙，弄些剩饭填饱肚子就行。"他打算回到沟里那孔少门没窗的破窑。虽说枯败寒冷但也是自家的窝，不管怎样也算个心安理得的安生之所，苟且过了年关再做打算。他结了饭钱便要走，店家也没硬留。

来到街上，他敲开贴了大红春联、挂了大红灯笼的大门。本已关闭的磨坊、商铺接待了本年最后一个商客。买卖双方也没讨价，曲米换就买了些面粉，割了几斤肉，又置办了一些生活用品，零零碎碎弄了两箩头，总共也有百十斤重。他四处找寻下一根粗壮结实的桦木棒当作扁担，把东西分作两份一肩担了，顶着风雪向二十多里外的倒返沟走去。

刚入了沟，天上下起鹅毛大雪，十几步看不见东西，好在顺着沟行走，不至于迷路。一路上心里不免忧伤无限，脑海里二闺女赤条条的身子、泪汪汪的两眼、凄婉的哀号竟也挥之不去。走了几里便天地茫茫，只觉得一个汉子像飘零在天空里的孤鸟。刚才喝过的酒正好冲上头顶，浑身一阵燥热，便想起大戏《火烧草料场》里的林冲。那时的林冲与此刻的自己何其相似，不由得放开喉咙唱起戏中的唱词。曲米换本是个超级戏迷，能把戏中的说词唱句记得分毫不差：

大雪飘，扑人面，朔风阵阵透骨寒。彤云低锁山河黯，疏林冷落尽凋残。往事萦怀难排遣，荒村沽酒慰愁烦。望家乡，去路远，别妻千里音书断，关山阻隔两心悬。讲什么雄心欲把星河挽，空怀血刃未除奸。叹英雄生死离别遭危难，（白）俺林冲自被奸佞陷害，流配沧州，在这牢营城中充当一名军卒，看守大军草料。唉，思想往事，怎不叫人痛恨！（唱）满怀激愤问苍天，问苍天，万里关山何日返？问苍天，缺月儿何时再团圆？问苍天，何日里重挥三尺剑？诛尽奸贼庙堂宽，壮怀得舒展，贼头祭龙泉！却为何天颜遍堆愁和怨？天哪天……

突然间听得远处有人喊救命，曲米换停了唱，弃了箩头，提着扁担朝着喊声跑去，只见七只恶狼正在围攻一人一骡。那伙狼像元宵节灯会的傀儡人，一波波围着人和骡子转圈，冷不防便叉一口，挠一爪。曲米换心无丝毫犹豫，把东西扔了，握了那条桦木扁担迎狼而上。

那人的皮袄皮裤已叫群狼撕得千疮百孔，狐皮帽子也叫西北风吹出二里。骡子尻蛋子上拳头大的一块肉叫狼生生掏了去，牲口的热血喷溅在雪地里分外显眼。那个即将命丧狼口的骡子主人的意志已行将崩溃，心想老天爷不想让俺增这一岁，六十三，不死鬼来掺，他手中的马鞭不再呼啸，人却喉咙里拉风箱一般咳响，便打算放弃抵抗，准备把自己一把老骨头喂了狼了事。忽听得远处有人唱歌，也只当是死前出现的幻觉。

曲米换的体内正勃发出林教头的一腔豪气，把群狼当成是高衙内、陆虞候一伙，觉得该给屈死的二闺女和林冲娘子报仇出气了。狼们对曲米换的多管闲事恼火万分。一只狼不知死活，见他步态不稳又嗅到他强烈的酒味，知道这种液体会叫人类不知轻重，身体失控，只想抓住这个猎杀时机，以增加它们的食物库存量。但它的一扑是一个身心俱裂的结局。传言狼的身体是铜头铁背麻秆腿，严拴绊只一扁担便嘎巴巴地打断了狼的铁背，它几乎没来得及惨叫一声便为它的鲁莽付出生命的代价。

群狼都愣住了，只见雪地里这个横空出世的男人浑身蒸腾着一股肃杀之气。可它们又不甘心到手的猎物拱手相让，让整个嗷嗷待食的家族忍饥挨饿。它们已经四天没吃过东西了，日渐加厚的积雪正在增加它们获得食物的难度，于是他们决定打起精神，重整旗鼓一举消灭这个阻挡在它们生存道路上的劲敌。

一声呼啸，六只饿狼一齐在那个雪片纷乱的午后为争取一顿丰盛年饭而进行一击。冲在前头的狼的腰背难以承受桦木沉重的一击，惨叫一声便翻身不起。第二只狼以为同伴的牺牲为它争取了偷袭的时机，便果断地向猎物的后背全力扑去。不料，曲米换顺势收回扁担，使了一招“二郎担山”，以扁担的后端直击偷袭者的面部，狼难免又是一声残号。

狼怎么能理解人类冬练三九、夏练三伏的功夫中的致命凶狠招数，只感受到这个人强大得如一块岩石。残狼们重新权衡利弊后，丧气而退，重新回到一个充斥着饥寒交迫的长夜。

曲米换救了靠驼运为生的老掌柜，老掌柜本来是年关时巡查驼场的。曲米换就这样为自己在倒返沟驼场找到了栖身之地。那老掌柜对曲米换的救命之恩没齿难忘，就放心地将驼场交给他，并想为他出钱娶个媳妇。曲米换想到二闺女的情分，便不止一次地拒绝了老掌柜的好意。不想一场病夺了老掌柜的性命，少掌柜不再提续此事，加上他的年龄逐渐大了，身在深沟，终日与牲口为伍，一晃悠孤守了寒窑十几年。

现在，他面前不是凶残的土匪，也不是饥饿的狼群，只是几只“懒狗”。他不好意思下手打他们，怕叫人笑话他欺软怕硬，失了当男人的格，便打算不理他们了事，转身就要走开。

“俺知道你练过拳棒，俺却不怕你！你要是英雄就把爷的牙打掉！”在同伙面前死要面子的四仓子大耍起光棍，看到对手有意退缩，便以进为退，凑近曲米换跟前用语言挑衅，后来干脆拿头去撞他的前胸。他知道，只有敢于挑战勇武的曲米换，这样才能保住他在这个人群里的领头地位。

忍无可忍，曲米换摩拳擦掌准备用武力驱逐这些无耻的不速之客。谁也未曾想到三耗子的女人会出手。这个女人发疯了一般。此刻，怒火把她的那张永远刻板不变的脸烧得如傍晚的云霞一般。她把一只粗瓷缽碗愤怒地砸在四仓子几个围拢的榆木桌面上，碗的碎片像四溅的刀尖冲撞得墙壁啪啪作响。一个碎片直飞到一个货的脸上，瓷片的刃部凌厉地切割了他粗糙的皮面，一溜溜血顺脸淌下来。

赖货们总算见识了土匪使唤过的女人的牙爪。四仓子本想呼唤他的众弟兄一齐出手，又生怕打不过曲米换。那家伙有杆火枪，惹毛了一枪就能给他们一伙的身体种满铁砂，就算不用枪，这个武人凭拳脚也能打残他们几个。再看他那伙狐朋狗党一个个面面相觑，满脸恐惧，知道他的号令难以一呼百应。这种想法瞬间就溜走了，因为这无疑是耗子去舔猫蛋，便生生地把他发号施令的念头掖进嗓子眼。为了保全些面子，他佯装醉态惶惶地逃走了。

10 喇嘛的谶语

三耗子倒是没太把他的儿子与出生时的种种怪异之象联系起来，他绝不会相信一个娃的出生会产生撼天动地之力，说书谝古的事如何会当成现实，更不可能发生在他三耗子家。倒是生出个去白道口寻四喇嘛给儿子起个叫得响的大名的念头，这念头一天天壮大直到付诸行动。但他的行动不知如何泄漏了，竟引得灰货们一阵阵耻笑。四仓子一脸不屑，当面打起破头楔子：“三耗子！你一张麻纸糊个驴头——有多大脸面，咱一个山娃子家，起个名儿也敢劳顿四喇嘛这般人物？”仿佛三耗子做了甚没底据的事情。

“就算叫成个玉皇大帝还不是个撵牛放羊受苦的穷命？！也不怕名字过于起高了折了你娃的阳寿？”一个货紧跟着四仓子的话来了。

“是了！懒驴想配个金鞍？贱人还想起个贵名？贫苦人哪家不是狗扯烂羊皮，扯住甚叫个甚？皇上宣统的名字谁敢说不好，用了多少文曲星、费了多少脑筋起的，这回也不是完蛋了！”四仓子记住末代皇上的名字还是几个月前，他们几个在白道口厮混，一群兵不由分说地上来像逮牲口一样将他摁住，铰羊毛的大剪子粗暴利落地吞噬了他们长满虱子的辫子。几个货抱头就哭，仿佛去了命根。兵们怒斥他们：“大清朝宣统皇帝完蛋了，如今已是民国，留辫子犯法！你们要辫子还是要头？！”几个人说完才抱头鼠窜了。可四仓子他们才记下了“宣统”二字。

三耗子去拢回羊群，站在高坡把一伙人瞟了一遍，心里头又将他们的名字念叨了一遍——大马猴、二马蹄、三牛蛋、四仓子、五花骡子、六糠皮……真是老天绝配的一溜名儿。他念完后自己便暗自失笑，觉得他儿子一辈子顶这样个烂名儿，编排进这么个混群，心里便滋生出一阵莫名的麻烦。他又将曲米换的话心里捉摸了一遍，扭头断起羊群就走。没走多远还是听见四仓子的话驴叫一般在身后轰响："赤屁股断狼——胆大不识羞。脑瓜子绿茵茵也不嫌丢人。把个土匪种看成个宝贝，还要搭配个讲究的名儿？倒要看看四喇嘛怎样尿他三耗子，还是给他儿起个龙起个凤？"

四仓子的话深深刺激着三耗子，心中以往那柔软处倏然坚硬起来。三十年来他一定要做件大事情让人看看，说甚也要去白道口莫图召向四喇嘛给他儿求个能登大雅之堂的名字。他相信唯有上师起的名字才是响当当的，叫出口听入耳如干渴时润入的一股甘泉。

这四喇嘛是名播晋绥乃至蒙境的活孔明、赛伯韫。他上知天文下晓地理，诗书文学无所不精，玄理赅博名震三晋，在绥远被奉为"天"字号级人物。直到十年后绥远特别行政区改建省制，民间就有了绥省"十大天"的传言。军、政、商、匪、教各界的能呼来风唤将雨的权人、强人、能人，无论好坏、善恶、忠奸，也只有这十位入围。所涉人物虽是鱼龙混杂，内含也是有褒有贬、有敬有损，但他们的所为却是常人不能所及：

卢占魁万恶滔天，吉鸿昌胆大包天，
冯占元呼地哭天，四喇嘛玄机通天，
云霄汉文笔惊天，于存浩白日青天，
冯玉祥一手遮天，杨猴小怒地怨天，
王培焕无法无天，德王爷改地换天。

能入得其列，足见四喇嘛之威望极高，事实也证明他绝非浪得虚名。胸填诗书五车，为人风骨若侠，谶纬度事精准无虚，玄学殊胜从不卖弄，为人极是正气和平。虽落脚白道口时日不久，名气从省城至穷乡却是无口不传。那条南联三晋、北通蒙俄的驼道上数以万计的驼客们在朔漠中跋涉时，他总是无聊孤独者们口传故事中的主角。他的言语成为一些事物判别真伪曲直的标准。于是，这个喇嘛的灵通从国内一直播到异域，他便被描绘成活的神仙，无所不晓的先知。每每谈及一件大事必以上师的预言作为最高理论，凡人无人敢辩。

此公竟也不枉平民爱戴，他对达官巨商不甚热接，对山民百姓却是有求必应，论婚问嫁、释疑解惑、寻踪问卜、评公说理甚有耐心。凡识得他和不识得他的男女老少都以“上师”称呼他。三耗子这样的山野村夫自把他当活神仙一样敬仰。

四喇嘛原名叫张望，本是山西同盟会里的核心人物，与另一个倔头张培梅行事风格迥异，人们将他俩并称为“二张两犟”。同盟会举事后山西革命党众响应起义，队伍红火没几天就被清兵南北合击打得一败再败。一路从太原北溃至归化城，又从归化城扎入大青山，在白道口这个孤镇做了对山西今后几十年命运的一项重大决议。原来队伍的领袖姚以价、吴禄珍或死或散，残存下来的二百人的队伍一时群龙无首，决定选出一个新的领导人来引领这支败军。

在推举新首领时“二张”反目。张培梅力挺阎百川做晋人旗杆，张望却激烈反对，表面质疑这二十几岁嫩娃娃何德何能可以统服晋绥千万民众？如何领导推翻清朝匡扶共和之大业？实则他已观出阎百川的一副奸乱之相，会招致山西表里河山几十年兵祸烽火。张培梅竟把他的话当了江湖妄语，几个有话语权的人早就被阎百川封官许愿收买了去，便一齐攻击他，甚至有人枪弹上膛击杀他，张培梅严声斥责，那人才悻悻收了家伙。张望身边已无一人拥趸，高大壮硕的身体那时何等孤单，他雄狮鬃毛般张狂的长发几乎要直竖起来，漫漶的镜片后两只大眼似要瞪裂眼眶，黝黑的大脸怒涨成青铜颜色。据说二十七年后张培梅对已是大权在握的阎百川抗战不力、治军不严绝望之下便选择眼不见心不烦，犟劲一上来连吞几大口鸦片自杀，后来从他杂乱的书桌纸丛里发现这样的纸墨：

> 枉废倔人金玉言，
> 悔断犟夫铁石肠。
> 怅恨少伯[19]空许诺，
> 惆听倭骑入太行。

张望这年刚好三十岁，年轻气盛，犟劲一发，扭头便在这塞外小镇遁入了空门。晨钟暮鼓，罄颂梵唱，孤灯黄经，倒也自在，这是他要的真正的闲云野鹤的日子。初来时也不知是因何排作第四，人们就称他四喇嘛。入寺没过多久五台山住持到此视察，在僧众的队列里惊奇地发现故友高大的身影。意外之后住持想带他回五台山，四喇嘛却是铁了心不走，他说阎百川在山西一天他决不踏三晋土地一步。住持知道十头犍牛也休想拉他回头，就只好让他做了莫图召的住持。

绥远特别行政区几任都统都知道白道口那个召庙里的四喇嘛道行高深，智囊天下，玄贯古今。高车大马几进几出地光顾这座香客稀少的召庙，恳请他出山从政，谁知他穿袍子尿尿——爱撩不撩。钉子碰多了谁还做出这既蹾屁股又伤脸的事来，再后来大官小官就少有相邀，四喇嘛自嘲他是烂夜壶——尿不得。

白道口是几百年来旅蒙商大驼道第一驿镇。驼道是十七世纪山西商人创造的经济奇迹的绝世通道。每年几十万峰骆驼汇成了川流不息的驼队延绵几千里，承载着巨大的商机像一条生生不息的大动脉，为清帝国老迈孱弱的庞大身躯源源不绝地注入血液。北京城国库里的一半银子通过这条悠长遥远的商道流入。眼下大清朝訇然倒塌，晋绥商人并未停下他们远征的脚步。历史的车轮依旧在白道古隘口回响着。

白道口正处于驼道穿越大青山南北要冲的中央位置，没有一个商队不经过白道口的。站在白道大坝即白道梁制高处，从地理学上讲你的脚已踏上蒙古高原的南缘。向南回望归化城笼罩在漫漫青云之中。北顾则是另外一番景象，天高云淡、山峦起伏、岩壁嶙峋，长城沿着东西走向的山脊逶迤而去，顺着岭巅一道八里峻坂顺势北下直通白道谷底，到了平缓处就是白道口了。

小镇地处大青山南北中心腹地的一个小盆地。这盆地形若蜘蛛，周边放纵的二十四道沟便是蛛足，顺二十四道沟流下的涓浍都经由白道口镇西侧之黑河向南直奔黄河。这二十四道沟每沟少则三五家多则十来家的牧点，畜养些驼、羊、牛。它们大多为山西旅蒙商户或归化城商号旗下所属的牧场。

三耗子家在白道口正南的倒返沟——这是白道口二十四道沟中离白道梁最近也最为难行的一条沟，两处相距亦有十七八里，只因这沟的地势看似北高南低，河水却由南向北流去，经由另一岔沟又朝南折出，故名。

二十四道沟的这些牧户的雇工大多是从山西逼仄山沟走西口来的，哪里见过这般宽展肥美的土地，又如何能放得过眼前这多少辈子追求不息的土地大梦，也不管私垦土地要杀头坐牢，就明里暗里地开垦些荒地耕种些小麦、莜麦、山药蛋充作口粮。镇里虽住有百十几户人家，却大多是三晋或归化城大商号买卖的分号，往往北部草原的畜牧产品在此就地销光。域外就传“商号扎在归化城，买卖做在白道口”之说。

四喇嘛说，白道口应当是国家之门阙、汉疆之锁钥、阴山之丹田。山汉们虽不能全懂，但知道这个地方事关国家利害。四喇嘛还说，白道口自古乃集聚杀气之地，草黄马肥、朔风漠尘、胡笳狼旌、鼙鼓烽烟，只搅得黄河那头的朝廷百姓昼惊夜悸。这也是大青山为何有五个朝代的长城纵横交错的原因。四喇嘛还说，白道口最为不凡之处是王气弥盈，古时一口气出了好几朝的皇帝。白道口人大多是些一字不识的山野俗夫，自然记不详哪朝哪帝，但男女老少却是爱听唱戏说书，听出隋唐两家主子都该是出在白道口的，隋唐的好汉排第一、第二的李元霸、宇文成都也是白道口人。于是，说书人在《隋唐演义》说本里就加了些题外话——本来这里还要出上几个皇上，却因此地人喜好山西梆子戏，男女老少都会唱几嗓子，就连老母猪拧条尾巴也能跌出个胡生的调韵来。戏台上一套龙袍反反复复地穿久了便穿淡了王气，使得有些帝王气质的人止步于凡夫俗子。

三耗子手提了些茶叶、红糖、干蘑菇、蒸馍馍之类的受出家人欢迎之物，当然也没忘记捎带了香火，再加上一副诚恳到近乎谄媚的笑脸站在召殿中央，极像是揣着偷来十五贯铜钱的娄阿鼠。费了好大力气才怯怯地喊了声“上师”，神情羞涩得如大闺女一般。他嘟嘟囔囔、颠三倒四的，嘴里像咀嚼了一团乱麻一样也没表述清来意。

“想必你是要给儿子起个名吧，请你坐下，也好商量着来，也不需拘礼客套！”倒是四喇嘛替他说出给他儿起名之事。三耗子的心本来一惊，后来见上师仁慈得像是拜佛的老太太，心也便很快安了下来。

给娃起个有模有样的名字一直成为三耗子挥之不去的心病。它像一枚窝巢里深藏的针刺把他小鸟般可怜的心脏困扰得心神不宁。他一边埋怨自己不该生出这样的念头，一边又渴望收获一个响当当的名字，好让娃儿未来凭名儿就可高上别人一头，也让严家祖上增些光彩。事情如此顺当，上师的话语又是那样温润而慈祥，三耗子感动得想哭。

身材伟岸的四喇嘛背着手，头顶上隐隐旋着一圈光环，酱红色的僧袍鲜亮而庄重。他很有魅力地转过身来，额头闪着光亮，眼镜闪着光亮，眼镜后的眼睛也闪着光亮。他丰润的脸上轻微地泛着诚挚的笑颜，眼睛慈祥地俯瞰着眼前这个鄙俚羊倌，直把三耗子的心胸暖透。他极平和地问了严家祖上名讳，三耗子虽表述不畅，但四喇嘛很快就从他零乱的单词里了然他的祖上都是些三娃子、二后生屠狗放牛的俗夫，方知严家走西口出来已两辈子了，早已断了口里忻州的族谱，也不知道祖坟宗庙所在。

四喇嘛像一个把脉的良医，恭温而谦和。他的问话如涓涓细流直润到三耗子的心底。他感动得有问必答，恨不得掏出心抖出肺来。当问过了小娃的生辰八字，三耗子发现四喇嘛脸色大变，也不知道神仙为何动容，不免心又惶惶。

四喇嘛在殿堂里不停地踱步，神色肃然，突然停了步向三耗子发问："你家娃娃出生之时，有何异常之象？"三耗子心中便惴惴发慌，一时语塞。一想如何能瞒得眼前这活神仙，就秃嘴笨舌地把那晚天摇地晃、鸟兽悲鸣的现象和盘托出，把四喇嘛惊得半天没了言语，仿佛他们不是讨论一个新生命的降世，四喇嘛的脸上显现的是一个难以挽留的逝者所催生出的悲哀。

不知过了多久，四喇嘛才声抖音颤、满目忧伤地对三耗子说："恕不能给你道喜，此子生时地动山移、鸟哭兽啸，已兆出尔子非平常之人。推断其生辰八字乃大煞之象，与杀人恶魔张献忠命理相合，只怕将来成为世间大害，祸国殃族，贻害无穷！"

三耗子一听就痴在原地像殿里的泥塑，嘴里不住地念叨："张献忠是个甚？张献忠是个甚！？"见他的样儿，四喇嘛的心软了，觉得该给他一些解释，喝了口茶才道来："四川成都有石碑名'七杀碑'。此碑为三百年前明朝反王张献忠所勒，碑上文字不多却触目惊心：'天生万物养人，人无一物养天。'意思是老天用世上的动物、植物养活人类，而人却没有一点东西回报老天。文后连勒七个'杀'字，字字冷血，意思是人都该杀。这贼心生杀气，本性毕露，川蜀数百万百姓陷于血光之灾。

"张献忠这贼与闯王李自成那贼同时起事造反，把国家搅得天翻地覆。张献忠占了蜀地川中，四川本是天府之国相当富饶，却被那贼害成了人间地狱。当时张逆拥兵几十万不可一世，朝廷对他也是无可奈何。张贼不图治理川中而是以屠杀百姓为乐，并以人肉充作军粮。川人三百余万被他杀来杀去仅剩万余，偌大而繁华的成都一城仅残留二十户。其杀川人可谓手段百出，惨不忍睹，川中妇女被贼先奸后杀，所砍妇人之小脚堆积如山称作‘莲峰’，那人足如猪蹄般供众贼啃食，尸体充作肉食为军兵烹啖。张逆一日不杀人不食人肉便难以度日，民尽则杀军，川军杀绝杀楚军，楚军杀绝杀秦军。秦军那可是跟他打天下的家乡子弟兵！那厮最后到杀妻戮子，人伦尽丧。其残暴罪行古今中外少有。这贼恶贯满盈落个众叛亲离、身首异处，下场已是定然。但杀其万遍何泄世人之愤？灭其九族毁其祖坟怎能弥补生灵涂炭、血流成河之家国大祸？”

四喇嘛又喝了一口水，把声音稍为降至平和，却难掩话语中的愤怒：“那张逆降生后有陕北术士预知其将要大祸于天下，说与父母提出杀之于襁褓，被怒斥为笑话。幼儿成长时亦不加管制，任其广交三教九流，私结盗寇流氓，年少入军旅，青壮为捕快，身入险恶江湖。此等恶苗得粪土济养滋润岂不助长成祸？”

“你不要以为这事只是妄猜胡说，大青山有史以来便是杀星层出不穷之地。一千五百年前，大青山有一个左脚天生肉瘤的残疾婴儿出世。这娃娃走路都不稳当，谁会想到他长大后会祸乱天下，成为人世灾星。那个尚武年代男儿都是凭武功混世，这娃娃身居边镇的兵家之地，本以为是个废物，谁知他地上不利索，一旦上马竟是弓马娴熟，得心应手。这家厮专习兵书，颇会打仗，制造事端，杀人如草芥。在魏、齐、陈三个国家游窜，每到一处，大开杀戒，只杀得大江南北殍尸遍野，江山失色。最后还把持了陈朝，将皇帝老儿活活饿死……”

这个叫侯景的旷世妖星从一介跛卒，到踩残足而震荡天下的混世魔王，刀兵所向生灵屠炭，在中国史上留下臭名昭著的“侯景乱中华”之丑恶片牍。四喇嘛的心中仿佛一个历史的魅影一闪，忧虑隐然升腾上来冲撞着心肺，脸面因此而扭曲了起来。

虽然四喇嘛话说得文酸，三耗子却也能听懂大概，且听得头皮发麻、头发直立。他人虽憨心里却是精明，深知四喇嘛这般神仙料事不会有丝毫差错，自不会拿闲情空话跟他个羊倌扯淡，心中早已铸就对上师铁一般的信任和顺从。只是这番危言把那得子的喜悦一扫精光，转换成了无限苦愁。一个可怕的念头瞬间形成——把这恶种扔在山里喂狼，彻底绝了这后患。但紧跟着心里便是一通疼痛纠缠，就自觉得荒唐。三耗子哭出声来，可怜巴巴地跪在地上乞求起四喇嘛来：“上师！

您是活神仙，这世上没您想不出的办法，俺严家留住一条根苗，指望他栽根立后，您要救救俺一门人家。”说完就磕起头来，四喇嘛去拉时已磕了八九下，直磕得脑门上满是鲜血。

四喇嘛一时无奈，想不到如今他会被这种怪题难为住，已知这娃娃命含杀性，长大必成大贼巨匪，却又无能为力。佛眼看这世道之恶，杀生乃为万恶之首。若是放纵杀生，任其恶源横流，使凡俗颠倒、邪见无明，衍生出一把屠刀大开杀戒、涂炭生灵、积骨成山、流血成河。说与别人听，但又有谁能信？现在把这尚不能爬行学语的婴儿当作人间大害除灭掉——这话说出口难下手更难，想想也是有违天意。人都是不见棺材不落泪的，只能另选个可行的破解之道。可他难息内心纠结，道：“万不可叫这娃习文练武交朋结友，本事越小越好，结交人越少越好，尤其近不得官、匪、兵、僧、商。早些娶妻生子，将他一辈子强摁在深山土窑，做个无知山汉是最好的结局。他命中杀性缠结，一旦任其卷入战乱之事，必杀生流血，为害苍生。若叫他一无本领可恃、二无朋党帮衬，自然兴不起大风浪亦就难为大祸。”

四喇嘛想到用五行之术起个名字制衡这娃娃的逆行煞气，便记起司马迁所谓“羁縻”——羁，马笼头也；縻，牛蚓也。羁绊縻揽，欲选用“羁縻”二字为名，寓之拴牛绊马之法限制行为之意。三耗子不懂的，就请教四喇嘛，才弄懂是给牲口加笼嘴、上嚼子、戴绊链。

“不听话的牲口就要拴绊得紧凑些。”他实实地表示赞同。

“拴绊！严拴绊！此名更绝，通俗易懂、易呼易叫、易传易记、寓意明了。拴有手可拨乱反正，绊有绳可束邪缚恶，久者祸害也可归化为良善也。”四喇嘛右手握着拳在空中画了个圈，下巴上的胡须竟飘逸起来。

三耗子心里如揣了一团乱麻似的回了家。他细致端详起那团粉红的小脸，两只黑眼睛无邪而纯真，小嘴大张着像一只待哺的羔羊，两只小臂一张一张仿佛要起飞的小雀儿……怎么也寻不到一丝杀人狂魔的印迹。三耗子的心里还是交集了许多忧患与怜悯。这话更不能和女人说，只把四喇嘛的话当作经一样在心里诵着。

11 刨根问底

时间悠然间过了两三年，起初三耗子的心里很紧张，终日惶惶不宁，但几年过来也相安无事，心里渐渐松懈下来。尽管四喇嘛和他所言根深蒂固地植于脑中，但他还是被娃儿无邪的行为一点一点地瓦解了。女人操持着家像倒返沟的溪水一样不紧不慢，永远朝着一个方向流淌。只是没有笑声和歌唱从他家传出，甚至三耗子从没听过一句来自老婆口里的故事或民谣。但是，女人依然是三耗子心中的神，他觉得她身上有很多秘密需要他解开。可这秘密如万花筒里千变万化的奇景令他着迷，甚至把她联想成七仙女中的一个。他无时无刻地想获得她和她家人的讯息，用话语套了几回，女人捂得严严实实，不肯吐露一丝。这愈发激起三耗子对同床共枕多年的女人的探奇欲。他在放羊时尽力把羊群推向远方，通过结识来自远方的牧人来获得远方有关土匪赵半吊子掳去女人的信息。

三耗子在距倒返沟西南五十里的山坡上与来自西南五十里的另外一个羊群不期而遇。两个相距一百里的羊倌的邂逅为三耗子的执着带来收获。

“哥哥甚地方的？”三耗子问，他总是这样同陌生的牧人打招呼。

“春红梁。”那人说，语音中有着浓烈的朔州腔。

“不近，今儿你探出五十里了！”他呼应道。

“听口音你是东路人，甚处的？”那人反问。

“白道口的！”

“你也不近，也五十里。”那人说。三耗子听了想笑，两个五十里正好一百里地，但他收回了笑意，因为这个大个子男人有一张他似曾相识的脸。

“白道口离省城近，那地方才有王法！”三耗子傻笑着回应，其实后面的话他没听懂。

“兄弟！俺是说赵半吊子，那狗日的赵半吊子就是在白道口叫官军剿了的！”以前，这样的话题都是三耗子绕着弯子套着说，现在来人直呼赵半吊子，三耗子的心里不免一惊，还因为他眉宇间有他熟悉的仇恨凝结着。

三耗子的心像滚了水的锅涌动着。他仔细端详来人——个头高挑，足足超出三耗子一尺多。方脸浓眉，牙口整齐。一身黑布衣裳却洗成土灰色，显然是白洋布染制时火候不足，工序不够。一双牛鼻鞋上缀满的牛皮补丁却也工整。

“哥哥也知道赵半吊子？莫非带过他的害？”对一个刚刚见面的人就直入主题三耗子自己很吃惊。

“俺跟那狗日的有仇！仇气大得很！”他咬牙切齿地说着，“他害得俺家破人亡。嚼到嘴里吃了也不解恨！”眼里带出了泪水。

两个人坐下，三耗子仰视着来人竟然没了话语。那人从腰里解下一支旱烟袋叼在嘴里，掀开左大襟，从怀里摸出个花花哨哨的旱烟包，又摸出个火镰打火。“咔嚓！咔嚓！”那人整个身体集中到一块铁、一块石、一撮草上。终于有丝丝的烟冒出，三耗子探着身子帮着吹火，葛草闪出火苗，那人便口鼻生烟，贪婪地吸起一撮黄绿杂绊的叶屑。三耗子知道该这个人讲故事了。

“俺姓秦，叫秦伟。本是山西朔州人氏，只因俺父亲走驼路做买卖遭了土匪，才流落此地。只是让土匪把个家大业大的人家叼抢成了空架子。幸好别人欠了俺爹些银钱，一家人才留下条活路。老家是回不去了，他怕丢先人的脸，就在原先放养骆驼的百泉梁的山沟沟里买了些羊滋生。可怜俺爹俺娘，大户人家出身，过惯了舒坦的光景，跌在山沟沟里做了羊倌，吃尽了苦头，受尽了磨难。受了十几年罪也将就了一家人的生活！”秦伟的声音越来越低沉，三耗子的表情也跟着肃穆起来。

“光景过得不冷不热，也算是吃穿不受大制，钻在山沟沟里也图个太平。谁曾想一家牧养羊的小人家又招了土匪欺害，就是那个千刀万剐的土匪头儿赵半吊子，路过住在俺家，杀羊杀鸡喂养那牲口吃喝，哪里知道这伙贼忽拉在这小山沟沟里头住上一月也不挪窝儿。原来那畜生却是看对俺十七岁的妹子杏杏儿了。也不管俺家愿不愿意，甩下些银钱说是要提亲。俺家是正经人家，祖上还中过进士，寻个土匪头儿做女婿？这种事俺爹娘哪肯答应，便找些理由推托。俺家妹子本来长得顺眼，人又要强。爹娘觉得跟前找个一般人家嫁了既辱没家门又亏了俺妹子，想在口里寻个像样的人家嫁了。正好当下也没个婆家，叫赵半吊子那家断得了口舌，见俺爹娘长短不愿，俺妹子更是白天黑夜地哭，这头灰毛驴失了耐心，鹰钩鼻子一歪匪性上来，一顿鞭子抽得俺爹娘皮肉开花，两个人不住气地叩头求饶，那家厮仍不肯住手，只要二老答应……”一种悲凉冲进鼻腔，秦伟的眼泪一溜儿涌出。

“也有喽啰劝那个狗贼：将来要成外父外母，也该手下留些情，那牲口早没了人性，说：‘摘了果子爷管它树死活？！’不想俺那妹子是个烈性女子，一头撞向家中柜角，当下血盖了脑袋，人们都以为这女子已没了性命，一家人哭天喊地，赵半吊子见逼出人命，也觉没了由头，正要备马走起，俺妹子抽动了一下身体。赵半吊子这贼忽拉突然一阵哈哈大笑，把杏杏儿抱在马背上径直拍马去了，俺妹子一路号哭，声音过了南山才听不见了。”秦伟抹着泪，回头看三耗子也哭得稀里哗啦，便伸手搂着他的脖子一齐又哭，声音又响亮了许多。

“没了心头肉，俺爹娘如何经得起这样的操磨，几天下来水米不打牙。俺先前躲土匪赶着牛羊藏进山里不敢出来，知道家里出了大事，变卖了些牲畜揣了钱想去赎回妹子，一个月没寻得匪踪。后来听说赵半吊子叫官军一锅烩在白道梁，身上烫了几十个子弹眼儿，头也被割去领赏。只是怎么也打听不出俺妹子的死活，想必也是九死一生。等俺赶回家中，两口白茬棺材在当院扎眼哄哄，才知老父老母双双寻了短见……”说到痛处秦伟又哭，直到上气不接下气。

三耗子捶胸顿足，仰天长骂，一股怒气直冲云霄而去。说也怪，这时平地一阵大风卷尘而起，一眨眼的工夫刮得天昏地暗。两群羊惊悸不安，呼儿唤母，各自躁动起来，如同两团云朵翻滚。这两个羊倌顾不上赵半吊子的话题，连忙追去拢自家羊群。

一个故事高潮刚刚骤起便瞬间落幕。

之后一连几天三耗子驱着羊群往返百里路程，希望能和秦伟再聚首，但草地、远山、云彩依旧，独不见高大的秦伟。一腔惆怅涌上心头。三耗子不由得扯起一嗓子乱板烂腔，任那曲悲情的烂席片在山野泛滥：

只见那个山头不见人，
心里头盘了团乱麻绳。

羊羔羔吃奶双膝膝跪，
可怜不过俺那个小妹妹。

山上的松柏河滩的柳，
妹妹吃黄连哥哥我也苦。

你苦哥陪你一齐苦，
圪针铺路赤脚板子走。
……

一连几天，这件事把三耗子折腾得坐卧难安。他隐隐感到那个叫秦伟的人的故事正是掀去他心头黑幕的劲风，但他缺少足够的勇气向女人提及。这晚他一口气喝进二三两毛酒，酒壮起了怂人胆。油灯下女人正专心缝补，脸色俏丽端庄。三耗子让酒催得红头涨脸，一上炕竟双膝跪下，继而朝女人挪动了两回，同时羞怯怯地喊了声“杏——杏儿”。两个字却喊得颤巍巍的，女人吓了一大跳，缝线针扎入手指，人却痴痴地看着男人。愣怔了一会，她突然爆发，号叫声撕破长夜，被吓醒的儿子拴绊怔怔地看着母亲。女人号了一阵突然伸手把三耗子揽入怀中紧抱着长久不松，三耗子生来第一次被女人主动搂着，心里瞬间被全面润泽，无数条细流化作泪水在女人胸膛前流淌。

12　初露狰狞

小拴绊出生后像所有婴儿一样吃奶、拉撒、哭叫、成长，和寻常娃娃没甚两般。只是到三岁时，四喇嘛的预言才得以验证，他的小脸展露出来的狰狞令人发指，每有小动物从他面前走过，他便小狼一样发出咆哮般的叫声。有一天，他的小手疾速而有力地抓起一只和他戏要的小猫，以叫人难以想象的力量恶狠狠地把它可怜的身体甩在墙上，墙面上发出“嘭”的一响，那只弱小的猫没来得及叫上一声便将九条命丢于无形。但三耗子没将这事大惊小怪，因为那只出生四十天的猫瘦弱得像一缕烂羊皮。

再次显现杀相的严拴绊是在他四岁那年立夏那天的晌午。他用树枝追打一只急着出窝的小鹰，小鹰坠落在空旷的大地上才感到它的生命历程是如此凶险。面对一个凶狠的人类来袭时它的羽翼绵软无力。它撒娇似的发出悲鸣，希望引来它的好勇斗狠的父母教训这个欺鹰太甚的家伙。老鹰夫妻的护子之情形同人类，先是咒骂恐吓，而后以泰山压顶之势付诸行动，凌厉的翅和尖锐的爪足够致命。它们展翅时身形巨大，叫声尖厉，两只鹰变换着队形，时而一前一后，时而一左一右，声势逼人。面对凌空而至的空袭，小拴绊镇定得像具石人，两只眼一眨不眨地盯着两只飘浮的动物，同时继续肆虐他手中的猎物。

被激怒的老鹰夫妇用它们生平全部的杀技轮番冲下来攻击这个可恶的不知深浅的幼小人类。那只体形硕大的公鹰夹带了一腔怒火俯冲下来，那双利爪在他的额头上奋力一击，锐利的爪子在触到那颗球状头顶时已感知扎入他的肉体。这成功一击使得他的身体仰面倒地，身体四周扑起一小团灰尘。老鹰那锐利的目光搜索到他额头上殷红的创口，鲜血像几只蚯蚓游走过来。但很快，小人敏捷地爬了起来，继续虐待刚刚消停下的小鹰。公鹰勃然大怒，再一次挺身而出，故技重施欲发出更加凶狠的一击。但它猝不及防猎物的手里竟然多了根树枝，树枝夹带着呼啸之声猛袭它怒火中烧的身体，老鹰本能地躲避这支可怕的枝条，但左翼还是被重重一击，这几乎令它失重坠地，它不由得发出一声惊啸，一簇鹰毛立刻被劲风吹散，迅速弥漫在旷野里。鹰们的气焰已被树枝打散了大半，知趣地退却到远处的树端，现在它们敢做的就是居高临下地故作威吓的姿态。凶恶的人类一只手捂着创伤，另一只眼里散发着鹰族才有的锐利凶光。他几乎凌迟了那只倒霉的幼鹰，它的父母悲戚地见证了心爱的女儿变作一块烂肉，形同它们喂养它时其他动物惨遭蹂躏后的惨状。

小鹰的父母望而却步，中止了营救，悲怆地叫着。

小拴绊把血淋淋的鹰尸扔给那只黑狗愣子作为赏赐，愣子不知何故嗅都没敢嗅，目光呆滞，缩着脑袋，夹紧尾巴，灰溜溜地躲进了狗窝。

这一切被三耗子看在眼里，他心惊肉跳了好些日子，不得不对四喇嘛的谶语彻底信服。一个童真的小手如此残暴无情，让他看到一个尚待成长的杀手的雏影。不见棺材不落泪的三耗子终于看见了制作棺材的板材，他便无可奈何。当下他的心里便从了四喇嘛所嘱，把娃娃当作杀星严加防范。

七八岁的小拴绊已经可以跟着老子出坡放羊了。娃娃有着健壮出众、不知疲倦的小身子，三耗子决定把他带到山野里。他觉得把儿子带入山野沟梁跟他放羊才合四喇嘛之授意。拴绊子俨然成了半大小子，像匹小马驹子不知疲倦地在野地撒着欢儿，追逐着小生命并杀害它们。三耗子以为小羊倌离恶煞的距离是何其遥远，哪里知道撒野的严拴绊更容易找到杀生害命的对象。他像所有孩子一样喜欢玩游戏，严拴绊因地制宜，开发出他的游戏程序和规则——搜寻、追逐、发掘、捣毁、攻击目标动物，直至杀死它们。

长到十岁时，小拴绊能挣到三耗子三分之一的工钱。小羊倌的名称叫“打半子”，作为羊倌的助手，他的体力付出更大，工作时间更长，一天到晚受大羊倌的支使、责难，甚至打骂。三耗子脾性好，又是自个儿的娃，舍不得半下打骂，只由他在野地里追鸟捉兽。

少年如同长着超凡触角的强大猛兽，运用与生俱来的杀戮本领捕猎除了人之外的动物。天上飞的，地上跑的，水里游的，洞里藏的都能轻易闪进少年布下的死亡陷阱。三耗子家老旧锈蚀的大铁锅喂饱了野生动物的尸体，动物们体内的油脂将老锅润泽得油腻乌黑起来。他家的老狗也焕发了青春，皮毛滋养得油亮油亮，一下子生出许多神气来，就连吠声也多了几分底气。

漫长的冬天，大青山被锁在白茫茫的冰雪里，没有冬眠习惯的动物度日艰难。它们飞来飞去、游来荡去只为寻找一口食儿。严拴绊猎杀这些饥饿的生命妙招连连，先是将西北军遗弃的一团电话线从谷口的一棵树上挂在另一侧的树上，如此往返了几遭，一张天罗地网布好了。北风刮起夹带着雪雾，沙鸡、半翅这些留守鸟类顺着风流飘摇而来，混沌的白色的天际中一把无形的利刃挥来，它们未来得及一声惊叫便永远地折翅了。早晨总会有短暂的风停时段。严拴绊抑或三耗子提着箩头，在白色的雪地里寻觅深色的鸟尸。一锅滚水涤荡了鸟们曾经的美丽衣裳，羽毛浸过滚水凌乱腥臭，混杂无光，鸟的身体灰暗乌紫。但丑陋的鸟尸很快就会转换成一种奇香无比的美食，严拴绊几乎把它的骨头也嚼碎咽下了。狗伸长脖子等待开剖后遗弃的鸟的内脏和头爪。

小的鸟同样难逃厄运，门前空地曾是打谷场，滤过粮食后沙粒和草籽形成的堆丘被严拴绊揭去覆雪便成了鸟类的天堂，白灵、画眉、麻壳、独角……几十种鸟们竟相扑向这个危机四伏的血色陷阱。它们饥不择食地从沙土里寻找一切食物，断然不会顾及一丝白色的马尾毛。它们被这蛛丝一样纤细的恶物紧缠，越是扑腾越是勒紧，饥饿的同类却是无所畏惧，挣扎求脱的鸟影此起彼伏。它们边挣扎边诅咒，严拴绊似乎听得出它们在骂：

“该死的！”

“该死的！”

“该死的！”

“该死的！”

……

咒天？咒地？咒人？咒己？咒马尾毛？

濒于绝望的鸟们复制着这句咒语，它们一次次想奋力挣脱该死的白色羁縻，但都没有成功。在陷入万劫不复的黑暗中，鸟们也没放弃啄食视觉里的食物。饥饿有时比什么都让它们恐怖。

韧性十足的马尾毛每天可以让几百只一飞冲天的精灵永绝蓝天。人类有无尽的智慧招数对付对他们毫无冒犯的动物。

13　野味的诱惑力

三耗子家里丰富的动物油水诱惑着四仓子们，他们极想成为三耗子家的常客，女人和山茶早就成为往事，拴绊子的猎物才是他们的新宠。他们如同脱胎换骨了一样，三五成群地进到三耗子家。四仓子指示，要想解馋，必须重塑形象。于是他们瞅些工夫为三耗子家做些营生，抹房补墙，维修圈舍，铡草拌料，清理圈舍，虽不尽心尽力，却也少了牢骚话。他们统统一副低三下四的样儿，受惯了这些货欺负的三耗子竟然生出许多感动。

剪羊毛季节到来，三耗子两口子忙不过来，又舍不得花钱雇人，不想四仓子领一大帮人起早搭黑来搧工帮忙。杀人不过头点地，想想以前的事，三耗子女人觉得自己做过了头。心里亏欠，嘴上却没说，便又烧茶做饭伺应他们，她虽是个过光景极手紧的女人，这回硬咬着牙割自个儿身上肉一样给他们弄些野兔儿、黄羊肉解回馋。她认为人心都是肉长的，以后聚在一搭不再欺负自家的男人就好了。

这伙人也觉得他们的策略奏效，便不把自个儿当外人。一遇到天阴雨雪的歇工天，一伙人就三三两两朝三耗子家跑，烂臭的鞋钵子散落半地，稳坐在炕上天南地北地说着悠闲话，喝着茶水，送亲的一般，全然忘掉了那只恐怖的鉢碗。

这伙人少脸没皮，小猪子拱到山药地——得一寸进一尺，日久天长地骚扰三耗子的窑洞，简直要把门槛踢烂。一伙人一进门就上炕，烂鞋钵儿地上东一溜，西一片，散发着臭烘烘的味道。人却屁股挤着屁股像磨盘一样压在炕板上，一寸也不肯挪动。只待饭碗上桌，饿货们一哄而上，卧牛筷子喇嘛嘴，吃得锅干盆净。几回下来吃得女人龇牙咧嘴，一阵一阵地心疼冒汗，疼到彻夜难寐。盘算这些货再有几回非把他家的光景吃塌不可，仔细算账这些人吃去的是雇用短工价钱的两倍，心里才慢慢悟出中了人家的计，便愈加厌烦他们了。直悔不如当初雇个帮工，也费不了这样昂贵的成本。决心今后不再当这冤大头，再不供他们一勺一筷的吃喝。自然也不敢叫他们做任何营生，要和他们做个刀割水清。

没过几天赶上连阴雨天，豆腐渣擦屁股，几个货不约而同地顶着片雨毡来蹭饭，进门后雨毡里浓烈的羊毛毡味让窑里充斥着恶臭。三耗子预见他们要来，领上拴绊子去采蘑菇，女人一个人径自纳着鞋底，眼皮也未曾撩一下，以为没人尿，待上一会儿自会走人，便专心纳他的鞋底，麻绳被鞋锥拉动，“嘶——啦，嘶——啦”。几个人饥肠在腹腔里死命挣扎着，好似麻线正好拉扯在他们的胃口上，肚子一抽一抽地难受。四仓子故技重演，开口一阵夸奖，几个接和，想要哄女人开心。

“拴绊子真是个好娃娃，又精又勤快，长大了必定是个当掌柜的料。”首先有人扯起捧敬的话题，极像红白喜事讨吃子乞讨念喜时的用语。

“三耗子哥人不算出众，福气可大了。寻了这么好个女人，又落下这么日能的好儿，将来的光景想赖也赖不到哪里。”这货总算把四仓子教他的话说完，瞟一眼过去，四仓子却是一脸不满意。知道自己说话背经一样，打动不了人心。

“人说倒返沟风水好，说是地方不大，却该出个大人物，引逗得四喇嘛要看个究竟，山上沟里转，三天才看出门道来。他老人家看完说这沟里二十年后真是要出个人物，俺想来想去，这大人物还不是落在你家娃娃头上。将来拴绊长大当个营长那样的官儿，骑上洋马，后头一出溜兵护着，领你老两口省城这个馆子出，那个馆子进，肥酒大肉，好吃好喝，牛肉、羊肉、猪肉、鸡肉换样儿吃……”四仓子不能再说，这些肉立即生效，让他的肚子抽搐起来。他的两个帮衬话无新意，无法引起女人的兴致，他亲自上阵想收罗些假话糊弄女人，谁知女人头都没抬，把背扭转给他。

这伙人话越说越假，捧得越来越高，女人还是装聋作哑没甚反应，心说你们今儿个把俺家寒窑说成金銮殿，把满院子羊粪球说成夜明珠，就算屁股坐塌炕板儿，老娘也不钻入你们这些灰孙子的圈套。

女人毫无动灶火的意思，一心在她的麻线和锥子上，像水磨沟那台水磨，似乎永远不会停顿。蹭饭人的谄媚之言渐渐失声，他们少气无力，只有十几只眼睛活力地朝着女人转动，急切期待她能回心转意，甚至于有个人跑出去抱回些柴火，意在生火借以推动她张罗做饭。他开始和同伙讨要曲灯儿，有三个同时掏出一根小木棍儿。“刺啦！”其中一根擦出了火苗儿，一伙人的希望也被这火苗顿时点燃了，他们齐刷刷地直起脖子朝着女人看。等待她收拾了手中的营生，拍打净身上的麻屑，为他们烧水、做饭。

“真是些没皮货，脸皮像是桦树皮，剥了一层又一层！老娘的饭就算喂狗也不会给你们估划！”

他们等来了这样的结果，一口凉气到心。这才意识到这是多少年头一回听到女人开口说话。几年前见识过女人发毛时摔碗的疯狂凶悍，炕上横躺竖卧的身体才快快地爬起。四仓子眼光来回搜寻三耗子，希望他斥骂老婆几声，不管稠稀搅和一顿。这才想起一开始就没见过三耗子的人影，又喊了几声不见回应，也不知道这个土行孙阴雨天躲到甚处。见没了指望一伙人才驱动有气无力的身体极不情愿地挪出门外。

“土匪日过的女人也他娘不爽气！”

一个饿货不等一只脚迈出门槛就发泄出心中的愤怒，谁知还没走两步一鞭子兜头抽来，骂人的便捂着脸直叫唤。众人见恼极了的女人手舞着赶车大鞭凶神恶煞地挡住出路，脸通红得像一大块烧透的牛粪火，七窍正要生出烟来。一伙人如同受惊的耗子，抱着脑袋逃离鞭梢触及的地方，早没了饿断腰的可怜相。他们顾不了到处的泥泞，翻墙的翻墙，夺门的夺门，总算逃离了鞭梢恐怖的追打。

“这女人比护娃的母狗也凶，怕是要咬了咱的㞗！”挨了鞭子的货手捂着伤处，疼得不停地嘘嘘。

“三耗子这怂货，也不知走了哪门时运，捞了这么个好儿。天天打些野味回家，有吃不完的肉，用不完的皮。就是皇帝又能怎样？”四仓子对叫刀稍[20]抽出一绽的同伴未予任何形式的慰问，也没有合着去谴责女人的小气和野蛮，反而夸奖起女人的娃儿来。被雨浇回家的三耗子正和儿子藏身在羊棚里避雨，也等待这伙不速之客离去。四仓子的话传来，像呛了一口羊粪蛋子令他恶心反胃，只是想呕吐。

“该死的四仓子！”他悄悄地骂了一句。他十分希望四仓子也贪上个能杀生的儿子，将来当了土匪，犯了王法，判他狗日的满门抄斩，诛其九族。再一想他就算再满门也只他一苗光棍，可怜得连半个远亲也没有，还扯甚九族，这么可怜的人计较他做甚，心里也就没了火气。

断了三耗子家的吃口，吃馋了嘴头子的四仓子只有黑夜睡觉才能梦见肥油大肉，醒来嘴里还在回味，肚皮却总是有气流作响。三耗子家揩油彻底没了指望，放羊时一伙人也没了精神，四仓子的号召力大不如从前，几个人聚合的次数渐渐少了。

挨到冬天，大批牛羊从后草原被驱到白道口屠宰，白道口便被血腥味笼罩着。四仓子攀扯两个吃货到白道口一家杀坊撺工。大雪小雪，忙死屠家，这家杀坊这个时节总有闲人懒汉来帮工，这是标准的落毛[21]营生。每天都有牛身上卖不上价钱的部位杂七杂八烩一大锅，“落毛忙瞎眼，吃饭没工钱”，四仓子不在乎。

瞎女人老得没了看头，生人都认作是他娘，他便心生厌烦，对家也不管不问，瞎女人更没把他当作个东西依靠，从没叫他买米买面买炭买布料。四仓子满脑子还是光棍的概念，一个人刨闹个打饱嗝，管他家中瞎子女人有吃没吃，他只要这种能让他满嘴流油的日子。

由于牛杀多了杀坊便血腥气四溢，戾气盈人。牛的鼻道很灵，稍稍一靠近杀坊便嗅出同类死亡的气息。它们鼻孔大开，两眼红亮，角尖泛着冷光，前蹄刨地，尾毛横空，狂叫不绝。躁动持续一阵便狂暴不羁起来，血气大的犍牛不顾一切地顺着通道迎着血腥去追逐让牛族流血的敌人。世上只有牛，才不会逃避临头大祸。

屠家杀牛就愁给牲口过命这一刀，若用大绳拴缚住它们再行屠宰费时费力，也费人手。有人便想起用木桩和木板扎成围廊，牛圈的一头由围廊直通杀坊，围廊临近杀场时上头搭个架子，每头牛临到血腥味浓烈的栅口时都会加速，只想顺着围廊窜出。然而栅廊的尽头迎接它的是从天而降的死亡之锤——架子上那人自上而下抡一把长柄大锤砸向牛头，脑门遭击的牛便一个跟头闪进杀场，屠家手起刀落，刀刃急速划过，血管和气管就轻松被割裂，任由血雾喷射，可怜的牛连一声叫都不曾呼出就身首异处了。杀坊里最灰的营生就是抡锤，他们把这营生称作“悠黑锤”。一天只抡几十回锤极算是清闲，等闲间要了几十头大牲口的性命。那牛死前流泪哀怜直叫人心碎，哪怕你心肠是铜浇铁铸的，久了也会手软心亏做不下去。有人就说杀生多了死后要遭油炸、磨绞、锯破等处罚，更是入不得转生门，也让你做回牲口，任人鞭笞宰割。

四仓子才不惧死后怎样，而且砸得十分受用。只觉得这么个大家伙断送在他手里轻巧得如破碎个酒坛一般。四仓子头一回觉得自己如此强大，便越发把个大锤当作流星。也合该他倒霉，那天轮到一头杀得千斤肉的草原犍牛过命，不知为何手软了一下，锤头下去竟偏了两三寸，干脆地砸到犍牛的左牛角上，那角脆生生齐根打断，血从牛角断根处恣肆地喷涌，血腥的浓度骤然增高。牛由剧痛到大怒，瞪大愤怒的白眼球追寻残毒的加害者。当它发现半空中那个卑鄙的持锤人后，怒火、仇怨、恐惧、绝望都聚集在那只残余的犄角上，它只腾挪冲撞了几下就将木围廊夷作平地。四仓子连人带锤掉了下来，发红的牛眼许久直盯着从架子上跌落的四仓子。四仓子魂飞魄散，几乎想用求饶、谄媚、讪笑的可怜表情来平息牛眼燃烧的火焰。然而在他起身的瞬间，那一只牛角精准地从他前胸戳过后背，甚至没有产生肉体戳破后产生的声响。人们拾掇他的尸首时发现他的两眼惊骇得牛蛋一样，似乎要瞪出眼眶。

他的两个赖兄弟还算讲些义气，争着上前救他，谁知被发疯的牛角戳得一死一伤，一伙赖人从此树倒猢狲散了。

三耗子也算长了身贱骨头，没了人欺负反倒不自在，日子像缺了调料一样寡淡没味，竟时常怀念起可怜的四仓子来。他在四仓子的坟前烧了几回纸钱，有一两回竟流出不咸不淡的泪水。

四仓子的后儿子烂六都不尿他，只当是死了条闲狗，烂六的妈早年因丈夫女儿的死哭干了泪、哭瞎了眼，也哭硬了心，没见显出多少悲情，或许她从来没把这个粗卑的男人当过丈夫。

14　杀生手段

十二岁的严拴绊所到之处飞禽走兽立刻警报四起，大地笼罩着一股浓厚的肃杀之气。所有的生灵自然流淌的生命之声戛然而止，它们无一例外地陷入沉默，唯恐惹祸上身。显然严拴绊已成为大青山最凶残冷酷的动物。

严拴绊那天赋异禀的杀生手段竟然使得有着二十多年猎龄的曲米换暗自称服。他仿佛一个杀伐了几十年的猎牲者那样沉稳干练，手段层出，精于思考，更像是一只优秀的猎犬能精确地将野物们掌控于自己触觉范围内。他会从地上漫漶不清的踪迹判断出何种野兽，从何方而来，向何处而去，又是何时走过；天上飞翔的一只鸟儿他会知道它的窝巢儿女隐藏在哪里；一阵风刮来他会从中嗅出他感兴趣的动物的气息……曲米换难以置信的是这么个娃娃从哪个绝户那里得到层出不穷的损招。这些招数在应对野物们时屡见奇效。

曲米换多少次暗自叹息，活该大青山的野物们倒霉。

山耗子家的耗子成了害，饲草里、柴火垛、圈舍里，就连饭盆里冷不丁也会窜出一只耗子，把三耗子的女人吓得尖叫。有一回，一只小猫般大小的耗子甚至钻进被窝里，可能因暖和舒坦得入了梦，女人铺炕时动作大了些，耗子被甩出，反受了人的惊吓，一头钻进她那刚刚解了裹腿带的裤腿，直把她惊骇得鬼哭狼嚎。情急之下严拴绊隔着裤子用两只手使劲一握，把耗子捏握到身体碎裂以至顺腿流出血汤。女人脱了裤子，白淋淋的大腿污满血糊屎汤，惊得她又是一顿叫唤。三耗子连忙弄了铜盆帮着洗净，只见大腿叫耗爪子挠得伤痕斑驳，心痛得直哎呀。从此，女人便草木皆兵，觉得哪儿哪儿都藏着耗子，一有动静就吓得捂腿。

第二天，三耗子朝烂六娘那儿借了只花虎斑大猫回来逼鼠。烂六娘当初在娘家时便知道“家有花虎斑，辈辈出高官”这一说道，家里便养了这种有虎形条纹的猫。前些年四仓子在世时，满足了女人一回，不知从哪里抱回来这只花虎斑小猫。喂养了五六年，长得也壮实雄伟，他家是出了个官，却是个羊倌。

花虎斑初上严家大炕，便雄赳赳霸气毕露。到了夜晚灭灯时，感觉它要大发虎威了，却听到花虎斑连连惨叫。接着鼠叫声也愈来愈响，猫儿惊慌失措地逃上炕来傍主，结果又被鼠群追到炕上，猫儿慌不择路，又下了地，这回它的叫声惨烈而充满绝望。一家人点灯看时，花虎斑的虎斑不再了，只剩下一堆骨架。三耗子两口子一下子陷入了恐怖之中，惶惶不可终日。睡觉时也要紧紧裹着身体，生怕被耗子咬了。严拴绊贪睡，一晚上踢开被子，把全身露在外，害得他爹一夜不知掖了多少回。

严拴绊发起了狠，他为对付这种侵犯到他家的嚣张恶物颇费了些心思。他埋头制作了一个耗子棺材，只用了几块木板钉了个梳头匣子大小的木匣，里面置了机关，又在里头投放了一些动物油脂。小耗子们解了馋，把美味的信息带回了巢穴，当然第一个得知的是它们的大王。

鼠王在确信安全后悠然进入了小耗子指认的美食坊。里头一两只小耗子正在饕餮，王的到来搅了它们的晚餐，只好连忙为王让座。它硕大的身体挤过通道时触动了机关，一阵小铃铛响起……

严拴绊做的木笼里惊现一只三四斤重的大耗子。两只豌豆大的眼睛发出凶恶的目光紧盯着严拴绊看。严拴绊蓝色的目光像电流一样回看着它，它的目光立刻像耗尽油的灯一样熄灭，呈畏缩蜷伏状，嘴里不停地吱吱叫着，充满了一种哀求的信息。拴绊子娘进门看见后，大叫一声蹿到坑上不敢动弹。

这只硕鼠在严拴绊的手中俨然如一只温顺的小兔，它已经感受到一种鼠辈们无力抵御的强大力量，只好放弃徒劳的反抗。严拴绊在耗子王的肛门里塞入一粒干蚕豆，耗子的身体在严拴绊手中颤抖了几下，便又安静下来。接着，严拴绊认真地穿针引线，样子如同一位温良的母亲，针扎入硕鼠尾下肮脏的屎道边缘，线来去几回便缝合了鼠的屁眼。他如同一个贤淑灵巧的妇人，断线、挽头一气呵成。等他松开手后，硕鼠并未急于逃去，它不相信眼前这个杀气四射的人会轻易放过自己，直到过了很久才试着离开，一步，两步，三步……谢天谢地，它终于回到洞中，听到几百个臣民的欢呼。

几天来拴绊子娘老说家里臭气熏人，怨三耗子放屁没个节制。严拴绊未进家门便嗅到了强烈的死亡气味，很快判断出气味来自一孔鼠洞。正好曲米换来了，肯定了拴绊的判断，就说："这死耗子掘地三尺也要挖出来，另寻个地方埋了。这东西最易传播瘟疫。"三耗子父子俩一听吓得够呛，赶忙顺着洞往里挖，掘进一丈开始见里头有死耗子，散发出的恶臭叫人闭气。再挖却见鼠尸累叠，至少也有一百几十只，每只死耗子都伤痕累累。严拴绊总算挖出了被缝了屁眼的鼠王，那家伙还有些气息，胡子一抽一抽，爪子一蹬一蹬，身体涨成圆球，黑色的眼睛里满是惊恐。曲米换正好来了，他说要把死耗子深埋了，免得生了鼠疫。又叫拴绊把有气息的打死，不叫它犯活。那娃娃寻个铁锤不管死活，每个耗子头上一锤，砸得脑血四溅。

曲米换帮着他们在离家几里远的地方挖了土坑，三耗子用箩头去担，人矮箩头总是被地上的石头磕碰，箩头里的死耗子就往出颠，颠出的一半忽悠得像一条魔鬼的舌头舔到他腿上，竟让三耗子战战兢兢放不开步子，来回好几趟才算把死耗子运完。他总共担了三担，每担怎么也有六七十斤，算了算一个耗子平均至少一斤多，想想都叫人毛骨悚然。

埋土回填了，三耗子还不放心，在上头踩了又踩，就怕它们还魂。

"这些家伙是从一家油坊移来的，油坊前些日子失火，冲天的大火烧了五天五夜，一家人莫说救火，连人也葬了火海。大火把作坊库房烧了个干净，火上浇油，地皮也烤得发红。毁了住窝，没了吃的，这伙耗子也不知如何七八里路转到了你家。人都说白道口二十四道沟有四大怪现象——小东沟的耗子鬼愁沟的蛇，龙潭沟的石头分外圆，倒返沟有条倒流的河。这耗子正是小东沟的！”曲米换说。

前些天，曲米换放骆驼居高临下地瞭见距倒返沟八里地的小东沟烟柱接天，几十缸的油起了火，火舌舔舐到半天。他似被炽烤到了，便赶着驼群移到一处山坳。火一直烧了五天五夜才熄了。听说三耗子家耗子反了，曲米换心里正愁如何才可以帮他灭了鼠患。谁知拴绊这娃怎么想起用一颗豆子巧灭了一窝耗子精。曲米换又惊又奇，心中不免叹服。问及拴绊子，他说得却简单明了：“干豆子进了屁眼肯定涨大几倍，加上又缝了针，也拉不出，耗子王的屁眼憋得难过。它难受不过就拿别的耗子出气，这个货是个头子，肯定能把它手下一伙都咬死。”曲米换心里不禁一惊，想不到一个娃娃有这样的见识，也算耗子们不走时运，偏偏把耗子大营扎到杀星家里。

15　血腥的童话

进入深秋的大青山一夜失了生机，如同一个失去颜色的妇人苍老而落寞，大地裸在苍穹下忍受残酷的朔风的切割、蹂躏，各种庄稼成捆后横卧在旷野里经受风干，一排一排地立在那儿像正在训练的兵们。大人们忙着驱赶牲口往回拖拉这些收获物。莜麦、小麦、荞麦、谷子码在坚硬光滑的打谷场等待碌碡的碾压。他们也会腾出手用极其宝贵的时间拖着用铁丝制作的大耙子搂草，向这一年轮的大地做最后一次索取。辽阔平缓的草坡犹如出嫁女子折叠的被褥，被整齐方正有致地摆放在原野上，这是为牲口们储备的过冬的食物。牛皮绳把这些宝贵的干草紧勒在牛车上，牛车像个庞然大物摇晃着身子进了草库伦[22]。

白道梁上，严拴绊聚了一群山娃伴随着滚滚羊尘喧嚣而至，仿佛一支杀伐之师。享受冬日前短暂美好生活的野物们隐约感知到一股阴冷和血腥气息逼来，无不惊恐万状，一时鼠窜、蛇隐、兔藏、鸟远飞。

秋忙使得大羊倌三耗子们的精力从牲畜身上转移到他们私垦私种的成熟庄稼上。他们放手将羊群交予那些小羊倌们。烂六和拴绊子接管了三耗子的羊群，没了老子的管束，严拴绊就有更多的精力对付野物。他身边总是有一堆放羊娃一齐分享这个美好时节所带来的捕猎和饕餮之乐。

动物们同样尽情地汲取大自然秋日丰厚的养分，它们积蓄更多的能量使自己膘肥体壮起来，好让它们熬过这个漫长的冬天。在这个亘古以来就是天然的优良牧场上，一切生灵都抓紧时间享受着即将被冬雪覆盖前的盛宴。在不知不觉中，它们的身体绽放出令人垂涎的肥美，大青山激发起了好些人的猎杀念头，打牲人的身影幽灵一样在沟壑密林中游荡出没。

这注定成为严拴绊丰收的季节，他依然有层出不穷、与众不同的手段收割动物的身体。他把猎获到的山鸡、野兔、沙鸡、黄羊或者狍子变成大餐，除了铁锅，在野地里，生一堆牛粪火，烤肉的香气便会经久不散。饿鬼娃娃们等不到熟透，便狼一般下口啃食。狼一样的牙口撕咬着半生不熟的动物筋肉，野地里传出夸张的吞嚼声。没几天工夫，一群手指能弹出干巴巴响声的饿猴都生出了许多横肉。

烂六极尽放纵自己的饿肚，贪婪地享用这样满嘴流油的光景，只是瘦牛伏不住麻碜[23]料，跑肚拉稀把个窑洞搅扰得臭气熏天。

“你是宁叫屁眼流脓，不叫嘴里受穷的吃货。”她那瞎娘说。的确，烂六一张嘴能说些刻薄恶毒的言语，也吞得进荤素软硬之物。除了牛羊的角角咬不动，只要是动物身上的他都敢吃。

“拴绊子给俺们供上这山珍野味，愣子才会不吃！”

“唉！胡吃到哪天非害‘人面疮’不可！”瞎娘叹了声，又开始唠叨。

“‘人面疮’是个甚东西？”烂六听出老娘的话里满是奇秘，便追问起来。

“有的野物像是牛羊本是叫人吃的，自古以来成了口中的食儿，可有的野物自带有三分毒性，也只能叫野物们以大欺小地食用，比方蛇、狼、狐子、乌鸦，这些逮甚吃甚的野物，身上聚了不净的东西，人非要吃下自然身体服受不住，就像是给自个儿下了毒。这毒气要找个地方排出，膝盖处肉最薄，毒气就从那里顶出个大疮，再破成七个窟窿像是人的七窍。下头横着裂开一绽，极似人的嘴，一见别人吃肉它就张开要吃，吃了一口又一口还没完没了地流出口水，若夹块炖得绵烂的猪头肉喂给它，听得吸溜溜、吸溜溜进肚，简直要香死，又张开要下一块……”

瞎老娘其实怕儿子跟上拴绊子混着杀生，遭了报应，打了通头光棍，绝了夫家后，自个儿死后没脸去见丈夫，就说些老故事吓唬他。那烂六听了有些后怕，又转说给拴绊。谁知那娃比大人还豪气：“怕甚！真要长了那东西就不要亏待它，多打些野物喂养它就是！”倒惹得一群小羊倌笑了一通。

又过了些时日，白道口的娃娃们合着车马店唱山曲的瞎子们揪烂席片[24]的唱腔唱道：

天上的飞禽不（敢）落地，
地上的走兽洞里记。

倒返沟出了个严拴绊，
大青山的野物少一半。

山上山下没地方躲，
野物进了三耗子的锅。
……

三耗子这回真的是吃肉吃得后悔了，只因贪图锅里的油水，放纵自己的儿子去打牲，上天入地地滥杀乱猎，眼见得大青山的野物日渐凋敝，走兽绝迹，飞禽影稀，极似上师所言巨煞张献忠灭绝四川百姓的恶举。儿子杀生害命做到了登峰造极，鬼愁神怒，上师的话便像大洋钉一样钉在他的心头。心里头几日里似要焦躁起火，表面上却要装出平安无事的样儿。上回上师一再说这等事不可张扬，外人一旦了然恶煞降世，他便成了众人眼睛里头的钉子，万众一心地想除之而后快，到那时拴绊子的性命必危。三耗子吓死也没敢跟外人露过一词半字，莫说曲米换，就连自家女人也像封了盖子的酒坛瞒得严严实实。

直肠子的曲米换不知内里，心里头急切，想给他掏掏耳朵，说些实心话。他是看着拴绊子一天天长大，又是他的徒弟，了熟这娃娃聪明灵巧、忠厚实在。只是积了一肚残酷无情的杀意，见到动物像是有杀父之仇、夺妻之恨的仇家，只想除之而后快。他觉得这娃应该严加管束，不然天下生灵还有无活路？

“老三，拴绊子这娃一天欺害野物就像只疯狼。能吃肉能卖皮子就不说了，那些小雀小燕他也除灭，一窝一窝的雀蛋摔得满地血糊。那可都是性命啊！不要以为他给你的锅里添了些荤腥野味，就当是有了本事，那可是一时痛快万辈受害。你要任由他这般折腾下去，你严家祖坟怕是续不了几代了。”

看三耗子圆睁两眼似乎不解的样儿，说：“那我倒要给你说个缘故。”

曲米换装了一袋旱烟，五根手指像一把水萝卜一样粗壮圆浑，只是打火镰的动作有些拙，半天才打着，又吹了半天那葛艾绒草才冒出了烟。一张嘴专注地叼着玉石烟嘴，吸溜吸溜贪婪地吮吸着，只怕漏掉一丝丝烟气。慢性子的三耗子也有些急不可耐了：“这烟马粪一样有甚吃头？”

曲米换这才泛出话来：“听说过‘九斗弓’没？”

“甚九石弓、八斗弓，俺哪知道？！”

“你确实不知，你又不是宁武人。那‘九斗弓’是俺爷爷的爷爷的爹的外号，至今宁武人没有不知的。”

“扯不扯！越说越远。”嘴上这么说，心想你爷爷的爷爷与我儿有甚相干？

曲米换没理他的话茬，继续说：“那老汉年轻时爱上打牲，那时打牲哪里有火枪，全凭弓箭、陷阱、走狗。那老汉有一手百步穿杨的手段，能拉得动九斗硬弓，因这九斗弓可不是寻常人能拉开的，凭这本事就得了这么个外号。他有六个儿子，我爷爷的爷爷是老六，每次出猎六个儿子骑骡子骑马喝喝号号，一群大狗跟着乱窜乱叫，方圆百十里的人都见识了那风光场面。打回的野味堆山积塄，一冬天请些有头脸的人大吃二喝。宁武关守关的将官是个武人出生，常出入俺家，交往久了，又意气相投，就和那老汉结了拜成了兄弟。那守将也带些兵掺和着打牲，把个声势壮得像两军厮杀。宁武的椽檩是盖房起庙的绝好材料，引得天南地北的来砍伐，咱这归化、绥远两城建城时也没少用。几十年下来宁武九十九座山上绝了生机万种的野物，就连雀儿叫也难听到了。”

“这老汉给六个儿每人娶了两三房老婆，这婆姨们也坐胎生娃，只是奇怪，娃娃一大堆就是没一个长蛋的，一些当地人悄悄地议论说都是打牲遭的报应，他们说：‘不要看他儿多得七狼八虎，娶下的婆姨飞起一群，落下一片，生的娃也成群成队，他曲家只怕要绝后。’”

“宁武的野物叫俺曲家人打尽猎绝了。那年，宁武关守将邀上老汉和五个儿子往北探至咱这大青山打牲，那时大青山的山林又大又密，山禽走兽又多又繁。一入山眼见一群狍子，一伙人兴奋得直追，紧断慢断那狍子忽地变作蒙古兵，蒙古兵人人手里拿一张硬弓，一顿箭雨过来，二十几口没剩下一个活的。那老汉临死手里还握着他的九斗硬弓，除了尸首以外的东西都叫蒙古兵掠了去。就这样，打猎的成了猎物，耍弓箭的高手成了箭靶。半年后俺爷爷的爷爷得了确信才去收尸，尸首早叫野牲口撕扯得只剩下些散骨残肢在草树间散落着，哪分得清谁的，没办法就地寻个地方合着葬了。如今井眼梁上大土堆就是那公坟，里头有俺曲家先人的，有将官的，也有不知姓甚名谁的兵的。俺爷爷的爷爷——就那个老六，因他不爱打牲总是设法逃避，因此保留了自个儿一条命，也留了俺这条快断的根。再后来俺爷爷的爷爷就变卖宁武老家财产迁到此地守着祖宗的残骨，七等八兑代代单传至俺爹。”三耗子看见曲米换眼睛里滚出两行丰沛的泪水来。

“俺爹那年回了趟口里老家，不知哪股筋抽起，竟然扛回一支老式火枪，那是一家铁匠铺学着长城上明朝军队守关的火铳打制的，沉不说，还得用香火点捻线。他原本凭着这支老枪给老婆娃娃寻个吃口，那年冬天他领上俺大哥进山打牲，却再也没能回来。一个月后才寻见俺爹，他在一棵大树杈上吊死了，尸体被风吹着旋转，好像风轮子一样。俺哥也死了，他的尸体在一处积雪坑里，只有一颗青紫的人头露在外面。人们将他冻葱一样的尸首拔出雪地，发现身上裹了一坨血冰，化后检验到浑身上下中了几十颗铁砂。俺听那些大人说俺爹受了狐狸精迷惑，把自个儿的儿子当猎物打了。谁也不知道当时俺爹为什么会朝俺大哥开火，开火和点捻子需要一定时间，俺爹会有充分时间辨清目标，但他就是喂了他心爱的儿子一枪。俺爹捅下天大的娄子，没脸见俺娘才选择了上吊。

“俺娘平日一身病，一下失了两个当要的亲人，像霜打了一样，一天天枯了下去。她成天哭，几回哭到伤心处竟背过了气。泪哭干了，像油灯里的油耗尽了要熄灭。有一天早上她再没醒来，人们都说她跟上俺爹走了。那时俺才十三岁，还有两个妹子，三个娃娃少吃没喝，有人打劝俺领她俩去人多的农区讨吃，一是不敢，人虽小却又嫌丢人，变卖家里值些钱的东西换些吃的，一天想到要了俺爹命的火枪，却没人看中它，说是个凶物。俺就想拿出去打个野物，大概俺爹阴魂不散护佑，竟然打住些野兔、石鸡子，但也没救了俺俩妹子的命。没出当年冬天，她们经不起连冻带饿一病不起，前后没几天都死了。俺虽留了条命，也没能给曲家续上香火，眼看得麻绳从细处断，俺曲家人也就成了大青山的孤魂野鬼，火扑扑一大族人灭亡在打牲上……

俺虽恨打牲这营生，有时肚里缺食就管不住这双想拿火枪的手。杀生害命换几顿饱食，却损了阴德，顺着前几辈子的错路头也不回往下走，绝户灭族不可避免，俺成了曲家一门人最后一个男人。俺犯愁死后没脸见先人，如何解释知错又犯错……唉！”

两个人都沉寂了一锅烟的工夫，曲米换才说：“天底下的生命本是平等的，不该分你贵俺贱。人应把野物当成人一样看待，只是肚子一饿就学野兽的做法，厉害的欺害绵善的，吃肉的吃掉吃草的。上一回上师在莫当召讲法，俺路过听了一个时辰，他说得字字入理，俺当时就记在心间：人若保护生灵，必能洗净心中污秽，人若怀了仁心，就不会贪心不足。如为了嘴上需要胡喝滥吃，一旦没了同情仁爱，人和牲口就没了二样，人也就完蛋了！”曲米换只当三耗子愚钝，听不懂这些佛学，就变调简化了让他记取。三耗子只是点头，好像都懂。

“蒙古人说得好：牲口好赖靠遗传，娃娃好赖靠传教。拴绊子挺好的娃娃，该传教他些东西，让他知道些道理，明些是非，走个正路。”

“米换哥，俺知道你说的都是一些正话，俺这人粗笨，心里想到嘴说不出来，他娘又是个没话的人。拴绊这娃你也看着长大，你把他当成自家的娃，该说就说，该打就打。俺看那娃娃爱听你说事，你口齿[25]好，教他做个正经的人。”

没过几天，拴绊正趴在炕上逗鸟玩，一见曲米换来串门，激灵爬起，又是沏茶水，又是给他烟袋添火，左一个师傅又一个师傅地叫着，磨缠他说故事。三耗子也手忙脚乱地烧水，女人抓一大把山茶叶泡了叫他喝。热乎乎的炕头上的故事主题永远离不开动物，这些故事总是令少年那样的着迷。

“以前有个叫张有良的屠家，平常靠一把利刀杀生养命，一把刀要弄得那叫利索干净。这个家伙心狠手毒又小气贪心，和他名字相反，是个无良之辈。但这货有个非常了得的本事——听得懂各种飞鸟说话。他家门口有一棵千年的大榆树，树上一天到晚各种鸟在唱歌拉家常，时间久了他听懂了雀儿们说甚，还和这些雀儿对话。

“一天雀儿们发现山崖下摔死的一只肥羊，它们的喙不够尖利，无法啄烂厚实的羊皮，也就没法吃到里头的肉。又怕时间久了叫野兽们发现，一阵狼吞虎咽就甚也落不下。人啊！总是低估野物的智力，其实它们有时比人聪明，比人义气，比人讲理。”曲米换用两根手指撮一团烟叶再次装入烟袋锅。

“雀儿们叽叽喳喳地吵，其实它们正讨论一个人，这便是平时能和它们说话的张有良。指望和他合作，利用他的尖刀剖开那只羊，它们得到内脏，其余的归张有良。雀儿们舍大的图小的，咱们做人的是万万做不了的，对半分、四六分、三七分、二八分，却没见过这样分赃的。野物们可没有人的贪心，想得也简单，领头的一说众雀百应：

张有良、张有良，
红崖底下死下个羊，
你吃肉来我吃肠。

“它们一齐嚷嚷，张有良不敢相信这样的好事，这个生性贪婪的家厮也不管是真是假，一刻没停地去了。雀儿在天上指引，张有良顺顺利利寻见了死羊。他的心里马上乐得开了花，施展起屠家的手段，麻利地剔剥了死羊。掏出羊的肠肚心肝肺时只觉得一堆好吃的白白喂了雀儿真是心疼，张有良就生出悔意，想要自己一家熬了羊杂汤吃喝。雀儿们见张有良把该分给它们的部分也装了口袋，没一点信用，一时叽叽喳喳乞求，见没打动那人，有雀便领头咒他，张有良听懂了：

张有良，黑心肠，
少情没义不如狼，

吃进嘴里烂肚肠。

“张有良的心肠真是又黑又毒，一点也没生出愧歉，反倒要设出毒计害它们——在剩下的羊杂碎里拌些毒药喂给雀儿。雀儿们以为张有良总还是应了当初说下的话，便高兴地去争吃，嘴快的争先吃下，登时死下一大片。没吃上的吓得连忙飞走，在天上边哭边骂。张有良反而高兴得要死：‘你们这些烂东西，也敢骂老子，还不是给老子当下酒菜？’烧开一大锅水把毒死的雀儿褪净了毛，下了油锅炸了。炸好后就着烧酒美美吃了一肚子雀儿肉。”三耗子听得那张呈倒三角状的小脸凝固得像是一张做工简易的小丑的脸谱。

“第二天一清早，张有良还在梦里便听得鸟儿又喊：

张有良，起炕头，
南湾儿死下一头牛，
你吃肉，我吃油。

“张有良这回也没多想，只觉得好运上门，爬起来就赶着马车往南湾儿去了，他知道弄一头牛回来非用马车不可。那货一路还盘算牛肉卖多少钱、牛皮卖多少钱、牛杂碎卖多少钱、牛头蹄卖多少钱、牛油卖多少钱。想着自家吃饭油水可以大些了，还是没给雀儿估划一丝丝。想着还哈哈大笑：‘长翅翅的就是愣，只记吃不记打’。”曲米换瞄见拴绊那双惊奇的小眼睛闪闪发亮。

“到了雀们说的地方，远远见一棵树下黑乎乎一物。张有良只当是一头黑牛，打着马冲去生怕别人抢了。走近却是个黑袄黑裤的人，再细看那人脖子血淋淋的，是个挨了刀的尸首。情知不妙，张有良赶紧打马掉头往家跑，边走边听到雀儿叫：

张有良，换衣裳，
套个铁链进牢房，
烂肠烂肚见阎王。

“张有良当下吓得失了魂，哪还有心思和雀儿们斗气，心里只想着逃离雀儿们设好的天罗地网，将来再把它们一网打尽，统统下了油锅炸得骨头酥烂才解他心头之恨。

“张有良没命地逃回家中。捕快很快闯进他家，看见他要换掉原本宰杀牲口时穿的带血衣裳，衣裳上血污斑斑，哪还分得清人血、牲口血还是新血、旧血，车上那把用来剥皮剔肉的屠刀还没取下，上头自然少不了沾血。也不由他分辩，上去把他拴了铁链，下了大狱。

“原来衙门接了报案，说城南南湾横有血尸，一听是人命案子，几个捕快和仵作一刻不停地去了凶案现场，断定死者是被人杀害，又发现两行车辙往返了现场。捕快们没费周折顺着车辙痕印跟到张有良家。”

拴绊子娘捻羊毛线的羊骨摆吊停止了转动，这个永远安静的女人两只眼睛却难得地转动了一回，显然，这个故事正在她心间萦绕，看得出故事的走向令她如此关注。

曲米换只顾点燃烟锅里熄灭的烟叶，故事被打断。严拴绊有点等不急了，问：“后来怎样了？”

曲米换不紧不慢地说：“有了实的证据，官老爷认定张有良就是那杀人的凶手。张有良就算脚后跟长满牙口也没法子说清了。当下把他打入死牢，又给他上了手铐脚镣。那家伙对雀儿凶恶，却是个怕死的，吓得脸就像这土炕的颜色，两条腿像抽了骨头一样软绵绵立不在地上。两衙役没法要架他走，只见他抱着肚子满地打滚儿，眼看着七窍流血而亡。老爷心想，本官也不曾用过大刑，如此强壮的凶徒怎么说死就死了？就命仵作开膛验尸，割开肚皮众人都愣在那儿了——满肚子雀儿头正在啄食那家伙的肚肚肠肠哩，再看张有良的肠子肚子窟窟络络像筛底子一般。这也算应了小小雀儿的咒语。

“张有良见雀儿身小力薄又好哄好骗，只当是奈何不了他，却落了个肠破肚烂的下场。”抬头看，拴绊的小脸上满是惊恐，再看三耗子更是面无人色。拴绊子娘却毫不掩饰快意恩仇的样子，一只小脚下去铁锤一样踏烂一只小板凳，把三耗子惊出一身冷汗。

“不要小看这些雀呀燕呀，它们又精怪又仁义，吃些蚊虫，也不扰害人畜。这物却分得清好赖人，从不去赖皮倒霉人家修窝建巢，如遇上有德性人家，宅子里里外外吊满燕窝雀儿巢，一天里叽叽喳喳好不红火热闹，外人一看就知是德行发旺的人家。看俺那窑前，不要说雀窝燕窝就是连个耗子踪也寻不下，这样儿的人家不败才怪。”严拴绊发现曲米换眼眶竟溢出些泪，这泪也叫他年少的心里充满了莫名的酸涩与悲哀。

曲米换的故事本是讲给拴绊子听的，不想让他欺害鸟类，谁知重重击到三耗子的魂魄。这个名鼠如鼠之人听过之后便陷入惶惶不安之中，一整夜没合过眼，满脑子鸟的喙在眼前乱啄。只觉得张屠户的故事迟早会在他的家族重演，儿子的杀戮已在大青山所有动物心中播种了巨大的仇恨。杀生者必被牲杀，因果报应的道理三耗子自小便深信不疑。看到儿子拴绊小小年纪便积累了如此深重的罪孽，一种大祸临头的负重感让他几至窒息。一白天心里头也是杂七杂八的，像有只小猫儿在挠心，放羊时竟从崖上掉在沟坎里。

16　戾气下的日子

三耗子焦虑不安地挨到天黑，匆匆收了羊群，也没顾上吃一口，径直跑到莫当召。四喇嘛听他颠三倒四地叙述一番，知道了他的来意，他这个良善怕事之人心小得容不下指头大的事情，叫这个年幼的儿子搅得没有片刻安然，不免暗自可怜这个苦人儿。

学富五车的四喇嘛是个历史学家，把大青山的历史理得横横纵纵、有理有据，自然也为拴绊的杀生找到了根由：

“阴山自古为天下第一猎囿，无数个北方草原胡族你去我来，这些胡人不事庄稼，全凭弓箭射猎野物糊口，都有秋猎之俗。他们借着狩猎演练战阵，检验射技。每个胡族都要在此地对野牲大肆杀伐，两千年来乐此不疲。

“最早匈奴人占据了阴山，凭着控弦之士的高超射技在大青山予取予夺收获颇丰。他们敞口吃着猎物，饮着乳浆。吃饱喝足，体内积起的侵略欲念就难以抑制，便不停地袭扰、掠杀汉地。起初汉庭被胡人欺侮，皇上也险成了猎物。于是便韬光养晦，增强武备，一旦养硬了拳头，一顿饱拳把胡人驱赶到漠北。失此天然猎囿，匈奴人哀叹他们六畜不兴旺，妇女无颜色，更是猎物不丰盈，从此一蹶不振，亡了族。

“到了北魏，这里一直是皇家猎场，魏廷把行宫建在大青山上，只为了一年小猎，三年大狩。即便从大青山脚下的盛乐城迁都平城（今之大同），数万人的围猎行动也在每秋掀起。一时号角连天，旌旗如云，把大青山颐养天年的动物惊得到处乱窜。弓弦响处，野鹿、狍獐纷纷倒地。王爷国柱却要猎虎射罴，以显虎威。一声虎的惨哮竟引得万人喝彩。平城十几万鲜卑贵族一入冬围着火炉放口饕餮来自大青山的野味。但肚满肠肥的家伙们最后等来的阴山之六镇的信息不是丰猎而是丧钟。依阴山而建的六个兵镇突然倒戈，鲜卑人的吃口戛然而止了。血光之灾降临到了他们的头上，如今世上哪还有个鲜卑人。

“大辽帝国是个狩猎之邦。契丹贵族无不喜好这口，辽主更是个超级猎手，并因此而亡国。他们逼着治下的女真人进贡叫‘海冬青’的猎鹰。女真人看着主子沉醉于猎事，国力渐衰，便突然造反。契丹人打野生动物拿手，打女真人却没了还手之力，没多久便将江山易主。辽主撒腿就朝西跑，一头扎入大青山。这主儿发现来对了地方，天天有动物可打，不知不觉又红火了四年。后来叫金人当作猎物捕获了。”

三耗子听得如坠云雾，想不到大青山的狩猎延绵了两千年，平日看似自由自在的野物们一直活在刀箭的追逐下从未停止过。他的心里头更是可怜这些山野生灵存活的不易。他越发怨恨拴绊不该猎杀这些在死亡边缘苦苦挣扎的生灵。

“杀戮野物正是释放一个恶煞心中聚积的杀性，屠杀山野生灵虽为十恶不赦之罪过，但总强过杀人。等他年龄稍大些，性情自然就会善化，定会羞愧于自己的所作所为。一旦醒悟悔过，放下屠刀，立地成佛，多做些善事去补过赎罪。当然，你还是要想尽办法阻止他杀害野物，减轻他的罪过，也是当父亲的该为之为。”几句话一棍子捅开堵在心口的麻麻渣渣，三耗子的脸色转忧为安，捐了些香火钱给寺里，希冀众喇嘛在佛祖面前为他儿讲些好话。

曲米换的故事似乎也击中了严拴绊内心最柔弱处，他对燕雀飞禽的仇恨悄然消失，反正没人再见到他摧残燕雀或它们的窝巢和蛋了。

谁也无法移除这个家伙潜藏在体内的对野物的猎欲。三耗子心中依旧紧绷，没有丝毫欣喜，因为拴绊子见了四条腿的动物依旧不依不饶，两眼放出蓝幽幽的凶光，极像饿疯了的狼。

他大多时间更像只灵动的猫科动物，机警地应对一切来自异类的动静。这让他的猎杀变得凌厉而精准。三耗子看在眼里惊在心间，时常暗自揣度这娃是个甚凶物转世。

绵善而缺少见识的三耗子从来没到过大青山之外的地方。半生总共也不识得百人，这杀星三百年前出了一个张献忠，三百年后却让他这个甚本事也没的人摊上，巧也不巧？他体会到和一个杀气腾腾的儿子共处要有一颗坚硬而且容得下天下万物的心，他最没资格担当这个父亲，心里竟然羞愧万分。

夜深沉，黑洞洞的窑洞里一点摇摇欲坠的灯火在不知道刺猬油还是黄鼠油的支撑下泛出些许光亮，三耗子的女人脸庞红亮艳美却难掩心中的郁气。她正一针一线地缝补拴绊子满是尘土又破绽百出的衣裤，这是拴绊子在山野里不停动作的结果。三耗子在炕脚盯着女人一丝不变的表情欲言又止，很长时间后才将投向女人的目光收回，又转移到睡梦中的拴绊脸上，娃儿安静平和，鼻息均匀，悉如寻常山村儿郎。

“白天云游走四方，黑夜熬油补裤裆。”三耗子冷不丁一句，这是山里人口头的一句串话。不知是在说儿子还是说老婆，女人正好缝补完了，她放下针线躺下就睡，三耗子吹熄了油灯，叹了口气一家人便进入浓墨一样的长夜。

三耗子无法割绝他的胡思乱想，也就越发睡不着觉，一夜一夜盯着黑咕隆咚的窑，不时地唉声叹气。四喇嘛让他阻止拴绊杀生，这令他一时无计可施。想来想去还是不要让他跟羊群出山，囚在家中没了野物也就没了欺害的对象。他不知道一场大的灾难因为这样一个微小的决策而被严拴绊制造出来。

17　狼祸

狼永远是大青山恐怖故事的主角，二十四道沟几乎所有的牧场对狼却是又恨又怕。这东西又精又残，防不胜防。凡是有牛羊的地方便潜伏着狼的影子，几乎每个山民的家族都和狼族有着一笔笔血海深仇——狼可以大白天攻击一个劳作的农妇，悍然扑倒一头牛犊瞬间撕碎吞噬，深夜撞破窗户从酣睡的人群中叼走婴儿。白道口不时可见面目狰狞的疤脸男女，他们尽是狼口脱险者，这一丑陋的疤痕亦被称作“狼扯疤”。这一切也给严拴绊幼小的身体里埋藏下对恶狼的刻骨仇恨。

白道口羊圈的围墙上用白泥涂画满了二尺大小的圆圈儿，据说狼远远瞭到圈套丛生，便心生忌惮，不敢贸然走近。但这种法子用久了便不灵了，羊群横遭屠杀的现象屡有发生。

倒返沟东南二十余里有一深谷，山高林密，岩洞密布，泉眼众多，人迹罕至，这便是二十四道沟山民谈狼色变的恐怖之谷，人们总叫它喂狼峪。这块人畜的禁忌之地已让许多漠视者付出了血淋淋的代价，有几个胆大的打牲人和忘乎所以的牧人悠然间做了“狼干粮”。虽然落个尸骨无存于世，却成为恐怖故事的主角得以源源流传。

十二岁的严拴绊进出喂狼峪后一切都被颠倒了。那件狼事发生后喂狼峪也不知不觉在那些山里人口中改成了杀狼峪，少年严拴绊也成为白道口车马店瞎子们唱词里的人物。四喇嘛预判的恶煞在白道梁终于显露出恐怖牙爪，这个超级复仇者的行动终于成为喂狼峪狼族挥之不去的梦魇。

虽然过了秋分，大青山山谷里午间的太阳依旧滚热炽人，衰朽的杂草树丛间秋蠊儿噪烈地歌唱着像为一个生机盎然的年轮逝去而唱响的挽歌。一只阴山松鼠在岩石上眷恋着这暖和的时光，憨态可掬而又好奇地看着飞奔而至的两肢撑地的动物。这里好似注定是小小的严拴绊的世界。在土崖上他的小眼已聚焦到八十丈开外的河床干沙中，那里有六个毛球状的东西，这时那只追逐了好几里似乎失掉最后力气的幼兔一下子对他没了吸引力，以前的猎物已从他心中悄然溜走，新的猎物出现了，为他这个寂寥的秋天带来无限的乐趣。

六只小毛头与他家母狗愣子生出来的小狗没甚两样。它们无邪好奇的小眼睛追逐着视线内一切流动的物体。当然眼前一个怪异的身影和一种全新的体味叫它们分外好奇。但它们无力驱动自己弱小的身体，外出猎食的母狼为它的子女做了沙浴。显然这是个一举两得的妙法，既可以锢住那些小身体乱窜，又能杀死它们毛茸茸的身体里的寄生虫。显然，母狼的这一举措直接把它们稚嫩的目标暴露在最为醒目的白色河床中，也为它的子女带来灭顶之灾。十二岁的少年呈现出山狼一般的凶相，他用手里所持的那把割草镰刀对准沙地里这些长有无邪般眼睛的小毛头儿。他凶残无情，他咬牙切齿，似乎把前世今生的所有仇恨都倾注到镰刀的刃部，刀刃如此锋利，一阵如同切碎山药蛋的声响后小毛头们好像是羊粪做成的饰品，轻松自如地迎刃破开，沙滩旋即绽出五朵红花。但他没让第六朵开放，他决定挖出一个完整的小生命带回家，同时他把一场灾难也带回了家。

小拴绊终将豺狼引回了家，这是一个猎人不能容忍的大错。但此时我们把小拴绊认定为一个猎人显然不够准确。

这支由狼夫狼妻组成的问罪之师精准地找到了仇人，这是由于它们的一个孩子的生命体释放出的强烈信息和凶手遗留在行凶现场的气味。五具残缺不全的儿女的尸体激发了它们复仇的意志，所有信息表明一只生命尚存的儿子正在那孔黄土崖挖掘的巨洞里成为凶手的“狼质”，而凶手也潜藏于此，凶手还有至少两个以上的同伙。

一开始它们就担心人类做出撕票行为，于是，它们通过强大的声势逼迫人类交出狼崽。然而佯攻并未奏效，按照白天掌握的情报，重新评估了敌情：敌人亦是夫妻和儿子，儿子是战端的制造者，但无法理解他们侵犯狼族的意图，而且他们不计妄为所产生的后果，在大兵压境之后毫无示弱之意，并未把它们唯一的子女送还……他们意欲何为？丈夫作为家庭领袖，体格矮小，孱弱绵软，唯唯诺诺，胆小如鼠，毫无战斗力。成年女性反应迟钝，行动缓慢，有气无力，不足惧之。而他们的儿子身小力薄，虽有些不知深浅却也不堪一击，一牙一爪便可要他小命。虽有两条狗，见到狼族必如耗子碰到猫族，避之尚且不及又岂敢挺身迎战？综合评估认定，他们一家三口属于人类里战斗力最为弱小的族群，且缺少外援的支持，即使有人施以援手也是明天天亮之后。狼夫妻迅速改变战略，决定发起强攻，在敌人援兵到来前结束战斗，杀死敌人，救出儿子。

人狼的战争就这样开打了。

这个悉如平常的长夜刚刚踱进黑幕，三耗子家经历了一回火烧油炸般的炼狱。起初狼在窑洞前惨嚎骇泣，继而又在窑顶擂鼓击杖，后来羊圈里如山洪咆哮，羊们呼儿唤母的惨叫声撕人心肺，两只平时诈诈唬唬的狗静悄悄的如死去一般。三耗子几次起身要出门去看，老婆像碌碡一样沉重地吊在他的脖颈上。

“天神爷爷！万不敢出去！”女人的惊呼使得三耗子稍微壮起的胆子一沉到底，身子也更沉了，顺势随起女人掩在炕上不动弹了，两口子两具裸体纠缠在一起用同一个频率颤抖着。

突然门似乎要被一阵凄厉之声割裂，门闩艰难地支撑着由外而内的推力，发出吭吭吱吱的响声。两口子的心像被辘轳扯动的水斗一样上上下下、起起落落，继而又传来门板被利器刮抓得尖锐而有力的响声，“嘎嘣！嘎吱！”接着门闩发出放弃抵抗似不能支的预警声。三耗子赤着身子急急奔到地下去扛门，谁知两只狼弄个声东击西的诡计，一只狼竟“嗵”的一下穿透窗棂，纤细的椴木窗棂断裂了，和窗纸撕破的声音竟产生剧烈的响声。伴着这声响一只狼头凶现，两个爪子也抠在窗台上，那牙龇得白森森的，上下磕得嘎嘎作响，两眼蓝光幽幽像是燃烧的火锥要把人烫穿。三耗子的女人被凶恶的狼头吓得魂飞魄散，大叫一声栽倒在炕角，四肢僵直成一根硬棍。狼顺势把身子由窗口往里杵进了二三尺，眼看就要跃到炕上，谁料那拴绊握个洗衣裳用的捣衣锤凌空悠起，十几斤的榆木疙瘩可巧钉在狼嘴上，嘎嘣嘣打落三五枚狼牙，狼像推倒的装了粮的口袋跌了出去。一阵凄痛之声把倒返沟的夜割裂成惶恐的碎片。狼的意志显然也碎裂了……

狼们的凶焰渐渐熄去，显然它们低估了对手的能量，已知畏途，早就没有卷土重来的勇气。尤其少了牙的伤狼早已由牙到心受了重创，绝不敢靠近那孔透着些许杀气的窑窟。两只狼只好缩到沟对面的土崖上残喘哀号，但凄厉的叫声仍是令这孔寒窑保持疼痛的刺。

眼见狼势稍却，三耗子才顾上挽救昏死过去的老婆。又是掐人中又是喷冷水，几番地折腾，终于听到女人嘘出一大口气。见老婆没了性命之忧，三耗子抑不住哭出些声来。这哭声低沉而沉痛，与狼嚎遥相呼应着，但这哭声维持了不久便戛然而止了。这是因为门外又有了动静，穿起衣裳的三耗子只觉得裤裆湿热，壮起胆子颤巍着身子不知如何才好。

很快分辨出是人声，是距他家三里地以外的驼倌曲米换的声音。三耗子战战兢兢地打开门，如同一个受了大委屈的娃娃一下抱住曲米换，头偎着这个大个男人的胸怀放声大哭起来，嚎声盖过对面坡上的狼嗥声。

“俺听得狗咬上没完，又听到狼嚎个不休，就知道你家出了大事。”曲米换手中粗糙的老枪被月光照耀后闪闪发亮，三耗子感受到了它发出的亲切的光芒。

“米换哥，不是你，俺一家怕是成了狼……”

“不要说这没用的，你家谁招惹这牲口来？”见三耗子摇头，瞟见那娃娃眼光闪闪，仍警惕地盯着残破的窗棂外。

曲米换凭着对狼的习性的熟悉，判定如果不是人主动招惹它，把它逼急了眼，狼是不会如此疯狂地砸门破窗。他像一只警觉的狗，东闻闻，西看看，哪里也不容漏掉，终于在一处母鸡孵蛋的洞窝里停下来。这是窑洞的角落的一个一尺半见方、外小内大的土洞，一只毛茸茸的小东西卧在里头。曲米换把如同小狗一样的东西掼在这地上时，那灰不溜秋的小玩意吱吱哇哇叫着，体毛里放射出与狗不同的强烈的腥臭异味。随后，曲米换在倒返沟浓烈的夜色里狂嚎了一阵，也听得一阵狼嗥像是回应。之后曲米换之嚎和狼嗥变得漫漶莫辨了。

东方白了，恐怖的黑幕一下扯了去。三耗子总算生出些胆量，跟在曲米换身后进到羊圈，里面真是一片狼藉。看见死羊横躺竖卧的一大溜，草草估算也足有两百只，三耗子扑通一下跌进死羊堆里昏死过去了。曲米换又掐人中又窝腿屈胳膊，一通折腾总算回过气来。再看女人已是一堆和好的稀泥，横竖立不起来，只比死人多出了口气和一串串疲乏的呻吟。

“老三，这娄子捅大了，怕是不好收场。赶紧去白道口，找黄金口和上师讨个办法，看看如何过得你家掌柜这关！”临走时手指着严拴绊说，“你这娃真是个人命游子[26]啊！狼这东西你也敢招惹？没听人说这世上有‘四大难缠’——‘平康里的窑姐带娃子的狼，黑屁股的马王挎枪的羊[27]。’这些东西万万不能招惹。你这娃只怕爹娘安心太平哩？”

“哈哈！哼哼！哈哈！”拴绊子第一次见爹这样不知是笑还是哭，竟和夜里的狼一样骇人。

18　由狼终结的匪患

曲米换叫三耗子找的黄金口本名黄可升，山西代县人，白道口商会会长，黄金口是他的外号。一来因他从来说话算话自谓金口玉言，二来镶了满嘴的金牙张嘴时金光闪耀，三则是因他一动嘴皮子加上亲和、谦逊的作风以及代州语中恭温的内力让所有客商动情，也成就了买卖，金进银入。因而人们叫他黄金口，也算是名副其实。对于如此称呼，他也不恼不嗔，只说：“和气生财！和气生财嘛！”久了大人娃娃把他的大名黄可升丢到一边。

这黄金口三关六码头甚人没见过？应对各色人等自有一套。于是，白道口晋绥商家百十户商号一致推举他做了商会会长。黄金口也算尽职尽责，大烦小事处置有度。出问题，找商会。各家伙计，长工短汉如不能和自己远在省城或更远的掌柜联络，便去找黄金口，他便给你拿砼定调，遇上天灾人祸他便垫付银钱，救急解难。事后掌柜们如数奉还，也要赠些礼品，说些致谢的话。他把商号们赋予他的权力运用得公正合心，任何一方不敢妄评有不妥之处。而与商会买卖无关的事也是有求必应，从来是一言九鼎，言出必行，因而备受白道口人尊重。

黄金口现在焦头烂额，像撞进狼窝的羊，心烦意乱得要命。

昨夜杨猴小等几百个土匪如一群循光逐亮的飞蝗悄然袭入白道口，白道口便只进得人出不得人，匪讯被装入一个无形的大箱子又上了锁无从泄漏出去。在土匪们看来，白道口在绥远算得上是块肥肉，就凭那百十家商号的分铺哪个都是油疙瘩。卢占魁早就想打下白道口，白天黑夜都想从这里大捞一把，只是此地距归化城太近，又在交通要冲上，消息露得快，多少悍匪下手前不免心生忌惮。他的队伍几乎把阴山南北富庶的城镇统统拿下，像捋口袋一样把货抖搂干净，甚至把归绥重镇萨拉齐十里商街化为一道碎瓦烂砾撑起的土垣。北洋军动用大批部队打击匪众，匪们如同受惊的耗子，四处乱窜，瞬时不见踪影，大青山成了匪徒们啸聚之地。原先少吃没穿的山民们却也有个好处——“不怕贼偷耗子盗，夜夜能睡个通明觉”。如今却夜夜踢门破窗，备受土匪惊魂裂胆，真是处于水深火热之中啊！

但今年绥远都统蒋雁行的部队已被杨猴小匪部打垮几回，彻底失了战斗力，龟缩在省城不敢露头。曾有一个团的晋绥军被他的匪军三下五除二消灭在召城县城北河。这支一千人的浩浩荡荡的威武之师进入召城县城时，百姓欢声雷动，只以为有了可以仰仗的救星，争相送吃送喝，把连夜烙好的两千个焙子[28]一人两个分发给士兵，指望增添些力气好打土匪。谁知刚咬进或没来得及咬，枪声便像炒豆子一般杂乱地响起。

一千名官兵慌忙操枪迎敌，队伍蹚着没膝的护城河水过河迎敌，谁知土匪乘机半渡而击，子弹飞蝗一样飞咬着官兵的身体，红色的河面上立即覆盖了黄漫漫的兵尸。站在对岸河堤的六个号兵正鼓起气吹响冲锋号，被土匪精准的弹雨射中，激扬的号角声戛然而止。官兵们进退失据，愣怔间，伴着匪帮们海啸般的呐喊呼叫声匪骑如潮拍岸，转眼而至，明晃晃的马刀如愤怒的浪花一样席卷了活着的官兵。一阵惨叫过后，血腥越过城墙穿窗入户，戾气将这座边城冲击得瑟瑟发抖。团长本想命令残部退入城里，先前混入城里的土匪站在城墙上向外猛烈射击。团长深灰色的官服集中了十余眼弹孔。官兵们群龙无首，腹背受敌，手足无措，最后一阵密集的弹雨泻过，一千人只剩下八个人有命。他们是爬在尸首堆里装死才创造了生命的奇迹。好歹苟且到了天黑，壮起胆子溜进附近的村子里，偷换了庄户人的破衣烂衫才得以逃脱。

第二天收尸时，兵的衣兜兜里都有两个焙子，上头有一两个半月状牙印，有的完整无缺。那些揪烂席片卖唱的就新添了唱词：

想当年关云长温酒斩华雄，
看如今杨猴小完饼下召城。
看一看咱苦难的绥远乱哄哄，
分不清是兵剿匪来匪剿兵。

……

卢占魁勾搭外蒙古所谓的参谋长达赖公加速了外蒙古的叛乱。卢匪不断获得军备资源的同时也得以加官晋爵，一时间中国北方诸省匪祸横行，民不聊生。尤以绥远为甚，而绥远又以大青山区为重。一时驼道阻塞，民生凋敝，怨声塞谷。归绥巨商大盛魁掌柜段履庄、归绥行署总管云霄汉组成绥远百业赴京团赴京请命剿匪，引得议会要弹劾绥远都统蒋雁行。北洋政府甚为震怒，急电民国政府海陆军统办事处派师长冯占元为剿匪司令统一师人马火速剿灭卢匪。冯占元下令骑兵、炮兵齐头并进向大青山进发。他乘坐红围轿子跟在部队后面督战。当队伍北出白道口时，卢占魁的大股骑匪蜂拥而来，官军大炮一架火力全开，炸得匪军一片人马空中翻舞。冯占元掀起轿帘看得手舞足蹈，笑得八字胡东倒西歪。

“一伙乌合之众，正好试试我的大炮火力如何！”回头督促部下，“此次剿匪以人头论功行赏，看你们的手气了！”

卢部十三太保之一的杨猴小打仗是把好手，他的几百人迅速抢占有利地形，以精准猛烈的射击把冯军打得死伤无数。各团长正向冯司令报告请示：是继续猛攻还是调整战术？冯占元举棋不定，杨猴小竟然指挥部下逆袭杀来，“活捉冯占元！”的喊声惊天动地，冯占元心惊肉跳，连哭带骂，夺了一匹快马弃轿而去，部众一见尾随而溃。杨猴小好一阵掩杀，夺得武器战马无数，还顺手牵羊弄了两门大炮。

卢占魁乘机尾随官兵进入绥西重镇萨拉齐，冯占元弃城西逃包头，而卢占魁乘坐冯司令的大红轿子招摇过市。土匪收缴警员枪支，打开监狱，放出罪犯，招降纳叛，队伍锐增，匪势愈炽。匪徒占据高等小学校，将教室、饭堂作为马厩，强迫教员和学生充当伙夫和马夫；没收商号钱庄财物，全城几千户居民摊派钱款；搜捕公务人员抓住便就地枪决；又叫工匠为其制作旗帜、令箭、军服、印信等用品，并制印章——“塞北都督招讨使飞虎上将军卢”。

杨猴小抖尽威风，一时气焰高涨，横冲直撞谁奈我何？把条黄河当作小沟小渠，两头任他折腾，一支千把人的骑兵纵横西北犹入无人之境，名声震得察晋绥陕直颤。他的强悍引得卢占魁格外青睐，大犒大赏，送钱送枪，又封了个旅长的头衔。

杨猴小自觉凭本事混饭，更是张狂无度，就算蒋介石也不放在眼中。一时间黄河两岸匪尘蔽日，绥远匪势炽旺，匪众竟达四万人，两倍于官军。匪锋所向，绥远省的残兵败将哪里还有胆量出城迎敌。拿卢占魁几万之众的土匪队伍没了奈何，剿、抚都行不通，只有一个纵了。

眼下，土匪们都像山野牲口，踢你一蹄子，挠你一爪子，管叫你半死不活。黄金口根据以往对付溃兵流寇的经验，面对杨猴小这样天不敬地不怕的烈性牲口只能顺毛毛摸索，服侍得他从里到外舒坦惬意，自然没了发飙的由头。

匪军毕竟不敢在省城咽喉恣意妄为，怕走漏了风声，引来麻烦。白道口像上了几道箍条的木桶，控制得严丝合缝。与众不同的是，杨猴小还能约束部下，匪徒们并没大肆杀掠刁抢，显然，这也是一个不祥的迹象，说明土匪短期内不会离开白道口。

一个试图逃跑的羊贩子跨上马在白道口的河漕边驰骋了百十步就被一枪打落马下，飞出搭兜的银洋在河石的碰撞下发出自由欢快的声响。这一枪把许多行客们怀揣着跃跃欲试的逃跑欲念打得粉碎。他们重新坐回马车店的大火炕上思考其他出路。

几个时辰后，一个打扮体面光鲜的住店女子上茅房出来。她显然一副悠闲的情调，长长地呼吸了一口充满青草味道的空气，看了一阵蓝格盈盈的天空，又对一排海棠树上的红艳果实产生兴致，伸手摘了一粒塞进嘴里，接着呸呸吐掉，舌尖上的苦涩却经久不去。她的倩影骚姿早被好几个土匪当作新鲜货看在眼里，也不问来头，像饿虎见了肥羊，十几个爪子一齐伸出，把个女人凌空抬了去，任凭她戚戚哇哇地叫唤，难免成了砧板上的肉，只三下两下叫土匪们剥了个赤条条。她的男人虽说在众人眼里相貌堂堂穿着得体，却是个怂包，刚露头就被土匪疯癫的眼神和冷峻的枪口吓得缩了回去。没奈何，听任女人被土匪轮番奸淫，蹲在地上望匪兴叹。

黄金口闻听土匪轮奸了都统署秘书的老婆，惊恐万分，仿佛瘟疫的大门被打开。如不加以遏制，后果如黄河决堤一发不可收拾。他急忙去和杨猴小交涉，杨猴小却说："那女人怕是个窑姐出生，她要勾引俺那些弟兄，曲灯儿点干柴岂能有不着火的道理？”杨猴小虽然嘴里说些横话，却也怕匪众作乱起来不好收拾。动静闹大露了风，引来声名正盛的吉鸿昌，若叫他占点小便宜正好成全了他，而自己也丢人现眼失了半世无敌英名。

于是，他不情愿地听从了黄金口的建言，骂骂咧咧地把几百土匪赶羊一般都赶进晋风驿和相邻的几处车马大店。除了睡觉，便聚集在晋风驿看一班唱小班的演唱烂席片。

这是伙枪林弹雨里取钱今儿不保明儿的亡命之徒，红火了一天算一天。听烂席片，他们差不多都好这口，内容淫秽，词语粗鄙，土匪们却听得如醉如痴。每至妙处喝彩声便如雷鸣起，房上的瓦片被震得直颤。艺人们唱得嗓子发疼发干，只想歇歇再唱，土匪们不依不饶还要他们继续，戏子们刚要辩解两句马鞭子便上了身，戏子的身体受了痛也影响心绪如何唱好，几个人停了戏一齐哭，一个小头目才说了句人话：“弄坏戏子的嗓子以后就看不成了！再好的东西也不要一顿吃尽！”这才算是散了戏场。从他的话音里听出土匪三天五天不打算挪动，愁得一伙戏子又哭了起来。

白道口所面临的匪祸已在所难免，一把锋利的铡刀悬在白道口人的头顶上。一波又一波愁云在白道口上空游荡，一丝丝飘忽的恐惧隐隐袭来，直让人透不过气来。

备受苦难的不仅是白道口人。所有客栈、饭庄、车马店远看依旧炊烟直上，只是物是人非，苦不堪言写在每个旅人的脸上。过路客们被驱赶挤逼在镇子最偏的一家车马店里，这也是黄会长的防匪策略，最大限度地把住店客与土匪隔开来，从而降低事端发生的风险。众人龟缩在一条睡得下百十人的大炕上彻夜难眠，如温水里的蛤蟆备受煎熬，静静等待难以预测的命运结局的到来。店里始终弥漫着汗臭味、草料味、皮革味、炕毡焦煳味、放屁味混合后的浓烈气味，叫人窒息难耐。

一会儿就有一辆马车或几房子驼队被驱赶进来，白道口成为一个巨大的人畜流的储窖，两个方向来往人员进得来却出不去，很快便人满为患。人受制不敢发泄，牲口却不怕，不住地呼叫向主人要吃的，它们每叫唤一次女人们的心就紧一回，生怕惊动了土匪。

男人们的恐惧和忧虑很快湮灭在烟雾弥漫之中，相熟和初识的人个个相敬如宾。他们把互传烟袋作为一种患难之交的礼仪。玉石烟袋嘴在无数个男人的大嘴轮番吞吐之后屋子便弥漫着灰蒙蒙的烟雾，烟幕中除了唉声叹气便是沉默，男人们集体陷入沉闷的氛围中。但焦躁不安写在每个人的脸上并相互传递。虽然没有只字交流，人人心知肚明。他们都在共同担心被土匪抓了差役，这是每个运输业者的噩梦，他们将会被驱使到遥远的黄河对岸为他们运输抢掠之物，最后参与运输的牲口和车辆也怕是狼借小猪子——有去无回了，同样成为土匪的囊中之物了。

女人们经不起恐惧的折磨，抹着泪蛋儿，抽泣之声此起彼伏，只可惜了出远门时穿着的鲜亮新衣了，平日舍不得穿戴，常年压在柜底，隔些时日拿出来在镜子前试穿一回，本要在万众攘攘的归化城显摆一回，好引得骑马、赶车、坐轿之人纷纷侧目。眼下要在地上滚些泥土草屑，先前脸上认真描画抹擦的胭脂红粉此刻不得不涂抹上锅底黑之类的污物，只弄得黑污肮脏，好像越脏越恶心越是可心。她们知道自己嫩生生的身体对于土匪还不是饿虎扑食的一只羊羔子？不一会工夫就变作一堆条条缕缕的烂羊皮了。越想越怕便偷着哭，这个女人立即感染了一群女人加入哭的队伍，眼见哭声越来越大就有几个男人骂起来：“想叫来土匪日你们个狗日的咋地！？”

女人们马上想起刚不久发生的秘书夫人被土匪轮奸事件，大车店里立时静悄悄了。女人们又把手伸向锅底等污黑处，补在叫泪水刮洗去了脏污的脸上，互看时却似一群黑头黑脸的鬼怪。

白道口的大人娃娃女人老汉也没消停，他们无法回避来自土匪的骚扰，直接承受土匪们的马鞭抽打和语言斥骂。做饭的、洗衣的、缝补的、剃头的、铡草的、遛马的、挂掌[29]的、传绳的……每个人表面尽心尽力去为土匪服务，生怕一点不合意惹毛了土匪，轻则挨顿打骂，重了丢了吃饭的家什。一镇人就这样忍受着，煎熬着，心里做好了迎接一场大罪大难降临的准备。那些信佛的老娘娘不约而同地来到莫当召上香求佛，一遍又一遍地祷告，只求佛祖睁开慧眼，大发慈悲，拯救白道口早日脱离苦海。

昨夜黄金口从窑子里前挑后选弄来两个窑姐，她们二十岁上下，大屁股大奶，脸盘丰圆，目光勾人，伶牙俐齿，颇具媚骚功力。听到黄会长说要有大的人物要她们去接待，只要叫客人满意，必有重赏，两人自夸曾在太原府当过高档青楼“迎泽春”的绝色双娇，说和督军、市长都曾春风一度，什么大人物、大场面不曾经见？在听说了要去伺服杀人如麻的巨匪杨猴小时，一对姊妹花顿时花容失色，连连摇头摆手，宛若到地狱赴宴。

“钱能挣咱才挣，遇上这般生灵，卖身营生怕要变成卖命营生。”那两女子都是一脸愁云笼罩。

“你俩若是不去，惹恼杨猴小那个砍货[30]，一旦发起火来，纵了他手下几百个叫驴一样臊气精壮的土匪，一齐霸王硬上弓，八王骑一马，准管叫你俩爬倒，二十天下不了炕，后半辈子生不了娃！一看见鸡巴就尿裤儿。若你俩侍弄他一个，侍弄好了一高兴杨猴小说不定赏些金钱。”到了这当口，黄金口只有连唬带哄，先把两人箍上贼船。“再说谁叫你做的就是这卖肉的营生，是怕人压人，还是怕钱压人？”黄金口话说得轻松诙谐却一脸认真，只叫两人无话辩驳。

“你俩只要让杨猴小那厮性子软了，大功也就算告成，白道口人也记得你俩的好处。”黄金口说着手里的布袋里银洋的声响直入耳孔。

“砂锅子捣蒜——就这一锤子买卖。说不定从此你俩寻个从良时机，正正经经找个男人过好人家的光景。”黄金口又是一番劝解，也没忘和两风尘女子开起玩笑，“就算你爹耕种一顷水地也比不上你这块地的收成。”

两个窑姐情知落在这一群小土匪手里还不是羊羔子放进狼群，到后来怕连个整的尸首也收不回来。叫土匪们作害是小，那伙人一旦胡乱起来，怕是留条性命也难，但又不能一推了事，这叫两个卖春的女人面对千呼万唤难以招架的生意显得千难万难。黄会长的金口对窑姐颇具奇效，他动之以情，晓之以理，两个窑姐听得便觉自己不再是女中贱人，而是擂鼓却敌的梁红玉、围城救难的赛金花。若为此舍生取义之举感动白道口随便哪个掌柜，从此踏上从良之路，给好人家做个妾也划算。一股豪气油然而生。何况他又把几十块大洋弄得直响，叫人心痒难耐，两人便没了拒绝名利双收的机遇的理由。

重赏之下，岂无勇妓，两个窑姐便壮士赴死一般走进宽敞雅净的商会大屋。黄金口坚信对于阴残暴躁的杨猴小，只有年轻美貌的女人滚滚的乳房可以抚平他随时激荡的怒气，温柔的阴门可以排解他积压难平的愤怒，如潮的骚兴可以扫荡他流窜中的不安。他又寻到一板上好的洋烟，希望能把杨猴小这个瘾君子縻拢在商会接待客商的那盘大火炕上。

杨猴小在青砖组合成美丽几何图形的地上踱来踱去，像刚刚受了一顿冤枉屈打一样，怨气甚是难平，青铜铸下的脸黑沉沉恶狠狠的。两个窑姐被他的凶恶吓得不知所措，恭恭敬敬立在炕沿边，早已丢了原先的八面玲珑打情骂俏的行事风格。看似中规中矩，一副小家碧玉的气象被先前的浓妆艳抹破坏殆尽，却落得不伦不类的卖春特色。杨猴小虽是个色中饿鬼，却并未色迷迷端详两人的长相是否合乎胃口，更不要说动手动脚，左拥右抱，而是用手指轻蔑地指点了两下，恶声恶气地发出猛兽般吼啸：“这两个烂 × 也能顶得黄金白银？白道口想拿婊子糊弄爷那是瞎枯了眼！该你们拿出真金白银孝敬爷爷！限你三日内凑足三万银洋，到时凑不足数，休要怪爷爷翻脸无情！”杨猴小浓重的陕北口音里挟带着席卷黄土的黄河咆哮之势。

黄金口觉得那言语铁板钉钉一样不置可否。黄金口还是运用他的金玉之口，连好话带哭穷一顿下来只说得杨猴小颇不耐烦但又不好发作：“自从外蒙古闹独立，东边又通了火车，货都走了东路，草地的买卖经营得惨淡，白道口已成了一个空架子，官来一把，匪来一把，掌柜们只怕是都要破产。”想到自己失口说了个“匪”字，黄金口恨不得煽自己的嘴，不禁看了一眼杨猴小的脸色。

果然，杨猴小像只翻脸的狗凶相毕露：“爷当了十几年土匪，何时得过你白道口一块儿铜板。你既说了，今儿爷连本带利都要拿！”

“俺言语不周，得罪旅长，您大人不记小人过，把俺当个屁轻巧放了。割了头俺还是说的实话，白道口今不如昔，这是众所周知……”

“快不要磨牙了！谁不知道白道口是个旱码头，日进斗金不敢说，拿出十万八万不算甚难事。算你灰孙子嘴巧，就跟你少要一万，再啰嗦就把你的金牙拔了凑作军饷。”他终于涌现出些许奸笑说。

大青山后的几个县城就是没理会杨猴小的通牒，仗着城墙坚厚，保安队兵精粮足，自以为固若金汤，拒了杨猴小要钱要粮的要求。杨匪兵临城下才知道甚叫不自量力。匪兵们几进几出的奸淫掳掠，把后山地区折腾得鸡犬不闻、牛羊无踪，荒敞千里。

黄金口心里清楚，此刻稍有不慎白道口将连通地狱之门。若要依了土匪凑够两万块银洋，白道口人恐怕有些人经不起摊派，要卖牲口卖地以至于卖儿卖女才能凑齐。他想向一身是主意的上师四喇嘛去问计，希望能给心里空虚的自己壮个胆气，给前途未卜的白道口测个吉凶。

“杨猴小这厮是稀屎拉在皮褥子上——不好擦洗。嘴叉窝又深，没两万现洋怕是要出贼相。这群灰牲口一旦翻脸，白道口要成人间地狱。”黄金口难掩一脸忧色。

四喇嘛还算淡定：“不必如此惊慌失措，以俺看，土匪奈何不了白道口……”

“俺活不成了！俺怎么办呀！”三耗子破门而入，他的身体东倒西歪，可怜得像只行将倒毙的老狗。

“耗子没甚事不要添乱了，天大的事还理不过来，你这是胡闹甚了？！”黄金口心里着急，四喇嘛的话被突如其来的三耗子半截打断，嘴里便没了好气。

“黄会长，先叫三耗子说说无妨。”四喇嘛站着没动，声音平和。

“夜儿个半夜俺家进了狼，咬死了大半群羊，白花花一大片，一群羊少了一半儿。您说俺怎有脸跟掌柜交代呀！？”

“狼？”四喇嘛脸上写满了诡异，仿佛这事和他有关联，旋即生出一丝笑意。

“都是俺那个不省心的拴绊子，心里头像是驻下壁虱，想起个杀没出窝的小狼，惹得老狼死缠活捣……”三耗子声带哭腔，涕泪滂沱。

“哈！哈！哈！”四喇嘛笑得上气不接下气，“这恶狼来得好！来得好哇！白道口得救了！”四喇嘛一撩僧袍顺势而坐，神态轻松自若，仿佛他已把土匪送走了，叫黄金口和三耗子人人一头雾水。

太阳爬上白道梁立刻把白道口的秋凉驱走了，这时杨猴小才从两个窑姐左拥右抱的温柔乡里爬起，黄金口听到动静就亲自去招呼洗漱，两个女子一左一右服侍。杨猴小对一夜恣情意犹未尽，继续着昨夜的打情骂俏，在她的肥臀上捏一把，又在她的丰乳上摸一把，直把黄金口看得眼热心悸。他不失时机地亲手打了烟泡，他的手艺不赖，得心应手、干净利落，烟泡不大不小，起烟适宜，杨猴小立马吞云吐雾，坠入仙境一般。

几家驿店早已侍应土匪们填饱了肚子，只有表面关门歇业的万兴源、广丰德两家饭庄为杨猴小及土匪头头们另行做些精致可口的诸如烧卖、饺子一类的早饭。

与两个窑姐的一夜缠绵使得杨猴小左右开弓费尽心力，从鸦片里抽身的杨猴小胃口洞开，如小娃儿拳头大的羊肉烧卖一口一个，竟一口气吃进了两大盘，吃得饱嗝连连，两只牛眼竟柔和了许多，四奓起的胡须也服帖在脸上，人年轻了十岁，看起来也只四十岁。这匪扔下筷子放了两个大屁又要抽洋烟，两个窑姐将没吃完的烧卖使劲咽下，一个放枕点灯，一个端烟枪伺候。这时一个说是参谋长的瘦高个儿人进来细声细语、毕恭毕敬地说："旅长，卢司令派人来，催促咱快些筹划银两，队伍照计划扯活[31]！"

"黄会长，明天天黑，银两不齐，白道口女奸男杀，牲口死绝！"杨猴小把两只剃刀一样的锐眼在黄金口脸上划过，话音没落地，一个窑姐被他一脚蹬在正盘坐的大腿上，那肥臀与炕毡摩擦了几尺后人就扑通通跌在地下，吓得她哭叫都没敢。另一个窑姐不知她们做下甚过错，直吓得跪地求饶。两个人心想这义妓当得骇人，后悔一时冲动要充甚风尘巾帼，更不该贪黄金口哗啦啦的现洋。

"出大事了！狼！狼！吃羊吃疯了！"三耗子一路大声叫嚷着冲进商会大院，后面紧跟着的四喇嘛也是行色匆匆。

"谁给他爷号丧？！"杨猴小不知何时已蹦到了院子当中，行动如同一股风快疾而轻盈，这就是土匪的职业素养。几乎同时，他的小眼睛贼亮，手里的枪也贼亮，一团火对着三耗子喷出，惊得房檐下一大群鸽子腾起。火药味便弥漫在白道口清晨的空气里，三耗子觉得他的毡帽、头皮和魂灵一起被枪弹揭了去，瘦小的身体像是浇过了水的草纸人慢慢萎缩下来，倒在地上再没能起来，他依稀听到杨猴小斥骂时的陕北口音仍在轻飘飘地延宕，他想起上师说的张献中就是说的陕北口音。"狗日的张献忠！狗日的杨猴小！"他想说。就这样三耗子倒在上师的紫红色僧袍下。但四喇嘛高大的身躯依然伫立在院子中央，如一尊佛庄严肃穆。他用诵经一般的口气对黄金口说话，声如洪钟，抑扬有度："会长可升，今狼祸突至，实为异象，据信数十年内，白道口人狼相安，互无相犯。今群狼疯狂，杀羊而不食，只求绝羊性命，亦不计后果。凶险怪异，令人难安。豺狼当道，逐羊群、吸羊血、噬羊肉、嚼羊骨，见羊扑杀，若不行动白道口将遍地羊尸，从此再无活羊……”

“这头秃驴嚼个没完，想叫爷崩了你？！”杨猴小目光直逼四喇嘛，手中的枪划了个来回。

“这喇嘛爷慈悲为怀，护羊惜羊，心里焦急，旅长莫恼！他也是怕羊叫狼吃……”黄金口急急挡在中间。

杨猴小气急败坏，随手一巴掌打在黄金口的左脸上。

“晦气！快给爷挪出这个鬼地方！”回头盯着正捂着脸的黄金口喊道，“今儿个就便宜了白道口的孙子们了。”

听到杨猴小的枪响后，土匪们个个持了枪牵了马出来，一会儿聚齐了一大群，躲在屋里的人大气也不敢出，透过窗户纸窥视，看看土匪有何举动。杨猴小上马，众土匪也上马，杨猴小一扬手臂，马队像洪流奔腾而去，只一顿饭工夫白道梁上泛起一溜浓浓的黄尘久久不散，过一会儿尘土散尽，再看土匪的踪影已和那尘土一齐消失了。

“先生料事如神，真是诸葛孔明在世，没想到小耗子逼走大骚胡[32]。几百土匪叫一股大风刮了一样。服了！服了！”黄金口几天的愁云也一扫而光，早忘了脸上挨过一个沉重而清脆的巴掌。

“也算白道口不该遭此大难。应当把此功牢记在三耗子父子头上，儿子这狼杀得时机恰好，老子这信报得不迟不早。”四喇嘛笑得像娃娃一样顽皮。

“为甚三耗子一嚎，杨猴小就脸色大变，身子还抖了几抖，钱也不要了，就像挨了打一样逃去？”黄金口还是有些不解。

“之前曾有人说过，杨猴小某日于阴山某村驻扎。饭间问人此村何名，人说死羊沟，杨匪听闻色变，扔了碗筷，备马就走，出村正遇剿匪官兵，经一番激战得脱，其胞弟小杨三丧命。杨猴小这厮倒是把自个儿当成个人物，也在迷信大将犯地名的忌讳。今早三耗子大呼狼，叫人茅塞顿开，就想若在杨匪面前渲染一番狼祸，狼是羊（杨）忌惮之物，杨猴小见死羊众多，一定认为是凶兆，必乱其心智，慑其魂魄，果然，妙计也。”

19 祸福相依

清空了数百土匪，天空一下晴朗了，被禁锢的白道口迸发出一派生机盎然的画面——一串串驼队勾肩搭背穿行于河谷之中，驼铃不紧不慢地奏着永恒不变的古老曲调；马车卷起黄尘如决堤之水涌向白道梁，鞭响声此起彼伏像是在合唱一支欢快的歌；牛群、羊群弥漫于山野，呼儿唤母的队伍川流不息，仿佛非要唤醒这片古老沉寂的土地；爬山调如同雨后的野蘑菇争先恐后地挣脱出来，大青山人的有情有义被催生得无节无制……

日落西山火烧个云，
难活不过个人想人。

三十里的圪梁二十里的洼，
你给哥哥把那门留下。

海红果果榆树树的钱，
咱二人相好比蜜也甜。

银鬃马上路铜铃铃亮，
满肚肚的曲儿给俺亲亲唱。

白马马驾辕黑马马拉，
咱二人死也死在一打打。

炕头上点灯后满炕炕明，
要死要活都是你的人。

……

杨猴小的匪部逃走当日，按照黄金口的安排，白道口三十多个屠家齐聚倒返沟三耗子的羊场。好在深秋的白道口凉意逼人，被咬死的羊短期内还不至于变质，屠夫们都是惯于过命剥皮的好手，三十几把利飕飕的屠刀两个时辰就将两百只僵冷的死羊剔剥利净。那些死羊是狼口泄愤的牺牲品，都是一咬封喉断了脖子血尽而亡，因而羊体完好。深秋正是羊膘满的时节，全身包裹着的羊脂使得羊的体表显得鲜嫩肥美、亮白如玉。白条羊把五辆三套骡马大车装得满溢溢的，伴着一路鞭声拉回白道口。

白道口的小栈大店当天便飘散着炖羊肉的香味，皮毛商商号一城暖的院墙上爬满新鲜柔软的羊皮。整个镇子家家户户到处悬挂满晒制的干羊肉条。猫猫狗狗仿佛游荡在一个极乐世界里，显然它们比人更知道动物的哪个部位更有营养，于是随兴尽兴地索扒羊蛋羊鞭吃。随风弥漫起的浓烈的羊腥气引得山梁上的肉食者饥肠辘辘坐卧难安，但又没有胆量和人类分享美食，到了夜里，白道口四周山巅处觊觎的兽眼如萤火、如星斗闪闪发着光。

三耗子瘦小的身体仰面呈个“大”字，一动不动地躺在马车车厢中央，看去像个拙妇缝制的布娃娃，绵软丑陋又毫无生气，只是偶尔一阵拉动破风箱一般啪嗒啪嗒地咳嗽，才让人觉得这是一具活体。他忍受着身痛心也痛的折磨被抛回他凄凉冷清的土炕上。老婆用呆滞的目光迎接了他的回归，显然狼事对她的摧残极其深重，本已脆弱的意志力已经分崩离析，仿佛只剩下一具躯壳。三耗子同样糟糕透了，一个如此胆小的人，在狼口和枪口下历经恐吓，千钧一发。尤其是杨猴小那一枪，早已把他游离于身体之外的魂魄炸飞了，再难寻得一丝坚硬的东西支撑他短小的身躯。如今，他能活着全赖四喇嘛和黄金口那些宽慰的话。虽说是狼事无意中拯救了白道口，愧疚依旧如磨盘压在他的胸口，畅快地呼口气也困难。

屠家们走后，倒返沟一下子陷入了死寂，狗没了叫声，剩余的羊集体失声，三耗子的女人也没再哭闹，让人提心吊胆的狼嚎也没出现。这个令人窒息的世界里仿佛只留下他们一家三口人苦苦挣扎。闯了大祸的小拴绊像只无奶可吃的羊羔缩在炕角。院子里从死羊肠肚里倒出的粪便绿兮兮一堆，也没人去清理，血臭粪臭笼罩了整个院子。绿头苍蝇成了兴高采烈的舞者，好像它们是这个世上的主角，值得庆祝这天降的美餐。

按照四喇嘛的主张，三耗子的掌柜义和昌老板姜仁义牺牲了二百只羊保了白道口，白道口众商家应当承担一干损失。以每个商家的实力划分成甲、乙、丙三个不同规模分摊等级，即一、三、五个银圆作为对遭狼祸羊群损失的补偿，同时也会相应分得一两只羊吃。提案一出，商号们一呼百应，无一户延迟，一时银圆顷刻间装满了木头匣子，记账老先生焦头烂额穷于应付。对于这些商户无异于一头犍牛叫蚊虫叮去一管子血，甚至无关痛痒，毕竟这场匪灾的化解叫白道口的大人娃娃如释重负。肉山肉林降临每家每院，这让白道口人妄乎了所有的惊恐和不快的记忆。而诱人的肉香为他们缺腥少荤的胃带来满足，也为他们敦厚的脸上催生出丝丝笑意，尤其娃娃们的眼光须臾也没离开大人们切割剔剥的羊体，馋得心也要激出。这一切冲淡了一个十二岁娃娃杀狼招祸故事的主题。黄金口心里清楚，他和损失了羊群的姜掌柜都同样心满意足。

昨天还大祸临头惶惶不可终日的白道口人今天却迎来欢天喜地的光景，恍若从一张罗网中苦苦挣脱的鸟雀。他们以一种劫后重生的心境待人待物。感到庆幸的人们谁还理论哪只羊大哪只羊小哪只羊肥哪只羊瘦，他们只想用美食美酒来庆贺一番，心早被晋风驿异常浓烈的炖羊肉味和毛酒味勾去。一门心思研究古掌柜炖羊肉放些什么调料或干脆甚也不放吃个原汁原味。

大家都耐心地学着广丰德馆子里用烧红的铁件烙去本已用滚水褪过的羊头和羊蹄子的残毛。广丰德以传统做法处置血淋淋毛烘烘的羊头：先以大滚的水浇烫羊头使其浸至毛根，接着以极快的手法如卷毡一般褪去羊毛，残余的绒毛要用烧得通红的烙铁齐根烫去，羊的脸面干净得像年轻女人的脸，只是表面呈焦黄，再用百年的卤汤炖制，用火也甚有讲究，不文不急，一锅肉十二个羊头二十四斤炭。出锅后用手轻松剥离，那头肉在手中颤抖着散发出诱人的香气，如何叫人不垂涎。那年八国联军将慈禧太后从北京打了出来，一路跑到归绥城。那老太后是个馋人，吃遍天下美食，来了此地头等要务还是吃。绥远大将军马福祥堪称溜拍大师，却选不出一两样出众美食取悦她老人家的味蕾。想不到太后的随从也是一堆吃货，众食选精，广丰德的羊头肉拔得头筹，吃得老佛爷满嘴生香，叫好不绝。于是广丰德羊头肉成了名播晋绥的美食。驼道客每过白道口必少不了买一个解馋，一路言语间不断咀嚼并把这一美味传播得更远。广丰德掌柜真的是个大善之人，他说老天爷让白道口躲过这一大劫实为可贺之喜，尽其所能也要让白道口人敞口地吃回羊头肉，广丰德的卤汤为众乡亲免费煮羊头羊蹄。一天出了七八锅羊头蹄，白道口人津津有味之余感慨：锅都是铁的，羊头都长在羊脖子上，但煮出来的味道却是大不相同，难怪外乡人都说广丰德煮制的“羊头马板肠，香死他老娘”。

晋风驿的毛酒一阵儿工夫就卖了大几十坛，古掌柜不得不打发人到前山再买些高粱加量生产，显然他是这个事件最大的受益者。羊肉和毛酒的飘香使整个白道口有了浓浓的过大年的气息。这也成了驼道过客们无法避闪的温馨柔美的陷阱，一时腿软得不想挪动半步。

严家被狼事破损得七零八落，三耗子半个月后才将瘫软无力的身体驱到炕下。老婆依旧痴眉呆目，除了吃喝拉撒睡便呆呆地戳在炕脚不挪地方。

虽然那天把那只小狼还给它的爹妈，狼也及时休了战，三耗子也分得一份羊肉，却没吃出一丝滋味来。

三耗子两口子由不住天一黑就提心吊胆，好在曲米换每晚都拿枪来照应。黄金口又临时雇了个羊倌做个帮扶，三耗子这样苟且着营生。过几日姜掌柜从归化城叫人带回支火枪，还有几铁盒子火药、铁砂。谁知拴绊子一见差点将眼珠子瞪出眼眶，一伸手就抓过去摆弄。三耗子喝了两声也不管用，拴绊子依旧弄那枪，于是便上前踢了两脚才抢过来交给曲米换。他发现曲米换眼里发出只有枪口才有的冷光。

“娃娃家弄不得这恶物，只怕你受不完它的害！”曲米换厉声说道，仿佛这是一件不吉的器物。

不过自从有了这玩意儿三耗子家似乎拥有了对付狼的底气。这群狼也精得很，母狼失去了大部分心爱的儿女，公狼失去了利齿的代价，让它们研判出与这个仇敌的复仇战争可能招致家族的覆灭。何况那恶煞一般的小人身上喷涌出的杀气和手中喷火的恶器所产生的恐怖力量仿佛源自天意，只有逃离到更为偏远的地方才能求得自保。后来这一狼族没再出现在严拴绊的活动范围内。

一个少年手握一支枪，是动物的噩梦还是人类的噩梦？

这支枪的力量要将严拴绊的人生之路推向何方？

这个秋天老天爷失了分寸，连阴雨下个不停，整个大青山湿漉漉得如同浸泡在水中的干馒头说碎就碎了，倒返沟的土崖说塌也就塌陷了。严家西崖下的窑一夜失了半孔，住人的窑也灶火倒烟，拴绊子瘦小的身体忙前跑后，看上去灰头土脸。平时烧火的干牛粪压在那半截窑里头，真的是：房漏灶火烟，坑上躺个病骨伶，寡妇娃娃哭皇天。

这“四大糟心”三耗子摊上了前三项，心里头更是烟熏火燎。拴绊子土耗子一般从一个小窟窿里钻进钻出撮出些干牛粪维持家中烟火，三耗子看着娃娃又后怕又可怜，原先的怨恨也就去了一多半。

总算等天气转了晴，三耗子强打精神去了白道口，一来感谢黄会长和四喇嘛的帮助，二来他还是想让儿子远离大青山这个杀生之地，他想把娃送进四喇嘛的莫图召出家。他说由上师早晚调教，识些文字，知些佛法，习些礼数，不再戳娄子惹祸端。

谁知四喇嘛断然回绝了三耗子的想法。他打了个比方，说拴绊就是块闪光怪铁，该把他埋没在泥沙之下，如果一旦暴露于外，必受冶炼锤煅，如果制成刀剑定是削铁如泥，必杀人万千。如果还是铁，形同顽石，正好相安无事。而倒返沟人迹罕至，外界无从影响，终日浪迹丛山峻岭之中，虽杀生亦不过是些山野牲口，总不至于危害人类。而莫当召地处白道口要冲，江湖各色混迹其中，已成十足的是非招摇之地，决不能将他置于此处，一旦接触不该接触之人，惹来的必是滔天之祸。

三耗子心有不甘，但四喇嘛言之凿凿，其中道理又不容置疑。几个不眠的阴雨夜里拧下的调子如同经了一场大风吹得没了踪影。他拖着疲惫的身子深一脚浅一脚，心凉巴巴、人灰溜溜地回到了倒返沟。

20 神手初试

四喇嘛预判的严拴绊的命运如同一辆被烈马驭着的铁车，总是向着不该走的目标冲去，而危机总是系于马蹄之上。冲撞中受伤的首先是三耗子那憔悴的灵魂。

一天，严拴绊游荡到白道口，一个营的西北军正在操练，一排排灰色的身体伏在地上乒乒乓乓打靶，严拴绊也没正眼看看，嘴里就跑出些话来："这叫甚兵？一个个长得倒是膀大腰圆，浪费东西人人都是好手，黄灿灿的子弹只当麦糠一样泼扬了！"

这话恰好让营长听见了，他又失笑又搓火："屎大个人，知道甚是个子弹？给你个枪会拿不！？你再瞎说叫你狗日的当马夫。"

"准比你的兵强。"娃娃一脸的轻蔑，明显带有挑衅意味。

营长心里更火了，他头一回见到一个娃娃在士兵面前吹牛，随便递支汉阳造步枪给他，谁知他熟练地将枪身旋了个弧，只听枪械零部件咬合的声音连贯紧凑，枪声便急促地响起，营长愣怔，兵们也愣怔。前方报靶的说五发子弹全中靶心。营长也是个二十几岁的人，当下兴奋得乱蹦乱跳，像是营中惊现了赵子龙这般人才，一下把娃娃搂入怀里抱着不放，只差亲个脸花。护兵又拿来支德国造崭新的自动步枪，拴绊这回专打活物，天上刚好一群鸽子自由自在地掠过，拴绊举枪一阵连射，枪声连贯而清脆，只见天上鸽毛乱飞忽忽悠悠，像天降大雪。十发子弹打了个净光，兵们也拣回十只血淋淋的鸽子。严拴绊精彩绝妙的表演立即引得几百个兵大呼小叫。营长用比平时大了几倍的声音命令护兵叫伙夫去炖鸽子肉，说他要和这娃娃吃。

"后生！多大了？"营长急切地问，心里想，无论如何要定这个神兵，凭他一支枪能顶一个连。

"十四了！"声音尖细稚嫩，虽个头比营长高半头，但还是个小娃娃。营长心里头有些落寞，上头一再严令不准征娃娃兵。

"跟俺当兵吧，不要把本事糟蹋了。你将来闹对了能当上大官儿。"他决定违令。

"俺爹不让当！他说独子不当兵。"严拴绊心里头实在想当这个兵。

"你要当了官出息了，说不准你爹也想当兵，先叫你当个班长管着你爹。"营长拿话逗他。

严拴绊一听营长的话就失笑，嘻嘻哈哈笑个没完。到了正午时分，护兵说鸽子肉炖熟了，营长便拉着严拴绊去吃饭，严拴绊也像去了姥姥家，跟上就走。一路上兵们围成一圈看神枪娃娃，有的伸手摸他的头，有的摸他的脸，有的拍他的背，只觉得他可亲可爱，小娃娃一样好逗好玩。三耗子突然蹿进人群，不由分说地拉着他就走，还不时用他的短腿探着踢他的屁股蛋子，十回九空。营长听出矮子是娃娃的爹，想说句甚话，人已出了军营。营长心中失落，气得自己擂了自己几拳，就好像到手的宝贝叫贼偷了。

21 “红胡子”的覆灭

初夏的大青山总会焕发出她最美丽的容颜，老天爷不失时机地将几场好雨赐予这片土地，山上山下便到处绿意盎然。舒爽的气候营造出天堂般的氛围，动物们享受着大地给予的丰厚的馈赠，它们的情欲被悄然催生放大。一切美妙的歌唱像泉水一样淌出，汇成一曲情爱缠绵的乐章。严拴绊和他的猎枪不时地成为这样美妙乐章里的变调。枪响后，绒毛纷飞，像天降大雪一样，萧瑟之气骤然降临。

一个财主庄园被一大队说蒙古话穿蒙古袍的土匪洗劫，面粉、被褥、烧酒、食油以及生活常用之物被洗劫一空，甚至带走两口大铁锅。这群草原匪帮的马队那无数匹悍马的蹄子踢过后，大青山北部丘陵区的农田便惨不忍睹，也给大青山里的人们刻下一道道恐怖的印记。这帮草原匪徒们全然不同于汉人土匪的行为诡秘和深谙销声匿迹之术。当然，他们会为自己那张狂无度付出血的代价。

各种流言传来传去，商队像干涸的河流戛然而止，白道口驿站便门可罗雀，偶尔有一两个住店的也是行色匆匆，仿佛白道口的天随时要塌陷一样。

这一切关于土匪的迹象都成为归化城警务机关值得重视的情报。吉鸿昌对任何匪讯都不敢怠慢，他私下派人联络黄金口，让他提高警惕，告诫周围山民密切关注往来杂人，发现风吹草动立刻报告。黄金口放出三匹马转着山头牧场通知到所有人家。三耗子听说，心里直打鼓，觉得非常时期需夹起尾巴藏起獠牙，可拴绊子成天舞弄支火枪难免要招惹下祸端，便放了黑脸，强收了拴绊子手里的火枪，也不叫他跟着放羊，只叫他窝在倒返沟的窑洞里，只要不惹出是非就算烧了高香。

三耗子得知“红胡子”匪帮与绥远警务大队交火已是半个月后的事。据说官匪两伙乒乒乓乓打了两个时辰，后来官军亮起肚揌炮[33]，一炮悠来打得土匪人仰马翻，血肉横飞。本来狼一样横行的土匪叫官兵拍蚂蚱一样横尸草棘之中，满地的尸首数也数不过来。三耗子在听到这个消息后，没有一天不战战兢兢，就怕他的羊群再遭横祸，放羊尽走僻远难到的地方想避开土匪的马蹄。

说起那天补英计“红胡子”匪帮与吉鸿昌的部队交火，匪众们以往的气焰一丈五尺，吆喝声、呼哨声、枪炮声、马蹄声好似来自天边的洪浪似乎要吞噬挡在他们前面的一切。这支队伍曾打垮过王爷卫队、护路团。他们百十号人曾把一个晋绥军的一个骑兵营打成残废。从此，江湖便认为“红胡子”就是一飙威力强大无所不能的旋风。

之前他们在白道岭附近蛰伏了一个月，马驭上几顶毡帐，几壶毛酒，草原人四海为家的特性使他们在大山深处得以隐踪匿迹。他们计划在白道口附近劫掠一支庞大的驼队。这是冯玉祥西北国民军从苏俄恰克图购入的一批军火，由于一路有国民军重兵护送，尾随的补英计苦于找不到下手的时机。他们相信，驼队抵达省城附近必然懈怠，正好突然下手，掳掠些枪弹养硬翅膀而后飞转到千里之外的草原去快活逍遥。但他的手下在进山之前几次狂傲无羁的劫掠提早暴露了他们的意图，甚至在喝醉了酒后说出去白道口抢劫的行动计划。这里接近蒙汉杂居区，有些汉族人也懂些蒙语，于是山里百姓很快知道“红胡子”要开进大青山。而他们自己却浑然不知，运用起自己狼一样的潜伏能力，想达到出奇制胜的战略目标。

一切看似天衣无缝，护卫团行至阴山北隘口，五百名骑兵脱开驼队沿着山脉的走向朝西去了。那是回大后套司令部的方向，余下几十名地方保安队骑兵押送着驼队悠悠地向南进入白道谷，此时距省城也不过七八十里。在一个岔路口，补英计的人马狂飙而出，人呼马啸，声势浩大。“不动！不动！不动！……”他们一边鸣枪一边用汉语喝令驼队不要抵抗。

被袭击者并未如他们预估的那样方寸大乱，弃枪乞降。他们展示了他们熟悉的一幕：驼与人迅即卧倒，形成一圈环形防御工事。驮夫们不知从哪里操出枪来，同押运队一起向骑匪怒射，补英计此时才知道保安队和驮夫都是吉鸿昌武装部队假扮的，就是要装出不堪一击的怂样以引他上钩。

吉鸿昌把一群烂兵训练成劲旅，他们分批次射出的子弹精准有效，草原匪徒纷纷落马。“红胡子”也表现出非凡的战斗意志，受挫后仍不肯退，继而采用集体冲锋的传统作战套路。只见马刀闪烁，呼声雷动，战尘敝日。但处于劣势的抵御者沉着应对，毫无却意，有效地杀伤敌人，马匪似有动摇之势。

这极像当年补英计对抗晋绥军那一幕。他在劫掠察哈尔一座物资仓库得手后，在进入绥中地区时被晋绥军一个正规骑兵营包围，绝境中的补英计和他的八十个部下并未因对手强大而慌乱逃窜。他们从容地让驼和马就地卧倒，形成环形掩体。一个当过皮匠的兄弟为他的队伍成为传奇缔造了基础。这支出没于朔漠的匪帮经常因枪管入沙土而毁了来之不易的枪支。为了防止沙土进入枪管，这个心灵手巧的家伙给他们的每个枪口都戴上“皮帽子”，枪帽小而精致，常常会飞天入地而失了踪……他又给它缀上用马鬃毛染成的红缨，从而使这手指大小的玩意儿视觉大增。正是这小小枪帽后来被赋予了许多传奇色彩。晋绥骑兵们被来自骆驼和马匹掩体后的一顿精准的弹雨打得人仰马翻，一下子把百十人撂在了地毯一般的草地上，留下性命的兵们惊恐地勒马折返，才拣回小命，众口一词地说蒙古匪徒人人长着红胡子——那只是他们担心沾上沙土或被踩没于沙土而把枪帽叼于口中。

“红胡子”像一款重型武器，彻底轰塌了晋绥军的意志，他们无法想象遇到这些长着红胡子的是什么妖孽。天刚昏暗，蒙古匪帮唱着雄浑拖长的蒙古歌从一个空隙处从从容容撤退了。官兵吓破了胆，哪敢去追，在旷野里悲凉地搜寻着同伴的尸体，一群伤兵在归化城渲染着“红胡子”的骁勇，补英计从此名声大噪，成了不好下口的刺猬。从此“红胡子”便狂得不知天有多高地有多厚了。

在吉鸿昌生力军的一阵猛攻下，“红胡子”匪徒渐渐不支，当十几个兄弟饮弹永远倒在大青山荒草中，他们才感受到对手的凶狠无情。吉鸿昌的枪手充沛的弹雨组合成死亡的巨舌舔舐着“红胡子”们压弯草原悍马腰肢的健壮身体，曾经无所畏惧的勇士们渐渐胆寒，他们勉强武装起来的斗志行将崩溃。很快又一个噩耗传来，吉鸿昌调遣大批部队从谷口两端而来，已呈分进合击的态势。起初，补英计并未把来敌放在眼里，正规晋绥军尚且不惧，一群乌合之众的武装警察能奈我何，以为自己的马队一个冲锋就会像狼赶羊群一样把对手打得四散而逃。谁知一个又一个攻击波下来就像撞到了坚厚的石头墙上，这时候他们才知道撼动这支不起眼的部队何其艰难。

补英计哪里知道他遇上的吉鸿昌是个硬碴儿，这个西北军的青年才俊，天生是带兵的材料。警务大队本是一群吊儿郎当的货，他只强化训练了半年便点石成金，凤凰涅槃，成为一支虎贲。初战便显出威力，总算叫这一群草原恶狼尝到老虎爪子的滋味。

吉鸿昌知道马对草原匪徒意味着什么，集中了几门小钢炮一齐向集中在洼地的马群一阵猛轰，炮弹像一群乌鸦精准地找到要落的位置，爆炸的推力如同搬倒草垛一样把他们拴在一起的马群连同拴马桩一同掀翻，剩下的也四散奔去。失了腿的草原匪徒一下失了灵魂，先前的凶悍连同马匹消亡在苍茫的大青山里。那些红缨被弃在地上像卑微的野花任凭践踏，曾经老虎一样横行无忌的匪徒如受惊的羊群四散逃开，没命地想寻个洞钻进去。吉鸿昌的兵越战越勇，喊杀声一浪高过一浪，兵锋所向气势如虹，如同一排巨浪席卷而来。相反，土匪们只有挨打却无心还手。二百几十具尸体像是割倒的莜麦捆卧倒在阴冷的土地上。

面对如此惨烈的场面，刚才还活蹦乱跳的兄弟永远遗尸阴山。自知回天乏术，补英计一腔悲怆荡气回肠。他把悲痛化为一种复仇的力量，把愤怒压进德制自动步枪的枪膛接连射中几个奋勇向前的身体，但他仍不能阻挡蜂拥而至的兵潮。他突然祭出那支闪着冷酷光泽的德制霰弹枪，一群士兵立功心切，妄想群狼扑虎擒拿匪首，以建不世之功。那支来自德意志的家伙开口说不，连续将一吐噜一吐噜铁砂泻向那些兵们，年轻的兵们年轻的身体被铁砂无情地蛀蚀，黄泛泛地躺倒一片，同时催生出一阵阵呼爹喊娘的哭号，吓得剩余的官兵敏捷地卧倒在地，不敢妄动。眼看着补英计跨上白毛旋风如同一道白色闪电从峡谷里飞出，无数枪弹蝗虫般追随而去，但他很快从兵们的视野里消失了。

吉鸿昌没料到匪首如此地凶悍勇猛，更没料到他将一支现代霰弹枪玩得如此出神入化，自己扎好的一张大网叫他轻易突破，让他重回草原等于放虎归山，再想捉他只怕难上加难。他无法预判这只草原苍狼的逃遁是否会重燃“红胡子”这堆死灰，这个白色幽灵在草原上游荡一大圈，身后又会掀起一飙烟尘也未可知。

活捉补英计既可以提振部队的士气，也可以对猖獗的绥远匪势产生震慑。但补匪脱逃的负面效应总是不可估量的。

的确，补英计的漏网给绥远民众留下无限的遐想空间，绥远鲜有报章，新闻大事多以街巷吃馆里说书艺人、市井帮闲、旅商驿客的口口相传，十天半月几易版本。补英计的去向扑朔迷离，莫衷一是。

有的说他一路由旧部护着，南渡黄河投了杨猴小。杨猴小惺惺相惜，给他一队兵马，叫他和吉鸿昌一决高下，以雪兵败白道口之耻。

有的说他一路逃回他的老巢蒙古草原，重新招罗人马，蒙古汉子都精于骑射，凭他一呼百应的能耐，集拢一支部队不是难事，他和吉鸿昌的对决不久来临。

有的说他兵败受挫，心灰意冷，遁入了五台山，决意放下屠刀，立地成佛。

更有的说他逃往一个汉人地主家藏身，这家女人是他的相好。以前这家男人怕他，忍痛顶着绿帽子。如今见他虎落平阳，便不再忍，叫了自己兄弟亲朋，乘他贪酒醉倒害了他的性命。

……

22　岩洞里的秘密

三耗子就站在板嘴窑对面山上的岩石上，远远瞭去那洞口极像一孔正在吞食的大嘴，幽深，诡秘。他正在猜想里头住的是鬼怪、神仙，还是猛兽？反正他认为云雾缭绕背后一定有叫人永远猜不出的秘密，因为没有人具有深入阴风呼呼、黑咕隆咚、深不见底的岩洞的胆子。板嘴窑是二十四道沟里无人涉足的有着无数恐怖传说的石洞。

据说一个叫梅六的阴阳先生领着一条黑狗浪荡在大青山寻找龙脉，突然间阴云密布，电闪雷鸣，慌不择路的梅六跟着黑狗进入板嘴窑。石洞形如葫芦，时而广阔如厅堂，大到可以跑马，时而狭窄，仅可艰难通过。如此穿过四五处狭口，豁然洞天，日晴天朗，眼前一条大河横于脚下，河水浓黑如墨，对岸一妇女正在墨河里洗衣，衣裳经了墨水却洗得洁白如新。那女人看见梅六，用手指向空架的独木桥，示意他从桥上过河。只见桥木朽烂，摇摇欲断。梅六是人精，哪会做木断人亡的蠢行，只是对洗衣女摇头。不意那黑狗不顾死活上了独木桥，洗衣女见状摆手示意梅六跟进。梅六见那糟木承了只狗便树皮脱落嘎吱乱响，反急呼黑狗返回。这时突然一声轰鸣，独木桥灰飞烟灭，黑狗已然渡河，瞬间长大如牛，体毛金光灿灿，洗衣女化身菩萨，手捂净瓶，腾云跨狗而去。梅六正懊恼自己错失了升天成仙的天缘时，一条巨蟒张开血盆大口喷来一口黑汁，等醒来时他惊愕得大张着嘴巴……自己已在洞外。回到家中竟然无人敢认他，只因他头如黑漆漆过，黑亮亮的只辨得出白眼珠和一口白牙。老婆说他出去已有三年多了，一家人以为他早就做了孤魂野鬼。

虽然入洞可以成仙，但大青山还是无人敢入此洞，就连放牲口的遇上大雨也不敢进去躲雨，那条大蟒说甚也不会把人带入仙境。

三耗子一边想曲米换讲过的板嘴窑的故事，一边盯着板嘴窑口看。突然一个白色物体从洞中飞出，正朝他飞来，后面拖着一溜尘土，三耗子心里一惊，渐渐才看清，是一匹白马，白马的速度快得令人难以置信，像飞翔的鹰隼。直到高大白马闪电一样在他脚下视线里划过，他才看清马上的骑手是他的儿子严拴绊，他舞动马鞭的呼叫和帽子上避邪的红缨让他确信无疑。三耗子一屁股坐在尖利的石头上，却没觉得疼。

三耗子把羊群隐在沟里，自己贴近板嘴窑等待拴绊子回来。约莫过了两个时辰，白马的蹄子叩击着空荡荡的沟谷。三耗子探头偷窥，发现白马的四只蹄子几乎不曾着地，躯体大幅张弛，天马行空一般，身姿恣肆如飞翔中的鹞子张合的翅膀。不等三耗子看清，连人带马进了幽深鬼魅的板嘴窑。

三耗子心惊肉跳无心放羊，提早收了羊群，只希望他看到的一切是板嘴窑里神仙们制造的幻境，而儿子正在家里玩弄一只鸟或一只野兔。

但是家里不见那娃的影子，女人瞭见羊群，远远迎出老远，一见便向他诉说家中贼讯，说近来米面油盐都无故缺少。这个女人喜欢在她存放粮食的面缸里做记号。她发现儿子近来行为反常，来来去去鬼头鬼脑的两头不见阳婆。女人的话金贵，事情不厉害她总是保持沉默。但三耗子知道，这一切和板嘴窑有关。

第二天，三耗子催着羊群靠到板嘴窑，三耗子像只耗子一样轻手轻脚地潜进石洞，洞口宽大，上下只有丈余，左右甚是广阔，少说也够二百步。那匹白马横卧在光溜溜的石面上伸直四条蹄腿儿打呼噜。他心里不免生疑，这到底是马还是狗，那白马头一扬打个哈欠头又摔回地上，一股浓重的毛酒味道让他仿佛面对的不是一匹白马，而是一个烂醉如泥的酒鬼。这时，一阵有力的脚步声从黑幽幽的洞穴传来，三耗子像耗子一样机警地躲藏起来。拴绊子跟着一个说书人描绘的李逵式的大汉迈着虎步上场，那人的脸面被一团黑毛遮掩，黑毛和头发合为一体，脑袋牛毛毡一般毛哄哄，俨然一个怪物。他身着深蓝色蒙古袍，一双蒙古牛皮靴牢牢扎在地面，手里的皮酒囊不时朝黑毛中央倾倒液体。他弯腰拍拍卧睡的白马说："我的伙计又是一醉方休！"声音仿佛一通擂响的牛皮鼓。喝干了最后一口酒，那人不知从哪里扯出一支长枪，枪体闪耀着三耗子从未见过的蓝光。

"小伙子！领教一下几万里外西洋人武器的威力吧！"

严拴绊笑容可掬地接过闪耀着蓝光的西洋武器，他把枪仔仔细细地端详了一遍。突然一个老鹰亮翅将那支枪伸出，随后伴着一声炸雷般轰鸣，一团火光在洞口点亮，百步外岩石上方六只灰色的野鸽子尸体伴着岩石落地，声音在洞内回响了许久才停止，几十支羽毛仍在飞舞，白马趔了下长脖子又伸展身体睡了。

"好小子，我补英计做了二十年'忽拉盖'从没见过你这样的枪手！"红胡子像狼一样的嚎叫声在石壁上回响。他疯狂地在拴绊头上摸索了几下，上牙轻咬着下牙，脸上满是爱怜。

终于揭开了一个盖在三耗子心头秘密的沉重石板，这惊魂的一幕直叫他心碎，一种啃食撕裂他心肺的疼痛便挥之不去。枪声每一次响起三耗子的心就爆裂一次。枪药产生的白色烟雾让三耗子感觉自己置身于滚水锅里的气浪中备受炖煮。

"天生的一等枪手！"补英计发出的声音嘶哑得更像把锯，正在割裂他的躯体、割裂他的心肺、割裂他的魂灵。

三耗子无论如何都不明白他打牲放羊的儿子竟和这个名震北国的匪首厮混在了一起，还如胶似漆一般。真是越是怕鬼鬼就越发缠你，严拴绊身上杀星的潜在危险正初露端倪，这也证明四喇嘛的非凡和英明不容置疑，四喇嘛的神圣威严便扎根于三耗子的灵魂深处。他不敢想象补英计这样的大恶煞和严拴绊这样的小恶煞搭伴闯荡江湖，天下从此还有青天白日？莫非是天意？如果任由下去，大青山尸横遍野血流成河的人间地狱将由他严三耗子的儿子制造吗？一个早就知道他的儿子将成为大害的父亲就这样无动于衷，任其成为现实吗？他不再敢往下想了，又没有胆量现身怒斥补英计或者干脆将他擒拿送于官府。他甚至没有勇气在那块岩石后偷窥下去，又像耗子一样溜出洞口……

事态如此严重，他别无选择地赶去莫当召。

23 匪首的忘年情

严拴绊和补英计的邂逅纯属天意。

那天，严拴绊独自进入这个永远无人涉足的深沟。这里是个狩猎的天堂，一群大约二十几只青羊出没于此。这种天下罕有的青色精灵的血据说可以让人起死回生，但至少能让人由弱及壮。城里的一些高官巨贾们把觊觎的眼神投向大青山，不惜祭出大把银子来求得一饮青羊体内淌出的热血。他们的金钱无所不能，一城暖的王掌柜撺掇山民们去猎，放言捉得一只活青羊付给大洋五十，严拴绊自然成了首选。

年少气盛的严拴绊相信自己能提供这种动物珍贵的血液，他的银子不会花不出去。他在青羊的必经之路上下了一些十字夹，这种猎具是他针对青羊身体轻巧敏锐的特性特别制作的，白道口铁匠郭老五极快地领会了他巧妙的设计，千锤万打做出了这种不会要了猎物的性命，也不会让猎物皮肉绽破大量失血的猎具。

他得手了，在自己下夹子的地方，这只弱小可怜的野物精疲力竭地僵卧在地上。当它看到一个直立的动物朝自己而来，它知道这是它们所有家族成员最为恐惧的无所不能的敌人——人。惊慌驱使它做最后一次求生的努力，但剧痛彻底击垮了它最后残留的求生意志。坚硬冰凉的恶物无情而坚决地把自己的后蹄牢牢钳制。它那被夹断的骨头疼痛彻骨，再没有勇气做徒劳地挣扎，死神已将一块无边的黑暗强加给它。它知道不再有一只公羊耐心地追逐自己，并为它和那些骚扰自己的强壮公羊去决斗，也不会和自己尚在吃奶的羔羊朝夕厮守，听它们稚嫩声音的呼唤，和它在坚硬的山岩上纵横跳跃……但疼痛，一种无时无刻纠缠的疼痛使它决定放弃生命，任那个直立者弯下身体并用一种柔软的肢体触摸，它才发现自己的灵魂已远离那具本该属于自己的战栗不已的身躯。这时，一声马的长啸把那具直立的怪物吸引了去。

严拴绊惊奇地看到那匹身体修长的白马，马身上的鞍具华美耀目，饰件闪闪发光。那马对着他突然大啸起来，像久违的朋友，全身几乎腾在半空，两只前蹄在空中飞舞着像正在搏击的拳手。他惊愕间马的另一侧顺着马的后腿软绵绵滑落下个人来，那人的大胡子像一团无根的沙蓬草。严拴绊正不知所措就听到来自那团黑色“沙蓬草”中的呼喊：“小兄弟！救我！”

山野少年并未手足无措、呆若木鸡或惊恐逃离。他忘记了是如何将落马人那沉重的身体拖在了阴凉处，“沙蓬草”中的呼吸沉重而痛苦，偶尔发出的语音含糊而沙哑。他用他的葫芦从河里取来了山泉水，清凌凌的泉水欢快地从葫芦狭窄的出口喷涌而出，流入那团“草丛”之中，一种牛饮的嘎咕声频频发出。少年又把手伸向自己怀中，那是一个面饼，饼的表面焦黄粗糙，饼质干酥适口，一块一块地被那簇黑色毛丛中的饿口吞噬，最后一条粉色的舌从黑杂杂的毛丛里探出，意犹未尽地搜寻残渣剩屑。严拴绊很想看清“沙蓬草”后的真面目。

“小兄弟，谢谢你的救命之恩，我一定会报答你！”“沙蓬草”的语音因为饼和水的滋润而开始有了力量，但显得生硬别扭，不过严拴绊一字没落地听了进去。

“嘿嘿……”严拴绊只有傻笑，从来没有人如此礼貌地对待他，此刻他想到白道口常来巡查的老板们被人用关切、尊敬、重视、仰慕的目光一遍又一遍地热抚的情景，他喜欢被人看重，喜欢被人夸赞。

“你叫啥名？”“沙蓬草”问他。

“严拴绊！”

“严、拴、绊？！自由自在多好，为什么要拴绊？”继而他又问，“想知道我是谁吗？”

严拴绊点点头，一脸的纯真。

“你听了不要怕，我不是灰人。我是‘红胡子’，土匪‘红胡子’听说过吧，我从来不欺负受苦人。”“沙蓬草”依然用僵直的汉语说着，语速有些慢。

“我就是‘红胡子’补英计！”见少年没反应，他又一次报出自己的赫赫大名。

严拴绊不敢相信这个人竟是名震北国的草原悍匪“红胡子”，他不止一次听过这个草原忽拉盖的故事。这个游弋在蒙古草原的悍匪一直是驼道旅蒙商客的梦魇，走过或傍过驼道的人们都知道“补英计”象征着流动的风暴，他有一种在梦中将你席卷而去的力量。严拴绊从白道口驿店驼客们口中多少次听过他不同版本的故事，他们口中的补英计骑一匹能追风的叫“白毛旋风”的白马，操一杆能打断苍蝇翅膀的神枪，一顿吃得下半只羯羊喝得进十瓢烈酒；一只手掀翻一辆飞驰的四套马车……他不知道眼前的人，这个在北部中国广袤无垠草原上任意驰骋的幽灵如何这般狼狈。

补英计远离草原在大青山作案是走了一招绝命险棋。他选择了一个不同凡响的对手，为之招来灭顶之灾。吉鸿昌如同一只凶猛的獒对他穷追猛咬，长生天已不再眷顾他这只罪恶深重的老狼。他的生命似乎正在进入倒计时，白道口每一条沟壑都将引领他通向死亡之门，他已无力推开横在面前的死神。

那天，吉鸿昌的炮弹几乎轰塌了他求生的信念，士兵们千百发子弹其中的一枚镶嵌在他的肩胛处。他听任兄弟般的战马以旋风般的力量把他卷带进了倒返沟。他朦胧间感知到这条不知名的山沟有着异乎寻常的美丽景色，如果作为他的葬身之地再理想不过。他企冀他的身体能够为天上飞翔的雄鹰或一群闻讯而来的饿狼连骨头带肉吞入腹中，那样他的灵魂可以升腾到苍穹。他的灵魂将一直寻着北斗星的方向回归到那块苍莽的绿色草原——那里会有一方草场、一条大河、一顶毡房、一圈牲畜、一个漂亮女人、一个眼眸像月亮一样纯净明亮的小姑娘……

然而他昏迷中醒来第一眼看到的是一个少年，少年仿佛如一束曙光照亮他灰暗朽死的生命，甚至让他暂时忘掉了他几天来不断呼唤的心爱的女人乌日娜。

他认定少年是长生天委派来的拯救之神，在他即将坠入灰色深渊时向他抛来一条粗壮结实的牛皮绳。少年迷人的笑脸如同马奶酒般淳厚甜美，令他慢慢陶醉其中。他像一头忠诚的犬守护着一只孱弱的羔羊一样一刻不离不弃。在接下来的一个月里，少年为他提供了丰足的肉食和面食，特别是那只青羊的血液迅速融进他的体内，与所有动物一样流淌着的鲜红的液体有着异乎寻常的生命力量。他的身体神奇地得以恢复，强壮得几乎可以替代一头拉车的儿马或耕作的犍牛。他开始相信他的父亲跨越了十二条河流，磨损了全套马掌，费尽周折才找了一位旷世高人为他取了一个看似平庸却深邃无限的名字——补英计（蒙古语译为有福之人）。自由豪迈的生活，生死相随的兄弟，美丽温柔的女人，乖巧可人的女儿，能打能斗的体魄，能吃能喝的胃口无不印证了他的好运如此完美无缺。但他自己也不相信一个无法无天的人能够好运恒昌，本来以为这一回他的好运行将到头了，此时的长生天却又为他送来一个春雨般的希望少年，令他的身心又一次亢奋起来，像被割掉枝条的滩柳在雨后重生，生机盎然，更加繁茂葱郁。

就这样，少年与马匪的友情迅速升温，严拴绊出生以来，他形同哑巴的娘，无言以对的爹阻隔了他太多的探求欲望。虽然那个大个子男人隔三岔五地出现在油灯下，为他带来的故事虽然令他迷恋，但也附带了许多教训——生硬的、教条的、让他难以服从的教训。眼前这个胡子杂乱交错、面目丑恶粗陋、表达不畅的男人带给他无与伦比的畅快。他为他展示出一个全新的世界。乘着快马双耳生风双臂成翅，马背上任意扭动着身姿如同展翅的雄鹰追寻天边的彩虹，套马杆在蓝天白云下起起伏伏犹如男儿的标识，一匹烈马被控制后一声臣服的长啸唤出一股豪壮气概；女人捞出热气腾腾的手把羊肉，坚韧的牙齿将半生的羊肉连同脆骨生生嚼碎吞下，喝干木桶里最后一壶奶酒仰天跌倒在松软的草地；马头琴拉动出一曲荡气回肠的英雄故事，一曲长调动情悠然悲怆、苍凉惊落畅翔的鸿雁……

补英计怀疑过他们曾经是否是一对父子，他对少年的信赖远远超过和他出生入死的匪弟匪兄，仿佛这娃娃一出生就是挂在他胸口前的一串佛珠从未分开过。他虽为匪首，也偶尔施以诈术，但他像所有的蒙古人一样坦荡诚挚，这与涉世未深的耿直少年追求的相交之道如此契合，补英计没有隐瞒自己的身份，他把自己的未来坦然地交付给这个少年。于是他向他讲述他的绿林之路，讲他的美丽女人乌日娜和他的女儿山丹，讲蒙古英雄成吉思汗、江格尔、嘎达梅林，讲和他生死与共的江湖兄弟。严拴绊听得着迷，显然他非常神往这样自由豪情的生活。

严拴绊用老土匪搭兜里残存的银洋分批次买回了他想要的东西，两块毛毡、一件皮袄、两坛毛酒、十斤煮牛肉、十斤炖羊肉、三只熏鸡、三斤红糖、十斤月饼、五盒糟子糕、十斤油炒面……他怕这个少年不同寻常的购物会暴露自己，好在白道口每天有无数匆匆过客买货，买卖人只认银子不认人，何况这个操着本地腔的少年买客没有和他们讨价还价，买卖进行得短暂而顺畅，虽然销量已属大宗，但让人觉得这只是过路商队最正常的商贸行为。

当补英计打开毛酒坛用黄泥封的口时，酒香喷薄而出，一种令人迷醉的醇厚曲香味道在板嘴窑的风流中传播着。严拴绊在这处古老的岩洞里见证了一个传奇，以至在后来的日子里他对马产生了无限的敬意，甚至认为它们与人类无异。

补英计一口气喝下了他坠入逃亡生涯以来的第一口酒，这口酒足足有一斤，是以老牛灌药的方法喝下去的。严拴绊当时看见补英计脸上释放出了无法体会的畅快。在他要喝第二口时，白毛旋风像风一样刮来，马蹄在洞中踏出清脆的鼓点。它一头撞向主人，补英计被顶得仰面倒地，他一边笑着一边双手高举酒坛，生怕洒了一点点酒，口里喊着告饶的话语：

“伙计，是俺的不对了，只顾自个儿过瘾，忘了请你喝酒！”说完倒了一大海碗，伸着双臂两手捧碗迎向那张迫不及待的长嘴巴。

“咴咴咴……”白毛旋风兴奋地叫着，前蹄刨得岩洞的地面分外响亮。接着低下头嘴巴伸向补英计手捧的海碗里喝酒，咕噜咕噜几下喝干了。严拴绊看见它伸长舌头在碗里舐了几回。补英计一连倒了三碗，白毛旋风一连喝了三碗。

“伙计，差不多了！给俺剩下点吧！”匪首用近乎哀求的口气对白毛旋风说。白马意犹未尽，但还是不断用头去磨蹭主人。

“说起来，俺当土匪都是因为这匹白马。对俺来说，它不是白马，是俺兄弟！”补英计深情地拍了拍向他贴了过来的马脸，开始讲他和白毛旋风的故事，白毛旋风像个怕羞的娃娃漫着蹄子朝洞口走去，它一直是个尽职的哨兵，不止一次用叫声报警，把补英计和他的弟兄从危难中拯救。

“是因为它俺才做了匪，那是一个多么令人难忘的选择啊！”补英计难掩一脸的自豪。

24 白马

那时，补英计还是个马倌，他们从遥远的阿尔泰山一侧把上万匹马赶回大青山。行将没落的大清帝国仍有排到天边的军队需要战马去武装。马队如同河流一个又一个浪头漫过大青山，汇聚到扎达盖河岸的牲口市场被交易。“号！号！号！”赶马者集体呼喊着属于他们的口号，马蹄踏出雷鸣般的响动，搅动着沙尘遮天蔽日。二十四岁的补英计已经有过几万里这样的生活历练。他一百八十斤的体重压垮过十几匹优秀的具有西亚优良马种血统的蒙古马。眼下他胯下的银鬃黄马已显露出疲态。他需要重新物色一个坐骑，就这样白毛旋风进入了他的视线。

马群每每会选一处水草丰美之地宿营，马群白天只顾赶路，进食甚少，晚上便是胃口大开之时。俗话说：人不得外财不富，马不吃夜草不肥，道理大致如此。马倌们便轮流放夜马，这是每个马倌推脱不掉的煎熬之夜。

这注定是个不同寻常的长夜，这天轮到了补英计放夜马。黑夜被广袤的草原无限地放大，天空繁星点点，草地上被马群惊扰的鸟们充满怨气，它们从黑洞洞的天空中对着深浅莫辨的地面发出诅咒：“该死的！该死的马！”马们的牙齿依然不停地撕咬着草叶，草叶断裂的清脆声响在夜幕里汇成了一曲美妙的音乐。

就这样，马吃草的声音合成的主旋律在无边无际的夜里延宕，偶尔有一两匹马发生争斗，解决纷争的唯一方法是踢跤，短暂的战斗结束后一切又归于平静，那场突然发生又匆匆结束的战争只是主旋律中的变调。之后它们又低头吃草，仿佛一切与它们无关。

这时一种不和谐的声音传来，“呜呜呜……”狼嚎声把草原的夜切碎了，把马倌们短暂的梦也切碎了。他们听到了马蹄的轰鸣声，陡然驱散了困倦，精神抖擞，七八个人打起口哨相互联络，一齐纷纷上马向着遭受狼袭的方向冲去。

一匹白马孤单地在夜幕下伫立，几抹黑色的狼影围成一圈，狼眼如一盏盏残灯摇曳着死亡之光。一只狼闪电一样悬在马的后尻，另外几只分别从各个方向袭入。白马突然大啸一声，瞬间腾挪跳跃起来，身体旋了一周的同时，它的后蹄弹出了一道道美丽的闪电。接着是狼的惨叫，狼体像一捆捆柴草被乱扔乱抛。马倌们终止了施救，共同观看这场精彩的搏击赛。

狼被认为是动物中的智者，是因为它们具有其他动物不可能具备的战略眼光，它们会把握时机更知道进退。在权衡了双方的实力，加上马上扛着套马杆的援军虎视眈眈，它们已清楚刚刚那场猎事已经以惨败而结束，受伤的成员忍痛从地上艰难地爬起，有三具同伴的身体注定永远弃骨于这块土地，几乎要成为它们嘴里美餐的白马毫无劫后余生的庆幸。依然是那样趾高气扬，不停地扬头甩鬃，似乎表示：再来呀！不服可以再较量！

面对这匹充满挑衅意味的白马，狼的理智压制了它们的恼火。数只残狼暗自懊恼它们的集体走眼，招惹了一只披着羊皮的老虎。

在发出一阵哀号后六只狼便一起闪没于夜色里了。

老马骠子[34]老道尔吉不停地震动舌尖发出轻微的呼叫："得勒勒勒！得勒勒勒！"蒙古人总以这种方式安抚受到惊吓的马匹。白马回头望了一眼老道尔吉，一动不动地立着，尾毛轻轻甩了几甩，满不在乎的样子。补英计找来了火把，火光努力地把它的光照拓展得更大，但在墨海一般的夜里却孤寂得如一朵闪着微波的水花。老道尔吉借着火光仔细察看了白马的伤情，它的尻部有一道一尺长的伤口，鲜血从它那白色的身体中绽放出深色的花纹，但疼痛并未让它变得不安和焦躁，它泥塑一样孤寂地伫立在蒙古草原的夜色里，刚刚那场激烈的生死搏斗仿佛是一场远去的儿戏。

老道尔吉作为队伍中的相马师和马医，在这种情况下他的职业技能和价值得以充分展现。他从皮囊里抓出一撮看不清颜色的药粉，一边念念有词，一边将药粉倒在那只神奇的手掌中，轻柔地游走于伤口处，药粉均匀地溶入创口，血神奇地止住了。白马频频回过头并用它那长脑门去轻轻蹭他，鼻孔里喷出吐噜噜的声响。老道尔吉知道白马在感谢他帮它治伤止疼。老道尔吉展开双臂拥着它的长胫，一只手拍在它的背部。它又用头蹭他，他的手伸向它抖动的唇，拨开唇展露出的马牙白亮光洁，沟槽清晰，边缘锋利。它双目透亮，双耳尖耸并微微颤动。老道尔吉恨不得立刻把这个身形庞大的家伙一把抱起来。"赛[35]赛赛……长生天啊！

你终于睁开了慧眼，赐给我们千年难遇的追风宝驹啊！”他双膝跪地，振臂高呼道。

“这该是一匹万里挑一的宝马！因为它能成大器，长生天故意折磨他。为了磨炼它的意志，给它添了些啥症疾让它浑身不适，所以总是落在马群最后，才叫群狼围攻。”老道尔吉不无遗憾地说。他又开始检查白马的每个部位，希望找到症疾所在。他的目光停留在马蹄上，蹄块硕大，蹄表灰白无光，用手指敲敲竟发出嘭嘭的声响。

“这是块宝石，被草原上的泥土遮盖了光芒。长生天总是眷顾你补英计，正如你的名字一样，你是一个有福之人，你可以用微薄的付出拥有这匹宝驹。此马天生良相，骨骼新奇，肌腱暴突，嘶声悠远，心思慧黠，年龄只有两岁却如此雄健高大，是万金难求的良驹啊！”

补英计跟着老道尔吉学相马，记得一些相马秘诀，看过一些蒙汉有关识马的著录，补英计把这些秘籍熟烂于胸，铭心刻骨，没齿难忘。在马背上厮混了几年，依着老道尔吉总结的秘诀寻千里宝马：

远看一张皮，近看四爪蹄。
前看前膛阔，后看屁股齐。
当腰拍一把，鼻子捋和挤。
眼前晃三晃，开口看口齿。
赶起遛一圈，最好骑一骑。

补英计年岁不大，却爱马如命，虽只做了七八年马倌，也算阅马无数。经他骑乘过的好马不下百匹，竟有十几匹被他肥大的身体压垮，跑几十里便气喘吁吁，速度渐慢，马刺和马鞭也失了威势。虽有一两个跑得快的，几个月过后生了疾患或折了蹄骨，尤其是和骑手缺少手足深情。几年下来，却没寻到一个完全中意的宝驹。在他心里，那匹千里马自是毛色如绸缎般润泽光鲜、珠宝般无限生辉，体格匀称优雅，体态修长俊伟，胸膛宽阔而且肌腱暴突，耳如利匕洞察八方，四肢分配合理，筋腱强劲，立如廊柱动如鼓槌。蹄子更为重要，蹄毛粗健杂糙，蹄腕纤细修长，蹄块秀如覆盅，蹄表光洁圆润。

但眼前这匹白马虽身高躯长但无精打采，虽耳目聪疾却行动迟缓，虽声啸凌厉又好勇斗狠，这些表现只令补英计摇头。

“‘好马出在腿上，好汉出在嘴上。’道理自是如此。此马只是受制于‘靴包蹄’。何为‘靴包蹄’？就是等同马蹄上穿了只靴子，一个人若穿上两层毡靴子怎能跑得过别人。汉地练武之人都要腿绑沙袋，一旦练成又脱去沙袋，腿上功夫自然功力倍增。马去掉蹄外靴子会如何？它能踢死三只狼是任何一匹好马可以做到的吗？你这痴迷相马学之人也没看出点门道？”老道尔吉喝了口酒，向他的学生反问。

补英计傻傻地站着，心有所悟。

“只有真正的爱马人才可遇到好马。不能守住一些前人说教、守着圈圈就是不肯向前一步，眼睛永远只停留在皮毛上不肯深入筋骨一寸，目光只搜寻马的外形气势不想和它的眼神交集一会儿，便算不得爱马。只怕好马用蹄子踢破头也不能把你踢醒！”话音刚落，老道尔吉一巴掌猛地拍在马屁股上，白马竟岿然不动。

“俺补英计也不知叫甚包了脑筋，嘴上说爱马，差点叫宝马从手里溜走。真是有眼不识泰山！”他双手抚胸躬身道歉，也不知向人还是向马。当他的手臂试图搂抱马脖子时白马回头张口咬住摸向它的这只手臂，补英计感受到了马牙强劲的咬合力，但他没有表现出挣脱的意思，咬牙忍受这样的剧疼，以至于汗流浃背。白马松口了，它那硕大的头顶在补英计的头上，像是说：“你这没眼力的家伙，这下记住了吗？”

“我这一生见识过好马无数，爱惜骏马远甚过漂亮姑娘，一直有个愿望，得一匹宝马，驰骋万里江河。如今见到宝马，人却老朽无力了，心还是那样不安分，只有酒才能安定俺躁动的灵魂。补英计，我的儿子一样的人，我知道你和我一样不甘平庸，这下雄鹰有了铁的翅膀，英雄有了追风的骏马，去做一个男人该做的事情吧！”

老道尔吉绝非等闲之辈，别看一天捧个皮酒囊东倒西歪，年轻时在科尔沁草原做过胡匪，曾和官兵打过仗，成为官兵悬赏捉拿的要匪，后来兵败流落江湖，凭一手识马、懂马、治马的本领做了马骠子。

马群像风一样席卷到归化城，马队的使命结束了。当天，掌柜给每个人结了工钱。补英计领到了五十元工钱。但他并未像别人那样离开，去扎达盖河畔一家挨着一家的窑子里选个姑娘，以弥补几个月来枯燥无味的日子。

“你这后生还不去红火，去迟了年轻的窑姐叫人挑过了，留下的比你娘还老……”见他没动，汉人掌柜问道，“莫非你还有事？”

“俺想买匹马回敖伦斯木草原看老娘，她有腰腿疼病。俺在归化城买些膏药送回，俺早些返回也不误下一趟起程。”

“这娃娃真是孝顺之人，只是你选匹寻常的马少也要大几十块，可要花掉你跑回草原的工钱哩！”

“俺要那匹叫狼咬伤的，它是马群里跑得最慢的……”

“噢！你是个吃得苦的实在人，以后常要你跑买卖，你又是回家去行孝事，自要照顾你些。你就掏三十块钱骑去。只是这马受了狼伤，骑回到你家就垮了身体，如何能快些赶回来去走下一趟西营[36]？”

“这马说是伤重了些，俺家祖传兽医，家中父亲有些治红伤的绝招，这马是俺放夜马时给狼伤了，俺该给它治愈了伤，再来时也可以变成一匹好马回来，实在不见好，就换上家里一匹好马赶回。”他说出的假话都令他自己吃惊，这是老道尔吉教他的。

掌柜见他仁厚，一再叮咛快去快回，补英计一心惦念着白马。在柜上付钱时，掌柜叫人通知柜上又少收了十块银洋。去牵马时，那马大啸起来，雄姿勃发，神气活现，反倒一眼看到了它的与众不同，俨然是马中雄杰。补英计大惊，喝道：“你是想叫掌柜的反悔，好把你卖给南蛮子拉磨？”那马顿时安分了。没个笼头，手里拿出几尺麻绳拦脖子一拴，牵出圈口时正巧碰上掌柜，白马更是一副拖蹄垮腰的模样，像从磨道里卸下的疲驴。掌柜不禁摇头叹息。

“大胡子补英计真是个愣货，三十块买得一犋犍牛，常言道‘老婆娃娃热炕头，一顷薄田三犋牛’。放了这等好光景不过，这货就图一匹赖马，真是拨开火寻灰哩。”

“除了和狼打架这匹白马能做甚？拉车种地走不动，顶老婆又日不成，莫非要当关老爷的赤兔马弄到关帝庙供起？”

听在耳里，补英计禁不住偷笑：“没出息的家伙们！”他不理解这些人对土地的情有独钟。一齐赶马的伙伴们千辛万苦挣几个卖命钱，只知道回家买块地，弄两头牛，一心想当个小地主。他们哪会知道这匹万金难买的千里马，就算是几十顷好地也换不来。

补英计依旧用一截麻绳牵了白马直奔马市，一路上白马不停地用头冲撞他，他隐隐感到它强压着兴奋的冲动。马市上的马具甚是丰富，补英计配了鞍具笼头，白马像穿了新衣的娃娃，顿时长了精神，四只蹄子打鼓一般扑腾，补英计扯着缰绳也无法让它安静下来。

他寻了个清静的酒馆，叫小二给马拌了黄豆和麸皮混合的精料，自和老道尔吉吃了两盘羊肉，喝了几壶烧酒，说了许多掏心话。出来时天色已昏暗，和老道尔吉别过，一人一马迈着懒步沿着扎达盖河向北去了，渐渐没入夜色之中。

第二天，大青山深处一处远僻的山沟里多了一人、一马、一窝棚。窝棚是牧人夏季牧场的临时栖息之所，一口破锅、一口破瓮，却也能对付吃喝，马被拴在棚内，它的四个蹄子都被没在黄土之中。补英计不时地从河里用皮水囊取水浇灌。白马静静地吃着新主人提供的鲜草，甚至他舍不得吃的炒米炒面，享受主人对皮毛梳理时产生的快感。有时，人和马对视着，心照不宣地等待一个时刻的到来，如同蠕蠕挣扎的一条虫子等待化蛹成蝶的痛苦历程。

一个月后的深夜，白马突然大声嘶啸，窝棚骤然摇晃，和衣而卧的补英计一骨碌爬起，借着淡淡的月光，黑水河的水映照出绰约的狼影。他除了随身的一把蒙古短刀再无其他武器。他开始担心起被埋了四蹄的白马的安危，一只狼足可以一爪轻易地将它破膛，瞬间掏出五脏。白马似乎也明白自己的处境何等危险，努力挣脱泥土对自己的羁绊，缰绳似乎成了狼的帮凶，马被绳索拴住，四蹄又深埋土中，狼们不相信人类会给予它们这样千载难逢的猎机。狼的智慧头脑不容欺骗，它们坚信这是动物界最为狡猾的敌人设置的圈套。这样的疑惑令它们凌厉的进攻变得谨小慎微，裹足不前。于是，面对一个羁縻的猎物围而不猎，相互间发出长嚎，每一个狼都在发问：

“为什么？”

“为什么这样？”

“为什么捆绑？”

是啊！为什么一个人突然出现在人迹罕至的深山，为什么要把他们寻常骑乘的马匹半埋在泥土之中，为什么……

十二个狼脑在猜谜未果后，它们评估了双方的实力，虽然失去了偷袭的战机，但只要杀死那个几乎赤手空拳的人类，那匹深陷泥淖的马便会让它们一周的生活过得丰盈美味。于是，十二只狼迅速恢复了自信，头狼一声令下，群狼如十二支离弦之箭，一齐射向补英计。

补英计面对十二只狼的攻击，一下子激发出他的枭雄本色，在群狼冲锋的间隙他用他的牛皮靴踹倒窝棚的立柱，窝棚散架时发出了木头相碰的巨响，掀掉柳条编结的顶部时扬起的灰尘助长了身材魁梧的补英计的气势。他不禁一声怒吼，一条胳膊粗细的桦木从地里拔出。在靠近猎物丈余处时，狼们纷纷变向拐岔，因为谁也不愿品尝与那根木棒相撞的滋味。

一只体形较大的公狼乘补英计注意力集中在正面时，突然从一侧偷袭，它的爪子几乎扎入他的肉体，补英计的身体就地旋转了一圈。如果他此刻倒地，便会有无数只尖锐的狼爪纷至沓来，但他的双足沉稳如磐，顺势抡出沉重的桦椽砸在狼的背部，一声惨叫后这个狼群的首席勇士成为一具抽搐的残体。补英计的桦椽并未停止反击。另一只没收得住前跃的狼体凌空遭受重击，脊骨发出沉重的并夹杂着骨质折断的声音。它没来得及大叫一声便死于非命，铜头铁背麻杆腿的狼的身体在补英计千斤臂力面前都呈摧枯拉朽之势。

白马并未坐以待毙或静观主人战斗，它的一只左前蹄已从泥浆中拔出，马蹄满是血污，但它已成为它那身体自由的一部分。有了那只流血马蹄的强力支撑，使得另一只马蹄重见天日。很快四只马蹄如摆脱泥土纠缠的莲蕾蓄势待发，蹄子显然已脱胎换骨，旧貌易作新颜，四只马蹄个个轻巧精致，美妙灵秀，宛若覆盅，精如天铸。白马瞬时化平庸为神奇，尽显王者风范。一声长啸宛如晴天霹雳，力量充沛无穷，身体舒展，龙腾虎跃一般，像半浮于空中的天马。狼群停止攻势，呆呆看着这一幕，个个心灰意冷。

白马尽情地秀着它精妙的新蹄，沿着溪流狂奔而去，马蹄踏出的水花在光照下清凌凌如抛空的珠子。不一会儿马径直扑向发呆的主人，补英计像木桩一样的身体似乎要被马撞击，只见白马突然腾空而起，马蹄夹带着风的呼啸从他头顶越过。一丝晨曦照耀出那蹄子如同红玉一般晶莹剔透的颜色。

白马不停地跳跃腾挪撒着欢儿意犹未尽，补英计想起儿时母亲为他穿上合脚的小马靴时的情景。马突然奔向狼群中那只头狼，头狼的领袖资质绝非徒有其名，它无法回避这场始料不及的狩猎行动所滋生的可怕后果。现在，这匹活力四射，气势非常的白马以恶虎般的自信冲向自己。它缺少一个食肉者迎击食草者那样以雷霆万钧之势把自己锋利的牙齿咬合到对手喉管的王者气度，但它能做到处惊不乱，只有以静制动，在嚣张、骄横的敌人面前示弱，它把整个身体全面伏地装作可怜的样子，这匹该死的马胆敢践踏它的身体时，它会不失时机地将自己锋锐的爪切入敌人薄弱的腹部，一招制胜。这是化险为夷的唯一机会。然而，白马是一股强力的旋风，没容头狼反应，那只带着微微马血气味的蹄子决绝而又坚定地踏裂了它的骨骼。头狼濒死的目光里一只小狼的身体飞扬在空中，犹如一片残破的羊皮，耳际回想着同伴悲哀而又隐含着撤退的嚎叫……

一匹绝世神驹如此展示了它凤凰涅槃后的首秀。

它依然无法安静下来，四个秀美的马蹄在黑河岸边卵石中摩擦出悦耳的声响。补英计心疼它那红嫩的蹄子经不起石头的切割不忍它着地行走，但白马的蹄子专门寻求有锋面的石头，好似一把急需磨砺的刀刃。补英计只好牵着白马沿着铺满河沙的河床来回走动，一边用手安抚它无止境的兴奋情绪。

六天后的一个清晨，白马像行将决堤的洪水无法控制。它不停地用头顶撞补英计的身体，像个撒泼的孩子在不断央求他，补英计无奈只好为它系好马鞍，就在他跨上马鞍的一瞬，那马魔一般变形，身体被拉长三尺，抬高一尺半，像是被启动的一台大功率马达轰然爆发。补英计还没从惊愕中回过神，马蹄便在白道谷故道上踏出清脆而密集的声响。对面的一匹银鬃走马正迈着优雅的步伐驭着主人款款而至。忽然，这些马被这迎面而来的“白色旋风”惊得方寸大乱，惊恐地逃避到一侧，不曾想和它尊贵的主人一起跌落到没膝的河水中。骑手从河水中爬起，并未看到导致他入水的事物，一时大怒，几马鞭抽在了优雅走马的尻处。

远处，补英计年轻骨子里的野性一下子迸发出来，兴奋地喊：“旭日干！旭日干！”蒙古语旭日干就是白毛旋风。白马从此有了名字。

25 好运的尽头

补英计和白毛旋风在草原上像一阵风，漫无目的地刮来刮去。一个夜晚，他大青山一样壮实的身体轰然倒塌在纳令河畔。凛冽的北风中，白毛旋风感知到来自主人身体的火热，随后他那沉重的身体轰然跌落马下。虽然它一再扯动他的身体但他依然昏沉如睡。它伏在地上以八颗牙的力量将他挪至背上，步伐缓缓地径直走向一幢孤独的蒙古包。

几个月前，马群路过这片红色草原时，它看到了一个穿着鲜艳的姑娘用一双漂亮母马才有的黑亮闪光的眼睛注视着落在马群后的它。它知道拥有这样眼睛的人类一定善良，甚至预感到将和这个人类有一段故事发生。

果然，白马全然不在乎几只蒙古大犬的轮番冲击，稳重自然，如同步入自家的圈舍。这时蒙古包的门被打开了，月光下白马上驮着一具骑士僵直的身体。姑娘丝毫没在意这个正在被死神召唤的流浪客会给自己带来可能的不祥，以不可思议的力气把这具沉重而昏迷的身体扛在自己的肩上，摇摇晃晃地进入到蒙古包。

姑娘把火炉烧得通红，毡包里立刻温暖起来，一只铜壶热气腾腾地喧嚣着。她从一包牛皮纸里取出一些叫“查干粉”的蒙药，用开水冲泡，又兑了一半烧酒。酒的气味顿时弥漫在蒙古包的每一个角落。补英计的身体开始动弹，肮脏的脸上红口洞开，不时发出“啊！啊！”的叫声。当姑娘准备用一只槽状的牛角杯给他灌药时，补英计已抢先把木碗里的酒药一饮而尽了。

补英计就这样化险为夷。他不仅从死神那里轻易逃脱，并在温暖的蒙古包里卧拥美人。这个叫乌日娜的姑娘释放了无限的温柔，她的大眼睛如一抹温润的阳光，立即滋润了他坚硬荒芜的心田，让补英计这只困倦的飞鸟找到归巢。两个年轻人在蒙古包这片小天地里日夜恣爱，乌日娜欢快的叫声震荡在草原的静夜中，几只狗被女主人突如其来的怪异嘶叫搅得心烦意乱。它们身不由己地游荡在纳令河边，像狼一般仰首长嚎，宣泄积郁已久的情欲。这个叫乌兰脑包的浩特[37]一时弥漫着浓浓的爱意。

温馨的日子就这样平凡而又让人迷恋，像纳令河的水流平静而泛着微澜从冰盖下悄悄流走。一场暴风雪突袭了草原，人、牲畜，还有天上的飞鸟统统迷失在这个白色的世界里。蒙古包里牛粪的热能为无限的寒冬释放出一丝温暖，这里仿佛成为敖伦斯木草原一席温暖之地。但很快，被毛毡遮蔽的门户便不断开启，冷风开始恶狠狠地侵入，似乎一个久违的恶魔正在叩门。

白毛旋风不见了，噩耗如另一股寒流袭来，直让补英计前胸后背像结了冰一样，他的活力和热情瞬间被冰冻。整个白天他伫立于灰蒙蒙的雪地里望着灰暗无涯的天际发呆，时而像折翅的鹰一般哀声悠然而起。乌日娜心疼万分，想以温存抚慰他伤痛的心。补英计不为所动，毅然决然地从温柔乡里抽身而出，投身于白色的混沌世界里，不停地呼唤着他的旭日干。

此刻，白毛旋风已逆风奔驰了两百里了，它要创造一笔财富报答主人的知遇之恩。八十匹伊犁骏马飘忽而至，这可以为主人凝聚一片广袤丰饶的草场。它和主人牧着一群大尾绵羊，羊们大口吃着鲜嫩甘香的草叶，聆听主人敞开喉咙放歌拖长的调韵。美丽的女主人领着一群孩子，赶着勒勒车去纳令河拉水。孩子们赤足在松柔的草地上狂奔，追逐着美丽的彩蝶，一群忠勇大犬摇尾追随左右。傍晚，主人拉动起马头琴，万籁之声如涓涓细流一泻而成，无数种动物屏息聆听。马头琴，据说是一个死去乘骑的主人悲痛之余，用马骨制成了这种乐器，也只有这样的乐器产生的音乐才能叫人类和动物的灵魂震颤。

白毛旋风站在混沌世界的一角，畅想着它为主人创造的未来，因为所有人类都贪婪地拥有能转化为金钱的所有资产，等同有些动物喜欢在树干岩石上撒尿而延揽地盘的欲念。

几千匹准战马组成的马群被暴风雪冲散，驱赶军马的士兵们焦头烂额地在不见天日的风雪里聚拢一股股离散的洪流。一支由八十匹马组成的队伍在一匹雪青马的带领下叛逃。雪青马努力循着故乡的方向回归，但风力已让它力不从心，只好随波逐流在茫茫的风雪世界里。这时一声来自幽灵般的嘶鸣强力地呼唤着它们，一匹白色的儿马仿佛从天而降，它的叫声坚定洪亮，透着天神般的自信，它说：“你们必须跟我走！否则，悬崖、狼群、饥饿、极寒……无法预测的灾难足以让你们全群覆没。”雪青马头领的尊严受到公然挑战，它不禁勃然大怒。凭借以前无往不胜的战绩，它一声愤怒嘶鸣直斥这个横空出世的危言耸听的家伙，一边毫不犹豫地向这个白色的敌人冲了上去。但很快它发现对手绝非泛泛之辈，它以戏耍的手段让它的力量化解于无形，当它重整旗鼓准备奋力一战时，对手立刻变得气势如虹，雷霆万钧。自己貌似健壮的身体竟是如此不堪一击。对手的连续重击让它侧翻在冰冷的雪地里。它久久不愿起来，在八十双眼睛的见证下战斗结束了，一个更迭权力的过程如此简短。

八十双眼睛把赞赏的目光投向它们的新头领，它们义无反顾地追随着白色的旗帜奋起步伐决绝而去。雪青马孤独地站在一旁看着自己的臣民离去而伤心欲绝。这时白马对它发出热情而大度的召唤，最终它放下了矜持加入了队伍。

当补英计打开蒙古包的门时，随着一股冷气涌入紧跟着的是一团热烈的场面展现在他的面前。白毛旋风和他的队伍喷薄的热气差点溶化了他，他赤足奔向他的白毛旋风，紧紧抱住它壮实的颈项，紧贴着他呼着热气的鼻息，泪流满面。马群见识了它们族群与另一个族类的深厚情谊，不禁纷纷涌向补英计，以求嗅到他神秘的味道。

补英计以它的热忱对待白毛旋风的臣民，他用乌日娜储存的饲草热情地招待了这群饥肠辘辘的意外来客。这正是它们企盼已久的，群马打着喷嚏相互示意：白马哥值得信赖。

第二天黎明，睡梦中的补英计被白毛旋风的嘶鸣唤醒。原来它想提醒他风停了，他看到它躁动不安的身体在拴马杆前焦躁地来回踱步，不时地大声呼啸，它急切地告诫他该离开了。

羊皮缝制的被窝是那样温暖，里面柔情似水的姑娘美妙的身体似乎难以挽留补英计。此刻，他的心已然在冰天雪地的群马奔腾的世界里。

“该死的马！为什么要搅乱我来之不易的生活。愚蠢的人！莫非一个漂亮女人抵不上一匹马吗？”乌日娜近乎哀号。马群冲向远方时乌日娜的悲号仍时隐时现。

“后来乌日娜说，就在俺走后两个时辰，来了一群当兵的，她经不起几马鞭，就承认她的蒙古包当晚住过赶马人。当兵的也没有再做纠缠，顺着马群趟过的印迹穷追。白毛旋风的脚力那是多么了得，它带领的马队快得惊人，比风也迅疾。只用了四天便到了归化城，算一算至少把追兵甩出一天的路程。在归化城马市上靠老道尔吉很快找到了买家，俺压了些价格马便顺利出手。俺给老道尔吉甩下一搭兜银洋便闪了人。那兜钱够他买下一家酒坊，供他大碗酒喝到死了。

“从北城门出来，俺和白毛旋风一刻没停留，两个时辰便来到了白道口，找了一家店住下。店家先前看俺胡子拉碴，邋邋遢遢，不像个正经人，不冷不热地支应着。当俺拍在柜上几块大洋后，掌柜的就一副孙子头脸，有求必应。他把一间暖和的房子给了俺住，俺舍不得白毛旋风受冷也牵了进来，那人却睁了只眼又闭了只眼。俺又要了一坛这家店自酿的毛酒想喝个痛快，刚倒了一碗想喝，一回头便空了，心想跟前也没人，谁又会偷喝？又倒了一碗却见白毛旋风一口抢去喝了。这才知道世上还有喝酒的马，干脆哥俩一人一碗喝个痛快，我俩一醉睡到了第二天晌午，直到白毛旋风大牙咬痛俺的手臂才醒来。外面一片吵闹，听出是追俺的那伙兵爷，他们打听到昨日一早曾过去大几十匹马的马群，认定正是他们追寻的主儿，胡乱吃了几口赶紧追了去。

“后来听说他们寻到根子是老道尔吉，贼无赃，硬如钢，何况老家伙天生的硬骨头，打死也不肯招认。老家伙平日学会了些汉话尽是些脏话，嘴里甚难听骂甚。惹怒了当兵的，鞭梢不是下酒菜，一口吞下能嚼碎咽下。这一顿乱鞭落在身上，好比乱箭穿心，就是头草原犍牛也难以忍受，老道尔吉被抽得血飞肉溅，只要三寸气在，他就灰话不绝。由此招来一顿更狠毒的乱鞭，后来听不到骂声，细看时人已被抽死。俺才明白过来，原来老道尔吉只想求死，绝了兵们追查的线索。只可惜那兜子钱他没花一分，反倒成了罪证。”

严拴绊觉得土匪头那堆沙蓬草在抖颤，并浸出几滴水来。

“兵们后来查得老道尔吉和俺关系不一般，俺成了官家通缉的要犯，头像贴在不少地方，俺干脆蓄了胡子，天下便无人认得俺了。后来俺索性收罗一些流落江湖的兄弟，做起打劫过往商队的马匪营生。一票比一票大，胆子也一次比一次大。脑袋便成了官家标了价的物件，原木打算干一票大的便回到敖伦斯木草原，重新做个牧马人，陪伴咱心爱的女人和可亲的女儿！一切都成了一场梦。这个营生想甩也甩不脱，开弓没有回头箭，胡匪只能做到咽气。”

他的记忆永远停留在以往铁马秋风的岁月，那些令他自豪荣耀的时光。他不停地制造事端，漠南漠北战尘频起，弄得官兵人马手忙脚乱。那回口含红缨的战斗过后，他的队伍成为尽人皆知的“红胡子”马队，从此名震北域。白毛旋风如一个白色幽灵惊绝过多少人安静的梦夜。他抚摸着自己那像挂在树梢上的一团鹊巢般的胡须说：“真想把它染红，叫上弟兄们大干上一场，可他们都死了，死在俺的狂妄无知、不知深浅上了。唉！长生天是不会叫一个人没完没了干无法无天的事的。一个男人的福气总会有到头的时候！”

严拴绊无法看清他的脸，却能感知他的一腔悲凉，甚至湿润的眼眶。

“来！兄弟！给你看样东西。”他伸手拉着他的手，严拴绊感知到这只粗厚有力的手透出的真情实感。

他从牛皮搭兜里扯出一支猎枪，那是一支炫耀着蓝紫色光辉的钢制霰弹枪，枪柄木质红润如玉，线条流畅，浑然天成。枪体的钢铁部分光辉炫彩夺目，每个部件精美细致，仿佛不是一件杀器，反倒像一件精工细作的祭器。它来自德国现代工业与制枪技师手工锻造技艺结合的杰作。这曾经是德国军工毛瑟厂制枪大师黑克勒专为巴伐利亚庄园主弗朗茨·费迪南大公特制的猎枪。大公一生酷爱打猎，收藏枪支件件精品，谁知一代枪痴竟然死于枪击。也不知这样的绝世名枪如何流落到东方一个强盗头子手中。同样痴迷枪支的山野少年怎能不目瞪口呆。严拴绊的双眼在枪的引诱下显现出的贪婪痴恋直叫补英计心旌摇曳，他终于明白蒙古谚语里“好马总能追到美好景色，好东西总能吸引热烈眼光”的深刻含义。眼下他急切地想贴近抑或讨好这个少年，是意气相投，是知恩图报，还是另有所图？他自己也说不清楚。但少年至少没拒绝这个冰冷物件和它主人足以把人烤焦的热情。

他告诉他，这是一个蒙古王爷以一群羊的价格从恰克图购进的。这是他行匪多年最为得意的战利品。当他带走这支枪时他从杂乱强劲的马蹄声的缝隙中隐隐听到曾经以慷慨著称的茂明安王爷痛失亲人般的哭喊。

令补英计无法想象的是，这个十四岁的娃娃是个与生俱来的枪手。严拴绊仅从邻人那里看会了使枪的要领，第一次从家里偷出防狼的老式火枪时，就能得心应手地操控这种成年军人都需长时间训练的武器。那枪在他的手中宛如一个曾经团弄了多少年的玩具，抱以试射的心态瞄准一只山狍，枪响后狍沉重的身体从山崖滚落下来跌到脚下。从那时起，他成了枪痴，仿佛他来到世上是为枪而生的。如果他爹三耗子拿走了这条铁木混制的棍棒，他的灵魂也会为之散落。

少年击发枪支展现出的姿态是那般优雅娴熟。火药的力量带动着枪跳跃出强横的舞蹈，像社火里霸王鞭舞出的凤凰三点头，那是一种强劲与美感合一的舞姿。枪弹总能跟随他的目光寻找到终点，并在这个焦点上撞击出奇特的图案，让人觉得子弹就是一只执着的蜂儿，想蜇哪里就叮向哪里。

补英计的震惊写在了脸上，他的嘴张得像他身处的石窑一样。这是他一生中见过的最不可思议的事情，也是他历经枪林弹雨看到过最精彩绝伦的表演。

射技精准的严拴绊握着一支这样的绝世猎枪，等于将死亡之吻握在手中，补英计不免心生后怕。“该死的补英计，你要把这匹小马驹带入一条怎样的凶险歧途啊？！”他仿佛听到来自纳令河畔一个女人的拷问，竟打了个冷战。他又踱起步来，空洞的石壁回响着他皮靴踩出的声音。他猛然冒出一个荒诞不经的决定，该给这支枪找个去处。

补英计无论如何不曾想到，自己的末日进入倒计时。

严拴绊携枪消失后的第二天凌晨，正在酣睡的补英计听到白毛旋风的嘶鸣，这是他无言的老友发出的呼唤，从它的警讯中他感知到危情的来临。他暗自庆幸少年的离去，他赋予了他一个荒唐又实在的使命。

他依稀看到洞外无数的帽檐闪着晨光，心知他这个有福之人这回在劫难逃。他拍拍白毛旋风的背说道：“旭日干！看来我们还要经历一次弹雨的洗浴，咱一齐去见长生天吧！”

26　白道口的吉星

吉鸿昌！绥远人的“吉星高照”，却成为补英计的克星。这个高个子家伙的嗅觉如此灵敏，败在这个人手下他无怨无悔，甚至有一种在他面前悲壮饮弹的强烈愿望，他为绥远尚在猖獗的同道们生出一些莫名的悲哀。

吉鸿昌头天晚上得到了一个小喇嘛送来的密信，拆出一个大好消息——逃逸的草原“红胡子”匪首补英计在白道口附近一个天然岩洞里养伤。按负伤时间推算，伤口已经愈合，近期极有可能外窜。吉鸿昌当下跳了起来，摩拳擦掌难掩兴奋。当晚秘密调遣精锐骑兵赶至白道口一带，设卡布哨，封锁隘口，阻断消息，潜兵设伏。一切都是防止有外部“红胡子”匪徒接应补英计。在确定补匪仍在洞中潜藏的情报后，吉鸿昌决定借助黎明前的黑暗把兵力设至板嘴窑洞口附近，然后实施突击，攻其不备。

真的是天算不如人算。他的兵无声无息地聚拢于洞口，几个兵刚刚进入洞口突然响起急促的马啸声，好似吹响的号角。兵们仍无畏地冲向洞口，洞里飞出的子弹已把前头两个兵击倒，另一个转身想跑却被一枪击中大腿，他的大呼小叫被岩壁复制。其他人便卧倒射击，枪口产生的火光正好引导了补英计的射击方向，随着几声惨叫，枪声这才终于停了。

吉鸿昌命令号兵吹号，听到鸣金收兵，进攻的兵们迅速撤离补英计子弹够到的地方。

偷袭已无可能，强攻更难以奏效，补英计枪法奇准，只要他的枪口能够到达的地方就难逃活命。前一次交战中已有几个年轻的士兵丧命在补英计的枪口下。虽以“吉大胆”之名扬威西北军，惜兵如子的他自不会带兵硬攻，做那些无谓的伤亡。这正好给一只脚踏进阎罗店的补英计搭配些垫背，这等赔本买卖岂是一个好军官所为。

吉鸿昌十六岁就当了兵，这位河南扶沟县铁匠的儿子有铁一样的胆识，有钢一般的意志，有砧一样的骨头。从军十年，历经大小百十余战，纵横北国千山万水，从来都一马当先，躬身冒险于枪林弹雨。每临战阵必袒胸赤臂，持刀阵前，军中皆称其“吉大胆”，每每令敌方官兵闻风丧胆。此时他不得不对一个瓮中之鳖犯起愁来，担心夜长梦多被他走脱，放虎归了山。为了防止“红胡子”匪徒前来接应，吉鸿昌派出大批流动哨加强防范，并召集军官商讨如何寻个战机捉拿这个陷阱中的猛兽。有人提出可以组织一个突击队，每人手持驳壳枪，两至三人一组以厚门板覆以湿毡作为盾牌抵近，从而以优势兵力擒获或击毙之，但吉鸿昌认为木板防弹的厚度不易把握，且洞口狭窄，迂回曲折，高低不平，集体协作很难实现，当时便予以否决。又有人提出围困策略，只要把他围困于洞中，过不了多久，光饥饿便将一人一马困死于洞中。

“这可能是一个行之有效的办法，但我们劳师动众对付的敌人只一人一马，时间久了必使我军士气受损，绥远百姓恐慌。别的土匪认为我们遇上玩命的刺头便狗吃刺猬——没法下口，必然会负隅顽抗，为后来的剿匪行动做了不好的示范。因此尽快拿下他至关重要！”吉鸿昌话说得非常坚决。

众人都知道，能把这个绥省尽人皆知的匪首示众于青城街市，个中意义不同凡响。但生擒此贼又想避免伤亡实在难以两全。众人正在犯难，一个通讯兵送来帖子，说送帖的是一个小喇嘛，叫务必将此帖交于吉将军。吉鸿昌迅疾地抢过帖子撕开，看罢仰天长啸，一口气喝了一大缸子冷水。“旷世奇才，赤壁妙招！”他说完头也不回寻个凉快处睡觉去了。

吉鸿昌是在白道口调查匪情、勘察地形时认识了四喇嘛。他喜欢到庙宇里拜佛，倒不如说谒字。吉鸿昌虽说家道中落，其父打铁的手却也喜欢墨笔，吉鸿昌自小临摹名家帖本，戎马倥偬间习墨不辍。转战江南北国、名刹古寺，阅历无数。楹联绝对，真草篆隶，无不细心悉摹，看到精品往往流连忘返。每见好词妙句也暗自揣摩诵读，这也给这位年轻的儒将汲取了无穷的墨宝精髓。在四喇嘛书写的大木几上，一幅墨迹未干的字品吸引了他的目光，竟叫他久不肯离去。细看内容却是：

白道行

漠南大青山麓，秦墉汉关，隘口据险，千年谓之白道，旅蒙俄商队悉经此处。界归武间，峻坂上下十余里。石径逼仄陡峭，行旅车马苦之。南来北往车马为摧，伤亡哀号者惨绝坂谷。狭处相逢，不能前进，搁至二三日。每至寒冬，立坝冻死者，伊不乏人。历来守斯土者，多议兴修，卒未果。今后生吉鸿昌为任地方，革除弊政，剿绝匪患，效忠国家，信义于民，一省皆呼其“吉星高照”。此公誓绝此天堑，贯为通衢。绥省百姓当沐曙光在即。遂拙文记。

迤逦故道入苍穹，峻坂危坡逶迤行。
凌虚坐看鹰隼近，据险遥望秋叶红。
鞭打喘牛悬蹄软，石拒疲轮车毂空。
极目岭巅四望处，一鞭险途没烟尘。

书法行颜体，规矩有度却变化万千，刚柔并济，古风赫然，内涵力透千钧之功道。他阅遍名山大川，过眼古今墨宝，难以数计的是最令他刻骨铭心的书法。他似乎从其中参悟到一种精神的力量在跃跃欲试。但更令他心生敬畏的是诗文，诗中提及白道难行抑或寓之阴山百姓生活之艰困，隐隐之中，是上师对他的一种提示、一种鞭笞，促使他该做些什么。吉鸿昌反复研读，始终无一语，回城路上鞍马之上一直思考白道修路的方案。

工程要弃白道梁阴面的故道改新路为阳面，部队用白道口人从未见识过的炸药代替人工，一顿响雷过后就劈出一条好路。白道口人不信巨石塞谷、危岩悬顶，十天半月就能开出条路来，邀男唤女几百人步行去看个究竟。一看却是吓了一跳，半个月前谷口叫当兵的把着，人和牲口也不让出入。听得沟里雷鸣，几天光景，却把个逼仄的沟拓成了路，路程也缩短了几里。车马驼队踏上新路，无不雀跃欢歌，一时行者倍增。归化城街巷莫不谈论“吉星高照，红运当头，昌盛不衰”。百姓都把吉鸿昌视为绥远的神，一些老妇烧香供奉他。

当时吉鸿昌和他的武装警察大队是工程建设的主力。指挥部设在莫当召。

一天，吉鸿昌从白道梁工地返回，看到四喇嘛在禅房里书写七绝《白道长城下》，以行书挥就，字体豪气凌霄，收放自若，解衣磅礴，侠骨浩然，落款也是纯正刚骨，鬼斧神工，风镌电蚀一般。诗意也颇具气势，里面借三晋名宿王昌龄名句，寄托他思乡忧国的拳拳赤子情怀：

白道长城下

黄河北望锁晋途，朔漠苍烟落日孤。

故墉零落承秦月，长城逶迤挺汉堠。

嘶风老骥壮征程，喋血烈士赴国忧。

飞将千年空许诺，黑水不挠空自流。

吉鸿昌心中涌起一种从未有过的盱衡之意，四喇嘛在诗中对白道岭巅一道道长城的残垣废堡寄予了深深的敬意，忧虑国家缺少像汉将李广那样的忘死杀敌、豪气干云的精神长城。他已感受到上师风骨中强大的力量，这种力量彻底征服了他这个目无陈规礼度、鄙视官场媚俗的年轻军官。他从这个小镇的孤刹中获取了更多的尊贵的风骨气质。从此，吉鸿昌师从四喇嘛研习书法诗词。在他面前八尺多高的人像支毛笔一般周正，言必称老师。四喇嘛见他朴直正气，文武全才，不会钻营取巧，不事媚俗之事，胸怀一腔舍身报国之心，常忧兴我中华大志，一心为百姓办实事，是个难得好官，也就另眼相看，日子长了两个人渐成莫逆。

吉鸿昌愚公之志如愿以偿。官兵用命，地方举力，百姓帮衬，阴山新路贯通，化十里凶险峻坂为半程坦途，商民莫不欢欣。有一旅客不禁哭呼："真个是吉星高照！早能修路，俺爹也不会落下沟底送命！"

归化总管云霄汉邀绥远特别行政区都统署所辖部门诸要员上山为新路剪彩。众人寒暄过后，吉鸿昌走近云霄汉，两人都是豪情爽气之人，自然少了许多虚礼老套，吉鸿昌以拳轻击，云霄汉以拳回击，二人大笑，悉如故友。

"云总管才气漾漾，名播天下，九边之尊，无人能撼。今绥省交通百废待兴，白道险途化险为夷俱赖诸公努力。云公当以巨笔豪墨勘记此事，鼓我一省民众士气，以振久颓之风。"

"吉将军如此器重霄汉，让人羞愧，比起你治世之才能、平乱之武功，笔舌小技何以救国救民。惭愧！惭愧！"遂泼墨于纸，边书边说："此等利国利民之举当以大歌大颂！"

两天后，绥远报纸《塞风》头版登出云霄汉现场所书长诗：

昔闻朔漠有阴山，山在黄云紫塞间。山前山后风俗殊，辄因猾夏诮夷蛮。崎岖山路白道顶，顶上羊肠鸟道攀。移熟愚公开五丁，神工鬼斧公输般。经始计程可百日，峰回路转平不弯。直将崄巇化坦途，向皆却步今欢颜。车尘马足任驰逐，红土梁连白石湾。欣见橐驼结队来，络绎于途僧侣班。交通无阻运输利，莫言难渡犹秦关。绿杨红杏三月时，数家茅店夕阳殷。当年老杜歌出塞，征人远戍悲刀环。马邑龙堆路几千，人无远志何其顽。岂知今有缩地术，一日千里游尘寰。况复阴山久失险，空余苍翠堆烟鬟。白道染上履如砥，坎坷尽除榛莽删。我来登览一长啸，扫石留诗苔痕斑。兴尽晚归书所见，沙溪春涨碧潺潺。

云霄汉诗毕掷笔，一大碗毛酒一饮而尽。众人才见识了文人的豪迈。

新建的路段进入白道谷，拐弯处右侧三丈高的崖石原本平常无奇，谁想几天之后“化险为夷”四个大字赫然惊现其崖壁之上，引得路人驻足侧目。过路者莫不口口相传“吉言”勒石，盛世将至。此处竟成一处新景。石刻落款：“绥远都统署警务处处长吉鸿昌勒于民国十四年夏。”碑刻悬空绝壁，千仞入云，雾锁云海，溪流贯谷，白桦依依，鹰隼翔绕，车辚辚，马啸啸，驼队川流。整个白道谷气象为之一新，吉鸿昌所书斗方大字，墨体为正楷，遒劲豪迈，刚正舒张，气势勃然，书道功力深厚。犹见将军儒风浩然，正气于胸。

新路贯通白道口如获新生，车马驼队流量骤增。往来商客不再愁横在前面这道高岭，吃饭喝茶兴致勃勃，谈笑风生。白道口和风熙来，百业俱兴，黄金口等商家百姓俱感吉公之恩德，要为它树碑立牌楼。几十人齐聚莫当召询上师之策。上师四喇嘛微微笑道：

“吉世武为百姓排忧解难，绝非沽名钓誉，如果兴土木为他歌功颂德，反陷他于不义，也非他个人所愿。只要百姓心中记着这是个好官足矣。”

“吉鸿昌为民办事，白道口人却受益匪浅，如心安理得受了这一切，怕叫南来北往的客人指骂咱白道口少情没义，不知好歹，不知礼数，俺这商会会长也羞于理事了。”黄金口平日和颜悦色，今日却快人快语。

众人也都众口一词力挺黄会长，非要有所表示，花多少钱也在所不惜。

四喇嘛也觉得黄金口说得甚为在理。白道口人极重声誉，名镇白道口仁义诚信，名传天下。不依他们怕是不行，他自拟了碑文，让吉鸿昌写了“化险为夷”四个大字，又叫铁匠郭老五照字镂刻在石壁上。

27　匪徒的噩梦

大败草原匪帮“红胡子”，将白道险坝化为坦途。吉鸿昌名声大振，传闻拥匪数万的巨首卢占魁告诫部下：“不要招惹吉鸿昌这只狼！这个家伙诡计多端，凶狠好斗，把他逼得紧了就敢以命搏命，就算在他身上逮些便宜还不是两败俱伤？想想有甚好处？惹不得就躲，图个相安无事就好了。”

吉鸿昌乘势作为，连连神来之笔，把千把人的武装警察部队的战斗力发挥到了极致。

吉鸿昌接到多起报案，土匪干豌豆近来频频袭击过往驼队，一旦得手便将运货骆驼赶进深山，过后在山里找到放野的骆驼，货物却早不知去向。吉鸿昌便派精干兵士化装成商队。一支伪装成由外蒙古而来的车队，车上载满名贵药材，故意把麝香的味道在驿店里泄漏，干豌豆匪帮不知深浅，只道是一票大买卖。倾巢而出半路拦截，谁知耗子舔了猫蛋。土匪们刚接近驼队就遭了一顿乱枪，刚想还手，子弹从四面八方劈头盖脸地打来，干豌豆总吹嘘自个儿是一粒抓不住、咬不动、砸不烂的干豌豆。哪知道吉鸿昌的部队如磨盘压顶，把他的大大小小匪徒塞进磨孔，不要说豌豆，就是铁豆子也会粉身碎骨，打扫战场时干豌豆的尸体一只脚吊在马蹬上，已被因受惊乱窜的坐骑拖行磨烂了头颅。这股匪帮便一网打了个精光，黄河两岸阴山南北再无这粒干豌豆重新发芽的机会。

土匪三大头的头真够大，骑在马上三里地头上看像打了把雨伞。这家厮脑袋大得出奇，里头的货却一般。

据说他曾是晋绥军的一个连长，枪打得准，又不怕死，但他爱女人成了瘾，淫兴来了便如同一头叫驴难以控制。只因强行睡了团长的小老婆，惹得团长要取他项上大脑袋。这家伙平时交朋友结弟兄有了益处，有人提前通风，他带了七十几号兄弟，顺手抄走了全部装备，集体哗变。起初，他心想提个猪头还愁找不下个庙门，俺大几十号人枪，哪支部队不想收编？谁曾想没人接收他这盘烂腌菜。人们都怕担庇佑叛军之名，又怕引狼入室贴了妻女。见没人收留，逼得三大头只得去做土匪，在大青山抢占了一个土匪营寨，过起了山大王的逍遥日子。

少了军纪约束，三大头玩女人便肆无忌惮起来，身边拢一圈“压寨夫人”，大脑袋上一双眼终日色眯眯。他所到之处有姿色的女子便横遭他的欺凌，黄花闺女、有夫之妇尽皆掳来，任其奸淫，腻味了便赏赐给下属。上行下效，这支土匪成了烧胡队，山寨成了淫窝。老百姓恨得咬断牙根，失了妻女的整天磨刀霍霍，只恨这刀再快也奈何不得机关枪。

吉鸿昌探得这帮淫匪的住处，考虑到这伙土匪皆以职业军人为骨干，又有两挺机枪，战斗力较强，地形也不宜大部队展开。侦得三大头平日最喜看大戏，捧戏子，于是决定采用深入虎穴里外开花的战术一举端掉匪巢。他暗中请了一个戏班连唱三天大戏，头一天看戏人群里有了生面孔，第二天看见了那颗兴致勃勃的大头，第三天突然几声枪响炸了戏场，土匪把戏班子连锅端走。吉鸿昌乘机把几个面相俊俏、身材婀娜的后生化了装混了进去。走了五十里山沟七拐八弯才到了匪窝。见弄了一批花哨女人回来，放哨的早离了哨位来看新鲜货，顺便还在真的或假的女人胸前摸一两把。吉鸿昌指挥部队一阵猛攻，里头的“姑娘”几支驳壳枪都是咬肉的家伙。土匪们曾经的斗志早叫女人的肚皮消磨殆尽，不少人看出抵抗等于找死，纷纷举枪投降。三大头舞动双枪射击，却招来一波密集的子弹，大头上至少被四枚子弹击穿。只因这伙人先犯军法叛乱，后又啸聚山林为匪，大肆奸淫良妇，所以均为死罪，罪不容赦。

解救被掳妇女近四十几人，掳来的一干戏子当场解放，吉鸿昌又给了他们一些钱作为受惊的补偿。戏班子惊魂甫定，道了谢连夜回了省城。吉鸿昌剿匪的惊险故事几经加工迅速地被传扬开来。

押解俘获匪众的队伍途经白道口时观者如潮，吉鸿昌决定在此地将众匪斩决示众，以儆效尤。公布罪状，广贴告示，历数其恶。在黑石崖下把众匪一字排开，匪众们眼见命要送了，有人放声恸哭，大几十人加入，哭声在沟谷里轰响，悲伤的声音把树枝上的鸦鹊吓得展翅远飞。七十颗头颅也无须验明正身，只管将脖颈对准给牲口铡草的铡刀一一清算。铡刀吃了几十年的素，这回嗜足了人的热血，匪们的头轮番从铡刀的槽下滚落，连接身体的断面狂喷着热血，几个行刑的兵不敢看自己双臂力量所产生的场景，闭起双眼还是没有躲开迎面扑来的热扑扑臭烘烘的血流。土匪的脑袋从身体脱落后滚向围观人群，人群一阵躁动。女人们恐惧地乱叫尖厉而持久，一个个花容失色。

土匪的头颅很快便被骑快马的兵像收获西瓜一样一波波从地上掳起装入牛毛口袋。不久后，尚在滴血的头颅像长势好的瓢葫芦，麻绳瓜蔓一样缠结着，于归化城高墙上的垛口下高瞻远瞩。大几十个头颅织结成一幕恐怖的画面，把归化城装殓得戾气萧索。匪徒首级下方写有他们匪名的白色小木牌在凄风中摇摇晃晃，像徒劳呼救的手。

唱烂席片的艺人们终于有了创作素材，他们的唱词却也实话实说，警告了一些心存歹念的人，真实地反映了为匪的悲惨下场，把土匪的后路描绘得清清楚楚。吉鸿昌的虎威不言而喻。

想尝铡刀有多快，
上山去当忽拉盖。

上头的脑袋上城墙，
下头的身子去喂狼。

铡笨了石头上磨，
寻下贼头切后脖。

铡刀落下声声还叹，
贼头掉了贼身身还颤。

早知道为匪刀割头，
哪如刁早搭黑放咱的牛。

包公再世磨铡刀，
灰事做绝没处跑。

十把铡刀随军行，
寻遍恶人试刀锋。
……

吉鸿昌受了唱曲儿的启发，真个用五匹大骡子架的车上放了十口血迹斑斑的铡刀随军而行。这铡刀却比大炮的威力也大，所到之处戾气激荡，刀锋所指，人心颤抖，观者莫不缩颈。百姓们给那些为非作歹的人统一起个外号，叫“没头鬼”，直叫得一些人心惊肉跳，一时大小土匪竟销声匿迹。

吉鸿昌乘势连连重拳出击，高奏凯歌，吓得为匪的和家属惶惶不可终日。匪帮们散伙的散伙，逃亡的逃亡，大股的匪首们自知不妙，忙着疏散家眷，转移贵重，以图前路。四喇嘛和他共拟了剿匪方略，剿抚并举，因人而异。吉鸿昌发动土匪至亲观劝，有条件地招降纳叛。那些没事奸淫、无犯人命的土匪纷纷携械下山归降。从此啸聚山林的中小股土匪绝了迹。去了多少年的如蚤之痒，大青山虽算不得太平盛世，却也不再夜夜忧心听强盗，倒头能睡通明觉。

吉鸿昌成了绥远炙手可热的人物，备受军政界的热捧。但他知道自己顺风顺水施行各项举措都离不开老师四喇嘛背后的鼎力相助。吉鸿昌不禁暗自叹息如此经天纬地之才不该被埋没在这塞北孤镇，应当成为国家智囊，参与决策天下大事。但又想想自己尚不能苟且于韩复榘手下，而被从京城挤逼到归化城，先生又如何能混杂于藏污纳垢之政界。但还是强烈希望有一天老师能与他联手干一番利国利民的大事业。

但他没想到几天后四喇嘛帮他轻松捉得漏网的补英计。他得知补匪藏身之处也是来自老师四喇嘛的情报，而后四喇嘛又飞帖授计阻止了他强攻行动。当时吉鸿昌见纸笺上那隽秀沉稳的楷书“静待西风起，烟网罗悍匪”，心里立刻如沐春风，畅快无比。少年时他多少回梦见一个如诸葛亮、姜子牙或吴用那样伟大的军师级人物授他锦囊，指引他排兵布阵，克敌制胜，成为常胜将军。后来他以为自己深陷于小说《三国演义》《水浒传》里的故事情节，多少回将自己当作故事里某个英雄人物。谁能想到现在儿时的梦竟然成真，四喇嘛正是那手中无扇的诸葛孔明。

28　枭雄末路

此时被困于洞穴之中的补英计明白，只要他冲出洞口便会沐浴风沙般的枪弹。他想着怎样才能像个男子汉一样体面地去见长生天。白道少年按照他的意愿带走那支猎枪，也给他留下足够吃三天的食物。他决定和白毛旋风一顿吃完这些东西，在后半夜吉鸿昌人困马倦之时突围。他像只被困住的狼不住气地嚎，他想让他的敌人觉得他补英计方寸未乱从容淡定。士兵们隐隐听到来自岩洞里的歌声，歌声全不像绝望之号，闷声闷气却也不失豪迈。但这豪迈只持续了几个时辰就被窜进洞的浓烟改造为强烈的咳嗽。一切如四喇嘛预判的那样，天刚刚见黑，大青山里突然吊起西北风，兵们立刻在洞口外点燃了早已备好的柴火，也不知哪个损货又添了些干辣椒，补英计有甚能耐扛得住这样的攻势，甚至连个骂声娘的机会都没有便咳嗽着冲向洞外。白毛旋风骁勇依然，它载着主人想突破浓稠的烟幕，但它矫健的马蹄被对手的绊马索羁縻，重重地倒在洞口人仰马翻。它目睹强悍的主人被一群强悍的兵士扑来按压，只见他胡子丛里还在散发着丝丝挟带出的烟气。他只顾寻得口气出，早没了反抗的意念，任凭那些兵们四马攒蹄地把他抬回白道口。

一路难受的补英计哭笑不得，他不曾想到自己会以这样的方式走完他的绿林生涯，一种悲怆袭上心头。

白道口的铁匠郭老五来了营生，叫了两徒弟连夜打了镣铐，几棵大铆钉彻底把补英计钉死在黄泉道上。一代草原枭雄终于走完他的绿林之路。

补英计在白道口像只关在笼子里的鸡度过了一个牢笼之夜。这一夜他的鼾声像雷鸣一样在晋风驿的大火炕上滚来荡去，烦得几个看守的兵都找些驼毛牛毛去堵耳孔。好不容易熬到天亮，兵们就把补英计押出大院，脚镣丁零当啷地响起，远处莫当召的晨钟正好敲响，补英计脸上的肉抖了一抖。兵们用麻绳一遭又一遭把他绑架在骆驼背上，说要押解到归化城砍头示众。黄金口和后头一群人围了上来，说要给这个将死的匪首送一顿断头食。

“要说这补英计为匪多年，却从没祸害过白道口，快要死的人了，咱给他填个肚饱，死后也不要欺负白道口的鬼魂。”黄金口和颜悦色地和负责押解的军官交涉。补英计老远听到，连叫了几声好。

“白道口人真是仁义，就为这个土匪没为祸地方，就给他送饭践行。难怪外头人说白道口是良善之地！”军官叹道。兵们自然也无话可说，顺应了白道口的民意，吆喝骆驼卧倒，耐着性子等补英计吃喝。晋风驿的毛酒，万兴源的烧卖，广丰德的羊头肉，四合兴的马板肠，广庆隆的清蒸羊轮番端来，补英计笑着没忘了为白道口这顿人生末餐致感谢辞：“俺记下了白道口，人好景好饭好酒也好，下世投胎给你们当孙子。爷爷这辈子就没个亏欠，就是亏了今儿也要拿大肚子拽回来了！”

“好汉！甚顺口顺肠，尽管开口，白道口管你饱！只求你阴曹地府见着咱白道口人照护着点儿。”黄金口的金牙在这个早晨放着光芒，直叫补英计开怀，一长溜好吃的名单直勾着他的肚肠，全然把掉脑袋的恐惧抛远。他只对着黄金口说一通：“好说！好说！”

一顿胡吃海喝，七大盘八大碗顺着一大团黑毛中间稀里哗啦地入了洞，只见一口齐整有力的牙齿嚼出诱人的动静，惹得围观的人直咽口水。

“这人算得上个刀子汉！”有人夸说。

“你看他吃得爽利喝得痛快，当是住了姥姥家，当土匪的骨头就是硬，也不怕死？”

“怕死就能不死？该死的尿朝天，不该死的又一年！”补英计耳尖，趔回头和他们互动，倒让几个说话的吓了一跳。

“爷要吃羊头！”

“爷要吃牛肚！”

“爷要吃烧卖！”

“爷要喝毛酒！”

“再给爷倒上！”补英计倒像是送亲的，吆五喝六让人服侍。

“快掉头的贼骨头尿他做甚？倒像是个初登门的新女婿，只缺个媳妇跟他圆房了！”有人看不忿，就说。

“只要阎王爷敢不收留爷，回头就让你狗日的媳妇跟爷圆房，保证叫你娃的头抹十八层泥！”谁知那人的话又让补英计接了去，便冲那人就是一通灰话。但表情却友善，充满了打诨戏逗的味道。

“阎罗王会把你打入十八层地狱，上割你的舌头，下割你的鸡巴！”那人发起狠，咒他。补英计听了反而大笑不止，好像听了大趣的段子，也看不清嘴脸，只见黑胡子一抖一抖。一旁看热闹的人没一个不跟着笑的。

“你连个要死的人也计较。想让人喂你断头食，明儿个你也去做几天土匪，犯些死罪，自会轮到你。”有人觉得补英计是个汉子，便不禁去戗那人。

“你们得了他的甚赃物，这么替他说话？”那人听了还是气不过。

“爷们每人收了他二百块大洋，却没给你半个铜子，你就眼气吧！”又一个人加入斗嘴的行列。

“你们都是些贱骨头，迟早要当忽拉盖。”那人咧毛了，气呼呼地走了。

懒驴上磨屎尿多，刚刚张罗要启程，补英计又说要拉屉屉，兵们无奈，把他从驼背上解下，一旁有个小菜园，又帮他脱了裤子，这货刚撅起屁股就是一通拉，女人们急忙捂了脸，几个小孩冲他扔土坷垃，补英计也不躲，冲他们龇牙咧嘴。一顿噼里啪啦，拉出几头牛的粪便，一股臭气直冲看红火的人的鼻息。

七抽八扯总算打发他上路，骑在骆驼上的补英计高高在上，吃饱喝足，拉空尿净，又拧出几个响亮清脆的大屁，竟引起一伙人的失笑。补英计干脆放开嗓子唱起蒙古歌，这歌又拖又扯没有谁能听懂。一个军官听说补英计的坐骑快如闪电，通晓人语，忠诚无二，是马中豪杰，便想骑在白毛旋风背上雄赳赳地抖一回威风。谁知那马突然也跟着补英计大啸起来，随即纵身立起直把他掀下鞍来。补英计开怀大笑并用蒙古语夸赞它：“赛！赛！”那军官有些恼怒，连抽了它几马鞭泄愤，谁知它颤也没颤一下，那军官心里滋生出些敬意，便住了手。补英计几斤毛酒催得直想唱，一直嚎过白道梁。

舞动翅膀的鸿嘎鲁[38]，
只为追逐故乡的彩云。
驰骋草原的儿马驹呀，
只为陪伴传说里的英雄。
耀眼的红胡子，
宛若六月里盛开的山丹红。
纳令河无尽的浪头，
涤去一个游子的风尘。
……

严拴绊站在一块岩石上，西北风吹拂着他杂乱肮脏的头发，一粒细微的沙尘扑入眼帘，他用黑漆的手背去擦拭眼睛，才发现自己的眼泪竟然这样丰富，整个手都浸润了眼泪。透过婆娑泪眼远远看见驼背上补英计的“沙蓬草”在秋风里飞扬，身子晃晃悠悠地颠簸过峻陡的白道梁，补英计的歌唱在驼铃节拍的伴奏下涌动散开。这歌他至少听过几百遍，它曾在空空荡荡的板嘴窑洞里来回碰壁。白道梁成了一个末路上的蒙古绿林好汉宣泄悲情的绝妙舞台。歌词严拴绊全然明白。这个人是他生命中唯一的老师和朋友，此刻补英计像空中南飞的头雁，呼唤他的伙伴们去追随他，歌里描绘的未来将是一个温暖、自由、仁爱的世界，那是一个可以骑着马儿无边驰骋的世界。他由不住放声大哭起来，比起补英计的歌，他的哭泣之声却是那般微弱无力。

补英计的头挂在归化城北门，透过木笼的七股栅木，里头黑乎乎的像卧了只猫或狗，但却看得人心惊。北城门对着大青山，翻过大青山便是海海漫漫的蒙古草原。

归化城的烧卖馆麦香村是个发布消息的场所。一壶砖茶酽得陈醋般黑紫，食客们喝淡了再续上。话题也是续了又续。二两烧卖直吃到午时。但谝的内容却古往今来、新闻旧事、奇谭异说统统涉猎。近来最为传神的是守门的兵看到一束电光来自断头笼中，“红胡子”补英计那颗连毛大脑袋像个毛疙瘩破笼而出，目光如炬如电，好像手电筒光照长远刺目。那颗血头飞来荡去，断口处滴着血，要寻那个告密害他的人。

对匪首“红胡子”的行刑成为归绥百姓最为关注的事情。这天归化城的小校场被新旧两城人围得水泄不通。补英计在全城百姓面前又秀了一场，当然是他那首千唱不厌的蒙古歌。人们没有看见红胡子，都看到一个黑毛疙瘩被一把铡刀切下，也切断了拖拉悠远的歌声，也看到了喷射的血把黑胡子染成红胡子。

之后人们又关心起那匹情深意长的白马的去向。因为这个城里的居民无论尊卑贫富，人人懂马、惜马、爱马。家中只要有匹好马不惜吃糠咽菜，受穷受苦，甘当马痴。白毛旋风自然引得全城关注，众人揣测如此良驹怕要惹得多少人垂涎三尺。也有人认为宝马配英雄，如此绝世宝马叫补英计这样一个混世魔王占了确实暴殄天物，也只有吉鸿昌将军才配得上拥有它。

不久，在说书场上传出了白毛旋风的悲壮结局：“补英计这个魔头力大无穷，凶悍无比，马上功夫无人能敌，双手打枪百发百中，纵横漠北草原二十载，堪称枭雄。他的坐骑白毛旋风更是马中豪杰，此马日行千里夜行八百堪比当年关羽胯下之赤兔马。关公虽说忠义千秋，天下敬仰，但赤兔马却是几易其主，也任凭那三姓家奴吕布乘骑了半生。人中吕布，马中赤兔，虽是千古骁勇绝配，要说轻而易主两个倒是一丘之貉。而这匹白毛旋风一生只事一主，却是空前绝后，它性子如此刚烈，当然正合吉鸿昌将军的脾气。吉鸿昌本来想留作自己的坐骑，谁想三番五次叫这白马掀下马背，险些摔伤，将军不忍逆其烈性，更加心仪厚待，从没舍得抽他一鞭子。到后来这马绝食绝水，就是包上饺子它也不看。吉鸿昌听说这马常与主人补英计相对饮酒，就命人解了笼头缰绳，地上放了一盆烧酒。好个白毛旋风，一口气喝干了盆中酒，扬起头鸣叫了数声似在致谢，随后扬蹄而去，快如射箭，马尾平直得像扫帚，冲顶在一棵大榆树上，当时头碎颈断。吉鸿昌将军闻听后大哭：‘一匹马犹知忠勇侍主，矢志不渝，以死相报，我等男儿不能精忠报国，不如畜生！’他叫人挖掘了墓穴，厚葬此奇马，所统部队集体列队看着安葬，胜过烈士殊荣。吉鸿昌又亲书‘男儿愧色’四个字勒碑立于马冢前，以示纪念。

“吉鸿昌将军本是世间奇男，白毛旋风更是马中宝驹，二者本该是天下绝配，只因一个‘义’字而失之交臂，直教人唏嘘不已……”

29　走在麦城的杨猴小

几天之后，归化城坊间便流传：补英计骑乘着白马在归化城的街巷飞驰，把更夫的灯笼撞飞到一个兵营的草料场，竟引发一场冲天大火。人们不禁猜想他仍不甘心败于白道口，以泄吉鸿昌杀他弟兄之愤，凡惹补英计忌恨之人都将难逃他的报复。

各种有关补英计阴魂不散的传言像西北风源源不断地传至三耗子的耳朵里，却也惊在他的心里，累积多了便承受不住。他一路屁滚尿流，胆战心惊。调动两条短腿三步探作两步颠到莫当召。他先把吉鸿昌给他的三十块赏银分一半给了四喇嘛，四喇嘛一眼没看就退还给他：“若不是补匪交结拴绊，你我怎会做下密探细作之事。这也是他为匪多年该得的下场。这样做既断了拴绊通匪之路又让补英计割头曝尸的下场警示于他，使其明白为恶的下场。”

三耗子只是不住地点头：“这事确把娃吓住了，不要看平时对野物凶狠，其实是个没胆胆的，梦里已吓哭过好几回了！”

“三耗子兄弟！万不可让外人知道此事，补匪虽死仍有余党漏网，要防着他的余党报复啊！”

“是了，是了。”三耗子说完就急忙忙回去了，走了二里路又返回召庙，把十五块赏银都捐了香火钱，才觉得心里轻松了许多。

虽说消灭了“红胡子”补英计，拔去了骚扰北境的这根毒刺，但绥远的匪患远未平息，杨猴小仍然到处兴风作浪，破城拔寨，专拣商户众多、买卖兴隆的城镇下手，有的地方被一破再破。黄河两岸、阴山南北任其驰骋，这伙匪徒猖獗得没了边际。千余人的匪众真是天高任鸟飞，海阔凭鱼跃，弄得绥远民怨沸腾。吉鸿昌如刺在喉，绞尽脑汁除之而后快。

吉鸿昌肩负绥远境内剿匪除恶、保境安民之重任。白道口用计诱歼蒙匪“红胡子”，活捉匪首补英计，又先后剿灭了干豌豆、三大头、老黄牙、甘老回十几股大小土匪，匪势稍减。但卢占魁人多势众，虽然北洋名将萧良臣用八百奇兵大破卢匪两万大军，后来晋绥陕宁诸省联合行动聚围，但几个月后又死灰复燃。卢占魁振臂一呼，隐藏在大青山沟沟坎坎的土匪八方响应，然而势力毕竟不如从前，集合了两千兵马，都是自己过去的班底，觉得绥远贫寒，百姓生存艰困，哪有资源资匪养匪。卢占魁决定向南发展，一路南下，据说学张献忠由陕入川了。

杨猴小见卢占魁大势已去，便脱离出来，自立山头，号称蒙汉义勇独立军，自行匪事。各路军阀只顾混战，谁还管得了朔漠边地的匪情。杨猴小，这个小丑上蹿下跳出尽了风头，一时成了全国报刊的新宠。

白道口据驼道咽喉，北扼晋绥门户，旅蒙商驿口，是著名的九边第一旱码头，蒙古草原产品极为重要的集散之地，虽因诸多因素日渐凋敝，但仍是西北军境外获取补给的生命物质通道和物资仓储重地。吉鸿昌断定杨猴小上回惊走白道口，几百人一无所获一定心有不甘，加上这厮新近兵不血刃地破了几个县城，觉得自己部下人呼马啸就可破城，实在不算过瘾。卢占魁几次盛赞吉鸿昌骁勇善战，用兵如神，要求部下避免与其接战，杨猴小听了心里实在不以为然，这家伙是个喜欢爬陡坡的牲口，越是别人认为他不敢做的他越是要做。他有过几回出奇制胜地攻陷几个富庶重镇的先例，也击溃过几支实力不凡的武装，便自嘘是当世赵子龙。也有报刊吹嘘其为“勇冠四省，兵靡北域”的常胜悍将，正好推波助澜，让这个家伙不知天高地厚了。

四喇嘛分析认为：杨贼好大喜功，持勇好斗，急于压倒风头正劲的吉鸿昌，好接替卢占魁重振绥地匪势。其部必会卷土重来，洗劫白道口等重镇，在绥远门口耀武扬威一回，正好杀一杀吉鸿昌的威风。

吉鸿昌对四喇嘛的观点极为认同，决心在白道口下一着险棋，和杨猴小一较高下。

他马上赶赴白道口，让黄金口召集一干与白道口存在重大利益关系的商家共商自保大计。白道口人听说杨猴小纵横北方四省，破城四十余次，杀人如麻，人人心存大悸。听说杨匪又犯白道口，众口大呼小叫，也有人认为未可知的事情何必自我惊扰。听说四喇嘛判定白道口必受杨匪一攻，众人才住了口。

“上回白道口侥幸逃过一劫,尔等还指望这种幸运重复？那回赶巧生了狼祸，正好戳中杨猴小病痂，这才惊走杨匪。匪若复来，凭甚退敌？”四喇嘛厉声质问众人，却无人能答。

“上师为白道口之忧虑，我等岂能当作揣测妄语。如无对策，大家应当知道白道口将承受何等后果！”黄金口的发言虽然简短，却切中要害。

沉默了许久。众人出奇地达成一致，齐向四喇嘛讨却匪大计。四喇嘛也不客气，直入主题：

“朱元璋称帝之前问计于谋士朱升：如今群雄并起，天下混乱，大鱼吃小鱼，小鱼吃虾米。我们现占据要地却实力不济，已成诸强觊觎的小鱼小虾，稍有不慎将葬身鱼腹。如此危局，你等不能光吃俺喝俺，得给俺出谋划策。当然朱升自有满腹韬略，随口九个字抛给朱元璋：‘高筑墙，广积粮，缓称王。’朱元璋是成大事之人，自然心领神会。他听从朱升计，韬光养晦，壮大实力，渐渐养硬拳头，在逐鹿中原时占得先机，竟成霸业。朱升之谋略对如今白道口局势仍有意义。老夫以为，‘高筑墙，广备武，敢称强’才是拯救白道口的唯一方略。只要筑牢塞城，兵勇民悍，备足枪炮，面对来犯之敌不却反强，敢于下手。只要撑到吉鸿昌援军到达，定能大获全胜。此战大胜，贼必胆寒，岂敢再犯？如此才可保白道口永久太平。”众人听罢，纷纷起立，击掌而呼。

“众志成城，坚如磐石。白道口虽小，成不了铁珠珠，却也是粒干豌豆，只要他张嘴敢吃，准保崩坏他几颗大牙！”四喇嘛又说，脸上已扬起胜利者的微笑。

“上师所言可谓至理名言，对白道口所处形势评判与在下不谋而合。事实上我镇已成杨匪觊觎之所在，如何确保白道口万无一失呢？吉某出生铁匠世家，自知‘打铁还需自身硬’的道理。夯建城墙，组织民团，全民习武，整顿武装。期间，我部派驻一个加强连驻扎白道口，保卫修城，组建民团，训练团丁，确保以两月时间建成白道口新城墙。白道口与省城畅通通讯，我们也广布侦探，一有匪情快速来报，我部即时回援，杨匪胆敢来犯，定让他葬身阴山。”

众人听了，自觉腰杆直了许多，胆气也壮了许多。商会纷纷筹资抽丁，联名要求筑城。吉鸿昌、四喇嘛出谋划策，选址出图，昼夜施工。城墙采用土夯，外包以砖，谓之“里生外熟”，城周长六里，城外有壕，引局部黑河流入流出，谓之护城河。城墙将老镇商户围纳其中，作为南北两门沿用其故道出入。白道口人谦恭，觉得百步见方的城不能算城，故称之为“围子”。围子仅月余便建成，远远望去，巍峨伫立，城墙上赫然放了两门归化城废弃的老式大炮，小小土围子便显得霸气十足。

围子建成之日，白道口保商团也成立了，由商会会长黄可升自兼，各商号各自出了钱买了枪械，配备马匹，统一服装，又抽出家中青壮伙计、长工受训，保商团成员亦有二百几十人。这些成员都学会打枪放炮，也按军人规章训导，平日亦兵亦民，也不误农牧事。一旦起了战事，便听从命令，不听号令者处以军法。

本来由三耗子代表义和昌商号受训，但三耗子穿了制服挽了裤腿又要挽袖子，看上去稀松摇摆，与军人形象相去甚远。教官觉得三耗子笨拙又身小力薄，不是舞刀弄枪的材料，站在队伍最后，像只走江湖人耍的猴儿。训了一回，走军步总是一顺子，跟不上节奏，更不用说步调一致，军容严整，难免受教官的嘲笑和同来受训的那群汉子的戏耍嘲弄。晚上回了家，三耗子立马脱下这身虎皮，备感轻松自在。一回头，拴绊子早已穿起，看着却合身服体，精神百倍。于是严拴绊软磨硬泡，要替他去应这差事。想到四喇嘛说过让他远离兵戎，便极力反对。谁知第二天一早拴绊子替代他去了白道口，一入列就亮了教官的眼，看出这娃是个当兵的好料，单兵动作一学就会，做甚都有模有样，尤其打靶几发子弹直接把教官的心打成稀烂，干脆将花名册中的严三耗子改作严拴绊。三耗子再来时教官竟喝令他离开，他没法也就依了拴绊，就由他去做了保商团的护镇兵。

就在这一天杨猴小兵临白道口。

这年冯玉祥五原誓师，拥护北伐，西北国民革命军集结响应北伐军。大批物资云集归化城，冯军所购俄制军火经由驼道转运，都要经由白道口，白道口也存积了大批军火。杨猴小的眼线探了消息飞马传书到鄂尔多斯，正缺少弹药的杨猴小哪能按捺住，带领队伍杀回包头，兵锋直指白道口。

杨猴小再次兵临白道口时正是这年的阴历九月初八。土匪先头十余人都是到过白道口的，想用老法子混入，好再里应外合——这老法子他们总是屡试不爽。谁知时隔一年，白道口已是今非昔比，夯了城墙，环城挖了护城河，墙堞上卧了两门老炮各自南北两门上方。过往人员必须经细致盘查。土匪过关时浓烈的陕北口音露了底，双方互相开了枪，匪贼死一个保商团伤一个。那个土匪尸首仰卧在阴冷的城门洞里，有人认出是前几年来过白道口的杨猴小土匪。

听到枪响，白道口的兵们乱了营，急忙关闭两个城门，上紧栓杆。几声号响，兵们都蹿上城墙。四喇嘛、黄金口，还有吉鸿昌部驻白道口长官顾连长——一个直率正气的年轻人正在商会议事。

退出城外的土匪并没惊惶逃窜，他们在步枪射程外停下，一腔的不服气，竟高声和城里的兵对骂起来。

“刚才谁打死爷的兄弟，你活不成了！今天爷杀你全家！”一个小匪首见奇袭无望，又折了一个兄弟，心中觉得窝囊，骂道。

“是老子杀的，老子还要杀你个狗日的！”有兵回骂。

“你也不要给爷嘴硬，一会儿队伍来了破你这烂土围子，割了你狗日的舌头，看你还嘴硬不嘴硬！报出你的姓名，好砍你的狗头！”

“老子姓郎（狼），专爱啃杨（羊）！你们这群爬羊[39]不怕死就来。”

“你要是你爹揍下的，你就下来！”

“你敢当土匪定是不怕死，你来，爷在城门洞子里等着你！”

“爷怕你这条瞎叫狗？一会儿怕你夹起尾巴也没个跑处！”

……

你来我往，双方恶骂了半个时辰。

四喇嘛身着酱红色的僧袍站在白道口的城墙上，西北风拂动起袍襟，宛如一面舞动的鲜亮的旗帜。黄金口和城防团的顾连长站在左右，四周立了几百兵民混杂的队伍，有几个驻店客也上了城墙。

“贼众将至，匪势正盛。虽敌众我寡，我军大可不必沮丧畏敌。我军凭险据守，以逸待劳，最重要之处在于吉鸿昌虎狼之师近在咫尺，杨匪劳师远征，一无援军，二无给养，久攻不下势必军心大乱。更担心遭官军包围，其必顾虑重重。我们若抵抗其一两轮攻势，挫其锋锐，贼众只能草草收场，白道口之围便解了。”四喇嘛高瞻远瞩，上师风范尽显，说得众人点头信服。

“望公乃同盟会元老，晋绥军事家，您的分析甚是精准。顾某及全连弟兄愿听您调度！”顾连长行了一个极标准的军礼。这个顾连长是山西定襄人，从小就敬张望英名，长官吉鸿昌将他奉若神明，已影响了他。见他大兵压境神色自若，分析敌我条理分明，不免又添了几分仰慕。

四喇嘛回头吩咐顾连长派一名通讯兵去联络吉鸿昌。那个兵闪出南城门箭一样向南飞马而去，却听得两声枪响。那兵一头栽下马，才知道匪军早防着这一招，提前派人断了去路。

说话间白道谷尘土飞扬，一飙人马蜂拥而至，队伍绵延数里。先头被打出城门的十余人马拨马迎了上去，双方交头接耳一番，大队人马立即气势汹汹地逼近北城门。一个虎背熊腰穿着红袄黑裤的家伙高喉咙大嗓子冲城头高喊：“白道口的人给爷听清了！天兵所到之处无人能挡！我军已破绥远九县十六堡。你们白道口几苗人真的不要命了！痛快点打开城门，交出杀我弟兄的那几个家厮，可保你一镇人的性命！如若抵抗，围子一破，鸡犬不留！”

“你吓唬哪个！？”四喇嘛一声吼叫，如天神一般威重，居高临下震得土匪人马俱静默下来。众贼不知城头之上何人声如雷动、气贯长虹，只觉得白道口龙云虎风，高深莫测，一个个矮了半头。

“一群作死贼，可知这白道口曾叫作‘卧羊口’。所谓‘南有杀虎口，北有卧羊口’，今群羊前来，正好杀之，上合天意，下顺民心。诛杀汝贼，今日正好。绥远民间传谣：‘绥远来个吉鸿昌，先杀鹋（补）来后杀羊（杨）！’”四喇嘛话音刚落，城头上几百士兵像排练过一样齐声呐喊：“绥远来个吉鸿昌，先杀鹋来后杀羊。”

众声如雷霆万钧，句句像万箭穿心，杨猴小儿时受过这种羞辱折磨，头脸煞白头发直立，身子一歪几乎落于马下。众匪徒一个个灰头土脸，早没了刚才的嚣张。四喇嘛的威严正气激扬起守城军民的斗志，兵们拿枪的装弹，舞刀的在城砖上现磨起来，平日几个游手好闲的也不惜力气，运来几木箱像是黑色西瓜的炮弹。四喇嘛想知道有谁会发炮，问了几声，一个四十大几满脸胡子的人应声站出，这人说：“俺叫王老虎，正等待拉骆驼上工。咱好歹也是大青山的人，年轻时当兵做炮手，在山东守过炮台，多少年梦里也想放上几炮，过过瘾。今儿个正好赶上。”炮手看似语言诙谐轻松，却尽显江湖之气。

“大青山从不缺义士，该是显你虎威的时候了！”上师一脸赞佩，重重拍了这汉子肩膀一把，手劲很冲。

“该叫猴小子尝尝白道口的黄米软硬！”众人一阵哄笑——黄米是大事宴做米糕的主料。几个人帮着装弹，移炮口，燃火香，就待点捻子。

杨猴小不能不暴怒，即刻点兵强攻。红袄黑裤的郭秉义负责组织指挥，他是杨猴小最信赖的结拜兄弟，也是这支土匪的二当家。

几百匹战马围着小小白道口围子跑动起来。马队搅起的尘土如黑云压城，土匪们的呐喊声在白道梁震荡。正在此时，王老虎发出第一炮，炮弹像施了魔法，专寻人稠的地方，也专寻杨猴小的结拜兄弟郭秉义。黑色的铁疙瘩炮弹立即向杨猴小展示了它的威力和无情。他兄弟的红袄绿裤和另外十五个喽啰随着一声巨响便炸得支离破碎。郭秉义的黑白花马还算坚强，肋骨处撕开了一道口子还在狂奔。当它掠过杨猴小面前时，杨猴小看到马蹬上还拖着他兄弟的一条血淋淋的大腿和缠在马靴上的一截马肠。

郭秉义之死让本有退却之意的杨猴小再度发起狠来，发誓拿下白道口，不然绥远人会用各种理由笑话他是只绵羊，一只任人宰割的绵羊。他在几个省的攻城略地中势如破竹，一个小小白道口，巴掌大的土围子，三百几十人的乌合之众，他的一千人好意思灰头土脸败下阵来？

杨猴小改变了策略，他以好的枪手集中火力射杀操炮的敌人，队伍间拉开距离防止发射的炮弹在人群中爆炸，以造成大面积杀伤。职业惯匪的战斗力开始显现出来，一阵弹雨泻来，铁炮啪啪地承受子弹的冲击，炮体火星四溅。一个装弹手头部被击穿，这个大概是车倌的年轻人毡帽两侧血流如注，王老虎被土匪的火力压制，趴在地上动弹不得。城墙上不时有人中弹倒下，兵们吓得不敢露头，即便放上一枪也失了准头。唯有四喇嘛立在城墙上岿然不动，子弹呼啸着从耳畔飞过，他的脸色依旧，但从递减的枪声中判断：守城者至少有三十个人已不能拿起武器投入战斗，不免暗自心焦。看来城破是必然之事，除非吉鸿昌的援军从天而降。但他相信吉鸿昌很快就会得到消息，毕竟，白道口是归化城的门户。

就在这时，他的余光里看到一个瘦高的身体飞快闪过，他拣起一支谁丢弃在地上的步枪熟练地射击。他看到杨猴小阵中几个活跃的身体纷纷坠马。他明白这是严拴绊所为。

他不会对这个少年的神勇感到惊奇，他知道，杀技是杀星的一部分。

30 奇兵

少年的出现，一支枪力挽狂澜使战况得以逆转。

四喇嘛这样智慧超凡的人物能将一种优势成倍地放大。他挥手唤过顾连长，马上有七个兵猫腰拢着严拴绊，轮流将装好子弹的枪支架上垛口，严拴绊弯着腰在几个垛口流动射击，这样为少年枪手更多地提供了射击时机，多点射击也迷惑了土匪的判断力。土匪像熟透的杏果不停地从马上落下，发出沉闷的扑通声。

他的超远距离精确射杀扑灭了杨猴小刚刚燃起的求胜之火。土匪进攻的狂潮被有效抑制，王老虎终于可以腾出手来，他接连发了几炮，土炮像巨浪直把叫嚣的骑士们炸得人仰马翻。

杨猴小部众的攻势终于降了层级。他手下排名前三十名的神枪手，他们称作“炮手”的接连报销了八个，这令他心如刀绞，直到把攻城骑兵洪流的外围距离拉大到三百米外，城墙上枪手要命的子弹才消停下来。

这下杨猴小急了眼，眼看城上抵抗乏力，再战一轮白道口将不攻自破。但现在突然出现了数目不详的枪手至少让他三十个弟兄丧命，攻城的弟兄只能在更远的位置射击，这样射击精度不断下降。更何况部队弹药消耗过半，又无法得到补充，如果吉鸿昌援军赶到将如何应对？面对这样的战况，他只有尽快攻占白道口，获取西北军的给养才能化被动为主动。

白道口的这场战事让三耗子的心境无法集中到羊群，他远远望见拴绊飞也似的去了白道口，心里便万分后悔叫儿子去做舞刀弄枪的营生。他高喊了几嗓子不见回应，便驱着羊群朝那个方向跟进。在他接近白道口时惨烈的战斗已经开始，土匪喧嚣的马尘和刺耳的爆炸声让他心惊。他伏着身子生怕哪一颗子弹咬住他的身体的某个部位。

攻防双方的火力仍是互不相让，四喇嘛的僧袍仍在城头上飘舞，这让他担心极了。四喇嘛若是被土匪的子弹打死，便是抽了他的筋骨，从此就再没有人能拯救可能成为恶煞的严拴绊。他想着就忘了害怕，直奔着四喇嘛而来，四喇嘛也看到他，挥手让他回去。他这回没听从四喇嘛的意思，因为他管不了自己的两条腿。四喇嘛用手指向白道梁最高处，又做点火状。山耗子虽笨拙，经不住四喇嘛反复点拨，心知是叫他点火召唤省城的军队，他一下想起曲米换讲过的长城风火台的故事，一眼看见南山上一座残存的烽火台。曲米换说古人用狼粪燃起狼烟，狼烟垂直升起直冲云霄百里可见。他没处寻狼粪，急忙掉头直奔南山，一路拾些辨别不清是甚野牲口的粪块，只希望里头和着狼粪，急急忙忙攀上烽火台。南望省城灰漫漫一片，细看竟瞭得见百姓人家房顶上的炊烟。他心想古人的眼光实在是不凡，选址在这么个绝妙的地方，眼界这么宽阔。他想点火，可浑身上下摸了几遍都没摸到火镰，心里焦躁，自打自的耳光，打疼了又揉搓。他长叹一声，双手抱头圪蹴[40]在台顶上。不一会儿，他觉得有烟窜来，呛得他咳嗽起来，只当是做梦，回头一看曲米换已弄起火种，烽火台顶上风大，几下就引出火苗来。三耗子急忙站起，赶紧添入干粪，烟果然又稠又浓。两个人攀上攀下供着柴和粪，烽火台冒出的烟像大尾巴一样足足翘了两个时辰，援军赶到时依然冒个不停。

这头，杨猴小七窍生烟，原本以为白道口是块肥肉，一口咬下去才知道是根铁钉。

无名神枪手精准的射技把他手下身经百战的关陇刀客们逼到远处的石崖下，射程内只滞留下数十匹神态各异的战马。它们的主人已经不可能再压迫在它们身上南驰北骋了。它们完全不适应这种没有主人操控的自由，一个个茫然无措，或战栗痴呆，或低头吃草，或惊恐不安，或狂嘶乱叫，或奔腾不止……遗留在河滩和草丛中的尸体像牛群蹂躏过的牛粪膈应而卑微。血腥味被风带着在白道谷游来荡去。悲壮的气氛连老榆树上的鸦雀也感染得悲鸣神伤。

土匪们更是被一种莫名的悲观传染，顶替郭秉义的新首领几次断喝都没能驱使部下发动一次有效的攻势。大势所去了吗？杨猴小不敢想。他亲自吆喝着喽啰们做最后一击："拿不下白道口这蛋大个地方，丢咱先人的脸，以后还怎么在江湖上混呢！咱死也要顶上，今天要死先死老子，拿不下白道口俺反正没脸见人了！”杨猴小言罢一拍马冲了出去。群匪见主将躬身阵前，迎弹冲锋，岂会畏怯。他们毫不迟疑紧紧相从，一股洪涛平地而起。白道口城里城外枪声大作，呼号震天。杨猴小只觉得胸口大痛，身子腾空竟向后飘移了七八尺，跌入白道口满是军尘的沙场，眼看着自己的坐骑空鞍而去。迷迷糊糊中他听到更为猛烈的炮声的轰鸣和漫山遍野的喊杀声。

严拴绊一枪击中杨猴小胸部，无意之中救了他一命。原来杨匪生性多疑，对手下心腹也处处提防。这家伙身上有四支手枪，明着两支，成天手里把玩，稍不高兴啪啪两响，江湖盛传：“猴小子两杆枪，天天过年响炮仗。”另外两支精致微型的却贴肉揣着，昼夜不离，作为紧急时护身用。严拴绊看似致命一枪正好击中暗藏手枪的枪柄，这厮被枪弹的冲力一击，人就像被重拳击中，身子后仰落马昏死。吉鸿昌的部队追击残匪，守围子的也忙着救治伤员，没人注意死人堆里有个活着的杨猴小，竟让他乘天黑得以逃脱。后来他使出看家本领，持枪抢了土财主一匹好马偷跑回黄河南岸了。杨猴小拣了条命，至死没再敢打白道口的主意，这算是后话。

四喇嘛和吉鸿昌两个身材高大的男人在城头眺望追穷寇的好戏。远处夕照丘野，雾带肃杀，战尘蔽日，枪声依稀，淡淡的血腥气随风而至。黄金口和晋风驿古掌柜几百人怀抱毛酒酒坛置于城门洞外，等待得胜而归的将士豪饮。吉鸿昌听到老师吟道：

一鞭烟尘远，
三军杀声陨。
休举凯旋酒，
匪祸犹未净。

“老师时刻提醒在下，匪贼未灭，何以忘形。学生岂敢沽名钓誉，辜负绥人期许，损害家国大义？世五[41]决意主动出击，剪除绥省匪患，报效国家。”

“只是没想到，一个命象大杀之人，我曾襁褓中欲除之而后快，谁曾想十四五岁竟成了白道口干将，直让人心生惭愧啊！”四喇嘛避开吉鸿昌的话题，严拴绊才是他此时所忧思的。

“您还在顾虑此人日后危及国家、人类？”

“如此年少杀人便淋漓畅快，以一己之力挽既倒之危局，何况对手是纵横北国的悍匪。此人长成又会如何？真不敢想象……”

“这回为民请命、为国效命之壮举也该奖励他。”吉鸿昌又问，“老师要么由我将他带入军中调教栽培，让他走上正途，为国为民尽忠尽力岂不更……”

四喇嘛摇头止住，说：“此人投入军中无异于火中藏雷，稍有偏差将铸下滔天大祸。对他奖赏尽可能做到低调，休要报其名姓，以免土匪报复。烽火传递匪警的正是他的父亲，上回补英计藏身之处也是他所提供。人虽木讷却是忠厚良善，亦该奖赏。”

“御匪家门弱旅忘死呈虎威，剿敌孤镇壮士敌忾铸狼师。”

——匪首杨猴小装死仅以身免，受此重创匪势难复

《塞风》报用了这样的标题报道了这场剿匪大捷，众口铄金，只说绥远警务处处长吉鸿昌无愧青年才俊、绥省干将，带兵有方，点石成金，凝聚亦兵亦民保境乡兵为骁勇之旅，运筹帷幄，诱敌白道口，孤城铸金汤。一连壮士御敌逾千，乡勇驿客同仇敌忾，从容围歼卢匪中坚杨猴小部。匪首杨猴小诈死得脱，不知所踪，此战意义非凡，剪除绥远匪患指日可待。取胜奇兵四喇嘛、王老虎、严拴绊和严三耗子一干人却只字未提。

31　被吓死的三耗子

当天深夜，一个军官和几个兵敲三耗子的门。三耗子连忙点灯迎客，女人以

为又来了麻烦，吓得裹了盖窝全身乱抖。那军官一脸严肃正经地宣布：

“你父子赤胆忠心，为国尽力。这回剿匪二位功不可没，论功行赏，严拴绊据城杀敌十余，年少不忘保家卫国，奖励大洋三十，严三耗子烽火报警，忠勇可嘉，奖励大洋二十。”完了又换个温和的语调说，“虽然土匪死伤大半，但仍有逃脱，尤其是杨猴小也在其中。考虑二位生命之安危，你们一定要守口如瓶，不对任何人提及此事，以免招来杀身之祸。”道理正中三耗子下怀，他连忙点头称是。拴绊子只顾把玩赏钱，也不管别人说甚。

看到儿子拴绊领了三十块赏洋，自家汉子也因造烟报警得了二十块赏钱，女人见钱眼开，兴奋之情溢于言表。尤其听说抗匪保境不计生死，像是做了件痛快事，脸上露出骄傲之色。三耗子十几年头一回看见她有了笑脸，女人破天荒地动手包了饺子犒劳父子俩，自个儿也喝了几两毛酒。三耗子怕她喝醉把剩下的抢在手中仰头一口喝完。

真是天有不测风云，当晚严拴绊说要去白道口和朋友喝酒，三耗子喝多了酒只顾昏睡，女人不胜酒力早已醉倒，谁也没阻拦。第二天打早才知他彻夜未归。三耗子寻了三天也没探得确切消息，只是听人说夜里在晋风驿店房里和炮手王老虎喝了一坛子毛酒之后就不知所踪，便再无可查。再后来一个大活人便踪迹全无。

女人哭闹不止，非说娃娃醉倒在野地叫野兽吃了。三耗子更是急得没了主意，搓脚捏手满地乱窜。

“不要看拴绊子人儿不大，凭他满身杀气再凶的山野牲口也得绕开他。”曲米换虽说的是宽慰半疯女人的话，但他的话也不无道理，大青山有甚野兽还敢主动靠近一个杀气正炽的杀星。

三耗子心里有鬼，接二连三的匪事哪回也要扯上他不省心的儿子，尽招惹些杀人不眨眼的。如今人离奇失踪，怕是叫补英计的人害了或是杨猴小的人杀了，也可能是叫哪一股土匪勾引入了伙。他不由往坏处想，却又不敢明说。一个人又承受不住，管不住两只脚板就一连几回跑到白道口。喇嘛们告诉他上师去了大召大庙做法事，要过些时日才能回来。失了主心骨的三耗子心里越发空荡荡的没了底气，拿不出主意。无奈就在那棵空心大榆树下哭了一顿，倒是放空了些心中的郁闷。他擦干了泪就往家走，刚走到坝上就看到一个没头的人站着，清楚看得两只脚穿一双牛皮蒙古靴子，那双靴子是补英计的。胆子破了的三耗子两条短腿还算利落，不住气跑过了两道梁，觉得身后没了响动回头却看不见那无头人，再回头一颗胡子拉碴的头悬在空中，头上千真万确嵌着一双补英计发光的双眼。他赶紧跪下求饶：“你千不该万不该勾引俺儿，他是个煞星下凡。你要不死就会勾引他走邪路，有无数的人要受他的害，俺没办法才……”

没想到那头哈哈大笑，也不理会他，而后竟如盏孔明灯亮光闪闪地飞着远去了。三耗子感觉自己身心疲累，仿佛自己的灵魂已脱离身体，正要追随那忽忽闪闪飘飘悠悠的头颅而去，顿时释放了对儿子、老婆还有四喇嘛承担的所有重负，他直想对他们说：“俺再也不用操心狗日的了！”

找到三耗子尸首是在第三天，短小的身体叫狼或什么野兽撕扯得四分五裂，只留下一颗脑袋在土崖的一处伶仃地悬在土台上，眼睛直瞪着天空，或许是动物撕咬时滚下断崖才免遭噬咬。曲米换在百十步范围内仔细搜寻，终于在杂草沟的沙土里拣回几截骨头，有些碎骨不能确认是三耗子的哪一部分，也可能是其他人或者什么牲口的，但他都一并拣回，仿佛是掘取金矿石，生怕露了一点。他宁可相信这是可怜的三耗子的零件。

曲米换像个朋友，生前护他，死后又把预备给自己的棺材给他用了。他一直认为自己这个无依无靠、无儿无女的孤人最终会暴尸荒野，如同一只死羊、死猪、死狗、死驴、死骆驼，横卧在紫色的野地里被各种动物撕扯，肉块像扯破的红色布条，任由形形色色的大口吞咽，骨头被分解开，被坚利的牙齿叼着向四面八方而去，剩余的部分几天后附满了白色肥腴的蛆虫……曲米换担心这样的结局发生在自己头上，他提前给自己预备了这口棺材，只为有一天能有尊严地入住老祖宗那方大坟。

唯一能确认是三耗子的只有一颗头颅，周围陪衬了几块相关或不相关的碎骨头，用红布袋罩了放入空荡荡的棺材里，可怜得像一挂大车拉了颗西瓜。没想到拴绊妈爬了起来，默默地生火起面，几乎用尽面瓮里的白面，两天两夜没睡觉，蒸了一笼又一笼。面品衔接起来却是一个人的身体，白胖白胖的，比三耗子肥壮了些、腿长了些。女人和曲米换又耐心地把面人和三耗子的头对接，垫了半刀麻纸，扎了几十双筷子，用了几丈细麻绳才算固住。

“可怜的人啊，你丢下俺走了。缺胳膊少腿怎么走路呀，你见了拴绊子要照护呀，他杀的野物要报仇呀……”女人哭得很苦，声调是鼓匠们吹奏的《苦伶仃》的调子，虽是声嘶力竭，却也押韵。

32 伴随驼队的日子

纳令河如同一条飞链在敖伦斯木草原上舞动。这天黄昏，严拴绊的身体没入纳令河清澈安静的水流中，那支名贵的德国霰弹枪光彩熠熠。他的身影在中国广袤的蒙古草原上显得如此孤独寂寞。一个叫乌兰脑包的浩特在他跟随一支驼队十二天的跋涉之后近在眼前。

在白道口这场官匪大战中，王老虎和严拴绊两个人几乎左右了这场战争，也把两个有着近三十年年龄差的人纠合在一起。两个人的忘死精神和无与伦比的战斗技能攸关着白道口的生死、荣耀和未来。这对忘年交的惺惺相惜之情在一个夜晚得以升级。两人一口气喝完一坛为抗匪英雄提供的免费毛酒，吃尽三五个广丰德送来的下酒羊头肉，王老虎就吼喊起大炕上睡得正香的驮夫们，乘着月色，三十顶房子[42]的驼队启航了。平生头一次喝醉酒的少年人在驼背上翻江倒海，一路呕吐。他骑的那峰骆驼的毛上挂满羊头肉块，之后伏在驼背上睡去了。

当他醒来时，已是傍晚，他下意识地伸手去摸那支枪，立刻感受到羊皮裹着的枪体令他熟悉得冰凉坚硬。驼队停在一片无际的原野上，大青山已被甩出百十里地。王老虎走过来摸摸他的头以示关心，接着他用一把小铁铲在一块小台地上挖灶坑，很快，炊烟升起来了。驮夫们用几个柳枝编织的水斗打来了水，水很快在锅里翻飞。三十个驮夫亮出三十个粗瓷鉢碗，一锅滚水很快被盛入鉢碗中。他们亮出蛇状的干粮袋，小心翼翼地倒出一把黄灿灿的炒米，又小心翼翼地倒在碗里。王老虎也给严拴绊的碗里放了一把炒米，炒米开始吸取水分，颗粒不断增大。人们开始吃了，米粒在牙齿间流动，一口咬下去可以感受到米粒在牙齿间爆裂的快感。有人掏出背锅饼吃，这吃食源于走西营时常见的回族或维吾尔人的馕饼，算是驮夫自己引进的洋食，这是漫长征途初期驮夫们唯一能吃到的老婆滋味。出发前，女人们倾心用白面、鸡蛋，加上底油和面，面团被擀成饼状，饼面纵横划切成网格以快速释放水分，锅越大饼也越大。烙好的背锅饼手指一敲当当作响，吃时却也酥脆。只因水分尽失，饼可保持半月二十天不变质。驮夫们吃过粗涩的晚餐，从驼背上卸下一块毛毡或几块动物的皮张，一个个尖状的不足三尺的毡房在草原上如雨后春笋般长出。在狗皮营造的温暖尖顶小帐篷里，严拴绊度过了这个依旧冷意袭人的初夏之夜。

驼铃清脆却也单调，驮夫们一张脸谱永远不变，痛苦苍凉定格在他们那张粗陋且永远脏兮兮的脸上。驼那双为跋涉而生的大脚掌不紧不慢继续它们苦难的旅程。在迎来沙海之前无论人还是驼都是幸运的，绿洲里逍遥短暂而令人留恋，荒芜中的绿色对于任何一个生命体都是一份惊喜。敖伦斯木草原正在苏醒，野草芬芳的气息勾起驼队强烈的食欲，只是刚刚冲破泥土的草尖只能作为一种味道留于舌尖，残草衰叶已是那样苦涩难咽，但它们庞大的身躯仍需要这些干涩的植物残存积蓄巨大的能量。它们在荒芜的蒙古高原上破浪而行时都由这种能量作支撑。

直到第六天，这是一个温暖的午后，人和驼的队伍与纳令河不期而遇。这条滋养了无数马背民族古老而伟大的河流正一如既往地流淌着。沧浪雄浑，暗流如沸。河流受到一道并不高的坡梁的阻挡，河水不情愿地拐弯，因地势平缓而使得河面骤然加宽，宛若湖泊。湖面如镜一样平静，水鸟们穿梭在水上，给水天一色的纳令河再现许多灵秀。两岸绿草如茵，天苍野茫，牛羊星织，望断天穹，百灵鸟婉转歌唱像几天前那坛毛酒一样醉人。

在河边，驮夫们纷纷卸掉骆驼的负重，将白道口带出的毛酒篓子摆在草地上。一切俨然宾至如归，仿佛几天来的跋涉只是为了追寻这条河。严拴绊更关心这条河两岸的生灵，他立即感知河幕下成千上万条游动的生命，偶尔它们其中一条越出水面，银光闪闪的身体疾速地摆动着尾翼。生长于大青山中的严拴绊不知道这种动物叫鱼。

蒙古人信奉喇嘛教是不吃鱼的，再加上河的两岸人烟稀少，缺少天敌，纳令河的鱼儿便繁殖到熙熙攘攘的地步。为了能吃到鱼，驼队赶在一处水流平缓的河边扎下房子宿营。驮夫们迫不及待地展开了对鱼的战争。显然来自白道口的山里娃只在一副连年有余的年画里见过娃娃抱鲤鱼的场面，平时哪见过如此多如此大的鱼，一时狗吃刺猬下不得手。只见驮夫们纷纷把缝皮衣毛口袋的大针用粪火烤红，又弯成L形钩，一头拴一条驼毛细绳，钩上扎些虫子蚂蚱甩到水里，那是一个积水弯子，水深且平缓，鱼不时跃上水面，如同一幅活动的画。

说来也怪，拉骆驼的粗笨汉子们从河里拽出一条条大鱼来，鱼在河岸上做着徒劳的挣扎扑腾，超级猎手严拴绊成为这场猎事的看客，偶尔也手忙脚乱地帮忙去镇服这种新奇的猎物。鱼儿舞动出欢乐，每一个上钩的大家伙都会引起一阵躁动，几个汉子一起合力协作才把它弄上河岸。这时纳令河的水流之声被男人们的欢呼声压迫到没了声息。

快乐的驮夫们麻利到像拾掇土豆一样把他们的战利品一剖两瓣，架于驼粪蛋燃烧的火中烘烤，这显然费时费力又烤得非焦即生。烧烤本是严拴绊的拿手好戏，他为这些老驮夫们示范了烧烤技术。他在火中央码放一大堆西瓜大小的光滑的河卵石，卵石很快被砌成一座中空的小山，小山中间流淌着野风，那些干驼粪在流风的吹拂下热烈地燃烧起来，火舌贪婪地舐遍了河石光洁的身体，使得它们燥热得像要爆裂。严拴绊麻利地在石面上依序置放剖好的鱼段，只一会工夫，一股股从未体验过的香味川流不息地寻他而来。看时刚才还腥气灰黑的鱼片油津津地释放着诱惑的金黄色光泽，驮夫们饿狼扑食般夺过来吞嚼着烤鱼。有两个家伙喉部扎入了鱼刺，伙伴们没人顾及他们的痛苦，而是把欣赏的目光投给这个搭伴的少年行者。

那个傍晚从未吃过鱼的严拴绊吃了个肠满肚胀，剩下的烤鱼像一件件饰物挂在驼背上。他们说晾干了的鱼是驼路漫漫征程中难得的储备食物，他们会把远征中唯一的好运留给未来的日子里去享受。

不喝酒对不起这么丰盛的鱼，依惯例，每回吃大鱼必配大酒。一只羊皮酒囊被呼唤出来，这是驼队掌柜委托领房人请大家喝的。显然晋商的精明无与伦比，他们把大自然的馈赠也充分利用起来，此时此刻此地的宴请恰到好处。驼背上的毛酒被投放到人们最渴望有口酒的节点上，又省了下酒的菜。驮夫们领掌柜的情，也感领房的义。酒将这场鱼的盛宴的品质实实哄抬了一把。驮夫们顿时活色了起来。鱼肉就着烈酒在他们的体内燃起了强力的情绪，他们像潮起的公驼狂躁乱动。这种情绪迅速弥漫在这些驼一样刻板寡欲的驮夫的心灵深处，他们狂热起来，竟像是魔附了体，一齐嚎起了叫《叹十声》的驮夫之歌：

拉骆驼，上了个工，叹了个第一声。
过白道，望那草地，一肚子苦伶仃。

走草地，蚊虫子叮，叹了个第二声。
纳令河，一河大鱼，总算开了个荤。

往北行，沙海埋人，叹了个第三声。
只见沙，瞭不见人，由不住想亲亲……

歌越唱越悲伤，都是自己的经历，是自己将青春血肉化作一条结实的绳子，在沙洲里来回晃荡，正在变细易断。歌悲倒众人，唱到后来，有几个初走驼道的听着歌便备感凄惶，心生共鸣，不由放声大哭。王老虎是个领房子的，是这伙人的头。他无论如何不能叫悲戚放大，就赶忙灭火。这家伙安抚人自有一套，讲故事最为有效，真的假的搅和着来，只要精彩对路一定灵验。

“狗日的！尿水再多没人出钱养你，到头该受罪还得受罪。男人男人，就是为个‘难’字生在世上。活一辈子难一辈子，是个男人都有难处。就算当年康熙爷，噶尔丹叛乱就得他御驾亲征，天下是你的，叫谁去？结果吃了败仗，叫人家蒙古兵断进大青山。

“大青山地广人稀，连个人家也看不见，一行人虽是尊贵之身，不吃饭也饿，禁不起一连几天水米没打牙，皇帝的龙体怕是更不经饿。有人来报说是寻见户人家，深山老林实属不易，以为能好好吃一顿饱饭，谁知破窑洞里住一个七八十岁的孤老娘娘，光景穷得叮当响，要甚没甚。听说皇上快饿死了，一通搜刮也只有些糠皮，做了几个糠饽饽，且等到出笼，皇帝抓起一个一口咬了下去，只觉得甘美无比，狼吞虎咽吃了个净。随从们看他吃得香谁敢去争食。谁知皇上还要，早已吃得一干二净。

“皇上嘴里还在回味着那味，说朕还从来没吃过这么好吃的饭，这叫啥饭？老娘娘看见皇帝可怜成这样，随便哄他说叫‘到口酥’。平定了噶尔丹回到紫禁城，康熙爷山珍海味就是吃不顺口，老是想这‘到口酥’。多少个御厨，用了多少没听说过的好食料，甚么龙眼、桃仁、莲子、腰果……还有咱从没听说过的天下美食，却没法做出那种口味，吃一口就吐掉，几回下来惹得皇上龙颜大怒，就差要杀御厨了。没办法，只好来大青山请那个老娘娘亲自去做，管御厨的问老娘娘：‘您老需用些什么食材？’老娘娘说：‘俺做饭甚也不要，有米糠就行。’也没用人帮，总算把这‘到口酥’做好蒸熟了，亲自端给皇上，你们说这下皇帝可吃香了？”

“香了！”有人接和道。

“这么想，你定是个愣货，糠皮喂猪也不肯吃，皇帝能吃得香？上回皇帝觉着香是因为他五六天水米没沾过牙，人饿疯了，只要逮进嘴里的甚也是香的。这也就证明了个道理：吃足了苦才能知甘甜，要么说不吃苦中苦，方为人上人，要知道那些古往今来的王王侯侯，哪个不是吃足了苦头，流足了血汗，才从险中求得一份富贵，咱吃些苦也不是个坏事情。拉骆驼苦是苦些，乘年轻苦上几年还不是积攒上些钱叫老婆娃娃少受凄惶……”严拴绊听着觉得王老虎说话像曲米换，有理有据，越听越想听。

众人还要王老虎讲故事听，王老虎笑着说：“听了又怕你们哭，咱出门在外苦，家里人也没享福。上回一齐跑后营的成义子大伙认得，也是咱大青山人，他爹聋得看见打闪听不见雷声，娶了个哑媳妇听见虱子放屁挨了耳光也说不出个‘啊呀’来。（一片笑声）成义子不在公公媳妇怎么个交流？那是瞎操心，人家二人配合得实在惬活，其中细处你们想也想不出！”王老虎说着摆弄起烟袋。他很会卖关子，吊众人胃口。

“就说有一天老汉看见一个骑高头骡子的，一串铃铛甩得……可惜老汉没听见。（众人大笑）他喊来儿媳妇说：‘来了个骑骡子的，打听一下是个做甚的？’哑媳妇一阵风去了，不一会儿一阵风刮回来。一进门凑到公公跟前，提着双耳亲了一口又一口，老汉连忙说‘知道了！知道了！原来是提亲的。’”人们又是一通哄笑。

“成义子爹一定是个扒灰的。怪不得这货这回没来，原来不放心，是在家看管他爹哩！”有人跟着插科打诨。

王老虎笑了笑继续讲他的：“‘快！去打听一下是给哪家闺女提亲？’哑媳妇又风也似的去了，一会儿又刮了回来，一进门儿喘着气，先在公公肚子上摸了一顿，又摸他的脑瓜，聋公公又说：‘知道了，知道了，噢！是杜秃子的闺女。那闺女也十七八了，是该有个婆家了。’（众人笑得前仰后合）聋公公又说：‘去问问婆家是甚地方的？’哑媳妇又一阵风刮走，一阵风刮回来，进门掉转屁股坐公公怀里，直起腰身上下蹾，直蹾得老汉龇牙咧嘴，慌忙说：‘知道了，知道了。’哑媳妇的屁股才住起了劲儿。聋公公叫哑媳妇蹾得够呛，缓了半天才说：‘婆家是十八墩的，那村俺去过，好地方，土地肥，看不到头的水地，年年长得好庄户。’这聋老汉确实耳聋脑子不聋，那是大青山边墙上第十八个台墩所经之处，村子便叫十八墩。哑媳妇实实在在墩了他十八下，他却是一个没漏，要不扯到邻村十七墩了。”

“聋公公咸（闲）吃萝卜淡操心，狗拿耗子多管闲事，一点点事不明白就难活，一会儿就又叫来儿媳妇：‘打探一下娉闺女的事宴办的大小？’……”

“哑媳妇一阵风刮走，又一阵风刮回来……”有人摸通了王老虎的路数，接茬说。

王老虎不受影响继续说他的：“这回哑媳妇进门就解老公公的裤带，手伸到裤裆里一通乱摸。过了好久，老公公才说……”

“不要摸了！再摸老汉戗不住了！”刚才起哄那货又把话茬接了去，他发出的是惟妙惟肖的苍老声音。逗人发笑的演技远比王老虎效果好了许多。王老虎也被这货逗得大笑，反把自己讲的故事给停顿了。直到这通笑声停了，王老虎才又接着把故事的结尾说完：“聋公公说，这也像个事宴了，光吃糕的黄米两蛋（担）一毛口袋，喜事够个排场红火。”

或许是怕冷场，有个货放开公鸡叫明的嗓子扯起爬山调来：

打头的骆驼戴咚铃，
难活不过人想人。

想来想去呀心难受，
没烧酒喝了一壶壶醋。

歌像是一把粗劣的锉刀，直叫严拴绊不知情为何物的娃娃难受如堵，男女间难切难割的情结让他心酸。紧接着另一个女声悠扬而起，这分明是个后生，却尖喉细嗓大闺女一样，风情万种，柔媚可人，一下便拨撩起男人们的情愫。唱完一段就像滚了的油锅里泼入一勺冷水，引得泼啦啦一阵呼叫。那女声唱道：

一出白道万里的沙，
日盼夜盼不见你回家。

狼吃了还剩个骨头渣，
拉骆驼的哥哥变心啦。

女声刚落，一个尖刻苍凉的男声接起唱道：

千年的柳树万年的根，
割头掏肠难变哥哥的心。

磨烂毡靴靴露出个脚，
满眼眼泪蛋蛋往下滴。

想妹妹想得呀心尖尖颤，
吃窝窝抓起个驼粪蛋。

这回女声柔美和润，嗓音婉转动情，直把驮夫们干巴巴的身体里压榨出两行泪来，都用粗糙干裂的手在脸上抹。

想哥哥想得魂出了窍，
压饸饹搬回个铡草刀。

想来想去想断了肠，
风沙沙满眼泪两行。

想哥哥想得呀活不成，
一苗树瞭成一个人。

想哥哥想得呀活不成，
油灯底下画人人。

男角自己也有些哽咽，还是接起茬儿又唱，竟唱到泣不成声：

想妹妹想得呀活不成，
风沙沙打脸不觉得疼。

想妹妹想得呀活不成，
撩起雨毡呀数星星。
……

几十个驮夫在孤寂的草原深处掀起了一阵热烈的狂欢。想想拉骆驼人一年四季踏沙沐风，披星戴月，无以为娱，队伍里确也少不了这样的文艺青年。

男声和着女声交互对唱，在喝彩声中延续至深夜。歌曲引得狼群跟着嚎，一夜没安生。

这是严拴绊生命历程里最为快乐的一天。他的童趣一直是从虐杀动物中攫取的，他把自己固化在一个和动物战斗的儿戏当中。他的每次胜利使他的潜在的纯净的童欲得到血腥满足。他认定他身边的动物只是他的玩具。

现在，他惊讶于人与人之间可以创造一种快乐，一种不拘一格的乐趣。仿佛是由市场里琳琅满目的物品来决定自己的需要，而不是予取予夺。一个偷窃者、一个抢夺者、一个交易者在他看来是一样的，一切只需拿来。驮夫们充满艰辛的营生与负重的骆驼一样永不停步地走向一处看不见的远方。此刻他才看到自己的父亲三耗子是头负重的骆驼，上头驮载的分量有母亲也有他，隐隐有种想家的愁绪令他惆怅万分。

“拴绊子！老哥哥结识了你这个好汉娃子心里真是痛快！人见人怕的杨猴小遇上咱俩算是倒了大霉。咱哥儿俩枪打炮轰弄死狗日的一大片。人一辈子捞到展趟[43]一回不容易，就是搭条命也不枉大丈夫一回。”说着，伸手搂着严拴绊靠向自己，又说：“哥哥是受苦人，拉骆驼的人是受苦人里头的受苦人，你娃不要嫌哥成年累月在沙海里混生活，做这没出息的牲口不如的营生。咱也算阎王鼻子上摸过一把，弟兄缘分还在，来日方长，就此别过！”王老虎很江湖，很重情，直叫严拴绊鼻子发酸，不停点头。

“沿河往上四五十里就到了你要去的地方。”拴绊一听分手立即眼泪汪汪，抓住王大哥的衣裳不松手。

“知道你是个好娃娃，对一个死人、一个土匪尚且一诺千金，与你兄弟相交一定不赖。明年夏天返回来定去白道口看你。”说着掏出两块大洋，“哥哥一辈子没见过大钱，前几日打土匪得了三十块现洋，托人给你老嫂捎回二十八块，给老婆娃娃买置个破房旧舍。知道你偷跑出来也没带钱，穷家富路，一个娃娃家没钱寸步难行，这两块钱只当个盘缠。”拴绊子坚决不拿，哭得更厉害。王老虎好说歹说收下一块。

临别时王老虎指着用羊皮包裹了的火枪，又千叮咛万嘱咐了一番：“你手里拿的是土匪的罪物，千难万难也不能用那东西过活儿，办完事早回，爹妈怕是急也急死了。”拴绊子两眼含泪只是点头。

和驮夫们的那次纳令河渔猎行动让严拴绊知道凡是野物，天上的、地上的、水里的都有个致命的特点，那就是贪吃，（想想人类何尝不是）仅此就把自己送入人类的饕餮之口。

33 敖伦斯木草原

蒙古包上一线炊烟无拘无束地直向云天。一辆勒勒车如一具玩物静卧在草地上，只有通向西北方的车辙暗示出它的使命轨迹。一匹枣骝马展示着优雅俊逸的雄姿，它体长毛亮，前膛宽健，双耳尖锐，蹄若覆铃，长长的尾毛上下翻飞抽打着像舞弄的飘练。天上的百灵鸟抓住太阳即将离去的短暂时光啭转歌喉。

严拴绊正在迷恋这异域风情时，两只一黄一黑的大狗已窜至眼前，显然他从来没有看到过这种壮躯硕头、口阔目冷、声如雷荡的狗类。七八十年后中国暴富者对这种叫獒的动物趋之若鹜一掷千金，只为了钟情这种动物对主人罕有的忠诚。

严拴绊毫无骇意，从容持枪应对，见来人眼光射出一波又一波冷刀子，直把两条狗的悍勇之气一刀一刀削割殆尽，刚才的气焰像是随风去了。它们竟然避在两旁不停摇晃着粗大的尾巴想努力显现些恭敬来。而后无声无息地尾随左右，一切都显示出它们已臣服于这个刚刚降临的主宰。蒙古包里窗洞内两个女人惊奇的目光投向来者，一是他征服悍犬的气势，二是他那支枪。

那个叫乌日娜的女人是蒙古包的女主人。三十六七岁，人很瘦弱，蓝色的蒙古袍显得飘摇空谷。但她的脸庞圆润俊秀，只是稍显苍白，大眼睛少女一般眨出一波清纯的羞涩。

“赛拜努！”接着她意识到什么，连忙用汉话向来者问候，“你好啊！年轻英俊的小客人！”

严拴绊从小朝夕生活在旷野山林，入晚一盏孤灯和寡言的父母，也未入过一日私塾学堂，只有层出不穷的杀戮经历。如今突然要面对异域的礼仪他手足无措、无言以对。

女主人略显尴尬，但她仍不失风韵地继续礼遇这个木讷的少年，甚至亲手帮严拴绊脱掉鞋子。这是一双汉族人以麻和布集万苦千辛缝制的满是破洞的鞋子，在它脱离那只黑脏兮兮的脚板的一瞬间一股恶臭扑鼻而来，乌日娜笑着夸张地抽动了一下鼻翼，严拴绊早就从头红到脖子。

那支枪带来了强烈的补英计的信息，这个年轻人一定是来自补英计的信使。她看着饥渴至极的少年大口喝着奶茶，狼吞虎咽地席卷着餐桌上的奶食和面食，仿佛他来到这个偏僻遥远的小浩特只是为了成就一顿饕餮。乌日娜深知打断别人进食是极不礼貌的，但她还是迫不及待地用汉话询问来者："补英计在哪儿？他还好吗？"

"他死了！他的头就挂在归化城的城门楼上！"他平静得像在说死了一只兔子或者被老鹰叼走磨破了的一只毡靴那样随便。接着又闷头吃东西，不过很快他的脸上也泛起一波悲凉，而且又那样真诚，这显示出他与补英计关系非同一般。

"你说什么？……"

少年满嘴的炒米占满口腔，老半天才腾出空来清清楚楚地回答了女主人的问题。口内未下咽的食物使他的言语有些含糊，他试图努力下咽而后将之前的话重复了一遍，但他住了嘴。他的话对女人的杀伤力不亚于那支猎枪发射子弹时形成的威力。女人刚才还生动慈祥的脸凝住了，一双大眼迟滞间失去了活力，犹如召庙里的泥塑一样呆板。

"他活着时嘱咐我一定要到这里一趟，他说看到这枪就是他回来了，他说他的灵魂附在枪里。"这回他低垂着头声音平和而微小像是做错了甚事。显然他尽力表达了委托者的本意。

乌日娜一跃而起，一把把枪抢过来，搂在怀里紧抱不放，一边对那枪喃喃自语："该死的补英计！你桀骜不驯的头颅总算找到了归宿！你又到另一个地方逍遥去了，丢下我和我们可怜的女儿山丹怎么办？你这无情的家伙！"

乌日娜的哭声撕心裂肺，悠长如歌，但接着另一个女声加入号啕，让这个孤独的蒙古包染满了悲凉。严拴绊像只受到惊吓的小鸟，蜷缩在一角瞪着他的蓝眼睛看着两个哭泣的女人。三个人面灯而坐，灯光下严拴绊看清了这是个穿着粉红色蒙古袍的美丽少女，有着她母亲那样流光溢彩的大眼睛，显然她比拴绊年龄大不了多少。他知道她叫山丹，是补英计和乌日娜的女儿，补英计无数回赞美过的女儿甚至比他说得更加美丽动人。

持久的哭声成了催眠曲，慢慢地严拴绊睡去了，不知过了多久他听到山丹用母语喊出的哭腔：“额吉！额吉！”严拴绊一骨碌爬起来，乌日娜像个醉酒的人晕眩如眠，她久病的身躯无力经受补英计死讯这沉重的一击。弱不禁风的她终于昏倒在毡房里一卧不起。山丹跪立在侧，声声呼唤着自己的生命依靠，宛若一只待哺的羔羊向母亲乞乳。

严拴绊一夜间知道了许多事，自觉成长为一个男人，或许这个冷清的蒙古包令人窒息，他需要到一个辽阔的世界舒展一下自己被羁固已久的身心。太阳的第一缕阳光探进蒙古包时，严拴绊首先看到女主人脸色苍白得像白石头雕刻的石像一样安详，她的女儿依偎着她睡着了，脸上还残留着泪痕。这时蒙古包外传来羊的千呼万唤，从小听惯了羊的语言，它们喊饿，要求去吃草。

他像这家的主人那样，从容地打开粗大红柳条精心编结的围栅（他相信这是补英计的杰作），四百多只蒙古大尾巴绵羊蜂拥而出，如同白色的洪流漫过草地径直向远方流去。两只藏獒不再桀骜不驯，它们像忠诚的兄弟一般默默紧随在他的两侧。严拴绊眉头紧锁，女人们的哭声如此轻易地瓦解了一个煞星的铁石心肠。他已在思考如何为老友一家承担一些责任，帮助她们走出艰困，似乎有一种力量正努力把他纳入这个家庭。

严拴绊躺卧在松软的草地上，忍着腹中饥饿的折磨。耳边只有羊群吃草时有节奏的噌噌声伴着自己腹腔内咕噜咕噜的鸣叫，这更让他饥渴难耐。他需要自己解决午饭。对于超级猎手严拴绊来说，万物欣欣向荣的纳令河两岸到处都是美食。很快他面前有十八个野鸭蛋、一条大鲢鱼和一只旱獭。他用河泥裹了野鸭蛋放在牛粪火里烧烤，鱼和旱獭则用几天前和驼队一起时烤鱼的方法进行烧烤。

一个时辰过后，严拴绊面前扔着十二个鸭蛋皮壳，七八斤的鲢鱼一半也进了他的肚，只有那只丑陋的旱獭的尸体在高温的河石上备受煎熬，滋滋的油脂浸润着干燥灼热的石头。一股浓烈的肉香冲击着原本弥漫着花草清香的草原。两只藏獒像可怜的孩子，不时从严拴绊的手中得到嗟来之食。这时，一团美丽的红云彩从远处飘然而至，在绿色原野的映衬下，身着红色蒙古袍、骑着一匹枣骝马的山丹来到河边，河水立刻被染红了。

山丹本是给严拴绊送饭的，羊油和面粉炸制的蒙古面食酥香干脆，奶茶中加了炒米和干肉，这是这个季节她家唯一的食品了。但山丹很快被严拴绊的伙食征服，甚至吃了草原人从未食用过的脚下河流中的鱼。

“有点盐更好吃，我妈妈一定也爱这样吃！”山丹笑着说，脸上沾满了油污。她的汉话很僵硬，很别扭，但也很率真，严拴绊很爱听。

“妈妈醒了，她第一句话就说不要把可爱的小客人饿跑。瞧！她的小客人把纳令河当成他的饭盆，把敖伦斯木草原当成他的饭桌了。”

乌日娜在纳令河畔八年里的苦苦等待终于悲怆落幕。她所企冀的补英计归来的美梦在这个黄昏被这个天使般的少年击得粉碎。她知道她正接近生命的终点，即将和补英计在某个地方聚合。但她坚持认为这个蒙古男人必定会践行他对她的诺言。

那个宁静的夜晚，她和补英计正在毡房中大汗淋漓地缠绵，一阵狗的恶吠终结了她美好的爱情。来人是他的绿林兄弟，夜幕里互传着他们的对话，她听懂了他们抢掠省府从外蒙入境的大宗物资案已泄露，一支骑兵正在前来抓捕他的路上。逃离前这个男人留给心爱的女人和八岁女儿一个承诺：“等着我！我会回来照顾你们娘儿俩！”

他拍了拍茂明安王爷用一大群羊换的德国制猎枪说：“你的男人永远像它一般火力十足，它会保佑我平安无事。无论多久，它会给乌兰脑包带回一个强壮的男人！”

眼前这个不能算强壮男人的男人会为这个小浩特带来什么？乌日娜的大眼睛被泪水模糊，不禁黯然神伤。

接下来的日子年轻人并未像个真正的信使那样完成使命后悄然离开，他不忍抛开一个垂死的女人和她柔弱的女儿决绝而去，更像一只獒犬默默地守护着这个伫立在苍茫草原上伶仃的蒙古包。乌日娜从柳条箱里找出存放已久的补英计穿过的蒙古袍和马靴。蒙古袍鲜艳而光亮，严拴绊穿上立即焕发出一股蒙古汉子的英俊潇洒，风吹过来衣服抖动着显出他的肌腱十足。矫健的枣骝马载着新主人在纳令河畔绿色的草原上纵情驰骋，马蹄卷带着尘土如同雾霭一样遮掩着骑手的身影。逆着太阳望去，乌日娜感觉到补英计的归来，她甚至有一次精神抖擞地冲出蒙古包……

酷热的夏季终于降临到敖伦斯木草原，辽阔的土地上牲畜们肆无忌惮地宣泄着情欲，它们有无穷的精力热切切地缠绵滚战厮混交配。四岁的枣骝马青春激荡，在马群中永远鬃毛高扬啸叫尖厉，凌厉的后蹄飞扬着严惩那些不知深浅醋意浓烈的儿马蛋子。母马们仰慕地拢向它们心中的英俊王子。它们长时高举着尾巴把私处充分地暴露着，只是为那支强劲挺立、热辣壮硕、伺机而动的大矛一般的生殖器导航。所有动物异乎寻常的呼啸呐喊声折射着纳令河强烈的生命信息，每一个角落每一寸土地都在复制着传宗接代的性事，河的两岸浸润着欢娱的气息，雄欢雌爱、耳鬓厮磨、云缠雾绕、生生不息。

严拴绊成为这些疯狂情侣们倾情爱事的终结者，动物们因为陷入爱河便变得呆头呆脑，动物杀手轻易地就获得更多猎物。每晚乌日娜红色的蒙古炕桌上摆着沙鸡、野鸭、黄羊肉。严拴绊不知疲倦地对敖伦斯木的动物发动一轮又一轮的攻势，没完没了地攫取能成为盘中餐的动物身体。

“孩子，我非常感激你对这个家所做的贡献，我不知道补英计有什么德行能交到你这样忠诚的朋友。你所做的一切对我、对我的女儿都像天上的太阳，让人温暖到心底。我的家要倒塌的时候，你像一支壮实的巴根顶起我的家，我想叫你巴根好吗？”她恳切地望着这个汉族娃娃，眼里满是泪水。严拴绊点点头，乌日娜一把把他揽入怀中纵声大哭。

“我们每天三餐有肉，感谢长生天的恩赐，也感谢你的辛勤狩猎。你为了我们一顿饭杀死一只动物。如果是一只母的，怀了羔却是一群生命，是大罪大过的。猎取动物不能斩尽杀绝，要叫它们传宗接代，你不能猎杀母的，人不能用成群的生灵性命满足自己酒足饭饱的生活！”油灯闪闪，照着乌日娜凝重的脸色，她话语坚定，义正词严，严拴绊暗自生出一些敬畏。

第二天，他肩负那支从大青山带回的德制猎枪走出蒙古包，显然，他已确立了枪主人的地位，只是子弹奇缺，实弹射击是件奢侈的事。严拴绊憋不住，手痒，在芦苇丛上面打下两只野鸭和一只鸿雁。牧归时，这场普通的猎事竟引发一场不快。原因是乌日娜看到那只白色天鹅的尸体，她立即像出了人命一样大呼小叫：“你这个娃娃太野蛮了，连鸿嘎鲁也杀！你知道吗？鸿嘎鲁是敖伦斯木最神圣、最吉祥的鸟。你杀掉一只，另外一只将要孤单终生。它们夫妻的忠诚世上第一。你一天杀来杀去，造下的罪孽怎么救赎呀？”乌日娜抱着羽毛松散、体温尚存的鸟尸长号如歌，仿佛她自己正是一只死去公鸟的孤单的母鸟。

严拴绊震惊于草原的种种禁忌和古老规矩，他从小到大没有受到过任何限制，虽然他拥有一个千捆万缚的名字。曲米换因果报应的汉人伦理深潜于他的体内，但他的灵魂依然我行我素。现在，他决定休猎，这对他是个艰难的选择，告别自己一项近乎本能的职业一样令人揪心。每个傍晚严拴绊两手空空，无精打采，枣骝马的蹄声远不如以往清脆响亮。黄头和黑头一脸沮丧。晚餐仍然是奶茶、炒米、炸食和奶食。没有肉严拴绊的胃变得萎靡不振，饭后他疲惫地在一个角落斜躺下，山丹的目光自始至终在他的身上搜索。乌日娜几回伸手摸摸他的额头，测试体温，他却慵懒得像只老狗任人抚摸。

这几天乌日娜似乎已从补英计死去的阴影里走出。一场噩梦过后，她挣脱死神的纠缠，走出蒙古包。她像雨后彩虹，容姿焕发，头发黑亮，步履轻盈，举止优雅。

傍晚，乌日娜的哥哥骑着一匹黄骠马从遥远的天边驰来，马蹄连带出一道长长的尘带。这个高瘦的中年男人飞身下马，他的长头发飞扬如链，胡须紧贴脸颊，下巴以下的黑须有一尺左右，隽秀飘逸，双目炯炯，一副眼镜闪闪发光。他举止优雅，声音充满磁性，他是山丹朝思暮想的巴雅尔舅舅。

巴雅尔的汉语水平很高，说话还不时咬文嚼字，听起来和四喇嘛差不多。他的到来提高了严拴绊的情绪，特别是他的酒和一大包煮熟的牛羊肉。严拴绊被王老虎开启了人生的酒途，现在又一次和人推杯换盏。几杯烈酒下肚，彻底激发了少年的豪情，他说话开始声壮如驴，神情豪迈宛如白道口的江湖驿客，谈笑风生间和巴雅尔的推杯换盏全无尊辈之礼。山丹看着失笑也凑着喝了几口酒，一时激起舞兴，抖肩翻腕，娜腰仰身，姿态万千，时而温婉娴柔，时而节奏明快，真是柔媚怜人。红色蒙古袍旋绕绿茵，如一团盛开的山丹花艳艳生辉。巴雅尔放开歌喉可谓一鸣惊人，声带竟是如此宽厚雄浑，歌声如同纳令河水源远流长，深厚无涯：

小黑儿马呀浑身漆黑黑，

草原已放不下酒盅般的蹄子。
你一心想要在白云间飞驰，
遥远的地方多么令你着迷。
小黑儿马你这美丽的马驹，
停顿一下你腾空的马蹄。
小花母马想和你比翼双飞，
嗨嗳哟……

巴雅尔手里变戏法儿似的多了一把马头琴。这琴做工精致，琴体尺余，一只马头昂首琴端，尾置木厢，琴柄用马骨做，两弦则用马尾成。巴雅尔臂肘轻摇间，音乐清泉般流泻而出，宛若天籁之声。琴声宛若涓涓细流润入严拴绊近乎干涸苦闷的心田。严拴绊只是在白道口车马店听惯了爬山调和胡琴笙笛，马头琴却闻所未闻，细细听来竟是如此动听，感到自己的心肺被巴雅尔舅舅的音乐扯动着，胸里生出一腔忧伤。

巴雅尔舅舅突然长发一甩，脸色晴朗舒畅。他急速地拉动弦弓，音乐也欢快起来，好似群鸟飞翔，万马奔腾。乌日娜一边狂呼乱叫一边起舞，四个人在浩特掀起了一股欢乐的潮流。

早晨，从那个狂欢之夜醒来，严拴绊四顾发现乌日娜和巴雅尔舅舅早已起来，他们去河边泉眼处拉水，往木桶里倒水的声音不时传回毡包。严拴绊正要起身，却感到自己的左臂被一双白皙而滑润的臂膀死死搂着。严拴绊挣了几下才挣脱出来，他赤脚在蒙古包前，东方朝霞似火，少年的脸在燃烧。

气势恢宏的纳令河卷带着远方的问候一路而来，在乌兰脑包南面被一处高大的丘陵阻挡，它毫不犹豫地转向东边。河湾变得幽深而辽阔，四周芦苇环绕，水面明静如镜。湛蓝的水下生机涌动，鱼儿冲出水面又落回水中，一些不知名的鸟儿那银色的身影从水面掠过。它们敏锐的爪已从河水中攫获了它们需要的美食，无意中构成了一幅美丽的画面。

动物们尽情享受着纳令河天堂般丰盛的给予，降雨给广大的水域带来无限的生机，这条温恭宽厚的河流注定成为它们的庇护所在，鱼儿把它们银剑般的身体成长到足够二三尺。鱼儿的躁动搅动起严拴绊三个月前与驮夫们的烤鱼盛宴的美好回忆。这成为他生命里最快活的源泉，每一个细节、每一张笑脸、每一句歌词、每一段故事都让他回味无穷。

山丹吃鱼时满脸油污，双目贪婪，嘴巴大张着像一条拼命呼吸的鱼。山丹的吃相在他心中挥之不去，或许他的杀欲使然，或许长久的休猎，或许饥饿肚子的催促，这天，手无猎具的他决定徒手捉条鱼为山丹和自己解馋。他的脚探索着河底，一步一步在齐腰深的水中停下，手举一把嫩草，草上附有许多虫子，稍一抖动会有一两只落入水中，但马上被箭一样快疾的鱼吞食。草上的虫子成为河中暗箭的靶子，鱼们虎视眈眈地盯着这些摇摇欲坠的美食，终于失去耐心横着身体冲向目标。严拴绊像只捞鱼鹳沉稳地等待着每一个时机的出现。

河面不时有鱼穿越水面飞过那蓬附满虫子的草丛，又扑通扑通地落入水中，这声音传递着猎物的信息。终于有一条大鲤鱼从他的一侧高高跃起，红里泛金的鱼尾像一只招呼的小手在空中不停地扇动。鱼儿就这样在空中划条弧线掠过他的头顶，这条鱼的前进路线在他头顶变轨。他的一双神奇的手抓住了鱼的部分身体，鱼体丰腴滑腻，扭捏曲张，像一张劲弓张弛不息，不甘被羁的鱼儿拼命挣扎着使它变得更加生猛。严拴绊穷于应付这条十余斤的水中生灵，滑腻的手无法使出自身的力量，竟脱手而去。慌乱中他试图展现他在陆地上无所不能的猎技重新将猎物捉回，可他忘记了自己置身沧浪，他顺着鱼的方向纵身扑去，身体却不由自主、沉重而僵硬，像掷出的一块石头。他一头撞在了被河水隐没的一块巨石上，搅动着河泥的水迅猛地呛入口中。他把自己矫健的身体遗弃在纳令河汹涌冰凉的河水之中。

模糊间他的身体好像游荡在另外一个世界，好些陆地野物混迹鱼中，浩浩荡荡，一个个凶相毕露，张着血口向他而来，他刚想喊救命便没了知觉。

严拴绊的身体带着一声响腾出水面，这是一种拖泥带水的声响，竟把一些围拢着他准备袭击他肌体的鱼类吓得四散逃开。山丹本来暗自欣赏少年不同寻常的猎技，当他凌空抓住那条大鱼时她几乎跳了起来，但严拴绊纵身水中后久无动静，她才意识到他是个旱鸭子，这才着了急。她情急之中忘了自身安危，脱了些衣服就进了水中寻找拴绊，心中希望他是开玩笑吓唬她。水没过她的身体，只有头在水面上，看着满目水波颠簸，她呼喊着他，几回呛了水。

严拴绊的耳际听到山丹的呼叫：“巴根！巴根！巴根你不要吓我！”山丹的惊慌失措被传播到水下，仿佛有一只有力的手正伸向他，又好似一只狐狸凑近用鼻子嗅他，他用力打开，狐狸摇摇头游开了。

恍恍惚惚间听到山丹说：“你上来啊！可别吓俺！俺和额吉都指望你了……”那只狐狸又凑过来，不怀好意地说：“猎人先生！你的疯狂杀戮该结束了！现在到了被你害死的动物们和你算老账的时候了！”

又听到巴雅尔舅舅在说：“以前治疗晕厥不醒者都是坠驼落马的，咱的传统古法敲击正脑术很有效果。巴根是撞上河石又呛了水，也不知能不能拉回他年轻的生命。”

这边一只旱獭扑来深深咬住他的脚脯，撕下一块肉就跑。严拴绊看到自己体肉的颜色红嫩鲜艳与其他动物无异，只是肉块像条小鱼在獭口里胡乱挣扎。随后，一群大大小小的野物接踵而至，从下到上一口一口连吞带噬，转眼四肢剩下白骨，一只猞猁舔了舔舌头上的血露出满足的阴笑。最后他的头颅轮到了老鹰，他幼时杀害的那只鹰。鹰眼仇怨逼人，鹰喙如铁一般坚锐冰冷，一双利爪凶狠如钩入骨三分，严拴绊想甩掉扎入脑瓜子的鹰爪，但那利爪越发深入，不慌不忙地啄食着他的头皮、眼睛、脑浆……

一声嘶吼，严拴绊从噩梦中惊起，大汗淋漓，目光惊惧，摸摸头，完好无缺。他长长嘘了一口气。

“可怜的巴根，你总算醒了，佛祖把你还给了我，还给了山丹。”乌日娜的泪水在她那大眼睛里闪动。

“是巴雅尔舅舅用古老的打击疗法才驱走了妖魔！”山丹一把抱住从死神手里挣脱的严拴绊，生怕他一去不返。少女温暖的怀抱充满动力，让严拴绊的身心重新启动，他不由自主地在自己的双臂间增加了力度。两个年轻的生命正在冲撞缠绵溶化……

巴雅尔手中拿着一柄似铲非铲、似锤非锤、似杵非杵的木质器械，说：“是用它从头到脚一寸一寸地用力敲击，在关节、手足、头部少肉的地方隔着熟牛皮拍打，让疼痛刺激唤醒你的意念，让击打激活你的神经，让震波贯通你的血脉，感谢佛祖，蒙古人伟大的传承给了你新的生命。看看，还是一根顶天立地的巴根。”

这个晚上，严拴绊的生命历程正在经历蜕变，他将要成为一个真正的男人。

他的耳侧是少女急促的呼吸，严拴绊隐隐感受到她内心的悸动，如同一只栅栏中受惊的野鹿，不停地寻找突围之路。严拴绊惧怕而又期待的时刻来临了，少年体内潜伏的性能量瞬间被激活。他突然紧抱住这个鱼儿一般游弋而来的光滑白洁的少女胴体。严拴绊跨上那身体就像第一次骑在枣骝马背上一样胆怯、笨拙和生涩，山丹似乎怕惊动熟睡的母亲，压抑着自己燃烧情爱所延宕出的澎湃力量。

这一次男女欢娱，让这对少男少女坠入另一条烟波浩渺的河流。严拴绊小猪子拱见山药窖，放纵着属于自己的情欲，任自己的激情在爱河中自由畅游。纳令河里回荡着少女的呻吟，似泣似诉，亦泣亦诉，充溢着蒙古长调让人心碎的韵味。有几回野鸭被惊得乱飞，獒犬黄头、黑头钻到水草里不敢出来。

乌日娜在一个夜晚听到异动，她明白这是两个年轻人间的干柴烈火在燃烧，她极力压抑自己的哭声，任两只燃烧情欲的小羊卿卿我我。她一直害怕她的山丹成为一只孤独的羔羊，眼前这只年轻的公羊对小母羊如此地钟爱缠绵，厮守护佑，这让她的心境豁然辽阔起来。她掩口抽泣，在悲喜交加中迎来草原的第一缕晨曦。

那个白天她为自己洗了澡，穿上了一件洁白鲜亮的蒙古袍，亲手杀了一只羯羊，两个年轻人牧归后牵手走进蒙古包时，浓郁的肉香几乎让两个陶醉在爱情中的年轻人惊叫起来。手抓肉吸引了他们全部的注意力，似乎忘记了一个整天病态萎蔫的妇人是如何精神抖擞地站在他们面前。

一直到很晚，乌日娜都在月光下唱着歌，曲调优美，婉转悠扬，情深意长，大口吃着美食的严拴绊觉得好听，像个愣子一样憨笑。

敖伦斯木谁跑得像风，
是闪电一样的旭日干。
敖伦斯木谁最吸引眼睛，
年轻姑娘乌日娜美艳绝伦。
青草里缀满着点点花红，
马莲草缠着勒勒车的轱辘。

百灵鸟儿一个爱歌唱的精灵，
圣洁的母亲河你柔情永恒，
见证我们容颜不衰的爱情。

歌声刚落，乌日娜又放声大哭起来，疯癫的女人接着以左右臂同时去搂抱住两个年轻人。严拴绊感觉到那抱着他的胳膊力量如此之大，像是秋后勒勒车上捆绑牧草的牛皮绳，完全不是以往那个弱不禁风的病女人的纤细手臂。突然刚劲的牛皮绳像崩断了一样，刚才还手舞足蹈着的乌日娜仰面倒下，惨白的脸上堆积着笑容，这凝固的笑容难掩她遗留给人世间的苍凉凄苦。毕竟她宁静地去了，死后她的双手分别抓着两个年轻人的手不愿松开。

巴雅尔舅舅主导了可怜的乌日娜的葬礼，几天内亲友们从草原的各个方向汇聚到乌兰脑包，人们的叹息声中隐含着对这个绝色女人的升天的惋惜和眷恋。蒙古包挤满喝茶又默无声息的客人，他们倾听喇嘛歌颂经文为乌日娜指路[44]，希望她早些到"德娃珍"那里去。

葬礼持续了七七四十九天。

她的灵魂听凭纳令河随波逐流，那座紫色的坟茔相伴着古老的敖包——那里隐隐有来自天堂和地狱的信息交集，她相信补英计的阴魂不久会浪迹至此。

巴雅尔舅舅无法说服这对年轻人坚持他们的游牧生活，巴根回到大青山的想法从他的表情中表现出来，像严冬的纳令河一样冷峻、生硬而不可更改。巴雅尔有一颗包容的心，他没有固执地将外甥女留在水草丰美的敖伦斯木草原，而是让孩子们像鸿雁一样搬迁到他们想去的地方，去过自己的生活。也许，这是一个舅舅该做的事情。

巴雅尔帮着外甥女变卖了妹妹乌日娜留下的羊群和牧场，在人迹罕有的草原上一下子找到一个买主非常不易，邻近的一个牧主答应买下，价格却少得可怜。

又一个清晨起来，这里的一切不再属于他们，这对少年夫妻惜别了孤独伫立在凄风中的蒙古包，两匹马迈着碎蹄子渐行渐远。两条狗紧随其后，它们绝没意识到，这次远征将是和敖伦斯木怎样的诀别。

乌兰脑包和那堆新生的坟茔在朝阳的映照下如血一样悲怆，山丹把她的决定告诉了母亲乌日娜："妈妈，我要和我的丈夫到他的大青山生活，这里是我和妈妈共度十八年的地方。那里是我父亲死去的地方，我只能舍您而去，去到那里我会催促爸爸的灵魂快些回到敖伦斯木陪伴您……"

"有这支德国火枪，大青山有多到数不清的皮毛和肉食，我要让您的女儿吃好喝好，把我们的光景过好。"严拴绊对地下的岳母这样说。山丹惊奇地发现少年丈夫的眼神里表情决绝而冷酷，竟然像记忆或想象中父亲的眼神。

34 猎者归来

离开大青山的十八个月后，严拴绊的牛皮靴子踏在他曾经忘死保卫过的土地上。北城门上嵌着的石扁上"汉疆锁钥"四个大字中他并不识得一个，但叫他觉得威重。威重的还有王老虎手中大发神威的那门土炮。但此时的严拴绊茁壮成长成一个挺拔汉子，没人相信他只有十六岁。高头大马，美人相伴，严拴绊一副衣锦还乡的大丈夫派头。

白道口街面上依旧鸡飞狗跳，牲口嘈杂，人去车往，鞭声清脆，驼铃悠扬。过路人和本镇人都对这个曾经英雄了得的少年视若无睹，仿佛只是几只匆匆而过赶着牲畜的路人，他高大的身架和粗黑的脸膛远远望去让人显得陌生。而严拴绊也努力从稀稀拉拉的人群中寻一个相识的人，却无人与他对视相认，就这样一路也没个打招呼的，只有黄尘热烈欢迎着他们。在纯净清馨的草原上长大的山丹儿回用手掩盖鼻息。

身长体俊的枣骝马和马上脸盘俊俏的女子却吸引了不少人的目光。更让人侧目的是一黄一黑的两条狗，两个家伙的脑袋宛如面盆子大小，眼光冰冷如铁，看的人莫不心里头打战，身边掠过一阵凉风，一时惊得鸡不敢鸣狗不敢吠了。迎面一挂四套骡子大车突然受惊，那车倌大呼小叫在车辕上颠簸，车轱辘磕碰到河石发出强烈的响声……

白道口镇冷清漠然，让严拴绊颇不自在，商铺里的人却很热情，山丹惊艳于里头物品的琳琅满目，进去就没想出来，严拴绊几回催促山丹才抱了好些东西出来。

但从白道口下到倒返沟，山谷两侧悬石嶙峋，白桦婷婷，山花烂漫，百鸟歌唱，脚下泉水清澈，卵石光润，山丹心情大好。一直来到拴绊家，除了窑洞破败如故，一只刺毛塌胯的黑狗有气无力地叫着。黄头和黑头怒不可遏，亮出血盆大口，黑狗顿时像被咬断了腰一般惨叫起来。一个女人摸着墙出门，裤脚扎得很高，像正月十五办红火的高跷人，喊声里充斥着警惕和惊骇："谁了？家里就俺一个瞎子。"

"大娘，俺是拴绊，俺爹俺娘哩？"严拴绊认出是烂六的娘，急着问讯。

烂六娘一听张嘴就骂："这个灰娃娃你一年多在哪刮野鬼？自打你这灰鬼失了踪影，有人传说你为保白道口枪枪见肉，杀土匪像嗑麻子，杨猴小为报他兄弟们的仇早把你填了枯井。也有人说你杀得山中猛兽快要断子绝孙，野物们发起狠来联合起来把你吃啦。你爹三秏子本来心小得容不下几颗小米粒，哪里搁得下这般大事？你丢了不几天他深更半夜外出寻你，也不知如何死在山野地里，叫野兽吃得剩下一颗脑袋。可怜你妈受不了这一出一出变故，脑筋越发损坏了，半疯半痴的，幸好北沟曲米换好心收留下她，两个人朋了锅[45]，又在跟前新掏了口窑洞也算是个窝。唉！人家姜仁义掌柜见你家散了，羊群也要有个收揽，就把羊场包给了六子，又雇了个羊倌接着做……"

严拴绊也顾不上和烂六妈寡说，领上媳妇一路寻到北沟。三寡妇一时认不出这一对儿少男少女，只当是省城掌柜们来查询驼情。两个年轻人齐齐下跪把她吓了一跳。闹腾了半天才知那小子真是她儿拴绊，扑上去一把搂抱住不敢放手，母狼一般足足惨号了两个时辰，全然罔顾一侧光彩四射的山丹。山丹并不在乎这个半疯婆婆的热情与否，相反她一直伴随这个号哭的妇人流泪。这一切让她想到纳令河畔那座血色的坟茔，里头另一位形单影只的母亲孤独灵魂的悲惨远胜于此。她在人迹罕至的草原上飘零浪荡的魂魄虚妄地期待另一个魂魄的重逢。她只能暗自乞求长生天赐她一方安息之所，和她父亲的灵魂早日聚合。

原以为丢了一年多的儿子竟长成大后生，又领回个仙女一般的媳妇。三寡妇心里好像扯去了遮拦光照的黑幕，一下子畅快亮堂起来，那疯病竟也去了大半。她一边抱了一抱柴火给山丹烧水一边打发儿子去羊场上找曲米换。

曲米换见了拴绊，先是吃惊接着搓火起来，对他昔日的徒弟破口大骂：“你要是我的儿，现在就打断你狗日的腿，你这么点个人就开始刮野鬼，全不管爹娘死活，你那死鬼爹活着时为你这儿子没省过一天的心，你却早早要了他的一条命，你娘半疯半愣也只是留下半条老命……”

拴绊连忙下跪赔不是：“俺娘半条命也是您给收拾回来的，俺亏欠您的，等俺以后报答！”

曲米换反倒没了脾气，迈着两条长腿急忙往家赶。

第二天，曲米换借了挂骡子车，拉着一家老小去白道口购置立落人家的家什。从白道口的几家商铺几进几出，挑了又挑，置办了米面油盐酱醋茶、锅碗瓢盆、铺铺盖盖、火盆地炉。他从毡匠黑八的店铺卷了一块满炕大毡，又从大洋坛的木匠铺买了一支七尺长的大红躺柜，杂七杂八拉回满满一车。转弯走到晋风驿看见二黑眼站在院中，只一年多时光那女子已出脱成美艳的大姑娘，直教严拴绊愣怔了半天。打了罐毛酒出来，迎头撞到四喇嘛，他的头发明显稀少了许多，眼光依然炯炯。严拴绊欢欢去行礼打招呼——白道口的人对他都是恭恭敬敬的，记得他死去的爹就是这样。

四喇嘛镜片后的眼光麻木地投在他的脸上，片刻后便离开了。“这大青山才喘了口气！”严拴绊清楚地听到四喇嘛说，又听得他叹了口气，但只觉得怪怪的。之后严拴绊一直在咀嚼这句话，但始终也没弄懂他话里的含义。

这窑里摆了大红柜等一应家当顿时有了人家的气息，拴绊娘糊了新窗纸，上头又铰了几副窗花。山丹只觉得好看，拴绊子看半天也不知甚意思。一男一女才子佳人，周围蝴蝶漫舞，曲米换猜出是梁山伯与祝英台十八相送的故事。另一副也是一男一女，男的手中牵牛，女的身背娃娃，曲米换认定是牛郎织女。扯回的一丈几尺红花布，拴绊娘连夜给新媳妇缝制了身新衣裳。一连两天，一针一线，穿了却是无比合身。众人都惊叹这么个人却有一手好针线。山丹红艳艳的立即染亮了死寂的山沟。半辈子无家无室受尽凄惶的曲米换心里溢满了温润和感动，没等喝进那壶毛酒人就有些醉了。

曲米换难得地把笑脸讨好般给了那两条狗，拉近与它们的距离是他近来最要紧的事。前几天一只花豹子鬼头鬼脑地进到沟里，把拴绊娘喂养的一只小猪叼起就跑，它知道那两条凶巴巴的大狗被绳索限制着，它的大胆正是缘于此，还有自己迅雷不及的身手。然而就在它拖带着猎物寻找一个容易跨上围墙的位置时，两只大狗不声不响地出现在它的面前，显然这两个行为低调的家伙早已挣断了绳子。为了保命，花豹子不得不弃了猎物，亮起架势进行一场不可避免的战斗。那只死里逃生的小猪却贴近墙角处躲下，伸展了四肢哼哼唧唧地做起看客。

花豹子必定要为他的自负付出代价，因为它胆敢轻蔑獒犬。它纵身跳在一个石碾上，动作敏捷潇洒，看出它的轻功如此了得，亮相极为惊艳。不想两个大狗莽汉一样扑了上来，豹这才犯难，是战还是逃令他两难。犹豫间危情迫近，它凌空扑到那只黄色的大狗头顶，想在它躲避的一瞬将它的腹部破膛，剩下一只对付起来便容易多了。然而面对它的闪击对手岿然不动，反而奋勇迎战。它感受到自己肩胛被对手重创。与此同时，它的臀部遭受另一只獒的攻击，豹开始方寸大乱，作为一个最善于投机的猎食者它只有选择逃跑。然而，一切为时已晚，就在它打算越上围墙时，一股恶狠狠的力量把它拉回来，它如同跌入地狱。两只猛犬大无畏的战斗风格把花豹逼上绝路，那是一种摧枯拉朽的力量，在这种力量面前它的胫骨毫不费力地分裂了。

它是大青山动物里的游击专家、捕猎大师。它有过和一只体重超过自身一倍半的老虎战斗的经历，老虎并未占到任何便宜。又一次它独战群狼大获全胜，十二只野狼在这场以众敌寡的战斗过后三死四残。现在只剩两只狗……

一场鏖战过后，豹子横尸驼场，黄头和黑头成了曲米换心中的英雄，也获得一道沟男女老少的敬重。几乎所有户家都从自家牙口下打省些吃食来慰劳它们。曲米换也觉得它们吃上头有些受制，这样的好狗受了委屈让他心疼，因为来自草原的狗一定是靠吃肉养大的。于是他又操起那支老枪去打牲。他猎得的一只兔子几乎在瞬间被两个猛兽饕餮殆尽，之后两个家伙意犹未尽地盯着他。意思是说，让俺俩吃个够吧！

黄头和黑头是他梦寐以求的那种狗，人常说，好汉护三村，好狗护三邻。有它们守护，备受那只豹祸害了十几年的人长出一口气。他们坚信这道沟里不再有灰人和野牲口有胆子靠近。这俩家伙从不摇头摆尾谄媚人类，冷酷得像铁匠铺打造出来的，胆小人瞭见了恨不得十里八里绕开走。但黄头和黑头更容易感恩戴德，它们甩动粗大的尾巴一次次向他致敬，向这个新组合的家庭宣示效忠。

曲米换对拴绊带走又带回的那支魅力四射的枪支同样充满爱慕，就像钟情一个漂亮女人看不够，难释手。这也难怪，莫说大青山，整个绥远省谁见过这样可令每个打牲人发狂的猎枪。这是一种威力极大的猎枪，说来也怪，这枪使用独头弹的口径和那支铁铜合铆对缝。这猎枪体积巨大，枪管超长，后坐力也极其猛烈。据说补英计曾经用这号猎枪发射过二两重的铅粱弹，在超过一里远的距离上把一头蒙古野牛打了个对穿。曲米换难以置信世上有这样的猎具。他第一次用就射杀了两百步开外的一只狍子，他一边开剥一边暗自赞叹这来自老天爷的神器。但他无法判断这支枪对严拴绊的未来是福还是祸。

35 猎鸨

与曲米换隔绝一年半时光，但并未阻隔严拴绊对动物故事的渴求。那些故事往往是他对这种动物一无所知的情况下获得的，曲米换能从严拴绊渴望的眼神里看得出他并没有长大。有时严拴绊会依靠在曲米换的身体上让他讲这说那，这个父亲般的男人总会有热腾腾的故事新鲜出炉。他讲的故事宛如动物百科。

“朝天壕凹地里近来总有羊鹕 寻食，这羊鹕 一个家族一同飞往南方，群数要达到七十个，也有人叫它‘鸨’。但凡识字的人都知道，这‘鸨’字是由‘七十’‘鸟’组成，人们就更愿叫它们‘大鸨’。这物在地上行走快如奔马，虎豹也不及它快，一上天却不及鸿雁、灰鹤耐久，每飞一段就要落地歇息、吃食喝水，中间也难免会乏困、饥饿、生病，于是就地寻些吃食调养。可巧今年收秋前一场冰雹把正要收割的庄户打得颗粒无收。朝天壕一带长势挺好的蚕豆，一顿冰雹打得破了荚和进泥土里，蚕豆粒大一般鸟儿吞不下去，便留给鸨当了点心。这鸨眼尖，在天上就瞅见了，便从泥里抠着豆吃，几十亩地供着鸨们一个又一个家族轮着在那儿觅食。

“只是那物太精，三五里见了人影便要飞走，就连牛羊家畜也近它不得，人又如何能捉得它。‘天鹅地鸫，出土的黄鼠’，山西商号的掌柜们走南闯北，吃遍天下珍奇，认定这是天下难寻的肉中三绝的美味。这鸫从此便和天鹅齐名。鸨本是从北部千里万里飞来，那里人稀地广、湖海广大、鱼跃虾游，只要冬天一到就冰天雪地断了食路，就要飞往南方去过冬，找个湖面觅寻些鱼虾吃，养好精神趁那里暖孵化些子子女女。这鸨一生千山万水来来回回地飞，身上就多了精细之肉，就连疥蛤蟆也梦想着吃。那鸨下身毛白如雪甚是扎眼，背上排列着黑色和黄色的纹路，黄的羽毛金子一样发光。鸫群落地吃食时北风一吹毛被翻卷起来，身体也大了一倍，里头的毛像是新下的雪一样白亮，远远瞭去七十个像是羊群一般。那物杀肉也和一只小羊不相上下，人便称作‘羊鸫’。”

没几天严拴绊从几个鸨族群中分别捉得六雄两雌八只。在红柳条编织的大笼子里，这些几个族群凑在一起的同类共同经受冷淡、惊恐、无助，在人类编织的囚笼里大鸟们惶惶不可终日，凄厉的叫声让山丹揪心不已。她听妈妈说过这些野物都是一生只配一回的夫妻，若折损一只另外一只便成了孤鸟，终生不再配对成双，凄惶可怜，伤心而终。人不该残忍地对如此忠诚爱情的动物痛下杀手。她一脚想把柳编笼子踢烂，谁知红柳编结的筐笼又韧又实，反弄得她脚痛，想找个利器噼里啪啦劈烂，严拴绊慌忙拉开。他不明白自家女人为啥非要破坏依靠打牲为生的男人的捕获，一时急得有些脸红脖子粗。

“这鸟是最忠于爱情的。你这么残忍地对待它们能下得去手？你还嫌报应不够吗？”山丹一腔怒气，也告诉他为什么她要发火。

“甚鸟不是人的一口食，它们生爱发情关你甚事？你不要犯愣了，有多少人瞪出眼珠子想捉还捉不住哩。”严拴绊一脸的不屑。

“我妈妈曾经告诫过你，打牲也要守打牲的规矩，不能逮甚杀甚……”

“那是你们蒙古人的规矩，爷有爷的规矩！”

“蒙古人汉人都是人，是人都要讲个人性。为了一口吃滥杀生灵做个甚人也是不配！”

严拴绊无时无刻地防着山丹，怕她放走大鸨，把笼子挪走了。

山丹知道丈夫捕获的猎物是他的命，像攥在手里的银钱，只怕是用锤子也捣不出来。想着可怜的鸨鸟妻离子散，不禁大哭了一通，砸碎了家里几个值钱的物件，好让财迷丈夫心疼一阵。严拴绊自是割了肉一般难受，龇牙皱眉，直骂山丹败家。山丹只觉心里痛快，也不理会他。

严拴绊的心思都在他的猎物上，觉得天鹅肉一定好吃，连疥蛤蟆也一天惦记，想必这大鸨比起天鹅也不差，于是决定杀一只尝尝是甚味道。只因山丹又叫又骂下不了手就作罢，现在乘机拣肥大的公鸨杀了一只。那鸨眨动着凄迷的眼睛发出绝望之鸣，其余的也跟着惊叫宛如合唱一支挽歌，那歌里充斥着对人类的无奈和质问：

“为什么？”

“这是为什么？！”

“为什么要害我们？”

群鸨伸长脖颈，目睹了那只雄壮伟健的公鸨被人类强行拖到一方石台上。它的两只有力的蹄爪被捆绑，只有人类才能拥有金属质感的锋利刃器闪着寒光划向它修长纤柔的颈部，断裂后鲜红的血液喷薄而出织成一道死亡图像。这血色同时把恐怖传播给它的同伴，甚至让这组挽歌戛然而止。

严拴绊烧了一大锅开水，滚烫的水无情地荡涤过公鸨的尸体，华丽的羽毛立刻变色萎蔫。严拴绊熟练地褪去羽毛，像脱去一件艳丽的衣裳。硕大肥嫩的鸨尸呈青灰色静卧在砧板上，严拴绊的切菜刀残酷地从天而降，鸨尸变得脆嫩，很快被大卸成八十块，随即被那口厚重的铁锅贪婪地吞噬。

一只鸨装满了一大锅，锅上热气蒸腾，不一会儿便扑出浓烈的肉香。几只粗瓷大碗敞开大口在锅台上一字排开，迎接这些美食的到来。

严拴绊端起一大碗炖好的香气四溢的鸨肉给正在制气的山丹，谁知她看也没看随手连碗扔到墙外，只听得黑瓷大碗发出咔嚓的声响。严拴绊感觉好像破碎的是他的心尖尖，刚想发火，山丹凄厉的哭声一浪高过一浪传来，只搅得他心乱如麻，一刻不得安宁。曲米换本想和拴绊喝壶毛酒，一下觉得没了甚滋味，就后悔不该引逗拴绊捉鸨。而严拴绊觉得和天鹅肉占齐的大鸨肉吃在嘴里和平常鸡肉没甚两样，就后悔折损了钱财。

他担心山丹还会想法子放走他的大鸨，便把剩余的七只赶紧用马驮着下了省城，把七只活鸨卖给皮货商一城暖的王掌柜。大鸨肉令人垂涎，引得阔人们不惜一掷千金。而它华丽无比、鲜艳绝伦的羽毛是装饰的稀罕物，同样价值不菲。王掌柜见大鸨浑身没半点伤痕心里又喜欢又惊奇，就给了拴绊十块现洋，这差不多够他买回一头草地大犍牛。

王掌柜悄悄地问拴绊："这东西精得很，十里八里地躲人，你娃用甚法子捉住的？"

严拴绊少见地笑笑，牙白得很受看。

"柴火垛里捂的！"他悄悄说，仿佛是对他透露秘密。

"你娃真能瞎说！那活鸨怎么会钻进柴火垛？"王掌柜岂会相信。

"放些东西诱它，它哪儿也会去！"

"放甚东西？"王掌柜赶紧问道。

"人肉！"

严拴绊不等鬼话落地便飞鸟一般去了，还留下银洋颠得哗啦啦的悦耳响声。他从来不会把挣钱的法子和别人共享。其实捕猎羊鸫 的法子是严拴绊受了纳令河边钓鱼的拉骆驼的汉子们启发自创的。

鸨鸟们无从了解强大、神秘、万能的人类，鸫 从父辈得到的告诫是——远离人类是安全的根本。那只六岁公鸨首先验证了祖训的谬误，人类会把他们的力量埋伏在任何一个地方，鸫 族无法逃脱一只巨大的隐形的残忍的来自人类的黑手。

它和七十个同族降落在一处人迹全无的旷野里觅食。这是一个艳阳高照的正午，深秋的土地绽放着诱人的色调，地上庄稼残留的根茬依稀组成一行行规整的垄眼，垄间一种圆润光洁的豆粒泛着诱惑的光泽。它年轻的身体内情爱冲动，不停地和它亲爱的母鸨调情示爱，两只长胫相勾相交，它们那笨拙肥圆的躯体下修长强健的下肢不断地变幻着舞步，加上艳丽的舞装使得它们的舞姿充满美感。此刻它们尽情地宣泄爱情，公鸨涨起红彤彤美丽雄伟的胸脯，放大自己的强劲健壮，突然母鸨惊喜地呼唤传来，它知道有可口的食物了。映入眼帘的是田垄间散落着的美丽圆浑的蚕豆，显然这几粒更为鲜亮膨大，隐隐飘过一种蛊惑的香气，它毫不客气地享用这顿盛宴。当第三粒豆吞入它们狭长的食管时它感受到一种无法摆脱的剧痛，甚至连苦痛的呻吟也无法呼出。一条白色的魔线另一端仿佛系着鸨族中流传久远的魔鬼。母鸨深深呼叫着团团转着试图安慰伤痛无助的情侣，那声音凄婉而惶恐，曾经的美妙舞步此时杂乱浮躁。

鸨们慌乱间远远看见一个用两条腿行走的动物徐徐而至。它清晰地看到了它们的同类间传说的凶险的人类的样子，人像所有狩猎成功的动物一样两眼里闪着贪婪的、惊喜的、满足的火苗。母鸨哀号着无奈地扇动着僵硬翅膀艰难地离开这片危险之地，腾在空中俯瞰着那直立行走的动物如何牵引着它可怜的丈夫踯躅而行。这时来自人手中的管状物突然火光一闪，它的身体承受了沉重一击，看到自己的羽毛像惊恐的飞蛾飘动在周围，同时也感觉到自己成为一片浮在空中的羽毛如此无助地任凭气流摆布……

几天后严拴绊从白道口置买了些生活用物，又打了一坛毛酒回到家。卖掉羊鸨后山丹余怒未消，成天吵闹。他想买些女人爱见的胭脂、花布哄她回心转意。

刚刚走到坝上，老远见几个人从骡子上正卸下几个竹篓，他心存好奇，凑近去看。几个穿扮讲究的人从笼里放出七只鸨来，一眼看出是他捉住卖给王掌柜的。那七只大鸨本还安静，见了严拴绊一齐惊叫起来。见严拴绊背着猎枪，其中一个戴礼帽留胡须的矮胖子嘴里说着一口听得懂的南方话，严拴绊很快弄清楚这些人是归化城行销砖茶的商人。

那人说："小果（哥）你闹个枪杆杆闪开些，哈（吓）着俺放生的大鸨！"

严拴绊一时弄不明白："这是俺十个现洋卖给王掌柜的，怎的要放？"

那人一听瞪了他半天，然后伸了两根手指："晓得不？俺是二百大洋买来放生积德哩。你年纪小小的怎个瓜娃子，胆子大到作孽呀！那是天之仙鸟，怎个也敢去要害它？不怕遭来报应？"

茶商们并未流露出王掌柜和山民们通常表现出的那般惊奇，给予他高超的猎牲手段以惊叹赞许的神情，反而看他是个毛头娃子愣头愣脑，只觉可怜又觉可恶，像对待癞皮狗一样鄙视地瞪了他一眼便不再理会他，径自唱起他的南方民谣：

哥在山上打一枪，

妹在房中哭一场。
打鸟莫打有情鸨，
打了一只少一双。

茶商的嗓音尖刻却捉调很准，歌曲调韵美妙清新，音律中有情有义，尾音悠长委婉，寓意深远，听者莫不动情。听到唱歌的七只大鸨龟缩的长脖子立刻伸长到了极致，整个身体神情都活泛起来，仿佛听到来自南方故园稻田里的古老呼唤。一股力量注入它们的身体，启动了两条有力的腿在北方坚硬冰凉的土地上助跑，艰辛地脱离了站立张望的不可捉摸的人类统治地面徐徐翔入蓝天之中。它们舞动洁白轻盈银剑似的翅膀划入苍穹，原本在地上显得臃笨的身躯瞬间变作流线型。严拴绊呆呆地看着排成一线的七只白色鸨影消失，心里前所未有的空虚和落寞，于是他突然想折回头到晋风驿喝一壶毛酒。

36　买羊

山丹虽是个草原上长大的娃娃，却懂得汉族敬孝之道，她对婆婆知热知冷像对待娃娃一般哄着，对待曲米换也是恭敬如亲，一口一个爹叫着，这让曲米换感觉一股暖流热切而细致地润泽到他久已干涩孤苦的鳏夫心怀。这个长久与寂寞伶仃为伴的大男人眼下在这个温馨的窝巢里享受渴望已久的天伦梦想。他渴望对这种幸福做些贡献，竭尽全能用他所有的心力把这个由他亲手挽回的家营造得富足一些。他全然忘了当初给三耗子的忠告，一次又一次地逾越侵犯自己心中制定的法则，一回又一回打开了那扇曾令他厌烦的杀生之门。

树叶飘落的时节，动物们已听到冬天残酷的脚步声。一老一少两个打牲人风雪无阻地出没于大青山的沟沟梁梁，白道梁上无处不显现他们别出心裁的罗网。本来已是困难重重，大青山里的野物还要小心应对另一种灾祸的临头。严拴绊父子在他们设置的索套和陷阱中收获了大量的肉食和皮毛。他们几乎一样高大的身躯不知疲倦地在雪地里奔波。他们计划积攒一些钱，购买一大群属于自己的羊群，两人怀着同一个梦想，不止一次沉浸在老少掌柜的美梦中。

这天傍晚，羊群咩咩之声延绵不绝，两个女人站在羊圈入口清点鱼贯而入的羊群，一只、两只、三只……女人突然笑了，说："不数了！多得数不过来，俺去做饭。"山丹说："俺数，俺从小就数，啊呀？太多了！要数多久啊？"曲米换开怀大笑，直笑到咳嗽不止，黑暗中女人给他捶背，才想起原来是场好梦。

这场梦让曲米换几天来心里七上八下，决定买些羊回来，但他积攒的钱只够买三四十只羊。这事得到山丹的支持，她慷慨地拿出了她母亲留给她的家产——卖羊的钱去买了羊。她是牧人的女儿，放养牛羊是她祖先几千年的旧业，她的心里不舍牛羊满坡的光景，竟然和老公公一拍即合，恨不得第二天就要去买羊。

刚过了打圈[46]时节，曲米换为严拴绊借了一匹马，自己骑着黑骡子，领着山丹快马加鞭来到希拉穆仁草原。这里到白道口也就百十里路，马在后山平坦的路上跑起来很快，丘陵延绵，绿草如茵，不时有羊群映入眼帘，太阳在西天三竿高就到了一个有四五户蒙古包的浩特。

一个男人喝断了咆哮的狗群，热情地打着欢迎的手势，脸上堆满真挚的微笑。

"赛！赛！赛拜努！"山丹用她的母语向主人问好。主人友好地把他们请进蒙古包。这回山丹顶了大用，这里的牧民都是蒙古族，对她的到来，他们表现出极大的友善和欢迎，曲米换和严拴绊赔笑点头像个陪衬。她很快和他们谈妥购买羊的要求和价格。草原人淳厚的品格山丹了如指掌，完全没有汉人行商间的讨价还价，尔欺我诈，以次充好。全凭一句话，尔后一顿酒。他们的钱只够买八十只，蒙古人憨实，又看山丹面子，多给了十只。又是煮羊肉，又是熬奶茶接待。山丹走时特意打了一坛毛酒，一路只怕碎了坛子，洒了酒。严拴绊只当她去认亲戚，却不知是送礼。主人和陪客的邻居一见酒都大呼起来，既不道谢也不客气，端起就喝，回头又和曲米换一行人又是对干又是敬酒。蒙古人敬酒时那样诚心诚意，他们把彩色的哈达悬挂在曲米换的脖子上，唱着动听的酒歌，高举酒杯向他敬酒。曲米换经不起别人热情打劝，左也干，右也干，他的海量更令主人们敬重。山丹用刀子割肉的动作娴熟，不停地割下肉块叫他吃，就怕空腹喝酒伤人。

眼看一坛子十几斤喝得所剩无几，严拴绊早已东倒西歪。山丹怕误事，提出要连夜返回。主人酒兴正浓，哪肯散席，山丹说了许多话才放他们走。曲米换走出蒙古包时高大的身躯竟有些摇摇晃晃。女主人早已挑选好两三岁怀羔的母羊另外圈好，拴绊一数，比说好的九十只又多了五只，说是给山丹，她知道这是喝酒那伙人相送的礼物。其中一只伟壮粗野的大角公羊，是一只用来配种的公羊，他们叫它“圪丁”，它将是这群母羊来年的公共丈夫和实际头领。山丹感激同族人的细心帮扶，差点流出眼泪。

临走时女主人又带了路上吃的肉食、奶酪和炒米。曲米换心里感动，嘴里“赛！赛！”个没完，直到翻过大坡梁。

“人活着就是个心，这些人都一个个实诚。虽没说多少话，俺的心里知道他们的实心实意，现在还热乎乎的。”曲米换舌头已不灵活了，可心里仍然明明白白。

“对人以诚相待，你敬俺一尺，俺就还你一丈。所有蒙古人都这样待人。”山丹说。

“天下人都这样仁义就好了！”曲米换又是感叹。

一家人赶着属于自己的羊群踏上回大青山的路。一路上谁也不敢硬赶路，怕羊的体力不济，行行歇歇。山丹骑在枣骝马上唱着蒙古歌，黄头、黑头撒着欢儿，严拴绊一口白牙在阳光下闪光。

经过一条河流时，羊群纷纷上前饮水，严拴绊也蹲下来双手捂着喝了几口，无意中在河面上照见自己的影子，竟有些掌柜派头。

当晚在靠近山区的一家农户家里过了一夜，第二天傍晚总算回到家。谁知拴绊娘在离家十几里的山梁上等候，他们回到家发现羊圈已被她用红柳条又重新加固了一遍，编结得又密又紧，那红柳坚韧得像铁棍一般，不要说狼，老虎看着也无可奈何。

曲米换和严拴绊仍旧饲放骆驼当长工。山丹又成了羊倌，这女子也不怕风吹日晒，也耐得了寂寞，本来白嫩水灵一个人，两个月下来粗黑得像炭一样。因为黄头、黑头对羊群产生的惊扰，影响到羊群的膘情，它们总是像流氓恶霸一样把别的羊群的牧羊犬咬得遍体鳞伤。她毅然把它们留在家中，只牵了枣骝马早出暮归，一门心思都在羊群身上。九十几只母羊成为这家人一个殷实未来的基础。

傍晚，山丹的羊群收场，羊们争先恐后地回到那处有安全庇护的栖息地，咩咩的叫声此起彼伏如同在合唱。一家人浸没在欢欣之中，拴绊妈掩不住兴奋，早早做熟了晚饭，大家在油灯下边吃饭边听曲米换真实而迷幻的故事。

37 “黑牲”

这天黑夜，曲米换没讲故事，严肃地提醒拴绊两口子：“又到了牛羊膘肥的时节，听说西边几十里的山里有人遭了‘黑牲’，咱也该防他一手。”

“甚是个‘黑牲”？”山丹问道。

“‘黑牲’这东西反正是个害人的货，跟土匪一样，又比土匪阴毒。多少人，长甚样没人知道，‘黑牲’是大青山里时常出没的既像强盗也像土匪的团伙。他们三五成群，专拣牛羊下手，明偷暗抢，只要几十只牛羊到手，便赶进深山荒僻处，一人放养，两三个屠宰，积攒一批牛羊肉品，就用马匹骆驼运输至归化城的肉市卖掉，他们专门对牛羊群下手。他们和土匪不同，土匪虽常刁抢却很少杀人，即便抢些财物也不至于断人生路，可这‘黑牲’能把一家人的生活连锅端了去。山里人的家底都在牲口上，他们往往将一群牛羊赶尽杀绝，还要杀人灭口，捎带强奸女人，放火烧房，把天下灰事都能做绝。”曲米换抽了口烟，又说，“俺原先认得的几个人去放牲口时便和牲口一齐失了踪，连个尸首也寻不回。”

“公家也不管？”山丹已是花容失色。

“据说出了‘黑牲’已有二百年了，至今连黑牲一只毛鞋也没捉住。出了事报了官，来一批人骑马绕山搜寻一圈，早没了踪影。有时发现牛羊被屠宰的现场，情知是‘黑牲’们的作案现场又能如何。有时放牧的人会发现一处被野牲口溜了几茬的牲畜头蹄。官家却又无法破案，只会说牲口剥了皮，不知谁是谁。这‘黑牲’就像一团黑色的鬼气一样让人胆战心惊。”

“他卖肉总要有个去处，又不是几只沙鸡、石鸡好掖好藏，还寻不到他根？”

严拴绊说。

“归化城肉市里就有‘黑牲’的人，他们是这条黑线的线尾，所有黑肉经了几道手已是正路货，食客们更是吃不出贼人的味来。这些年世道乱，官也换得勤，‘黑牲’的胆子就更大了。吉鸿昌剿匪阵仗大，‘黑牲’像死绝了一样。吉鸿昌前脚调走，这群灰孙子又冒出来欺害人。”

“让俺逮着，非要把他们抽筋剥皮！”严拴绊一阵咬牙切齿。

“说不准哪一天狗日的‘黑牲’要自己寻上门来，咱家已不同往常，养的一群羊扎眼哄哄，自然成了他们下手的目标。咱抓紧把手跟前营生做完，俺放羊，拴绊放你的骆驼，总归叫山丹一个女娃放羊不安然。”曲米换不无忧虑地说。

“俺倒想看看‘黑牲’倒是个什么东西……”

谁能料到第二天就让严拴绊知道“黑牲”是个什么东西了。

当然，首先见识“黑牲”暴虐的是山丹。在这个秋日的晌午，该死的“黑牲”如同一团黑色的雾气随风而至。两百年来他们总会冷不丁在大青山沟壑野林里扫荡一回，“黑牲”给大青山人增添了无穷无尽的梦魇。

每隔几年总会有几户人家遭了“黑牲”，他们也算是撞上大霉，失了牲口断了一家人的生路，有时还要搭一两条人命。人和牲口就在一个傍晚迟迟不归，家人寻遍大青山沟沟坎坎后影踪全无，便有了结论——一定是遭了“黑牲”。即便从“黑牲”手中留条命，却也沦个家破人穷，绝了生活的念头，到后来还不是寻死上吊跳崖头。

大青山人哪个说到“黑牲”心尖尖不颤？恨不得咬在嘴里头嚼碎。但谁又见过“黑牲”是个甚样儿？

“叫俺逮住，定剥了狗日的皮，抽了狗日的筋！”严拴绊说时一脸杀气。

可这回山丹真真儿遭了“黑牲”。不是枣骝马通了人性，差一点点叫“黑牲”先奸后杀了。

这一天和往日并没有什么不同，秋云悠悠，衰草漫漫，羊群在山坡上静静吃草，仿佛是棋盘上布满的棋子。山丹站在一个制高处看她的枣骝马撒欢儿，一会儿不见它回来，她便亮开嗓子吼，眼见远处四匹马分前后而来，四个人黑衣黑裤，骑的都是黑马，犹如一朵黑云随一阵黄尘而至。山丹同时感到一股戾气袭来，只感觉大事不好，知道这是昨夜公爹说的‘黑牲’，心里慌乱身子却急忙俯卧在地上。两个人直接朝她而来，另一对人扑向羊群。山丹见势不妙连连高喊救命，一边抓把土向两个黑衣蒙面贼扬去，两个贼人慌乱一气才把她逮住摁倒，其中一个狠狠地挥拳砸在她的右额上。

“俺们只要牲口不要命，想活命就听话！”山丹被摁在地上，摁她的人脸遮挡着，眼神阴邪。这个人乘另一个蒙面人用麻绳捆绑她时，他的手竟游串至她的两个奶子上，那手粗暴涩硬，同时一股血腥气味扑鼻而至。但她又承受了一回那双捆麻绳的手的侵犯，他的手同样把她的奶子恣意地搓摸了一顿，同样的粗暴如锉。

山丹被反绑着，仰面于一处斜坡上。她透过蒙面黑布的破洞看到两个贼人的眼睛淫邪外溢，仿佛刚刚对这个女人的性侵意犹未尽，目光不舍地停留在她漂亮的脸蛋上，被黑手还是野风撩起的衣裳裸出白嫩的肚皮上，还有让他们爱不释手的半裸的少妇酥胸……他们淫亵的目光是那样的犀利而缠绵，仿佛野兽在看一只猎到手的小鹿，似乎寻找一处嫩弱，随时一口下去，山丹感到被风吹过的肌肤灼痛难耐。

两个蒙面贼人说了一些山丹听不懂的黑话，从他们淫荡的表情上她判断出其中一些内容都与她有关。尤其是他们最后发出的淫笑叫山丹的心几乎要破碎了。她知道，今天她和她的羊群将要永远消亡在大青山的崇山峻岭之中，她仿佛看到自个儿被他们恶臭的身体蹂躏之后，身首异处，严拴绊寻找她的马蹄从掩埋她尸体的土层上急驰而过。山丹绝望地望着天边的云彩，有一两只鸟儿飞过，她心里祈求道：“把俺的危难告诉给俺男人吧！”

一只沙狐匆匆而过，它警觉地看了看这个捆绑了手脚的女人，好奇地凝神思考了一会儿，便匆匆走开了，它不知道人类又在玩什么把戏。

不知过了多久，山丹全身麻木已感知不到自己的四肢，她猜测“黑牲”们该杀完羊回来收拾她了。轮奸！活埋！碎尸后把她的肉和进羊肉里卖掉。她的肉被无数的红口白牙热切欢迎，她的大腿、大臂、屁股被切成粉红色的肉丁、肉片、肉丝、肉末，被蒸、被烹、被煮、被烤、被炒……一些剩余的部位被扔进深沟，狼、狐、黄鼠狼和山鼠的利齿轮番噬咬，但没了肉的白骨上依然附了成千上万只虫蚁继续蚕吮她的油脂……她不禁惊恐地嘶叫起来，却没有发出声音，她不知道她的嘴叫什么恶物堵了。这时，她听到了生机的呼唤，由远及近。“嗒嗒嗒……”耳熟能详的声音清脆悦耳，宛若天籁，她的枣骝马的蹄声如同长生天奏出的生命之歌，她不禁热泪滂沱。

枣骝马嘶鸣着，用它的长嘴去拱它的主人，仿佛在表示离开的歉意，它无法抵挡一匹漂亮小母马的爱情，在一片辽阔的绿地上尽情缠绵之后才想起它的主人。很快它就发现了不妙，麻绳，这种令渴望自由的生灵所诅咒的恶物，此时剥夺的却是主人的自由。它意识到离开后所发生的恐怖事情，急着用结实坚韧的牙齿去撕咬麻绳，麻的纤维坚决抗拒着。终于，山丹的一只手摆脱羁縻。

这时，远处传来的马蹄声宣告“黑牲”的卷土重来。心急如焚的山丹又一次陷于绝望之中。僵硬的身体愈加不由自己支配，枣骝马沉静地卧倒，等待主人身体的重力附于背上时才从容起立。它抖动身体将主人与自己更加服帖，然后它突然发力，瞬间便消失在小山梁后。背后先是“黑牲”的惊叫，随后便是十几声枪响，显然人质的逃脱对他们意味着灾变。“黑牲”判断追不上这匹神速快马，慌忙掉头而去了。

山丹几乎是从马上跌落到院里的。严拴绊正在附近的山梁上瞭见应该是牧归的妻子。夕照下，他只看到妻子和马像箭一般射进来，他知道大事不妙，跳下崖头追了去。山丹鼻青脸肿，急躁却说不出话，喝了几口冷水才哭哭啼啼、吭吭哧哧地描述了发生的事情。没等把话说完，曲米换就猜出原委：“不好！遇上‘黑牲’了！”一般他很少这样大惊失色。

“羊！俺的羊！该死的贼！”严拴绊听到“黑牲”二字，首先意识到自家的羊群完蛋了，一边大叫一边从家里拎出他的德国枪来。曲米换也操了那支老枪出来。

山丹不顾疼痛非要跟上去，家里只有两匹马，只好选了头年轻壮实的儿骆驼，三人、两马、一驼、两狗组成的队伍急切切地冲出倒返沟。

枣骝马好像明白了主人们的意图，一路打头率领这支队伍向山丹被捆绑的地方急驶。这时天完全放黑，夜幕下群山黑咕隆咚像描绘中的地狱，马蹄惊起的鸟或野物发出的响声在黑夜中无限放大，也令山丹惊叫，严拴绊几回喝止她不要出声。

一个多时辰后，枣骝马停下了蹄子。

“‘黑牲’捆了俺的地方就是这儿！”山丹说。

“咱们只能朝南走，他们不会把活羊赶出山口，四五个屠家连夜屠宰至少也要明儿天亮才能杀完。一般‘黑牲’不卖活牲，所以他们一定有个落脚的地方，先把羊宰杀剔剥了，九十只羊少说也有三千多斤，一次贩卖驮运都是问题，只好分批再卖，储存又是问题。因此他们只有一个去处——冰洞沟。冰洞沟有一洞虽不足十丈深，却一年四季有冰凌不化，人进去出来都冻得发抖，若存放羊肉半月二十天没有问题，‘黑牲’只有在冰洞沟才可以做完他们的勾当。”曲米换分析起来像说书人口中《刘公案》《施公案》中主人公断案的故事情节。

故事也诚如曲米换所预判的那样去发展。他们在黑暗中前行了很久，枣骝马和两只犬顺着遗留下的羊群的气息最终追踪到冰洞沟沟谷前。透过刚刚升出月亮的淡淡的光芒，只觉得崖壁高耸，山势陡峭，沟中溪水流淌的响声成为静谧夜里的旋律。远处不时传来狼嗥。

“狼在给伙伴报信，说它发现有人杀牲口，有很多吃的。”曲米换听懂了狼语，又说，“这说明‘黑牲’就在不远处。这些家伙比鬼也精，一定布了暗哨，咱贸然进沟怕叫狗日的打了黑枪。咱要么等天亮他们人困马乏时再定夺。”曲米换很谨慎。

“等到天亮，羊叫狗日的杀光了！”严拴绊急了眼，话带哭声，但他又说，“俺先一个人进去，若是平安，画个曲灯，见了亮你们再来。”严拴绊初生牛犊，却也心细，山丹怕男人出事用手抱住他的胳膊想阻止他，被他用劲扒开，山丹知道他要做甚无人能拦住，劝也无效，只得任由他去。

听着严拴绊细碎的脚步声渐渐远去，湮灭在溪流声中，黑头和黄头也跃跃欲试，意欲随他而去，却被山丹低声喝住。

严拴绊的杀手本性在这个黑夜得以极大的释放。

他那夜视功能的发挥让事态变得简单。他一眼看见崖石下一个由羊毛毡撑起的尖顶小毡帐中蜷缩着一个人正在睡觉，一匹马在静静吃草。这匹马只是惊讶地抬头看了眼径直走来的大个子人类，发现他的两眼闪耀着凶恶的光芒，马便失去了与来人对视的勇气，短暂的不安后发现人不是冲它而来，便低头继续吃它的草。

它的眼睛告诉它那人正以一把利刃去结果它成日以刀杀生的主人。尖顶的毡房子倒下了，主人两只裹了牛皮的蹄子（它们这么称呼）乱蹬，如同时常被他们宰杀的牛羊临死前抽搐的后蹄一样。一股血流喷涌而出，散发出浓郁的牛羊血一样的腥味……

严拴绊并未划亮他说的那根曲灯火，而是自己一人朝冰洞摸去，他认为他“一锏杀”杀牲口拿手，杀人也不手软。谁杀了他的羊，谁就该偿命。那两只摸过他女人奶子的脏手也该砍下。

“黑牲”在冰洞的入口处拢了一堆篝火，远远望去，狭小的洞口血红朦胧，不断有烟夹带着一种戾气涌出洞口。借着烟幕的掩护，严拴绊悄然溜进洞里，靠近火堆时他看到四周堆积如山的剥去羊皮的羊尸，另外也有二三十只过命的死羊，因为担心尸体冰冷而临近火堆拢放了一圈，显然“黑牲”不希望羊尸降温而影响开剥。三个“黑牲”或开膛，或剥皮，或剔骨忙得不可开交。一个家伙显然感到有人进来，并确信是那个放哨的。

“不好好瞭哨，跑来闹甚？爷们又不是吃喝，也不是弄女人，你有甚放心不下的！”剥皮的那家伙一边以拳头戳击已剥开的羊皮，拓展剥离面，一边头也没抬质问进来的人。

“你要是把绳子捆得紧些，那年轻女人也跑不了。心里只顾要揣摸人家的大奶头，连你妈链牛块[47]也忘了怎么挽。”

“你也有脸数算他，你也摸了那女人的奶头，若是把那女子 × 一顿，怕是剥羊皮手也软了！还不是你俩个骚胡不中用，把一个嫩生生的女子放跑，吃到嘴里的美味也能叫飞掉？！”

另一个剔肉的家伙反戗剥皮的，他的刀刃极其锋利，贴着羊排划过，骨肉便分离了，像扯去一片衣襟。营生做得利索，也没耽误嘴里絮絮叨叨地抬杠。

“没有女人这头公猪也不误眯上一觉！只害得众人没把那个俊俏女女受用成。这场买卖做完，你到西河沿花钱弄几个窑姐给俺们补上……”

“你们赶快拿钱赔老子的羊吧！要么你们都得偿俺羊的命！”

严拴绊开口说话了，三个“黑牲”目瞪口呆，剔肉的把刀子划到手上。他们很长时间弄不清那支德国猎枪的枪口是如何杀气腾腾地对着他们的，一时间吓得灵魂出窍。他们一齐心里诅咒该死的暗哨，因为他捆绑不严跑了那女子招来报复，放哨贪睡失位又误了大事引敌入巢。行走江湖二百年的“黑牲”营生，传了子孙六七辈子都万无一失，今天叫这货害得马失前蹄，莫非“黑牲”要行将终结了？他们要在这个持枪少年面前栽个大跟头吗？他们“黑牲”从此成为江湖笑料满盘皆输吗？他们知道那大口径火枪的威力，它会把无数粒铁珠珠无情地镶嵌到他们的腹胸、四肢和五官里。

但三个人一致地心有不甘，毕竟他们每个人手中都握有一把闪闪发光的利刀，更何况持枪的只是一个乳臭未干的小子，只要稳住这小子一定会找到翻盘的机会。他们很快恢复了“黑牲”本色，三个人淡定从容、面无惧色、步调一致地朝着严拴绊走来。

“娃娃，俺们杀你九十只羊，你杀了俺们一个人。你要觉得这事没扳平，咱好好商量，赔你个够过怎样？”一个家伙首先开口试探对面的娃娃，但他铁佛一样的脸和一双刺人的眼毫无所动，立刻又改口道：“俺们赔你羊钱，死羊也归你，从此各走一方，互不纠缠。如何？”严拴绊看清说话的长一脸连鬓胡，从头到脚腌臜得像头刚在粪坑里打过滚的猪。

“哄哪个鬼？狼和羊拉姑舅亲了？你们都给俺的羊偿命！”

“小后生，俺们也是可怜人，也没忍心伤你家的女女……”这人很年轻，无须，黄齿，脸上堆满笑，但笑得很假，连严拴绊也一眼看穿假笑后头的奸诈。

“你刚刚还后悔叫那个女女跑了，不要狗戴毡帽装好人了！不拿钱你们谁也见不上今儿早起的阳婆了！”严拴绊看到他的假笑凝固后更假，像白道口正月十五办红火人戴的面罩。他看到白脸朝旁边一个黑瘦矮小的汉子轻巧地瞥了一眼。

“也不过九十来只羊，赔你就是，放过俺们……”连鬓胡总是一副可怜兮兮的样子。

“九十来只？俺那都是对牙、四个牙[48]的母羊，都坐了胎的，入了冬就是一百八的羊群了，都叫你们这些不长尾巴的牲口给作害了！”严拴绊说着哭了起来。

“那就按一百八赔你，你放下那枪好商量。”白脸语调像哄娃娃，温润耐心。他甚至扔掉手里的刀向前跨了一小步，严拴绊看出他在吸引他的注意力。果然，那个小个子扬起手臂，屠刀挟带着细小而凄厉的声响而来，严拴绊像只豹一样敏锐地跳跃到了丈外的一块石台上，抬枪就射。一声闷响小个子的身体后仰倒地，铁铜无情地撕开他坚实的胸肌，切断他蓬勃的中枢血管和神经。血液立刻逆着弹头来的踪迹喷薄而出，一股血扑向火堆，发出刺啦啦的声响并伴出一团浓浓臭味的气浪腾起。

白脸就地打滚到一侧洞壁。那里仿佛悬着几件皮袄，白脸竟从皮袄里拽出一支枪来，连鬓胡也持屠刀疾速逼近正在装弹的严拴绊。白脸拉动枪栓，子弹上膛的声音嚣张而坚定，枪口的一团火光发出了死亡的讯息。严拴绊不由得腾挪了几步，白脸的子弹啃咬在洞岩上，顿时火花四溅石屑纷飞，溅在严拴绊的脸上令他生疼难忍。白脸在移动中又一次子弹上膛，同时，连鬓胡也乘势把锋利的屠刀指向严拴绊，“黑牲”心狠手辣的本性彻底显现。

枪又响了，这是一声闷雷般的怒吼。这不是白脸的步枪，也不是严拴绊的德制猎枪。严拴绊分辨出数百粒铁砂粒在窄小岩洞里旅行的脚步。

曲米换的及时赶到把严拴绊从刀刃和枪弹的威胁中拯救出来。他在距离仅仅五丈远的地方开了枪，那老旧火枪在岩洞里产生了巨大的威力，泻出的铁砂雨把那张狰狞的白脸瞬间打开了花。他的惨叫马上湮灭在了枪的轰鸣及回声之中，散开的铁珠也制造了恐怖的场景，无数的岩石碎片四溅坠落。连鬓胡分神之际，黑头和黄头早把他扑倒在地，严拴绊年轻矫健的脚步乘势逃离了他刀尖的势力范围，这时他从容地把一枚大拇指大小的铜质的弹壳装入猎枪，连鬓胡又一次陷入阎罗王的套索。

白脸并未遭受重创，一只眼睛被打瞎，剧痛叫他彻底放弃了求生的欲望。

“爷杀人也有几十，牲口更是无数，一生缺德，死也不屈，早就活够了，快些用屠刀割了俺头，叫爷死个痛快！爷到了阴间也感激不尽。”白脸不知是对枪击他的人说，还是对那个凶残少年说。谁也没看见严拴绊何时操起一把屠刀，顺势一挥那颗残破血污的白脸的头颅从那具扭曲的身体上分离出来，像倭瓜蛋一样在地上滚了几滚，一直滚到山丹的脚下，把满脸惊愕的山丹吓得蹦了一蹦。

“放过俺吧！俺家里还有四个娃娃、一个老娘指俺养活了，放了俺，给你当牛做马报答你们！”与白脸的硬气豪壮相反，被黑头和黄头控制的连鬓胡却稀怂得像堆稀屎。

山丹从连鬓胡的哀号声中辨出一些熟悉的东西，那只粗野的手掌和令人恶心的臊腥，还有用她母亲遗产所购的羊群都叫这些人渣毁灭，山丹一脚踢去，连鬓胡的惨叫像一只待宰的山羊那般凄厉，想到四个娃和他的白发老娘，她刚刚点燃的怒火又被浇灭了。“要么放了他吧！”她看着两个男人说。

“杀他一百遍也不解恨，放他！？告诉俺你们的黑钱藏在甚处？”严拴绊大声问道。想他摸了自家女人的奶头，不由恶狠狠地在他身上踢了一脚，连鬓胡刚要嚎，严拴绊又一脚踢去，更凶狠有力。

“钱是有！只是不带在身上，俺们都有帮规。每次做完盘子[49]卖钱后都回前山老家分赃。俺们都是有家口的人，又都十拉九亲，祖上几辈子合伙当‘黑牲’，有的还结了亲。分赃时都是明分，钱都入了老婆或爹娘的手中。出来做盘子又不需多少本钱，也不需多少钱带在身上！”连鬓胡是个怂包，听得出说的是真话。他看到活命的希望，连忙又说：“只要不杀俺，跟俺到前山老家起些银钱赔你的羊，只要放过俺这条贱命甚都好说！”

“信他的鬼话，他哄你到前山取银子正好给同伙通风报信。只怕银子没取，倒赔进一条命！”听到赔钱，严拴绊眼里立刻放出光芒。听山丹一说，心又凉了。

“你那同伙救不了你了。”曲米换从地上拾起那把剔骨刀，在贼人胸前举起……听那连鬓胡叫道：“你们杀了俺，‘鬼点子’和‘红头铅冠’只怕放不过你们，能把你一家满门抄斩。”连鬓胡怕死，见来软的不管用，连忙搬出硬货，想吓住他们。“他们跟鬼一样精怪，不出半个月顺着血腥就找上你的门。放了俺，给你们求个情……”

“先给你个人求情吧！要死的人还想吓唬谁？”

连鬓胡赶紧又重回软的策略：“羊钱照赔你，俺还有路道帮你们卖了这些羊肉，钱归你们。俺们‘黑牲’也讲个义气，也讲个良心！”连鬓胡挣扎着回头看向严拴绊。他看得出，这个条件能让少年杀手已经松动的心彻底放下。

“还要煽惑？留你性命好带着同伙寻上门来，把俺们一家铲了？再说，谁听说过讲义气、讲良心的‘黑牲’？”曲米换戳穿了他的企图，也彻底断了他的生路。严拴绊却愣怔了半天。

“留下这个祸害，咱们怕是一个也活不成！”曲米换见严拴绊犹豫不决，又说。

自知在劫难逃，连鬓胡终于放弃了幻想。

“今天俺‘臭胡子’是缺了磣子[50]了。只恨那样喜人的女子没有先奸后杀除了后患，才惹下杀身大祸。唉！”他边说边盯着山丹，竟让她生出一身冷汗，两腿发颤。

“你们恶事做尽，死也不枉。拴绊，给他个好死！”曲米换话音一落，枪就响了，连鬓胡的脑袋变成一只漏汤的西瓜，紧咬着他两臂的两只獒犬竟没有丝毫松口。

“除了这几个‘黑牲’身上的钱，其余的东西都作灭了，该埋就埋，该烧就烧。牲口卸了鞍子放了，不能沾手一点点物证，要不后患无穷。羊肉也带些近期吃的，狼群三五日便会连死人带死羊吃个干净。”

“黑牲”的七匹马、六头骆驼也值些钱，严拴绊盘算变卖了可以弥补一下损失，听了曲米换的话心凉了半截。只是三条步枪和大几十发子弹叫他眼馋，他寻个地方记埋了，又做了记号，指望寻个机会取走。

严拴绊把四个“黑牲”的尸体剥得没了一根线，从“黑牲”里里外外只拾翻出十几块银圆，白脸的衣襟鼓个小包，拆开针脚却藏了一个金镏子。严拴绊仍不歇心洞里洞外地搜寻，他不相信“黑牲”成天明偷暗抢，却只有这么一点点钱，就觉得隐藏在附近，狼和狐子都会把到手的东西就地埋藏，他多次不劳而获了它们的战利品。现在，他相信他可以起获足以购回一群羊的银子。他充分调动了他的触感仍是一无所获，直到曲米换再次催促他处理“黑牲”的尸体好早些离开。“黑牲”赤光光的和那一大堆剥了皮的羊的尸体没二样，他们的尸体像码石头一样面朝下架在火堆上方，听得噼噼啪啪的，一股浓浓的烤肉的味道弥漫在石洞里，几个人捂着口鼻冲出洞口。他发现洞外几十只灯闪闪发光，他们知道这是狼的眼睛，显然它们迫不及待地想饕餮这顿夜宵大餐了。

严拴绊站在洞外一副恋恋不舍的样子，他还是不甘心放弃“黑牲”记埋的浮财。

“刚才那臭胡子临死也说了几句真话，‘黑牲’也是人，也有家有业。他们也不是野物，不会常守在山里。冰洞只是他们临时宰杀和储藏牲口的地方，一旦露底便永不再来，哪会把家当藏于此地？眼下咱做了四条人命，保守好秘密才可保得一家人平安。破财消灾这么个道理和你说不通？”曲米换说。

“爹说得明白不过，只当是羊叫狼群祸害了。咱天生的穷命，福不住这好光景。”山丹就哭就说，她比拴绊子更心疼那群被糟害的羊。她怕男人惹事，又说：“你不要把眼睛安在脚梁面上，盯着几个钱不放，一家人的性命比甚也金贵。”

“咱人没受治就算烧了头柱好香。再说咱也报了仇，泄了恨，杀了四个贼人，这事也算了结了。”曲米换牵过马又催促他走。晨光扫过严拴绊的脸，他湛蓝的眼睛里凶光闪闪，脸上满是愤怒。

38 除恶

一家人重新回到两个半月前，但日子过得愈加沉闷。受了“黑牲”的重击后，这个家庭的心头肉消失了，一家人的奔头也消失了，一个苦难女人刚刚唤醒的快活又消失了，一个蒙古少妇悠扬的草原牧歌也消失了，甚至年轻夫妻的床笫之欢也悄然消失。只有“黑牲”的阴云久久不肯散去。

刚刚过了晌午，骆驼们就吃饱了肚，二百头骆驼一大片卧倒在野苜蓿草地里，大嘴巴不停地咀嚼，远远望去像一蓬蓬荆棘草。严拴绊找个孤树的树荫想小睡一会儿，刚躺下身子，便觉得有人来了。他迅速找了个制高点瞭去，只见从东面山上下来了两个骑马人。昨晚曲米换就说，有两个骑马人满山头转弯子，看见牲口群便下马和牧人寡说，最后问有人是否丢了牛羊。有几个爱说话的，平时也见不上稀罕人，这两人递上几袋烟，说话也就多了些，后来竟忘了问两个人跑到这荒山野沟闹甚。好在也没说出些妨碍他家的话。但他的心仍提在半空，担心这正是“黑牲”派来寻找失踪同伙的。他一再叮嘱拴绊多长个心眼，碰上这两人问起，就说山里起了土匪，把事推到土匪头上。土匪是“黑牲”的克星，只要碰上便黑吃黑，下手极狠。这样可以转移他们的视线，迷惑他们的判断。

果然，他们来了。

“小后生！放骆驼啊！”问话的是个麻坑脸，骑匹黑白相混的花马，穿着一件黑衣羊皮坎肩儿，头顶白色羊毛毡帽，一眼看去真是黑白分明。他一笑两眼竟眯没了。

“明明不是放牛嘛，这话问得失笑！”严拴绊这些日子还纠结在“黑牲”破坏了他当掌柜梦的事上，说话老想和人抬杠。他的回答立即引起骑红马的红脸汉子的不快，刚要发作，麻脸举手制止了他。

身处下风处的严拴绊早就嗅出了前些日子“黑牲”们的气味。想到那日“臭胡子”说过两个人——“红头铅冠”“鬼点子”，他的心里一惊一喜，惊的是这伙人追踪而来一定不会善罢甘休，喜的是两个人身上一定有不少银钱，杀了他们既可以断了“黑牲”的根，报了仇，又能得些钱，也可找补回些损失。

“小兄弟，打听个事，你若知道俺赏你银子。”说完掏出几块明晃晃的银圆，整出哗啦啦的声响。这人大概小时害痘没出尽落了麻，花花点点，比起烂六却要轻浅些。

“甚事？”严拴绊故作惊喜地问道。看似银钱对他产生了巨大的吸引力。

“俺有几个弟兄进山贩牲口，钱不够，俺们来送钱，却寻他们不见，你若知道告诉俺，送你一块银圆割肉吃！”大概是叫“鬼点子”的麻坑脸说道。

“知是知道，你要先给钱才行。”严拴绊装作怕被哄骗的样子。

“那快说！要不……”大概叫“红头铅冠”的红脸家伙又发了怒，“鬼点子”又阻止了他的冲动，笑着把一块银圆扔向少年牧人。

严拴绊把那块银圆反复端详，又学白道口的买卖人吹了几口，也没听到人说的嗡嗡声。

“钱也拿了！你该告诉俺们了！”“红头铅冠”用手向上扶了一下黑色牛毛毡帽，毡帽发着金属的亮光，像一个年久的溺器。

“昨日后晌确有四个骑马人断一群羊路过，一个骑黑马穿黑衣的连鬓胡问俺狼窝沟从哪走，俺指给他，他身上的味道呛得人想吐……”严拴绊看见他俩相互看了一眼，仿佛少年人所言正是他们需要的。

“小兄弟！快告诉俺狼窝沟怎么走？”“鬼点子”急切地问他。

“朝南十里，再朝西过三个沟口，第四个沟岔再走十来里就是三岔沟，中间的就是狼窝沟了。”

“乱糟糟的，和没说一般。你送俺们一程怎样？也不叫你白送，再添一块银圆给你，如何？”“红头铅冠”一副和蔼的样儿和严拴绊商量着。

“钱是想挣，俺一大群骆驼没人照看，丢了上吊也挽不下套子！”严拴绊装作一副胆小怕事的可怜相。

“这样，你送俺们个十来里，也不误你搭照牲口。”那人心想入了沟便由不得你。“人不能和钱有仇，对吧？”

“十来里路不远也不近，又不好走，步行来回要好久，挣你俩钱，丢一头骆驼叫俺连娶媳妇儿的钱也要赔了进去。”

“不要啰唆了，和俺合伙骑上马，保你不误事！”“红头铅冠”拍拍马背，很是不耐烦。

严拴绊人小鬼大，装着不会骑马的样子，费了些周折才骑到花马后部，他人小却沉，肥壮的大红马艰难地载负着两个人。“红头铅冠”很心疼自己的马，眉心聚集了些恼火。

“走上一段，和俺换换骑一段。”“鬼点子”看出同伴的不快。严拴绊听出这绝不是十来里地的事。

马在山谷里奔跑，严拴绊将身子紧贴在“红头铅冠”的后背上，双手紧抱着他的身体，他已摸清他两把短刀的位置，而搭兜兜里有一支锯了半截枪把的快枪。“鬼点子”表面轻松，心里却始终没放松对少年的戒备。他的马一直在花马的后头，严拴绊没找到一点儿下手的机会。

转眼行了十来里，严拴绊便扭动身体要下马。“红头铅冠”火了，回过头亮出那张烧红的烙铁般的红脸对他咆哮：“你当这钱是好挣的？领不到个地方上，爷把你剁了喂狼！”“鬼点子”发起狠，破破烂烂的像是下满蛆虫的脸难看万分。严拴绊便老老实实了，吓得要哭的样子。

“前头住一窝土匪，俺怕！”他唯唯诺诺地说。听到他说的话，两个家厮赶紧勒住马。

“小后生你说甚？土匪？你怎么知道？”“鬼点子”朝他伸长脖子一连串地询问，一脸的肃穆。

“刁过俺家牲口，还鞭子抽人。”他说时很胆怯。

“你怎么知道他们在这沟里？”麻子脸又问。

“俺爹说隔一段时间他们就过来，他们有几处庵窝[51]。叫俺放牲口离这一带远些。”他认真地告诉他们。

“日他娘的！二哥不会叫狗日的土匪黑吃了黑吧！”“红头铅冠”有些忧虑。

“几个小贼岂是他的对手，不过还是要小心。”“鬼点子”说着看了一眼严拴绊，他们的对话显然不避讳这个少年。只要找到地方，他们会像除灭一只耗子一样杀掉他。

“沟里为甚没有羊走过的蹄印？”“红头铅冠”向背后的少年向导发问。

“俺能知道？他们兴许走的是沟上的草坡？”严拴绊一脸娃娃才有的那种委曲与无辜。其实“鬼点子”知道他们的行规是不会轻易给人留下追踪的机会。少年说得对，他们走草坡是一定的。同时，与土匪相撞时宽阔的视野会为他们创造更大的迂回空间，甚至可以以一胜十。但是，他们的同伙究竟是否安全，他的心里也没底，尤其是这个小后生说了有土匪之后。

“黑牲”虽属匪类，却为江湖所不耻，更为各类土匪所不容。所谓盗亦有道，“黑牲”所为只要是能达目的，无所不用其极，杀人灭口，欺善凌弱，杀生害命，强奸妇女，明偷暗抢，手段极其下贱。“黑牲”所及，哀鸿遍野，十户九破。他们作案后极会嫁祸于其他匪股，因此他们被土匪视为败类，只要逮了便下狠手，意在清理门户，实则也有些趁火打劫的意思，因为他们有充足的钱购买利枪快马，仅装备这一项就令匪类们垂涎三尺。

“鬼点子”的花马又行在了前头，他的快枪始终处于警惕状态，这也感染了“红头铅冠”，他也把枪持在手里。在一个岔路口“鬼点子”回头吹了声口哨，“红头铅冠”也回过头问道：“小家厮！走哪道沟？”严拴绊伸长手指向西南。

红脸的马走入这道从红色胶质土中冲刷出来的沟壑，沟深有十几丈，高直的土崖挡住了阳光，沟内阴暗潮湿，一股泉水冷清清的，流着细水微波，让人肌冷骨寒，恐意暗生。马蹄声也显得分外沉闷。

“鬼点子”回头示意“红头铅冠”紧跟上，随即对胯下马发出“啾！啾！”的口令。原来沟掌突然收紧，仅一人可过，下面坑洼坎坷，河水积满隘口，也看不出河道深浅。马显出不安，踌躇不肯前行。“鬼点子”正在安抚和鼓励它通过。

红马驭了两人，显得战战兢兢，挨了两鞭依然不前，“红头铅冠”便喝令严拴绊下马。“下去走几步！想压死马？”严拴绊只觉得机不可失，装着艰难下马摸到了他的短刀，“红头铅冠”显然感觉到了什么，本能地伸手去阻挡那只伸向胯部的手，少年眼疾手快，那把“黑牲”专有的夺命利刀已从左手转移到右手，刀尖无声无息地戳破“红头铅冠”后背几层厚实的衣裳，毫无阻挡地直穿过前胸。严拴绊看他的脸扭曲着由猩红涨到黑紫，他痛苦而无力地叫了一声，便从马上坠入河水里，他伸长的脚把少年杀手也绊下马来。大红马减了负，但它却停下前行的脚步，回头看掉在水里的骑行者。

水深不过二尺多，却冰一样寒意入骨，严拴绊嘴里呛入水，只觉得其味咸涩，吐出口才看到那水发红发稠。他也来不及作呕，只见“红头铅冠”仰面朝天瞪眼看他，浓红的血正由他的躯体处涌出，他的脸却白嫩光亮，仿佛刚刚出土的大白萝卜。

严拴绊也顾不上冷和怕，一心想把那支锯了枪把的快枪抢到手中。枪在水里浸泡着，严拴绊想取走时却发现被什么东西牵绊着，使劲一拉带出了“红头铅冠”的一条胳膊，那只粗黑的大手牢牢握着枪柄，身体被旋了一圈直至拧到脸面朝下也没松手。严拴绊便一只脚踩在背上双手抓住枪两端用力一扯，那只手无可奈何地张开，少年的身体后仰跌在水中，血色的浪花高高扬起，严拴绊同时听到一声刺耳的枪声，接着是子弹上膛的咔嚓声。

“鬼点子”那发子弹本可以打中正在拽扯枪支的少年，“红头铅冠”的大手若能再坚持眨眼的时间，严拴绊的胸膛定会开花。少年后倒的身体逃过这颗子弹，严拴绊知道另一颗子弹必然接踵而来，便在水中打了一个滚儿。“鬼点子”依然没有显出惊慌，只是一直在疑惑一个少年为何不顾死活和一个凶猛的劫掠者厮打。当严拴绊夺枪旋过他的身体时他背部插着的刀柄告诉他，这个少年绝非反抗他们的绑架而激情杀人那么简单。这和失踪的四个同伴定有关联。现在他要做的是杀死这个少年，在他死前，搞清楚他的同伙的状况。

“鬼点子”的靴子趟过血河，步伐坚定，面带杀气，持枪的右臂高举着。他只想知道他的兄弟是死是活，向着在泥水里挣扎的年轻身体奔去，他做梦也未曾想到一个少年会赏赐他一枚子弹。就在他走近时，看到少年前胸浸满了他兄弟的血，那血被河水裹带成红色的水珠朝他飞来。他兄弟的血腥刺激着他狂噪的情绪，眼前的少年如同一只可怜的羔羊似乎只能任他折磨虐杀。

但一个可怕的场景出现了。

那只待宰羔羊龙卷风一般从水中旋起的瞬间变成了魔鬼，把一双蓝幽幽的眼光、两排白森森的牙齿和一弯鹰喙一样锐利的鼻子亮给他，还有那孔毒辣辣的枪口。他心里一惊，太小觑这小子了！还没来得及反应，他的身体已轻飘飘地落入浅水中。那位少年狰狞的脸对着他啐了一口，他清清楚楚地听到少年在说："'黑牲'都是老子杀的！"

"你可是'一锏杀'？俺只当是个谣传……""鬼点子"认真地问他。他的麻坑惨淡地分布在脸上，脸由于失血显得苍白，麻坑便更真切了。严拴绊点点头，透着少年的洋洋自得。

"天生是个做'黑牲'的好材料啊！"

"鬼点子"说时声音绵软无力，凭严拴绊的听力才勉强听到。多少天严拴绊没品出死人是夸奖他还是贬损他。

39　猎殇

这天应该是立冬，整个大青山冻成个冰坨子，但并未冻住曲米换和严拴绊父子俩的腿脚。在严拴绊力杀了最后两个"黑牲"后，一切归于风平浪静。种种迹象表明隐伏在大青山的这一巨祸已被剪除。特别是严拴绊从那死人身上翻出六十几块大洋，买羊的念头重又生了出来。严拴绊看着平安无事，想卖掉偷藏下的"黑牲"的快枪，话刚出口就遭到继父和山丹的一顿猛烈批判。

"你娃真是要钱不要命，家里才太平了几日？贩卖军火是你能做的？再说'黑牲'的残余也不知净了没有，你瞎胡闹会招来家毁人亡！"曲米换恼怒起来，话不多，却震人。

“吃进大豆拉山药蛋——尽做拉疙瘩[52]营生。你能想起卖枪的主意？还不如卖老婆更好，买主也好寻。”山丹早就摁不住火了。“想金盼银，一辈子受穷。本本分分做个人就不行？……”山丹紧跟上一顿数落，严拴绊不想听走了。

打牲是唯一能增加收入的途径，严拴绊和继父又回到深山老林攫取财富，他们都渴望拥有一群羊。这一天，他俩解下一个套中的狍子和一只饵弹炸毙的红狐狸，之后曲米换踏着积雪进入一片树林，严拴绊把猎物捆绑后连拖带扛弄到山下，再捆绑在枣骝马背上，翘首等待继父下来一同回家。

一切毫无先兆地发生了。曲米换作为一个有经验的猎人犯了一个致命的大错，他对这个季节瞬息万变的气候缺乏应有的判断和防范。晴空万里的大青山放眼四望一片银色世界，山峦仿佛覆盖了一幕巨大的帷幔，太阳的照耀试图要剥离掉强加给崇山峻岭的一切伪装。然而它又突然转身隐藏在一张漫漫无际的大黑幕里。刹那间白道梁就地刮起白毛风，浓稠的雪夹带着呼啸，像一条条舞动的恶龙叫人心惊。这时严拴绊敏锐的视力已无法看清一丈开外的东西。

大青山这片地方如天塌地陷一般，风的呼啸仿佛天在哭吼，地在旋转，刚刚空虚的崖下瞬间被雪流瞬息填充，严拴绊和枣骝马被挤压在一个狭小的空间，仿佛一下子坠入一个令人恐怖的冷酷世界。天不怕地不怕的他不由得胆战心惊，慌忙牵上枣骝马连滚带爬艰难地挪到一处高崖底避风。雪流像一缕缕瀑布从崖顶直泻而下，源源不绝。严拴绊知道过不了多久他和马将被掩埋在积雪之中。

“嗷！嗷！嗷！”他不停地发出信号，但他的嘶吼马上被强烈的风啸所湮没。他急切地希望看到那个瘦高身影，可始终不肯出现。天色愈来愈暗，严拴绊不敢多停留，枣骝马不安地嘶鸣。他感受到它要他离开的强烈信息，他犹豫不决之际启动身体，一股强大的力量牵引着他前进。他深一脚浅一脚用了三个时辰才回到家里。他希望继父挺着高大身板盘腿坐在窑洞的火炕上抽烟，一壶浓酽的砖茶冒着热气。

他急迫地推开那扇低矮的窑门，门框撞到他的头顶，他也没有顾及那顶掉在地上的热气腾腾的狐皮帽。他的目光在灰暗的窑洞里搜索了几遍。不等他发问就说：“怎么就你一个人？爹呢？”

山丹急切的询问如五雷轰顶，严拴绊整个人仿佛又跌回冰天雪地之中。严拴绊的皮袄像在笼屉里蒸过，羊毛浸透了他的汗水。这一刻他的身心透支后像一堵泥墙被水泡过轰然倒塌。他在倒下时听到母亲的惨叫……

一家人在暗无天日的白毛风肆虐的三天里备受煎熬，拴绊娘几乎不停不歇地号了三天三夜。山丹不住气地捻着羊毛线，眼泪也像毛线一样延绵不绝。天一放晴，严拴绊就央求沟里能动的汉子们去寻找曲米换。他们在断魂坡的桦树上找到他的尸体——他被自己下的套索套住脚脖子，头朝下吊在树上——树枝的张力把他弹射到一丈高的高空。人们把他抬回家如同抬回一块硬邦邦的木头。

四十五岁的曲米换就这样走到了生命的尽头。

一班子鼓匠倒也卖命，一个通宵的丧曲儿吹得泣泣哇哇、凄凄婉婉。悲催的三寡妇几回把身体挺僵成个硬棍。最终就那曲《苦伶仃》把这个伶仃的灵魂吹出倒返沟，他只带走一口制作粗糙的桦木棺材，这是他在三耗子死后又为自己预制的，显然他早已预知到这一天要来临。他被葬在白道梁那座高大坟茔之旁，那里有他先祖“九斗弓”以及那个荣耀无限的家族。他将是这个大家族归来的最后一个成员。

曾经尚武的晋西北曲氏豪门从此根断大青山。

大青山虎啸岭上的大坟丘正在被岁月的风雨荡平。

那里是野兽出没之地，当是这个一生对野生动物予取予夺者的最好归宿。这个渴望建造温暖巢穴的猎人带走了一个新家庭的蓬勃生机，也让三寡妇重新成为三寡妇。

严拴绊生命里又一个导师的离去让他长达半年的时间失了猎性，饲养骆驼的营生拴住了他十六岁的身体，也拴住了他驰骋山野的快乐。十八岁的山丹却表现出前所未有的快活，纳令河边一个少女的浪漫情怀得以回归。悠然动听的歌声在大山深处响起，带着纳令河的波涛、敖伦斯木草原的流云和牧人自由奔放的情爱宣泄。她唱得忘我时会叫三寡妇粗暴地打断：“哭丧了！？母猫嫌窝[53]一样！”喝骂后她便又昏昏睡去。

三寡妇近来总是有睡不完的觉，她像头骆驼不停地咀嚼着往事，眼睛也懒得睁，任何响动对她造成的惊扰都令她烦躁。梦里才有她可以选择的生活，她不愿看到远山那两处坟茔，她也不想看到一个越来越像魔鬼的影子，更不想看到一个女人心满意足于丈夫的爱抚。

严拴绊的一切都按照新的轨迹有条不紊地进行，直到那只老虎的出现。

40 猎虎

老虎成为横在严拴绊面前的一座大山，如果扳掉这座山，严拴绊面前就是一马平川。有多少人传扬打虎英雄的故事，白道口驿店里说书人口中众多的英雄好汉用各种手段打虎扬名。“武松景阳冈拳打虎”“李逵沂岭杀四虎”“关林戏虎”“李存孝少小打虎”……自然，能够打死一只猛虎一定是个英雄好汉。有一箭射去，那大虫在地上滚了几滚，大叫了几声便流血而死，也有只用三拳两脚叫这个嚣张的家伙趴地不起，看时已七窍流血而亡。

听《水浒传》里打虎的故事却很过瘾，解珍、解宝弟兄两个联起手来用两把尖锐的钢叉扎死老虎，勉强算得上英武了得。李逵手中有朴刀又斜挎一把腰刀，人又膀大腰圆，皮糙肉厚，有犍牛一般的力气。老虎又吃了他娘，心里窝了火，即便杀了四只虎也没弄出多大名气。唯独武松打虎颇费周折，说书人也费了口舌，虎来吃他，为了保命才还击，慌乱中把根哨棒打断，还是靠三大碗烈酒壮了胆才拳打那只饿虎，虎死了他也瘫软在地。武松反倒成了千年来最标志性的打虎英雄，就连那个小山坡景阳冈也因此闻名天下。

至于十来岁娃娃打虎的故事也有很多。《说岳》里头十二岁的关林有一段打虎故事，在那冈上拖一只老虎的尾巴，喝那虎走，像玩一只小狗。不高兴一手抓着虎颈，一手扑着虎腿，从山崖上掼将下来，“噗”的一下那虎便跌死了。《隋唐》中排名第四位的好汉雄阔海打虎更是轻松利索。半山林中碰到两只猛虎同时扑将过来，少年阔海上前双手擎住，那两只虎便动弹不得，他飞起右脚连踢几下，像踢一个木头刻的，又举手将虎朝山下一丢，像是草编的，那虎撞下山冈而死。

他又把一只虎一连几拳打死。李存孝打虎也显得十分容易。十来岁的李存孝碰到水牛一般的猛虎在草坡上咆哮大叫。他从容地跳下漫汉石，脱了羊皮袄，伸手舒拳，把个兽中之王当作塞了荞麦皮的虎皮枕头来打，提起来一条，放下去一团，比那爬羊也稀松萎弱。因此人们认为老虎再厉害，遇上英雄便成了只羊羔。

这些故事大大灭了百兽之王的志气，树了打虎英雄们的威风。一个年轻人的骄傲自负的情绪在大青山的老虎面前呼之欲出。每回在白道口驿店里听完故事，严拴绊的体内会产生无限的冲动。老虎仿佛是他不共戴天的敌人。兽中之王和未来的猎王之间注定有一次猛烈的冲撞。恰好曲米换死前给他讲的最后一个故事竟也是关于老虎是否配得上兽中之王这个称呼的。

那天严拴绊突然极想知道世上哪一种动物最厉害，虽然他早已知道答案，但他就想等待曲米换能对这个已是千古铁定的答案给予另一种说法。似乎大青山所有的动物好像都被这个人豢养过，因而他审度它们的视角总是出人意料。

曲米换并没急着开口，过了好久他才说："本来谁都知道虎是百兽之王，按理说大青山上哪一个野兽能是老虎的对手？偏偏就有不怕老虎的，非要和它争出个高下……"

"哪个有这么玄乎？"拴绊"嗖"的一下从炕上蹦到地下，两眼一闪一闪的。

"当然是牛，谁有大犍牛的谱气和胆气？！"

"牛连下牙也不长，就凭两个角角怎么能打得过老虎？"

"人和牲口一样，打仗凭本事也要斗勇气，主要斗个精气神。你占理你正气就自有一股气势随你。只要有缠劲有犟劲就会叫强过你的任何敌手胆寒。两年前上师四喇嘛指挥三百多人的拼凑队伍击垮杨猴小千人能征惯战的骑兵队伍，你娃娃抖尽威风，那一战还不是靠气势胜的？

"这是早些年发生在咱沟里的真事，那头牛的主人前几年才去世。那一天后半夜他们一家人被外面雷鸣击鼓的声音惊醒，紧接着听到吼叫撕咬吞咽的声音，又好像墙倒了，圈塌了，绳子断了。老婆紧抓着要起身的汉子'老天爷！老天爷！'地乱叫，两口子急得在炕头上打转转。过了一会儿听得院里没了动静，两口子还是没胆量出门察看。挨到天明才敢看个究竟，只见院里乱糟糟的，大黑犍牛不见了，只留半截缰绳在桩上。再看那小牛犊已被撕扒成了半截子，只有牛头还瞪着眼看着主人。女主人哭天喊地了一番，一会儿就招来村里的男男女女，因俺爹手里有管火枪也被喊去壮势。

“有个老牛倌说曾远远看见过一只过路的老虎，听说近来已吃了好几头牛了。主人就越发担心起大黑牛的安危生死。叫了几个至亲至好结队在山里寻了一遭，没一点儿消息就折回村。太阳快落时，大黑牛自个儿回来了，主人发现它身上有许多伤道子，像刀割的一样，知道是被利爪抓的，又在牛角上发现一撮金色的绒毛，人们一致认定是虎毛。猜想到这大黑牛与老虎打了一天的架，有人就叫俺爹这个半吊子打牲人给众人定调。俺爹当时说：‘看这架势还没分出个高下，可不敢再放它出去，难免要做了老虎的干粮。’主人觉得俺爹说的话有理，便换了根耐用的八股牛缰绳把牛拴死，又叫了几个人帮忙把石头院墙加高，防止老虎二回进来。

“女主人心疼受伤的黑牛把准备生豆芽的上好黄豆都泡了，又加上麻饼拌好喂它，谁知它看也不看。这大黑牛不吃也不喝，只是流泪苦号，不住地用蹄子刨地。主人以为他被老虎伤了，忙去请来兽医，那兽医倒是个有见识的，看过后说：‘这牲口只是受了点皮毛伤，它回家是要看看小牛是否活了过来，确定小牛真的死了，心中怒气正大，非要寻老虎报仇。如你们这么拴着它，它自然不吃不喝，根据这牛的犟性恐怕至死不屈哩！’女主人听了只是哭，那男主人却是个有血性的，一拍胸脯吼道：‘与其把牛屈死倒不如让它和那虎争个鱼死网破，或许戳死那虎，既除了害也保住咱家大黑牛和山里其他牲口。’于是就解了缰绳，又在那两个牛角上用牛皮筋各绑了一把二尺长的杀猪屠刀，大黑牛没了縻绳吃了草料喝了水就直朝南山去了。

“俺爹和一伙人齐聚在这家一夜没敢睡，盼着牛得胜回来，熬到第二天天亮也没见牛的踪影。俺爹拿着火枪带一伙男人吼喊着结队上南山搜寻，在一处深山老沟发现黑牛把老虎顶死在一棵大松树上，虎血已干硬了，便知虎死了很长时间，只是牛仍然不松劲生怕老虎解脱了，人们费了很大力气才把牛头扳开。几个人想从树上拔出屠刀竟是纹丝不动。俺爹后来说两把屠刀扎进树干足有一尺把半。”

曲米换取出一个夜壶一样的黑粗瓷坛，从里头倒出茶水样的酒来，又用筷子从里头夹出几块发了黄的牛羊骨头一样的东西：“这是俺爹用那虎骨泡的酒，俺喝完了又兑了几回，这东西治腰腿痛管用。”严拴绊看那颜色如尿一般便没兴致喝。曲米换小心翼翼地品了一口。

“第二年春耕，女主人在辘轳上晾晒那张虎皮，生怕起了虫子。刚好大黑牛从地里收工回来，远远儿看见虎皮认作是真虎，有道是仇人相见分外眼红，用尽浑身力气撞向了死对头，辘轳轴头正好顶在天灵盖上，一下把牛头撞个稀烂，牛脑浆溅得满地都是。

“唉！牛虽死在犟劲上，但凭这种精气神足以让天下万物胆寒。它那股豪气虽说做不得百兽之王也该是个兽中霸王。有时看起来凶狠强大的野兽不一定就能百战百胜，究竟谁是百兽之王还真要思量思量。生灵虽然吃草吃肉，天上飞水里游各不相同，秉性也是千奇百怪，有好有赖。咱做人的有的品性还不及生灵。好比牛的坚韧、马的勇猛、狗的忠诚、羊的绵善、猪的憨实……牲口就少咱的尔奸我诈、少情没义，想想人还不如牲口！”

“说下个甚，牲口就是牲口，人就是人，老天爷安排野物就是供人使唤食吃的。”严拴绊一脸的轻蔑。

“天生万物人为王，天上地下水里的野物都任人作灭，这世上的野物越来越稀少，人却越来越多。人厉害，人就不讲理，人家野物们在大青山千年万代地传了下来，人占了它们的地界还理直气壮，吃它们的肉，穿它们的皮仍不解恨。归化新旧两城建城，两百年来砍伐树木无数，大青山被砍伐得光秃秃的，百兽没了家，老虎也就没了王国，它还不和人争食？老虎本是个稀罕物，如今折腾得大青山还能有几只？人就是不讲理，抢了它们的食还要赶尽杀绝，恐怕再死上一两只，虎便在大青山绝了种。有的野兽看着生猛无敌，实际和泥捏的差不多，一场大雨就冲刷得没了踪迹。”

“老虎这东西也霸道，灭了它，野物们没了欺负不是更好！”严拴绊说话时有点武松的样子。

“俺也说不清老虎有甚用，那世上的人又有甚用，欺负野物最厉害的还是人，最霸道的人也该灭尽？人一生下，吃多少五谷，穿多少皮毛，烧多少柴炭，临死也不忘垫一副棺木。这棺木至少费一棵大树，长成这树要承受多少日月精华，消耗多少水土营养。人却靠众多生命来养活自个儿几十岁生命，是没天理的！天下万物都是老天爷安排的，违了天意必遭天谴。拴绊子，你虽年岁不高，也是娶了妻的人，凡事多想个为什么。打牲也要看看甚能打甚不能打，比如老虎就杀不得！”

但严拴绊就认为老虎杀得，而且有无数个理由。严拴绊渴望有一只老虎出现，他想成为一个打虎人。白道口说书人口中所描述的英雄差不多都杀过虎，虎成了加入英雄行列的投名状。

然而，很快一只老虎悄无声息地进入严拴绊的视野。当时是阴历四月二十八清晨，太阳把清早的第一缕光照投射给虎石沟西畔的桦树林边。当时严拴绊只想猎杀一只狍子吃，因为这个季节这种动物的膘情有所好转。他很久没吃到肥美的鲜肉了。他不等天亮就守候在一个叫虎石沟的地方，这地方在一片桦树林东侧，沟内一条溪流彻夜流淌。严拴绊在这个冰冷的早晨耐心等待着第一抹晨光的到来。原来狍子会在这个时候走出林子晒太阳，顺便到河边饮水。

虎石沟因有一尊神似虎形的石头而得名。相传汉将李广做云中太守时常常巡视阴山防务。一天傍晚路经此处，战马突然受惊，李广也发现草丛中有虎潜伏，引弓便射，正中老虎。兵士举火来近前看时，正是眼前这块虎石，箭头钻入石中只留尾羽在外。

阳光的召唤使得这个季节的生命加速了它们前进的步伐，蓝莹莹的马兰花、金灿灿的黄花、红彤彤的山丹花像瑰丽的画笔在碧绿草地上点缀出悦目的色彩。两只五趾跳鼠摇曳着长尾招摇而过，一些说不清的鸟儿无休止地从草地、树梢、蓝天释放出美妙鸣唱，桦木林隐隐发出吱吱嘎嘎的成长之声，两只幼狍运用它们灵动强健的长腿展现出各种凌空动作，桦树林下黑河流淌的涛声像一支永不枯竭的生命乐曲吸引着生灵们……一簇斑斓的色彩倒映在清亮平静的黑河的水波之中，一只美丽的幼虎悄然跳跃到严拴绊的视野里，黑黄红相间的条纹协调有致地排列在它年轻的皮毛上，远远望去闪烁着绸缎般的光彩。这光彩直令严拴绊眩晕，一直将他贪婪迷恋的目光吸引至穷尽。

与寻常潜于草丛荆棘中的杀戮之王不同，显然这只频繁暴露欢畅跳跃的动物更大的兴趣在于戏耍，看得出这是只毫无狩猎技能的幼虎。少年严拴绊当即在胸中涌出一股强烈的谋杀的念头。这念头迅速转化成一个成熟的方案：放游子是能把老虎引至射程内最好的办法。如果以羊呀猪呀做游子，这些牲口自不会乖乖听任待在野地里。若用绳索拴縻个牲畜游子引诱老虎，这只受限的家畜不能大幅度地流窜也就无法刺激起老虎的兴致。只有人做游子最为理想，只要老虎靠近游子他会用他的绝杀实现他的打虎壮举。

“该着俺发大财，今天俺碰到老虎了！”他把这个惊喜告诉了山丹。

“你在打老虎的灰主意！它可是百兽之王，是野物的皇帝！你要惹火烧身！”山丹一听急了眼。

“你真是个愣货，打一只老虎咱家过一阵好日子，虎皮在一城暖王掌柜那里定能卖个好价钱。虎骨是名贵药材，一定也值大钱！虎肉咱吃了它，味道一定不赖！”严拴绊说时一脸的得意。

“你要杀虎谁也拦不住，但你迟早要后悔！”山丹满脸无奈，就说，“再说老虎也不是随便打的！”

“打是不好打，也不好靠近它！你要是帮俺，自然打它个百发百中！”严拴绊讨好地和老婆商量。

“俺帮你？”山丹很是吃惊。

“又不是要你帮俺动手，把你吓的！”严拴绊赶紧安慰老婆，接着又说，“只要你在虎石沟溜达，引逗老虎出来咬你，俺隐藏在你身后的大石头后，一枪打死狗日……”

“严拴绊！你真是长了狼心狗肺，要把老婆当老虎的游子！你真是个恶魔转世，也不怕遭了报应？！”

“俺有本事能保证老虎伤不住你一根儿头发。我的枪头子准……”

“你是想让老虎吃了俺，又娶一个进门！叫老虎咬去你一条腿、一条胳膊你才能收了这坏心，也正好叫俺养活你！”山丹越骂越气，就说，“为甚不叫你的老娘去做老虎游子……”

严拴绊被老婆一通臭骂，却记住她最后一句话，就把主意转嫁在自己老娘身上。“娘！虎石沟西掌子麦地里甜苣真多，挑些来叫山丹拌菜做莜面吃！”他娘起得早，总是找些营生做。刚挨老婆骂，他便不敢再说实话，撂下这鬼话他就颠儿了。

毫无生气的三寡妇慢悠悠出了沟口，在晨光里远远看去与山野村妪无异。她撅个大屁股在长满幼苗的麦地里时起时伏。那一身黑色粗布衣服难以包裹她三十五岁依然涌动着青春的身体。虽然曲米换的死带走了她一度燃起的生命之火，她的心像烂六娘的眼一样僵死在茫茫无尽的黑暗之中。此刻她那两只裹缠过的小脚加上绑扎的小腿颤巍巍的俨然一个高跷人在舞动，细腰肥臀竟扭动出曼妙的舞姿。

麦地里的甜苣是野菜中的上品，只有在初夏出土后十天半月用铁铲取其叶茎，以滚水熟之，以胡麻油、辣椒、家做老醋、野泽蒙花调和拌匀，美味可口，与莜面可算得上天作之合。“甜苣调莜面，赛过做神仙。”

麦苗刚刚破土而出显得十分柔弱，随风摇摆着纤细的腰肢，顺着垄道看去甜苣苗虽不过两三寸，却分外扎眼，稀稀拉拉地零落在垄眼里。三寡妇一边挖一边怨起了说话不着边儿的儿子。

“这娃鬼打的胡嚼哩！人儿不大却学了个日粗道大[54]！”骂归骂又不好空手回去，但看着稀拉拉的菜苗倒是绿茵茵的爱人，菜根处流淌着洁白的乳液，能治百病。女人觉得费些工夫也值，就起起伏伏地追逐着挖，积攒将就一顿午饭。

三寡妇弯腰，撅臀，站立，前行，再弯腰，撅臀……她的表演已牵扯着一双觊觎的眼睛一刻不离。小虎早已按捺不住性子，它像猫一样全身伏地，脑袋前伸，目视前方，蹑足轻蹄地悄然迫近目标，没有谁知道小虎是在独自实施一次拙劣的捕猎行动。它把人类误作游戏对象？总之它突然腾空而起几乎是压向了三寡妇……

此时的三寡妇嘴里圪嚼着她自个儿也分不清的混混沌沌的话，耳里突然响起一声莫当召做法事时喇嘛吹响大号时的鸣响，接着一声鞭响，刚要直腰去看个究竟就被谁按倒，挣扎着想推开看清楚谁和她耍笑，一只虎头目露凶光，额上“王”字处血喷如注，她隐约听到儿子的欢呼声……

三寡妇是和死虎一起被抬回家的。本来要用枣骝马去驮虎尸，马惊跳着拒绝这个恶霸近身，后来它却驮着吓昏厥的三寡妇平稳着身子回家。严拴绊弄根木杠要山丹和他抬虎回家，山丹只在婆婆身上，看也没看那只老虎。严拴绊不想找人帮忙，山里人有个约定俗成的猎俗，所谓“山狍野鹿，打住伙吃”，见者定能分得一份。严拴绊怕别人分享他的虎肉虎骨，硬是一个人扛起近二百斤的虎尸回了家，一路上虽累得要命，老虎尸体上散发的恶臭并不能影响他的心情，他正享受因杀虎而产生的淋漓畅快。

遭受了如此惊吓，三寡妇这个女人的胆子像凉粉一般易碎易裂，从此萎靡不振形如梦游，进而变得暴戾无常昼夜号哭。本来有洁癖的人，撒尿拉稀都在窑洞里，弄得窑洞里臭气熏人。就这样她窝在炕上半个月不起，心里思量起自个儿生来的种种委曲与不幸，先是被那忽拉盖污了身子又怀了胎，继而落在这孔恶臭的寒窑，三耗子人虽是个良善的却又老又丑，好在不计较拴绊这娃掺铜夹铁的根底，一万个当自己正根儿看待，只可怜没沾过这个儿子一点儿的光，倒是受了多少气，遭了多少惊吓，早早丢了性命。

一朵鲜花未待绽开便被一阵无情的冰雹摧毁，三寡妇十七岁就苟活在无限的屈辱之中。一颗罪孽的种子寄予她求生的欲望，然而儿子每一个行为动作透出一个影子，一个令她恐惧厌恶的影子。直到她从老虎肚皮下挣脱出来，她看到少年赵半吊子挥枪高呼，一种癫狂无羁的、志得满意的、邪气横溢的嘴脸，活脱脱像她当初在魔掌下无助啼哭时看到的那张脸。这张脸让她顿感凉意。她从严拴绊身上隐隐看到那个毁灭了她一生的噩梦制造者，凄惶屈辱吞噬着她那发凉的心，心里的疙瘩越抽越紧自是无望解开，浑身发冷一直冷到心肠最后结成了生铁。拴绊子一再向娘解释，他能确保母亲无虞。他说："俺有本事不让老虎伤您一根头发！"听了儿子的话三寡妇把脖子扭了半圈。

任凭山丹好话说尽，端屎倒尿的服侍也没换来一丝丝感动。三寡妇就是放不过自己生养的由恶魔赵半吊子播种的儿子，她执意要山丹寻人捎个口信给哥哥秦伟。口信三天后就由一个流动的兽医传给秦伟。

"赵半吊子害俺还嫌不够，留下这苗恶根还不放过俺……"三寡妇平日里话寡，这回却一顿疯说。她把拴绊子的种种恶行和赵半吊子严丝合缝地对接起来。秦伟也不是个压事的，也不分剖个事理。虽说起话来老牛尿官道一般没完没了，肠子却直得能从嘴里看出屁眼儿，听着就像炮捻子见了火当下发作。

"咱不能受他赵半吊子两辈子的害，先把他儿治了，再寻个有本事的阴阳拘了他的阴魂，让他永世不能超生，才解俺心头大恨！"一提赵半吊子，秦伟无不咬牙切齿。

"俺一见拴绊子那个孽种就心凉，哥哥把他送个有王法的地方，如何处治俺也不心疼。”三寡妇说完就号啕大哭个没完，哭声还夹带了些哭死人的《苦伶仃》调韵：

俺本是个要强的人呀，
怎就遇上个忽拉盖呀。
千刀万剐的赵半吊呀，
你把俺杏杏儿害了个苦呀。
生下个儿子生葫芦呀，
煽惑上亲娘喂老虎呀，
俺这条命就这么苦呀……

妹子的哭如此揪心，更叫秦伟怒火万丈。

“尿大个东西没了王法？不惩治他怕是要反天！明儿个就送他到官府，看他还发不发灰？！”

秦伟的到来使得事态进一步升级。山丹做了些好饭食，又煮了一大块虎肉，温了一壶毛酒，却远不能润化他的心结。他对外甥的种种无耻行为感到震怒。他执意要对外甥的不孝做出惩戒，让他知道世上有个刚正威严的舅舅，同时给可怜的妹子出口恶气。他早已寻了个说书的老汉祭出一纸诉状，说要去归化城衙门告状。严拴绊看上去堂堂七尺，总归是个单纯无知的娃娃，也不管衙门是甚，只知道城里红火热闹好吃好喝，也没问长短表示要跟着舅舅进城。山丹心里骂严拴绊是个半吊子（不知她是否清楚他的身世），虽不甚明白，但知进城对丈夫不利，心里盘算明日一早给舅舅说些好话，跪地求个饶，或把女人家的绝招用上哭上一通，毕竟当舅舅的心疼外甥，不过是吓唬一下，定会高抬贵手，想着想着便迷迷糊糊睡着了。

第二天一早山丹首先发现丈夫不见了，再看舅舅也不在，心里头一惊不由得大哭起来。

41 奇案戏审

这外甥舅舅真是屉屉拉进黄米面——配对了颜色，一个前头叫，一个后头就跟，也不管衙门是甚地方，两个货只当是下馆子一样，不等阳婆出来两人已翻过大青山的摩天岭。眼看着归化城烟雾笼罩海海漫漫，也不管路径，顺着人烟方向插荒而去。

秦伟一路上脸阴沉得像黑铁片，严拴绊不知舅舅心里想甚，却看出他不甚开心，生出些顽皮念头，就想戏耍他一回。

“舅舅！你的帽子戴得罨了眉眼，扶得周正些，省得叫城里人说咱后山人土气稀松。”

“胡说些甚！”秦伟的斥骂声未落就听得一声枪响，帽子被提高三几寸。他顺手去摸筒形毡帽还烫手，帽子顶上的毛疙瘩儿不见了，火药味加上燎毛味呛得他直咳嗽，秦伟越想越后怕两腿一软一屁股坐在地上。

“你这杀性不改的忽拉盖！你看衙门老爷怎么拾掇你这逆子！”秦伟将枪一把抢在自个儿手里就再没松过手。

秦伟路上见人施礼相问，路人一路指引，很快寻见二府衙门。二府衙门原是大清朝新旧两府——归化府和绥远府合并后的府衙。民国伊始，北洋政府在原址上换汤没换药成立了归绥总管公署，归绥行署总管府是统领归化、绥远两城的地方政府行政管理的权力中心，也延续了清朝二府衙门的一些功能。办公地点未变，以政代法未变，甚至一些公务人员也未变。山野百姓哪会知道更朝迭代的国事，办事说话又岂能做到与时俱进，把个衙门看得威重森严，只觉得高不可攀。

虽然是五月天，大青山里早晚阴冷，草刚好出些苗芽，树也没绽出片新叶，入山放牧穿着皮衣也算常见。归化城却一片绿意，比山上热许多，来往男女却是薄衣轻衫，一个个清爽利落。人们远远看到这个身着全新白茬皮衣皮裤，头顶瓮形毡帽的瘦高男子便知是山汉。秦伟固执地把大青山的清凉标志带入归化城。他不在乎城里人异样的目光，迈着僵硬的大步子走入归绥行署总管府。他的着装是经过精心准备的，这是山里土财主们最为标准的行头，三乡五里，这是红白事宴上最为讲究的衣着了。他身旁紧贴着一个行头和他不相上下的一脸稚嫩的少年，行为左顾右盼像是孙行者行将面见玉帝一样。

秦伟一路上仍反复思考着为他写诉状的老者教他的在衙门如何击鼓，如何喊冤，如何跪堂呈状。现在他努力在总管府搜寻那面悬空的大鼓和鼓槌，但他被一个穿袍服戴眼镜的文员截住问话。秦伟一面小心翼翼地与接待文员说话，又递状纸过去，文员看了几眼，写诉状的人仿佛来自三百年前的大明帝国，诉由依据竟是大明律中的忤逆之罪，一时哭笑不得。

原告的愤怒一直在不停地宣泄，不时回过头怒气冲冲地对着他状告的妹妹的儿子怒喝一两声。众人集中目光去看被告，十六七岁的样子，精瘦精瘦，黑漆漆的像炭堆里撮出来的，神情呆板眼神冷漠，完全一副装疯卖傻事不关己的嘴脸，与他的舅舅声泪俱下、鼻涕揩面形成巨大反差。

原告的哭诉声中充斥着朔州腔，舌沉音闷，抑扬顿挫。土财主的爱恨情仇在总管府大堂内竟产生了极大的戏剧效应，府内人员像初入学堂的小学生一般给予他足够的聚精会神。与此同时，那少年被告也跟着众人在听，专注得好似聆听一个来自远方的传说。

秦伟心中定格了的老爷高高在上，衙役持水火棍站在两侧，一阵“威——武——”老爷惊堂木拍得震耳欲聋：“你可是原告秦伟？你告哪一个？”听了他的陈述，老爷不禁大怒，惊堂木又拍响：“被告严拴绊真是可恶，大板伺候！打他五十大板！”一群衙役如狼似虎，一顿板子，外甥屁股上的皮肉像耕过的地，又亲耳听得这个贼种哭天喊地地讨饶，痛解了心头之恨，最后他才恳求老爷手下留情。只是不要打断他的贼骨头留下残废。有道是赖儿不要死了，赖地不要卖了。他可怜的妹子还指望这苗粟子打米。

这样的场景并未出现。

收状纸的那个留着分头的年轻后生从一间房子里头出来，年轻人说马上就要开庭审理，又把他们领到一个大些的房里。秦伟抬头看那审判席上端坐着一人，五十多岁，黑面长须，鼻梁上架一副眼镜，穿一件天蓝色长衫，看上去干净利落，问案时明察秋毫，结案却灵活机智。

此人早年曾是归绥二府衙门的师爷，人称“四六师爷”。因他审案时四六句子脱口而出调侃当事人而得了这么个名号。此人伺候了好几任府官，断了几十年案却口碑极好。他很会揣测上司心思又能跳脱官场旧俗，以理服人，也能精确拿捏法制尺度。尤其处置民事纠纷从不拖沓续审，往往现接现办当堂结案。庭审过程中插科打诨挥洒有度戏谑自若，每当案件审结多以顺口溜成就判决书。虽然眼下已是民国，那师爷已改称秘书长，因通晓法律，又精于判断、结案，便兼了首席法官，民众叫顺了口，私下仍以师爷呼之，民间多年来一直视四六师爷为清天。这四六师爷可贵之处是他的秉持公道，一般民事案子原告被告都想通过衙门辩明个是非、明白个曲直，往往双方只为争一口气。这四六师爷向理不向人，一通四六句子下来弄个原告被告自身的是和不是了然于胸，双方一顿失笑竟不觉顺了气，再难缠的案子却有个皆大欢喜的结局。这种风格甚合云霄汉的口味，大案小讼皆由他庭审诘问甚至裁决，他倒成了陪审，却叫他狐假虎威成了主角。

外甥为何伤舅心，燃箕煎豆不相容。
为人莫做忤逆事，休逼娘舅要灭亲。

四六师爷如此开始了他问案的开场白。“舅舅和外甥对簿公堂，一定是不得以而为之吧？”审案官四六师爷笑着问原告秦伟。

秦伟见审案官问他，一下子逮住话把子，便从头到脚数落外甥的种种恶行。他的朔州腔喋喋不休：“……脏瓦铅省死穰毁火（这娃天生是那灰货），拨（把）他达（大）愁死又要把他麻哈丝（把他妈吓死）。沉铅离热柿省肥（成天里惹是生非），科练穰麦（可怜俺妹）子寡妇失颜成牢（了）老虎干粮，豆腐跌牢挥可（了灰坑）里捶不里（得）打不里（得）……”

四六师爷举手示意秦伟停止陈述，转而又问严拴绊：“被告，叫甚名字？”少年突突怔怔，不知是否在问他。黑衣裳笼圈帽的警察喝道：“小后生！问你叫个甚？”

“严拴绊！”小后生这才怯怯答道。

四六师爷按照程序验明被告姓名，严拴绊刚回答完毕，四六师爷随口就说：

“严拴绊，牢拴办，拴绊不严拉圪旦，老娘差点当虎饭，惹恼舅舅要官办。”众人一阵哄笑，悄悄在一侧旁听的总管也不由得笑了。

“你舅舅秦伟告你把母亲当老虎游子是不是真事？”四六师爷一本正经地问道。

“是了。”被告话说得很贫，表情无变化，一副理所当然的样子。

“你这样将母亲置于虎口之下，既是大不孝也有违天理人伦，此等恶事你小小年纪如何做得出来？”四六师爷诘问被告，神情极是恼怒。少年又怔怔。知他没听懂，四六师爷用他的方式吼道：

养儿不孝反成仇，敢把亲娘喂老虎。

天理国法情难留，本庭依法治凶徒！

吼罢四六师爷示意把被告拉近到跟前。戴笼圈帽子的黑皮警察就把少年拉拽到厅中央，看那被告黑布衣裳甚是破烂却也算干净，漆黑黑又显稚嫩的脸上竟腾起一片红晕之色，两只蓝色的眼睛闪闪烁烁，嘴里不停地嘟囔，却又含混不清。四六师爷就问：“后生你不服？还是要求饶？”

少年的回答依旧很低谁也听不清楚。四六师爷走到少年身旁俯下头才听清说甚。他高声返给众人听：“人家说他有本事保证老虎吃不了他娘。”众人就哄笑，有个警察调戏道：“那虎是你喂养下的？它会听你调遣？这小后生打个老虎就不知天高地厚，日粗也不分地方。”

云霄汉没笑，一本正经地说：“有甚本事就叫他露露，不要委屈了他！”

两个警察才松了手，因他作践自个儿老娘，众人对他的印象甚是恶劣，对他哪有什么好气，黑脸警察更是心中不岔，就戗他：“日粗货！也不怕吹塌苫面纸露出鬼相！”人们又笑了一阵。

二十六岁的总管云霄汉对于张家长李家短的民事案件素无兴趣，只是听说一个与猎虎有关的案子立即产生了极大兴趣。他渴望他的治下出现一位武松或者李广一样的打虎英雄以激活这块死寂无奇的土地。虽然十六岁就享有“九边第一才子”的美名，但骨子里依然澎湃着土默特蒙古人骑歌箭雨、烈酒生马的情怀。刚才他一直观察这个少年，见他木讷怯懦的样子与他期望的英雄少年长弓短剑、烈马任侠、壮怀激烈相去甚远，一时难掩失望之情，只想抽身而去任由四六师爷处置。此刻少年自称他有本事，他的心里一紧，仿佛从一本味如嚼蜡的书本中看到了精彩乍现的情节。

一干人走出衙厅，东南百步外马厩廊下几只喜鹊正从马料槽里啄食，唯独一只正专注地在脊梁溃烂的马背上啄食。常年备鞍的马脊梁部极易磨损溃烂，久了就会成疮且经久难愈，甚至延续终生。每逢天热疮痂盖内便生满虫蛆，马便痛痒难耐。这鹊揭去痂盖从里头掏着吃蛆，可见是个会吃的货。那马也乐意给它疗伤去痒，一动不动，很是享受。

“就打它！”总管也觉得马背上的喜鹊独特显眼，也算个不大不小的靶子。

“打哪条腿？”严拴绊迅疾地从舅舅手里拽过枪，嘴里发问，声音竟比大堂里高出几倍。

“左腿！”四六师爷心里觉得这娃娃口气好大，嘴里便没好气，竟又替总管做了主。

黑脸吓唬他说：“打中了官马可是要坐牢……”话没说完枪就响了，那鹊在院里扑腾，两个警察跑过去溅了一身血才逮住，黑脸看了喊道：“真是中了左腿！”

总管走近少年兴奋得脸色通红，好像那一枪是他打中的。他拿了枪端详了一会儿，见它做工精致，出身名门，深知是德国名贵货品，一定价值不菲，随口说：“这枪可真是极品，一大群羊也换不来啊！哪里来的？”少年奋力地抢回手里，像生怕总管要他的一样，而后慢言慢语道：“老婆娘家陪的嫁妆。”众人又笑，但起哄的成分里多了几分善意。

蒙古岳母陪嫁妆，
洞房闹出一杆枪。
黑灯瞎火枪走火，
铁砂一齐飞出窗。
听房男女遭了殃，
人人满脸疙瘩疮。

……

四六师爷也开起玩笑，说时像真的一样，众人先是惊得瞪大眼睛，而后听他瞎诌，便一齐大笑。

“还有拿枪当嫁妆的丈母娘。若陪门大炮这小女婿还不把城门楼子轰塌？”有人觉得这小后生实在日能，心生叹服，也替他丈母娘后怕。

“小男人大丈夫啊，如此少年英雄，一生要追随牛羊屁股，埋没于荒村僻壑，一身本事却无益于国家民族，真叫人不胜唏嘘！”总管的胸襟却博大辽阔，对这样一个身怀绝技的小人物不禁生出无限的怜惜之情。他触景生情，立即想到六百年前白道口诗人马祖常的一首极具草原牧猎情调的诗作，他吟道：

阴山铁骑角弓长，闲日原头射白狼。
青海无波春雁下，草生碛里见牛羊。

年轻的总管好久也没这么兴奋过了，竟然失了往日的矜持，笑着的脸主动招呼秦伟，他说想要为甥舅两个做个调解。秦伟不曾想外甥首先镇住的人是他自己，他一来看清外甥确有些牙爪，枪耍得出神入化，二来也看出总管大人对他的喜爱，心中的不忿和积怨竟然淡了许多。总管也没拿甚官架子，和颜悦色地和他说话：“拴绊虽娶了老婆，却也是个娃娃，好勇逞能也算少年英雄本色，谁不曾做少年郎？凭着有点本领，做下些张狂事情也在情理之中。人常说养儿如舅，他优他劣都源于你传你教。其行为实在不当，但实质也未伤及令妹。况今已是民国，你所讼忤逆之罪是大明律如何治得了民国之民？以我之见让他知些法度，挫些傲气，将来做事知个深浅。人是你送来再由你领回去，顺路上大南街吃顿馆子，再去九龙湾看个大戏，泡个大澡退一退黑潮[55]，一场恩怨便万事皆休了。”秦伟见老爷放下架子和自己商量不管听没听进就只有点头。

总管又对严拴绊说：“小小年纪，有如此神技，所用重弹竟是一节车锏磨就，先后已打牲数百头只竟无一射失，均一击毙之。真是难能可贵，我当奉你一个名号。”他拿过师爷的笔写了三个遒劲大楷“一锏杀”，盖了印，秦伟粗识几个字，却知是好字，竟如得了赏钱欢欢儿抢在手中，叠了几回才揣入汗水蒸腾的怀里。

四六师爷早已写就了判决书，要当堂朗读，拴绊见刚才嬉皮笑脸的警察们都直勾勾站定，一个个脸上一本正经，他也挺了挺身子，听到四六师爷出声琅琅：

被告猎虎胆识高，
娘做游子出损招。
老虎肚底把娘掏，
戳下娄子真不小。
惹得娘舅怒火烧，
送入衙门板子敲。
总管明鉴验证巧，
堂前喜鹊做靶标。
举枪喝声哪里跑，
鹊腿款款打断了。
方知人小心不小，
艺高能把母命保。
无意害亲歹意少，
年少初犯应当饶。
从此补过多尽孝，
休惹娘舅常苦恼。

云霄汉怀着一种莫名的惺惺相惜之情目送少年走出总管府。舅舅似乎要以亲情抚慰外甥被伤及的情感，他伸出被羊皮裹挟的长臂去搂住他的脖子，少年挣开了。他跳跃着沿着扎达盖河奔跑，像只健壮的狍子，一旦没入森林还会再见到他吗？几年后他依然在深山里牧猎吗？

云霄汉突然怔住了，两三年前，坊间曾盛传白道口那场惨烈的官匪大战中一个少年横空出世，数百双眼睛见证了个头高挑、脸庞稚嫩的娃娃儿戏般的战斗。那是一种天神才有的射技，他凭一手神射佑得官兵力挽狂澜，逆转了战局。他手下有几个警察曾参加了这场战斗。他们说神枪少年是千真万确的事，有人还说少年击发的子弹就有他装的。上师四喇嘛叮嘱参战人员不得对外谈及这场战斗的细节。这样既可保证少年和那个驼客炮手免遭土匪报复，也可增加剿匪部队对恶势力的震慑力量。参战人员做到了三缄其口，而那个少年却从此悄然无踪了。现在他相信严拴绊正是那个白道英雄少年。他努力压抑了追回少年的冲动，毕竟，上师四喇嘛的安排是有其合理性的，最好不要违拗。

“宝刀十年终出鞘。”他呻吟道。

42　绝虎

本来因为猎虎云霄汉才与少年猎手有了一次奇特的邂逅，之后的三个月，云霄汉的大脑无时无刻不被少年的憨态和神奇一射所占据。他甚至几次产生催马大青山去看望这个打虎少侠。他预感到他和他应该有一场人生大戏将要上演。现在，两个人共同的历程行将开启。

昨日，白道口商会会长黄金口送来告急文书，文书中如此形容一场虎患：

白道口近日突生虎患。一只恶虎肆无忌惮，其袭击畜群不以果腹，意在夺命，扑杀之后扬长而去。先后数十回，已致驼牛马大畜六十头，羊百四十只死亡。后又屡屡于白道谷袭杀路客，致车倾人亡，已使四人死于非命。此虎逞凶非比寻常，牧民战战兢兢，合伙并牧，敲锣击鼓，群犬相随互以壮胆。来往商贾驼客皆需武装护送。势力单薄者莫不敢出入焉！

云霄汉感到事态严重，急忙电话联络警务处处长高升。高升原是吉鸿昌的副手，只因冯玉祥擢升吉鸿昌为国民军三十六旅旅长（现在已是国民军十九师师长兼宁夏省省长），绥远省警务处处长一职经吉将军力荐，由高升代替该职。高升处长深受吉公影响，尽职尽责，敢于为民请命，也屡建功勋。接到归绥总管行署的通报后他稍不敢怠慢，即刻派出精干分队进入大青山区，但一周过去仍无虎踪。又过了两日还是没见虎毛一根，便将猎虎部队撤回。

谁知猎虎部队前脚刚走，老虎就凶相毕露，一口气扑杀了一百余只羊、八头牛、一个牛倌、一个羊倌。消息传到归化城，举城大惊。刚刚平复的虎讯又起波澜，因为阴山南北通道受阻，百姓怨声四起，工商界及地方都纷纷上书，要求政府尽快剪除虎患，确保阴山通道畅通，亦使农牧民放心牧畜农事，还民太平。

云霄汉审时度势，认为动用保安部队进山猎虎无实效，又徒增百姓的不安，造成负面影响只怕难以消除。他自然想到神枪少年“一铜杀”。他相信只有这个叫严拴绊的家伙才是解除虎祸的唯一人选。

四六师爷带着这项特殊使命前往严拴绊的烂窑，说是代总管云霄汉请他出手除虎保境。这正是严拴绊等待的时刻，他知道他扬名显赫的时候到了，他对四六师爷说：“打虎也不是难事，家里营生多误不起，俺若上山打牲要雇个人帮工放骆驼才行。再说事成后不知给不给赏银？”

“银子不够添上钱，没有不下雨的老天爷。总管大人大谱气，就怕你后生没本事！”四六爷说。

“他一个放牲口的有甚本事，你们公家兵强马壮，靠他个娃娃还不是靠屁吹火？”山丹知道这个差事有着说不明的罪孽就左推右阻。她十分满足目前这个家庭现状，丈夫不再把自己的心事投向莽莽大山去杀生害命，刚过了几天消停的生活，又将被推回杀戮场。她只想平和而沉静地忙碌自家的正经营生。严拴绊已经把精力投入到放养骆驼上了，最近掌柜来了两回，满意地拍拍他的背便不再出现。

曲米换的恶死更验证了打牲是个损阴德的营生，她不想因此让她的家庭横生祸端，更何况要把百兽之王赶尽杀绝，这是制造世上多么大的罪过，又要衍生怎样的后果？她的心乱跳，跳得自己都听得见。四六师爷是何等角色，一眼看穿眼前这个美丽少妇对丈夫的羁绊束缚，一串四六句子像老牛拉稀甩了出来：“丈夫应当不平凡，岂能一日图三餐。可笑江湖‘一铜杀’，空空一个毛酒坛。”

严拴绊听懂四六师爷损他贪恋老婆炕头和那二两毛酒的生活，缺少英雄好汉的气度，一时急了眼，将十七岁的胸脯拍得乒乓直响：“谁是毛酒坛子，爷是官封的‘一铜杀’，不是哄来骗来的，山前山后谁不知爷的手段，正想要让人看看爷如何把这股虎根儿从这大青山里拔出，叫它再害不成人逞不得威风！”

四六师爷见激将法生效，一掌拍得炕桌响鞭一般亮，还竖了大拇指，以他的方式为少年人喝彩：“地方有危难，能人往出站。众里寻好汉，还是严拴绊！”

山丹也叫四六师爷的四六句子逗得直笑：“您一张嘴能把死人说活！明明这是射逗起憨狗咬狼啊！他一个娃娃能称得上甚好汉？！”

“一个月前俺就说过，少年好汉拴绊子，这等英雄是宝贝。拿龙捉虎好本事，家家保个安然睡……”山丹相信这个人像蒙古说书人的乌力格尔一样能够三天三夜不停歇，新鲜不断，就双手敬一大碗浓茶堵他的嘴。谁也没注意到，就这空，严拴绊已领着黄头、黑头消失于大青山里。山丹气得直骂四六师爷这个谝死鬼，又骂严拴绊半脑子、没调货。

一个月前，用老娘做游子射杀了那只小虎后，他就知道有一双觊觎的目光从未离开他。他心里清楚是自己引逗了这个危险的敌人。小虎的死使得大青山最为凶暴的母亲集聚了太多的刻骨仇恨，那母虎一天寻仇不遂便迁怒于其他人类，白道口多起人畜死于虎口皆因他而起。

制造虎族灭顶之灾的凶手严拴绊已成为母虎迫不及待扑杀的目标，一个月来它充分利用百兽之王超群的触觉系统追踪着仇敌。这个持枪的杀生者杀死了这个家族中最后一个年轻的母虎，直接破碎了阴山虎族复兴的美梦，那小母虎承载着这个家族的未来。复仇的欲火让它丧失了王者之风，每当它看到人类和他们饲养的牲畜就难以控制自己攻击的冲动。虽然这足以发泄它的部分怒气，但它的一时意气用事已把自己置身于人类公敌的靶标，注定它要以孤立之躯去和这世上最强大的动物——人去博弈，胜负其实早已了然。

复仇，这个期待已久的时刻终于来临，它清晰地捕捉到了来自梢林里浓烈的仇人的气息，这气息刺痛了它的每一根神经，从而使得它的身体有些僵硬战栗。它轻轻地呻吟了两声，尽可能平复了一个虎王应有的从容淡定的风范。它凭着虎族天生的超凡的嗅觉牢牢锁定了那个该死的猎人。它耐着性子忍受着复仇欲火的煎烤直到山风骤起。

母虎逆着风渐渐迫近目标，它清楚只有这样才能大大延缓那两只悍犬通过嗅觉发出预警的时间，等它们狂吠报警并做出反击之前迟疑的一瞬，它已将目标撕裂成碎肉条骨。它特有的夜视能力在黑暗中依然能清晰地看到猎物在草窝里一丝不动的睡姿。一切都按照它预设的那样进行，然而就在它行将一跃之际，两只犬并未出现像它预想的那样会有短暂的迟疑，而是如同被激发的捕鼠夹，猛烈而迅疾地迎面扑来，迟疑的是母虎自己，那种勇悍忘我之气概竟让它暗生敬畏。它不得不全力应战以尽快结束与犬的恶斗赢回它需要的空间，缠斗中它一掌击中黑狗的天灵盖，凭虎的感觉那狗的头骨已被击碎了。当它回过头寻找主攻目标时只看到草窝中一团怒放的火花……我们虎族绝种了——目前七百里大青山它是最后一只母虎。

此刻严拴绊把这枚铁锏精准无误地嵌入大青山最后一只老虎额头的"王"字处，百兽之王无坚不摧的身体在大青山上轰然化为尘埃。现在，严拴绊的身体依靠在这具有瑰丽斑纹温热肉质的尸体上，足足过了半个时辰。随着虎的体温的下降严拴绊觉得自己杀虎的高涨热情也随之回落，无数支撑他的东西纷纷散架。他的心里竟有一种莫名的落寞感袭来。

一个少年、一枚铁锏、一瞬之间、一个不可一世的猛兽便从它们滋生了千年百代的土地上消亡了，大青山永远不会再有那道流动着的色彩斑斓的风景线，从此也没了他"一锏杀"创造神话的舞台。他在预设的场地只用牺牲一条獒狗的代价就制造了杀虎壮举，只举枪一击他就成了归化城尽人皆知的人物。

那段牛虎斗的故事曾让严拴绊的思绪久久纠缠着，他总是不明白那个张牙舞爪的凶物怎么就叫笨拙的牛角箍死在那棵大树上？为什么曲米换对猎杀老虎如此坚决反对？为什么老虎突然要挑衅人类自寻死路？

现在他终于相信曲米换所言的再凶悍的动物有时也像泥捏的一样易碎易烂，而破坏者只能是人。大青山虎事的终结者严拴绊为几十年后的动物学家、生态学家制造了一个永远无法破解的谜团——阴山老虎属东北虎、华南虎还是孟加拉虎，或者是一个不为人知的虎种？

十四岁时他凭借一支枪杀得杨猴小匪帮哭爹喊娘，虽被奖赏，他的少年英雄故事却被四喇嘛和吉鸿昌人为地湮灭掉了。民间虽有传言，但随着严拴绊的莫名失踪，像正要开锅的水被抽走了柴火，似乎一个守城少年英雄壮举是一个杜撰的故事，中听却考无可考，不久便被人遗忘干净。陶醉于爱情之中的严拴绊也把那段记忆无限稀释了。现在，这分量十足的一枚铁锏足以使他那颗受羁的少年心结得以极度解放，甚至很快有些难以自持。

闻听白道口恶虎伏法，少年严拴绊不负使命单枪除暴的消息，归绥行署总管云霄汉闻讯后便纵马亲赴白道口，一行人马不停蹄地经由白道口转行至倒返沟，云霄汉被白道少年高超精彩的神技和敦厚无畏的品格深深着迷着。

“九边第一才子”和大青山枪王第一次邂逅在法庭之上。云霄汉相信那是古往今来绝无仅有的一次庭审，这个案子听起来的确诡谲荒诞。一个舅舅作为原告状告外甥企图借由虎口杀害自己的母亲，这个诉由足够惊世骇俗。但真正惊世骇俗的是他的枪法。这个尚武的文豪无法压抑对这个少年英雄的喜爱。

一大清早他便召集了一帮人马前往大青山之白道口。六十里山路如此漫长，云霄汉胯下的马匹已明显体力不济，他的马刺和马鞭似乎失去催力作用。翻越白道岭后一行人顺坂坠入沟底，悬崖嶙峋，松柏缠枝，石缝间泉水喷涌入溪，水声轰鸣彻谷，阴冷之气宛如隆冬，总管下马吩咐众人就地歇息。他并未因鞍马劳顿而神形疲惫。他沿着清澈的河流眺望两岸绝壁。他突然停下脚步，崖壁之上隐隐现出石刻，虽是漫漶却慢慢析出：“饮马长城窟处，善长勒记。”知是一千五百年前的墨迹，源自郦道元之手笔。他一时难抑激动之情，回头对四六师爷一行说：“郦道元地理之学贯古绝今，游历遍天下名山大川，但绝无勒字摩石之先例。今见贤墨，绝非寻常。只因此地千百年来引得帝王将相、名流大儒莫不争做‘饮马长城窟处’，凡此巨著鸿篇由汉及宋，千年川流不息。郦氏至此方知笔出有处，感慨深绝，才题字勒石。皆为大青山杀伐之地，聚杀气、王气、霸气于一地。据阴山犹之人的头颅，取河东若之项背。凡枭雄站在大青山上都会激发傲视天下之雄心。故数千年来阴山累累夯墉筑堡，历代长城纵横交错，皆因马背民族啸啸而至，打打杀杀，久而久之必归化于汉。撼动五千年中华根基犹如蚂蚁撼树，反为其博大精深所折服，成为中华一分子。我的感触更为深远，省城名归化足以诠释其全部含意，这更不难解释大青山英雄辈出、豪族更迭、威名远播之现象。”

一行人听了觉得受益匪浅，不觉心生怀古嘘今之情，多看了几眼崖石上的石刻，便听到上马出发的命令。

云霄汉在白道口未作停留，折行进入倒返沟，一直来到严拴绊的土窑前。他跳下马便疾速地走向由大的河卵石砌成的石墙上，墙体面如刀切，石石相接自然，衔角之处垫一石子力撑千钧，可谓巧夺天工，这是曲米换的杰作。虎皮就紧绷在墙体中央，虎皮花纹鲜亮生动，虎威犹存。总管把这一场景写入他后来的一首长诗里头。

白道口有幢大牌楼，据说是大金国为褒奖为帝国拱卫金长城功高卓著的汪古部首领而兴建的。牌楼的石柱还鲜白如新，这个蓝眼黄发的部族却已变节，暗投了成吉思汗。大金国表彰汪古人忠诚事主，对其首领庙号褒忠而建的牌楼扎眼哄哄地伫立在要道旁，每有车马过来观看像是指点什么，汪古人自觉不好意思，正好阴山变成大元帝国的腹地，白道口需要建设公驿，便拆去牌楼上头的建材去建驿馆，只留下几根石柱立在原处看着岁月如何变幻。牌楼石柱前有个高台，每逢诸如唱戏等隆重集会，这里便成了白道口乃至大青山的中心。为了吸引人，镇里提前三天贴出布告，告知过往商客山民，白道口连演五天大戏，一切都是为了表彰严拴绊除虎保境的义举。

这一天四面八方的人像洪水一样汇入白道口，总管提早一天来到白道口。第二天接近午时，风和日丽，白道口便车水马龙，驼铃叮当，一条小街人头攒动。归化城的大小买卖人早已提前摆好摊子，回民的油果子、炸油香、羊杂碎、煮羊头蹄……南方人的胭脂、雪花膏、大小木梳、玻璃镜子、针线、布料、砖茶、红糖、仁丹、跌打丸……商贩的吆喝声杂乱而又真切地回响着。裁缝、兽医、郎中、阴阳、驯马师、首饰匠、补牙匠、毛毛匠[56]、柳编匠、黑皮匠、木匠、瓦匠、毡匠、画匠都在急切地寻找雇主。马市、牛市、羊市、皮市、毛市、粮油市、药材市早已布局。白道口的热闹远盛于归化城。

云霄汉站上了戏台子，台上台下立了几十个警察，直叫人觉得事关重大。几个大汉舞动大胳膊，悠起鼓槌擂响一面大鼓，打一通“元帅点将”，镲锣跟着鼓点的节点轰鸣，便将男女老幼的步伐催得紧凑急促。骑马的、骑驴的、赶车的、牵驼的队伍汇聚而至，大牌楼前人山人海盛况空前。

山丹从没见过这种热闹场面，即便是草原那达慕也没有这样盛大，只见严拴绊被前呼后拥地站上台子，成了这场盛事的主角。严拴绊披红挂彩，按照云总管的吩咐，前两天在白道口杨裁缝那里量身定做了一身衣裳，又穿了双蒙古牛皮靴，站在人群中间身材修长，英气四射。山丹看在眼里，爱恋不禁滋生心间，恨不得上台和他拥抱。

只见归绥府总管云霄汉、省警务处处长高升、白道口商会会长黄可升和一些军政商界名流纷纷而至，他们收到云总管的特邀，看到请柬中陈明“表彰打虎义举意在唤醒匹夫守家护国之责，重建绥远尚武民风，激励民众敢于对抗强大势力欺凌”云云。众人看到云总管如此高规格犒劳杀虎者，且兹事体大，不敢懈怠，纷纷赶往白道口。

山丹只觉得汉人做事有些大惊小怪，一场寻常狩猎要搞这么大阵仗，惊动那么多官员。要在草原，蒙古男人狩猎平常得像逾越一道山坡一样不值得炫耀。

年轻总管云霄汉一道剑眉高扬起直向宽阔的额头，长发在白道口的春风吹拂下显得豪气勃发，语出华章，儒风漾漾。

十六岁那年，北洋政府派出教育总长柳佛风到归绥督学。此人自恃满腹才学便目中无物，只觉穷乡僻壤之疆隅，浆乳畜肉之胡俗，毳衣毡帐之居所，自古骑歌箭雨，尚武轻文，文化积淀浅薄，学制如此滞后必是难有作为，又凭啥培育得出旷世英才。这位总长虽然惜才如命，但听说有蒙古小子天赐英才卓尔不群，自是不以为然。

在归化城人们参观了位于南文庙街由启运书院转为官学的土默特高等小学，和北门外由古丰书院改办的庆凯高等小学。正好土默特近邻御泉井，相传为康熙帝渴马刨泉所得。全城唯此井泉水甘美，挑水者披星戴月，终日列队数里，只为以泉泡茶，因而附近茶坊众多。这位总长召集两所学校文采超众的学子测试，就以大召御泉井为题咏诗。不意此子笔若悬河一泻千里。他以深厚的学识，采用寄情言志的隐喻手法，借由康熙大帝亲征噶尔丹驻留归化城的故事，采用一韵到底的柏梁体，一挥而就：

地灵潜伏清冷渊，郁向丰州涌醴泉。

万家晓汲长涓涓，佳名第一宣九边。

曾闻父老相与传，此泉辟将三百年。
畴昔胜清开幅员，千乘万骑征薛延。
龙旗直指昆仑巅，驾抵阴山马不前。
八骏振鬣嘶春阡，掘之忽见波潺湲。
……

借古喻今纸上生辉，不是因宣纸所限，东海昆仑朔漠南岭尽收笔下。柳总长审视过云霄汉书写的长诗，立刻目瞪口呆，唯楚有才的固化思维被其彻底颠覆。这人虽傲却是个爱才的，亲笔提匾誉其为“九边第一才子”。后来这柳佛风通过其舌笔不断赞誉云霄汉，塞外小子云霄汉便一鸣冲天，名播天下。

云霄汉出身土默特望族，又才高名胜，自少经常有人提携。他十八岁成为绥远省政府掌管机要文书的官员，三年后又成为归化、绥远两城的总管，已然是绥远尽人皆知的政治明星。

云霄汉无愧于“九边第一才子”称号，讲起话来洋洋洒洒，千言万语不用字稿，虽是土腔俗调却如巨钉入木，冯鼓排奡，铿锵贯耳：

“两千年前汉将李广戍塞阴山，保卫家国威震敌胆。一日在白道梁狩猎，突然军马大惊，将军察得草丛中似有伏虎，引弓射去，虎不动，近前看时那虎是块极具虎形之岩石，箭入石内只余羽尾，众人莫不惊叹将军神威。将军亦自惊诧，再射，箭屡折而不得入。胡人知其威名远避不敢犯。时至今日此地此虎似曾重现，拴绊比之昔日飞将一点不逊。

“近期闻报白道口屡遭虎祸，商旅以及百姓伤亡十七八人，牲畜两百余头只，巡防团出动捕猎不得所踪。因今春一场官司识得严拴绊，案由竟为杀虎，舅舅忧其所为危及其母，经堂审验证，众皆叹服此君英雄手段。娘舅秦某尤以为最，当堂撤诉。今虎祸连发，无奈请他除暴，拴绊未有半点推辞，伏草卧霜三昼夜，置身险境终杀恶虎，保境安民功高至伟。此君多少年只用一截废车锏射杀猎物无数从未失手，剥取再用。我曾称其‘一锏杀’。有此绝技家国之幸，除暴安良……”

商会会长黄金口满口金牙光彩熠熠，满脸的自豪，其实黄金口对严拴绊一直心存感激。杨猴小两犯白道口，严拴绊有意无意成了白道口的干臣，岂非天意？

这娃娃就是他黄某人的一盏灯，在最黑暗时总透给他一大片光亮。刚才云霄汉总管宣布犒赏严拴绊杀虎义举，赏银圆一百块。紧接着他代表白道口商会也出了一百块大洋赏赐给这个灯一样的后生，既合官意，亦遂己愿，也堵了白道口商户的悠悠之口。最后他也不失时机地对严拴绊大加赞赏："拴绊子岁数不大，牙爪很深，做下的事叫人拍手称快。前后几回拯救白道口，大家也记在心里头，他是咱白道口的救星……"

"甚救星，杀生害命的吃骨贼倒成了英雄？光棍睡凉炕，全凭火力壮，不就凭一颗虎胆狼心血中取食吗？不要看他严拴绊揣下这堆赏钱，打牲人还有好下场？狗日的又除灭了百兽之王，俺就不信老天爷能让他后半辈子安然？"人群中看热闹的烂六很是不忿。

"你说这话甚意思,不服气你打一个老虎试试？在背后损人不怕挨捆索[57]！"烂六一番风凉话竟引得几双怒目，立马有人回戗他。

"爷就是这么说话，不想听躲远些！"烂六想犯横唬人，不想引来几个气势汹汹的后生。维护秩序的黑衣警察也过来了。好汉不吃眼前亏，他离了人群急急走了。

受了众星捧月般待遇的严拴绊自是春风得意，少年意气千樽酒，快马秋风万里尘，只觉得千万双仰慕的眼睛向他投来。他抬起头挺了挺胸，先前的惧怕竟忘了个一干二净。他先用眼老瞟台下的人，后来干脆放开目光搜索些面熟的人，竟捕得一缕来自二黑眼的流光顾盼。那女子黑亮的眼睛在人群中分外耀目，严拴绊盯着看她，又朝她挤眉弄眼，只见她嫣然一笑竟跑出人群。严拴绊心旌摇曳间却看到四喇嘛也在人群后面立着，酱红色的僧袍扎眼哄哄。但不知为何神情凝重，眉宇间皱起个疙瘩，像是观看一场伤天害理的恶事。严拴绊心里甚是不解，这喇嘛也没得罪过他，为啥一见面他便一脸的不痛快。

所有人都在关心来自大青山的虎事，一个月来驼道上恶虎猖狂袭人害畜的恐怖信息一直成为省城人关注的焦点。如今虎患已平，也抽去了人们心中一缕忧患。今早起麦香村饭堂里百十号食客谈论的主角是那个尚无确切姓名的少年英雄。

有人在油腻腻的饭桌上拍上一张当日的报纸，这是省内发行的唯一的报纸——《塞风》。那人手指着头版排列整齐的古诗行说："绥远文曲星、九边第一才子、归绥总管云霄汉倾情作诗夸赞那灭虎之人严拴绊，且送那人个外号——‘一铜杀’。”里面好多食客不识得字便一齐央求那人给念念总管大人的打虎诗。那人喝了口酽茶把着调子念道：

羡白道猎王一铜杀射虎英姿

朔风凛冽裂冬裳，
杲云斜月驼路茫。
旅蒙商客鞭声绝，
恶虎白道肆逞狂。
眸凶睽睽人胆寒，
怒吼啸啸牲悲怆。
虎腥直逼白道口，
驿空路绝群仓皇。
少年严君勇莫挡，
洋枪在手护三乡。
毛酒入腹气勃发，
蔑视兽王若绵羊。
拥枪扯裘看新月，
把酒抵寒卧孤岗。
西来洋枪显新威，
神铜直嵌眉间“王”。
气焰杀尽摞然僵，
惨啸犹荡白道梁。
归化商客争相告，
白道依然众穰穰。
闻讯急驰白道口，
乡绅远迎古刹旁。

入院虎皮悬石墙，
余威森森挟风霜。
众人窑炕挤相座，
难耐锅中虎肉香。
……
陇西飞将今犹在，
虎迹竟若胡踪亡。
侠骨少年干臣在，
吾辈何须忧豺狼。

众人跟着那个半吊子文化人费气把力，摇头晃脑，跨越了些错读白字勉强知道了大概意思。一个老者就说：“白道口距此不过六七十里路程，如今又没了老虎，与其动嘴空谈不如套上老夫的骡子车去趟白道口。一来看看打虎英雄的神采，二来买些虎骨入酒，那东西怕是有钱也没处买了。”几个人刚出城就见马车一辆接着一辆，赶车的都吆喝着要去白道口。

43　二黑眼

严拴绊一时成了归化城的风云人物，甚至威名远播到晋陕。云霄汉的那首长诗极具宣传效应。一时间绥远便无人不晓得杀虎英雄“一铜杀”，茶肆驿店、说唱艺人莫不添油加醋，层层加工，打虎过程跌宕起伏、激情四溢、引人入胜。一时众口铄金，捧他为神人，“一代猎王”的头衔不挂也难。

这些日子严拴绊浮在云里雾里，一个庄严的大场面的露脸，白花花的银洋，归绥总管的极力提携，让少年枪手觉得自己已是个非凡人物，轮番在白道口的酒馆饭庄里进进出出。又过了几日在归化城闲逛，进到卖戏服的铺子买了些行头，谁知穿起来把山丹笑得半死。只见他上穿一件武生黑布衫，下着一条黑色灯笼裤，腰里扎了条腰带，头上戴了顶黑色牛毛毡帽，和戏里的武二郎倒有几分相似。

严拴绊便隔三岔五地光顾白道口的大小酒馆。每进酒馆儿总是横坐一把长板凳，一只脚踏在板凳面上，喝一声："切一盘牛肉！烫一壶毛酒！"

店里人都知道他是打老虎的严拴绊，得了二百块赏钱。但怎么看也不像是个大人物，打虎也不过是打牲的枪子戳破了虎头，人顺了时运，风刮帽子也扣得石鸡子。归根结底他还不是个伺候人的驼倌，见他那身行头也暗自失笑，难免背后说些损他的言语。有人却当他顽皮好耍，怎么说他还是个娃娃。毕竟他打了老虎是做了件大好事，众人怕他乱糟蹋银钱，省些钱还需养活寡娘少妻，两百块银钱足够支架起个买卖，买牲口买地当个掌柜也好，省得像他爹一辈子伺候人。饭铺的人反倒处处想给他打省钱，谁知他不领情，认为是轻漫了他这个打虎的英雄。

"小二！小二！爷的钱不是钱？"他把钱拍在桌上，喊叫跑堂的，一会儿拳头擂着桌子又大喊上酒。反复地折腾，没完没了地喝，醉醺醺骑马回家已是半夜。一进门便大呼小叫，吹胡子瞪眼，全然一副酒鬼赖皮的架势。再后来到白道口喝酒，几家小酒馆都愁他，接待也不周。打虎英雄拿上银子却没人理会。

正经营生懒得去做，全推给山丹一人料理。他反倒不像武二郎，更似那浪荡公子哥儿西门庆。

严拴绊醉生梦死间浑然不觉地成为猎物，这时他已吸引了各路江湖人物觊觎的目光。就在他从酒肉里寻求英雄情怀时，他十八岁的老婆山丹却要应付一群一队的不速之客。城防团的、护路团的、保安队的、警务大队的接踵而至，就连一些股匪也动了心思。他们像狼群一样闻着血腥寻至倒返沟。严拴绊那口破窑洞一时间说客盈门。向来少有生人出入的偏僻山沟铃铛声不绝，骑高马大骡子的客人们招摇而至，他们个个衣着光鲜，出手阔绰，能言善辩。透过闪烁的金牙，传达出他们求贤若渴的热情相邀，暗器明投的天作之合，天神眷顾的锦绣前程。他们跷起二郎腿，手指间夹着纸烟，看似在拜英雄，但又出言不逊，似有强人所难之意。报出山头名号一个比一个硬，名头一个比一个响，这个团总，那个团长，山丹实在辨不清是些什么官衔儿。这些人便不再理这女娃儿，返至白道口寻人。

他们寻到严拴绊时，只看到一个黄毛少年醉得东倒西歪，胡言乱语，毫无一点英雄盖世的气象。问上一两句话他便说：“去问俺老婆！问俺老婆！”于是这些人不惜脚力，再入山沟老窑，去问他老婆。对待这些登门客，山丹倒是谁也不惧。任你磨烂两片嘴，也难动得她一分心，把自己的男人牢牢握在手不放。来者架不住这美丽的蒙古族少妇一脸的正气，火也发不得，理也说不出，人也硬不起。她别别扭扭的汉话里总和着各种各样的智慧、狡黠和诙谐，江湖客们的重大使命不知不觉中被她化于无形：

“俺男人才是个十几岁的娃娃，黑夜还尿炕哩，好好的皮褥子作害了几块了，谁给他晒褥子？”她总会把一块一碰便啷啷直响的尿骚味呛人的山羊皮举到来者面前，那人后仰着身子，努力想避开袭来的浓烈的尿骚和乱飞的毛屑。

“那就安排一个兵专门给他晒褥子！”那人一脸灰笑，又说，“凭拴绊子一身的好本事，混出个一官半职，你跟上他当个官太太，一辈子有享不尽的福。”

“这还不是点惑上王八下枯井？只怕到头来连脚后跟也拾不回来，官太太当不成当寡妇才容易。他一个娃娃能是做你们这般大事情的人？”

“人小本事大，再大了更是了得。不要把一身好本事糟蹋，一天只打山野牲口有甚出息。”

“他要是把子弹放在人身上就更不该，那就更损大德了。他这泡稀狗屎上不了你那墙头上。”

“俺团长说叫他先去做个护兵，成天吃香的喝辣的，将来提携做个排长、连长当当……”

“当团长俺也不稀罕，咱天生穷命。再说俺俩刚刚过门甚事还没做，他家三代单传，还没怀个传宗接代的，家里还有一个半疯半愣的寡妇老娘也离不开……”

“拴绊做枪手还在行，种地却隔行。你那块地交给哥哥来耕种，保你收成满意。”来者不缺流里流气的货，见了这样的美人少不得撩拨些灰话。

“就你这灰相？是骟马发情哩！只怕是护住你那一库伦荒地也难，看你头上泥糊还没洗净哩！”那人被骂作泥头，竟乐得把一嘴黑牙龇出唇外。

“反正那娃只爱舞弄个枪杆杆，把个美娇娇放在烂窑洞里受烟熏火燎的糟蹋，何不去省城逍遥快活。哥哥领你吃馆子、看大戏、做新衣，也不枉你一个美人……”

“打住你的话头，不要叫俺男人听了去。他虽是人小，脾气却大，发起毛来不用瞄，保准一枪打掉你两个蛋子！”这人吓得两腿一并，急忙走了。

她轻松欢快地应对着一个又一个不速之客的调戏。来客们虽是些大茬儿，但不免在她温润的陷阱里笑得前仰后合，开始放下架子顺嘴接和些荤粗言语，甚至于开启打情骂俏的交流模式。山丹以她的方式应对形形色色的访客，竟也灭了许多火气，挡了许多灾祸，多少不速客来时雄赳赳、走时灰溜溜，多少江湖名士铩羽而归。

也有些人态度强横，软硬不吃，情知遇上滚刀肉。他们都知道严拴绊拿了大把赏钱，刻意勒索些钱财，山丹又不敢硬碰硬，只好悄悄地将严拴绊打虎得的赏钱塞入手中，银钱叮当响，买得鬼推磨。这些人揣了钱，心里乐得颤悠悠的，脸上却一副忿忿然，掂掇着袁大脑袋出了这满屋羊粪味的烂窑。遇上更难缠蛮横的货，牛头不烂就多费些柴炭。山丹抓出大把的银圆不觉得心痛，只认为这钱来得容易，散得也快意。严拴绊打虎得了的赏钱一来二去竟叫她一双簸箕般的手煽泼得盆干瓮净。没了钱山丹反倒痛快，正好绝了严拴绊的酒钱。严拴绊知道实情，好一阵懊恼，钱命相连，一下觉得酒也没了滋味，去白道口的回数也渐渐少了。有一天他辞掉驼倌自个儿随驼群上了山。

白道口人都知道打虎的钱不耐花，严拴绊莫说喝酒，他家连买盐的钱也没了，他的蒙古女人到四十里外的咸水湖采集土盐食用。来勾引严拴绊的江湖客随之绝了迹。倒返沟复如从前，手中无钱的严拴绊反倒安分下来了。

倒返沟安静的乡村生活并没持续多久。

一天早晨，山沟里马蹄声如擂战鼓，山丹连忙去看，一飙人马突现家门前，兵们穿戴整齐，战马尽皆赤红，来势也是汹汹的。一个连长自报是都统署卫队的，说都统特邀“一锏杀”随他一道狩猎。这个一脸肃然的卫队连长高喉咙大嗓子，由不得山丹分说。严拴绊穿一身破烂衣裳，上了一匹备马，背着他的猎枪，头也没回就随这伙兵一泡黄尘去了。一向拿得起放得下的山丹这回倒没了主意，知道四喇嘛乐于给人排忧解难，便急忙去寻他拿个主见。

当晚都统一行住在晋风驿。

晋风驿古掌柜原籍汾阳杏花村，祖传烧得一手好酒，只是那个“三晋第一村”的杏花村开缸坊的人家比比皆是，也就显不出古家酒窖有甚超凡之处。忙忙碌碌一家的生计还是绕不开个“穷”字，想着人挪活、树挪死的道理，便随走西口的商队走出来寻个机遇。一路播迁来到白道口，倾尽所有开了这个车马店，接待往来车马驼队打尖[58]过夜。他还重操旧业兼做酿酒，只因他的店比别家店分外干净些，饭菜又做得顺口，再加上古老板极其和人，绝不像其他店主针尖上削铁与人事事计较。驻店的就是探上一二十里路程硬是要住这晋风驿。

开了几年店，靠辛苦挣下几个辛苦钱，就又增盖了些房舍棚厩，小店变作大驿。店里人和牲口竟也住得满溢溢的。尤其到了晚上，更是人挤人，几个男女艺人如期而至，一把胡琴拉起，荤的素的直唱到喉咙发沙。二人台、爬山调都是地方小曲小戏，被称作揪烂席片，看在眼里，张口唱出。即兴表演全凭演唱者的一张好嘴，一副好脑瓜。唱出的好唱段能叫人过耳难忘，咀嚼了多少年还是津津有味。也有专拣荤腥味大的传统段子点唱，诸如《十八摸》《小叔子挎嫂嫂》《跳粉墙》《叫大娘》，里头淫荡无边的词调仿佛是火镰击起的火星把这些鄙俚之夫的欲火点燃，人们不由得想衬着正唱得起劲儿的艺人喝彩，吆喝声弥漫到几里外。晋风驿几乎成了驼道上最为红火热闹的地方。

几年前，大青山突然起了传头子[59]，可巧叫他的老婆儿子染上，一时四口之家去了一半，只剩下他和小女二黑眼打理此店。那女子今年十六岁正值青春妙龄，一对黑是黑白是白的眸子明亮无邪，却像是无底的洞直教多少男人闪了进去，尤其一抹子笑靥便让一些男人半辈子神魂颠倒。她总是如一束温柔的光照耀着黑暗的夜，让人莫名的温暖。无数张流动的汉子的嘴在传扬着一个驿店的美丽少女。二黑眼的清纯美艳被纷纷扬扬的粗俗言辞无限放大，晋风驿无意间成了驼道名店。

“这个女娃子多像是沙漠里一朵开放的花呀！”几个大口喝酒的拉骆驼的蒙古汉子这样形容道。他们在遥远的异域便倾心这驿店、这佳人。走过千万里沙海，他们干涸的眼睛里许久没有这样靓丽过了。

白道口每年屠宰的几万头牲畜，要紧部位人们都以为肮脏便抛撒喂了猫狗。古掌柜觉得可惜，嘴上怪当地人不会过光景只会暴殄天物，心里头像拣了元宝，把收撮的牛羊鞭器、卵蛋甚至驴马骡驼的性器一番加工后兑制入酒。先前也没个酒名，只是常喝出牲口的毛来，就有人叫了毛酒，加上“毛”同茅台的“茅”同音，借了光竟叫出名气来。这毛酒真材实料又是正经手法酿出，价格也算合理，来客喝了还要带走些到别处喝。那些拉骆驼客要带上走一年半载路程的酒周游各国，有些脑子灵活的家伙留一些在国外还能换些值钱的东西，便背着领房子的多带一两皮囊。往来打尖驻店喝上一壶毛酒浑身骚热没等出了店门爬山调唱得泣泣哇哇、哼哼呀呀、扯扯啦啦极是煽情：

二月里喝了壶老毛酒，
四十里的路程没怎的走。

白天喝酒黑夜里醉，
抱住毛口袋当伙计[60]。

这阴山驼道人来驼往车辚辚，不缺搭腔接茬的，立马有人唱道：

打尖住在晋风驿，
二黑眼鱼鱼搓得细。

住店就在白道口，
为看二黑眼风摆柳。

山坡上的羊倌山汉站得高，看得远，嗓子好，调子准，情感也真，最能习染听者。他们开口一唱，驼道上一时宛如百鸟噪林飞入了老鹰，一下静谧无声。

腊月的狐子冰滩上卧，
见不上二黑眼心难过。

跌进冰窟窿瞭见个天，
人尖子就数个二黑眼。

讨吃子梦见龙椅上坐，
娶上二黑眼做老婆。

能和二黑眼亲上个嘴，
满肚子铁疙瘩化成水。

光棍汉们的情欲缠绕着清纯美娇的白道口少女二黑眼。她是这些人所见到过最为喜人的女子。她散发出一道道灿烂的光彩，照耀着他们灰暗暗、死泛泛的生命世界。她白天是大青山上的一轮太阳，夜晚是白道谷里的一弯新月。

晋风驿一盘大火炕曾睡得下一个连百十号驻兵，一个六尺大的锅头成为火炕的热源。坑头也成为施展厨工的一个重要部分。二黑眼像燕子一样在这里飞来飞去，坐在炕上的车倌们饥渴的目光飘来游过，他们拢在一起伸着脖子等食。少不了荤的素的一顿瞎谝，话题里始终落不下个女人，说女人自然少不得二黑眼。刚把话扯到甚是个“四大活色”？就有人搭茬：“娃娃都知道是‘空中的鹞子海中的鱼，十七八的闺女四个牙的驴’。”

“看了二黑眼就知这话不假，这女娃能搅和得人心里起旋风。”另一个也没多想，话题转到女娃头上。

“是哩！是哩！可比海中的鱼还滑溜，搂在怀中亲上一口……”

“你这样儿，除了没死的心甚心也有。二黑眼的脚后跟叫你亲上一口，恐怕要在黑河洗半个月才去了腥。”

“你倒是秀气？猪八戒装秀才哩！……”另一个马上反击。

“狗日的甚话？”有人没懂，催问下一句。

“怎闻（文）也是一股猪腥气。”这话立即引得一伙人大笑一阵。

他们总是把二黑眼扯进他们更为邪恶淫秽的话题。二黑眼忙着赶做莜面饸饹，全没在意车倌们流里流气的叙谈。他把一记两寸粗细七八寸长短的棒状生莜面塞入木质床孔，并扳转与之尺寸相当的木棒契合，用右大臂的力量去挤压压梁，木棒契入床孔，孔里的莜面被压迫后顺着床底漏孔而出，几十股面线像织机上的线缓缓流淌到笼屉，动作流畅，手脚利索，惹得大炕上几个货眼珠子不转地盯着看。

这时他们几个正在讨论“四大灰人”——

当兵的、下阴的、赶车的、打牲。

“下阴的成天拈个罗盘做个哄鬼的阴阳，扯些四六句子，编些吓人理据，借着死人诈活人的银钱，一定不能算作好人。当兵混粮，常年胳肢窝里夹个脑瓜去打仗，有今儿没明儿的，手里又有神鬼都惧的家伙还不甚灰做甚？打牲的肩扛一杆枪，转着山头只顾架网做套，杀生害命，还不算灰人？只是咱们车倌招谁惹谁了……”

“灰人里头有咱自有道理，哪个有家有业的做这赶车的营生？还不是些光棍汉，白天用难听的话骂天骂地骂牲口，黑夜里住店，车倌们聚成一堆儿，还不是甚灰说甚、甚灰做甚，揪烂席片还要听荤得粘嘴的。”一个岁数挺大的车倌出了声。这人是个实在人，平日不爱说话。“看看咱车倌儿，浑身哪有一点儿正经地方？鞭头甩得响，吆喝声也亮，肚子里却是空虚。有两个闲钱也不往正经地方花，你说谁能把咱们看下个好人？”老车倌这样说，众人都没了话。

只一袋烟工夫，这个俗语就得到了验证。一个驻店的年轻车倌刚刚进店便高喉咙大嗓门叫二黑眼破谜语。二黑眼正专心摆弄着她的饸饹床，饸饹面均匀地泻出，由于用了力气脸色憋得通红，她还是抬头笑着对答客人，一脸的纯净正色。“是个甚谜？”问完她又勾头去挤压饸饹床的压柄。

“撩起个大腿，戏进个棒槌。”

众人一阵哄笑，二黑眼听出不是甚好话，红了脸扔了营生哭着跑了。有人就怨那个货：“人家一个嫩芽芽女娃你也调戏？牲口八道的话也敢乱嚼……”抬头看见当地站着古掌柜，一脸的怒火要把那人烧成灰烬，众人骇得大气也不敢喘。只见古掌柜顺手操起个磨秃茬的枳芨草扫帚劈头盖脸一顿乱打，直挨了十几下众人才拉住。那人已被杵扎成害了痘子一样的花红烂脸。众人想笑却又没敢，谁知那挨打货竟捂着脑袋理直气壮地和古掌柜理论：“你说！好闺女谁不爱！？再说那谜底子是压饸饹嘛！”

古掌柜倒是无语了，也没了火，扭转身子去了。

这事以后，不怀好意的人说话把了些分寸，不再当着二黑眼的面扯起甚就说甚，都知道古掌柜的扫帚不光是扫院的，却也把那个挨打货的话当成了流行语。

只要古掌柜不在跟前，一伙光棍汉总会异口同声：“好闺女——谁不爱！”

对于都统躬身白道口，虽说是巡视和游猎路过，但他的随从打过招呼，晚上在此食宿。商会会长黄金口和各商户表现出极大的热情，说明白道口的政通人和将得以延绵。黄金口的热情和晋风驿热气腾腾的大伙房相辅相成。他要把接待都统当作白道口的头等大事来办。他把晋风驿不论大炕还是单间的客人只一嗓子便打扫出店门。莫说都统，就是那些兵爷谁敢和他们争炕头。黄金口并没有表现得厚此薄彼，他笑着说：“今儿夜里唱大戏，你们正好找个清静地方住，好好睡一觉，养好精神看戏，千万不要误了归化城难得一见的董翠仙唱戏。”

头天绥远都统署的人通知都统要到白道口视察防务。知道都统是山西人，黄金口便投其所好，叫人骑快马去省城急急请了一班子大戏。戏班子听说给都统大人去唱山西梆子，岂敢怠慢，拉了行头，快马加鞭，等都统一行打猎归来，他们也到了。班头和黄金口商量后，演戏也该演军旅戎马内容的戏份。当下点了《扈三娘》《挑滑车》两出戏，迎合军人冲锋陷阵、沙场效命，作战有我无敌、勇冠三军的英雄情结。

都统住在商会即商会院落里的驿馆，也是黄金口平日办公所在。外间大桌豪椅、文房四宝一应俱全。书架上码放些书籍，不外乎《三国演义》《水浒传》《三侠五义》一些供人消遣的寻常书类，还有不少小人书。里间却也布置排场，一盘形似牙床的暗炕是由隔壁厨房烧火供热。白道口因昼夜温差大，这火炕一年四季备受青睐，炕上又铺满雪白的大毡，被褥也是全新的鲜艳绸缎挂面。两面厢房可住几十个随从。这里作为白道口最为雅静的居所，时常成为军政要员下榻之所。上回匪首杨猴小曾在此度过一个销魂之夜，当然黄金口不会讲给都统。

晚饭都统府所有人都安顿在晋风驿吃住。黄金口叫人杀了只大羯羊，白天打的野物也有不少，炖肉便成了主菜。炖野味是店掌柜老古的拿手好戏，当兵的和伙计们剥皮的剥皮，煺毛的煺毛，开膛的开膛，不一会儿偌大的店里就被来自那口大锅的香气浸透。院门口站岗的兵们被肉香诱得饥肠辘辘，不由得频频朝里头张望。

白道口待客总是以大青山的特产莜面为主食。大青山乃阴寒之地，一年没几天炎热，种植些作物不等成熟就被一场霜冻摧残了。唯有走西口的雁北人带过来的莜麦种下疯长，又结得出饱满颗粒，按口里的做法加工制作，做出的面食筋道，味道品质分外好。这种食品工序烦琐，需精工细作，颇费人手。兵们自帮不上忙，人手不够就请镇里心灵手巧的姑娘媳妇们来撺忙。女子们嘻嘻哈哈一到，立刻给灰黑霉臭的车马店平添了许多活气。

她们将大锅里翻飞的滚水浇入和莜面的大盆中，店里立刻弥漫起浓郁的莜面香气。原来这莜面成饭前要“三熟”，磨面前要将麦粒炒熟，和面时要用滚水烫熟，当然最后在笼里蒸熟。在白道口，做莜面更是检验女人除脸蛋、针线外品位如何的三个重要标准之一。她们挽起袖袖白胳膊膊小巧手手在案板上尽显身手。晋风驿古掌柜的闺女二黑眼年岁不大，却是个做莜面的好手。好闺女的口碑口里口外传来传去，一团面在她手中搓来搓去竟像织女弄梭。两只手反复搓搡，共把弄着八根匀称绵长的叫鱼鱼的面线，两只手在案板上左右上下翻飞如同魔术师般诡巧，面线仿佛要延绵到无限。在她倾心工作时，她的大长辫子也并未停歇，在丰盈圆润的屁股蛋上摆过来摆过去竟成了一道风景。在石板上用掌挤压成草纸片般，巧妙剥起卷成筒状立放于竹笼间，整个笼面上制作待蒸食品形似蜂窝，这叫窝窝。女子们有的将山药丝丝加上些菜丝葱丝卷于面饼间切成段，这是莜面囤囤。它看上去杂杂烂烂，也有人叫讨吃子卷行李。莜面丸丸、莜面饸饹等有几十种做法。白道口的女人们施展手艺做了五六种，加上鲜羊肉和现采的山野蘑菇调和些调料混为一搭放在笼里蒸，白道口人叫溜汤汤，光是笼里溢出的味道也能香死人。

那些兵们都是穷人家饿大的，哪里吃过这么顺口的食品。大青山这土地也怪，当年山西人走西口到此，把口里带来的种子撒下，长出的东西依旧是莜麦、荞麦、山药蛋，只是那品质却大好，味道竟然出奇的香美。当然他们不会知道土壤所含物质和昼夜温差对农作物的影响。

二黑眼的声音像黑河的溪水清纯而凉爽，迅速滋润到兵们年轻的心田。他们静若处子却胃肠勃放。他们伸出凝聚着青春力量的军人手臂，使出卧牛筷子熟练地将莜面卷进饭盒里。一个个埋头痛吃，直吃得舌尖尽兴，一时忘了肚皮大小。车轱辘般大的蒸笼一揭起，腾腾的热气还未散尽，里头的面食立即如被风卷了去了。

“今儿这日子择到吃口上了。”一个未婚女子说着阴阳先生的话。

“这个死女子，寻汉子也寻个有吃口的，将来地头炕头都有力气。”这家大嫂说完，那女子抬头看见十来双年轻眼睛看她，脸便发红发烧，扭头就跑了。

“能吃也是本事，白袍薛仁贵看上去像个饿死鬼转世，还不是靠能吃生出九牛二虎的神力。这才封侯挂帅，老婆王宝钏也跟上风光。”说话的女人听人说书从中听出许多道理，回头对着二黑眼说：“黑眼妹妹人俊手巧，脾性也好，找不下个有本事的后生，只怕糟蹋了俺妹子貂蝉一般的人才。”

“看你把妹子夸的！俺天生是个生火做饭伺候人的穷女子，嫁个人只要不饿肚皮就心满意足了！”店里见多了人，二黑眼大方自然，也不至羞得跑开，但她说的和心里想的完全两样，一后晌，她的心一刻也没离开过那个人。

“听听！这女子早就踅摸下中意的男人，不会叫哪个汉子占了……”二黑眼伸出拳头就追打那女人，一顿嘻嘻哈哈，引得兵们齐看。二黑眼赶紧住了手。

李都统是农家出生，深受西北军传统影响，质朴亲民，严律部属，行事低调，极反感奢华排场的官场作风，也不端当官老爷的架子。他粗布军装，着一双布鞋，看上去与一般官兵无异。虽官做到一省之首，以往称作封疆大吏，却如此自律，实在难能可贵，绥远百姓交口称他是个好官。黄会长本来要在商会驿馆或选一家饭庄招待都统，无奈都统坚决反对，定要与士兵一齐吃，而且明确反对十大盘八大碗上桌。他更不在乎黑污桌子硬板凳，不等换将来上讲究的盘碗酒具，都统早已动起粗碗笨盅，也不管哪是主席，陪坐的是谁，一屁股坐下，拿起筷子就吃。他对同桌的人和颜悦色地说话，一团和气，宛若家人。

“在下主政绥远以来，劳于戎马，一直无暇一顾阴山长城遗迹，见识一下汉疆锁钥之白道所在，今借视察省城防务，秋猎白道，确有海散龙心之情趣。只是如此给贵镇增添了些扰攘，心里甚为不安，也不敢违拗黄会长及诸位乡亲美意。我和我的属下受到了倾尽所能的接待，深感白道口乡亲敦厚豪直、淳朴好客之民风。借贵地所酿美酒干此一杯，聊表我们一行对贵镇款待的谢意。”

众人见都统如此仁厚，这么大的官儿没一点儿架子，十分意外。刚才有几个还战战兢兢，现在都悉如往常，都敢端起了酒盅，受宠若惊地一饮而尽了。

都统之前通过与商会会长黄金口交谈欣闻乡音，攀谈后得知两人的故乡山西相距仅为一河之隔，碰巧两族互有姻亲，黄会长便以同乡之谊接待。喝了几杯酒，喝出山西杏花村老酒原味，但都统是个缺少酒兴的人，只喝了三五杯就称够了，提出要吃莜面。他拌着羊肉汤一口气吃下两碗，放下碗便提出要离席。众人以为他要看戏，也跟着散了。

都统进了戏场便听得人欢呼“来了！来了！”，看见人坐了一大片，因为都统进场戏才敢开。都统屁股一挨板凳，武场的锣鼓板镲一齐敲腾起来，戏子们的演技都属晋绥两省一流水平，坐念唱打功夫都是一流，唱得也够卖力，却引不起都统的兴致来。戏中演一丈青扈三娘的角儿浑身都是戏，口里口外名气极为响亮。都统不等矮脚虎王英亮相就要离开。卫队长本要集合卫队护送，都统摆手示意大家继续看戏，只叫了两个卫兵回了商会驿馆休息。

两个兵急忙点了盏马灯，屋里顿时通亮，借着灯光，都统翻了几页《三国演义》，还是索然无味，便想要倒头睡觉。忽听得外面一个熟悉的声音“这李钟鸣好大架子，这么难见”，开门见是穿一身藏红佛袍的喇嘛，那人来到灯前才看清是读书时的国学老师张望先生，而且自己的名字还是老师起的。

44　被打碎的艳事

严拴绊跟当兵的一起吃晚饭前已换了军装。他从连长手中领到略有些肥大的戎装时，年轻英俊的连长说：“从现在起不比寻常，你是个军人了，要注意干净，穿着要有军人威仪。乘天不算冷，寻个没人处，洗干净身子把军衣换上，把你那身老皮扔了，别把虱子带回军营。”连长又给他一块手巾、一盒牙粉、一把骨柄牙刷、一块胰子、一个搪瓷缸子、一个脸盆。严拴绊觉得新奇，毛巾竟舍不得用，怕沾了脏。打开铁盒子，不知牙粉为何物，用舌头舔却甜甜的，当糖吃了一口弄得满嘴白沫，琢磨半天才明白是洗牙用的。

他走了四五里路才寻个没人来的水湾，一头扎入冰凉的水中，使劲搓洗了车轴一般的黑脖子，又把毡子一样乱杂杂的头发用胰子洗了两三回，褪去了厚积的黑垢，又用牙刷把牙刷了几百个来回。

肮脏破烂的衣服和臭气熏人的鞋袜像剪羊毛一样从他身上褪去。河滩上的那堆烂衣破裳像一具腐败的尸体，但他没舍得丢弃。十七年来他总是衣衫褴褛，他总觉得不该把有用的东西遗弃，就找个小石窑放了进去，又用石块封好，他已用这种方式存放了两个“黑牲”的衣物枪械。

严拴绊走进戏场时，已是脱胎换骨旧貌易新颜。他一下子容光焕发，头发油亮，碧眼如炬，牙齿白洁，鼻梁尖长，少年青春的气息释放出来，人立马也提了几分英气。严拴绊的身心都感到了一种前所未有的轻盈感。

因为兵们是都统的人，一致受到上待，严拴绊也坐了前台。他只觉得戏子们花里胡哨，乱蹦乱舞，唱词也是拉长抹短，一句也听不懂，还不如狗打架、羊碰角有看头。他没心情看戏便东瞅西瞄，有回看见二黑眼诡媚的眼睛紧瞟自己，心里紧皱皱的，更觉着戏没了看头，屁股上像长了疮，一刻也坐不住，乘一旁的兵只顾看戏，躬着身体溜出了戏场，想寻个背人处尿尿。刚扎好裤带就感觉叫人抓了手，看时正是二黑眼。

他不记得自己如何被那只绵软的小手牵引到马厩里。里面充斥着草的原香和马尿的烈骚味，静得只有马的嚼草声有节奏地噪着。严拴绊迫不及待地紧抱住那绵软弹性的身体，一双臂宛若桶的箍，直叫二黑眼接不上气。顺着微微的气息他的舌头搅到她精妙的舌头，那舌滑润欢跃香郁热烈且不安分地回应着。他的一只手已摸索到那稚嫩娇小的少女之乳并握捏玩弄于股掌中，二黑眼痛并快活地呻吟了一声，严拴绊的另一只手正在摸索着要解开裤腰带，二黑眼死死按住这只不怀好意的手，力气出奇地大。

“可不敢！”她央求道，眼里火烧一般，“你娶俺才行！”她说得低沉却坚定。

“俺有老婆！”

“好汉养千口，你再娶一个。”

“俺打个穷牲，又不是甚买卖掌柜，十七八岁就养上两个老婆，还不叫白道口人笑话死？”

二黑眼捣了他一拳头：“管他甚笑死笑活。俺一不图嫁汉嫁汉穿衣吃饭，二不和那蒙古女人争个你大俺小，谁让俺贪图人家‘一锏杀’的英雄气象，只怕是出鼻骡子要卖个驴价钱？！”二黑眼声音里充溢着哀怨、柔润，发亮的眼眸中似乎有一种强烈的物质炽烤着严拴绊。他的心就像被烤熟的山药蛋软塌塌的。

“俺怕你做不了蒙古女人的主。人家马鞭子一拿，你连只绵羊也不如。到时俺大闺女家的叫你闪个马爬！”

“那山丹虽说是个良善人，性子比草马也烈，惹毛了敢动刀动枪。再说她跟俺也没享福一天，又娶个小的俺从哪弄钱养家？”

“俺守着这个店，养活几个娃，刨闹个吃穿还有个保证，指望你打牲能给俺挣几壶醋钱？到时还能把你挤逼到上吊？”她说这话时既深情又轻松，自然得像老妻面对老夫。

“时气来了命跟心，风刮帽子扣鹌鹑，水灵灵大闺女送上门，不要白不要，只是你爹甘心让你给俺做小？”严拴绊像解去拴绊的牲口立即轻狂起来，一只手猛然抓握在胸前柔软处，二黑眼痛得呻唤了一声。

“俺爹是个心疼闺女又要脸的人，闺女却是个没脸没皮的。真是‘没长大的骆驼走草地，没婆家的闺女打伙计，生养娃娃靠小姨（子）要钱赢个大掌柜’。这四大没底据的灰营生俺也摊了一项。唉！只怕生米变熟饭才箍得住俺爹。”

严拴绊听罢二黑眼的话，像癞蛤蟆跳进油锅里，身体嘶啦啦地作响，很快就要爆裂一样。他的两只手爪子只顾去扯二黑眼的裤带，可怜那红布条条如何经得起急火攻心的发情公牛般的汉子死拉硬扯，“嘣”一下就断了。二黑眼肥阔的灯笼裤儿像一片叶子款款褪落在满是柴草的地上，引得几匹马都扭头看，月亮光下那健美的屁股青春美伦白晃晃圆溜溜光熠熠。严拴绊的右手像贪婪的蛇乘机迅疾游走于温润处……二黑眼欢愉地呻叫：“亲……亲哥啊！……”

一派亮光不合时宜地涌了进来，提马灯的是前来给都统的马队添加豆料的古掌柜，两个青年男女偷情窃欢露了白，像两匹畅快追逐嬉戏的马驹儿迎头遭了一顿鞭挞，一时辨不清方向。古掌柜回手扇了自家闺女好几掴，嘴里不住地骂着：“不要脸皮！不要脸皮！”又呸了几回。二黑眼提起裤子仓皇逃去，严拴绊被捂在马厩里，脸皮上生生地挨了七八掴。那古掌柜平常很是和人，此时却像个土默川的狼——装狗吃人的货，灰话像把锋锐的剃刀：“你这杀生害命的忽拉盖！一身血腥气的骚胡！要吃天鹅肉的疥蛤蟆！该把你的贼骨头做些记号，好给严三耗子那死鬼陪葬时认全尸首！”

严拴绊以往舞刀弄枪，大青山杀狼屠虎，连土匪、“黑牲”也敢痛下杀手，招招要命，再狠的茬见了也退避三舍，只当是英雄了得。此刻被古掌柜这种架势威逼，就像耗子见了猫儿，骨头早就酥了几分，只怨墙上没留个洞。古掌柜骂得不解恨，转身想摸个得手家什，严拴绊瞅了这空儿，凭着年轻身子没命地夺路逃去。刚出了晋风驿大门迎头碰到一个正在寻他的通讯兵，那兵立正敬礼，递给他出门时携带的猎枪：“都统取消征你入伍的命令。现命你立即回家待命！”严拴绊也顾不上天黑，连滚带爬回了倒返沟。一路上被掴过的脸皮烧热，满脑子却尽是二黑眼。

回家时已是后半夜，摸黑躺下就睡。第二天早上山丹才看清男人满脸的乌青，只当是兵打的，心痛不已，在院里疯骂了一气，心里又庆幸男人被打回了家。

一切归于寻常，严拴绊安分地做自家的营生，日出日落地忙他的驼，时光如黑河一样平和地流淌过。但他并不开心，就连早起放骆驼也不知该去哪一个草场，一只山鸡从脚下窜出也懒得去捉。他觉得自己疲弱得如同一个老汉，甚至连他心爱的猎枪也懒得摆弄。最吸引他的白道口以往三天两头地跑，现在也不去了。谁也不会知道他的心正被一只媚魅的眼睛啃噬着，几番挥之不去。

山丹催他去白道口一趟，买些诸如油盐酱醋回来。严拴绊骑了枣骝马风一样去了。但一到这条黄瓜状的街上就不敢抬头，仿佛叫古掌柜掴下的印记还在。这是挨打后的第三十三天，他是一天一天数着过的。严拴绊拉着马从晋风驿门口来来回回地过，却又没胆量进去。他只想瞄瞭一眼二黑眼，这才看见晋风驿门口贴着的大红“喜”字，那片红纸已然褪色，让风撩起半面纸。在对面郭老五的铁匠铺给枣骝马新挂了一副马掌，才从小徒弟口中得知二黑眼嫁了棺材铺少掌柜“小洋坛”——一个因吸鸦片瘦得能让大风刮走的货。在这里等待顾盼了大半天总算是看见了着一身大红的二黑眼，只记得她眼里尽是些幽怨凄婉，像刀子一样割得他心疼。

45 除蟒

鬼愁沟是二十四道沟最偏远的一道沟壑，所覆盖的草坡范围极大，草场也最肥美，夏天一到，蛇到处游窜，不小心人畜便遭蛇咬。打早醒来先要察看一番，被窝里或许一条乌蛇和你同眠一宿，穿鞋时或许鞋里正盘卧一条小蛇，生火抓柴火时手里可能冰凉凉软绵绵……只愁不知哪一天叫毒性大的蛇一口夺了命去。人们为了生计被拘在这条沟里头生活，六七家牧场的人年复一年熬着这样鬼愁神惧的日子，原本叫蛇行沟便因此易名为鬼愁沟。

但近来他们叫蟒蛇之祸搅得寝不安席。蛇灾突然升级，直叫一沟人暗无天日，如坠深壑。男女老幼惶惶不可终日——一条桶粗的狂蟒席卷而来，一张大口频频夺人性命，几家人聚在一起实在拿不出对付办法。就算有几个精壮汉子，手里也备有铁叉钢刀一类利器，却都不具武二郎的胆气。无奈那家伙神出鬼没，呈黑云压顶、翻江倒海之势，肉身凡胎之人哪个敢上去搏杀。人人担心自身难保，唯恐逃之不及。

“咱几家摊些钱，买两条火枪？”惧则思变，几家人聚一起商讨防蟒大计，有人自然想到了枪。

“买了枪还要会用，打它不中枪还不如个放羊铲，即便打中也难伤它命，发起毛来咱有几条命够它损害。”有人马上否定他的想法。

“莫非只有等这牲口来喝咱的片汤？莫说是这牲口吃人，就把咱的羊叫这东西三三两两地零崩，到头来咱众人上吊也寻不下个树杈！”

“咱这一群男人没一个能耐的，枪又打不好，那就花钱请些兵来，如今是枪炮世界，一团火喷出，石头也炸得粉碎。蛇就算成了精，也是肉长的，就不信它不惧枪炮？”

“谁会扛门大炮来替咱轰条蛇，再说这牲口十天半月不来，谁等得了？再说请来兵还不是请来鬼，请鬼容易送鬼可难呀！”

众人七嘴八舌也说不出个切实可行之策，只剩下唉声叹气。

“人说莫当召的四喇嘛是诸葛亮转世，有通天的本事，只有寻他讨个办法保证除灭了这个畜生。”刘掌柜最后才说，这沟里只有他是见过世面的。

有八百只羊的刘掌柜本是一位颇具实力的晋商，他的驼队在运营当中突遭沙尘暴，风暴过后，载着货物的骆驼丢了一半，还失踪了四个驮夫。遭此天灾，一夜赔得家产倾尽，连归化城的老宅也搭了去。天无绝人之路，好在鬼愁沟还有个草场，便一家老小七八口人移居至此，七凑八拼买了几十只羊牧养，渐渐繁衍到八百只，谁知横生出这等祸端。他比别人更加焦虑，骑了头叫驴一路狂奔来到召庙。一见四喇嘛哭丧个脸便诉说了蟒情：“不知何故鬼愁沟南山梁上有十二个锅底坑，两丈大小，深也有一丈，有老者说这曾经是大雕孵蛋的窝巢。坑内的石头乱喳喳像是空的，每年天寒地冻时节石缝间热气腾腾，夏时雨后阳光一照大坑钵里千条万条蛇缠叠着晒太阳，远远望去明艳艳能吓死人，人、牲口都绕着此地行走。这地界平日遭个蛇毒也是常有，毒死个牲口更是个常事。只是近来扑出个蛇王，桶一般粗细，长一两丈，吞吃整羊、整狗、牛犊子、马驹儿。这还不满足，前几日竟然连小羊倌也卷包了去。老羊倌见自己的儿被那畜生吞进半截，两条腿还乱蹬，拿个羊铲虚张声势，嘴里一顿乱喊叫，只是没胆子去搏斗，眼见自家娃儿生生入了蛇肚，又惊又疼当天夜里也死了。昨日那物又来了，把个出生没几日的小骡驹子卷裹去了。沟里七家牧场人人心惊胆战，门也不敢出，生怕那血盆大口对了自家。”刘掌柜一下跪倒在四喇嘛面前，“只求上师给俺们沟里人拿个调子，除了这恶物，救救几十口子人的性命！”

四喇嘛忙唤他起身，刚才极为耐心地听过他的蟒情报告，已经了然于胸。他随即告诉刘掌柜：“你说的锅底哪里是甚雕窝，其实为矿坑所在。一千年前大辽国在此觅得金矿狂掘滥采，契丹人喜好黄金作为饰品，大青山里的金矿丰富，供着他举国豪奢。所谓乐极生悲，奢靡祸国，国都叫属国反叛占了。大势已去的辽主从热河地界一路逃亡到大青山，仗着这金矿硬撑了四年，后来又要逃往西夏国，撤退前就叫兵士掩盖了这矿洞以备卷土重来，所谓‘契丹亡，山金藏’。蟒蛇自是灵性之物，天生喜欢守财，又喜穴洞而居，那藏金的矿洞当然成了蛇类的天堂，繁衍后代怕是数以万计。千年之蟒有多大胃口？那些游鼠窜兔岂能满足了蛇王的胃口，袭击家畜自在情理之中。”

“想不到鬼愁沟地下有这么一处秘地？！”刘掌柜茅塞顿开，才知道多年来自己在千年蛇窝里混食，当下浑身发起冷来。“这蛇精就没个办法整治？”刘掌柜愈是着急了。

“有一人能消此灾祸，那就是‘一铜杀’。此人杀虎屠龙不乏手段，大青山无人不识。何不求他出手？”此刻四喇嘛也不知所措，自然想到那个杀魔，只想让他做些好事。

“‘一铜杀’可是倒返沟的严拴绊？”见上师点头，刘掌柜说，“放羊时常听人说他的本事，也没见过他人，听说这后生傲，不好交往。”他有些气馁。

四喇嘛叮嘱了刘掌柜一番：“此人虽是年轻气盛，也无几个朋友至好，却是好大喜功。你只需戴顶高帽，说些顺耳的话，好酒好肉招待，事后摊派几只羊酬劳他便可。他若肯出马，消此蟒灾指日可待。”

“多谢上师指点，俺这就去寻他！”刘掌柜一刻没敢停留，进沟搬兵。

刘掌柜按照上师的指示，从白道口高价雇了一个短工以替代严拴绊务理骆驼，又买了两斤点心，三斤牛头肉，两瓶绿豆烧，径自去了倒返沟。一直等到天昏暗下来，驼群才回来。刘掌柜到沟口迎上“一铜杀”，一见面便作揖拍马：“久闻大侠威名，今日一见，侠骨豪气，英雄丰采，果然非凡，看来俺是寻对了人了！”刘掌柜真是见过世面之人，又读过书，从书里挑选了几句词语，直叫严拴绊听得身心舒畅。

“这是……”严拴绊有些惊讶，在暮光中看清了来人，从来没见过，心里只觉得好事找上门了。

二十四岁的严拴绊正好百无聊赖，他不满足没有挑衅、没有争斗、没有杀伐的日子。听完刘掌柜的述说，心想瞌睡了便来个枕头，当即表示：“好说！好说！”又将刘掌柜的酒肉一顿饕餮。

吃罢起身抹嘴连夜就要走，把刘掌柜感动得想哭，发自内心地呼道：“义士！义士！”山丹这回却没阻拦，见丈夫可以帮这些无助的人脱离灾难，心里反倒有些自豪。但她知道去除一条吃马驹的大蟒非比寻常，想叮咛他两句，枣骝马的蹄声早已响起。

“一铜杀”在鬼愁沟享受着救星般的礼遇，大人娃娃都把他当天神爷捧敬。刘掌柜挑只肥大的六个牙大羯羊杀了招待严拴绊。一群男人轮番敬酒，说些捧敬的话，严拴绊听在耳里，心中无限受用，不觉间羊肉毛酒下了肚。严拴绊感到血液喷涌，举止言行十分地大丈夫。瞟了一眼对面地下的几个年轻女人，她们毫不掩饰恣意示爱的眼光。山里女人们很少能看到大戏，大多连个省城的边也没碰过。他们没经见过这种场面，倒是经常有说书人来说些英雄除恶救世的故事，极易触及她们情感丰富的柔肠。十八岁的小媳妇果果心里也羡慕英雄的侠骨豪情、超凡本领，闲暇时还不免偷着看一两眼，日夜叫人牵肠挂肚。以往说书唱戏的英雄形象总是虚实莫分，现在头一回见了真的杀虎英雄，气度洒脱飘逸，举手投足间超凡脱俗，英雄气概摄人魂魄。她们都一个个心旌摇曳起来。

严拴绊应男人们要求，讲了两杀老虎的故事，严拴绊也没添油加醋，实情实景地说了一遍。众人听得已是目瞪口呆。几个女子的仰慕之情溢于言表，那个叫果果的女子有着一双二黑眼般的眼神，已严重地杀伤了严拴绊的心。他难以把持体内涌起的种种激情，嘴巴也失了门户，把两杀“黑牲”的事也都抖搂了出来，并从搭兜里掏出那把“黑牲”遗留下的锯掉枪把的快枪，众人都伸手来摸一摸这个冷酷的家伙，连呼厉害，挨个又把酒敬英雄。几杯酒又引起严拴绊滔滔不绝的话题。一连讲了两个时辰，众人也听了两个时辰。说着说着他难抑豪情四射英姿勃发的英雄气势：“俺杀虎！把大青山大大小小的老虎杀了个一干二净！俺杀‘黑牲’！把他们一个个斩草除根！你们说，如今大青山还有老虎吗？大青山还有‘黑牲’吗？”他用眼光逐个问在场的每个人，大家都用摇头来回答他。“俺杀不得这条蟒蛇吗？”严拴绊高声问众人。

“有您‘一锏杀’在，莫说老虎，就是有些妖魔鬼怪来了也照样灭它。”刘掌柜想起上师的话，便使劲捧他。“是了！是了！”众人众口一词地回答他，话却都是实心实意。

“刘掌柜你们说对啦！杨猴小厉不厉害？当年围攻白道口，俺一人打死土匪几十人，吓得狗日的不敢近前，土围子才没破了。”众人面面相觑莫辨真假。刘掌柜早年似有耳闻：白道口被围时，民团吃紧，眼看围子要破，一个神枪少年横空出世，发弹如神，直打得土匪哭爹叫娘。此事后来如同一个谣传，便渐渐叫人淡忘了。

“原来那神枪少年是你？失敬！失敬！如此大英雄，刘某与众人应当好好敬你一杯！”刘掌柜由衷地说道。一旁听着的女人们偶尔听说书人讲的英雄武二郎、秦叔宝、关云长、岳飞各显神通，如何如何了得，但细数“一铜杀”少年英雄事迹，比起书里的英雄又何曾逊色半分？果果更是激动得心儿乱跳，闪烁的目光不停地在他的脸上扫荡。

女人们不由凑近身子想看清英雄模样，灯光下，只见他身高八尺，鹰鼻鹞眼，黄发烁金，阔嘴白牙，声如洪钟，喝酒如喝茶水一般，确是一派英雄气象。穿着红袄的果果两只黑亮的眸子像两枚晶莹的葡萄。

“除条大蛇不是甚大事，俺要把蛇根拔出鬼愁沟，叫你们过几天安生日子。你们信不信？”严拴绊舌头有些僵硬，听起来句句都是酒后狂言。

“凭你的身手，哪有做不到的。”刘掌柜话音刚落，众人一片附和：“就是！就是！”

事实确认“一铜杀”严拴绊说到也做得到，第二天晚上就捕获了那条大腿粗的蛇王。

鬼愁沟的人严格遵从猎王“一铜杀”的要求，为了捕蛇真是倾尽所有，翻出各家里能有的麻绳和皮绳。当过绳匠的牛倌二麻绳收集了各家女人纳鞋底用的散麻丝，当下结了七十丈麻绳。众人七手八脚编织了一张大网，这张大网悬挂在南山一片榆杨杂生的树林中。严拴绊接连两个清早的侦察，已经摸清蟒蛇的老路，它沉重的身躯留下的拖痕像条被清扫过的小径。

严拴绊指挥沟里的男人在它的必经之路布了网，网内置放了一只长有一对大角的公山羊做游子。晌午布完网，当日下午蟒蛇就卷土重来，当它的触角搜索到这只受羁的山羊，便势不可当地扑来，一如往常地想吞下这只挣扎的公山羊。但山羊的大角令它的食道十分不畅，便又把山羊的头部吐出。山羊发出凄惨的呼叫，脖颈大幅摆动起来。蟒蛇决定调整策略，松口吐出整只山羊。重获自由的山羊立足未稳就又被大蟒以另一种方式擒获。它运用身体的力量缠绕猎物，幅度如此之大，显然它想通过紧箍致其窒息死亡，然后再慢慢享用。很快它同样感受到猎物之外的一种力量。它试图摆脱这种束缚，翻滚拧缠的后果是把自己缚了个结结实实。

恶魔终于安静下来，围观的人都闻到了它恶臭的气味，只是谁也不敢靠近，生怕这家伙挣断罗网蹦了出来。严拴绊在蟒头的二尺处蹲下身来。蟒眼里的凶光依然在燃烧，不时地企图张开大口恐吓它的敌人，甚至喷射些毒液给靠近它的敌手，但无奈它的腭已不能伸张。它感到一双燃烧着火的眼睛令它窒息绝望。

“一锏杀”的英雄气概给七八个汉子壮了胆，他们用几根木杠九牛二虎般才压制住网中这只死命挣扎的怪物。严拴绊麻利地给蟒下了笼嘴——把蛇口用牛皮筋纵横了几道箍，众人才解开绳索，松了杠子，蛇王耗尽了力气要赖皮一样不动弹了，众人总算长出了口气，但胳膊和腿却还在颤抖。最后蟒蛇逃走时是一副怂样儿，像是挨打后夹着尾巴的癞皮狗。它身体缓慢地贴地蠕行的样子像拖着装满沙土的口袋，地下留下深深的拖痕，全无往日裹挟人畜时风起尘生的张狂气象。

众人收拾了家什，拥着像得胜班师的大帅“一锏杀”，回家里吃肉喝酒。严拴绊依然被簇拥在正席上，捉了蟒，又有了新的话由，众人轮番向他敬酒。几巡酒入肚，刘掌柜才问他：“这凶物放了再捉就难了，只怕挣开拢嘴出来更是凶狠了。”

“湿皮筋又软又韧，拴系时俺运用了缩紧法，越是碰动皮筋越是抽得紧。蟒必不会磨损皮筋。蟒若出洞受风后皮筋一干便变得坚硬，抽巴得越紧。蟒不好受定是要回洞，洞里潮湿，皮筋就发软松动，但口被拴死吃喝不能，蟒怎能耐得，耐不得又要出洞，出洞又叫皮筋勒疼，不得不回洞。从洞穴中蹿进蹿出，反反复复蛇王心里必定烦躁，又担心给它箍了嘴巴的人加害于它，就动了远走高飞的心思，发出气素——命令迁出这个是非之地！王命难抗，成千上万条蛇子蛇孙只好跟着蛇王走出鬼愁沟。蛇根不是拔个干干净净？”严拴绊说得如此真切，好像他也混在蛇堆里，让人心里装满了诡谲。

道理说得通，尽管男人们频频点头，心里还是将信将疑。但女人们仰慕的目光几乎一点火便会燃烧，给婴儿喂奶的果果白嫩的奶子毫无顾忌地在他的视线下摇来荡去。

“等着看吧！蛇要搬家啦！”他醉意十足地说。他向后仰向画有炕围画的墙壁，果果殷勤地为他搬来了一只绣着鸳鸯戏水的枕头，一只小手柔软而有力地扶着他的后脖颈，另一只手不经意地触摸到他的脸颊，严拴绊心中一阵温润。

三天后，鬼愁沟通往白道口的沟壑之中熙熙熙攘攘的蛇浪直冲山下，所向之处一片惊呼。

《白道通志》如此记述这场史无前例的生态灾难：

“白道蛇灾突发，沟壑谷道一时蛇塞，人仰马翻，狼奔狐突。游蹿所向，万物皆披。蛇祸致死致伤者难计其数。牲畜受灾之惨况无以复述。车辙蛇尸累积如柴，腐臭弥漫令人息鼻。绥人惊呼：‘蛇卧道，人头掉。’人心一时大惶。有白道口车马店主发现一条巨蟒正欲缠杀其子，蛇王粗及八寸，长达丈八，蟒头竟縻有笼头，遂以铡刀斫其两断。至此蛇潮乃退。疑是人为所致。终查无可证。从此大青山蛇迹锐减。”

鬼愁沟人共集了二十几只羊送予严拴绊作为酬劳。他赶羊走时，沟里人竟有些不舍，女人们的眼泪竞相落下。奶娃的果果忘了掩去悠荡的奶头，双目泅泪，目光一直跟他在东山头直至消失。

几天后蛇王在白道口被铡草刀一刀两断以及蛇祸横行危害四方的消息传来。鬼愁沟的人仿佛做了嫁祸于人的勾当，得了便宜不敢卖乖，倒也做到了人人守口如瓶。

大辽国的金矿洞里的蛇清空了，似乎灾祸从此远离了鬼愁沟这块土地，然而对于鬼愁沟男女，一场远胜于蟒蛇之祸的灭顶之灾即将来临。

同时，严拴绊与这块土地的爱恨情仇也才刚刚开始。

46 狐惑

这种不疼不痒的日子过得真快。

严拴绊的人生归于鄙俚，但还是会骑那匹老马在大青山搜寻猎物。大青山能吃肉、能卖皮的动物群落正日渐萧条，这也许正是严拴绊这些年所做的不同凡响的事情。老婆山丹成天心惊肉跳，运用各种手段破坏他的猎事，但无济于事。

快立冬时，严拴绊在山坡上布十字夹，这是捕猎狍鹿或狐狸的最好猎具。叫严拴绊不打牲比死也难，山丹藏了他的弹药，他手里少了喷铁砂的家伙，但严拴绊的杀戮并未因此而停下脚步。每天有动物在他设计巧妙的铁夹里挣扎哀号，骨折血崩，他会把这些奄奄一息的动物杀死，然后剥皮取肉。他家那堵漂亮平整的石墙上挂满野物的皮张，孤单的黄头靠主人赐予的野物杂肉打发满足简单的日子，严拴绊一口酒一口肉地享受行猎的好处。

一阵急促的铜铃铛响声由远而近，铃铛声节奏明快有致，严拴绊便知来了个有身份的。果然，远远瞭见一匹雪青走马流水行云凌波微步般款款而至，这是归化城最好的走马。认出是一城暖王掌柜来察看他的牛场，王掌柜也认出严拴绊，老远下了马，一脸悦色从他火苗一样红狐毛飞扬的狐狸皮帽下洋溢着。

“俺正要寻你哩！有个大买卖只你‘一铜杀’做得！”

“有甚好事能轮到俺这个穷打牲的头上！”严拴绊脸上没有一丝惊异之色。

“大青山有金狐，这事你信与不信？”

“只有愣子才信！”严拴绊嘴里嘎嘣嘎嘣咬着炒蚕豆。

“你看俺像不像愣子？”王掌柜的左手从皮手套里拽出，用热气腾腾的手指指着自己说。

“你都快要成精了。你要是愣，世上还有半个精人？！”

“那俺就相信这大青山藏着金狐！”王掌柜满脸诡异又透着些认真。

“谁都知道那事没根儿，天底下就没有甚金狐。想不到王掌柜也爱听这种饿狼扯鬼的故事？大青山的沟沟岔岔俺不知转过多少遍，甚稀罕物没见过。莫说金狐就是金狐的毛也没见过一根！”

王掌柜听后便大笑不止，随后又一本正经：“当然有根儿！这金狐不是凡狐可比，天下只阴山才有这神物。只因咱这地方一年四季阴天少有，却是终日里阳光普照，黑夜也少见云遮月亮。这狐皮百年千年下来要吸收多少日月华光，平时这金狐不发金光才怪？你说这老精百怪之物能不稀缺？此物为了自保岂肯轻易露相于人，因而至今见到金狐的人自然罕有，即便见了，对别人说人家也认为他吹牛哄人。”

“你有甚根据说大青山有金狐？莫说有哪个猎得过金狐，有谁又见过金狐的一只爪一根毛？”

“要说猎到此物，从古到今只传当年康熙皇帝征讨噶尔丹，大军被困于阴山，护驾的白马将军冰天雪地当中发现一处丈五范围内冰消雪融之地，仔细搜寻发现几根毛状似狐毛，此毛通体金黄色亮，发出金子才有的光辉。有个大青山当地老兵说一定是金狐卧过，听他爹说他爹的爷爷曾在大青山见过金狐，当时受了人惊扰一团金光移动而去，卧过的地方尺半的积雪溶出三丈见方。白马将军在东北森林祖辈打牲，有些手段，杀了几十只羊，羊血洒到雪里，羊脂抹在树干上，制造出味道。金狐再精也经不住大雪里一个月缺食，被羊的味道诱入圈套。军中所备罗网都是罗马捉将的，相连十里，三千兵马布下天罗地网。可怜金狐上天无路入地无门落入白马将军手中。

“未曾想一张金狐皮顶得上一顶暖和的毡帐。那回征讨大军行至草原，突然风搅大雪，西北风刀子般割人，一时间滴水成冰，三军冻死人马无数。康熙爷凭身上金狐皮做的围脖儿竟然护得龙体没一毫损伤，就连围拢他老人家的几十号护卫也无一冻伤。从此阴山金狐的传闻起于紫禁城，因此俺才相信阴山金狐实实存在。”

“说来说去还是‘听说’二字，谁也没见过叫谁信服？终归也是没有底据的事情。就当是真有金狐这种事，哪个孙子得了这稀奇宝物叫他狗日的出个十车八驮金条现洋也不枉！”

“你信不信也堵不了人的口，北京城的大人物不仅深信不疑，而且喊出了天价要这金狐的皮哩！”

“到头还不是和捉鬼一样？到头还是一场空。”

“物以稀为贵，这正是金狐的金贵之处。当年西太后下旨叫绥远将军马福祥猎捕金狐，后来没了结果，若无金狐一事，北京城里的人远隔千里会和大青山人开这玩笑？”王掌柜一脸正经，好像他真正见过金狐一样。他又对严拴绊说：“近日倒是有个大人物又提到此事，说一张金狐皮只要皮不损坏，价格五十万一百万任你要，那可是一张皮辈辈肥啊！你‘一锏杀’一枪可以打出个归化城大富大贵的掌柜来。”

“只怕是想金盼银，一辈子受穷。咱个受罪的货当甚掌柜哩！蒙上八幅被盖也不敢想。”严拴绊说完叹口气，一副认穷由命的表情。嘴里这般说着，心想若猎得金狐真是个扬名天下一时暴富的事情，当年射杀的那只老虎在心里立刻缩小成了一只跳蚤大小。

严拴绊从小就听走过后营的驼倌儿们瞎谝，当年西太后密诏绥远大将军马福祥：阴山有金狐，天下罕独，其皮毛华宝而奇暖，隆冬披之如拥火炉。若有捕获者或酬之重金或授以高官。一时引诱得多少人对大青山的金狐趋之若鹜，每逢初冬，引得天下手段非凡的猎手纷至沓来。他们敏锐的目光，快捷的身手竟无谓地浪费在这道七百里的大青山里。两个冬天下来，莫说猎得金狐，就是金狐毛也没曾见过一根，倒是冻死跌死几个。猎人们才悟到大家被一个谎言戏弄，就骂说这是哪个嘴麻？天下哪里有什么金狐？怕是太后要做个尿尿的金壶，那些溜沟子拍马的听差了音。之后就没有人再上心这个子虚乌有的金狐了，后来老佛爷归了西，此事只是偶尔当个笑话说说，谁知今日，死寂了多少年的话题竟又死灰复燃了。

对于金狐一事，严拴绊本来打死也不相信，却又无法摆脱这个巨大诱惑，百万银子的酬金如同鬼一样纠缠着他，使他的判断开始摇摆，逐渐宁可信其有了。只觉得王掌柜的话也有些道理，便把金狐的事入了心。至此严拴绊脑袋里就住进了金狐，夜里也梦的是金狐，狐金光万丈，把孔寒窑染成金色，那狐突然收起金光却又明明是只普通的沙狐，只是那眼神似曾相识，转眼那狐又变了模样，悠悠成了大姑娘，身上穿着一层薄纱身轻舞曼款款挪过身子，他真切切地看清是二黑眼，就一把去抓住她的奶子……

“疼死人了！深更半夜发甚骚情哩？！”喊罢，山丹又入到梦乡去了。

严拴绊白天的心思还是离不开金狐，只要哪处闪光就疑是金狐。有一回山丹把从娘家带回的蒙古铜壶用河沙反复擦拭，直擦得通亮发光放在井台上，谁想阳光一照金光灿灿的，那光照进严拴绊眼里竟让他浑身一激。

山丹见男人中了金狐的邪，就一本正经地告诫：“莫说世上无甚金狐，就是真真儿有，咱也不敢打它的主意了。但凡这么诡秘的野物，必是有神通的，那可是长生天的使者。惹它你要给咱家招灾惹祸的。若在敖伦斯木草原，一个为了利益追杀珍奇动物，人人都要耻笑你！在他们眼里连条癞皮狗也不如！”

“一个女人家少说些话能憋屈死！做你女人该做的事才是理。”

丈夫坐在炕上一只手握着枪，另一只手把玩着那块锏铁，眼睛直勾勾地放蓝光，山丹知道金狐住进他的脑子里了。她是个聪慧的女人，知道自家男人正陷入了一个万劫不复的陷阱。男人刚才话音里埋怨自己没做好女人的事，不由想到生娃娃，越发愧疚不安，只觉得男人心里苦恼全由自己造成。夜里睡下，她眼里噙着泪蛋子两条软臂紧箍了男人，她想用温暖的身体和一腔柔情去抵消男人那个不该的念头。

“这十来年也没给你生个一男半女，这是长生天惩罚我们杀生。咱不能为了打牲绝了后。你若不满意养骆驼这营生，俺手里还积攒了几个钱，换个正经营生做吧。”

“俺自小又没学个甚手艺，除了放牲口能做个甚了？当年想买群羊放养，叫狗日的‘黑牲’欺害了。老天爷就叫俺打牲务猎了！”严拴绊一脸无奈地说，继而又张狂起来，“打牲也不是谁想做就做的事情！俺每年打牲的收入不比当长工伺务骆驼少，你怎就反对？再说这人和万物生灵来到这世间都还不是图个填饱肚子？人和牲口哪个不存一颗贪心。你看周围二十四道沟哪一家不挨饿，只咱们的肚子没受制，还不是打牲的好处。人生在世，吃穿二字解决了最是不易，你不见烂六和他瞎娘饿得可怜，炒面里掺和沙蓬籽吃，那东西吃到嘴里和马粪一样。咱也是比上不足比下有余哩！别人都还眼红咱了。”

“人活着吃饱不饿就好？凡是成家立业的哪家不是儿女吵闹，咱家莫说娃娃哭闹，就是狗也不叫。俺想来想去还不是因为打牲惹恼了长生天？咱才二十大几岁，只要能改邪归正，做个善人，又不缺籽种不缺地，长生天的心是仁慈宽厚的，眼是清澈明亮的，只要咱做正事，他会让俺像母兔子一样给你生一大窝娃娃！”

“该是绝后的命有甚法儿？人和牲口都拗不过命，该俺命中无后也只能信天由命。”

“每天甚也不做，心里谋着金狐，一天紧握杀生的刀不放，从来不思悔过。不着调地活着，就算肚里有些油水，心里头也不安然。没娃娃的人家，就算是饥暖不愁，吃饱饭家里没娃娃的哭笑响动，这光景还有盼头？”山丹火气一下子窜起，想按也按不下。

“俺知道咱活得不如意，俺也不想顶风冒雨受罪。为甚要猎这金狐？要知道得上一张完好的金狐皮这辈子还打个甚牲？爷要在归化城大南街开狗日个大馆子。一天十顿饭吃狗日的喝狗日的，澡堂子、戏场子转狗日的，天天过狗日神仙的光景，让人吃好喝好的伺候，把身体养成牤牛一般，还怕日不出娃？”

山丹长叹一声：“你那馆子吃了人烂肠肚哩！俺只想图个心安。你一天编个故事哄自个儿。咱怕是那对勾狐皮盖窝的夫妻。”

勾狐皮盖窝的故事是曲米换活着时讲的，这话题一下戳痛了严拴绊的心，他扯了盖窝蒙头要睡，曲米换的声音却犹在耳旁，挥之不去：“以前咱这山里有一对活宝夫妻，两个人平常吃不得苦，耐不得饥。靠男人平日在山里晃悠打牲，捉一只兔儿，套一只石鸡，虽是饥一顿饱一顿，却看不起靠苦力过光景的。到了黑夜编一些比梦还好的故事自哄自，只觉得会有发财走运的一天到来。

“又到了一个数九天，家冷腹中空。这个长夜里两人忍受着冷冻饿肚，盼不到天明，打牲的男人也不忘向老婆吹牛：‘咱明年决不再受这冷冻了，后山有一窝狐子，今年一定下了一窝小崽儿，明年正好长大了。我连老带小都捉了回来，剥了狐皮，咱请个毛毛匠熟好皮子，缝做一张狐皮盖窝，咱夫妻二人冬天盖上准保暖和得出汗。’

“女人听得入迷，身上好像热了，问男人：‘俺最怕出汗，热得厉害皮盖窝要沾染上汗腥，这可怎么办？’

“男人说：‘好办！中间用剪子铰开个天窗，放进些冷气来，自然冷热均匀，也就不会出汗了。’

“女人一听急了，张口就骂：‘你个不成器的东西，好好的狐皮就铰个窟窿，真是个败家子儿！’

“男人当下发起火来：‘狐狸是爷打的，爷想铰就铰。叫你睡里头就够你臌了！’

“平日女人当家，是个厉害的茬儿，当下发起狠来，一顿掴索煽了男人，骂道：‘做了个狐皮盖窝就反了天了！’

“两口子顿时打得天翻地覆，惊动了邻居，问明事情原委，邻居说：‘俺看你家狐皮盖窝铰了个甚口子！？’……”

勾狐皮盖窝的故事原本是曲米换活着时损那些指望打牲改变生活的妄想，也说出猎人无法逃开生活的窘迫的故事。

“你就是勾狐皮盖窝的人”山丹说。

“爷还就要勾这狐皮盖窝，通头大炕都盖上，里头睡上一堆小老婆，让她们肚皮里都给爷怀上娃！”山丹一听大怒，一脚蹬去，不意正中严拴绊要害，严拴绊疼得直叫，山丹慌忙点灯去看，才知他是吓她。

“咱还不如再回敖伦斯木草原，那里才有咱要的清静爽利、自由自在的光景！”山丹一把抱紧男人，严拴绊的脸感觉到自己女人脸上挂满了泪珠。

“人又不是鸿雁，飞来飞去的折腾，再说咱那草地也卖给别人了。草原虽是广大却没一寸土地归咱。再说俺娘扔下让谁照顾？”

山丹唉声叹气了半天，抹了几回泪。

“这世上的活物来世间过命一遭，本来各活各的，偏偏你欺我我害他，弄个骨肉分离、挖苗断根！”听了老婆这般话，严拴绊就想大青山的老虎在他手上断了根，心里头一回有些愧愧的。

47　狐戏

金狐真的闯进眼域时，“一铜杀”严拴绊却没有了以往的灵动。他以为自己又喝醉了，当他确认这只传说中的天下奇兽如此轻易地现身，便激动得浑身发热，汗如泉涌。他难以置信天下罕有之物竟这般轻易地进入了他的射程。他的枪口迅速准确无误地锁定这娇媚鬼魅的狐影，虽神形俱是狐，金狐与被他猎杀过的至少二百头银狐、沙狐、白狐、黑狐、紫狐、火狐尽然不同。它体态优雅，目光妩媚，神情自若，周身金光四溢，一股超凡的魅力气透四野。严拴绊感受到了这种超自然的力量，一时茫然无措。

人与狐在对视了片刻之后，严拴绊残酷冷静的杀手本性再一次展露无遗。他沉着坚定地装填了一枚豌豆粒大小的铅弹，他知道，如果装填了那枚神铜可能产生巨大的破坏力，它会毫不留情地将金狐的头撕裂，很难保证狐皮的完整。他努力克制他因激动而微微发抖的四肢，他要保证攸关他未来的一击。他相信他击发的枪弹正沿着弹道迅速准确无误地击中目标，洞穿了那只金光熠熠又饱含万种风情的眼睛。他目睹了那只眼睛像盏油灯一样熄灭，四溢的金光和诡谲的媚眼雾化于荒芜的土地上，就在他努力搜寻他的猎物时，才意识到金狐悄然无踪了。他只收获了它留下的一缕浓骚的味道和一摊新鲜的尿渍。他在草地不远处河床的沙滩上连金狐的足迹也不曾发现一丝。严拴绊浑身打个冷战，一屁股坐在草滩上，就像吞了一大口黏稠的驴尿一样恶心。他现在已不敢相信白道梁是否有这样一只所谓的金狐存在？莫非自己老眼昏花了？莫非一只狐狸精装成金狐戏耍于自己？

严拴绊一连好几天都在纠结这只虚无缥缈的金狐，备受懊恼和失落折磨，以至食不甘味，夜不能寐。眼见神形沮丧，日渐萎靡，他失去了对任何一种猎物的兴趣。他认为，失去猎杀金狐的机会，他也失去了一次千载难逢的扬名的人生机遇，他只有灰溜溜地去当驼倌的份儿。

谁会知道半个月后的一天，严拴绊突然迎来与金狐的第二次邂逅。金狐发出的金色的火苗又一次点燃他心中行将熄灭的欲火。

他骑着枣骝马急匆匆追赶几头急着回去奶羔的母驼。在一处山坡前，枣骝马放慢了速度，它和他都感知到西山梁上不同寻常的狐影。坡梁上载满了霞光，一只狐分明被光照笼罩，通体流光，像一只金属制造的移动的玩具。枣骝马似乎明白主人的心思，旋过身体向着那团光追逐而去，在相距不足五丈的地方停下。“一铜杀”清楚地看到皮毛闪耀光芒的金狐，更吸引他的是那双似曾相识的妩媚之眸，他不明白金狐如何拥有二黑眼勾人心魄的眼神。这回他远没做到淡定从容，只因那孔眸子里放射出强烈浓郁的充满嘲讽的轻蔑的信息叫他心烦意乱，甚至有些愤怒。他当初以猎金狐取皮、出大名发大财的初衷被这轮强大的眼波所冲垮。一代枪王不容被任何猎物蔑视和戏弄，他无法控制自己满腹的怒气。他没有下马，像寻常对待猎物那样持枪在手，迅速上膛加装了一粒铅砂独弹，铅的重量让它飞得更远，更加锐利。

他以熟练的姿势勾动了扳机，猎枪发出攸关人生名利的一击。枪声尚在山谷里回荡，目标处传来真切切一声呼喊——“妈呀！”这分明是二黑眼在喊，严拴绊只觉得自己射杀的不是金狐，而是他心爱的女人。他的脑子里占满了二黑眼濒死挣扎的惨相——她曾经鲜活的身体蜷缩在金色狐狸皮的大氅下抽搐挣扎，身体如一条离水久了的鱼不停地扭动曲张，神情痛苦万状。一只明月一般皎洁的眼眸渐渐熄灭，随之血泉喷涌，另一只眼满负期待地看着他，一只浸满血污的手伸向自己……

“救俺！哥呀！……”她似乎在呻吟。

严拴绊这一枪击碎了自己的灵魂，也轰塌了心中苦苦建筑的美梦。他狠狠地将视为宝贝的猎枪从手中抛开，遭受磕碰的枪支发出大惊小怪的声响。严拴绊圪蹴在地上放声大哭，他实在没有勇气面对自己制造的惨相。就这样瑟缩了好半天工夫，才鼓起勇气去瞟索被他枪击的金狐或二黑眼。

地上空荡荡的，没有谁的尸体，夕照把山梁抹得通红。地上两只跳鼠一前一后蹿行，几只鸟儿贴着地面上下翻飞。没有一丝金狐的信息留给严拴绊，哪怕一只蹄印或一根狐毛都没落下，不远处驼群身披彩霞，静静地欣赏着这出人类自导自演的闹剧。严拴绊和枣骝马在红艳艳的夕照里伫立着，他仍然未能走出被猎物戏弄后的愤怒，一腔怒火压抑不住，像是一把锋锐的剑要破鞘而出，偏偏听得对面山崖传来喊声：

“‘一铜杀’！打住个甚？山狍野鹿，打住伙吃啊！”喊声撞到土崖上产生的回声热烈回应着“伙吃啊！伙吃啊！……”

“伙吃你妈 ×！”严拴绊平时嘴笨舌秃，这回却极快地回应。显然他忘记了对面沟畔站着有一张马蜂屁股一样毒舌的烂六。

“吃上火枪药了！你这杀生害命的贼！”严拴绊立即感受到来自羊倌烂六的毒素。他是死鬼四仓子的瞎女人带过来的后儿，也曾经是他爹三耗子的小羊馆，他们曾经有两三年时间在一个锅里吃饭，在一盘炕上睡觉。烂六比他大四岁，却是他儿时相当长一段时光的玩伴。

烂六本是召城一家药店老板的宝贝儿子。他爹盼子心切，和他女人一连耕种了五茬，也给他奠定了五个姐姐，见到他娘第六次生产时他才隆重登场。他的生殖器官公布于众时他爹笑得哭了。之后他便集所有宠爱于一身，锦衣玉食千疼万爱自不必说。众人都叫他六子。

六子的美好童年在一个早晨被瘟疫横刀夺去，之后便陷入万劫不复。他爹和五个姐姐在那个霜冬的夜晚凋谢了，他只看到他们大小不一的脚一溜排着，头却被一床盖窝遮掩了。娘把撕心裂肺的哭声留在这个由六具尸首留守的老房，泪水未尽便拉着他匆匆而去。

娘儿俩要投靠娘家，半道上碰到一个远方亲戚，隔了几十丈说话，他娘听那人说瘟神已夺了娘家一门人性命，老少十几口齐茬子灭绝了。他娘认定这阎王爷不把人收绝不会罢休，搂住可怜的六子一通号哭，哭得死去活来。活人还是要保命，看了六子一双黑豆一样的眼睛，她决意和阎王爷周旋一番。她心一狠抛弃了死人的尸首（其实别家人多数死者也都得不到掩埋）头也没敢回。家里有一头驴，一头骡子，娘儿俩骑了驴，骡子驮带了家中的细软和米面铺盖，一口气就往山沟里钻，直走到人迹全无的二十四道沟，也不敢往有人的地方去，叫人知道带了瘟疫还不叫乱棒打死。拾掇个牧人弃用的破窑住下，指望这无人之地避开瘟疫，保得他宝贝儿子一条小命。

老天爷也算开了眼，娘儿俩像冬眠的蟒蛇缠绕取暖，猫在那孔破窑洞里撑过了那个冰雪漫天、黑暗无边的冬季。

第二年的一天，她们终于听到了布谷鸟的叫声，阎王爷似乎忘却了大青山沟壑里这对可怜的母子。女人大着胆子走出了这条深沟，去白道口卖了那头骡子，添置了些生活用物用驴驮回，日子却无法安定下来。正想定夺一下何去何从，不想六子害起痘痘来，高烧不退，人也好几天昏睡，他娘吓得要死，若这儿子保不住性命，她也没甚活头。六子五天后出了一身的红色痘子，光溜溜的小脸上起满痘，过些日子便留下疤疤痨痨。好在留了条命，一脸麻坑已然做就，像橘子的皮坑洼不平。

女人在寒冷的土窑里一天没一句话，一边守着病儿，一边想起男人和五个女儿的尸首没有收殓，也不知狼吃狗啃成了甚样，不禁流下桶粗的泪。日子久了便哭瞎了眼，等树叶长出时她再也没能看见门前大榆树上的榆钱——她答应给六子摘榆钱吃。

一天，四仓子放羊路过时发现了废窑里的母子二人，便进去喝水闲话，女人久不见人，见他是个放牲口的，也没设防，却叫他很快摸清了她的来路，从此便讨吃子要蛇——缠上了手。缺少腥荤的四仓子觉得蚂蚱也是肉，女人虽大他七八岁长相也不济，可他死活要朋锅。那女人本是大户人家出身，站有站相、坐有坐样。坐在炕上身挺立，三寸金莲却压在屁股下，真正是坐不露足笑不露齿。四仓子哪里见识过这般气质，再加上认定女人腰里掖了不少硬货[61]，就越是缠得紧。起先女人看不上四仓子，尤其听不得从他烂嘴里出来的东西。但经不住那货死缠烂打，一天像条舔碾盘的馋狗悄没声息地来来去去。

女人的眼力越发差了，拾过冬烧火牛粪的营生也做不得，就叫七岁的六子在山坡上拾。女人在家摸索着做饭，感到尿急，在简易茅厕里尿了一道，刚要抽裤子裆部填入一只人手，不由得大叫起救命。沟里莫说人，鬼也没一个，嘴又叫人捂了，一时也不知如何应对。

"叫唤甚！？今儿你不从俺，你拾牛粪的六子怕要做了狼干粮！"一听是四仓子，话音里透着恶意，女人便不敢反抗，任由四仓子抱回窑里一顿轻薄发泄。心满意足的四仓子坚持要和她搭伙过光景，生米做成了熟饭，况且视力越来越差，知道自己是没了毛的凤凰，更是忧虑起年幼儿子急需个依靠，没奈何就从了四仓子。开始四仓子对六子还好些，终究羊皮贴不在猪身上，日子久了四仓子见他影子也是黑的，走着坐着欺负他。再后来女人失明了更护不了儿子，这娃娃明里暗里受四仓子欺害。女人眼瞎心里明，知道四仓子心毒，迟早会害了六子性命，苟且到十一岁就送他到三耗子家打伴子做小羊倌。他因前头有五个姐姐，自然得了六子这个小名，又因小时害痘留下疤，脸上烂糟糟的像受了冻的豆腐一般，后爹竟叫他烂六猫儿，指望他完成死鬼哥哥们曾经的梦想——下一代起个猫儿的名，好扑杀耗子一家。但叫了许久没叫出口，他娘依然叫六子，外人只叫前头"烂六"两字，"猫儿"却给省去。没想"烂六"竟成了他一辈子的大名，据说他后来当了连长、公社副主任，还有人叫他烂六。这家伙脑子好用，用学会的几个字给自己签了新名——兰柳。人们都当他姓兰，小兰、老兰叫他到死，他自个儿也忘了原先姓甚了。

"烂六，爷日你瞎妈！"这是他抄袭烂六最肤浅的功课，但也是做到伤害烂六最深的一次骂。十几岁时他就骂他，骂他笨，骂他奸，骂他懒。烂六笑着承受，又不疼，只要能吃肉，莫说骂，打也不算甚。现在他决不忍气吞声，叫他看看烂六不是好招惹的！

“你还是雇个人日你老婆哇！保不准能弄出个小圪泡来！”烂六见严拴绊借他五十岁瞎眼的老妈挑战自己的骂功，嘴就越发毒辣辣地掐起严拴绊的短。他从心底深处眼红拴绊怎看都顺眼的女人山丹。他知道这个女人不生养是严拴绊难以承受的心病。

和老婆热络了十多年的炕事，光炕板也换过几茬，每次播种后，严拴绊心中说这回中了，老婆的肚皮一定会鼓起的，没过多久女人的月经总是如期而至。严拴绊失落的眼神便从老婆扁平的腹部滑过。这期间老婆从敖伦斯木带回的一公一母两只獒狗已滋生了不知多少茬，那匹枣骝马也让无数匹健美的骒马如愿以偿地做了母亲。而他们两口子的播种竟是没获得一点收成。

打牲人家的饭菜也不缺油水，女人滋养得嫩白嫩白的，屁股蛋子溜圆，两只奶头像是正要起飞的白天鹅的两只翅膀，前看后看都像是个生娃的货。严拴绊在那片土地上挥汗如雨没少辛劳，老婆肚皮终究是莫当召的暮鼓——空的，也如一家人的心空落落的。

又是一个徒劳之夜，两人照例云缠雾绕了一番，激情过后山丹却没有获得多少快活，她抚着男人的身子一脸的忧郁。

“不下驹的是母骡子[62]，不长草的是盐碱地。大青山的飞鸟都会孵蛋，大青山的野兽都会下崽，就连爬虫虫飞蛾蛾的后代也是成群结队，咱为啥就不能？就算是大灾之年也有几苗生长的庄稼。莫非你的籽种叫虫嗑了，还是你根本就没子弹放的空枪？”

“瞎说些没用的，睡吧！”严拴绊一阵心疼，嘴却有些短，吹灯就睡。但他没一丝睡意，就反复咀嚼“打牲绝后，杀生折寿”这句白道口俗语的个中意味。

“一个女人想生一个娃！长生天！你为啥这样惩罚俺？不让俺有做母亲的权利。”山丹哭了，越哭越是伤心。严拴绊的心里累积了对山丹更多的歉疚，就把女人搂在怀里使劲抱着。

严拴绊开始确信老婆怀不上娃与那句民间俗语有关。一切都是因为自己十余年来累积的血债，剥夺了一个年轻女人想要成为母亲的简单愿望。而三寡妇却相反，她像只毒蜘蛛悄无声息地在心里纠结起一张无形的网，明里暗里怨恨自己儿子娶了头美丽的骡子。她渴望这孔寒窑里娃娃的哭闹声此起彼伏。她相信三耗子和曲米换两个男人从来未曾离开过她。她每天几乎无休无止地在做同一个梦：两个男人都会用一双长者般慈祥的目光看着娃儿，并用他们粗糙的手指触摸娃娃细腻的肌肤。

“严家总算又有后了，俺对先人总算有个交代了。”三耗子嘴咧开像只刚刚脱下的毡鞋，一旁的曲米换却是一脸的落寞，收回了摸娃娃的大手。她心疼死了，她凝望着他坚定地说：“山丹能生许多，里头有一个会姓曲，他会为你曲家大坟堆上填土烧纸。”曲米换那只大手紧抓她的肩头，泪流满面。

从梦里醒来，她难掩自己的惆怅，她不断地偷窥儿子和媳妇的房事，同时又被他们的男欢女爱所折磨刺痛。每每看见媳妇肆无忌惮地和她的男人动手动脚亲热无度时，她的心里便蜂蛰一般痛。她总会在沉默中突然冒出一两句恶言毒言。

“骚气天天来，就是不开怀！”她说话时语速稳健，语气阴恶。

三寡妇有很多她自己也不知从哪里翻找出来的恶言。这些明显中伤她的话语每次出口，山丹觉得如同倾倒一只捂了几百年的夜壶骚臭熏人。沉醉在兴奋中的山丹几乎被三寡妇的这种骚臭击倒，脸红燥热倒像做了甚亏心事。三寡妇仍不解气，一有时机便放些冷枪，今儿说媳妇是头只会发情的母骡子，明儿说是一只搭蛋[63]的母鸡。山丹心里发愧就逼着男人一夜三番的耕种，到头仍是寸草无生。山丹不死心，到处求神问药，在四月二十八娘娘庙会去领过几回牲也不顶用，便问那张道士为何不灵验。“领牲又打牲，不要败兴了！”张道士哪有好气给她，呛得她几乎没泛起气来。

白道梁放牲口的嘴边有了新歇后语：拴绊子磨肚——白费力气。

现在，严拴绊这回算是遇上了厉害的茬儿。烂六本来最恨后爹四仓子，但偏偏传承了他毒辣的口舌。不知为甚他总是嫉恨那个拥有俏艳女人的严拴绊，也使得两个家族的争斗史得以延绵。小时候为一口吃他没少受小他几岁的严拴绊指拨使唤，但他心里没有过一时一刻的臣服。他清楚自己有几斤几两，靠武力挑战凶狠如狼、敏捷似豹的严拴绊无异于耗子戏猫，但妒火总在他心中不经意间熊熊燃起。这个屠狼杀虎的男人口舌却是如此笨拙，烂六以己之长克其之短总能大有斩获。有几回严拴绊用沉默应对他的语言挑衅，这让烂六获得了极大的心理满足。现在他竭尽所能地收寻些更加恶毒的言语，他刚把足以刺痛这个对手的第一组恶词喷射出去，沟内的严拴绊反击了，一声怒雷挟着一团火烟喷射而来，只见自己脚下绽放出一大片尘土的花朵……

“严拴绊杀人了！”烂六抱着左脚在地上打滚，呼喊声像是狼嗥，嗥声在白道谷回荡着，那样的凄厉。激发出内心怒火的严拴绊马上后悔了，惹了烂六算是稀屎拉在皮褥子上——不好擦洗，吓得六神无主，急忙一把把烂六僵尸般的身体扛上肩头，一边撵着羊群小跑。

“拴绊子，你个狗日的！敢开枪打人，真是个牲口！真是个土匪！”后背上的烂六终于开口了，声音豺一样阴沉凶恶。

“六哥，千错万错在俺，你饶过兄弟，以后再也不敢啦！”严拴绊别无选择，只有求饶。

“饶你，甭想那便宜事！你狗日的打残老子你要养，老子的瞎娘你也要养。每天打牲供老子娘儿俩吃喝。严拴绊！这是你招惹老子的下场！？哼！休想简单了事！”烂六越说越得劲，甚至有些洋洋得意的意味。正说得痛快，却被人从空中甩下，在地上翻了一个滚儿。抬头要骂，看见严拴绊像一只翻脸的狗，一副狰狞的面目，硬是把话强咽回肚里。

“爷爷一枪崩死你，扔个地方喂狼！你狗日的成了死人就不会没完没了吧！？”严拴绊语出惊魂，烂六立刻感受到杀手的冷血，像被击中七寸的蛇收了嚣张，发起茶来，改口认怂是唯一选择。

“拴绊子，哥哥就是想吓你一下，你还真舍得再处治哥一回？你真要杀哥？可不敢！俺死了哥的瞎老娘可要饿死冻死……”烂六挣起身子给严拴绊磕头，抬头时人家早已走远，便一瘸一拐跟了上去。严拴绊也不尿他，只顾撒开腿走自己的。

山丹对这件事的发生无比震怒，用鸡毛掸子狠狠把严拴绊抽打了七八下，直到烂六拉开。山丹流出两串清凌凌心疼的泪，这泪水把烂六准备好的所有恶毒台词一洗而净。她扶着烂六上炕，小心翼翼地帮他脱去两只毛毡靴，拽出脚时一股恶臭冲鼻而来，山丹像是鼻子坏了，眉头也没皱一下，又为烂六取出小腿内的枪砂（好在烂六穿得毡靴是黑八头赶制的货，密实坚厚，抵抗那要命的铁砂的冲击，再加上射程远些，铁砂只浅附在皮下），女人用温柔的手把烂六臭烘烘、灰溜溜、恶心到掉渣的脚用温水清洗至露出肉色，又在伤处涂了些治红伤的药粉。烂六先是不好意思接着便幸福到头晕。

山丹温润地问烂六："疼不？"烂六摇摇头。

山丹一笑又说："肯定饿坏了，给你做些好吃的。"声音温柔得像团文火温暖着这条光棍的心肝五脏，久了便炖到酥烂。

烂六如同感知自家女人的贴心话一般受用得要死，竟在炕上晕晕乎乎入了梦，梦里说这是他的家，山丹怀里抱个娃，好像说他是娃的亲爹，他正在努力回想这爹是怎么当的……见他还在发愣，女人一脸媚笑推了他几把……

山丹正推他起来吃饭，烂六知是一场空梦，便不情愿醒来。

山丹脚快手忙炖了只腌制下的野兔子，又热了两壶毛酒，两个男人像久远不见的磕头弟兄，盘着腿对着膝喝着，好像什么事也不曾发生。

烂六吃好喝好跳下炕要走，看起来伤也不重。山丹把卖狐皮积攒下的一块现洋硬填进烂六手里头，女人软绵的手加上银泽，被毛酒浸过的烂六把刚刚进门时声泪俱下的控诉和誓言不惜诉诸公堂的豪情一洗而净。此刻他的心软得像刚出笼的素糕，捏个甚样儿就捏个甚样儿，全然是另一张头脸。本来口齿伶俐又恶毒，反倒一副欺欺艾艾、孤苦伶仃的样子，眼里溢出两行咸水，鼻涕糊了一脸，连说："俺也有过，俺也有过！这个事也不能全怨拴绊。"诚挚得直让严拴绊两口子动容。

"不怨他？光屁股耍大的兄弟，论岁数他也叫你哥哩！一个锅里搅过稀稠！就是动个口舌也是不该，还动刀动枪？！羞死先人了！"山丹满脸歉疚地和烂六说完，回头一脸怨气对着严拴绊："要不是六哥心疼你想放过你，俺也绝不饶你！"女人一脸的不屑，对着自家男人发火。由于义愤她的脸涨得通红，如同一团红辣椒释放出逼人的辣气，叫人难以招架。严拴绊像一头剥了皮的牲口，脑袋垂着宛若割断了脖筋，看上去没一点活气，只是由人宰割。女人一通火发过，烂六的心里立即灿烂畅快了起来。来自女人的关怀令他温润快活，暗自感谢那几粒生猛的铁豆粒把他打进一个温暖的世界。

山丹张罗叫严拴绊给烂六顶工放羊，烂六这回却大度到叫严拴绊羞愧，他死活不用，说他的脚伤不会影响到放羊，又把山丹给他那块银洋啪的一声拍在大红柜面上，欢欢儿一拐一拐走了。山丹追上硬是把一块银洋叫烂六带走，说是要给他老娘买块布做身衣裳，烂六才不再推让，收了还一再地道谢。

“若遇上个真讹人的，凭你这一枪？赖你炕上端屎倒尿，吃稠喝稀，你也没奈何。你做下这种灰事，还叫人笑话不死？……”烂六走后又少不得老婆一顿数落，严拴绊只好把金狐的事给老婆说了一遍。

“早就说你绝了打牲的念头，本本分分做个正经营生。你成天杀生害命招惹是非。这又要谋害千年狐狸精，那可是长生天的使者。你真是疯了，非要断子绝孙、家破人亡才甘心！”又叫老婆骂了一通，严拴绊自知理亏，一句话也没分辩。

48　昂贵的猎物

枪打烂六的一个月后，就在严拴绊几乎忘了金狐这件事时，他又迎来了与金狐的不期而遇。这一天是腊月初八，大青山沟沟坎坎都被冰雪盖了个严严实实。寒风呼啸着投射出无数把无形的利刀，刀锋锐利，对地上地下的一切生命苦苦相逼。一部分动物深藏地下，努力避开残酷的寒风的伤害，昏昏沉睡中挨过这段艰困的时日。而一部分仗着密实的皮毛、丰厚的皮下脂肪的积存以及出众的捕猎技巧，在漫长冬季的冰天雪地里艰难度日。

严拴绊享受着来自动物们身体的温暖，狐狸皮帽、山羊皮衣、豹皮坎肩、棉羊皮裤、牛毛毡靴、狼皮手套覆裹在身上，各种动物元素组合使他更像一个超级怪兽。即使这些皮毛使他看上去臃肿不堪，但也丝毫没羁绊住他快疾如风的动作。每逢严冬，他的杀性都会通过狩猎来获得巨大释放。白道口几家商号得到毛皮野味后兴冲冲地支付了他的猎物的报酬，同时也投给年轻猎王一缕敬佩的目光。的确，作为猎牲者他是独一无二的，眼毒、耳聪、腿灵、手快、心狠、性残、欲贪、志坚一样不缺的个人品性，这些别人难以具备的品格为他在大青山予取予夺奠下根基。

他运用鹰一般锐利的眼光在寒冷的朔漠天地间搜索猎物，他看到一派以前从未见到过的气象：岩石旁热气如烟，雾锁云海中一线明光透出。隐隐约约间他又一次看到了金狐，金狐站立在一块巨石上，形体俊逸，神态稳健，目光凝重，斜阳轻抚着它的毛皮不时闪烁着金光，宛若燃烧着的晚霞。一条长尾超及其身，随风飘摇，周围蒸腾着的热气宛若一朵巨大的白莲，雾气被风扯动形成一层薄雾仿佛一帘白色的沙幔笼罩，但都无法掩盖它四溢的金光流出。严拴绊被来自金狐的第一束光芒照了个浑身激灵。

金狐的又一次现身，严拴绊立刻焕发了“一锏杀”的猎魂，妻子山丹的规劝，自己发过弃猎的誓言此刻都烟消云散，成为大富大贵之人需要坚持不懈的战斗，而只有他“一锏杀”才有资格参与这样的战斗。他首先确认自个是否又坠入幻境，通过反复对照观察，他确认那只泛着金光的动物千真万确是金狐。

他相信之前对金狐的猎捕行动皆因为自己过度激动或妇人之仁导致出枪不稳而失败。现在他再不能等闲对待一个如此重要的机遇。他需要一个合理的角度和镇定的状态，思考了片刻后还是决定放弃加装那枚铁锏，他还是担心它产生的强大的破坏力会打爆金狐的头而使皮张造成难以估量的损坏，一旦扯开一处口子将致狐皮价格大打折扣，同时他“一锏杀”的威名也将大打折扣。人们更会耻笑他暴殄天物，就像致一件天下奇宝开纹裂缝，一切努力将付诸北风。于是他谨慎选择使用了一粒豌豆大小的铅粒，希望从它的眼中射入。他相信那会是一张完好无损的足以瞪烂天下眼眶的金狐之皮。

这时金狐从容地回过头看他——依然是二黑眼的眼睛。那是两孔妩媚幽怨的深不见底的洞。严拴绊心中一再告诫自己一定要把心铁了，决不受狐的媚惑。因为他是无所不能的大青山猎王，他必须做到心无旁念、铁石心肠、寡欲薄情。

朔风撩起他皮帽的狐毛在眼前瑟瑟抖动，一粒粒尘土向眼睛袭来，呼出的气息如一团雾横在眼前，小胡子凝结的冰越来越多，这都没有让他移动纹丝。他挽起袖筒，把热气腾腾的手从手套里抽出，一双大手在冷风里迅速冷却，手指很快由红润变得青紫，就是这枚青紫的食指气定神闲地扣击扳机。枪兴奋地扭动了一下，发声清脆的声响。他认定这将是完美的一击。被击中的靶——金狐被小小的铅弹推动，竟在他前方忽忽悠悠飘起，化作一张美丽的画纸，画上的金狐栩栩如生，一双狐目满是嘲讽，紧接着狐的身体燃烧了起来，一团弧形火焰冉冉升空，随即在天上生动地起舞、跃动、扭曲、碎裂、腾空，瞬间又变成一缕霓云随风而逝，如同一簇远去的彩色的帆。

伴随而来的一团无名烈火烧灼着严拴绊的心肺，这让他感到自己胸腔里憋满的热气似乎要致整个身体发生迸裂。他不由自主地去摸自己的后颈，一块伤疤还在，一种灼痛隐隐出现，唤醒他十四年前发生的那件狐事。

那只投身烈火的沙狐燃烧时的景象与刚刚的情节如此雷同。记得他曾经问过曲米换世上有没有凤凰，曲米换也为这个问题请教过四喇嘛，四喇嘛说凤凰原本是一只很不受看的大雀儿，后来投身烈火经受焚烧才成了尊贵的鸟中之王，从此万鸟朝之。只是从小没摸过书没喝过墨的他记不住那通高深莫测的涅槃之说，就疑惑那只沙狐两次投入烈火经过了焚化才成了天下独一无二的金狐。

那年，秋收季节急匆匆地降临到大青山，牲口和放牧牲口的娃娃们都迎来短暂的自由时光，他们将牛羊赶到山坡任其撒野，然后七八个一伙寻找可吃或可变卖成钱的野物猎杀，就地点起一堆牛粪火，野物的肉在火温烘烤下油脂变成液体悄然扑入火中，火焰热烈地迎接充满能量的油滴，火堆欢快地回应着兴奋地摇摆，新的火苗不停地发出剌啦剌啦的声响，旷野里弥散着肉香……严拴绊像块强力磁铁吸引得二十四道沟的打绊子的少年娃们趋之若鹜，不惜赶着牛羊群几十里地山路向他靠拢。他们大都是十六七岁的半大后生，却叫十三岁的严拴绊拨拉得团团直转。真是叫吃人一口饭，勤受人使唤，这些家伙反倒十分受用这种驱使。

严拴绊早已查得一窝沙狐的巢穴，他知道一窝沙狐能值几只羊价，那些年狐狸皮皮帽时兴，城里买卖人戴，乡下土老财戴，当兵群里官爷戴，最后弄得庄户人娶老婆要给新媳妇弄顶狐帽戴，狐皮吃香，一时洛阳纸贵。狐再精也搞不明白人类为何紧盯着它们泛着恶骚的身体不放，狐族怕极了，白天躲在窝里，晚上才敢出去觅食。

沙狐的洞穴有三个，狡兔三窟，不知是兔向狐学来的还是狐占了兔窝。每一孔洞口如妖的眼眸迷离而幽深。精于算计之术和生存之道的沙狐从北方开一口，南向开两口，口口相通，呈一个“品”字。因大青山常年刮北风，北出口让北风流入游畅于洞内，狐窝自是舒爽无比，且进退有据。任何动物就算最聪明的狐狸都不能轻视了人类对它们的潜在威胁——哪怕是一个十来岁的娃娃。人类手中掌握着动物们无法预知的夺命武器，比如一根火柴，一星火苗可以将一个动物家族几十年苦心营造的防御体系瞬间化为乌有。正因如此，严拴绊的火攻让洞内的沙狐一族陷于一场灭顶之灾。

严拴绊指挥着一帮小羊倌对这窝沙狐发起致命的攻击。干牛粪和马莲根须是现成的燃料，而出奇制胜的武器则是狼粪。听曲米换说过，这灰白粗恶之物最能产生烟雾，据说古代烽燧遮天蔽日的狼烟正是由狼粪燃后所致。严拴绊巧用一种动物的排泄物去攻陷另一种动物的巢穴。浓稠的烟带立刻任由来自北方强烈的秋风塞入狐洞，几个小羊倌用破棉袄扇着风，远远望去如同几只艰难腾空的巨鸟。

南向两个洞穴预先被两条牛毛口袋套上了，仿佛一张天网严阵以待，狼烟在游历了狐的洞府后把几只幼狐逼迫进口袋，好多双黑乎乎的小而有力的手专注到毛口袋上，幼狐早被浓烟呛晕，口袋里它们无助地蹿动，惊叫着试图唤来母亲的拯救……

“进来了！进来了！”把着口袋的众人激动得乱叫。

严拴绊正撅起屁股往北端穴口的火堆添加燃材，突然觉着眼前一团大火扑面而来，火势的强力将他推出几尺，仰面倒在地上。他不由得大呼小叫起来，脸面上满是火焰，头发嗞嗞地响着，一块拳头大小、红艳艳的牛粪火顺着脖颈进入后背，拴绊一边呼爹喊娘一边脱去衣裳，全然不见眼前另一个同样冒着蓝烟的活物。

显然母狐及时发现了口袋陷阱从而选择了火口突围，它们比人类更具置之死地而后生的智慧和勇气。沙狐超乎人类的判断能力和应对能力，叫小娃娃严拴绊如何料得。那沙狐火燎了全身，就地打了几回滚儿就灭了，身上蓝烟雾罩，空气里弥散着浓重的燎毛味。沙狐不住地怪叫就像七八十岁的老妇人号丧，难听而凄惶，浑身上下灰塌塌的比铰了毛的羊还难看。严拴绊被烧得疼痛难耐，口里不停地嘘嘘着，当他把眼睛投向那只丑陋的沙狐时心里生出一腔憎恶，顺手操起羊铲就追打，那狐一边腾挪躲闪，一边像人一般作揖求饶，嘴里不停地哀鸣。严拴绊余恨难消，便喝令那些按着口袋的小后生们：“打死！打死小狐子！”吼叫充满童声却极为强横，仿佛铁匠炉打铁的声音。

随着几声惨叫，一团骚臭从口袋里扑出，臭气几乎把他们击倒，几个小家伙都松开抓口袋的手，有的掩鼻子，有的蹲下身子呕吐。老狐停了哀叫，好一阵子泥塑一样立在那里，严拴绊清清楚楚看到狐眼里滴出几颗清凌凌的泪蛋蛋，继而那母狐无奈又幽怨地挖了严拴绊一眼，那眼神分明在说你这强贼，为何要将我族斩尽杀绝？

老狐迈着绵软踉跄的步子，身体散发着丝丝蓝烟从严拴绊身旁走过，突然身子加速，一头撞入刚刚舍命撞出的洞穴，洞口重新搅出一股烟火，严拴绊分明听到牛粪火堆迎接新燃料时发出热烈的声响。那狐雾化成一团青烟如同一大块布被风吹起，旋即就破碎成条状像蛇一般缓缓地游走于洞窟之中……

此刻严拴绊终于明白沙狐是如何成为金狐的。他相信火的力量，只有火才能煅烧出神奇。铁匠铺的三﨑县打造的刀出名的金贵，比曹铁匠和郭老五打的刀要贵上几倍，只因他打刀时比别人多入了几回炉、多用了几回锤、多淬过几回火。有一回一个神秘客用半搭兜银钱买了一把被称为“刀王”的腰刀，这刀他千锤百炼几个月，打磨用坏了两块磨刀石。刀客试刀时把它的刃贴着头皮一刮，头发爽利地零落，人们才发现那刀锋叫他们的头皮冰水浇过一样寒冽得缩脖。一想到那刀锋真想打个冷战，严拴绊便掖了几回破棉衣。

49　鼠惊

又一个收获的季节匆匆过去，让人愁苦凄寒的冬天悄然走近。严拴绊走近一块叫黄花地的农田，人说长黄花的土地是最肥沃的，这是大青山最能创造丰收的土地，这是一家最早在白道口安营扎寨的商号私垦的，有人眼红报了官，商人因私垦受了罚坐了牢，从牢里出来他还是没舍这块地，接着又种。人们也不好意思再告了，久了这家人理所当然地成为土地的主人。严拴绊和这块地的主人都是受益者，但他可以不劳而获。劫掠“耗窖”是他每年秋天重要的猎事之一，每年从耗子嘴里夺下十几处的“耗窖”，也让他积蓄的口粮里几乎囊括了大青山可以收获的所有粮食种类。严拴绊家里不缺动物油水，也不缺五谷杂粮，在那扇沉重的磨盘旋转后，严拴绊心安理得地敞开肚子吞咽了他的猎获之物。大青山大小动物以生命保障他满嘴流油的生活。就连他家点灯的燃料也是来自刺猬、黄鼠的油脂。

刚刚秋收过的土地裸在苍穹之下，一些荒草枯枝在朔风里瑟瑟发抖，黄花地曾经生机勃勃的田野沉沉睡去。一眼望去，垄眼里几小堆土呈高粱的颜色在旷野里显得扎眼哄哄，这就是黄秏子的粮仓所在的标志，那是它们打洞挖出的紫红色生土。

前些时日胡麻还在地里摇头晃脑，秋风飒飒中青铜色果实万般诱人。严拴绊一双鹞眼从摇曳的垄眼里找到贼影，两只黄秏子在偷粮。那黄秏子是生活在田野里的，和家秏子不是一族，体型也大，它们可是偷窃储藏粮食的好手，大青山产的莜麦、荞麦、小麦、豌豆逮甚窖甚。一窖粮食大到七八斗，小的也有一两斗。从来不事庄户的严拴绊一家每年秋天靠打劫“秏藏”积攒成一年的口粮，这也算是黑吃黑。

此时那只母秏子四仰八叉的，极像一挂车，四个爪爪却是绳索，公秏子把庄稼一穗穗粮食码放在母秏子怀里，直到它的四个爪子达到极限，公的就口叼母的尾巴拖进了鼠洞。它们竟在田地上拖出一道微小的土壕。黄秏子的拼命精神并未打动严拴绊，他只是感到自己空空的油篓即将重新灌满，他笑着走开，甩下一溜爬山调。

现在严拴绊就站在了鼠仓的顶方，一个掠夺者对一个偷窃者的一场公然弱肉强食的戏码即将上演。黄秏子一家立即感受到祸从天降的强烈信息。一家老小在地下乱作一团，它们一厢情愿地希望传统的骗术能迷惑瞒骗过强大的人类。虽然往年他们的囤积也曾被人野蛮地洗劫一空，但它们在以饿死大部分家族成员的代价来获得生存。现在口粮被夺，一家人绝无熬过这个漫长冬季的可能。它们不知道这个头顶上折腾的动物是让大青山老虎灭绝的超级猎人。

严拴绊对付袖珍动物同样得心应手，他的高超手段体现在那柄用浑铁打制的有着锐尖的铁棍上。这个被称作铁探的利器在红色的土地上锐不可当，贯通于洞窟与土地之间，一连四五次，被洞穿的探眼儿立即充满了凉风，洞穴里的黄秏子们感受到了比寒风更严酷的恐怖。在离土堆一丈开外的地方，严拴绊跺了几脚便确定了目标。他在瞅准的目标上揭去地表三尺厚的覆土，黄耗子的地下王国遭受了灭顶之灾。它们一家几十口惊恐万状纷纷逃窜，严拴绊的眼睛盯着耗子的粮仓，这是一个三尺宽、二尺深的窖藏。为了防止储洞塌陷，中间故意留下一部分土未予挖掘，成为一支受力的工柱。里头清理过的圆溜溜的胡麻颗粒干干净净地堆放其中，胡麻并未脱去外壳，显然这样更加易于保存。

严拴绊总是这样享受着动物的奉献，它们的肉体，它们的皮毛，它们的劳作，现在还有它们的偷盗成果。他把胡麻往口袋里装，浑圆的果实发出乐器般的簌簌之声。突然身后一阵叽叽喳喳短促凄厉的叫声把他拉回，那似乎是烂六的腔调："你这害命贼！害命贼！害命贼呀！"严拴绊愣在那儿不能动弹，他无法相信他所看到的听到的，两只耗子正对他兴师问罪。它们的眼光虽不及麻籽粒大小，所产生的力量却使他无力承受，远比当年那只恶虎的睽睽凶光更要犀利。

两个小东西一边咒骂一边像雄赳赳的武夫冲向严拴绊。严拴绊一愣怔的工夫它们已蹿到他脚上，直把他吓得浑身激了一激，一只脚本能地踢开，两团流动的可怕肉体被抛出一丈多远，但它们翻了几个滚儿又爬起来重新扑过来，像上足发条的机械玩具固执、坚持、无畏，甚至一副得寸进尺的样儿。眼看着又一次爬上他破破烂烂的牛鼻鞋面，严拴绊竟然没了伤害它们的勇气。他的脚轻轻地在地上划拉了一圈试图甩掉这两小团麻烦，这回两只耗子在地上翻滚了两个跟头，起来后放弃了进攻，竟一齐跃向一旁半尺高的枯蒿枝杈，它们细弱的脖子精准地卡在枝杈里，像一个技术高超的木匠对接铆窍。严拴绊像桩子一样戳在那儿，心里慌乱得像是有几只脚在他的腹腔里擀毡子一般，眼睁睁看得两个耗子八只蹄蹄乱蹬，三下两下就不动弹了。两具黄耗子的尸体在斜阳下竟显得惨烈悲壮，渐渐在打牲之王严拴绊眼里放大，他的鼻腔里甚至灌满了血腥气味。一只死耗子的背部丑陋无毛，皮上疥疥疤疤，血痂累累，他明白那是它们拖粮入洞时磨损的。

此刻，他长久以来对动物的一腔冷血化作汗液溢出体外，泄去的还有曾经的英雄豪气，自觉个头缩矮了下去，和那耗子一般卑微渺小。黄耗子像鬼魂一样直击他的心魄，让他无法淡定地去面对。黄耗子微小的目光洞穿了他的灵魂，两个嘴巴正要吮吸他的精血骨髓。杀虎屠狼的"一铜杀"严拴绊魂魄游离出了身体，他像一只被马蜂蜇了的牛犊子落荒而逃，铁探子、牛毛口袋、胡麻粒，连同"一铜杀”的神勇一齐丢弃在野地里。

这场鼠惊使得严拴绊年轻的体魄遭受了沉重一击，如同一个久负沉疴者被冷雨浇过，倒在炕上便昏睡不起。见永远像小叫驴一样精力充沛的男人叫甚抽去了精神，山丹感到有些迷惑，再三追问才问出实情。女人听了也是大吃一惊，耗子果然成精了，这是长生天敲响的警钟。虽说心疼自个儿丧魂落魄的男人，却也是他咎由自取。只可怜上吊的黄耗子夫妻，一窝小的也怕是冻饿而死了。想着泪蛋子出溜了半夜。

“耗子说了人话是个稀奇事情。咱们蒙古老人们都说世间生灵都是一样的，都是长生天的子民。看来他们的话没有错，生命是不该分贵贱的。”女人心里愧得难过，又哭了一回，“咱没有一天不是靠动物的命来养咱的命。算一算活到二三十岁咱吃穿了多少野物的命？”

50　被凌迟的灵魂

在金銮殿山击发的一枪，成为褫夺流传了十二年之久“一铜杀”名号的重要标志。严拴绊的人生步入最为灰暗的一刻，如同一只猛兽坠入万劫不复的陷阱。

这次射击所产生的离奇怪诞的结局使得严拴绊终结了他执着的金狐之猎，同时也一枪射失了那块夺命之铁，更射失了他生命中赖以维系的尊严，更为重要的是，曾经的一腔豪气、灵气、杀气一并不复存在，甚至他的肉体游离虚幻迷雾之中魂魄不附。

金銮殿山巅峰上苍松挺秀，云杉亭亭颀长，鹰隼悠悠盘旋。一股清泉由悬崖顶上纵然跳下，落在众多巨石环拥的中央，形成一个清澈见底的泉池，许多种动物立在光滑坦荡的巨石上呼吸湿润的空气，悠然饮用清冽的泉水。听着高天水落的响声在谷中的轰鸣，看着水花被分裂成细微的水珠，一团水雾罩着大山的精灵们，彻骨的凉意在这方土地上游荡。

一切看似如故，严拴绊不知不觉走入了他生命中最为重要的一天。他在追踪一只被铁夹伤了腿的肥壮狍子来到此处。他曾经多少次从这个动物的乐园里斩获而归，这里的每一块岩石上都记载着他猎杀野生灵的过往。

那只狍子带血的蹄迹突然失踪，严拴绊只得弃马徒步追踪，猎物遗留的血迹在一处泉眼前戛然而止。他迅速站立到一处高地，用他湛蓝的鹰眼搜寻那只因受伤而无法逃远的猎物。然而一个令他惊奇的目标闯入眼帘。他几乎惊叫起来，一百步的地方上回那只金狐用同样的目光审视过他。同样金光辉映它的身体，同样鬼魅妩媚的狐眼，同样镇定自若的神态，同样威仪神圣的气质。

严拴绊的狂妄和他的那枚生铁车锏是相辅相成的。它无所畏惧，遇鬼杀鬼、逢神杀神，敢冲敢撞所向披靡。严拴绊坚定地把它装入枪膛，只有它才能索取到任何可能逃脱的生命，创造一个猎手的神话。对于严拴绊而言，只有猎到这只世界上独一无二的金狐才是他人生的终极目标，也只有这样的猎绩才能配得上他猎王“一锏杀”的名号。一直以来，他认为金狐是一个来自传说中的动物，如同龙和凤一样。现在，它就在他面前，虽然之前他连连受辱，但他仍有机会为自己的人生目标进行一搏。他深信那枚生铁铸就的残锏条会为他创造一段神奇。

金狐形单影只，在瀑布下方的岩石上一动不动，眼里饱含了一种特殊的情感，关切、拷问、期许、轻蔑、爱怜、戏谑……几乎涵盖了所有的感情世界。这孔眼睛所释放的能量一下子击垮了严拴绊的心底，他无法不把这双眼睛和晋风驿马厩月光下那双热烈的眸子联系起来。他努力使自己躲避这双叫人坠入深渊的眼睛。他需要平息自己的心情，从而以一个平静的状态进行一次伟大的猎杀。

就这样，被严拴绊视若神物的铁锏条冲脱出枪口向着金光闪耀之处而去，那块生铁展示了强大的力量，它坚定执着地追逐着狐形狸影。一个活生生的金狐在它猛烈地冲击下分崩离析，转眼化作了一团烟云。烟云腾空而起，真切切的金狐从烟雾里现身，周围却是一派云霓羽裳、金车银轮、锦帷赤幡、灿云相簇、金光环绕的神仙气象。那块锏铁在空中骤然停止，它似乎正被一种强大的能量溶变。它释放出礼花一样绚丽璀璨的光花后永远地消亡了。严拴绊的倔傲戾杀之气随之烟消云散，就连手里的猎枪也失了煞气，平淡得竟像是一枝树棍。

严拴绊如同一具空洞的泥胎，呆立在石壁下。

这时天空有女声悠悠而至，声音威严沉重，声声如刀刃锋利，字字若箭镞尖锐，顷刻间严拴绊的灵魂备受万箭穿心的酷刑，肉体却像被他凌迟割肉的动物，每一块肌筋都在经受烈火的烘烤……

“严拴绊，你恶毒残忍，利欲熏心，人性泯灭，嗜血成性。十余年滥杀无辜，危害生命，罪孽深重。本欲指望你能幡然悔悟，弃恶从善，却不见一丝悔意，依然我行我素。绞尽脑汁图财害命，天下生灵任你屠戮，烹食其肉脂、寝衣其皮毛。你杀害的动物血流成河，哀声恸天。你之杀生为恶已致天地共愤，而今杀性不减。殊不知地狱入口处被你屠杀的无数灵魂正等你讨还血债，不知你进入地狱之门时何以相对？”

金狐的斥责之声在山谷里回响，像一柱雪水灌顶而来。严拴绊浑身不断地冷战，身体蜷缩在一块平滑的巨石之上，仿佛自己的衣裤被脱去，他的身体被解剖，皮肉被剥离，他看见自己的筋脉暴露，血管纵横交错，突然间被割裂，血液喷溅四射，接着腹腔开裂，一颗心脏在挣扎抽动……他大叫一声，走出梦幻时已是深夜，月老照耀着他完好如初的身体，严拴绊此刻感觉山涧的飞瀑正在冲洗他的罪恶，他的灵魂完全被这种罪恶感所湮没。他几次想找块岩石撞头而死。

“上苍给了人类妙思不绝的头脑，灵巧又能操控工具的肢体，传递宣泄情感的巧舌，却配了一副恶毒贪婪的心肠！凭着他们无坚不摧的能量，开山断水，毁灭林木，污染家园，灭绝万物，正在开辟一条自取灭亡的道路……严拴绊！把你的眼睛擦亮，看清世道恶善报应，六道轮回，让你做回野牲，让人类的猎具对你施以残害，经受捕捉时的恐惧，虐杀时的痛楚，骨肉分离的撕心裂肺……”

严拴绊恨不得一群刀子来放他的血，割他的肉，剔他的骨。他心肺俱裂，大叫了一声，喷涌出几大口鲜血在石头上。

“苍天有好生之德，希望你能弃绝杀生害命的恶念，放下屠杀生灵的恶器，洗尽身体和灵魂的血腥，从此放生护生，一点一滴偿还过往血债。”听得出金狐的慈悲为怀，似乎仍在期待严拴绊弃恶从善。

“大慈大悲的狐大仙呀！俺已知罪了！拴绊粉身碎骨也不能弥补过往的大罪。俺发誓永不杀生，饿死不吃肉，冻死不穿皮。视天下生灵如兄弟儿女。”

金狐的每一句话都如一注冰雪灌顶，冰流无情地洗涤席卷着严拴绊灵魂深处的污垢恶臭。这一刻，严拴绊突然发现自己的丑恶。一连三天他伫立在千仞石壁下，像一株行将消亡的枯枝伶仃卑微。在夕阳晃过他那双蓝幽幽的目光时，里头的杀气早已泄尽，空空洞洞如骷髅一般，却流出一行行泪滴，两条长腿机械一样弯曲乃至双膝跪地。

“汝能放下屠刀，归化善类，乃是苍生大幸。汝若能坚持好生之德，从此爱惜生灵。一个嗜血成性的人，放下手中的凶器说时容易行之难啊！”

“纵然大青山倒了，黑河水干了，俺的三寸气在，决不改变。”严拴绊发下誓言。虽被狐仙谅解，严拴绊还是难去羞愧之感，他的意志已被金狐的斥责拷问彻底摧毁，觉得自己的肉体到灵魂无不伤痕累累。

严拴绊的眼泪夺眶而出，染湿了一片红色岩石，岩石像是凝结了无数的血脂鲜红夺目。他在大青山这处血色的巨岩上双膝跪下，一连三天三夜，肉体和灵魂渐渐麻木，如同一具冷冻了的动物尸体。

直到第三天，严拴绊闭目面壁，任凭两个昼夜的风吹日晒依旧岿然不动，直到第三个早晨阳光强烈的刺激下他才睁开眼睛，发现自己正跪对着大青山人称千画岩的白色的岩壁。石壁直耸云天，壁面平整光润，像是快刀切过的豆腐的立面。那上头刻画了好些山野生灵，继父曲米换说那是天画，是因为没人知道那是谁画的，不是天神有谁会不惜性命在这荒无人迹之地搭上木架，攀上百丈高崖凿刻这些毫无用处的人人兽兽。严拴绊打猎时路过崖壁时，看到这些动物，心里总是想什么人吃饱无聊，费好大气力胡刻乱画。

盯着细看，岩画里的场景愈是清楚，像炕围画一样。动物中杂混着许多人物，有行猎的，有骑马的，有跳舞的，有男女交媾的。画中人物线条简约，举止生动，形象逼真。而那些野兽虎跃牛顶，鹤舞蛇行，鹿跃兔跳。这些动物个个鲜活灵动，神形兼备，甚至憨态可掬。

终于，他毒辣无比的鹰眼在众多的生灵中从石壁上方搜寻到一只狐——狐体舒展轻盈，神态灵动诡谲，那回望的眼神却是二黑眼般的，头顶一个大大的太阳光芒四射，承了阳光的狐体又反射出些光芒来，才看出这发光的狐正是他追杀了多日的金狐。就此严拴绊心中认定岩壁上的一定是天画，除了上天谁会集如此众多的动物信息，除了上天谁会对人传递这样的思想。（六十多年后严拴绊看到的这些景象成为震惊世界的“阴山岩画”，被列为世界物质文化遗产，被称作炭-14的新科技测得那画中发光的狐狸刻于两千五百年前。）

看着久了，天画里头的野物竟活了起来，十年前他在白道梁射杀的那只小虎突然迎面扑来，爪子几乎要挠到他门面时倏然消失；那只在牛粪火里蹿出又蹿入的沙狐眼里一道寒光射来，叫他由骨头凉至心肺；那一条他给加过笼嘴的蟒王张开血盆大口凶现至面前，舌信翻飞几番要舐到他的脸面上……

三天三夜里那白色石墙上反复浮现些音像，金狐痛斥他的厉声竟然成了解说词。二十多年后在苏木大院放了敖伦斯木草原有史以来第一场露天电影，蒙汉观众们被白布上的影像惊奇得大呼小叫时，严拴绊却心如止水。这当然缘于他在金銮殿山石壁上三天三夜的见识。

那画面从他五岁时用树枝抽死一只小鹰开始，他用一些诡秘的手段猎绝的虎、豹、青羊、大头羊等数不胜数的野物画面轮番交替。有用马尾毛制的套索在冬天里捕获无数只贪食的各种鸟儿在套中徒劳地挣扎翻飞；有砸碎的鸟蛋里面的小鸟尸体惨不忍睹，捣毁的不计其数的小巧精致的鸟巢在风中瑟瑟；有他用像复仇者一样严酷地花样百出的手段虐杀动物们的细节。一只五指跳鼠还在风吹的草浪间大幅地跳跃，长尾如大海中的桅杆生动地摇曳。他把它踩在脚下时任它吱吱地哀鸣，他邪笑着将一只秸管插入跳鼠肛门鼓起腮帮子使劲吹气。跳鼠像只充满气的猪尿泡夸张而毫无生气地等待死亡的到来。一桶水涌入洞穴，突如其来的水灾逼迫黄鼠们仓皇出洞，被捉住时它们一边徒劳地挣扎一边凄厉地尖叫。很快，一把利刃切开它们金黄的毛皮，尚在散发着生命热烈气息的酱红色尸体被置于牛粪火里烘烤，被火逼出的油脂发出刺啦啦的热烈声响。一只猎隼被捉后不屈不挠地做着徒劳的反抗。它的身上被绑了绒毛般的茅草，点燃后放生了。它们以为重获自由，遂奋力展开翅膀飞向天空时一条恐怖恶毒的火舌舐来，身形矫健的空中骄子御风搏云的力量瞬间被横空而至的风火摧毁。云际中只留下它一声悲壮的长啸后化为一具丑陋乌黑的焦尸拖带着一道烟的长尾扑向大地。一只用针线缝住屁眼的老鼠，堵塞了排泄通道后像只憋满了无限火药的巨桶的动物突然爆炸，从此成为同类的冷血杀手。它们不解友善的同胞为何突然变得如此凶残。几十只老鼠惊恐万状乱作一团，本能地逃避开变脸的兄弟的追杀，显然这个家族已无法避开这场横祸，洞穴里外尸横遍野。两只大角盘羊在为爱情角力，它们拉开一定距离后奋力撞击在一起，每一次撞击都给寂寥的大山带来震荡，突然它们感受到了恐怖信息，双方中止了战斗转身各自仓皇逃去。它们在自己熟悉的山道上将身躯蜷曲于巨大弯角中像车轮一般向山下滚去。前进的巨轮突然被人类制造的绳索缠绕，勃发的斗志瞬间飞散在了大山空空荡荡的沟谷中，可怜的绵羊般的惨叫回响不绝于耳。一行鸿雁悲凉地叫着行进在回家的漫漫征途上。它们吃力地扶摇着沉重的翅膀穿行在朔风漠云间，中间一个体积大的母雁突然被来自地面的力量撞翻，像一个巨大的黑色冰雹坠向大地。猎物落地时扑通一声，鸿雁沉重的身体被大地撞成两段。原来老鸿雁身上背负着一只小雁，母亲丰盈的羽毛为它做了生命最后的一护。这只小雁体毛稀疏，身形丑陋，两只眼一眨一眨如同脉动不息延伸着生命的前进步伐。那条被箍了嘴的蛇王，身体汹涌而来大有席卷万物之势……现在这条蟒蛇在这里等待他，这更加验证了曲米换生前所坚持的世间因果报应的理由。

51 重生

大半夜了严拴绊也没回家，山丹在煎熬中等不到丈夫，因为先前严拴绊从未夜不归宿过，心中感知大事不好，且不到天明就跑去呼喊跟前的人去寻找。寻了几个和严拴绊一搭喝过酒的酒友去问，谁都说没见过，去白道口几家酒馆大店问过也说未曾来过。山丹吓得直哭，吵闹着天也亮了，撒开人马沟沟岔岔、梁梁凹凹地搜寻，直到三天后的一个晌午，搜寻的烂六在金銮殿山石崖下寻见了他的影子，急忙吼喊人来抬，严拴绊像一堆稀牛粪瘫在地上，几个人费了好大气力总算用羊倌的雨毡将他兜下山来。

严拴绊在自家土坑上不吃不喝一卧不醒，昏沉沉十多天。他娘这天罕见地清醒，说一定是什么山精勾了拴绊的魂魄，小时见过她娘给她哥叫过魂，她如法炮制，将他平日穿的大红袄子顶在扫帚上绕着山梁一顿高喊：“拴绊子回家！拴绊子回家哇！”第二天过来看，人却无动于衷，还是昏睡如初，只一息游丝表明他还是个活人。山丹吓得要死，请了几回郎中也用了几回药，又试了几种偏方只是不见效用。烂六平日嘴不饶人，到了当紧回合却是心肠热扑扑的，真心真意跟着山丹着急。急病乱投医，先前一连几个郎中都是把脉，而后用筷子撬开嘴看舌苔，都摇摇头走了。烂六跑到省城，从一家医馆请来一个有能耐的老中医，那老汉一顿吃了一只母鸡，喝了一壶毛酒才慢悠悠地号脉，最后站起身子摇起脑袋，竟说出了不该说的诊断：“这后生的病——怕是骡子尿血——绝症！老夫无能……”山丹听了顿时吓得哭倒在地下。

“你这老牲口！没本事治病，却说些毛驴话，不是看你有些岁数，非拔光你狗日的胡须！”郎中的俏皮话吓坏山丹，却引得烂六勃然大怒，对着郎中一顿臭骂。

“老夫嘴拙，所言欠妥！抱歉！抱歉！”

郎中也知道自己语出甚不得体，嘴上酸溜溜地致歉，早吓得捂着白花胡子屁滚尿流而去。

烂六不知从哪里又请回一个郎中，这老先生也没架子，也没有多话，把了脉后也开了方子，也没表态治好治不好，山丹赶紧付了一块银圆的诊费，郎中迈着稳健的步子出门，跨驴而去，留下神仙一般的背影。正是郎中的气定神闲，山丹觉得郎中有自信，男人这回有救了。烂六火速到白道口抓回药又帮着慢火熬好，喂药时却发现是一滴也喂不进去，硬灌也是点滴不进，想尽了法子也是无用。山丹没办法只有哭。

烂六又突发奇想，山南有个狐精附体的大仙爷[64]包治百病，再大的病治起来像手取一样，于是连夜骑马去请。

第二天傍晚大仙来了，大仙爷有个双马碌碡的身材，上下一般粗，把个膘肥体健的骡子压得够呛。山丹张罗着做饭，锅里炖了肉，大仙说：“吃了荤仙家不上身，等俺作罢法再吃不迟。”大仙只是喝酽茶，总共喝进一大锅，念咒语的声音像在哭诉，念得烂六身上起了鸡皮疙瘩。大仙又把一张写了字的黄符纸沾满水拍在拴绊的脑门上，又念念有词。折腾了一顿，也没见手取了甚病，严拴绊还是纹丝不动。大仙爷喘着气，一脸的无奈，显然他已从烂六口中了解了一些情况，说病人杀生过重，灵魂被一些野兽撕扯而去，魂魄已过了白道梁正在黄泉路上走着。他煽了严拴绊几个巴掌也没打回来，只觉得自己的法力已是无法挽留住他的魂灵。大仙吃了两碗肉，和烂六喝了三壶酒，打了一夜呼噜，山丹却流了一夜泪水。天刚亮，大仙拿了一块银洋，骑上骡子甩着铃走了。山丹满心绝望，决定给丈夫张罗棺椁寿衣。

不想烂六回家半路拦下个给牲口看病的兽医，这老汉是个有本事的，人称他为“兽华佗”。他本是家传兽医，山西杀虎口一带有些名气，走西口来到大青山。他的兽医父亲认为牲口多的地方好混口饭。艺无止境，当地的兽医高手众多，他就拜了个蒙古兽医为师，得了不少蒙古治畜绝招，治病手艺更是了得。常年出入深山老林偏僻之地，遇上沉疴在身的病人命悬一线，“兽华佗”就权当是个病畜出手相救，竟也治好不少。

老兽医一见严拴绊半死不活的样子，加上山丹哭得可怜，便也不好推迟，权当是死马当作活马医，先反复由内向外捋了病人的两条胳膊，把四肢的血拘在手腕处，再用细绳紧扎手腕以防血液回流，再将血捋向指尖，在指甲盖上方一两分处用大针挑破两处，黏稠黑血便顺着针眼涌出两个豌豆大的珠子，极像是被拍死耗子瞪出的眼球。每扎一下严拴绊脸部就抽搐一下。见山丹心疼的样儿，“兽华佗”说：“这叫放血纵病，人、牲口一个道理，一旦身心受了大制，穴脉闭合滞气受阻，俺们兽医把这病叫‘截症’，本行有俗语：‘是截不是截，先放四蹄血。’这放血疗法大多有效，但给人放血却是头一回，管不管用这也要看病人命够不够硬。”随后开了药方，烂六又跟上“兽华佗”去白道口抓药。见兽医要走，山丹心知丈夫还是无可救药，郎中都是一走了之，何况一个兽医，越想越是绝望，便又放声大哭。那老兽医返回几步，对正哭的山丹说：“你娃也不要太悲观，休要哭坏身子。老夫认定这后生一连几日暴晒于夏日之下，必是中了热暑，中医称为‘暑厥’。此病病机为感受暑热之邪，直犯心包，闭阻心窍，心阳不能外达所致。昏倒不省人事，手足痉挛，高热无汗，体若燔炭，烦躁不安，胸闷气促，或小便失禁，舌红，苔燥无津，脉细促。本来放血可以将其治愈，只因你家病人较为其他病者症候严重了几倍，性命也就多了些危险。需要加服些中药、蒙药辅治。老夫粗通些中医，人畜互体，人病畜治也是同理。老夫认为可以一试。”

老兽医的一番话山丹也是将信将疑，但满肚子的愁绪还是去了大半，等到烂六抓回药，解开包纸看都是粗枝大叶子草药和一些蝎虫残体，其中有羚羊角刮削丝屑。

山丹按兽医要求用砂锅熬煎了，兑了些烧酒用灌牲口用的牛角勺喂给丈夫，发现严拴绊本能地张口主动服药，一口气喝进三牛角勺。一顿饭工夫病人突然激起身子爬在炕沿边大口大口地呕吐，足足吐出了一大盆死血块，脸上的灰绿颜色转换出些血色。见男人活了过来山丹又呜呜地哭了。

52 绝猎

从阎王爷身边溜回来的严拴绊恍若隔世，人也脱胎换骨，从里及皮俱失了往日精神，所有活性荡然无存，总像个濒死的老狗没精打采。往日大口吃肉的人再也沾不得点滴腥荤，前头吃进后脚拉稀窜出。莜面糊糊、小米稀粥成了主餐。人就好像连阴雨中泥抹的拴马桩，眼见得一条一条地消瘦下去。往日大步流星却变作凌波微步，像是黑河水面上漂浮过的树叶轻盈。

大多数时间他总像一峰嘴里不停咀嚼的骆驼，几粒蚕豆在嘴里发出嘎嘣嘣的响声，表情却永远凝重不变。

这天黄昏，严拴绊雇佣的驼倌惊喜地发现一只小黄羊在叫唤，估计是在河边喝水时被谁家羊群卷带着遗弃在山沟。驼倌一见像一只食肉动物，起身就逮，主人绝了打牲的营生，又忌了腥荤，这个年轻人好久没痛快吃顿肉了，他舍命追了几里路才捉住，人累得直喘，心里总想着锅里扑着香味的黄羊肉。

小黄羊的叫声紧凑而惶然，驼倌的叫喊声里夹带出发财的喜悦。山丹和严拴绊同时出现，可怜的长着一对无辜黑眼睛的小黄羊，正被年轻力壮的驼倌抱着，整个身体瑟瑟发抖。

“天上掉下的一顿野味！”驼倌抑制不住获得意外之财的惊喜。

严拴绊没说话，从驼倌手里接过这只仓皇挣扎的小东西，径直抱回窑洞。山丹觉得以往的丈夫会以迅疾的动作，用那把无坚不摧的利刀把它杀死、放血、剥皮、剔骨、剁碎，最后一块一块扔到开水的锅里……一条鲜活的生命在铁锅里熬煮，化作了一波人类企盼的香气，召唤着人们无穷无尽的食欲。

他一个人从窑里出来，温和地对驼倌说："少吃一口肉，可积一份德。小黄羊出生才十天半月，像个没出满月的婴儿，谁能忍心下手杀它吃肉？"驼倌和山丹都睁大了眼看他，仿佛看一个天外来客。

他把小黄羊置于一个安静之处，挤了些驼奶喂它，奶香诱惑着它的胃。他的一只手不断抚摸着它的柔弱的背以平复着它的不安和躁动，不久它便安心享受这种全新的母爱。

第二天一早严拴绊亲自护送到它走失的河边希望它找到母亲，不想他前脚回家那个不知深浅的小生灵尾随回来，害得他第二次又送了一回。严拴绊试图通过它超凡的视力搜寻一只正在失散孩子的母亲，但他失败了，他的视力已比从前大为减退了。他用一缕草把小羊系在河边的一个显眼处。他在远处观察，生怕野兽伤害它，直到傍晚几十只黄羊来喝水，那个看到久违的孩子的母亲表现出惊喜和不安后，咬断了牵引着小羊的满是韧劲的一簇枳芨草，他才安心离去。

严拴绊昏迷的日子，他家不知何时住下一窝胡燕，窝巢是燕子口衔河泥像女人们用麻线纳鞋底一样一点一点积累而成。一不注意还孵出一窝小燕，老燕便忙忙碌碌为它们寻食。一只羽翼不全的小家伙饿得等不及了，胡乱挣扎着竟从房檐下的巢中跌落下来。这小生命在地上翻了几滚无助地挣扎扑腾，严家那只养来镇耗子的白猫对这顿从天而降的美餐显然准备不足，但很快它明白了自己的好运如此难以抗拒，主人前所未有的厉声喝止住它的蠢蠢欲动。它在矮墙上眼睁睁地看着曾经凶残的主人登高起下小心地把那团温热的小肉放回窝里。女主人脸上的表情不知是难过还是高兴，她一边揩着眼泪一边说："我的男人恶人变成善人了，过些天要到莫图召做喇嘛了。"

怪事越发就来了。山禽走兽久已罕至的倒返沟梢林中一时喧嚣之声骤然而起，山泉边一些野牲口纷至沓来，它们饮水的模样安静而悠然。几只狍子追逐奔腾，白色的尾部俏皮地在夕照下闪动。几只青羊敏捷地跳跃在河边那块台地上，像是一个舞者在倾情表演。更不可思议的是，黄头和一只母山狼链蛋，它们的生殖器纠缠在一起一两个时辰不肯分开，直看得山丹心里发痒，嘴里骂了几回不要脸，心里竟撩起一股强烈的爱欲，几回回忆起和自家男人在纳令河畔第一回欢娱的场景，控制不住就靠在男人身上揣揣摸摸。严拴绊见女人眼里蓝光幽幽吓了一跳，连忙推开自己裆部那只不安分的手："不敢瞎闹，俺妈看见骂死你！"山丹想起婆婆曾经说过的那些损话，心里澎湃着的情欲当下就褪了一多半。但每到夜晚，山丹像只发情的母猫，在挥发情欲时尽情呜咽嘶吼，春潮一般势不可当地席卷着严拴绊。隔壁的老寡妇这时一定会叩击窗棂："骚货！猫叫春能叫出娃子来，你叫出个鬼来！"

山丹的潮便退了下去，夜又复归平静。

这天黄昏，黄头的狂吠嘶吼把严拴绊从窑洞里牵出。一只母鹿在门口站着，对狂躁的黄头的攻击听之任之，一点没逃走的意思。严拴绊连打带喝才驱离开生猛的小黄头，细看鹿屁股上血肉模糊，就叫老婆寻些马屁泡[65]干粉止血。那只鹿像个木头制作的物件一动不动，只是从转动的两只大黑眼睛和鼻孔里喘着的粗气看出是个活物。山丹正惊奇，就听丈夫对鹿说起话来："你回去和你的娃子在一起吧！你从没伤害过人，俺也不能伤害你，快走吧！俺给你看住狗！"那鹿生生地将两条腿跪倒在地，两口子心里一热，好像对面是个有情有义的故人，就一齐弯腰去扶。那鹿自个儿跳跃起来，步态优雅，神情高贵，只回了一回头便从容而去。那鹿的回头让严拴绊识出它是金銮殿山岩画里的一只。山丹看见母鹿眼里噙着些泪水。

"这鹿如何听得懂人语？又如何讲得出人语？长生天显灵了，你严拴绊总算做了件善事。"

那回严拴绊在白道口喝了些酒回家，一路踉踉跄跄东倒西歪，行到黑河拐弯的河滩，来了瞌睡，看见一棵大榆树就想在树下睡觉。一只母鹿惊现树荫之下。它正经历分娩前卧立不安的痛楚的折磨，痛苦把它灵敏的触感消磨殆尽，毫无觉察一支猎枪和一个魅影出现在它的面前。但它并没有躲藏逃跑，铁的杀器已夺去它无数族类的性命。母性的本能促动它向这个掌握它生死的人类下跪。它强撑起承载了新生命诞生前强烈疼痛的身体，向严拴绊艰难一脆，跪姿笨拙歪扭，直把猎物无数的严拴绊吓了一跳，手中的猎枪差点脱手。他还是相信这是醉酒后产生的幻觉。

“尊贵的人啊！您不能杀死一个母亲和它腹中的娃子。您用做人的智慧和度量权衡一下——日后我一定把我肥壮的身体送到您家中，我们鹿族一定说到做到！而我的子女继续为您繁衍后代，为你们人类提供需要的肉类和皮张作为长久回报，远比现在得到一个即将为孕子耗干血气的鹿体划算得多。”

冷血猎人严拴绊生来头一回听野牲口说话，并震惊于鹿语如此有理有节，吓出一身大汗，醉意和睡意烟消云散了，急切地想要逃开却有些分辨不清东南西北，看看天空竟不是蓝的。后来，他不记得是如何放弃了这个从天而降的猎物。后来鹿一直是他梦中的主题。

蒙古女人的心肠被鹿的义举感动得支离破碎，抽泣声在窑洞里回荡了半夜。没灯的黑窑里听得女人说：“这牲口不知道要比人仁义多少倍。世间万物就人不说理，人本来欺害动物，却要倒打一耙骂动物狼心狗肺、猪狗不如，那人又算个甚？在动物眼里这人还不是个灰牲口？俺下辈子就想当个野物，来世也干净一回，省得做人就要作孽……”

山丹说着坐起身子，抹了把泪蛋蛋又出声数落起来：“是个人对生灵都有还不清的血债，男人女人、好人灰人、恶人善人、蒙人汉人都是杀害生灵的凶手，身上穿的、肠里转的、睡觉铺的、走路踩的都是生灵的身体，俺也是凶手，你严拴绊更是个万恶滔天的大凶手……”

严拴绊听得字字句句都直戳他的心肺，更觉得自个儿可耻，急火攻心，只觉得挂在墙上的那支德国猎枪像魔鬼的眼睛散发着诱惑的光泽。他一股怒气涌起，赤着身子爬起，扯枪时将墙上的木橛连根拔起，急急出到门外。

等山丹跟着出来，月光下严拴绊赤裸着身体，高举着银光闪闪的猎枪在月亮一样圆满光洁的石碾盘上狠摔，磨盘上火星四溅，疯磕了几十下还不能解气，又推着千斤重的碾子从枪上碾了几轮。碾子咔嚓咔嚓地响着，中国最后的石器艰难地啃食着来自遥远德意志的精铁。月光下她看见深红色的木枪托被两块巨石咬合得条条缕缕，枪体中瓦蓝瓦蓝的金属部件一下子像一个被毁容的美妇变得丑陋而狰狞。随后他用他的长臂把那件残破变形的恶器远远抛出，落地的声音破破烂烂稀里哗啦。

“去你妈的德意志！去你妈的弗迪南大公！”他回过头面目狰狞地对着山丹吼道，“俺损毁你老子一群羊为代价的德国火枪，就是让世人知道天底下就没什么‘一铜杀’！我严拴绊再也不打牲了！”

就这样，大青山上号称“一铜杀”的猎王消亡了。白道梁上成天听得到驼馆严拴绊唱着烂席片：

大青山的鸬鸪瓦灰灰，
灰呗灰还有两条红腿腿。

瞭不见骆驼先听见咯铃，
好做个生灵呀难做个人。

白灵雀儿唱歌画眉鸟和，
有钱没钱一样过大年。
……

53 鬼愁沟的魔鬼

严拴绊本来是要寻四喇嘛讨教个压在他心头的疑惑。昨夜云霄汉的突然造访，他知道自己从此无法龟缩在那孔寒窑里过安静的生活了。他从这个省城大官的口里得到了些有关国家危难的事情。比严拴绊大了十岁的云霄汉显得有些苍老，不到四十岁已是身形佝偻，面纹纵横，咳声不息，唯有声音依旧洪亮如鸣钟。说到激烈处窑里便有了回响，震荡得油灯一闪一闪的。二十多年严拴绊第一次有了家国概念，就连坐在一边的山丹也听得几回握拳皱眉头。

“我们生来饮之食之皆赖这块土地所出。如今日本强盗来了，他们要占我土地，杀我人民，夺我财产。国家兴亡匹夫有责，何况我云霄汉徒有‘九边第一才子’的虚名。你严拴绊曾以‘一锏杀’的神射威震绥省，把你当作一介匹夫有些委屈。你我不做些行动如何对得起国家，对得起祖宗，对得起民众！也要对得起百姓口中咱们那些名号！”

云霄汉已将绥省所治的旗县保安队统一改编为绥远抗日民众自卫军。他虽为副总指挥，但他是这支队伍的实际缔造者和指挥者。他的总部身边尽是他的同僚、同学、学生，他们都是些文人，以往都穿着袍服出入，归化城百姓戏称他的队伍是“袍子队”。这样的队伍和日本兵作战会是个什么结局，明白人都会一清二楚。事实也是如此，日军一支小股部队就将他的十倍于敌的队伍一举击溃，被日军放羊一般追得漫山遍野。几十个热血青年没看清日本鬼子啥样便送了命，真是出师未捷身先死。此战损兵折将，导致军心涣散，士气低落。他想到当年尚且年少的严拴绊以一当百，神枪破敌的绝伦枪法，就想让他做自卫军的射击总教官，这是将一群乌合之众转化为能征惯战之师必须走的路。他知道一场血淋淋的屠杀也不足以让严拴绊怒发冲冠，拔剑求战。长期被四喇嘛洗空了脑子的严拴绊没有国家、民族观念，并不能因一两个故事、几句话道理有所改变。

“这事俺做不成！一来家里几百张嘴要人饲养，二来俺在金狐大仙跟前发过誓永不杀生、永不摸枪。你们这是大事情，俺是干不了，寻个有能耐的人吧！”严拴绊如此的回绝还是让云霄汉有些始料未及。

“云达尔喀[66]能高看咱一眼，是咱整个家族的荣耀。一个男人能在战场上催马杀敌是光宗耀祖的事情……”倒是山丹劝起丈夫来，她为蒙古人中有云霄汉这样有文化有胆气的男儿深感自豪。

“你女人家懂个甚，这还不是射起憨狗咬狼！”他冲老婆吼道，“俺杀生害命的营生做得太多，已见不得血腥。你们不要再打劝俺了！”这回是说给来人的。

“你该知道二十四道沟里的鬼愁沟？前几年你在那里捉了一条大蟒蛇，保住了那道沟里人的生命。你可知道如今那几十口人都叫杀得一个不留！”

“谁说的？”严拴绊大惊失色。

“俺云霄汉像是个瞎话哄人的？你问他！”云霄汉脸涨得通红，唾沫横飞，难抑他的一腔激愤，他手指向一个大胡子瘦高个儿军人。

前天深夜，云霄汉率自卫军一连兄弟去鬼愁沟袭击日本人的金矿，他们得到情报，那里有两百名被日军俘虏的东北义勇军军人，此时他们正沦为日本人的矿工。而日本矿山守备队才二十几个人。云霄汉最初设想，这两百个被俘义勇军弟兄一旦获得解救，带着屈辱和仇恨，两百个俘虏就是两百头老虎出笼。有了他们的自卫军马上就会发生变异，这支朽败的木棍会变为一把锐利的宝剑。

日军攻陷绥远省城之时，归绥两城几乎没有一兵一卒进行防御，实质成为一座空城，只有部分武装在归化城以东四十里的斗金山做了象征性抵抗，草草放了几枪打了几炮便匆匆西撤了，归绥门户大开。日军骑步兵长驱直入，归绥城兵不血刃轻入敌手。

云霄汉手下只有不足千人，是各旗县保安队和所属各大区的区兵组成的绥远抗日民众自卫军。省府以及归绥总管行署机关的西撤造成大批公务人员的失业，他们纷纷投笔从戎加入自卫军。他们依然穿着袍服列队出操，全然不伦不类，没有一点武装部队的气象。百姓称他的民众自卫军为“袍子队”。队伍少枪无弹，缺衣少吃如乞丐一般。乡村里的人又给了他的队伍一个新外号——讨吃军。云霄汉一股怒气直冲云霄，什么人无男女老幼，地无东西南北，没吃没喝，没枪没弹，就凭一双拳头打从头到脚武装了的日本人？委员长说两句不难，云霄汉却无可奈何，一筹莫展，一咬牙，铰了婆婆裹脚带补裤裆——先从紧处来。

第二天云霄汉亲领八人八骑在白道谷拦劫了傅作义三十五军一支四十辆马车的辎重队。军需官见挡道者只区区几人，当下发飙：“不知死活的东西，敢从老虎嘴里夺食。绥远省主席、战区副总司令傅作义将军的东西你也敢抢？”

“傅作义将军号召绥远民众众志成城，共扶国危。现在八百保安队滞留敌后誓与强虏搏杀，没刀没枪如何杀敌？赤身空腹如何救国？今天，我，云霄汉，归绥行署总管，绥远省抗日民众自卫军副总指挥，以绥远民众的名义征用这批物资，用于前线抗战。我会签字留下凭据，所有责任由我来负！”

“那也不行！你说负责就负责，我可负不起掉脑袋的责任。恕兄弟不敢做主！”军需官双手抱拳作了礼，他以为这几个乌合之众该散开了。

“今天就是拿命也要换这些物资，老子就不信咱抗日没了道理？！”云霄汉撒起泼来。只听得辎重队八十几支枪的枪栓咔嚓咔嚓地响起。

“蒋介石、阎锡山动这物资也不行，它是三十五军的。你若不散开就不客气了！”军需官抖起威风，话也硬气，“弟兄们！谁敢动一动立即正法！”

“俺云霄汉倒要看看你怎么不客气？”一个兵听了他的话立马摇了几回旗，只见白道谷南北尘土飞扬，号角声声，山巅上人影绰绰，鼓声如沸。辎重兵们颜色骤变，面面相觑，最后一齐看军需官，军需官没了嚣张之气，一时不知所措。

一个穿着讲究、气度不凡的中年女人走下马车：“这位长官，部队缺少给养为何早不向战区长官部申领？以抗命手段难为一个执行公务的下级军官？”听出她话中透着一种位高权重的分量。

“夫人！在下归绥行署总管、绥远抗日民众自卫军副总指挥云霄汉！”他敬了一个标准的军礼，接着高声说道，“日军进犯绥省，只由地方政府草草组建绥远抗日民众自卫军，战区长官部当时在何处？又如何联络？想必夫人能理解兄弟们的危难报国之心，回到后方向有关长官陈明霄汉不得已而为之举！”

“兄弟也是执行军务，云长官何必难为兄弟。若需物资您打个报告，兄弟亲自与傅将军陈明情况，按需拨给贵部如何？”军需官软了下来。

“此物资一入大后套还能拉回？哄鬼了？今天正好，手续现办。”云霄汉态度坚决，他已用手势指挥部下接管车队。

“我看还是给他们吧！何况运输路途遥远，也不安全。他们也是抗日需要，没武器如何为国流血守土，手心手背都是肉啊！”贵妇回头对军需官说，“叫他们办妥领取手续，事情自有我和参谋长说清！”

“谢夫人如此深明大义！”云霄汉又行军礼，贵妇摆摆手径自上了马车。

军需官没经过战阵，车上又载了些军官家眷，闪失不起，反而央求云霄汉留下四辆马车给他们。云霄汉在车队途经的一个乡公所卸了物资，杀了只羊，好吃好喝招待了他们，又带足了路上吃的，在领取物资的手续公文上签了字。同时他了解到贵妇是三十五军参谋长的太太，就把整个车队悉数放行，车队减了负，速度飞快向西去了。

有了三十五军的装备，自卫军一下阔了起来，穿戴起来像新女婿，手里一色新枪，还有几挺轻机枪，两门迫击炮。家具冲手人手却稀松，队伍散漫得如同一群觅草吃的羊，云霄汉怎么看也不像一支他想要的狼师。枪舞弄不好，曲曲儿一点也不跑调，爬山调更是唱得响亮，歌词编得精彩：

雪青马马备鞍鞍，
大青山上拿弯弯。

头天去见二姑娘，
哥要上山打东洋。

一声声枪来一声声炮，
一队队人马上白道。

二岁子儿马奔得欢，
收拢起队伍打武川。

白马长枪的自卫军，
三枪打下个归绥城。

自卫军们本是要宣传抗日，搭起个戏台，凑齐一套文武场乐器，唱些鼓舞士气的歌词，谁知越唱越离了谱，听得云霄汉火冒三丈，一下蹦上戏台，将平日的斯文抛远，哪里还存一丝“九边第一才子”的模样，赶车的骂牲口一样只管一顿粗骂：“就你们这怂样打这打那，吹牛逼也不怕闪了舌头。你们一张烂嘴一副烂嗓子就能攻城下寨？就能消灭日寇？抗日！那要刀枪见血，那要流血牺牲！我们自卫军需要浴血杀敌的英雄好汉，不是骗人哄人耍嘴皮子的日粗货！”

痛定思痛，云霄汉觉得这支部队不进行洗心革面的改变，将会使一大批热血报国青年毁灭在他手中。但是眼下的当务之急是提高部队的战斗力，解决军事人才短缺的云霄汉决定解救在鬼愁沟金矿充作劳工的这些俘虏，通过这些职业军人来尽快壮大他的武装力量。同时炸毁矿井及设备，以免大批黄金资敌，断了敌人的财路。以往精于纸上谈兵的云霄汉导演了他的处女之战。

他精挑细选了一百二十人的队伍，部队按计划秘密运动至矿区附近，届时发动突然袭击。由于侦察工作做得不扎实，与里边的矿工也没有取得联系，对各种情况估计不足。刚接近矿区便引得狼狗一阵狂吠，又招致探照灯扫帚一样的扫荡，随后机关枪也跟着一顿乱扫。这些文人平日激情澎湃，斗志昂扬，可听到枪声便慌乱成一堆，也不听号令，端枪胡乱地射击。射出的子弹像秋风吹起的枯草杂乱无序，反而叫日本兵看出了破绽，反倒增添了抵抗的底气，他们甚至暴露着身体尽心射击，一个当年和严拴绊在白道口联手大破杨猴小的炮手王老虎又露了一手，发了两炮打掉一挺狂射的机枪，但这个五十四岁的炮兵排长连人带炮报销在鬼愁沟的乱石岗上。自卫军当下折损了十几个人、七八条枪、五匹战马。牺牲的里头有三个是北平政法大学的大学生，个个才华横溢，却命断这个小山沟。

那些俘虏本想乘机暴动，刚抄起手头工具就被一顿机关枪扫光，俘虏中只有一个骑兵排长抓住自卫军受惊后蹿来的军马使了一招镫里藏身才得以逃脱。

“这些日子鬼愁沟又不知从哪里捉来几百中国汉子为他们掏金矿石，守备的日本军人增加到一个中队。前几天离鬼愁沟十二里的又一个小村几十口人又叫日本人杀了个干净，牲口都叫日本人赶去，村子一把火烧得没留下一根椽木。只怕是你的倒返沟也没安宁日子过了！”

“俺也没招惹他，他凭啥和俺这些放牲口的过不去？再说日本人来这穷山沟干甚？！”严拴绊还是不以为然。

“那些野物也没招惹过你，天上飞着叫你打下，洞里钻着叫你掏出，林里藏着叫你套住。你倒为甚要害它们挖苗断根？鬼愁沟的大人娃娃哪个又招惹过日本人，只在深山沟里安分守己，也难防祸从天降。”山丹深为自家男人的言行羞耻，对准他的要害一通开火。

“你女人家就不能少说些寡淡话，没深没浅，俺不杀生你就浑身难活？”严拴绊叫老婆说到痛处，脸红到脖颈，有些恼羞成怒。

“可不是咋地，那鬼愁沟的老百姓老实在了。那天小鬼子用大卡车一家伙拉我们进了村儿里，几大汽车拉的都是机器，什么水泵，什么电机，什么破碎机这些玩意儿。村民们都帮着卸车，女人都烧水做饭，热心热肠的，不大工夫日本人就突然翻脸，就把沟里几户爷们儿都拉去砍了头。几个小孩吓得就哭，日本人就整死他们，卸下小胳膊小腿儿棱（扔）到火堆里烤着喂六条大狼狗。女人都给强奸了，完了都用刺刀捅死了，操他妈日本兵都不是银（人）儿，就连戴眼镜儿的工程师也畜生不如，他把女人的乳房割下来，用铁丝儿串一大串提着玩儿……”说话的是东北军骑兵排长，说不下去了他放声号哭起来。

那天正是八月十五，傍黑前的残阳是紫红色的。家家户户都忙着过中秋节，鬼愁沟的人们一家或两三家朋着杀一只羔羊，锅里煮着羊肉的香气直逼村口，狗激动得尾巴摇摆不停，女人们早早从菜园里拔回胡萝卜、大葱切碎和着羊肉做饺馅。果果听到娃娃哭便放下手头营生去喂奶，奶子还是原先那样白嫩，她用它哺育她的第三个娃娃，当年那个英气消人魂魄的“一锏杀”伸出右手触摸到它时，她心跳如沸了的壶，不知如何是好。但那手停了，那是只屠龙杀虎的英雄之手，这只让她四年来一直想象触摸到她的乳房时的种种……他走时甩着手臂连同那只让她回味无穷的手在那个早晨远去了。

狗激烈的叫声和几响鞭炮中断了果果略带苦涩的回忆。她刚想看个究竟，门被踢开，门口的大狗轰然倒卧，鲜血在白色石条铺就的檐台上静静地画出几道图案。几个黄色的男人像四年前那只巨蟒一样残暴无情，她和她的娃几乎是被一种风暴的力量驱赶到一个小广场上。枪声湮灭了狗叫，鬼愁沟人的保卫者们在一阵惨叫声中不甘心地倒下了。全沟二十八个男女老幼在他们居住的土地上继狂蟒之灾后又一次感受到恐慌。屠杀羔羊和枪杀群狗的血腥悄然游荡在鬼愁沟中秋之月初升之时，果果隐隐感到一种不祥的气息正在迫近。

月亮的第一缕光线投到果果脸上时，她的美丽的脸颊正被恐怖吞食，她感觉到浑身发冷，蹲下身来伸长一双手臂簇拥起三个娃，她想用她的体温温暖他们战栗的幼小身体。一边看那轮浸满血色的大月亮，仿佛一个大个子男人在里头。一支长枪、一枚铁锏无所不能，他一定是她的救星……

“救救我们吧！”她默默地念叨。

刘掌柜家的一辆牛车放了许多干柴被点燃，火苗像妖精的舌头舔向人们，刘掌柜刚喊了声“这是为甚？！”便挨了重重一枪托。火光下日本兵们吃着各家各户过节的美食，他们用刺刀挑起羊肉块朝肉的主人炫耀然后狼吞虎咽。两只狼狗豪迈地吞咽着炖得烂熟的羊肉不时朝食品的所有人狂叫几声，声音甚是高亢。一个日本兵用柳条编的笸箩端来了月饼，果果认出是她烤制的，是放在土窑的缸里预备娃娃们几个月食用的。月饼圆润规整，中央一处美丽的红色梅花图案，胡麻油面粉和白糖在火的烘烤下产生的金黄色泽引起日本兵们一阵欢呼。他们像狼群扑向共同的猎物，饕餮的声响“吧唧吧唧”传得很远，果果的三个娃相互看着舔着嘴唇。

被看守在一处用石墙围起的库伦的俘虏们透过墙体的窟眼瞭望到了日本人的野兽饕餮，显然他们吃饱了，开始在人身上打主意。他们开始用刺刀将男人分开，鬼愁沟的男人们都跪倒在他们女人和儿女的对面，屈辱地承受着男人的尊严被践踏，形同被奴役的卧驼，等待负重或被人骑行。然而，他们秉承的忍受便可求得平安的信条在日本兵面前如此苍白。突然炒豆般的爆裂声骤响，女人和孩子们亲眼看见自家男人和父亲像被狂风吹倒，十二个鬼愁沟男人的身体绵柔得像麦捆。刘掌柜口中喷薄而出的血水在中秋月光的照耀下，划出一个红色的弧线，同时也发出一声绵软无力的怒吼：“日你妈日本鬼……”女人们的惊叫让那轮明月颤了几颤。

有人吹嘘日本兵是世界上单兵素质最好的士兵，他们几乎用同一个动作扑向嚎叫的中国女人。她们把绝望的眼神投给同样哭号的娃娃们，果果身上的衣服已被皇军的勇士们撕掉，她的青春的胴体在八月十五的月光下惨淡凄楚，两只正在哺乳期的乳房怒涨成一双犄角。她看见她的娃娃们六只恐惧的小眼睛在月光和火光的反射下宛若六盏摇摇欲熄的油灯。日本兵们扯掉他们白色的兜裆布后，他们呈现出人的躯体，四肢粗壮瓷实，肌肉起伏，皮肤光鲜，一个个青春健美。他们狂躁不羁，放歌肆舞，生殖器和常人无异，却像驴马在同类面前竞相勃发展露。在中国中秋皎洁的月光下，在中国小孩无邪的目光下，在嘶嚎挣扎的中国妇女身体上，在充满血腥气息的中国北方小山村，日本皇军将他们的性欲像野兽一样肆意地发泄。

圈在石库伦里的东北义勇军俘虏们躁动起来，他们试图掀翻禁锢他们的牢笼，石墙正被摧毁，日本兵开始弹压，至少有十八个中国俘虏饮弹而死，石墙里沸腾的生命在枪弹压制下复归平静。他们俯身围着同伴流血的尸体可是心在哭泣。

日本皇军的武士道精神在那个中秋之夜发挥到了极致。他们开始虐杀这些声嘶力竭后的中国幼童，一个日军把果果那个尚在吃奶的婴儿扔入正在燃烧的那辆桦木制作的牛车里，火焰突然获得新能量而骤然升腾，“刺啦啦！嘎嘣嘣！”如同恶魔吞噬时产生的声响。果果惨绝地叫了一声，身子便像一只垂死羔羊那样绵软，这是她积蓄起所有力量才发出的呐喊。

又一个娃娃被抛空，这回并未坠入烈火，鬼愁沟的哀草饱含着弹性像母亲的臂膀，娃娃大声地在他期待已久的臂膀里委屈地大哭，一头狼狗和它的主人们一般凶残，张开大口叉在婴儿稚嫩的喉管上，马上终结了婴儿的哭声。兽的大口的强力咬合轻易地让一截三十七个月娇嫩娃娃的脖颈崩裂，血水迸溅在狗头上刺激着这头畜生一阵狂叫……男人们死了，娃娃们死了，女人们受尽凌辱后挖眼、剖腹、割阴，日本皇军们像虐凌一堆泥捏的玩意儿。之前戴眼镜着洋装的与众不同的家伙，此刻赤裸着身体趾高气扬地狂叫着，像一个吃人恶魔一样狰狞，据说这是矿山的总工程师。他们完成了这场畅快淋漓的强奸活动之后，工程师开始用一把锋利的短刀切割尚未死去和行将死去的中国女人的乳房。零星的惨叫之后空洞的、疲乏的、坚挺的二十二只乳房被一线铁丝串联，月光下淌出的血水依然殷红。他把二十二只串起来的血淋淋的乳房当成花环套在脖子上，大日本知识分子把中国女人鲜活的乳房当作行为艺术，真是创意无限。

严拴绊记得那乳房——四年前他在鬼愁沟捉蟒时无数次承受那个少妇仰慕的黑色明眸。那天打早她伺候严拴绊吃早饭，屋里只有他和她。他听人们都喊她“果果”，果果羞怯地不敢直视这位打虎英雄，偶尔目光交集到一起，她的脸便被严拴绊温暖的目光燃烧得通红。她将面案放在炕沿直对盘腿坐在炕中央的他擀起面来，擀面杖在案板上滚动，她的双臂用力下压，由于用力或者来自对面一双男人的目光令她小脸通红如同一枚成熟的果果。严拴绊居高临下直瞰到哺乳期少妇的奶子有节奏地在红袄子里摇摆着，像一朵风中摇曳的待放的芍药花，严拴绊不安分的心亦摇曳着。

一会儿，她盛一碗汆羊肉面片递给他，他的目光溜进她胸前的缝隙。

“趁热吃吧。”果果温柔地说，眼光却没敢看他。

“你也吃。”他的目光仍在侵犯那方神秘之处，但嘴里却没忘礼数。

她只是摇摇头怯怯地说：“你吃，你是白袍将薛仁贵一般的人物，费饭。”

说完脸又红了，又说，“吃饱了才有力气打虎擒龙，你吃多少俺给你做多少，能伺候你是俺山野村妇的福气。”

这时卧在炕上的婴儿突然怒哭不止，她连忙放下勺子抱起她的心肝，急急掏出一只壮奶塞入嗷嗷之口。奶子白嫩酥软看得严拴绊忘了手中的饭碗。

“真香啊！”他不知为何说出这样的话。是他自己正吃的面片，是正在吮奶婴儿的吃相，还是少妇的乳液？

“香甚？娃他爹说一股腥土味，可不如牛羊奶滋味好哩！”显然果果在说她的奶水，那娃这时松开了他的饕餮之口，奶子周正坦荡地暴露在严拴绊眼前，只觉得伸手可及。一只手已伸向一只饱满的奶头，这时一溜溜珠子般奶汁滑落下来，他的某种情绪也滑落下来，他心中突然愧疚于那个渴望拥有乳汁的蒙古女人，因为他的杀生剥夺了她哺育后代的权力。

严拴绊收回了目光，满脸通红。少妇羞涩地将那团诱惑之肉也收藏了起来……

现在，严拴绊一脸惭云，仿佛他正是杀人割乳的罪犯。他杀过太多的生命，包括怀孕和哺乳的母亲。他缺少谴责这样罪行的口舌，但他可以拒绝加害生命的一切行为。

“俺杀了大青山太多的生灵，灭绝了十几种野物，不能再罪上加罪杀生了。”他脸上挂满真诚。

“快别说了，国都要亡扯那没用的干啥？再说那日本人用一种剧毒叫什么氰化钠在鬼愁沟提取金子，废水流到下头成了水泡子，看着清凌凌儿的，飞禽走兽低头喝抬头就死，这几个月死了不止几万了。日本鬼子每天都在祸害生命。兄弟，杀日本人是救国救民，是积大德！”骑兵排长有些急了。

“俺只想做个善人，枪是不会再动！”他表情决绝。

云霄汉虽上了些年岁，却是个有性情的人，当即失了儒气，不禁对他怒吼起来：“道理说了千万，你还是石头一块，连个女人也不如，我为你羞耻。人若没了血性怎能活在世上，那狼为了生存尚敢冒死与人一搏，它们的勇悍之气让人类心存敬畏。而你只是任人屠杀、猪狗一般的牲口而已。宁可一身绝技带进坟墓也不肯报效国家，这样的人无异于国贼汉奸！你也只配欺负那些不会拿刀拿枪的动物，我不稀罕没骨头没血气的货色！只怕你死后要撅着屁股去见先人！”

“四喇嘛抽了你的脊梁骨，也掏空了你的心肝！你不配‘一锏杀’的称呼，应该叫‘一泡屎’——一泡上不得墙的稀狗屎！”云霄汉失望之情化作一团怒气摔得那破门几乎脱了门转，吼出的话音强势地破窗而入，听得出他气呼呼的，随后和他的兵打马去了。

山丹整整三天没和丈夫说过一句话，甩给他的只有阴沉沉的脸色和轻蔑的眼神。受了辱的严拴绊一时解不开自己做错了甚事惹出这么些怒气，心里委屈难受，咀嚼了半天也没理解云霄汉临走时说那些话中的味道，他才想到该向四喇嘛问个究竟。

54　二黑眼难瞑的黑眼

二黑眼死了，她赤裸裸的仰身死在那盘跑得开马的大炕上，她的身体第一次毫无保留地展现在严拴绊面前。

虽然生命不复存在，但二黑眼裸着的身体仍然青春、健美、精致，双乳不屈不挠地挺拔着，睫毛在大睁的双眼里直戳戳立着，圆睁的冷眸中噙满拷问和不解，似乎要夺眶而出。曾经令无数男人向往的身体坦荡无遗于众目之下，阴毛上凝结着的血块颜色呈冷漠的黑紫色，顺着两腿间淌出的残血漫浸于炕席上，凝成一大块死亡图案。这一切叫那些认得和不认得二黑眼的男人为自己曾经的淫念暗自羞耻。尸体仰卧在大火炕的中央，炕沿至尸首中间四五尺宽的炕席缝间浸透的血渍见证了她死前在剧痛下打滚的惨状。曾经万人仰慕的二黑眼此刻如此凄惨伶仃。

大伙房地上，老古掌柜后仰着依在黑咕噜大水瓮上，他怒目相向着围观他的每一个人，那表情像头永远怒气难消的公牛。门口内侧两个驻店的车倌尸体相叠，臂股相交相拥，看似一对殉情的冤家誓死不逾。大车店里弥漫着屠场才会有的浓烈的血腥气味。

整个晋风驿店院被死亡的气息纠缠着，红胶泥抹成的晋风驿土墙在夕照下猩红惨绝。不断有人拥进这个血色大院也不断往这个大院里堆积着怒火。这时严拴绊发红的眼睛分明看见那几个红色的幌子洇着血滴。二黑眼的丈夫“小洋坛”的尸体像一条装了一半麦麸的毛口袋软塌塌地半卧在户门一侧，活着病怏怏，死后也难堂堂。人们还是把更多的关注全部给了声名广播的二黑眼，一尊深入人心的美丽雕像被无情击碎，碎裂的声响冲击波如此猛烈，震撼着白道口每个良善的人心。小堂倌的哭腔诉说宛如一条嗞嗞作响的连接火药桶的火捻。

晌午时，一个日本少尉和六个日本骑兵冲入白道口，路上的人避犹不及被撞得东倒西歪。

“日他娘，这是哪来的牲口！”一个被撞了的，爬起来便骂。

“这是日本人，除了日本人谁敢这么横。”一个老者说。

“甚是日本人？日本人不是人吗？”显然他被撞懵了。

“日本人是东洋人。你不知道日本人占了归化城？”

“日本人？日狗人日驴人也不该这么张狂，简直像野牲口，一刀割下狗日的家具叫他们甚也日不成！”买猪肉的张屠家还有心情幽此一默。

“他们杀人不忽眨眼睛！不想让你老婆穿白鞋就夹紧你的烂舌头！”老者呵斥张屠家，他竟也住了嘴。

自打日本人来了，黄金口坚决辞了商会会长一职，这老汉不愿担当汉奸之名，具有二百年历史的白道口商会也就此名存实亡了。日本人来了白道口没人出来支应，便一头扎进晋风驿。二黑眼当时正忙着做饭，二十六岁的少妇散发着一切美丽女人的风韵，灰暗的店里因她而蓬荜生辉，春意荡漾，日本人进到店立即感受到这缕风景。少尉石原玖是个出了名的淫棍，从军以来他奸杀占领地的妇女无数，并因此影响了他的升迁之路。石原玖素有驻蒙军“岗崎骑兵联队第一勇士”之誉称，他摧城破寨，屡建奇功，曾以一个骑兵小队攻破东北军一个团的指挥所，顺手割下那个团长的首级凯旋。他勇悍残暴，奸淫无度，无人能及，各种勋章累累于胸，这也使得他的骄横失去了制约。一次在乌珠穆沁草原征用军马时，他色胆包天地强暴了一个蒙古王公的女儿，引起一群蒙古汉子的愤怒。他们呼啸着在万马奔腾的尘嚣中裹挟着黄色的猎物。二十二个皇军士兵的魂魄遗失在无际的蒙古草原，他因拥有一匹快马才冲出重围得以幸免，之后石原大尉成了石原少尉。他的骄横跋扈、我行我素令所有上级军官头疼，每执行一项任务都是在掀开强奸杀人的序幕后才开始进入主题。现在他的兽性正在体内蓬勃着。

“请给我们一些吃的东西，我们会付钱的！”一个日本兵会说中国话，他是归化城日本特务机关长田中友信大佐的侄子，临行前伯父叮嘱他到了白道口一定不能逞凶逞能。该地民风强悍，尚武之风盛行，一支一千人的强悍土匪队伍曾经在这个弹丸之地全军覆灭，所以小田中尽可能做到彬彬有礼。

“你没必要对支那人那样谦恭，刺刀是对他们最适合的见面礼。每到一处必先制造一场杀戮，彻底让他们放弃反抗意识！”对石原这番话小田中当即表现出强烈的反感，但他还是没说话。

“让她别拿狗屎一样的饭菜糊弄我们！”石原这回语气更加强横。

“我们要吃荞面和各种蔬菜！”小田中尽可能把石原的话译得温和些。

“荞面俺有，吃面食，还是煎饼子？只是没有蔬菜，只有山药蛋。”小田中的温文尔雅让二黑眼认为这是一队饿肚皮急于吃饭的兵，她的声音像流动的泉一般悦耳，这是一个老板娘最正常的表现。

“这是个狡猾的女人，她是不会主动拿出好东西慰劳皇军的！”未等小田中翻译完毕，石原就发疯了。他伸出手一把抓住二黑眼的手臂说着她听不懂的话：“你就是最好的蔬菜，可以好好慰劳劳苦功高的皇军！”随后是日本兵们的一阵哄笑。她想挣脱被牵制的细嫩的臂，脸上却遭到重重一击，并伴着一声鞭响，身子不由得趔趄，差点倒地。

对于眼前发生的一切，二黑眼有些发愣。野蛮的、粗俗的、无理的住店客几乎天天都会见到，但他们从没有人对一个面带微笑的年轻美丽女子动手动脚，更不要说大打出手。眼前无法辨别这个小胡子胡言乱语中的任何一个词语，但读懂了他小眼神里的淫亵和狞笑下的一副暴牙里显现出的残忍。这个店掌柜从往来的客人嘴里无数次听到一个魔鬼的代名词——日本。她意识到那个叫“日本”的魔鬼现在就在眼前。

这双具有蛮力的、体毛黑森森的日本军人的手臂紧紧勒着一个中国良家少妇的脖子正拖往一个屋子。这时屋子里的炕上一个黑干憔悴的年轻男人侧卧着在烟灯下享受鸦片的快乐，他正是这个行将窒息的女人的丈夫，一个至死也没有正经名号的人——小洋坛。小洋坛从鸦片的快活中艰难返转回红尘时，一双凶残的眼睛中充满轻蔑，遮挡她的女人的肉体的包装正一层一层一片一片地被剥离。小洋坛苦号着爬行着不停地叩头乞求，没人理会他就像无视一条爬虫，他试图去阻止这个赤裸着身体的叫驴一样的男人，一只皮靴狠狠踢在他的胸口，他能做到的就是惨叫。

在后院两个铡草的车倌看到了惊人一幕，只当是兵们喝醉酒做事出了格，就想过来阻止，两个人同时跨越门槛时，日本岗崎骑兵联队第一勇士端起手枪左右开弓乒乓两下打死了他俩。小洋坛他爹大洋坛正在午睡，听得枪响走到门外要看个究竟，刚露面就叫两个日本兵三五枪托击打在头上，七八脚狠踢在身上，直叫他九死一活，抽搐到半后晌再也没能起来。

二黑眼在日本岗崎骑兵联队第一勇士石原少尉的攻击下精疲力竭，两只手徒劳地挣扎。第一勇士绝非浪得虚名，他费了一些气力还是占领了这方拼死抵抗的阵地。他惊讶地发现他强奸的是一个中国姑娘的处女之身。意外的收获让日本岗崎骑兵联队第一勇士欣喜若狂，他骑在刚刚还是处女之身的中国姑娘身上高举双手欢呼胜利。二黑眼迷惘的左手碰触到一只被日本兵皮靴扫荡而来的铜水瓢。以为她放弃了抗拒，第一勇士意犹未尽，两只手移往女人其他部位恣意抚摸。二黑眼将羞愤和屈辱凝聚在闪闪发光的铜瓢上，金属打击后产生的回声令二黑眼心花怒放。岗崎骑兵联队第一勇士在中国姑娘水瓢愤怒的一击下像一堆稀泥萎靡下去不再肆虐他的兽行。几个士兵立即冲进来，他们敏捷得像猎豹，同时有两个枪托砸向这个反抗强奸的中国少女美丽的头颅上，受到震荡的少女的长发飞扬起来，一团鲜红的血飞散开来……这时日本岗崎骑兵联队第一勇士石原少尉从中国少女的重击昏厥中醒了过来。他的愤怒无以复加，他把武士刀的刀鞘攮进了被他剥去衣服的白道口晋风驿女掌柜毫无遮挡的阴户一顿乱搅，二十六岁的女掌柜在炕上痛得翻滚儿。皇军们欣赏着他们的杰作，任由垂死者的怒骂由大变小直至无声。

小田中的翻译身份提早结束，眼睁睁看着石原少尉的暴行泛滥升级，不免有些忧心。他们的任务是征用五百头骆驼和五十个驮夫深入沙漠一个秘密基地为驻蒙军运输军用物资。到达基地后处死所有驮夫，把五百只骆驼屠宰后做成罐头，以充军粮。他不知如何劝阻疯狂的少尉修正执行这项重要任务的态度。

老古掌柜现身时，日本兵正在翻箱倒柜，一只酸菜缸被打碎，酸臭和血腥搅拌混合后形成令人作呕的味道。有一个日本兵滑落的马裤露出半个屁股蛋子，身子歪斜着朝尚未断气的小洋坛脸上尿了一道尿才笑着离去。

“老天爷是个瞎货，总是叫邪恶的欺害绵善的，想正正经经做个人也不让！”老古掌柜说完一头撞在拴马石桩上，脑浆当下迸出。

日本兵找了一些食物在血腥中有说有笑地吃饱喝足扬长而去。

“二黑眼绵羊一样善，咋就遇上这群牲口？！老天爷真是他娘不长眼。”一个常住店的人说。

“日本人一准不是人揍下的！”有人气愤不过。

“日本人长着人头，却是蛇蝎心肠，是些不长尾巴的牲口！”

“有这样欺负中国人的吗？爷现在就寻个队伍当兵去，和这些牲口拼了这条命，死也不能像‘小洋坛’那样稀松！”严拴绊听出是烂六的声音。

“莫非丰都城揭了镇鬼的符放出这群害人的鬼怪？老天爷能容得下这鬼怪为非作歹？时辰到了定要除灭了狗日的！”镇上说书的老张说。

“咱们天生就是受残害的，比猪狗强不了多少，反正活够了，想怎就怎吧！死活一条烂命。”

“拴绊子，甚‘一锏杀’！你个狗日的就会欺害个生灵，你不会用你的枪崩些日本牲口？！”又是烂六喊叫，严拴绊觉着他和云霄汉是一个腔调，突然明白了些什么，一时羞愤难当。严拴绊几乎是扯断了布扣，脱了身上满是补丁的棉衣盖在二黑眼的私处。作为一个男人现在他只能为他心爱的女人提供这样的保护，维持她的美丽、纯净，使她的尊严不再继续受到损害，之后便转身逃离了这个杀场。

惯于血腥的曾经被称作“一锏杀”的杀生者只觉得肠肚翻腾，泪如泉涌，几乎像个偷鸡不成挨了打的狐狸惶惶地逃跑开。他在大门外墙旮旯下呕吐了一顿，半天也没缓过劲来。他喝醉了一样游荡在凄风萧萧的白道口通向莫当召那条不远不近的山路上。二黑眼的惨状如同一枚巨钉掼入他的心肺，疼痛折腾着他碎裂的腑脏。他急切地想知道许多答案：那是他揉搓过的处女之乳吗？那是他拥抱过的纯洁之躯吗？那是他承受的传情明眸吗？这一切就如此轻易地被毁灭了？他要晓天晓地知生知死的四喇嘛告诉他这是为什么。

55 问天

晋风驿惨案的发生使得四喇嘛、严拴绊两个有缘人二十七年来有了一次真正的对话。四喇嘛掀开了罩在严拴绊身上所有的神秘帷幔，把自他出生以来针对他的种种羁縻策略讲给他听。四喇嘛时而正颜厉色，时而语气平和，一个几百年前的杀星屠尽天府一方人命，一个幼童欺绝一域飞禽走兽，两者比较惊人相似。天下大贼巨寇莫不是由人之初的一介孩童养成。白道口破窑撼天动地，一代灾星横空出世，天赋禀异的杀生绝技，生命如蝼蚁任其践踏……一个叫严拴绊的命犯杀相之人险些要复制一段“侯景乱华夏”“千里绝烟，人迹罕见，白骨成聚如丘垅”的历史惨剧。

“凡大煞之人谓之妖星，五行之气，五星之变名，见其方，以为殃灾。……凡杀星所出，形状不同，为殃如一。必有破国屠城，祸国殃民，贻害无穷。愈早诛之，家国大幸……”四喇嘛忘了他面对着一个鄙俚山民，道出玄奥，对牛弹琴。

严拴绊看到四喇嘛竟然早已泪流满面，几回摘去眼镜。严拴绊竟然领悟了全部，像一个幡然悔悟的信众，突然忏诫地跪地而泣：“上师您为俺二十几年劳心劳肺，就怕俺成了人间大害。俺还是杀生无数，如今想绝了打牲这个为恶的营生，一心做个好人，多做些善事补过以往的罪孽。倒是眼看着好人没个好报，二黑眼一天忙个车马大店迎来送往的，不招人也不惹人，一天到晚嘻嘻哈哈，很是良善喜色，就是讨吃要饭的也不会亏待，倒受了这样的辱没残害？俺杀生流的血水和这黑河水一样，反倒没了报应。莫非真是神鬼也怕恶人？心里说甚也不明不白。拴绊又不知这后路该怎么走？上师倒是给个点拨！？”说罢又是一顿磕头，一直让脑门处血流糊顶。

看得出四喇嘛也难抑心中的愤怒，他的声音和下巴上的胡子同步发着抖。他尽量做到平心静气：“二黑眼之死是家事也是国事。日本人跨洋渡海来到中国，来到咱大青山，不是走亲访友，也不是游玩观景，是要灭亡咱国家，除绝咱种族。这就像尔当初杀灭大青山动物一般无情残忍。在日本人心中咱中国人贱如蝼蚁，他们杀人强奸后才无愧无羞。晋风驿灭门在他们看来像尔当初摔破一窝鸟蛋，要知道他们的屠刀才刚刚举起，我们整个民族正面临毫无人性的杀戮，尔以为我们该引颈受死还是奋起反抗？！”

曾经的杀戮者就像被一根棍子敲在病腿上，疼痛从病处一直到心上，一脸羞愤涌现，嘴动了几回却无话可说，四喇嘛摆摆手阻止了他难产的言语。

“古人周处少年时自恃有些勇力，时常为祸乡里，乡人极其厌烦他，便激他除三害借机要他性命。山有猛虎吃人周处杀之，乡人惊其勇。潭有蛟龙为祸周处屠之，乡人叹其悍。周处问乡人三害除之有二后者何为？众人只是看他久不言语，一个老者良久才说：第三害正是你。周处闻听猛然醒悟，于是痛改前非，乡人服其义。有个叫陆云的名士认为他可为国家干一番大事，便劝他：人贵在朝闻夕死，况尔前程还可以。这周处当年与尔很多方面何其相似啊，后来周处为平边患，孤军奋战为国捐躯博个名扬万古。

“汉将李广射技惊人，两百步开外引弓箭无虚发。他在阴山戍边几十年，与匈奴七十余战，威风八面。胡人非常凶残，对汉地百姓烧杀抢掠，坏事做尽，却是欺软怕硬。尝到李广的厉害，远远避其不敢犯，他便得了个‘飞将军’的绰号。这飞将军也曾在这白道口建功立威，唐朝的山西人王昌龄称赞他：‘但使龙城飞将在，不教胡马度阴山。’古往今来获得赞歌如潮。这个英雄因为朝廷不给他杀敌的机会而悲愤自刎。今天尔也是神射手，曾号称‘一铜杀’，一身本事不该为国家做些什么吗？”

看到严拴绊痴痴呆呆、麻木不仁的样子，四喇嘛心痛难平，这正是他二十多年精心打造的匹夫成效。他一下子明白了把这样一个人再复改造成一个为国赴难的勇士何其困难。

“云霄汉说得对，俺掏去尔的心肝抽去尔的脊梁。人若来世一遭，只为杀些野物，废些粮食，耗些物资，甚至衍生些后代，这人比牲畜也不如！只知家庭不知民族，只想自己不知国家与野兽何异？”

四喇嘛耐着性子又说：“我知尔没有学识，但国家兴亡匹夫有责的粗理却是该通的。云霄汉决心要牺牲自己以换取国家民族的生存权利，一帮文人操起刀枪去保家卫国。两千年前匈奴破了这白道关过了黄河，他们杀绝精壮、掳走妇幼、焚毁城池、破坏农事，中原一时赤地千里鸡犬不闻。好在咱汉家就出了一群李广霍去病这般热血男儿与匈奴舍生忘死地搏杀，凭咱脚下的长城做依靠，把他个灰孙子们打出漠北几千里，再后来汉庭连连对匈奴用兵为咱汉家打出一条强盛之路。这胡儿从此元气难复，匈奴也是逆了人道自然遭了天谴。我汉家百万男儿也弃骨这阴山红土之中，尔能姓严俺能姓张全是他们慷慨赴死成全的。时至今天日本人重蹈匈奴覆辙而来，只是这倭贼远比当年匈奴邪恶百倍，我辈又临亡国灭族之灾。所谓时势造英雄，这正是你建功扬名的时机，我等岂能坐看俺中国大祸临头啊！”听到灭种严拴绊就想到了他灭绝的野物，心里不免隐隐有些恐惧。

突然四喇嘛想到什么声色俱变：“拴绊！杀害二黑眼的几个日本兵怕是去了倒返沟，家里恐遭祸事了！尔已无选择的权力，为吾家吾国不至灭绝，尔必须大开杀戒！”

56　牲畜的暴动

严拴绊心急火燎地往家里赶，但他无论如何也想不到他豢养的牲畜就在他向四喇嘛讨教人与人之间生杀、欺凌、奴役、残害、自由、平等这样关乎人性的问题时，受到了残害。不同动物都以一种人类无法破解的语言方式精确地表达它们的嬉笑怒骂调侃戏谑，内心中对人类的爱恨情仇竟是绵绵难尽。

但是，人类的兽行还是引燃了这团怒火。在严拴绊生活了二十八年的寂寥沉闷的倒返沟这团怒火焚烧，一发不可收拾……

倒返沟云集着晋绥名号巨商北天高驼队轮歇的两百峰骆驼，每只骆驼的鼻梁上都横插着一节五寸长的小木棍。木棍扎眼哄哄的，像妇人的饰品引人注目。这使得它们本已够丑陋的长脸更加别扭，如同一副强加给赎罪者无法摆脱的枷锁。

这些瘦骨嶙峋的家伙显然被无际无涯的旅途耗尽了活力。无情的主人不肯放弃这个已被榨干动力的运输工具，希望它们的驼峰里可以重新蓄积能为他们创造财富的能量，于是把这些迫近死亡边缘的死气沉沉颤颤巍巍的庞然大物驱赶进倒返沟。二百几十只熙熙攘攘的疲瘦的骆驼组成一道行将塌陷的移动的危墙，在这个黄昏筑起在寂寥的倒返沟。

严拴绊的使命就是让它们迅速恢复膘情，好让这些沙漠之舟来年再泛瀚海。这些长相古怪且看似温驯的家伙一个个见多识广，历经磨难，九死一生，蹄行万里征程，眼阅北域风物。有两年时光里它们跋涉于茫茫戈壁草原的往返长征，忍受疲劳寂寞、情欲饥饿、思念恐惧的折磨。现在它们担忧一旦体力恢复甚至累积了过剩的精力，迎接它们的将是新一轮的苦难。于是它们一个个心浮气躁，不时与过去两年里的屈辱辛酸纠缠不休，胸中酝酿成强烈的躁动反叛情绪，它们强烈地想制造些事端，同类相残、伤畜咬人事件时有发生。

严拴绊的耐性绝非常人可比，半夜几回起来为所有的骆驼添草加料，一做就是一两个时辰。冬时饮水怕井水冰凉伤了驼的脾胃，他便在水槽里氽些滚水。又时常从白道口缸坊、油坊、豆腐坊买些酒糟、豆渣、麻饼之类拌些豌豆让骆驼换些口味。来自各方的骆驼从来没有从人类那里获取过这种爱心。再后来，他舍不得动用骆驼去运输饲料，枣骝马拖着花轱辘车时常在倒返沟的河床上费力奔波往返，这难为了草原上自由的精灵，但它和严拴绊建立的深厚情谊已让它劳怨自认了。

那天它的后蹄被毒蛇咬了一口，那条伤腿一时肿胀如柱，曾经活力无限的它疲软难支。在它倒下的那一刻，主人紧依着它，此时它才明白人也可以是马的依靠。他跪地为它放血排毒。当女主人请来兽医熬药时它已四肢大叉昏死过去。等它醒来时看到主人趴在它身上睡着了。这通常是发生在人与人之间的情感故事。它被羊皮被子捂盖着出了一身大汗，体内的毒素随着汗液排出一大部分，它意识到它还活着。当它感激地舐着主人面颊直至他苏醒过来，他满眼泪水抱住它的颈部纵情地哭了，那一刻它发誓一定要用生命报答主人。

很快这一天来了，在一个陡峭的长坡顶上它驾驭着车拉着骆驼饲料顺坡而下，如果不是拉车驾辕它虽然已是四十六岁的老马但也会纵身而下，但车轮像个坏孩子把它扯着，颠簸之下主人前倾着身体拉动刹车，失重从车辕上跌落摔在它脚下（确切说是蹄下），它和他都知道将要发生什么，但它阻止了那个后果的发生，它用它的大牙咬住主人的衣服，一直搓行了八里，请记住什么叫搓行，是用两只后蹄与地面摩擦抵消了车辆的惯性。车终于在一道沙河停下，厚厚的积沙帮助他们滞留了前进的车轮，主人急着去察看它的后蹄，人工钉上的掌铁已经磨尽，而马蹄天然的坚硬掌质也被大地磨去，两只后马蹄已经血肉模糊。它看到他又哭了，它听懂了他在话语中都是对以往动物伤害行为的忏悔。

枣骝马以它的方式和骆驼们交流。骆驼们比人类更知道感恩，它们几度远征驼道受尽苦难，在皮鞭下负重前行，很多同伴累病而死，人类在火堆上烤食它们的尸体，第二天死去的同伴们曾经的负重分担给活着的同伙。这一切曾经让它们的生命如浩瀚的沙漠一样落寞和绝望。眼前它们的身体积累着无限的能量，但充满死亡和艰难的长征又将横在它们面前，它们无力捍卫生命的权力，又无法延续今天这样放纵和自在的生活，怨气却在一天天、一点点地累积。

“谁来确定俺们必须是沙海里的负重者？”一只驼问道。

“当然是狠心的人，俺们是被插入鼻骨里的木头楔子牵引驱赶到沙漠里的！”有驼回答。

“俺厌恶无边无际无聊无情的沙漠，爱绿洲，眼前这个地方就是天堂。”又有驼说。

后来大家认为它们喜欢目前所处的地方是因为这个新主人，他是人类里少有的好人。老狗黑头向异类伙伴们讲述了主人的过往——以前他靠猎杀动物过活，他一路踩着无数动物的血迹走了过来，他的血债像川流不息的黑河一样深重。现在他幡然悔悟，要护牲放牲来弥补叫他伤害过的动物。为了明志，他毁了喷火夺命的世间恶器——人们叫它枪，黑头无数次目睹枪射出的金属颗粒可以洞穿任何动物的身体，制造流血，剥夺生命。他拒绝吃食动物的尸体，成为像牛羊一样的素食者。善待动物如同自己的玩伴。

动物们听罢就七嘴八舌地用各自的表达方式感慨着。

“天下的人都像主人这样和动物相处，普世都是天堂乐园了。”

“眼前我们就活得够享福了。这日子还能维持多久？”

一腔忠诚的黑头从不埋怨，尽管黄头死于虎爪后使它陷入无尽的孤独，但它依旧忠勇不改：“多活一天这样的光景，咱们三生有幸啊！俺们獒族生若无屈，死又何惧！？”

一匹曾在白灵庙蒙古军服过役、被日本指导官骑乘过的高头战马，因在大街上冲撞百姓妇孺时畏缩不前挨了一顿鞭笞，它清楚地听懂了日本军人的斥骂——怯懦无用的畜生！为之又被剔除出战马队伍的黄骠马也开口了：“俺宁可载一个勇士冲锋共死，也不愿驮着恶魔去欺弱小！”

“咱们做牲口的什么时候还不是人口中的一口食儿？多会儿他们快刀下去，咱就完成了来到这世上的使命，他们爱怎么处置由他们——管他煮着蒸着烤着，管他有滋有味吃还是细嚼慢咽，管他连骨头带皮还是零割碎剐，管他把你拾掇个干干净净还是茹毛饮血。谁敢保证还能不能见上明儿的太阳？”老山羊悲凉绝望地说。

“那你还是舍不得离开人，若是没人保护你能看见今儿的太阳？只怕是没等胡子长出就被狼吞虎咽了。”

没谁觉得好笑，好多牲口都选择了沉默。它们听到了来自十里外杂乱的马蹄声，但不是主人，他不舍得骑枣骝马，他总是徒步而行，来去风一般的快捷。

“是有人来了，是七个，很生猛，带着血气。”黑头说，它的感觉总是敏感于其他畜类。

“一定不是好事，好日子又到头了！”一只老骆驼表情平淡地叹道。

“咱们有了力气了,人类不会给你永远休闲的日子。”一只皮毛鲜红的公驼说。

很快七个骑马的人疾速而来，脑后飘动着几块布条迎风招展，很快他们在它们眼前勒住马。骆驼们想从它们人与人的对话里判断他们的来意，但没有一个音符是熟悉的——虽然驼们至少浪迹过十几个异国的土地,但从没听过人这样说话,就搞不清他们的来路，只有那匹服过军役的黄骠马惊叫道：“不好！日本人！”

牲口们这才发现日本人是这般凶恶粗俗的人类。这七个如狼似虎的家伙又凶又残，他们气势汹汹如同捕猎时的群狼凶狠迅猛。他们极有计划和效率，分工驱赶骆驼，捕捉马匹，堵截逃路，监控事主。那身着颜色略深服装的头领指挥六个属下各行其事后，他手持一把折射着冷光的短枪警觉地迫近窑洞，獒狗黑头一如往常勇猛地冲上去阻击心怀恶意的入侵者，那个家伙手中的铁器立刻喷出一股烟火，伴随着几声凄厉的声响，黑头的一身无畏勇悍之气瞬间被灼热的弹雨无情地洗涤殆尽，狂暴的怒吼湮灭在凄厉的爆炸声中，那具威风凛凛的身躯不情愿地僵卧在院落中央，眼看着自己的血流从自己的鼻翼一侧淌过。它原本燃烧着怒火的目光不情愿地慢慢熄灭了，死亡的气息强烈召唤它忠勇无畏的灵魂回到远方，那绿野接天、河流汹涌、长歌如梦的故乡。

枪声和狗叫召唤出女主人，美艳的容颜像一道彩虹立即染亮了倒返沟这个灰色的下午，一个新生命的萌动所产生的力量叫她的母体臃肿粗大，步履维艰。血泊中黑头的惨烈和日本军人的凶残都令她花容失色，但她的美貌依然引得那个叫石原的日本岗崎骑兵联队第一勇士淫性涌动。他如同一头狂情的叫驴一般执拗粗鄙，无耻无惧。他一边褪去黄色的军衣，又褪去白色的内衣内裤，最后只剩下一片同样的白色包裆布和一双蛮横的日本军靴，裸着的人的肉体透着狼的狰狞凶悍。他凶蛮地撕裂了孕妇的衣裳，女人凄厉的呼救声把倒返沟的平静搅动出一波波无形的涟漪，几百双牲畜的眼睛第一次见识到二十九岁孕妇赤裸身体的光鲜美白。

孕育着胎儿的身体已严重影响她的灵动性，虽然她在反抗中一心护卫着自己凸显的腹部，但这个部位还是受到日兵皮靴的强劲一击，一缕鲜血从女人的身体迸射而出，第一勇士的白色包裆布立即被染成红色。孕妇遭到痛击的身体反馈出剧烈的疼痛直令她气绝无声，抽搐得如同一只被猎人击中的濒死的狐。

那口永远紧闭着的窑洞终于被打开了。一个整日昏睡的老妇人伶仃着一双小脚颤巍巍地出现，手里持着一把赶车人的长鞭，用牛皮编结的鞭鞘在空中划了一条弧线挟着呼啸抽打在第一勇士的背部，鞭鞘本来可以再一次舔舐勇士的眼或耳，但被一条车辕木紧紧纠缠，她弃了鞭用满是力量的农妇的双臂抱住那只踩向儿媳的皮靴，却引来另一只皮靴的狠踩，她听到自己肋骨断裂的嘎嘣之声。她将四十五岁的生命和二十八年的屈辱聚集在那只粗糙的右手之上，就是这只几乎要燃烧的手握出爆炸般的力量，那包裆布里刚才还勃发着情欲的日本岗崎骑兵联队第一勇士一嘟噜丑糙之肉被这个中国农妇强力的手掌绞烂，这团肉碎裂时发出脚板踏入稀泥里才能产生的声响。日本岗崎骑兵联队第一勇士石原少尉惨叫的同时泻出他此生最后一束残忍的子弹，老妇的背部顿时绽出一串红色花朵。她母狼一样咆哮了几声才咽了气，大张的口里竟掉出几瓣碎裂的牙齿……

枣骝马一长串眼泪从它的长脸上滑落，将上体浮在半空，发出一声大啸：“动物兄弟们！帮帮可怜的主人吧！”声音惨烈震颤着像一把滚动的火团直入所有动物的心中，引燃了禁锢在灵魂深处用屈辱、黑暗、绝望、愤恨、恐惧累积的爆炸源。

刹那间，大青山突然唤醒了隐去久远的古老的记忆，山谷里回荡着一种神秘的肃杀之气，一种无法言状的力量在嶙峋的岩石上碰撞生成，古松巨杉的根须发出舒展身体时才有的嘎嘎之声，死亡之神在前人白骨夯就的秦汉长城脚下游来荡去。

首先暴动的是那些饱受欺凌屈辱的骆驼们。它们驱动庞大的身体像一座座流动的山丘撞向那些凶恶的人类。一个兵开枪击中一只冲在前头的公驼，但他的杀戮并未得以延续，他包裹着一层黄色薄柔纤维的头颅立刻承受了另一只驼牙的强力咬合，头颅被嚼碎的声音和核桃破碎的声音大同小异，悦耳且解恨。

枣骝马瞅中了正倾力捕捉它的一个戴着眼镜的日本兵听到枪声侧目观察的时机，突然祭出它的两只后蹄，被人类用精铁包装过的马蹄准确地找到一颗同样是包装过铁的头颅，铁铁相撞时发出强力之声。这声音远比枪声更加轰动和清脆。那兵在马蹄强力的冲击下飞去了一两丈远，那顶锅状的铁帽滚动到了更远的地方，发出唏唏哩哩的可怜声响，那只眼镜变成美丽的碎屑在空中呈出闪闪的光点又瞬间消失。

骆驼们面对蜂一般大小的枪弹，它们轻蔑的眼神还未来得及展露，宽厚的身躯即被洞穿。一种千钧力量将三具庞然大物击得轰然倒地。濒死的骆驼眼看着这块眷恋的新土渐渐模糊，一只喉管被打穿的骆驼发出吹哨般的啸声，伤口血喷如注，一团团散漫的红色血雾笼罩在这头垂死的公驼周围。愤怒在山沟里肆无忌惮地冲撞，骆驼们在残阳的涂抹下笨拙丑陋，庞大的红色身躯如一团团怒火烧着的草垛。

日本兵们被四面而来的血肉坦克惊骇得眼神呆滞固化，呈现出的恐惧表情与十分钟前的张狂判若云泥，狼一下成了羊。他们僵硬的身体和流火的枪支并未逃过被驼掌的踩踏，大和武士流淌着和死驼同样颜色的血液混合在中国倒返沟的泥土里。

两个日本军人抢占了一处高台，惊恐地用他们的子弹射击本来要成为他们奴隶的运输子弹的骆驼。无惧的驼像行进在沙漠一样走入赴死的路上，他们一声不吭地接受死神的召唤，前仆后继地冲向高台。

听到来自另一个小山的两声枪响，土台上两具逞凶的黄色人体倒栽下来，宛若滚落的黄色山石，杀戮终告结束。骆驼们惊奇地看到男主人持一支大同小异的枪支对着黄色的暴徒开火。他身手矫捷、操枪自如、发弹精准，动物们见识了人类分配四肢时展现出的协调优雅之美。它们用它们的方式为主人喝彩。

当四喇嘛准确地判定日本兵正赶往倒返沟时，一种不祥的忧愁也在纠结着严拴绊。他几乎狂奔了二十里路，在一颗五六个汉子方能搂抱住的粗大榆树下停步。犹豫了一小会儿，他轻舒猿臂，顺着粗疏裂变的树干飞也似的攀在丈七八的树杈上。他从上方一个空洞里取出一个三尺多长的条形油纸包，又飞落地下。扯去油纸一支枪出现。这正是十几年前“黑牲”“红头铅冠”那支锯掉枪托的快枪。他曾用它击毙了“黑牲”老大“鬼点子”。那时他没舍得把这支充满杀气的凶器掩埋毁灭，而是连同数十发子弹隐藏于树洞之中，其间几次手痒取出试射，却也十分顺手。

就是这支被锯掉枪托的枪支身残志不残，它的子弹准确无误地找到两个正对冲锋的骆驼痛下杀手的日本兵的胸膛。

七具黄色尸体被各种动物愤怒地践踏，很快他们的牛屎黄的身体渐渐发红。之后两只狼堂而皇之地加入进来，它们永远是投机者，一眼看出恶人严拴绊的杀机已从狼族身上淡出。一只牙齿零落、皮毛斑驳的公狼咆哮撕咬着一直把几具死尸拖拉下旁侧的深谷。它们显然一顿大餐不能尽兴，藏储七具人体相当于人类发了一大笔财，在即将到来的冬季至少能缩短那些忍饥挨饿的长夜。那具睾丸碎烂的日本岗崎骑兵联队第一勇士尚未断气的身体由崖顶坠地前给中国的山谷留下恐怖的哀号，绝望之声在白道谷回响着。六十多年后仍有人不时听得到这样的惨叫——不断有人被鬼魂附体，但这些鬼们说话没人听得懂，但声音里满是哀鸣乞怜的腔调，身体像机器一样不停地九十度哈腰。前两年一伙日本人到大青山观光旅行，正好一个放羊老汉身附鬼魂，戚戚哇哇地喊，那些日本人仿佛听到熟人呼唤都停了脚步拢来，后来眼见日本人男男女女脸色变得灰暗。

同行的中国翻译说：“这是个叫石原玖的日本鬼魂，原是蒙疆驻屯军岗崎骑兵联队的一名大尉，在执行任务时被一名中国农妇暗算（真是鬼话，少尉还是大尉？强奸是任务吗？手指能暗算吗？日本军人活着和死后都要鬼话连篇，作者每听到这种鬼话总是气愤难平），他叫嚷着要回家。他说中国鬼们不肯饶恕他这个异国野鬼，因为他杀人太多（他又没说强奸），他们无时无刻都在折磨他，被他踩踏而死的老太太天天用纳鞋底的恐怖的针锥攮他。他说在异国战死（他总是回避罪恶），死后千年万年寻不见转生门，想做个猪狗都难。他说哪怕回到在阴间臭名远扬的神社排队轮回个低等动物做做也将感激不尽。”

57 逃离人类

一个即将初为人母的女人的哭号在倒返沟长时间地回响着，这凄厉之声如同一把锈迹驳驳的老锯扯动着切割着每个生命体。经历一番挣扎痛楚后产下了一具已具人形的死婴，那是她和丈夫十几年来耕耘生殖的唯一的收成。到后来她的力气和她的血液渐渐耗尽，呻吟之声微弱得像远处一只鹌鹑的啁啾。这轻微悲伤的声音竟如一只无形的舌头舔舐着这群狂躁悲怆乃至疯狂的灵魂，只觉得人类正和它们一道承受世间的悲痛，果然它们渐渐沉静下来，在充满血腥的山谷里集体默默咀嚼着刚刚经历的屠杀，揣度人类行为的迷离莫测。

“你们逃命哇！离人越远越好！刚才的日本人要你们运送很多杀生武器，运完就杀死你们，把你们的肉装进铁皮盒里慢慢吃掉！”他手舞着一只闪光的铁盒。

一只骆驼和一匹枣骝马听懂了严拴绊的呐喊，事实上它们在日本兵身上看到了画着各种动物方形或圆柱形的铁盒，上面印着牛羊猪鸡驼和一些海洋动物的肖像，从里面残余的粉红色物质里嗅到动物肉脂浓烈的气味。它们终于明白自己的身体将被切割压缩成何种状态，最终消化于人类贪婪的口腔——无论中国人、西洋人还是东洋人，这一切都是那么天经地义。

严拴绊他娘，这个曾被唤作杏杏儿的女人，后来又被人称为三寡妇的可怜女人，她死后两只眼怒视着远方，仿佛将一腔怨恨拘在眼里不肯闭合，怒目不甘心地盯着苍天仿佛她要质问老天爷：“你为甚总是叫魔鬼来折磨俺的身心？老天爷！你是个瞎子还是个疯子？为甚你把人世间弄得这么不公！”

严拴绊揉了又揉才将她的双目合上，他知道她独居的窑里有一个大木盆，成天烧了滚水在里头洗。现在他要给娘洗她人世间最后的澡，这时他才发现母亲的身体白净而光滑，她试图要洗去身体里所有的污秽。他发现娘紧攥的右手的手指间缝隙中装满了肉屑，他费了好大劲才掰开。他为她清洗了手中令人作呕的紫红色的污物，这是他人生第一次也是最后一次为生育他的母体洗澡。母亲像在熟睡中一样，安详地接受儿子为她梳理头发。她冰冷的身体最终置放于那只血红的躺柜里，她身着山丹一身舍不得穿的鲜艳干净的花布衣裳，这个四十五岁古董般的女人的尸体此刻绽露出的温婉和秀雅无人能及。

可怜的女人在尝尽人间所有的屈辱、苦难、悲凉后怀着一腔无限的怨恨回到同样怀着一腔怨恨的丈夫严三耗子身边。他们的坟茔与曲米换的那座大坟隔谷相望。她和丈夫三耗子的墓地是她亲自选定的，她不在乎什么风水，只要死后与一个心善如佛、另一个伟岸的丈夫一同厮守足矣。

严拴绊从山上下来发现驼群集体跪地，咀嚼的大嘴一张一合，身体却如一块块褐色的岩石岿然不动。他知道它们在等着他，像一群膜拜的信众等待它们心中的神。它们茫然无措，行为迷失，心灵与肉体都无法摆脱人类维系在它们鼻梁骨的那条系有缰绳的小木橛。虽然刚才严拴绊的话没有使他们产生行动，但这个叫严拴绊的人类眼下是它们高度依赖的头领——尽管这个人曾经是动物杀手。它们一步不离地跟定他才可能有它们想拥有的生存环境。

这注定是个怪诞的黄昏，血腥的气味经久不散，动物们不分族类成群结队地立在那儿。月光下严拴绊左肩挎着一支可以穿透任何生命体的枪，他修长精瘦的身子依着枣骝马，马上骑着无精打采、面无人色的山丹，它们知道他们是一对可以滋生后代的夫妻。

身后是没了牵引的驼队，不紧不慢地走着，依然是沙洲里跋涉时的步伐，不知何时有六头牛、三头驴、两头骡子、二十七只山羊加入队伍，还有日本死鬼骑过的七匹蒙古马也随黄骠马跟来，被好心人解掉鞍鞯。它们恢复了自由的身姿，像长了双翅膀一样轻盈快捷。回望身后，沿途尾随的一些什么动物的长长队伍，一直向着没有人迹的深山进发。

58　莫当召烈火

二黑眼死后第七天，一队骑兵扬起的尘土在白道梁上经久不散，那军尘一直拱到白道口才停止。十几个日本兵集体下马，拥着归化城特务机关长田中友信走向莫当召。矮胖的田中两条短腿迈着几十年军旅生涯养就的稳健的步伐进入山门。廊柱上一副对联吸引着他向前的脚步，那书法遒劲有力，苍雄入木，浓淡有致，相宜相承，浓时丰润厚重唐韵楚楚，淡时傲骨嶙峋汉风历历：

眺白道驼影开门见山高

聆古刹晨钟展卷获益深

着一身绸缎料子的翻译抢先进殿，吆喝之声极似寒鸦般嘶哑尖利。这声音在空荡荡的殿堂回响，一种不祥的气息弥漫在本来寂静的古刹。

四喇嘛第一眼看见那少佐时，觉得那张脸由外向内都像一团翻卷的黑云，即使咧嘴笑时牙床也像烟熏的锅底，两眼不时乱眨，便知是个阴毒之人。那翻译白净些却似痨病鬼一般，不待四喇嘛看清头像就又听鸦叫响起：

“不知老师还记得学生否？”

四喇嘛一眼瞄去只觉有几分面熟，听那鸟人自报叫赵九发，四喇嘛才想起该人是忻州巨富赵万财的儿子，心想这头辨不清毛色的驴去了日本留学终还是充了回骡子。

“只记得有个叫赵九发的油头粉面，不学无术，成天混迹于青楼酒肆，鸦片须臾不离的赖货，莫非……”

赵翻译也没接四喇嘛的话，却自话自说：“学生岂敢忘了老师教诲之恩，有道是一日为师终身为父……”

“日本人真会用人！把赵百万家的活宝也收罗了来！”四喇嘛哪有面子给他，扬手止住鸟语的宣泄，转头对着石原说。

“你的学生，大大的人才，日本的好朋友！”田中伸出用白色纤维包装过的大拇指。

“中国人不屑的二料子货色竟成了‘皇军’的人才。”四喇嘛笑着回应田中。他又将食指点着赵翻译：“尔将祖宗也忘得一干二净，还会记得老师？还什么终身为父，只怕是认贼为父！”同时把一闪犀利的目光也投向赵翻译，这犀利的目光和话语足可把他的心切碎了。赵翻译虽已胆战心惊，只装作没听懂，慌忙低头看书桌上的书法作品。

“老师是我见过的最有学识的高人，因而常常挂念于胸不敢忘记。此次来归化城做翻译，闻听先生遁入空门愈是思念老师，正好田中机关长久已仰慕老师盛名想来拜访，故而一同前来。”赵翻译言语恭敬，笑容可掬。

四喇嘛看了看院内的日本兵都是一脸的凶相，就一阵哈哈大笑：“田中大佐莫非是归化城西河沿开窑子的老鸨田中先生？！”田中一脸诚恳躬身行礼，看表情他已承认了这一事实。在绥远蛰伏了十年，他利用中国、日本、蒙古美貌女子为诱饵，套牢了一些军政要员嫖客从而获取大量的军政情报，皮肉生意风生水起。这一直是他引以为豪的事，他不觉得做老鸨有什么不光彩。在归化期间，他从众多口中得知眼前这位奇士的威名，他也通过一些资料研究此人，确实高瞻远瞩，智慧非凡，他不明白如此伟大人物怎么会被弃置荒漠。当他的翻译吹嘘自己是三晋胸怀智囊、脑通天眼的张望老先生的弟子时，让他萌生了一个念头，如果能把如此奇士归于帝国阵营，所产生的效果比击败一两支中国军队大许多。临行前他想过，要么一个活张望为我所用，要么一个死的四喇嘛，他不能把一个破坏力巨大的潜在敌人留给敌人。

“拜访老夫！？一个偷窥者，一个杀人者，一个阴谋者，拜访一个喇嘛？唵嘛呢叭弥吽！真是天下奇事，莫非阁下要放下屠刀立地向佛吗？”四喇嘛随即收起笑脸，言疾色正。赵翻译倒是笑得屎黄屎黄的牙展露无遗。

“吾天皇以下莫不向善，皇军所到之处就是自由共荣。这正是佛法的体现。”

“哈哈……”四喇嘛一阵大笑，殿梁上的老尘纷纷下落。

“学生也不敢客气，公务极是重要，前几日皇军七名骑兵到这白道口征用驼队时集体失踪，想请老师测算个踪向，提供些线索。二来老师是名震晋绥的书法大家，机关长欲求几尺墨宝，内容最好是日中亲善……”赵翻译想尽快结束两个人的对话，从而降低双方发生冲突的概率。

四喇嘛手指了一下砚台，赵翻译不愧是伺候日本人的，他知道老师是个无惧无畏之人，不会有日本人想听的话从他嘴里说出。讨一纸书法离去是减少他和田中大佐冲突的最好办法。痴迷中国书法的田中每获墨宝便会温文尔雅，气色和悦，也少了些暴躁杀机。他主动研起墨来，又将自带的宣纸展于书桌之上。

四喇嘛给足了他这个学生面子，拿起笔来也不加思索，片刻间一诗跃然纸上，那草书张狂畅达、舒放自如、骨骼硬朗，尽显功力所在。

黄榆噪鸦暮云残，
晚钟荡漾朔秋寒。
遥闻鼙鼓飞将来，
屠得倭血沃阴山。
——山西强项人张望

赵翻译伸长脖子努力想分辨出书写内容，这边田中友信早拔出刀来：“良心坏了的，一个出家人如此仇视大日本！”一刀过去切割了四喇嘛的左臂袍袖，冒出来的血顷刻间将藏红色佛袍洇成暗红。四喇嘛反倒不惊不慌，把那枚印章戳在流血处旋了几旋随即盖在宣纸上，看那图章，那新鲜的血液比印泥竟生动了许多。赵翻译还要看清那宣纸上的内容，田中摇头晃脑之间透出浓重的自信，他要证明他的中国通绝非虚妄：

“他把皇军比作黄榆，把赵桑你比作噪鸦，把晚钟比作挽钟、丧钟，把日本国旗比作残阳、夕阳。后两句则更是毫不掩饰对大日本帝国的刻骨仇视。你如果是中国人当中的诸葛亮、刘伯辒，更应该明白兴吾昌、逆吾亡的道理，和大日本作对是自寻死路。大日本皇军已是这个世上无敌之师，你很清楚中国人享受胜利已成往事，你的只是徒逞口舌之快。肥沃这块土地的血只能是中国人自己的！”说完摸了一下四喇嘛流血的左臂，白色的手套覆盖下的三个指头立即鲜红无比。

四喇嘛不失风度也不显惊慌，像在讲经殿宇侃侃而谈：“尔口口声声大日本？尔日本哪儿大？正因为小、因为自卑、因为胆怯才用大去装饰。这只是尔等日本人一厢情愿地意淫！”

“大中国，只是一千多年前的唐朝可称得起。今天我们日本的军队在中国如此广大的土地上任意纵横，一大半的疆土和百姓不是被我们征服了吗？大中国还是大日本？你的说？！”石原挥舞着战刀，身姿挺直，面色冷峻。他总是模仿他心中的偶像柳生宗矩那种神武永恒的英姿。

“疆域窄、物产寡、心胸浅、目光短，就连人种也矮小，战略格局更是鼠目寸光，和中国比日本怎么都是个侏儒！蛰伏在三岛之上，心存焦虑不安，惯于狼贪鼠窃，如今以为手里有了些飞机大炮打家劫舍的贼寇家什，就高喊狂叫自己是什么大日本？真是笑死人了！虽有史千年却无精神传承，一个靠武士道作为文化支撑的民族，全民追求施暴，以成为强寇为豪的国家真是可耻又可悲。”他继而又说，“中国有古训：勿恃势力而凌逼孤寡，勿贪口腹而恣杀牲禽。日本正是一个恃强凌弱、荼毒生灵的无赖，总是欺凌弱病的邻居。这样的民族不遭报应，天理何在？”

面对四喇嘛犀利的反击，田中毫不示弱，他有更多的事实证明日本的伟大：“弱肉强食是生命存活的法则，弱者不值得同情！不是吗？”田中傲慢的神态如同一只面对羊群的狼，“我们日本有更博大的胸怀和广阔的视野，当整个亚洲被来自西方的列强奴役时，我们用武士的鲜血无私地拯救这块土地上的黄色人种，和整个大东亚并肩走向共荣的未来。尤其是提携没落沉沦的老朽中华帝国重新走向繁荣，难道这样的日本还不够伟大吗？！”

“好一个伟大的日本，这只是一个强盗的自我喝彩。尔等践踏别人的家园，屠戮和平的百姓，奸杀柔弱的女人，最后你们把屠刀架在加害人的脖子上，用尔刚才那样的腔调说：我是来帮助你们过好日子的！这样的日本还不够伟大吗？”

四喇嘛模仿着田中的蛮横嘴脸竟是惟妙惟肖。

“喇嘛先生视死如归之气概令人折服，伶牙俐齿也是叫人钦佩，当今是一个靠飞机大炮说话的世界，如果一枚炸弹从房顶进来，嘣！”田中夸张地比画着，“喇嘛先生你可以住嘴吗？”

“大炮能炸死人，但炸不断我中华脊梁！尔不是想知道尔的七名士兵踪归何处吗？尔该看看你们大和勇士在白道口有何壮举！他们每到一处奸淫妇良，弹射无辜，种下的邪恶必获报应。只不过这现时报来得如此之快，他们罪恶的灵魂与肉体已通过枪的灼热子弹和狼的饕餮大口得以清算！”

“喇嘛先生，你是中国人公认的智者，你该知道任何战争的出现，军人杀人和性行为都是正常不过的事。这都是因中国人不合时宜的抵抗造成的。潮流所向，反抗必亡，你们不明白？”

“我为人类有这样的同类羞耻，为国家有如此的恶邻悲哀。豺虎之邦，蛇蝎族类，斯害不除，世界岂安？”四喇嘛像一只困兽，脸色怒涨成僧袍的颜色。

“日本，无耻之邦！”他怒吼道。

“理解你的嫉妒，我们有敢于献身的武士，有先进强大的科技，有贤明图强的天皇，而你们支那只有畏战的军人、愚钝的百姓，看看你们的破败山河，看看你们贪腐的官员。就连你这样的大才之人也不为所用，竟被赶进山门，消磨于孤灯残钟。大日本帝国灭汝中国，是提携这个古老帝国重焕新生！”田中满脸得意地看着四喇嘛。

“尔自以强盗行为沾沾自喜，在我们看来是那样劣等和下流！尔等所为只是借取了为人类所不齿的动物劣质行为：贪婪如吞象之蛇，残忍如断肠之狼，无情如噬母之蛛，卑贱如丧家之犬，无耻如偷巢之鸠，邪恶如厕缝之蝎，奸诈如阴洞之鼠，肖小如临冬之蝇。尔日本若要容入人类世界必经大浴血方可净尔等肮脏之灵魂，承受大杀器才能脱尔强盗之恶胎。尔等族类征服泱泱中华岂不是蚍蜉撼树飞蛾扑火！？尔不过是欺凌一个正在生病的巨人，很快有一天巨人恢复体能，将尔小侏儒倭贼打得丢旗弃甲滚回小岛，看占领者如何奸汝妇女，杀汝同类，倾听焦土之上绝望之哭，日本从此只配做别人的属国……”

“够了！我现在不想听将死之人被吓傻的傻言疯语！”

田中一张黑脸转成铁青，刚才频频露出的黑色牙床隐匿了起来，看得出眼里在冒烟。四喇嘛盯着他隐隐抖颤的小黑胡子看了一会儿，开心地笑了，这笑声如一阵箭雨射得田中一阵心惊。

“你的？！笑什么？！”田中问道。

四喇嘛居高临下饶有兴致地将目光仍停留在田中那一小撮孤独可怜的小胡子上，说：“今日尔不仅理屈词穷，亦当命尽寿终！”

赵翻译感到支撑田中武士的龙骨已无力承受如此重压，被包装的强大外表行将崩裂，田中的兽性大发之时必然伴着一刀劈来，便暗自拉扯他的藏袍，但他这回却没识出火色，引得四喇嘛一顿怒斥：“卖国岂可求荣，投敌焉能图存！尔不过比这倭贼多苟且半个月，杀尔者倭人也！”这话把赵翻译一条小命吓散了半条，连说：“老师要笑！要笑！”（十几天后他在恐惧驱使下逃离日营，在逃往老家山西的路上被日本骑兵射杀，弥留之际他给老师一个评语——神人啊！）

倒是那田中雄赳赳一副天下谁能杀我的架势，瞪眼含笑反问道：“你的！几时的死？”

“和你一时！”答案随口而出，斩钉截铁，不置可否，但他那双眼还在鹰一样盯着田中那一小撮胡子。

田中绷起如冰凌茬子堆积成的脸部，这一张坚硬寒冷的脸给莫当召空荡荡的大殿注进一股冷气。他只轻轻挥了下戴有沾满四喇嘛血迹的白手套的手，日本兵们就像上足了发条的玩偶立马冲撞了起来。日本兵们把四喇嘛用担山麻绳七缠八绕绑在正殿的柱上，又在召中殿廊四周堆满柴草放起火来。田中冲着四喇嘛一阵狂喊：“你看我的死还是我看你的死？！”

这时，一阵西北风訇訇刮起，白道口一时飞沙走石，那口钟被飞来的沙石击打得叮咚作响。大青山的风厉害，古人有诗形容这一带风雪酷烈：“春寒马陷阴山雪，秋残瓦破朔漠风。”那阵西北风如一把抡起的大刀呼啸袭来，撩起一团燃烧的柴草向田中兜头而来，田中躲闪不及，胡子嗤了一两声，一股浓重的烙羊头的烧毛味弥起，日本兵被火势压迫着倒退出召庙大门，田中捂着灼痛的面部，火一样发光的双目依然看着扭曲狂舞的火龙正在吞噬着缚在柱子上的四喇嘛。

莫当召红色的寺墙上映照出一条舞动的火龙和田中那张牙舞爪的图像，田中强烈感到自己是于烈火之中降生的山辛彦[67]的化身，于是他一边扭腰甩胯一边狂歌《君之代》。一只蜂儿疾速飞向他夸张的大口，佛墙上显示出横空飞来的那只蜂儿竟是一粒中国制造的七九式子弹。它击碎田中黑黢黢的牙床后洞穿了后颈生生扯走了舌头。田中像所有被猎杀的野兽死前乱蹬几下腿儿，又瞪一会儿眼，便将他恶贯满盈的生命熄灭，意识残存之际他费力地将那只戴着白手套沾着血的右手的大拇指指向四喇嘛。此时他的眼光里是一团金花在四喇嘛四周闪闪烁烁。他冷冷地看着他的眼神正变得温婉慈祥，突然他像一台启动的马达哄然大笑起来。田中的耳际瞬间掼入四喇嘛迸发出强劲畅达的嘶吼："杀贼！快哉！！"

据说被大火延揽住的大榆树也被引得怒烧起来，树上古钟紧跟着轰鸣。四喇嘛在生命的最后一刻清楚地听到来自白道谷桦涛松波间透出的怒气：杀鬼子！尤其那个"杀"字像一颗子弹在白道谷悠悠地滑行着复制着，仿佛满世界都在呐喊："杀——杀——杀……"四喇嘛真切切听出是七声"杀"。

日本兵的个人战术素养很高，长官吃了枪子，他们也没乱了手脚，这些把《步兵操典》熟烂于胸的战争机器们严格执行其中的"单兵作战要务"，各自判断方向抢占有利地形迅速包抄冲锋反击。很快，他们像突兀的野兽乱冲乱撞，方向莫辨，在夜幕和狂风下前赴后继地倒在北中国凄冷的土地上。第二天赶来增援的讨伐队搜寻战场时除了六具黄色的兵尸不见了枪和子弹及其他装备，估计失去子弹在六百发以上。从这些士兵身体里取出的弹头都是他们自己造的"三八"式步枪发射，虽然这种子弹穿透力极大，却无一例外地留在肉体里。死前还为大日本帝国必胜雄辩涛涛的田中少佐和他的兵们为他们的神社徒增了几方牌位。更让他不能相信的是，结束他生命的是一个目不识丁的中国年轻猎人。从此开启了大青山日本军人的噩梦。

莫当召在烈火中焚烧，白道梁被照耀得血一样通红。严拴绊直戳着上身久跪在一座红土的山梁上不愿起来，他相信上师四喇嘛正在烈火当中煅烧淬火。一个神仙正在形成，眼光须臾也没离开火中的莫当召。五更时，那火突然增亮，像团太阳，金黄金黄，一束束光芒泛出。远望着一团璀璨金花突然怒放，一群神仙在光芒包围中冉冉升空，光照辉煌，金光万丈，环绕中央一尊高傲之神，形象极似上师四喇嘛，神周体璀璨，坐若佛状，双掌合拢，两目微闭，四周围拢着金虎、金马、金犬、金牛，众星捧月般拥着他冉冉升上天空。拴绊一眼认出那虎是自己射杀的母虎，那犬是他从纳令河带回的獒犬黄头，马是那匹脱靴化蹄的喜欢醉酒的白毛旋风，牛则是挑死老虎又触井而亡的那头犍牛。这阵势与他之前看到的金狐驾云升天的景象大同小异。

严拴绊忽然悟到了一些道理，人兽仙是混为一体的。原本人身上有兽性，兽身上有人性，兼容了人性兽性中的某些品格就拼兑成了神仙。但对人的私欲恶行神仙的能量又无力控制，仙便隐忍偏袒人类的种种行为，任由人做了万物中的恶霸，欺凌和杀戮成了他们与其他动物的相处之道，所以致使世间失却了平衡。现在看来二黑眼一定就是人狐合体的狐精，而四喇嘛却是混迹于芸芸众生中的神仙。

久久陷入黑暗中的严拴绊终于旷若发蒙，那双蓝幽幽的眼睛和他的心竟连通一气了。他仿佛看到有一个天国收罗了灭绝的动物们，那是一处人类无法涉足的美妙世界。无际无穷的绿草凝碧中鹿鸣麋唤，泉涌清流，鱼游清溪，艳果悬枝，美艳欲滴，山谷的清风里弥散着酒的醇香，枝干参天的树冠上百鸟争春。一缕缕暖洋洋的阳光熙照得严拴绊心中通透畅亮。

59 尾声

腊月二十九的晌午，装有八十驮军资的驼队拉拉续续进入白道口，二十六名日军和伪蒙古军骑兵混合组成的押运小队在一家驿站稍做歇息后便匆匆离开。大青山一个夺命幽灵的游荡让士兵们时刻处于一种不安之中。天黑前他们必须穿越最后二十公里的山区才能进入让人能吁出一口气的丘陵地带。每过峻险峡谷之地，大胡子少尉不时举起望远镜观察山梁上一棵桦树，一丛荆棘，一块岩石，任何一个可疑目标都要从这个玻璃瞭孔中流过，士兵们身体贴着战战兢兢的战马持着冰冷的枪支如履薄冰地通过。少尉队长的望远镜发出清脆的爆裂声，同时仰面倒在黑河的坚冰上，立刻，一朵鲜红的花朵怒放于冰面，正在洇展放大。

白道谷黑河冰面上的烟团从马背后升起，枪响声杂乱地在冷清清的山谷里回荡。马匹们被枪声惊扰得惊恐万状。它们旋绕着身体，马蹄铁刨出无数的冰屑被风流卷走。一个士兵倒下了，发出生命里最后一声惊呼，一只马蹄杵在了他尚且绵软的身体上感触到一种温热和弹性。又一个兵倒下，仆地时人和枪与冰面激烈相撞，惊得一匹黑马蹦跳了两下。

显然骆驼比马儿更沉着，像看热闹的观众静观人类的这场闹剧。这时驼队的头驼似乎听到了远方传来的忽哨声，那是一顿丰盛美味的召唤，它一声招呼掉头而去，驼群稍一躁动，群驼迅速而果断地随着头驼闪去，押运小队顿失屏障，又有两个士兵中弹。几匹战马失去控制也纷纷逃离，活着的二十个日本押运兵愈加孤单无助。他们强迫自己的坐骑卧倒，而人都隐蔽在马体内侧。日本兵们就这样僵卧在北中国冻得硬邦邦的河面上防止不知从何处射来的枪弹。一个时辰后没有动静，他们试着探出头，西山梁上一束阳光射来，里头折射了些许希望，日军二十人艰难地爬起，拖着冻僵的身体逃离了这处死亡之谷。

大批的军需被劫，日本驻绥远军政高层极为震怒，第二天日军出动大批军力分兵进行追寻。活动在山里的中国军队正在张罗过年，不曾提防日军突袭，由于尽是非战斗人员和伤病员，面对来势汹汹的日军进退失据，抵抗乏力，任鬼子兵一通杀戮，死伤惨重。另一路日军便没那般幸运，四只军犬分别把大队人马引入二十四道沟深处，但这四条犬在嗅踪时都被只有技艺高深的猎人才会设置的机关杀死杀伤。当天黄昏，大雪和狂风形成白毛旋风，气温低到零下四十度，兵士冻伤者十之六七，日军在马鞍上挂着二十几个八路军和百姓的人头作为战利品回撤到城里，草草结束了这场讨伐。

第二天，绥远抗日民众自卫军在严寒中迎来一九四〇年这个灰色的大年三十。少吃没喝，屋冷炕凉，腹中空空，枪膛无弹，士气低落。身裹一身皮衣的云霄汉一边吃着烤山药蛋，一边思考着部队的出路。这时他的护兵在外边伴着杂乱的人声大喊："过个好大年！过个好大年！"云霄汉几步冲出院门，只见驼影绰绰无边，几十只马灯驱散了除夕之夜的黑暗，士兵们喧哗着。

"哪来的驼队？"云霄汉大声问道。

"报告总指挥，俺是设在坝堰的流动哨，碰到送物资的驼队，共九十六驭，送货的就一个人。他说：‘俺给云霄汉大哥送年货，这都是日本（人）孝敬的。他还说用了东西不要忘了把骆驼放还大山。’”那个哨兵一字不漏地报告。

“那人没留姓名？”

“俺没听清楚，那人骑匹枣骝马，说完便没了踪影，好像说甚‘一锏杀’？”

云霄汉一通大笑，把胸腔里积淀的郁闷释放出去，他好久没这么开心过了，此情此景，突然他在脑海里涌出一个伟大人物浓烈爱国情怀的诗文，使得他不由得放声高吟，人们在热烈的气氛里静下心来聆听：

阴山健儿鞭鞚急，走势能追北风及。
逶迤一虎出马前，白羽横穿更人立。
回旗倒戟四边动，抽矢当前放蹄入。
爪牙蹭蹬不得施，迹上流丹看来湿。
胡天朔漠杀气高，烟云万里埋弓刀。
……
飞将自老南山边，还能射虎随少年。

“九边第一才子”抖落肩头的大皮袄，豪迈地在大青山大年夜里借古嘘今。把王安石这首《阴山画虎图》朗诵得热血沸腾，士兵们虽听不懂长官的热血抒怀和一个叫王安石的古贤说过什么大道理，但他们解开驮子展示一宗又一宗惊喜，给总指挥的表演增添了无数色彩。驮子里头的物品多得让人眼花：枪支、马刀、子弹、手雷、炸药、布匹、军服、内衣、皮鞋、旗帜、蜡烛、马具、大衣、毛毯、药品、手电、白糖、罐头、饼干、清酒、酱油、咸盐、果糖……种类百余，琳琅满目。

严拴绊在这个不同寻常的阴冷漆黑的夜里成为云霄汉的明灯和火炉。

“木匠进了山——尽是好材地呀！”有人由衷地叹道。

“咱这么早就接到财神？”护兵像个小娃子乐着，开着玩笑说。

“日本人接到瘟神了！”

云霄汉高声喊道：“‘胡天朔漠杀气高，烟云万里埋弓刀。’王安石这老汉说得真妙。我们民族太需要这样身怀绝技的英雄挺身而出，担当一份抗倭图存大任。我们不能小觑这些江湖豪杰，他们时刻会为侵略者敲响丧钟！”说完，云霄汉咽下一大口日本罐头。

云霄汉没一点夸大其词。在以后的五年多他们不断地从侵略大青山这块土地的日军那里回收了他们大批弹药的其中五十二枚弹头，回收的方法是用他们士兵年轻的身体吸附的，令人惊悚的是每具尸体仅含一弹，多在左胸心脏处。这些尸体后来大多被猖獗的狼撕咬过——那些年狼比虱子还稠，天一黑它们的嚎叫就把本该静谧沉寂的夜撕得支离破碎，狼们一队一伙出没于山林、田野、荒村寻找食物。如今这些狼从他们曾经的仇敌那里不断获得供给，它们期待零落的枪声响起，寻声而去饥肠辘辘的狼们一次次获得惊喜的满足，只是要小心避开咬合一枚坚硬的弹头从而不至于伤到利齿。这种现象等于世上最凶残动物吃掉另一种更凶残动物。

“喂狼的来了！”山民们发现进山讨伐的日本兵总是发出这样的警讯。

如此众多的年轻生命凋谢于大青山上，办事高效的日本人最终也未能为他们暴死的勇士获取一点有关凶手的有价值的情报。他们始终弄不明白之后几年里这个神秘杀手的枪口一直都盯着鬼愁沟矿山警备队，他们的身体离开营地指不定吃到一粒子弹。奇怪的是像工程师、司机、电工这样的非战斗人员也难逃一死。每一个被补充到这个建制的官兵如坠地狱，不知哪颗子弹何时何地等待自己。他们无时无刻不在诅咒那个叫作“支那恶煞”的无影枪手。

其实山民们都清楚这是严拴绊干的，那是“一锏杀”一贯的打牲的手法。烂六参加八路军那年，在白道梁上放羊真真儿地看见严拴绊的背影，他的身体在夕照下挺拔高挑，两臂张扬地飞舞，背上伸出半支枪，烂六认出那是支快枪，和日本兵背的一模一样的三八大盖子。又有人说曾听到板嘴窑里有婴儿的啼哭，又听到女人在唱曲儿催眠，那曲调是蒙古歌，就肯定是山丹唱的。也有人说那几年总有家畜“叛逃”，又无一例外地在板嘴窑一带看到它们的影子——在野牲的群伴里自由奔放，任凭主人千呼万唤不为所动，径自消失在山的深处，眼瞅着自家养大的牲口成了野物。

大青山莫名其妙出现野山羊、野骆驼、野毛驴种群，不过它们最终也没逃离人类毒手。大跃进时，公社成立了捕猎队，队长由公社革委会副主任兰柳兼任。

这兰柳正是原先的烂六，那年他投了八路军，一名八路军文书给他登记，他报了这个破破烂烂的名字，围观当兵的一阵哄笑。一个当指导员的官很有文化，当下以“烂六”的谐音取了个“兰柳”的新名。烂六欣然接受并把这两字用到了死。

兰柳的捕猎队彩旗招展，枪声阵阵，呐喊声声，飞禽不敢落树枝，走兽不知家何处。兰柳将儿时与严拴绊学下的狩猎技能全面发挥。集体食堂顿时弥漫出肉的香味，众口一词夸兰柳有本事。三年下来，大青山里的动物历经兰柳队伍的反复扫荡已绝了踪影，捕猎队也只能解散。

“文化大革命”时，一队“红卫兵”勇于破四旧，为了揭露人们谣传洞里住了神仙的迷信传说，显示一不怕苦二不怕死的无产阶级大无畏革命气概，一伙十七八岁男男女女义无反顾地进了板嘴窑石洞，说是要科学探险。刚穿过两个葫芦口便听得风声如雷，眼见乱石飞落，几个女娃在火把的光照下花容失色，欲哭无泪。正好一群野鸽子迎面飞出洞外，便吓得一阵尖叫。好在领头的还有些胆子，稳住了队伍，又顺一个窄小的葫芦口滑下斜坡，进入一个大室，竟然发现了枪支、弹药、毛毯、罐头，又都是日本货。洞内有一张简易的床，里头的布局像是有人住着。几个人断定此处有日本特务潜藏，惊出一身又一身冷汗，都没胆量进入下一个葫芦里，一伙人跑到县武装部报案，几个军人进洞折腾了半天也没发现任何特务线索。

公社革委会副主任兰柳说：“哪有日本特务，这是当年严拴绊腊月二十八杀了日本兵，抢了运输队几十只骆驼驮的货藏下的。”

“这狗日的一辈子活得展趟，吃喝女人样样不缺。这会儿又在后草地和他的蒙古女人快活哩！俺当了半辈子干部，闹了几十年革命，除了流血打仗，吃足了苦，没像这个货逍遥自在活上一天。”看出兰柳活得不够滋润，中山装脏兮兮的，还有几个破洞，烂脸上明显有几处血道子，猜是被年轻他十几岁的老婆抓破的。

这当然是二十年后的事了。

二○一五年十月四日完成初稿于海口

二○一五年十二月十五日脱稿于呼市

【注释】

［1］ 铅梁：猎枪使用的铅制的独弹头，专门对付大型猎物。

［2］ 刮野鬼：在外流浪、浪荡。

［3］ 忽拉盖：蒙古语，贼、骗子、土匪等。

［4］ 脑包：抑或敖包，制高处以石块砌成堆状，用作祭祀场所。

［5］ 遛马：马在长途奔跑后需人牵引漫步，以恢复马的肺功能。此活多由家中少年去干。

［6］ 糜拢：通过各种手段使强硬对手服帖软化。

［7］ 断：含有追、赶、围、捉的意思。

［8］ 家厮：家伙。同于《水浒传》中这厮、那厮。

［9］ 瞎猪挨着搬仓子：分别指鼹鼠和搬仓鼠。

［10］ 九尽：数九天结束，这是羊膘情最好的时节。

［11］ 嗉子：禽类的胃。

［12］ 假了的牲口：过度使用骡马，遇到坎坷装着用力，实则不肯或害怕出力气的现象。

［13］ 盖窝：被子。

［14］ 潮起：指公驼发情时产生的疯狂现象。

［15］ 把棒：人工辅助牲口配种，多发生于驴、马交配。

［16］ 灰圪泡：骂人话，大姑娘生的，不知亲生父亲为何人。

［17］ 磨锅、伐锯：马车刹车制动时发出的尖利声，以锉刀打磨锯齿的声音极为刺耳。

［18］ 没底据：不靠谱，匪夷所思。

［19］ 少伯：唐朝诗人王昌龄，此处叹诗人之“但使龙城飞将在，不教胡马度阴山”，忧国无干将，借以怀念抗击外侮的名将李广。

［20］ 刀稍：皮鞭末端，以细牛皮制作，易打响且能对牲畜产生刀割痛感。

［21］　落毛：管饭没工钱。相当于自愿帮工。

［22］　草库伦：用石块或土坯砌成的围墙，留一门，用于存放饲草。

［23］　麻磅：榨油后的残渣，是喂牛的上佳饲料。

［24］　揪烂席片：这是民间对即兴演唱爬山调、二人台、山曲儿等传统民歌的统称。一般歌者坐在炕席上唱，所睹所思信口开河，不拘一格。

［25］　口齿：口才。

［26］　游子：狩猎时用以吸引猎物靠近作诱饵的同类活物。

［27］　黑屁股的马王挎枪的羊：分别指野马蜂和匪首杨猴小。

［28］　焙子：回族烙饼，类似于馕。

［29］　挂掌：打马掌。一般由铁匠完成。

［30］　砍货：不讲道理、性格暴烈、好勇斗狠不计后果的蛮人。

［31］　扯活：匪语，含有开拔、逃走、快跑、撤退之意。

［32］　骚胡：公山羊。也有骂人不正经之意。

［33］　肚摁炮：小型迫击炮。

［34］　马骠子：集相马师、驯马师、马医、马倌为一身的马专家。

［35］　赛：蒙古语，好的意思。

［36］　西营：新疆及以西地区。那里盛产好马。

［37］　浩特：蒙古语，小村落。

［38］　鸿嘎鲁：蒙古语，天鹅。

［39］　爬羊：开春时有些病弱的羊熬不到新草长出，行将死亡。

［40］　圪蹴：蹲着。

［41］　世五：吉鸿昌字世五。

［42］　三十顶房子：驼队的量词，每顶房子由三十只骆驼组成。每顶房子由两三人管理。意为这是一支由九百只驼、六十多人组成的驼队。

［43］　展趟：自由自在，心满意足。

［44］　指路：（“苏讷思穆日扎合”）人死后要请喇嘛念经，意为死者灵魂指路，让死者到“德娃珍”去。“德娃珍”被认为那里没有灰尘，是享福的地方。

[45]　朋了锅：指光棍和寡妇在一起搭火过日子。

[46]　打圈：羊发情交配。

[47]　链牛块：一种便捷、牢固的绳子打结方法。

[48]　对牙、四个牙：指羊的年龄。分别是两岁、三岁。

[49]　盘子：黑话，相当于案子。

[50]　缺了碜子：黑话，走到绝路上的意思。

[51]　庵窝：半地穴的简易窝棚。

[52]　拉疙瘩：方言，捅娄子，闯大祸。

[53]　嫌窝：母猫发情时的嚎叫。

[54]　日粗道大：方言，吹牛说大话。

[55]　黑潮：脏污。

[56]　毛毛匠：专门加工羊皮和缝制羊皮制品的工匠。

[57]　掴索：方言，耳光之意。

[58]　打尖：方言，指只在店家吃午饭，午休。

[59]　传头子：瘟疫。

[60]　伙计：方言，此处的伙计是指情人。

[61]　硬货：指钱财。

[62]　母骡子：母骡子没有生育能力。

[63]　撂蛋：母鸡喜欢把蛋生在别处，而又不去孵化。

[64]　大仙爷：跳大神的。

[65]　马屁泡：一种硕大球型野生菌，干粉呈深绿色有止血功效。

[66]　达尔喀：蒙古语，长官。

[67]　山辛彦：日本传说中诞生于火中的猎神。

跋一

猎者的谶歌

■张世杰

纯文学创作已成为这些年停辛伫苦、不食周粟的作家的一块不忍弃绝的厚土。在星罗棋布的“文学网”“小说网”被无数手指点击出绚烂的光环下，仍有人不为衿世取宠所诱惑，痴情文学梦犹若“人如风后入江云，情似雨馀黏地絮”一般，兀自青灯孤影染翰操觚。《绝牲》的出版，似乎看到一头正在这片田地里闵勉奋蹄耕耘的老牛的独影，也看到一抹孕育着丰硕果实的新绿。

翻开《绝牲》，透过作者波诡云谲、闳中肆外的着墨，纵情逸趣、捭阖有度的人物故事，有一种悲弱悯寡、刚肠嫉恶的思想扑面而来，不禁要阅首欲尾，一睹为快。

一个喇嘛预言一个哺乳之婴将成为祸殃天下的煞星，作品力求追逐这个谶语的应验。然而血流成河、族群灭绝的是野生动物。作者试图要表述被杀绝的生命正是我们人类自己的一部分，人类高举的屠刀是一种生命绝望中的疯狂的自虐行为。作者站在一个独特的视角审视一个独特的现象，描述一场前辈血泪求生的独特历程，反思人类如何将一处“风吹草低见牛羊”的动物乐园一步步摧残至疮痍弥目、穹锁沙尘的惨痛历史。

贫穷和饥饿，传统习俗中对保护动物教育的缺失，走西口移民盲动无序与混乱衍生是生态灾难的根源,这也是小说的灵魂所在。小说自始至终纠缠在一个“饿”字，为悠悠饿口吞食野生动物找到了必然。作者笔下爱恨交织地述说一群鄙俚村夫、寺庙隐士、驿店倩女、草莽悍匪、侠骨文豪所经历的人与动物、动物与动物、人与人、家族与家族、国家与国家之间的冲突，折射了人性与兽性黏咨缴绕中自相戕贼的本质，其中不乏荒诞不经与灰色幽默编织的血迹斑驳的人生情感。

小说中的白道口隐隐约约有我故乡的影子，里头的人物却也似曾相识，读时一丝丝莫名的乡愁不禁涌上心头。作者对自己故乡的爱通过字里行间看得影影绰绰又真真切切。他对大青山历史的研究，以及故乡那片绿色山河在风蚀雨侵后一片破败的切肤之痛，他对大青山民俗的认知，他对山野百姓内心的洞悉成为这部作品创作的源泉。

小说突出人类在野生动物面前草雉禽猕、暴戾恣睢的狰狞嘴脸：欧洲人灭绝了无数欧洲大陆的珍奇动物后又把枪口对准了殖民地的动物，毛里求斯世间独有的度度鸟在欧洲人发明的现代猎枪的弹雨扫荡下灭绝了；美国人一踏上美洲大陆就大开杀戒，印第安人和动物都贱如鼠雀，他们为了一条牛舌而不惜射杀一只几千斤重的野牛，野蛮的杀戮几乎让这块土地的主人永绝地球；非洲流出的难以数计的象牙和犀牛角成为人类奢侈品的珍贵材质；还有彬彬有礼的日本人假借科学的名义掩饰狰狞的面目，他们在全人类怒喝下毫无羞耻地继续高举杀戮鲸鱼的屠刀……作者想通过流淌的血洗涤每个人的灵魂，放下手中的凶器，弃绝杀生的恶念，不忍万物生灵灭绝于你我之手。

三百年前故乡的天灾人祸几乎让人无法选择,饥肠辘辘,野狼嗷嗷,沙尘訇訇,人挣扎在寒冰的窑洞里盼望一缕温暖的阳光投来。虽然黑暗依旧，但如步入沙海的骆驼，只能御风前行。人类野蛮本性在存亡绝续面前活人手段勃发无度，残忍地剥夺其他物种的生存权利。整个作品中作者念念不忘紧循“勿恃势力而凌逼孤寡，勿贪口腹而恣杀牲禽”这一古训，充满对现今个别地区强拆强建、滥采乱伐、黑道横行、盘剥民工、诈骗孤寡、拐卖妇婴的丑恶勾当的疾首蹙恶和无情鞭笞。

“人挪活，树挪死”曾是走西口人播迁异乡的口号，深深咀嚼其中他们追求的不仅仅是一片让子嗣苟延残喘的土地。走西口——一个人类史上伟大的播迁，似乎浩荡皇恩让黄河南岸的三晋百姓雨露均沾，但它带给大青山这块乐土的是凄风苦雨的磨难。

在历史的扬尘里蒙古高原南缘的一条古道上迁徙者的白骨卑若草芥。一片森林、一方草原、一汪湖水、一条河流已然遗落或正在遗落，谁会去斤斤计较它的枯荣？将一个好端端的世界弄得面目全非的时候，无论奔波衣食还是丰亨豫大，我们内心的黏稠恶臭的脓液无时无刻不在侵蚀我们的灵魂，谁又会忍痛把自己的疮痂生痛地揭开？

如今，我们依然从大山百米千米的地下掘之精髓地脉。豪车明宅，衣着光鲜地从大青山飞度时，魔镜般的柏油路映照出我们百年前的尊容——猥琐、病态、嗜血、窘困。脚下这片土地是否在我们心底生出前所未有的敬畏之情呢？

晋代名士郗超在其佛玄思想合流的《奉法要》中说："何者谓为慈？愍伤众生，等一物我，推己恕彼，愿会普安，爱及昆虫，情同无异。"郗超认为人与自然万物在本性上是一致的，都有情感和爱，人类要把自己的慈悲仁爱之心推广到普天下的万物，所谓"救人一命胜造七级浮屠""放下屠刀立地成佛"，以同一种情感善待世间众生。慈者予乐，悲者拔苦。"常以仁恕居怀，恒将惠爱为念，若梦若觉，不忘慈心，乃至蠕动蛆飞，普皆覆护。"芸芸众生，纷繁世界生命价值谁有权力界定谁贵谁贱，宇宙万物生存权利何以弱肉强食。人类若够伟大，便懂得尊重一切生命自由生存的权力。明代学者方孝孺在其《勉学诗》中正是追求这样天人合一、万物共荣的美好愿景：

莫驱屋上乌，乌有反哺诚。
莫烹池上雁，雁行如弟兄。
流观飞来伦，转见天地情。
人生处骨肉，胡不心自平。
田家一聚散，草木为枯荣。
我愿三春日，垂光照紫荆。
同根而并蒂，蔼蔼共生成。

《绝牲》主人公，一个山野村夫知耻而绝牲的行为表明我们人类并非陷于兽性中无力自拔，而是一直在反思自己的杀戮原罪。人性终将战胜兽性，这是人类应该回归的始点。如今官方提及的生态文学，就是要通过这样的作品达到护牲爱牲，这正是作家们创造的无量功德，也让我们看到了这部作品的精神所在。

作者以他多年从事文物保护、方志撰写和非遗挖掘工作的阅历累积，心怀对这座伟大山峦代马依风般的赤子之情，独行于研究家乡马背民族在波骇云属的历史长河中海纳百川的归途的足迹；各族儿女薪火积淀的敦风厉俗的孤旅中，三十载缱绻不舍。这也为他累积了挹之不绝的创作源泉，加之他深厚的文字功力，厚积而薄发，他的作品入墨不拘小节，大开大阖，解衣般礴，跌宕不羁。读时自觉俗中寓雅，理趣不可胜穷。

纵观小说春生秋杀，世道轮回，光风霁月，河奔海聚，昧昧芒芒，徜徉恣肆，无论是文笔还是构图都标新立异。整个作品如同一曲雄壮而吊诡的谶歌，牵动着读者去含英咀华，畏天悯牲。这也是作者幼学壮行、蕴奇待价应有的收获。

期待他摛翰振藻，使下一部力作早日问世！

毕竟，中国历史重镇帝王之乡的武川，她沧桑、神奇、璀璨的历史更需要这样的作家为她激扬文字挥洒酣墨！

（作者为内蒙古作家协会会员）

跋二

大青山上的一阵风

■武川文化馆

读完《绝牲》这部小说，那山、那人、那事、那情、那俗、那语，无不让人感受到这是从大青山上吹来的一阵风……

今天，文化事业进入了一个大开大阖、风云际会、百花争春的美好时代。一种雅俗莫辨的文化氛围正在悄然布开。一些与我们的血脉盘根错节的大众文化，如舞蹈、歌剧、音乐、书画、诗歌、小说、雕绘、手工艺品、传统技艺、特色体育等在我们身边萌发，一些默默无闻的耕耘者用其作品来显示自己的才华，展现对国家、对民族的认同。虽然我们对物欲泛滥极其鄙视，但身为服务大众的艺术家们却从不吝惜自己的非凡才气、见识、技艺和精神。他们塑造的非凡人物，其实也就是他们自己。他们对不同文化门类持更为圆通、更为宽容的态度。以往那些由专家学者把持的艺术殿堂在今天纵横捭阖的市场霸权面前，显得何等苍白微薄。

这些年来，武川文化馆的文化产品层出不穷，一些立足乡土、承载历史的文学作品纷纷涌现。比如，集体编辑的《武川爬山调歌集》、贾喜旺的快板集《风从厚土来》、赵慧萍的抗战话剧剧本《大青山烽火》先后问世。这些恰恰表现出大众对乡土文化获得前所未有的认同。武川文化馆为这些本土作家们提供了一个自由发挥才艺的广阔舞台，来任他们响遏行云、染翰操觚、畅游艺海。我馆文学创作馆员胡国栋正是我们这个文艺队伍的沧海遗珠。他的长篇小说《绝牲》的问世让我们见识了他的卓越才华。他的才情如凤凰破笯，物润春雨，下笔若悬河泻水，不可胜穷。

有人怀疑我们文化队伍如此庞大，难免鱼龙混杂，细大不捐。当下社会对文化的需求日甚，高雅文化与通俗文化之关系也在嬗变。高雅文化曾经是由官方专业人员创造出来的文化产品，适合有较高文化教养和审美情趣的人们的口味。通俗文化却因产生于民间、流传于底层，为文化水平较低、未经专业训练的人民大众所喜闻乐见。“士大夫文化”“经院文化”自谓阳春白雪，居高临下，高贵之至不可乡迩。通俗文化一般带有原生态、日常化的特点，清新流丽、活色生香，但有时不免流于粗放、低俗，以下里巴人甘居下风，一直被认为难登大雅之堂。

当我们这座城市沐浴在文化的春风里，一个众神狂欢的大舞台展现在大众面前。艺术真正做到了雅俗共赏、无分贵贱。这些身处基层的群众文艺工作者的作品更接地气，更能符合多数受众审美的需求、趣味的变化。他们对自己的创作会及时做出适当的调整，在一定程度上会突破那些高高在上的专业学者固守的审美标准，而与通俗文艺的某些特征相重合。大众文化蔚然成风，也昭彰了历史的必然趋势。打造大雅大俗、雅俗共赏的精品力作，正在成为一种时尚。不过历史总是在矛盾和冲突中前行的，我们有理由相信，呼和浩特多元共存、雅俗合流的文化给人民带来更多的是赏心悦目、与时俱进的精神满足。

《绝牲》这部小说的作者胡国栋，是一位在文化一线工作了三十余年的“老文化”。作为一位非物质文化遗产保护者，作者在其作品中浓墨重彩地渲染了家乡的风俗文化。小说中的人物严拴绊、三耗子、四喇嘛、曲米换等正是我们童年记忆里似曾相识的乡亲，他们的一言一行让人回到遥远的过去。时代快车风驰电掣，但我们依然从代代相传的薪火中汲取民族的养分。蓦然回首，我们在芸芸众生中发现了自己的影子。

作者站在呼吁保护生态环境的高巅，来弘扬社会环境的净化，追求生态伦理和美好自然生态建设，其中包含的主体与环境不可分离、人心的善恶最终会导致生存状态的好坏等思想。小说在揭示一个杀机炽盛、刀兵洗劫故土的现实，验证人类屠戮行为带来的后果，让我们看到文化有其不可割裂的血脉传承。当代生态伦理是五千年传统文化中的重要一环而非一朝生成。

我们有理由相信，一个生机盎然的文化春天已经来临。